KB271447

정노풍(鄭蘆風) 문학의 재인식

정노풍(鄭蘆風) 문학의 재인식

▌저자소개 ▌

• 박경수 •

1957년 부산에서 출생하여, 부산대학교 국어교육과를 졸업한 뒤, 한국학대학원, 부산대학교 대학원에서 문학석사와 문학박사 학위를 받았다. 한국정신문화연구원 연구원, 아주대, 부산대 강사, 뉴질랜드 와이카토대학교 교환교수를 역임하고, 현재 부산외국어대학교 국어국문학과 교수로 재직하고 있다.

저서로는 <한국 근대문학의 정신사론>, <한국 근대 민요시 연구>, <한국 민요의 유형과 성격>, <한국 현대시의 정체성 탐구>, 편저로 <안서김억전집>, <잊혀진 시인, 김병호의 시와 시세계> 등이 있다. E-mail : kspark@pufs.ac.kr

정노풍 문학의 재인식

인 쇄 2004년 02월 20일
발 행 2004년 02월 27일
편 저 박 경 수
펴낸이 이 대 현
편 집 박 윤 정
펴낸곳 도서출판 역락 / 서울 성동구 성수2가 3동 301-80
        (주)지시코별관 3층(우 133-835)
TEL 대표·영업 3409-2058 편집부 3409-2060 FAX 3409-2059
E-MAIL youkrack@hanmail.net / yk3888@kornet.net
등 록 1999년 4월 19일 제2-2803호
ISBN   89-5556-308-6-93810

정가 28,000원

* 잘못된 책은 교환해 드립니다.

정노풍(鄭蘆風) 문학의 재인식

박 경 수 편저

도서출판 역락

1. 이 책은 이제까지 신문과 잡지 등에 발표된 정노풍(鄭蘆風)의 시와 문학평론 등을 중심으로 그의 문학 관계 글들을 가능한 대로 찾아서 수록한 것이다.

2. 이 책은 정노풍의 문학작품들을 크게 2부로 나누어 엮었다. 제1부는 시, 제2부는 문학평론으로 하였다. 부록 1로 번역시와 화답시를, 부록 2로 시론(時論)과 수필을 넣었다. 부록 다음에 연구편으로 정노풍의 시와 문학평론에 관한 김재홍, 조두섭, 편자의 논문을 실어 그의 시 세계와 문학평론의 특징을 파악하는 데 도움을 주고자 했다. 끝으로 <정노풍 문학작품 목록>를 작성하여 붙였다.

3. 작품의 배열은 발표 시기 순으로 했다. 단, 한 작품이 2회 이상 발표된 경우에는 처음 발표된 작품을 기준으로 수록하되, 뒤에 발표된 작품도 함께 실어서 작품의 차이와 변화를 한눈에 볼 수 있도록 했다.

4. 문학작품들과 부록으로 실은 글들에 대해서 모두 글 끝에 출전(出典)을 표시했다.

5. 제1부 시와 부록 1에 올려진 작품의 표기는 원문의 손상이 없도록 발표 당시의 철자 상태와 띄어쓰기를 그대로 따르기로 했다.

6. 제2부 문학평론과 부록 2의 시론(時論)과 수필은 띄어쓰기에 한해서만 현행 한글 맞춤법에 따르기로 했다.

7. 당시 언론검열에 의해 삭제된 부분은 × 부호로 나타냈고, 원문에서 해독이 어려운 부분은 □로 표시했다.

8. 당시 인쇄상의 오식(誤植)이나 분명한 잘못으로 보이는 표기의 경우, 원문 다음에 (   )를 하고 그 안에 * 표시를 하여 바로 잡은 사항을 표시했다.

머리말

　내가 정노풍(鄭蘆風: 1903~?)의 문학에 관심을 가지기 시작한 때가 1988년도이다. 당시 나는 한국정신문화연구원에서 연구원으로 근무하고 있으면서, 부산대에서 박사과정을 수료한 뒤 미루고 있었던 학위논문(한국 근대 민요시 연구)을 준비하고 있었다. 이때 민요시 작품을 찾는 과정에서 정노풍 또는 노풍(蘆風)이란 필명으로 발표된 시작품들과 문학론 등을 상당수 만나게 되었다. 정노풍이 도대체 어떤 문학인이었는지 알고자 하는 것은 당연했다.

　그렇지만 학위논문을 쓰는 일에 급급했기 때문에, 정노풍의 시나 문학론을 가지고 별도의 논문을 쓸 수 있는 형편이 못되었을 뿐만 아니라 그럴 생각도 미처 하지 못했다. 이 무렵 나는 한국정신문화연구원에 파견 교수로 와 계셨던 김재홍 선생님을 만나게 되었다. 선생님께서는 당시에 『한국문학』 잡지에 월북시인 등 문학사에서 실종된 시인들의 시작품들을 대상으로 한 논문을 연재하고 있었는데, 나는 선생님께 정노풍의 시들을 자랑삼아 보여드렸다. 김재홍 선생님께서는 주목할 필요가 있는 시인의 작품들이라 하시면서, 내가 보여드린 시작품들을 기초로 「계급적 민족의식의 시, 정노풍」을 완성하셨다. 이 글이 바로 정노풍에 관한 처음의 본격적 논의에 해당했다.

　학위논문을 쓰고 난 뒤, 정노풍의 글들을 좀더 찾는 작업을 하여, 김재홍 선생님께서 별도로 논의할 필요가 있다고 한 그의 문학론에 관한 글을 썼다. 그 결과를 먼저 한국문학회 월례발표회(1990. 5. 25)에서 발표한 다음 글을 다듬어 학회지에 게재했다. 그것이 이 책에 실은 「정노풍의 계급적 민족의식의 문학론」(현재 수정·보완된 것임)이었다. 당시에 게재한 글을 보니, 시 87편, 문학론 23편, 시사평 2편, 번역시 2편으로 정노풍의 문학 목록이 정리되어 있었다.

나는 정노풍의 문학론에 관한 논문을 발표한 뒤, 정노풍의 시와 문학론에 관해 각별한 관심을 가진 또 한 분의 연구자가 있다는 것을 알았다. 그분이 바로 조두섭 교수였다. 조두섭 교수도 일찍부터 정노풍의 문학에 관심을 가지고 상당수의 시작품을 모아둔 상태였고, 그것을 기초로 이미 「정노풍 시 연구」를 발표(『대구어문논총』 제8집, 1990. 5)한 바 있음을 뒤늦게 알았다. 그렇지만 서로 인연이 없어 오랫동안 만나지도 못하고 대화도 나누지 못했다. 그동안 정노풍의 문학도 나의 관심권 밖으로 밀려나 있었다.

2000년 봄 학회에서 조두섭 교수를 만나게 되었다. 두 사람의 대화는 자연스럽게 정노풍에 모아졌다. 공동으로 정노풍 전집을 내자는 데에도 의견의 일치를 보았다. 서로가 가진 정노풍의 작품목록을 한데 모을 생각으로, 먼저 내가 작품목록을 보냈다. 그런데 한참만에 조두섭 교수께서는 공동으로 책을 내기를 극구 사양하면서 내가 책을 내면 돕겠다는 뜻을 전했다. 결국 도와주는 것을 전제로 혼자 책을 내기로 마음을 먹었다.

그런데 정노풍 전집을 내는 일이 결코 간단하지 않았다. 전집을 내려면 그의 생애나 문학행적을 소상하게 파악할 필요가 있는데, 그것들을 구체적으로 파악할 수 있는 자료를 확보하지 못한 것이 가장 큰 걸림돌이었다. 물론 그가 졸업했다는 경도제대(京都帝大)에 가서 학적부를 찾는 노력도 해보았고, 본명이 정철(鄭哲)인 일제 강점기의 아나키스트운동가인 인물의 자료도 뒤져보았다. 그렇지만 학적부를 구하는 일도 실패했고, 아나키스트운동가로 활동했던 정철은 정노풍의 본명과 이름은 같으나 다른 인물로 결론을 내렸다. 정노풍의 문학 작품들은 웬만큼 확보했다고 생각했는데, 그의 생애를 밝히는 일이 족쇄가 되어 전집의 간행은 계속 미루어졌다.

그러다 다시 결단을 내렸다. 정노풍의 생애를 구체적으로 파악하는 일은 후일의 과제로 미루고, 그의 문학작품들을 대상으로 학계에서 본격적인 연구를 수행하여 그의 문학을 재평가하도록 하는 일이 더 긴요하다는 생각을 하여 이 책을 내기로 한 것이다. 이에 그의 계급적 민족의식의 문학론과 그 문학적 실천으로서의 시작품들이 일제 강점기의 문학에서 독자적인 영역을 구축하고 있었다고 말할 수 있고, 오늘날 이분법적 문학구도의 이해를 타개하는 데에도 매우 유용한 입각점을 제공하는 것으로 보았다. 비록 그의 생애적 사실이 구체적으로 드러나지 못한 한계는 있지만, 그의 시와 문학론은 일제 강점기의 현실에서 항일비판의 저항적 문맥과 실천적 리얼리즘의 담론을 뚜렷이 보여주고 있다는 점에서도 응분의 값어치를 하고 있었다. 바로 이런 점을 잘 간파하여 쓴 김재홍 교수와 조두섭 교수의 글을 올릴 수 있게 된 것은 큰 행운이 아닐 수 없다. 논문의 게재를 허락해 주신 두 분 교수님께 진심으로 감사의 마음을 전하고 싶다.

이 책을 내는 데 많은 사람들이 힘들었다. 특히 내 주위에 있던 학부와 대학원의 여러 학생들이 신문에 박힌 한자투성이의 깨알 같은 글씨를 옮기는 일에 혼이 났다. 여기서 일일이 그 이름을 새기지 않더라도 고맙다는 마음이 그들의 마음에 곡진하게 전달되기를 바란다. 그리고 이런 번잡한 책을 출판하고자 원고를 기꺼이 받아준 이대현 도서출판 역락 사장님과 짜증이 날 정도의 교정도 묵묵히 받아서 처리하여 예쁜 책으로 꾸민 박윤정 선생께도 감사 감사할 따름이다. 그리고 언제 끝날지도 모르는 일을 매일같이 들고 와서 가족들을 괴롭힌 일에 대해서는 어떻게 그 미안함을 풀어야 할지 걱정이다. 다시는 이렇게 노역에 가까운 일은 하지 않겠다고 다짐을 해야 하리라.

2004년 2월
해운대 좌동의 서실에서
박경수 씀

차 례

제 1 부

시

詩

大同江의 겨울

大同江의말근물은 빈틈업시어럿소
재하게흘으든 가을물은 어대가쉬오
봄과여름에 살살불든 짜순바람은 어대가숨엇소
노리ㅅ배들은 업대가조흐오
江우가 千年도넘은 무듬터갓소
달구지박휘가 새길을내고
절문이들이 스캣트타오
大同橋난 물크럼이 턱을고히고
어름속의 秘密을 혼자아난것갓소.

· · · ≪學潮≫ 1호(1926. 6. 27)

菜 園

검은김 배ㅅ는 걸은흑우에
속누른 白菜난 참창람스럽소
입맛칠듯이 九月의 푸른하늘은
둥실둥실 써도난 點雲을 엿보고잇소
아아 느즌十月 김장째면은
짠지 신거운지로 변하는 開城白菜
나는 日本만 가면 口味를일타십히
새금새금한 冬김치가 생각나던걸.

· · · ≪學潮≫ 1호(1926. 6. 27)

동지달의 앗참

겨울이 온다고요 산듯산듯 치운앗참엔
느진가을의 찬바람을 겨울에견주엇지요
그런대 동지달에 들자말자 벌서
조흘조흘 흐르든 압江이 어럿구려
어재보담도 머러진것갓치 햇볏은열고요
어름팔든 가가집이 참쓸쓸하게 보히는
동짓달의 가가집이 고요한 첫아참에
지절대는 참새의발이 발가케 어럿구려.

···《學潮》 1호(1926. 6. 27)

봄 날

푹신푹신한 바람이 사람을 잡아내는 봄날
옷치장하고 거니는 저 어린이들보아
花園갓치도 곱고도 후안하군
金잔듸우에 네활게를 펴고누워
우르러보니 구름들은 競走하는군
누가 느릿느릿 가나 競走하는군
곰방대 문 길손은 발옴김이 엇지 저리느린고
낫잠에 깁흔 머슴두사람은 쿨쿨코고으네
아아 게을음니다만 平和롭소 自然스럽소.

···《學潮》 1호(1926. 6. 27)

서 럼

달짜라 꽃짜라 게집짜라
사라가는 몸이길네
고요한 금음밤에 벼개비고 누으면요
남도몰내 서름의꽂은 피여
잠이루지못하는줄 그누구구알이!
檀君아 檀君아
당신의 넉시나 알가말가.

· · · 《學潮》 1호(1926. 6. 27)

* 이상 '短詩五章(舊稿)'으로 발표됨.

哀 唱

깁허온 한밤 고요한 거리에
외로히 달빗은 새ㅅ바람에 흘늘제
눈물 겨운 한눈 은이슬에 빗나고
목맥인 오인 새ㅅ닭에 우노니
님아 아는가 愁傷에 여읜 이몸을.

龜岩里 森林에 이는 새벽 안개
황토에 저즌채 흘느는 금강물
이몸은 어듸로 흘너 가는가.

넓은 누리에 落葉의 한입 갓티
애상에 타는 벌뇌먹은 무궁화
멍들은 가슴에 퍼덕이는 서름을
희여드는 하늘의 새ㅅ별이 우누나.

· · · ≪學潮≫ 2호(1927. 6. 15)

깁허가는 한밤, 고요한 거리에
외로히 달빗은 새ㅅ바람에 흘늘제
눈물 겨운 한눈은 은이슬에 빗나고
목메인 설음은 새ㅅ닭에 우노니
님아, 아는가 愁傷에 예인 이몸을.

龜岩里 수풀에 니는 새벽 안개
황토에 저즌채 흘으는 금강물
이몸은 흘너서 어듸로 갈는가?

넓은 누리에 입사귀 하나 갓티
애상에 타는 버레먹은 무궁화
멍들은 가슴에 퍼덕이는 설음을
희여드는 하늘의 새ㅅ별이 우누나

· · · ≪朝鮮之光≫ 제75호(1928. 1).

煩 熱

다리 압흐도록
잠잠 하온 대동강 가앗을 건니여도
애상에 피말는 가슴은 고요치지 안어

가비야운 실바람에
양류의 꼿가루 호렷이 날니어도
묵다란 분노의 날게는 쓰을줄 몰너

차듸찬 달빗아래에
쎗쎗하든 벼적삼 이슬에 저젓는대
타올으는 복수의 불꼿은 쩌히지안어

이 짓발핀 가슴, 흠들은 가슴,
비통의 가슴이 쩌러치는 피방울을
흰 모래텁우에 쑥 쑥 쑥 쑥 쑥

아아 피어린 불꼿에
쓰을녀 가는 기진한 다리여,
그대는 어듸로 쏘 무엇하려 가는가.

··· ≪學潮≫ 2호(1927. 6. 15)

죽 음

겨울의 긴긴 밤을
쓴 눈으로 새한
열병에 숨 갓분
아이 병실서
새벽의 흰길타고
우름 소리가
흘러흘러 가엽시
새여 옵니다

『만만세 큰날리에
님을보내고
유복자 홀로나아
길너온 아이
복남이는 열병에
죽엇습니다』
『옥사의 살창깁히
눈물로 사는
님에게 알니올가
알니지 말가
찌저지는 이가슴
압흔 생각을
사라진 복남이의
넉이나 알가』

복남이 어머니는,

청노아 울고
나도나도 가엽서서
눈물지엇소

· · · ≪中外日報≫(1927. 11. 16)

哀 別

쌈판에 몸을 실고
북간도 벌로
산설고 물도 설은
나그네 길로
살길 짤하 써나는
님의 몸이니
소치는 눈물방울
씃도업서라
◇
님가시는 고장이
예서 百里면
등넘어로 가시는
나룻길이면
벌이짤하 가신다구
이리 설으랴
千里도 千里도
머나먼 千里
깃들일곳 쌍업는
타국쌍 이라

쏘다시 맛나볼길
감감 하구려
　　　◇

오늘밤 하로ㅅ밤을
눈물로 쉬면
哀別의 가슴타는
퍼-런 불꼿의
원수놈의 살이를
불질르 면은
님은님은 머즈랴
가시는 길을
　　　◇

바다에는 달그림자
은넝울 이요
산에는 밤杜鵑이
슬피 우는밤
째도아닌 가랑비
눈물 방울에
훌적이는 리별의
밋업슴 이어

· · · ≪中外日報≫(1927. 12. 4)

늙은이

길고짜른새양쥐의 저대로쑥쎄친수염에
매즌입김이 은구슬가티 얼어부텃구나

뒷짐진늙은이의 입에물린기인담뱃대에서는
가슴사르는허연연긔가 중공(*공중)에 쓰는구나

핏긔일흔얼굴 힘업는걸음걸이가
千年도넘은木乃伊의 숨쉬는沈默像갓구나

씽그런하올미테 애달픈생각쓰으는
힌옷자락만이 나불나불하는고나

・・・ ≪中外日報≫(1927. 12. 5)

긔차깐에서

한울엔 힌구름
짜에는 힌눈
빗갈일흔해
그저달아나는 창밧갓

안개끼인 心臟
얼음잡힌 血脈
빗갈일흔삶

그저하품하는 창속

狂風이어 닐지어다
창밧가테 창속에
깃들여잇는 倦怠란놈을
휩쓸어갈지어다

· · · ≪中外日報≫(1927. 12. 5)

白 煙

밤김인듯 보들여운
허어연연긔는
눈모자쓴 굴둑에서
사르를쩌올라
감감한 내가슴을
들여다보곤
켜묵은 뭇설음을
쑈여내누나

눈고인 솔가지는
힘을검을한
외각시의 단장한
분얼굴인테
놀리듯이 아양피며
허어연연긔는

벌거숭이 웃음을
웃고가누나

···≪中外日報≫(1927. 12. 5)

웃는 낫이 그리워

손녹이는 젊은이
웃는낫이 그리워
바람찬 겨울밤엔
숫장사 할가나

가슴태는 젊은이
웃는낫이 그리워
쓰거운 녀름낫엔
얼음장사 할가나

사랑하는 젊은이
웃는낫이 그리워
꽂핀 봄날에는
꽂장사 할가나

···≪中外日報≫(1927. 12. 6)

水 彩 畵

데굴데굴 궁구든
금잔듸에는 눈방석
곱을곱을 올라안는
복송아나무엔 박꽃
낫에뜬달은 쓸쓸도하데
土窟후비는 淸人은
허여튼 冬菜를 한포기두포기

· · · ≪中外日報≫(1927. 12. 7)

복송아꼿

만발한 복송아꼿은
젊은이가슴을 괴롭게하오
피리ㅅ소리만 들리우면
나는 울것갓소

· · · ≪中外日報≫(1927. 12. 7)

님

달콤한향긔의 잔물결에
연약한손의 저녁노을

맑은눈결에 흐르는찬달빗
님아 거문고우에 실리워
타는靑春을 보앗는가

          · · · ≪中外日報≫(1927. 12. 7)

어느 밤

술김에치미는 이비듧이가슴
푸른등에녹는 이간나이청춘
들으셔요 설음의술잔을
웃으셔요 병신의사설을

          · · · ≪中外日報≫(1927. 12. 7)

熱 望

쓰겁고 맑은 日輪을
곡괭이로 찍어서는
그의타는 불덩어리를
이내가슴에 뭇고십소이다
그리면 나는
햇빗가티 웃을수잇겟지오

차고 맑은 月輪을

도끼로 찍어서는
그의뭉친 情熱망치를
이내가슴에 뭇고십소이다
그리면 나는
달빗가티 울을수잇겟지오

・・・ ≪中外日報≫(1927. 12. 7)

울고 울고 쏘 울고

울고 울고 쏘울고
울수잇는힘껏 울고보면은
울음은달아나고 웃음이난다

웃고 웃고 쏘웃고
웃을수잇는힘껏 웃고보면은
웃음은달아나고 울음이난다

우는동모야 흠신울으렴
웃는동모야 흠신웃으렴
그리면은 원통한한은
모다살아지고서
새로운길이 열리고만다

・・・ ≪中外日報≫(1927. 12. 8)

痛哭聲

한해는 또넘어갈 한고게를 넘어갈려니
쌀쌀한겨울의 눈보라치는 응달밋헤선
애긋는 痛哭聲이 또 들린다
아아 한해의비탈을넘는 푸로레타리아의
견듸기어려운 苦役! 참기에긔찬 飢餓!
凌辱, 憤怒, 悲哀, 苦痛, 緊張, ××
쇠달구지의 감탕길에서 허덕이는괴롬과도가티
牛車牛의수레박휘에 삐걱이는生命의痛哭聲은
가슴을절이누나! 骨髓를어이누나!

그는
苦役과飢餓와壓迫에 입쌀째무는痛哭聲
「짜비잇」과「쏠로몬」이죽고 「리코라이」가生埋를당해도
오오 머즐줄모르는
그는 苦役과飢餓와壓迫에 입쌀째무는痛哭聲!
그러나 또 그는
「必然의 約束」의홰ㅅ불에터지는 肉彈의爆聲
××과投獄 威脅과恐喝의 ×××가번득여도
오오 머즐줄모르고
××壓迫, 慘虐, 狂奔의 「쑤르휠림」에불을질르는
푸로레타리아의 肉彈의爆聲!
一九二七. 一二. 三〇.

‥‥ ≪中外日報≫(1928. 1. 14)

친구야

친구야!
바람도업는 가람쓸우에 人肉덩이를 툼부덩던저 말도업시쩌나가는 얼
쌔진목숨은 누구의목숨?

친구야!
날바람에 몰려가는 梧桐닙처럼 터질듯이 원통한가슴을안고 豆滿江넘는
친구는 누구의친구?

친구야?
횟가루 투성이속 쌀방아간에 가지가지시름의 쌀알골르는 파리한 어머
니는 누구어머니?

친구야!
벌레먹은 靑春을 人肉저자에 眞珠가튼눈물을 혼자씻으며 썩어가는 눈
님은 누구의눈님?

친구야!
쌜리는 창자줄이 쩌저지도록 원통한 가슴이 터-나도록 애원애원하다가
슬어저가는 송장은누구의송장?

친구야!
향기러운 生命의놀애는 끈인 이 어둔世紀에 덧업시서서 하마들닐 첫닭
의울음을 고대하는 님의가슴은 누구의가슴?

・・・ ≪東亞日報≫(1928. 7. 22.)

民衆의 正月

그대의몸에 휘갈기는 매 그모든 채쭉에 피눈물이 흘는다고 설어마세나
人類의 첫새벽 거룩한 原始生活의꿈이 우리압헤 나타나려네
묵은世紀의 눈물얼인 옷자락찟고 새라새옷을입을
民衆의설날이 갓가워왓네
굴하지말고 나가세나 더욱굿게 나가세나 무서울것 아모것도업네
보게나 하로이틀 애만흔째는 가느니 해ㅅ빗 쌀하꿩이들고
달 그림자알에 맘서늘 나어
아늘아늘 우르러별놀애 읇흘
人類의꼿동산 싸우의天國, 푹신푹신한어버이의시절이 갓가워왓네
님이여 눈물을멈추고펄덕이는 거리로가자
民衆의 쌜간旗ㅅ발이펄덕이는 거리로가자
오고야말 우리의正月, 民衆의설날이 갓가워왓네.

· · · 《中外日報》(1928. 7. 25.)

그대를 위하야

임이여 그대를위하야 오직
그대를위하야
고요히 참고 멈추는 가슴은
슬퍼라 귀여워라
참고 멈추고 참고 멈추고
쏘참고 멈추어
애들은 분하여서 멧번이나

제가슴을 쾅쾅치며 몸부림치며
불쏘리 찾는 다이나마잇처럼
힘팽긴 가슴을안고 그리고도
숙맥인듯이 그대를위하야 오직그대를위하야
고요히고요히 멈추어가는 억매인가슴 苦悶의가슴
슬퍼라 귀여워라 쓰거운 殉情의눈물이 소래업시 소사라

··· ≪中外日報≫(1928. 7. 25)

친구야

친구야 너의 회오리바람을 짱우에 굴려라
샛발간복속아 달아쯘 가슴에
希望의 黑煙이 하늘을 찌른다
陰沈한 世紀의한모퉁이에 쪼글시고 안저서
곰방대 쏙쏙쌜든 그큰궁둥이가 불이붓는다

친구야 네의 식컴언그림자에 날개를처라
大地의 응달아래서 시드른목슴의
입쌀깨무는 뭇시름이 소래를 칠른다
불덩어리가티 熱烈한 가슴을 열고서
선지피한울에다 熱狂의쏘리를 날린다

친구야 너는歷史의 車輪이아니냐
必然의軌道를타고 들들들 굴러오는
너의鋼鐵 수레박휘에 反逆할자이 누구냐

덜커덕소래나기만하면 오직自滅이 기대린다
덜커덕 덜커덕 덜커덕 덜커덕

친구야 이어둔밤에 어듬침침한 밤길을굴리니
毒蛇의 그재힌 발자취로 새날을 쯔을고
들들들들 쉴새업시 굴러오는
네의 회오리바람을 쌍우에 굴려라! (於西京)
···≪中外日報≫(1928. 8. 26)

어듸로 갈냐?

애잔한 이밤이 이리도 길고쏘캄캄하니
새벽빗 마즈려 강변에 갈냐?
랭돌을 박차고서 거리로갈냐?

고적한 강변에 슬치는바람 가람바람에
애만흔 한숨의 돗을 달을가?
랭돌을 박차고서 거리로갈냐?

파리한 얼골의 님을 잡고서
그설음 그한탄에 불을 질늘가?
새벽빗마즈려 강변에 갈냐?

凄悵한 涌涌水 浿江에 이는
새벽종 소래에 귀를 돌닐가?

랭돌을 박차고서 거리로 갈냐?

아아 우리결의 가슴에 솟는
眞珠가튼 눈물을 슷츠로 갈가
새벽빗 마즈러 강변에 갈냐

호소할곳 바이업는 시름을 안고
고대하는 님을짜라 거리로 갈가?
새벽빗 마즈려 강변에 갈냐? (於西京)

···《中外日報》(1928. 8. 28)

鄕 路

차듸찬 달그림자 熱식은白骨
月精에 소스라진 月影詩人은
달발근 十五夜에 象牙배타고
銀河水 저멀니로 먼길쩌나네

江邊의 모레턱에 고요히안저
오가는 갈매기와 하소연하는
갈매기 詩人네는 金舟를타고
太平洋 저멀니로 흰돗을다네

괴로운 이결네의 가슴서솟는
斷腸의 그정곡을 노래가락에

비겨짜는 熱烈한 우리의歌手
朝鮮의 詩人네는 어듸로가나

어둔밤의 피놀음에 불을질느려
계집아이 훌적이는 노래를쫏고
민중의 가슴에다 쇠북을치며
허젓한 오막사리 거리로가네

        · · · ≪中外日報≫(1928. 10. 3)

새 엄

嚴冬치위에 조리고 쏘조린가슴엔
파아란새엄이 보람의날개를 여오
소래업시 고요튼 心臟에선
애만흔 조선사람의 눈물이 튀오

가진生命의 砲彈을숨긴 血脈의구비구비엔
흰불이 붓소 뻘건불 붓소
그불쏘리 날느는 곳엔
쌈과눈물로 다듬은 탄환이번득이오 튀오

        · · · ≪中外日報≫(1928. 10. 5)

오 날

샛닭이두활개를탈탈털며쑈기요울때
깁흔밤거리를 빗틀빗틀빗틀치며 건정대오니
새맑은 이정신을 취햇다하리짜

찬달 그림자 구름에무치고 샛바람은불제
어둠속 구분길을살금살금 숨으며거러오니
틕ㅅ글업는 이정성을밤도적이라 하리짜

시름타는 가슴을차고 이짱에바람이닐제
그대의 한숨이크나큰 거리를뒤집흐리라외여치오니
의에타는 이가슴을 미첫다하리짜

취한듯 밋친듯 사라가는우리 아아 우리들가슴에맷친구든쯧이야취하리
짜 마리라짜만은
애닯아라 오날날이여
이넓은 턴디에 몸둘곳바이업사온즉

··· ≪朝鮮日報≫(1928. 10. 12)

築港의 한낫

築港의 汽笛소리 쒸쒸쒸 소래질르면
찡그린 한울이 입을 쎄죽인다
八月달 白金太陽이 내려쏘히는

한낮의 길기도긴 海岸거리에
빗슥빗슥 늘어진 穀倉穀倉의
그큰 아구리가 훨적 열렷네

稅關의 집머리에 旗빨날리면
스피이 달려가는 적은배쓰고
棧橋우에 싸히여 잇든穀食
오늘도 千石萬石 日本을가네

놉흔돗 돗머리엔 갈매기놀음
船艙에는 싸올리는 穀石의뫼똥
째무든 흰周衣에 낡은갓붓친
넉일흔 사람들은 港頭에서서
텅빈속에서 이는시름 典當에너코
그風景 그曲線에 입을벌리네

··· ≪中外日報≫(1928. 10. 19)

우 리 님

한울에 구름차고 비ㅅ방울돗건만
꼿밧헤 꼿지고 가을바람 불건만
쓰겁게 쏘이든 햇볏 차츰머러저 가건만
아아고대하는 우리님은 아니오시네

저가는 햇그늘에 벌레울음 요란컨만

청청하든 버드나무 누른닙이 애닯건만
草幕집 나즌키가 쌍속에 뭇첫건만
아아고대하는 우리님은 아니오시네

살기에 지친 千萬얼굴에 血色이자저들건만
째무든 흰옷자락 텅빈창자 울리건만
이몸이 바친精誠 입마치하긴 아직도엷다말가
아아고대하는 우리님은 아니오시네

              · · · ≪中外日報≫(1928. 10. 20)

픔팔이

픔파리 안하고는 살수업는 이세상인것을, 줄인창자로는 견될수업는 이
人生인것을, 두팔이성하오나 일할자리는 어들길업네 이거리저거리를
돌아다녀봐야 호소할곳도업네

병든몸이라면 자리에누워죽어나가잘것을, 홀몸이랄시면사나운이사리를
휘젓기나하잘것을, 일자리도살거리도 어들길업는이세상 망할이세상
줄인창자로는견될수업는이人生, 억울한이人生 성성한몸이 픔팔곳업서
거리를헤매네

              · · · ≪東亞日報≫(1928. 10. 28)

旱 魃 (上)

못자리에 모포기 자라고 자라
비나릴 날새만 고대를 하네
쩍쩍 갈너터진 허연 백답은
농군의 가슴에다 물방아 놋네

쌩쌩한 하늘밋 신장로우에
봇짐진 길손들은 어듸로 가나
풀닙도 나무닙도 엇기에 긔찬
농군의 하로사리 千年과갓네

저건너 새거리에 장구소리가
오늘에도 쩡덕궁 지화자노리
먹을것에 입을것 돈만흔량반
旱魃의 災殃이 술잔에녹네

              ··· ≪中外日報≫(1928. 10. 29)

旱 魃 (下)*

푸르른 하늘엔 힌구름 둥실
해ㅅ볏에 못자리는 노라케 탓네
녹실흔 중쨍멕이 호미를 들고
언제나 찡찡치고 이앙을 하나

初中伏 다지나고 末伏이 내일
祭床에 꿀어안즌 저정성 보소
天水에 목을매고 몸부림 치는
볏모의 타는머리 그가슴 일네

저건너 새거리엔 장구소리가
오날에도 쩡덕궁 지화자 노리
먹을것에 입을것 돈만흔 량반
旱魃의 災殃이 술잔에 녹네 (舊稿)

· · · ≪中外日報≫(1928. 10. 30)

> * 원문에는 (上)으로 표기되어 있으나, 더 이상 다른 작품이 발견되지 않
> 는 것으로 보아 (下)의 오류로 판단하여 (下)로 표기함(편자 주).

바다가에서

바람에 뜰가요
짠물로 흘를가요
넓은누리에 냇가모래알
다섯자겨우넘는 몸동아리에
깃들인시름이 泰山도엿거나

짠물로 흘를가요
바람에 뜰가요
푸른한울미테 냇가모래알

白斤도채못되는애만흔목슴의
살길은어대람살곳은어대람?

바람에 흘를가요
짠물로 흘를가요
바닷물에단 가슴을뭇고요
머리일랑 바람을타고
나는 바다에쓴 바람이될가요

짠물로 흘를가요
바람에 쓸가요
넝츨넝츨 짠물을낙거서
바람이되어 둥실둥실쩌
구름을보고서거리로흘를가요

· · · ≪東亞日報≫(1928. 10. 30)

나그네
― 늙은 길손의 놀애

가도가도 쯧업는 헛한묏길을
짐업는 늙은길손 짐진나그네
살길이라 쩌가는 이몸이어니
豆滿江 건너서는 누굴차즐가

가자가자 훨훨가자 눈물을슷자

푸른물결 힌물결 쒸노는물결
가벼운 네발자취 내게주렴마

밤깁흔 산중에 버레가울제
버서진 머리에선 구슬쌈이라
쎠만부튼 학다리 썽충충돌고
쩌가는 저곳이란 그어듸맨가

가자가자훨훨가자 눈물을슷자
밤바람 새벽바람 산치는바람
가비야운네발자취내게주렴마

           ··· ≪東亞日報≫(1928. 11. 1)

거랑이

이사람들은 성한몸으로는 살아갈길이끈처서
성성한팔을뒤로자처 곰배팔이가되엇다네
성성한다리를동히고동혀 안즌뱅이가되엇다네

그리고도살아갈길끈처서 이사람들은
성성한혀ㅅ바닥을물어끈코 벙어리가되엇다
새맑은두눈을손ㅅ가락으로찔러 쇠경이되엇다네

아아그리고도 먹을것이업고잠잘곳이업서서
멀정한정신을버리고 미친놈행세를한다네

그리고도그리고도 이사람들은
이망할턴디에 몸담을곳이업서서
멀정한창자를울리면서 거리거리를헤매다가
짓밟힌가슴을그대로안고 거리귀신으로박권다.
　　　　　　　　· · · ≪東亞日報≫(1928. 11. 30)

쓰러지 가는 거리 數章

一

새거리(新市街)가 난다고
이동내거리거리가 散散滅滅쪼각쪼각갈내가낫네
실거덕 실거덕
흙구루마달리는소래가 끈일줄을몰르고
자갈푸는 말달구지
쓸덕커리는 박휘소래도 끈칠새가업네
斷頭臺위에느러선 重罪지은사람들이랄가
날근개와집 초가집들이 臨終의恐怖에 몸소름치는것가테

사랑채 헐넌집집 담장쓰러진집집
기동쎱힌집집 구둘장헐녀나간집집
그리고 쏙쏙결박마즌 석가래기둥 마루장 대들보 ……
아하 이거리집들이 무슨큰逆罪를지엇단말인가

二

家家戶戶에 뭉개뭉개나스는저사람들

모다이사보ㅅ짐을 등에다젓네 머리에엿네
젊은니 늙은니 녀인네 어린이 어머니등에업핀젓먹이……
아아 쓰러저가는 이거리를버리고 어듸로간단말인가

뻘언저산기슭에 움파고들어간단말인가
여덜八字 幕집을짓고 새우사리할어간단말인가
내고향에 불지르고 白頭山넘어로
귀양사리할어 써나간단 말인가
아하쓰러저가는거리의모든愛着을발로비비고
허둥지둥나스는저사람들
그째무든 흰옷자락이 가엽시도 발에것치네

     三

걸네가튼 보작이에 싸힌
옷가지옹기그릇 투가리 입사발 사긔요강 입수쌀
아아 쓰러저가는거리의 애닯은목슴밋천을
典當질갓다가 멋번이나 퇴박마진 그얼골들을펼처노코
팔어지라고 동내집녀인을 차저보고 말돌리는 녀인네저것듯소
내살님사가라고 애걸하는 귀ㅅ속말이
귀ㅅ박게새여나오네
거저준대도 손쉽게 가저갈째가 아니어든
그누구가 돈내고사줄것인가
만은이 고장써나갈아낙네에겐호소할곳업는 괴롬이잇건이
힘써장만한 그살님을 쎨어노코 팔어지라고 내살님사갑쇼 내살님사갑쇼
힘씃힘씃 귀속말을돌리고잇네

· · · ≪中外日報≫(1928. 12. 4)

近詠二曲

1929 ······

아아 새時代의군호를 힘껏외여처라
一九二九年의쓸어저가는거리를 달녀갈런다
憤怒의채쭉을 힘껏들라
찌글인이마에니는 구름뭉치가바람이되기까지
憂鬱의넉두리를 힘차게갈길런다

歷史의달리는곱비를 든든히쥐라
혼란된이時代의 썩은心臟을
바람이닐도록 凝視할런다

아아 새時代의군호를 힘끗외여처라
一九二九年의쓸어저가는거리를 달려갈런다

1928 ······

아아 歷史의수레바퀴에 두다리를걸고
나는 一九二八年의心臟을 문질르며굴러간다!

오막살이를뒤집흘 큰呼吸도 쉬지못한 一九二八年
나는 그의心臟을 문질르며굴러간다!

묵은世紀의遺物들을불질늘 큰熱情도뱃지못하얏거니
짓밟힌가슴가슴을 맑게시츨 큰바람인들잇섯스랴
아아 나는 一九二八年의無力한心臟을

툴턱툴턱 문질느며굴러간다 굴러간다!

··· ≪東亞日報≫(1929. 2. 25)

新春三章

一

그날ㅅ샌겨울의앙큼한바람이
大地를잡아흔들째마다
×로동조합양철집웅이 소리를질르며들석거리든찬밤
그밤에나는
줄줄이웅크리고누어발발썰며
색캄한니불자락을 잡아다니는사람들의
씅씅거리는소리를 이즐수업섯거니
아아지금은봄이다 봄에도화창한한낫이다
째무든니불자락이 봄바람에
횡갈래치는시절이왓다먀는
因憊와 鬱厄의이사람들에겐
봄빗이업네봄빗이업네

二

海岸築石위
쩐즐한『페브멘트』우에를 삽풋삽풋
한사람두사람 휘ㅅ바람불며
거니는 點景
봄바람에산들산들 단장휘둘르는 點景

아아輕快한저발자취!
어듸론가사라지는검은구름의
한울을뚤코 젊은긔운이
무근텬디를휩쓸어갈듯이 삽풋삽풋
반작이는새해볏의禮讚을바드며삽풋삽풋
아아익어오는봄한울미테
하마피리소리가들릴듯들릴듯

　　　三

港街의한낫『모어터이이렌』이 엉엉울째
穀食섬아리지게에지고 고달퍼하는일군의사희를
살으륵살으륵나브켜드는바닷물결에 그윽한한눈을반짝거리며
가느다란발목아지 어영구영 옴기는모던썰무리
그쌜간입술에서고요히새여오는놀애가락이中空에헴칠째에
아아봄은왓건만 보람의봄은 완연히왓건만
모든것에줄인사람들의씽씽거리는그소리가넘우나애닯어넘우나애닯어
　　　　　　　　　·　·　·　≪東亞日報≫(1929. 3. 4)

早春低唱

　　　一

지금은봄, 봄에도보리엄이파라케 머리드는첫봄
悲嘆에어스러지든凶厄의시절이 어제갓건만 荒漠한논펄에
눈포레자취도어느듯사라저갓네
지금은봄, 봄에도보리엄이파라케 머리드는첫봄

그파란엄우에 주린農軍의알들한보람의눈이그윽히반짝이네 그윽히반짝
이네

二

둥실둥실 둥둥실
텅텅문어진얼음장이 겨울을실코 둥실둥둥실
웃강이터젓네 웃강이터젓네
강언덕우에한척두척 삿일헛든배들이
겨울바람에 헛돗대꼿덕이든어양배들이
한만리줄곳달려갈듯이 힌돗대줄줄이달고
어여듸여달아나네 어여듸여달아나네

三

밝은해볏이 반짝반짝
애만흔겨흔 괴로운농군의근심찬집웅우에
멧겹이나싸헛든눈얼음도 어대론지사라저갓네
발근햇볏이 반짝반짝
그러고졸졸졸쩔어지는 기스랑물소리
아아봄은왓네왓데마는 농군의찬가슴엔햇볏인들흘를야

··· ≪東亞日報≫(1929. 4. 5)

찬달 그림자를 밟으며

찬바람은갓금 자취업시허허부러오는찬밤

달그림자는 멀숙한나무사이를지내서

싯업시먼들우에 고요히고요히거니는달밤

부들어운氣流가찬바람을타고 왼누리에구버흘르는달밤

아아이밤 고흔달그림자알에서

소리도업시기울어저가는草幕의 검은그림자를안고 나는 不平에사못친가

슴을 몃번이나치술엇노라

아아 보름달은 구름에무치고

草幕의검은그림자도 가엽슨그자취를숨겻슬째

먼촌에서 한채두채새닭울음이고요히고요히

아아묵은시름을털며 새라새날을녀는 그소리가고요히 고요히

잠들은天地를흔들며 무근짱우에사못칠째

草幕속에서새여오는 고달픈고달픈숨길을마시며

나는 不平에사못친가슴을 몃번이나치술럿노라

· · · ≪東亞日報≫(1929. 5. 22)

突進의 靑春

씩씩한두팔을 거리에내밀고

(뤃)젊은熱情을 蒼空에날리며

힘찬발길을몰아 그터로나가는

靑春靑春 오오그血氣쏀이우리의生命

依支할길끈인沙漠 쓰거운쓰거운햇볏아래

無力한生命이 饗路를일코
갈증에겨워 업프러지며쓰러질재
번개가튼솜씨로 구름과비를몰고
소리치는靑春 오오그勇敢뿐이우리의生命

아아偉大한甦生의 抱負에타는靑春의
鬱憤의구름 疊疊이싸힌 가슴을열고
이現實의險惡한괴역을 쑤여쑬을
熱情의화살을 튕기고 튕기며
突進하는靑春 오오그氣魄만이우리의生命

···≪朝鮮日報≫(1929. 5. 22)

가엽슨 生命

1

모진폭군의 발쑤리에 채워
소래도업시 사라져갓든
이즐려도 이즐길업는
그리운 그리운 절믄生命은
過去 數千載
生命의饗宴과 苦難이싸홀재
人類福樂의 炬火를들고
머츰업시 巨壯한 熱情을뺏든
그리운 그리운 절믄生命은,
階級의 墻壁을 쑬코

老衰한 大地우에
푸른불길을 蒼空에날니며
甦生의軍號를 소래치는
그리운 그리운우리의生命.

2

새世紀의 날개를 타고
마음씃 나를수잇는 가엽슨 가엽슨 그生命,
쑷안인품일, 보람업는 사람사리에
나혀던지는 갑싼갑싼 肉塊,
아아 나는늣기노라, 슬픔에사뭇친 그마음속을.

生存의굴네 참아잡어쑷지못하는
절믄 절믄 熱魂들의
아아 낡은펜을쥐고 엉엉 소리칠째
屈辱의悲痛을 한가락노래에붓치는 억울한生命,
아아 나는늣기노라, 괴롬에억밧친 그가슴속을.

· · · ≪文藝公論≫ 제2호(1929. 6. 10)

東方所觀

아직도아직도 움지기지안으리라마음가든中原이
옴으릿든그날애를다시펴고 움즉여나온다
아즉은그러할째가안이어니 마음가든그날애가
極東의風雲을몰고 거연히날어나온다

그成就가어제가튼 國民××의그림자속에
깃들어잇든 左翼·右翼이 갈나저나온다
아아 刻刻으로그心然의軌道를타고 달녀오는世界의 情勢는
멋대로꿈쮜는머리머리를문지르며 굴너오고말엇다

在·右翼
아아그는 불쏫과바람이다!
타올으는불길속에 부러짜리는바람속에
미듬으로다진熱情이 씩씩한팔을쏨내이고
결에결에의百年雄計가 활개를버리며 憤怒의 正逆熱이소래를치는
아아壞滅의무서운힘과힘이 바람을타고불길을몰고
가튼民族의가슴을노리며 무섭게×發하엿다!

正逆의불길!
正逆의바람!
咀呪에타는미듬의熱情이 아우성치는곳에
理論鬪爭의權威업는饒辯은 그灰色의影子를감초고
오직쌍이라도씹어넘길 그壯快한××에
大地우의人間建築은 한瞬間에재가되련다!
아아 一切의理論을한갈내로썩비여놀힘과힘만이
壯烈한××을것처서 그미듬의正逆을다질뿐이다!

아아그러나애닯어라 하늘을찌르는불기둥
불어짜리는旋風 가운대서서
이결에의줄어드는脈搏그生氣업는情勢의度數을헤여
언제까지나맥풀닌診斷의손을쑤리치지못하는
쥐색기갓흔人生의가슴엔 피ㅅ긴들잇스랴!

灰燼!打倒!재가되든 업프러지든
바람과불꽃그어느편이든 偉大한勝敗을것처서
極東民族의興亡大計를 左右하는
壯烈한正逆의結末을매즈려하는이째에
삶의불꽃에타는雄健한抱負!
바람갓치쮜노는壯烈한氣象!
아아病드른氣管 허득이는숨결을뚤코
영특한大動脈의하늘을찌르는
그불기둥이그립어 그바람이그립어
불꽃을타고 바람을몰고 싸호려는中原의
正逆에타는熱血男兒의그소래 들을째마다
男性의意氣펼길업는 괴로운괴로운가슴의
소래업시쩌러지는눈물을 참을수업구나

아아 옴으럿든그날애를다시펴고 巨大한中國이
極東의風雲을몰고巨然히 움즉여나온다!
··· ≪文藝公論≫ 제3호(1929. 7)

八月 太陽

우리의生命을 씩씩한八月太陽가티 빗나게살리라
짓밟힌人生의 모든음달을 怨업시恨업시 쩍어내자
불살르자
어둠과싸우는 太陽과가티
避치못할싸움이어든 雄健하게싸와가자

씩씩한生命, 白金太陽의우리生命을
十五夜明月가티 곱게둥글게 붓도다길르자
사람의미칠수잇는 眞善美의 온전한자리에까지길르자
길르기위하야 싸워야할진대 끗의끗까지싸워가자

二月달의히멀금한太陽가티 힘업시살랴할진대
애꾸눈가튼초생달의人生을 즐기려할진대
그러타, 개나도야지가티
나무닙과풀쑤리를씹흐면두 거슬림이업슬진대
나는 徹頭徹尾한몸을硫黃불속에잠거 오히려이세상에
우리生命의 한숨길도남기지안키를 惡禱한다.

· · · ≪東亞日報≫(1929. 7. 31)

잔듸밧

푸른 잔듸밧 우에 누어서
모나고 히여진 쏘는 장쾌함즉 쩍쩍퍼진 나무가지의 구분線을 즐기며
둥실둥실 쩌가는 힌구름에 반짝이는
白金太陽의 그윽한자취를 질기는째

힘참즉 쩌더나간 가지가지의 이장렬한긔상을 반짝반짝 希望에 가득찬
이 그윽한해볏을 아아이나라사람들
보람일흔 그마음에 고히고히 무더주고싶다
짓밟힌 그가슴에 쑤려주고십다

· · · ≪東亞日報≫(1929. 8. 4)

松濤園에서

내오래간만에 알몸둥이로
바다에쮜어드니
녯우리어버이 그씩씩한모습이눈압헤알롱진다
◇

東海바닷물 地表씃싸지퍼진
푸르고짜ㄴ바닷물
팔다리그속에뭇고 씃업시헤염처가는질거움 아아무한한 질거움
◇

검푸른물우에 펼틈업든네활개를 쩍쩍벌리고
씃업는生命의伸長을늣기는
아아녀름의바다사리
◇

赤田바다멀리헤여쩨목우에안즈니 하눌엔되백이울음바다
우엔젊은이우렁찬소리 아아 그리고 출넝이는물소리
◇

물장구치든 아희들견듸다못해물속으로 숨어헨다
개고리가티 활작활작아아귀엽어라그팔다리
◇

햇살에탄 색캄한살결고희고희모래속에파뭇고
눈감고굿센햇살밧는달련 아아왼血潮는씀어올른다
◇

헤염치기결음하는젊은이 그팔다리씩씩저으며다라난다한千里를달려갈
듯이 아아偉哉라늠늠한그氣象
◇

飛臺우에서툼부덩 쏘툼부덩 툼부덩

내려쮜는식컴흔젊은이들 그소리壯하다 씃업시壯하다
　　　◇

탁한거리의넉두리를 흠신째물어밬켜주는 灼熱의바다
아아원조선젊은이들 이곳으로인도못하니 그가恨일쏀
-松鶴館 七號室에서-

･･･ ≪朝鮮日報≫(1929. 8. 8)

洪 水

한밤중 나려싸리든 비는 그첫서도
탁한물우에 草집웅이 둥실둥실
이사람들에겐 무슨文明의 누림이잇섯드냐
물쓴뒤에 남은건 오즉 허젓한大地쏀,

그우에 선 白衣人은 太古적의
自然의 위협압헤 쩔든原始人 그대로로다!,
아아보라
이사람들에게 무슨文明의 누림이잇섯드냐
오즉數千年間 쌈흘려일함이 그누구를위함이엇든가.

･･･ ≪東亞日報≫(1929. 8. 12)

새 째의 걸음

음달을 쌀하 자리를옴기면
八月太陽은 어느듯 뒤조차 온다
산마루서 봉오리로 멧차례나 올맛건만
쑤준이 햇빗은 긔여코 쏘차온다
가는 음달 쏫는햇빗
밋업시 살작왓다 눈물쑤리며 사라저가는 너는 그 幸福이란놈가 목맨哲
人의 넉실런가 아니라 反動의 온갓陰影인들 쏘츠며
들들들 굴러오는 새째의걸음이로다

· · · ≪東亞日報≫(1929. 8. 16)

닛치지 안는 사람

炎熱의八月 가난한마을 움막속에
세상에 버림바든이들 병든동모들,
한걸음 그에서나온 푸른솔음달 잔듸밧우엔
서늘한바람이 그유순한날애를 살랑살랑적고잇건만

아아 기동할수업는 가엽슨사람들,
내 저들창업는막집 볼째마다 닛치지안노니
내 이나라목수되어 저 나즉한움막에 창을쑬고
생생한 自然의정기 흠신몰아 그이들가슴에 부어주고십다

· · · ≪東亞日報≫(1929. 8. 28)

바다ㅅ 가에서

칠산바다 먼하늘 툭터진 물ㅅ길
힌구름 뭉게뭉게 떠도는 바다
고기물은 갈매기 은날애 칠제
푸르른 물넝울은 햇볓을 타고
금빛넝울 반짝반짝 웃음에 찼오.

검은연긔 한줄두줄 또한줄두줄
먼바다 험한물ㅅ길 곱게도 저어
항구바라 들어오는 저배ㅅ연긔
어머니품 못잊어 집찾아오는
옛날우리 고향동무 저우에 탔오

비아니면 검은구름 억세인 바람
칠산바다 그험한길 어대로갔오
오늘은 오실까보 꼭오실까보
어제ㅅ밤 꿈속에 왔든 옛동무
고요한 물ㅅ길저어 꼭오실까보

· · · ≪新生≫ 제2권 제10호(1929. 9)

明暗의 기슭에 서서

希望의날이 꼭 나를 찾아줄
내 그꿈속에 살건만
보람의날이 꼭 내게 보내줄
끝없는 질거움 그속에 살건만
아아 내 오늘날 明暗의 기슭에 서서
끝없이 쓴 오늘의 괴롬을 씹으며
그괴롬 그아픔에 한숨짓지 안는가
人間哀樂의 검은 그림자를 안고
가엾은 그 꿈길에 눈물짓지안는가
아아 부질없은 悲懷, 끝없는 哀想,
넘우나 간사한건 사람의 심정
어지하여 사람은
이리도 오늘에만 충실한가 순직한가!
이밤을 옛이었다 부를 새라새날엔
오늘의 괴롬은
끝없는 줄거움의 어머닐것을.

···《新生》 제2권 제10호(1929. 10)

鴨綠江 가에 서서 (民謠)

1

의주라 압록강 푸른물우에
나날이 흘러가는 쎄목우에다
헤매는 몸을실코 바다로가면

일본이라 만주라 도라단닌들
부를곳 일흔살림 뒤쪼긴인생
어느곳 차저간들 학대밧는몸

저갈대로 출넝넝 흘러가련만
그래도 기를쓰고 살고보자는
제마음 제가본들 모즐다인생

2

씃켯든 철다리는 빙한번돌면
강우엔 새다리라 길이트건만
다리씃긴 우리목슴 갈길어된가

언덕우엔 톡툭터진 넓고넓은길
길이라니 四方八路 쑬럿스련만
조선놈에 향할길은 어듸란말가

큰길겻헨 웃득소슨 高樓巨閣들
집이라니 사람사는 고장이렷만
조선놈에 몸담어줄 집잇단말가

··· ≪朝鮮日報≫(1929. 10. 15)

울지마라 아기야

못먹은 다람쥔듯
예인아기는
오늘도새벽인데
소리처운다
두손을 다복쥐고
발을굴르며
미운듯 원통한듯
처량히운다

나온지 첫일혜라
세상을알랴
나오며 터진울음
줄우는울음
족으만 그가슴에
그마음속에
이세상 쓸인바람
모즐단말가

이새벽 네인생에
터지는울음
눈물애 저즌인생
못우는밤의
먼뒷날 이내나히
되고보며는
울래야 못우노니

소리처우네

울지마라 아기야
이세상살이
이짱이 뒤집혀도
시원치못할
아버지 이가슴엔
눈물고힌다
울래야 시원시원
울수업나니

· · · ≪東亞日報≫(1929. 10. 29)

獄衣가 운다

갈바람이 우수수 옥창을 칠째
앞마당 줄에널린 獄衣가 운다

푸르고 붉은獄衣 날근 그자취
갈바람에 우수수 소리처 운다

기름땀 가득찬 번호 등거리
그임자 압흔가슴 눈물 흐르고

기름째 한숨되여 쏘눈물 되여
九曲간장 다썩힌 獄衣가 운다

가슴에 손을언고 생각해 보소
그누군들 죄안지흔 사람잇스리

아아음모 국사범 강도 살인범
살길×는 이×× 獄衣가 운다

· · · ≪朝鮮日報≫(1929. 10. 31)

구 름

불길업는 금음밤 들길을것듯
몬지니는 거리ㅅ길 수레뒤가듯
나의 가슴에는 납덩이가튼
울분울분 울분의 구름이닌다
구름에 불이가면 비가 되구요
구름이 차서얼면 눈이 되련만
이×× 가슴에는 불안니는가
어름가튼 매운힘은 팽기지 안나
아아청춘 대장부 이××생령
어름속에 무친들 홰ㅅ불에 탄들
몸버릴 청산이야 옌인들업스랴
아아울분 울분의 구름이닌다

· · · ≪朝鮮日報≫(1929. 11. 1)

열매 일흔 볏님

열매일흔 볏님은 바람에울고
댕그렁 집푸레긴 외로히쩌나
볏머리에 다북히 열린나락은
임자차저 외고장 간지오래라

팔아온 청좁쌀은 독아지에가득
언젠간 나무썹지 풀쑤리캐러
십리십리 머나먼길 예고갓거니
수남아가 오늘은 썩해서주마

집푸레기 주섬섬 다발을지어
고히고히 들마당에 싸올렷다가
동지섯달 긴긴밤을 새끼쑈구요
섯달대목 큰장설쌘 장보러갈가

명년봄철 갓난아기 첫돌이오면
먹을것 입을것이 걱정이로세
느진봄 긴긴해를 무엇에산담
풀닙인가 풀쑤린가 나무썹진가

· · · ≪朝鮮日報≫(1929. 11. 2)

님 생각

잘린가진 시들시들 푸른빗예고
갈바람에 우수수 불려서도나
넝울잘린 포도나무 댕그렁포긴
삼등치위 다지내고 봄바람불면
푸른이삭 알롱알롱 도다올르리
머나먼 북편나라 벌판을바라
쩌나가신 우리님은 어대계신고
사시장천 얼음쌀린 북국이라니
가을인들 어쩌리 봄인들오리
집차자올 기약인들 헬수잇스리.

··· ≪東亞日報≫(1929. 11. 2)

> * 「열매 일흔 볏님」, 「님 생각」은 '農村의 가을'이란 큰 제목 아래에 발표
>   되었음.

고향 그립어

련락선 배싼에다 몸을던진채
정처업시 쩌나는 집일흔아이
玄海灘 험한물결 배ㅅ장을칠째
외로이 흔들리는 의지업는몸
눈물이 흘릅니다 고향그립어

오래서 가는길은 차저나가고

정한곳 가는길은 맘이나편치
오라는 길아니오 갈길아닌데
목숨이 원수라서 쩌나가는길
눈물이 흘릅니다 고향그립어

외쌀아기 청좁쌀 못팔아먹고
옥수수 감자넝쿨 솔썹질씹어도
이저리 살아가는 내집살림은
먹고사나 굶고사나 내고장인걸
눈물이 흘릅니다 고향그립어

··· ≪東亞日報≫(1929. 11. 5)

돈 못 벌엇네

昌慶丸 잡아타고 외고장갈쌘
원수늠의 돈돈 돈벌러갓지
내오늘날 쏘다시 이배를타고
집차저서 오건만 돈못벌엇네

쩌갈째도 빈빈손 올째도빈손
열열번 쏘펴본들 힘업는빈손
무엇하러 외고장 내쩌낫든고
후회한들 무어리 살려고간걸

천대라니 말마소 눈물이라니

이내힌 고이적삼 얼룽에찻네

외거랑이 이신세로 쏘쫏겨온들

내집인들 잇스랴 이놈의살이 (舊稿)

··· ≪東亞日報≫(1929. 11. 5)

* 「고향 그립어」, 「돈 못 벌엇네」는 '連絡船 레뷰'란 큰 제목 아래에 발표
되었음.

녯 친구에게

내오늘도 가슴풀고 깁븐한마음으로

녯친구 맛나만단회포를 쏫네

그친구 엇지나 후하고 다정한지

제맘속 거리낌업시 이야기해주네

여보게 그럿찬나 자네생각은 엇던가고

참말 맘줄친구 엇저면이리도 살들한가

내자네속 잘알거니자녠들내속 모를손가

녯지금이업섯든들자네와난다정한벗일세

그러나 자네가 나오라는건 망발이야

자네가 아닌나로서 녯아닌 오늘날에

자네를 싸러간다고 야이사람그건망발야

그러타고자녠들 날싸러올수야 업는일일세만

아아엇재서 난자네를 녯사람이라부를수박게업나

자네생각과 쮜노는가슴이 이리도곱고 아릿답고
난자네와가티 눈물짓고 坐함께한숨짓거든 아아그럿컨만
자네는간사람이고난안간사람이란말인가

··· ≪朝鮮日報≫(1929. 11. 9)

一片丹心

큰바람불고 큰비쏫든밤 갈릴야에
몸담을 집인들 잇섯스랴 가난한예수
외로운 단한몸 잇글고 짓업시혜매섯다네

피곤한몸을 단한쯧위해 山上에올라
億兆창생을 넘하든 나차렛예수
빌고 坐빌고十字架에피흘리면두坐빌으섯다네

쌔가달르거리 내어찌 구지빌고만잇스랴만
눈물흘리며 창생을넘하든 그一片丹心야
불엔들 타고말랴 물엔들 갈안즐야

아아부러워이 거룩하이 나차렛예수

··· ≪東亞日報≫(1929. 11. 12)

어느 벗에게

진터에나가 싸우는병정 그손에총칼쥐나
저저이총칼쥐고 싸우는건 아니로새
밥짓는이 병보는이 형세보는 그모다가
재각기 배홈짜라 저할짓들하는것을

병들은 결레위해 할일인들 달을손가
맥보는이 약짓는이 간호하는그모다가
제일만일인듯 남의일비수주니 이웬일가

··· ≪東亞日報≫(1929. 11. 12)

> * 「一片丹心」과 「어느 벗에게」는 '近詠二章'이란 튼 제목 아래에서로 발표
> 되었음.

꿈 속에 본 집

꿈속에 본그집 어찌나큰지
내 입짝벌리고 이러케웨첫네
세상에 제일큰집 이결레가젓습네

총독부 열목임즉 크나큰그집
칭칭이 켜인불들 별한울가티
어듸보자 헤엇드니 오백도넘습네

꿈이란 허망하여 잠깨어보니

저산기슭 밤이라서 날속엿네
천도넘는 오막사리 내마을인것을

그산등 어찌나 팔자사나운지
森林한포기업시 이리저리뭇잘리고
추릿한 흰주의에 눈물만씻습네

그눈물 그시름 퍽도크다햇드니
총독부ㅅ집 열목백목 더큰시름이
그집주인 가슴속에 뭉처잇습네

                · · · ≪東亞日報≫(1929. 11. 13)

둥실 뜬 달님

잠자는님 고히몰래 살작일어나
동의이고 물길러 나갓드니만
물되ㅅ박이 어듸갓나 물길수업네

물되ㅅ박 찾노라서 허릴굽히고
새암도리 수풀속을 헤처봣드니
되ㅅ박이는 간곳업고 줄만잡히네

그줄설설 감아서 한손에들고
내려보니 샘물엔 둥실뜬달님
내님인듯 방긋방긋 날웃어주네

                · · · ≪東亞日報≫(1929. 11. 13)

---

* 「꿈속에 본 집」, 「둥실 뜬 달님」은 '民謠 二篇'이란 큰 제목 아래에서 발표되었음.

고향 차저 오며

부모님 슬하쩌나 외고장간지 아마십년
나어리고 복스럽든 두볼은 쌰웃예고
자란키 채린쑴이 큰한사람 되엿건만
집차저온 이내가슴 엇지이리타드는가
물결은 출넝출넝 푸른바다 이누리는
내쩌나온 여듧해전 출넝이든 그바다라
이내고향 쓰기실혀 어린가슴 울넝이고
눈물짓든 그녯날의 이내모습 너보앗지
내오늘날 고향바라 십년그린 가슴안고
쩌들오는 배ㅅ장우에 지는눈물 이웬일고
한쯧위해 갓던아이 그쯧일워 예오건만
쯧펴고 살아갈길 아득하니 눈물인가
어린애쩨 흘린눈물 쏘흘리는 오늘눈물
눈물엔들 달름이야 한가슴에 잇스랴만
녯가슴엔 큰희망의 구름인들 니든것을
아아실망 내고향의 큰사람된 눈물이여

··· ≪朝鮮日報≫(1929. 11. 14)

집 일흔 아희

玄海灘 넓은바다 큰별을타고
크고도 조고만배 해매는아희
센바람에 이저리 회몰려가는

압흔가슴 이내가슴 이결에가슴

미칠듯 슬어질듯 업푸러질듯
물결짜라 지향업시 쩌도는아희
젓먹든 힘다쏘다 쌍고동쒸쒸
트는비명 이내비명 이결에비명

지향일흔 이배마지 조와라할이
이천지 넓다한들 그누굴런가
외고장 쩌나본들 북간도간들
천대박대 눈물인저 집일흔아희

이누리에 삶바든 이십억권속
결에마다 제집위해 칼들고섯네
넝울짜라 출넝출넝 쩌도는아희
칼잇스랴 집잇스랴 살길업서도

풍랑비고 외엇치는 저고동소리
쒸쒸쒸 그리소리쌘 우리군호가
눈물짓는 동포네야 손마조잡소
슬어진들 살아난들 한목슴인걸

· · · ≪朝鮮日報≫(1929. 11. 15)

녯 내 고향

내고향차저 그리든이내 예도라왓건만
녯내고향 어듸로가고 날몰나보나
영산재고개고개 푸른숑림 잔듸마당
볏센녀름날 정자밋차저 고히안즈면
오가는흰옷자락 살살바람에 날렷건만
갈내갈내찌저진 그네얼골여 이웬일가

네고개우에나서서 푸른바다 굽어볼째
유창한봄날 絶影섬엔 달애꼿불긋불긋
오가는어양배 오색깃발이 영재썰치고
어여듸야 배ㅅ노래놉히 언덕바지에자욱
간간이한두□르내 김올리며 □라나들걸

아아녯수림잔듸밧 어댈가고 흔적도업나
벌건흙 피□안창만이 해볏에타며
오골오골 뒤싼가튼 오막집만칭칭히
횡발한사나히네 이잿등에 자욱찻나

나려다보라 밋엔개와집벽돌집들전등이총총
넙다란큰길엔 전차달리고 자동차간다
바다우큰륜선은 짐풀고짐실코 오고가고
아아외말소리외노래가락 게다소리 이고장에찻건만
이내녯고장 산우에서썰고 날몰나보고
아아지금은문허진꿈인가
다사로운 □니품은 어듸로갓나

• • • ≪朝鮮日報≫(1929. 11. 17)

短章數篇

一

일은 봄이라 은실비는 소리없이
피어나는 버들나무 연한닢우에 궁굴며
(아아 자애에 무르녹는 봄의발길여)
부드러운 그몸짓 방울방울 이슬처흐르나
이가슴에 그득한시름은 굳이 풀릴길없노니
아아 봄인들 봄일가보냐 쓸쓸한겨울임즉.

二

붉은 알가슴 하늘에 내밀고
저산머리는 오늘도 저물어간다!

의지할곳 바이없는 이나라풍물이
어찌 李朝五百年 학정의탓일까마는

나무한가닥 풀한주먹 자라남없이
벌엏게 탄 저산머리 바랄때마다
이겨레의 쓰라린 가슴이 알연해든다!

三

싸워라 싸워라 그말슴 굿득 굳세오나
살들고 진터로 나가는이 몇몇일런고?
살들고 손수 진터로 나가는이 무던하오나
긔껏 싸워 목슴 받히는이 또몇몇일런고?

四

그 깊은 꿈길에서 깨었거든 씩씩히
眞理에 맑힌 머리를들고 걸음걸음
逆情에타는 새ㅅ별눈을 깜박깜박
애많은 北村의 거리를 달려갈세라
어언간 이따의 놀라운눈은 그대 낱우에 떨고
보람에 빛나는 앞길은 그대의머리우에쏠리리니.

· · · ≪新生≫ 제14호(1929. 11)

고덜음

눈첩첩 싸인집웅 집웅처마에
대롱대롱 느러진 곳얼음기둥
집주인 신세가티 집신세가티
집키보담 더느러진 곳얼음기둥

겨울해볏 반작반작 비치는날은
그집사람 시름바더 눈물을바더
기스랑물 그렁그렁 흘리는기둥
차고도 매운날은 쏘다시얼어
한결긴 곳얼음은 줄널리달고
가난한 초가집을 지키는기둥

三寒이 다지나고 四溫節와서
초집웅의 힌눈은 사라저가고

가마귀 두세마리 집웅에안저
무근집낫 헤치며 울음울째면
스르륵 눈을감고 가는눈기둥

··· ≪東亞日報≫(1929. 12. 1)

殉情의불길 (一)

이고장 씩씩한 사나희야
이고장 씩씩한 너인네야
사랑의 불꽃이 타올르걸낭
곳바루 살어라 한쌍이되여라
여기에도 용감이 잇서야한다
여기에도 순정이 잇서야한다
그러나 한초인들 주저하지말어라
무근틀에 휘몰려 탈쓰지말어라
씩씩한 인생의발길을 돌리지말어라
펄펄쮜노는 가슴을 썩히지말어라

내사랑하는 동모야
너희는 이결에의 귀여운보배피다
가시깔린 삶의길을 씩씩히걸을
다시업는 이세상의 일군이다
너희의피와힘은 오로지
이결에의 목숨이 아니냐
그러커늘 그귀한 피한방울인들

조고마한 시름에 썩일게 무어시라
사랑의 불꽂이 타올르걸낭
곳바루 살어라 한쌍이 되어라
우리에게는 그용감이 살어야한다
그순정이 쓸어야한다

                          ···≪朝鮮日報≫(1929. 12. 1)

殉情의불길 (二)

이고장 씩씩한 사나희야
이고장 씩씩한 녀인네야
사랑의 불꽂이 써혓걸랑
곳바루 끈어라 힘쓰지말어라
여기에도 진정이 잇서야한다
여기에도 용단이 잇서야한다
그러나 한초인들 주저하지 말어라
날근틀에 몰녀서 탈쓰지말어라
씩씩한 인생의발길을 모욕하지말어라
쉿업시 도다올르는 피줄기를
가엽시 썩그려말어라

내 사랑하는 동모야
너희는 이결에의 다시업는 일군이다
영원의겨울가티 찬바람이는 이고장에
태양을몰고

힘차게 나올 이결에의횃불이다
너희의 즐거움과 괴로움은 오로지
이결에의 순결이 아니냐
그러커늘 그귀한 피한방울인들
조고마한 시름의줄에 상할게무엇시냐
사람의불꼿이 꺼혓걸낭
곳바루 끈어라 탈쓰지말어라
우리에게는 그용단이 살어야한다
그진정이 끝이야한다

··· ≪朝鮮日報≫(1929. 12. 3)

殉情의불길 (三)

이고장 씩씩한 사나희야
이고장 씩씩한 녀인네야
殉情의 불꼿이 타올르걸랑
용감히 살리라 짜우에펼치라
여긔에도 진정이 잇서야한다
여긔에도 용단이 잇서야한다
그러나 한초인들 주저하지말어라
주림과천대 그리고 짓발핌의 괴롬을 박차고
펄펄쮜는 삶의피를 곳바루살려라
이고장 썩은조직 날근도덕 허트러진 질서를
너희의 씩씩한 순정의피로 불질러라 밝켜라

내 사랑하는 동모야
너희는 이결에의 압잡이다
역사의 수레박휘에 두발을걸고
새시대를 몰고소리치는 새사람이다
너희의 구호와투쟁은 오로지
이결에의 새생명이 아니냐
그러커늘그귀한순정은 어듸로가고
왼갓탈들을 뒤집어쓰고 낡은들맷에서
비겁과속힘의가슴을 발발떨고잇느냐
아아 지극히 사랑하는사람을 위하야
끌어올으든 그 순정은 어듸로갓느냐
지극히 미워하는 사람을위하야
쌔물든 닛발소래
그타올으든 복수의불길은 어듸로갓느냐
아아순정의불꽃이 타올으거든
곳바루 끌리라 속히지말어라
우리에게는 그용감이살어야한다
우리에게는 그진정이 끌어야한다

··· ≪朝鮮日報≫(1929. 12. 4)

白晝의 날애

아츰저녁밤 아아잠결에도
영원의몽상에헤매는 넉두리우에퍼덕이며
애련의비조에 눈물짓는사람들의

무참히낡은 애상의나무닙을날리면서
펼길일흔히망에 한숨짓는 젊은젊은가슴을치는
새삶의 굿센영채에반작이는 아아백주의 날애는

멀리서멀리서 새世紀의꿈을 다북실코
그힘센두날애를 머즘업시 펴득이며
엄돗는새생명우에 거창한파동을일으키면서

금음밤가티아득한 이고장사람의가슴우에
반작반작반작이는 새동경의씨를쑤리며
씃업슨새삶의비밀을전하는아아백주의날애는

북쪽으로달려오는直行列車의 그소리가티
새歷史의軌道를 들들들굴러오는새시대의
삼천리이강산에 소리질르는 그날애
젊은젊은민중의 씩씩히나아가는그거름

· · · ≪東亞日報≫(1929. 12. 3)

생 명

씩씩한 두팔을 거리에 내밀고
이쌍을뒤집을
젊은열정을 창공에날리면서
힘찬발길을몰아 진터로나아가는
순정순정 오오그혈긔만이우리의생명

갈길업는사막
쓰거운쓰거운 햇볏알에서
무력한생명생명이 갈바를일코
갈정에겨워 업흐러지고 쓰러질째
번개가튼솜씨로 구름과비를몰고
소리치는긔상 오오그혈긔만이우리의생명

울분의구름 첩첩히싸힌 가슴을열고
위대한새삶의 큰포부에타는장부의
열정의화살을 다듬고쏘다듬어
현실의 추악한관역을노리고 썩퉁기는
그용맹 오오그혈긔만이우리의생명

··· 《東亞日報》(1929. 12. 4)

크리스마쓰의 밤

크리스마쓰의밤
빈지다치는 그소리와
문고리 잠그는그소리도사라지고
오가는 사람들의날샌그림자도벌서그첫다
꼭잠긴 집집의울안에선善男善女의울리는성탄의홰ㅅ불이
이제정히 춤을출째다

그러나 보라

장명등의 바알간불꽃이흐늑이는
아스팔드 우앤
살여의는 호독한추위
언짜의배ㅅ는 매운김에발발썰며
견듸다못해 웨어치는곡성이 들리지안느냐
찬바람부는 밤거리모퉁이모퉁이에
먹을것을 입을것을잠잘곳을 애걸하는 저곡성
아아 뼈를비지는거랑이들의애통성이

善男善女의 울리는성탄의촛불은
이제정히 춤을출째다마는
얼어드는 오장륙부의피ㅅ줄기와싸우는
길거랑이의
죽음을노리는 아우성은
이제정히 미처질째다아아

· · · ≪東亞日報≫(1929. 12. 5)

法 書

내 오늘도 法書를 뒤적이며
오로지 하로해를 일헛노라
지금은 해질물읍
도서관頂의 露臺에 서서
어스러드는 江戶하늘의
點點이 흐늑이는 장명등을 구버보며

고달픈 고달픈 두겹사리(二重生活)의
鬱憤에 찬 悲痛을 참을수업노라

맥맥한 條文 곰팽난 論理
人情의 한방울도 흘늠업는 規律
실로 나에게 한푼갑업는 休紙
아아 진저리날사 내 그 묵근한 형틀에 달려
멧번이나 거듭거듭 머리를 돌리며
치밀어올르는 逆情을 참엇든고

오늘의 나에게 모든것이 쌍
法書는 쌍을 낙글 멍애
그러나 法書와나는 물과기름이다
아아 내 그 法書를 對할적마다
맛치 生殺與奪의 權威쥔
잔악한 生命의暴君에게 生擒됨즉
누구에게도 호소할길업는 悶悶不服의
괴롬속에 사로잡힌 敵將의
慷慨에 타는 悲憤을 참을수업노라
아아 두겹사리 탈(假面)쓴 두겹사리
모순에 찬 天地의탈을 잡어뜻고
아아 우리는 언제나 진정의삶에
도라갈것인고   (東京大構圖書館에서)

• • • ≪朝鮮日報≫(1929. 12. 7)

늙은해

저 늙은해가 비치는째면
유령가튼 발자최가 나를싸른다.
녀름 삼복철 그쓰겁고힘든
큰불길은 다어듸가 써히고
희미한 네얼골에 보람한점업느냐

저 늙은해가 비치는째면
허재비가티 힘업는 거름거리에
한갈치못한 목숨의 눈물이솟고
무근째에 머리치는 사람사람의
그가슴에 깃들인 시름이 운다

저 늙은해가 비치는째면
써츨고 히멀금한 樹林이 썰고
어름잡힌 흘름의 큰침묵속에
몸트는 한겨울의 모진바람만
이결에 찬가슴을 슷치며분다

· · · ≪朝鮮日報≫(1929. 12. 17)

低 唱

내가슴은 겨울밤, 아아 짓밟는 어둠, 부러싸리는 찬바람
나에게는 빗이, 나에게는 녀름이, 그립다 그립다
소래치렴 소래치렴 녀름을 빗을

소래치는자 어드리니

내사지는 겨울의가람, 아아 쑤악 잡힌어름, 녹을수업는 치위
나에게는 ××가, 나에게는햇발이, 그립다 그립다
소래치럼 소래치럼 ××를 햇발을,
소래치는자 어드리니.

· · · ≪朝鮮日報≫(1929. 12. 18)

겨울달

텅비힌 논벌에홀로반작이는
겨울날은 피쌔는 박쥐
수수만년무슨 미이라가티그찬빗갈의
반작이는곳엔숨소랜들잇스랴
아아그혼백은 어름우에 춤을추고
눈보래는 그밭길에날려간다

낫설은타관에 홀나그네가티
산과산은 찬자리서발발쩔고
허젓한들판에 쓸쓸히도슨
森林에는 지저귀는 새인들잇스랴
아아왼생명의핏줄은겨울달의
시퍼른 찬숨결에먹켜버렷다

· · · ≪朝鮮日報≫(1929. 12. 19)

送年賦

1

사람이야 늙거나 말거나
세월은 간다 바람결 가티
헌일이야 잇거나 업거나
세월은 모르는채 저대로 간다

2

가지마오 외여친들 아니가고
더빨리가오 한들 더빨리가랴
소래업시 굴러가는 쌍덩이길은
탄것업시 저갈고장 저대로가는걸

3

내늙는다고서 무엇이 서러울쬬
쌍속에 파무친들 쏘무엇이 한일쬬
내힘잇스면 日月을몰고
새시절 맛고저 한백년 보내고십거던

4

아니갈수야 업슬테지 아모런들
제아모리 완강한들 어이할런고
갈째는가고 새째는오고 세상은밧귀는걸
고대하는 우리시절인들 아니올나구

5

긔왕 갈길이어든 더빨리나 가려므
양가튼 이목숨들 원동한우름에
봄이나 선듯오게 꼿치나피게
시원시원 새발길을 옴겨나가려므

6

피흘린 선인네 우름들린다!
억울한 그가슴들 작히나 원통하랴
아아새시절여 오렴우나 하로밧비
이몸이야 늙은들어쩌리 언젠간가는것을

···≪東亞日報≫(1929. 12. 25)

벗 생각

벗은 가차운곳에 잇다
단 오리 못되는 가차운곳에
그러나 차즐수 업는곳에
차저간대두 맛날수 업는곳에
설영 맛난대두 말한마듸 못전할곳에
긔약조차 망연한 철담속으로
이승과 하직한지 벌서 두해
아아 이재쏘 한해는 지려하거든
짓발핀 그가슴 쏘감긴 쇠사슬에
흘르는 눈물인들 소리업시 쩌러지랴

아아 얼마나 원통해하느냐 괴로워하느냐

北嶽의 찬바람은 한결더 매웁다
이내몸이 이리도 썰릴재야 아아벗아
단겹 천등거리 닙고 병든몸으로
오작이나 치울가 썰릴가 이승의지옥사리
그러나 그대를위하야 무엇을 할수잇스랴
모든것이 벽돌담안의 일인것을
아아 부즐업슨 눈물만 옷섭을적시누나

··· ≪東亞日報≫(1929. 12. 26)

우리님
-올해도 덧없이 가옵네-

눈바람치는 일은새벽 험한산ㅅ등오르기 그누구 좋아라하오랴만
단한뜻 잊으려도 잊을길없는 그님위해 눈물흘리고 옳아가옵네.

눈첩첩 쌓인산ㅅ등 님가신발길인들 또렷할리있소랴만
녯앞잡이 피얼인발자욱 고이찾아 걸음걸음 옳아가옵네.

세상사람 그님 곁에있어도 제님위해 저마다 오르려하옵거든
님잃은지 손꼽으니 하마스물헨저 님못뵙고 외로이 들판에헤매는신세,
저봉오리 안오르고 어찌하오리.

괴로운살림 하룻살이 천년임즉만년임즉 그짓그짓 내님생각 버린일없

삽거니
님찾는길 험하다서 마달손가 오르다 솔방울같이 떨어진들 그무엇이한
이라서.

올해도 가옵네. 그몹슬 뱀꼬리에 기구한 살림살이 한결더 버글어졌사
와도
님잃은 스물고개는 덧없이저물고 아아님생각 절절골속에 타오릅네.

스물말고 한백년가온들 님찾아오르는 우리앞잡이네 목숨잇고야 끊일
리있소랴만
아아저귀한목숨 루명쓰고 피흘닙거니 고대하는우리님 오실수없사올까.

언젠가 꼭오시리 꼭오실그긔약 믿음에야흠인을 있소리까만
이결에 서걲은살림 더애닲을가 두려워하옵거니 아아오서지다 하로밭
븨 고대하는우리님.

땅인들뒤집을 세찬바람 부옵네. 숨ㅅ결인들 안갓블리있소리까만
잡바지고 엎풀어지고 미끌어지면서두 끝의끝까지 옳아가옵나니 아아
오서지다 우리님 하로밭븨이결에 살아나지다.

• • • ≪新生≫ 제15호(1929. 12)

제 한몸 위할지면

제한몸만 위할지면 진세영화가 그의것이언만
그는그는 제한몸 버리기를 초개같이 하였네

제한몸만 뚫았으면 금의옥식이 평생련했으렷만
그는그는 제한몸 떨치기를 바람같이 하였네

진세영화와 금의옥식을 업수이야 여겼으랴만
그는그는 님향한 一片丹心을 깨트릴수없었다네.

··· ≪新生≫ 제15호(1929. 12)

해 마중 가자

첫해ㅅ발이 쩌오른다 해마중가자
새라새옷 치장말고 새생각품고
두리둥둥 갑옷닙고 큰칼을차고
첫해ㅅ발에 세배가자 해마중가자

첫해ㅅ발이 쩌오른다 해마중가자
사소한정 썰랴말고 큰불길쩌고
두리둥둥 갑옷닙고 큰칼을차고
첫해ㅅ발 세배가자 해마중가자.

첫해ㅅ발이 쩌오른다 해마중가자

무근시름 헬랴말고 큰○○들고
두리둥둥 갑옷닙고 큰칼을차고
첫해ㅅ발에 세배가자 해마중가자

첫해ㅅ발이 쩌오른다 해마중가자
수그렷든 허리펴고 손마주잡고
두리둥둥 갑옷닙고 큰칼을차고
첫해ㅅ발에 세배가자 해마중가자.

· · · ≪東亞日報≫(1930. 1. 1)

쏫다발

百日紅, 짜리아, 鳳仙花, 코스모스,
모다모다 곱다 큰쏫도, 붉은쏫도, 연한쏫도,
菊花, 복사쏫, 해바라기 들개나리
모다모다 엡브다 쏫다발을 만드자
한줄로얼자
저마다제자리에 곱게아릿답게안치워라

그쏫다발송이송이 쏫업시三千里연햇네
그쏫다발 향긔로운내암새 짱의쏫찻네
그쏫다발 보람의빗갈 하늘쏫다앗네
그쏫다발 두투는긧발 무근짱흔드네

그쏫다발 외여치는소래 봄바람니네

아아 우리꼿다발 젊은꼿다발
새긔운 마시고 제철마저 빠짐업시
무륵무륵 피여나올 이나라꼿다발
젊은꼿다발

··· ≪東亞日報≫(1930. 1. 2)

겨울비

-岸曙에게

밀창을 친다 비가 겨울비가
아조 시침이를 쑥떼고 제법 보슬보슬
봄비나 되는듯이 청성스런 겨울비가
세상이 꿈을 꾸느냐? 짱덩이가 뒤집혓느냐?

이제 얼마 안가서 복사꼿 필게다
이제 얼마 안가서 봄바람 닐게다
시절이 뒤집히거든 세상인들
겨울비ㄴ들 아니오랴 쏘친들 아니피랴

아아 모다모다가 걱굴로만 돌아가자

··· ≪東亞日報≫(1930. 1. 20)

오렴 오렴
-九玄에게

양버드나무 쑈족쑈족 가장이에
사람 발자옥 그리워뵈는 금잔듸무덤에
훤하이 터진 솔수풀 구브른 묏길에
적요하기 그지업는 찬바람만
우수수 우수수 겨울바람만

아아무에든지 이따을××홀 무에든지
오렴 오렴 오렴 가업슨 이겨울동산에

이즐수업는 사람은 먼곳에 참으로먼곳에
잇기어려운 생각은 눈아페 참으로눈아페
새캄한구름 다옥덥힌 사나희 가슴에
아처롭기 그지업는 찬바람만
우수수 우수수 겨울바람만

아아무에든지 이따을××홀 무에든지
오렴 오렴 오렴 가업슨 이결에가슴에

· · · 《東亞日報》(1930. 1. 21)

賀 壽
-祝創刊十週年記念

千里 千里 또千里 水陸萬里길을
험한 물길 손수저어 쩌나간녯친구
뱃머리에 紅깃발 놉히 달고
오늘이야 萬里고개 넘어서오네

압길도물 뒷길도물 물天地새라니
호소할길 영업든 그가슴속이야
얼마나 괴로윘슬가 우리사공들
마조서니 녯정리에 눈물겨웁네

千낫 千밤 四千날을 싸워서이긴
丹心에타는 그대얼굴 씩씩한모습,
바람벌갠들 외람히 쩍지못햇거니
壯快하옵네 오늘의깃븜, 동모야 술잔을사양마소.

··· ≪東亞日報≫(1930. 4. 2)

凝 視

이사람들이 ×××××××
× 이리도 괴로워하는째
텅빈 손과손을 움켜쥐고
××× ×× ×××××

×× 시름찬가슴과 가슴을 맛대힐째
너이들은 웨 한덩어리로 뭉치지를 못하느냐?
어째서? 어째서?

술잔에 지는 눈물을 거두어
게집가슴에 흘린 눈물을거두어
달그림자에 애소한 눈물을 거두어
그갈퀴가튼 손과손을 마조쥐고
××××
너이들은 웨 한덩어리로 얼키지를못하느냐?
어째서? 어째서?

아아 넘어나 령리한탓이냐? 미련한탓이냐?
령리하거든 좀더 굿세렴우나!
미련하거든 좀더 솔직하렴우나!
찌쑤려진거리 술취한집집
쎠만부튼 오막사리가
너이소리를 기다리고 잇건만
너이들은 웨 한곳으로 쏠리지를못하느냐?
어째서? 어째서?

··· ≪東亞日報≫(1930. 4. 11)

嘆息

이고장 거리가 웨이리도 쓸쓸하냐 무력하냐
젊되젊은 사나희들이 누워 딍굴구만 잇구나
안즈면 이러날줄을 몰으고
서면 넉일흔사람처럼 먼산만 바라볼쌘
움즉일줄을 몰은다 움즉일줄을
    ◇

이짝한사람아 무엇을꿈뀌느냐 썩이러나거라
꾜리밟핀 지렁이처럼 썩썩 이러나거라
안저만잇는건 다리잘닌 병신이야 다리잘닌
누워만잇는건 숨쩌러진 송장이야 숨쩌러진
여웬들안갈나구 좀인들안먹을나구 혈맥인들바로돌나구
    ◇

이짝한사람아 무엇을기다리느냐 툭차고나가거라
힘곳짜우에 두다리를버틔구 턱턱 이러서서
사나이답게 네활개쩍벌니구 썩썩 나아가거라
기다리고만잇는건 씰개쌔진허재비야 씰개쌔진
바람인들안불나구 빈들안나릴나구 뇌성벽력인들안할나구
    ◇

이짝한사람아 무엇을무서워하느냐 벅차게외여처보아라
어굴하거든 가슴을치고라도 쌧것거든 주먹을들고라도
사나히답게 썩썩××을 거러보아라
그저쓰러지는건 삶업는길자갈이야 수레박휘에못쌀니는
원인들업슬나구 한인들업슬나구 九萬蒼天에우름인들끈일나구
    ◇

아아 절눅바린들 슬나구하거든 지팽이집고

안즌뱅인들 움직일나하거든 두팔을기둥삼아
도소장암손을 칼노치면 쒸고울부짓고 어굴해하거던
×기고 ××피고 살길망망한 이고장의
씩씩한 사나희되고야 젊은脈搏이 쒸고야
무엇을주저하고 무엇을무서워할고 썩썩××을걸으렴우나
　　　　◇

이짝한사람아 사람은 것지못하고 안젓다간쓰러저—
안젓지도못하고 누워서신음타간 곱닷케사라저가느니
힘차게 갈기구나아가거라 씰게잇이[*]
아아분투, 분투만이 죽엄을이기는 불길인걸 불길인걸
이젓나 이젓나 말대답이나하렴우나.　(舊稿)

・・・≪大潮≫ 제3호(1930. 5)

---

* ‘씰개잇게’의 오식인 듯함

웃는 낫이 그리워

손녹이는 젊으니 웃는얼골 그리워
바람찬 겨울밤에 숫장사 하고십소

가슴타는 젊으니 웃는얼골 그리워
쓰거운 녀름철엔 어름장사 하고십소

사랑하는 젊으니 웃는얼골 그리워
쏫픠인 봄날에는 쏫장사 하고십소

・・・≪三千里≫ 제2권 제2호(1930. 5. 1)

哀 懷 (一九二七. 一二. 三〇)

-아아 그리워라
옛보금자리 잃어진 꿈이여-

뜨거운 여름낮엔 음달에앉아
불끈쥔 주먹으로 섬짝을치며
이결에의 시름을 오가는열에
고이고이 토정튼 그리운옛날
아아 맑은 그자취야 어대가찾아오리

달밝은 밤에는 무리지어
냉돌 귀퉁이에 둘러앉으면
험악한 세상일에 가슴저리고
여윈두볼을 강개에 태우든
아아 한밤중오막집의 잊지못할꿈자리

새ㅅ닭은 울고또울고
흐르는 눈물방울 멎을줄 모르고
새날이 밝아와도 열정은 안깔앉아
주먹으로 책상을 쾅쾅치면서
끙끙흐늑이든 아아그리운 옛보금자리

가슴에 손얹고 눈감으니
옛시절은 눈앞에 고이삼삼 고이삼삼
아아그리울손 옛날이어 잃어진꿈일런가
꿈에라도 그옛동무들 다시금맞나
옛군호 소리치고싶건만 소리치고싶건만

· · · ≪新生≫ 제20호(1930. 5)

落葉集

내한밤중에 홀로 힘업는 脈搏을헤매
씰개일흔 염통의 숨소리를 드를제
허트러진 마음 차듸찬 가슴우에
소래도업시 퍼덕이는 大宇宙의 鼓皷을늣기다

『싸우라 싸우라 싸움은 내呼吸인저 발길인저』
          ◇

그시악시 바늘쥔 솜씨 볼째마다
가닥가닥 마춰 섬섬 누벼가는 그솜씨 볼째마다
툭차고 나스는 융단의실올을 그바눌에쮜어
차듸찬 이겨레 가슴사슴을 얽고 십흐다
줄 줄 줄 쏫업시.
          ◇

초집웅우에 찬달 그림자
고요히 고요히 거니는한밤
오막집이 째여저라고 아구차게 갈기는다듸미소리
내듯다못해 感激에 치밀녀 소래첫노니
『오오 反逆者 어머니시여
그多氣魄이가슴에 고히뭇사이다』
          ◇

春窮에 쩌나간 동지들의집 牛헐닌 그壁우에
홀로 봄바람에 펄넉이는 典當票!
헤여보니 열하고 여덜장
이票主人은 어듸로 갓단말이냐!
아는니여 서슴업시 손을들나.
— (未完) —

· · · ≪大衆公論≫ 제7호(제2권 제5호, 1930. 6. 1)

望鄕曲

옛날의 내고향 푸른잔듸엔
늙은솔정자
그아래 안즈면 삼복더위도
바람에가고
날니는 힌옷자락 다정한향기
싸우에차던
일허진 내고향 아아우리고향
그리워오네

옛날의 봄시절 절영슴도리
달래쏫픠면
오가는 어양배 오색깃발은
바람에펄펄
어야듸야 상사듸 다정한노래
하늘에차든
일허진 내고향 아아우리고향
그리워오네

· · · ≪女性之友≫ 제2권 제3호(1930. 6. 5)

哀昌

어제날 한잎두잎 그리든 꿈은
흘러간 물결우에 다시흘르고
그이와 속삭이든 머-ㄴ 옛날은
젊으니 가슴우에 다시한모양

수집은 첫사랑에 흐적거리든
진주같은 눈물도 다시 외롭고
짝잃은 외기러기 구슬피우는
哀愁에찬 가을날도 그저가노니

아련아련 눈앞에 삼삼해오고
가신님 구슬얼굴 다시그립은
밤은지고 닭우름 처량도한대
玉盞에 가득부은 잊음의술이여

• • • 《新人文學》 제2권 제1호(1935. 1)

제 2 부

문학평론

評者의 態度

　金岸曙 君의 悶著을─所謂 俗學者의 口吻을 笑한다는 韓雪野 君은 裕되지 못한 眞學者 ─正統學者인 듯 십다. 그러지 안코는 詩人인 軟文學者인 金岸曙 君의 隨筆을 評하는 態度가 唾罵와 嘲笑로 始終할 수는 업섯슬 것이다. 眞學者이기에 『맑스』에게서 어든 솜씨로 가비어운 隨筆을 그의 말과 가티 『개대강이』 가티 唾罵하는 데 그첫겟고, 발길로 차지 안한 것만치 體面을 차럿논지도 알 수 업다. 또 眞學者의 口吻이기에 評에 올른 岸曙 君의 理解能力까지도 沒視하면서 『말해도 알지 못할 것이다』의 酬酌을 敢히 할 수 잇는 것이다.

×

　남의 글을 評하고자 하는 者는 먼저 그 글에 對한 充分한 理解가 必要하다. 이 點을 韓雪野 君은 注意할 必要가 잇다. 『녀름밤은 아즉 어둡다』의 隨筆의 範圍에 잇서서 岸曙 君의 主張은 ─筆者의 理解하는 範圍에서 ─現實 暴露에 지내지 안는 줄 안다. 卽 封建的 모든 社會 關係가 崩壞됨으로조차 맛게 되는 營利的 生産의 『뿌르조아』 社會의 現實 暴露 ─商品 ─廣告 ─顧客의 形式과 『뿌르조아』社會가 必然的으로 包藏되는 主義 ─宣傳 ─共鳴者의 形式과가 그 作用에 잇서서 비슷한 過程을 가젓다는 데 歸着하고 만다. 卽 商品이 廣告를 거처 顧客을 엇는 作用의 過程이나 主義가 宣傳을 거처 共鳴者를 엇는 作用의 過程이나 비슷하다는 데 지내지 안는다.

韓雪野 君의 高明한 眞學者的 口吻이 아니라도 商品이 무엇인지 主義가 무엇인지는 認識하고 잇는 줄 안다. 꼭 『맑스』의 솜씨대로 商品이면 社會的 必要勞動이니 剩餘價値이니 市場獨占이니 等等으로 科學的 分析을 加하여야 할 必要도 어느 境遇에 잇서서는 꼭 必要할 것이다. 그러나 文藝 隨筆가튼 대에 나오는 商品에 이 가튼 手法을 使用한다는 것은 좀 생각할 問題가 아닌가. 商品의 科學的 分析은 當然히 科學的 硏究의 範圍에서 할 것이 아닌가. 科學的 註譯은 科學의 範圍에 돌려보내는 것이 올치 아니 할가. 資本家 社會 -營利的 生産의 社會에서 感覺되는 商品의 本態를 『유모어』와 諧謔으로 가비업게 表現하는 곳에 所謂 『맑스』의 商品의 槪念으로서의 唐突한 論難이 무슨 評論이 되느냐. 文藝物의 가비어운 隨筆에 科學的 分析이 무슨 必要를 갓느냐.

韓雪野 君은 『돈』을 惡魔視 或은 絶對神視 하얏다고 『녀름밤은 아즉도 어둡다』의 筆者에게 불상한 奴隷根性을 보라느니, 崇神人 組合의 不具者를 보라느니, 구역질나는 眞學者의 口吻을 吐하다가 드듸어는 低能兒라고 불르고 말앗다. 그리하야 貨幣의 本質에 돌아가서는 如前하게 價値의 尺度이니 價値의 標識이니 剩餘價値를 낫는 價値이니 等等 商品에서의 솜씨와 쪽 가튼 솜씨를 發揮하면서 眞學者然하고 잇다. 그래서 如前한 手法으로 『돈이 今日과 가티 萬能視되고 絶對視된 것은 資本制 生産과 그 交換에 原因한 것이다』라고 그가 奴隷根性을 가젓느니 低能兒이니 하든 『녀름밤은 아즉 어둡다』의 筆者와 족음도 틀림엄시 今日의 『돈』을 萬能視 絶對視하는 傾向을 容忍하고는 그 原因을 들어내기 始作한다. 韓雪野 君이 今日에 잇서서 『돈』이 萬能視되고 絶對視되는 傾向을 容忍하는 것이나 돈을 絶對神視 或은 惡魔視하게 되는 營利的 生産의 『쑤르조아지』 -社會에서 닐어나는 여러 가지 現象 -눈물과 웃음의 여러 『콘트스러스트』를 가비어운 隨筆로 暴露시키는 것이나 어느 点에 差異가 잇느냐.

어느 点에 韓雪野 君은 敢히 『녀름밤은 아즉 어둡다』의 筆者에게 崇神人 組合의 不具者라 唾罵할 論点을 가젓느냐. 所謂 評者로서 評에 올르는

相對者를 『개대강이』가티 無視하며 低能兒라 嘲罵할 優越兒된 곳이 어느 點에 잇단 말이냐. 理實社會에서의 『돈』이 萬能視나 쏘는 絶對視되어 잇섯느냐.

　쏘는 惡魔視는 되어 잇거나 그 現實의 容忍 쏘는 暴露와 그 原因의 探索 쏘는 그에 對策을 講求하는 것과는 스스로 別種의 問題임이다. 要컨대 적어도 『녀름밤은 아즉 어둡다』의 隨筆에서 軟文을 붓드는 詩人이 現實社會에서 感覺되는 切實한 늣김 -돈의 惡魔視的 傾向과 絶對萬能視的 傾向을 暴露시키는 데 잇서서는 『쑤르조아』社會生活의 이러한 傾向에서 울고 웃고 쒸고 놀고 잣버지고 업흐러지는 感情을 代辯하얏슬 뿐이지, 이의 筆者에게 奴隸根性이 潛伏해 잇는 것도 아니오, 崇神人組合不具者이어서 그러한 것도 아니오, 韓雪野 君 가튼 쭉쭉한 優越兒가 못 되어서 그런 것도 아닌 것이다. 이 가튼 孟浪한 眼下無人의 言辭를 敢히 弄하고 眞學者然하게 되는 것은 오로지 韓雪野 君 스스로가 隨筆의 內容에 對한 理解가 不充分한 것으로 말미암은 것이다. 所謂 『맑쓰』에게서 보아낸 솜씨로 『녀름밤은 아즉 어둡다』의 隨筆의 筆者인 詩人을 俗學者로 몰아노코 『개대강이』에 對하듯이 멋대로 唾罵하고 嘲笑하얏슬 뿐이다.

△

　筆者는 韓雪野 君의 『俗學者의 口吻』의 枝葉의 点에 一二의 首肯되지 못하는 点이 잇다. 그러나 그는 이 小論은 金岸曙 君의 隨筆을 韓雪野 君이 評하게 됨에 그 評의 態度에 늣긴 바가 잇서 執筆하기까지 니른 것임으로 軟視的 批評에 쯔치는 것이 맛당하다 생각됨으로 言及하지 안키로 한다.

　筆者는 評者로서의 韓雪野 君의 態度에 좀더 愼重한 味가 잇기를 바란다. 君과 가티 評의 對手를 『개대강이』가티 보고 唾罵와 嘲笑로 終始한다는 것은 어느 點으로 보든지 評者의 態度를 越한 짓인 줄 안다.

△

　『녀름밤은 아즉 어둡다』(題目부터 얼마나 非哲學的이냐-) 이와 가튼 嘲笑를 韓雪野 君은 隨筆의 題目에 던젓다. 그러나 『맑스』의 所謂 赤裸裸한 利

益, 冷酷한 現金 勘定 以外에 아무 것도 남지 안한 『쌔르조아』社會 堅牢한 者는 모조리 氣化하고 모든 生活 狀態와 同類의 關係가 冷情한 利益, 現金을 거처서 볼밧게 업게 된 營利的 生産社會에 勞苦에 울고 悲嘆하는 暗澹한 狀態의 現實 暴露에는 『녀름밤은 아즉 어둡다』는 늣김을 닐으키게 된다. 그 녀름밤이 어느 째에나 가버려서 아츰의 해ㅅ발이 우리의 머리를 비추이게 되겠느냐. (完)

··· ≪中外日報≫(1927. 11. 2~11. 4)

辯證의 世界와 情感 及 想像의 世界
－ 直譯式 觀念論者의 排擊手 －

筆者는 前者에『評者의 態度』라는 題目下에 韓雪野 君의『俗學者의 口吻』을 批判한 일이 잇섯다. 韓君의 이 論文은 金岸曙 君의 文藝隨筆『여름밤은 아직 어둡다』를 所謂 科學的으로 批評한 것인대, 筆者는 그 評에 對하야 肯定되지 못하는 點을 指摘하야『評者의 態度』를 草하엿든 것이다. 勿論 韓君 스스로가『文藝의 批評의 科學的 態度』에서 言明하고 잇는 바와 가티 그가 階級的 立場에서 試한 評論임을 筆者가 모르는 배도 아니엇고, 쬬 階級的 立場에서 하게 되는 이러한 評論을 排擊한 배도 아니엇다. 오직 筆者는 그 評을 일그매 無産階級의 立場을 表謗하는 韓君의 評者로서의 態度가 愼重치 못한 것과 그 科學的 批判이라 하는 機械論的 分析的 手法이 藝術批判에 잇서서 適應치 못함으로(짤아서 科學과 藝術과의 限界와 그 關係가 混同될 수밧게 업기에) 그 點을 單簡히 草하엿든 것이다.

햇드니 朝鮮日報 學藝欄을 것처서 十餘回에 亘한 韓君의 駁論이 나왓다.『文藝의 批評의 科學的 態度』라는 宏壯한 題目을 달고 나오기는 나왓스나 그 內容에 잇서서 自己獨斷의 邪推論式 事實의 僞造, 模作, 惡罵와 辱說의 陳列에 不過한데는 놀라지 안흘 수 업다. 事實을 僞造하야서라도 남을 쌕르조아로 돌아 세우고「이 놈들 쌕르조아야」式으로 無産階級의 立場을 팔면 그대로 無産階級 指導者의 騎士 노릇을 할 수 잇고 또 通用 되는 樣으로 아는 極히 卑劣한 根性 以外에 아모 것도 아니엇다.

遺憾이지만『批評의 붓을 드는 者는 自己의 頭腦의 觀念 부스러기를 해비기 前에 먼저 批判의 對象을 든든히 認識한 後에 붓을 들라』, 이러한 注意는『評者의 態度』에서 한 것 가티 거듭 韓雪野 君에게 돌여 보낼 수밧게 업다. 이 點에 對한 充分한 準備가 업시는 韓雪野君이 排擊한다는 觀念論者는 君 스스로의 直譯的 觀念論者에 슷칠 것이오, 克服한다고 自誇하는 公式的 手法은 君 스스로에게로 돌일 焦急의 征劍일 것이다.

筆者는 이 조고만 論文을 것처서 外來의 直譯的 觀念遊戲論者를 排擊하는 同時에 所謂 科學的 態度라는 文藝批評의 機械論的 手法을 克服하기를 期하고, 아울러 이놈들 뿌르조아아調의 似而非 푸로·인텔겐자의 正體를 暴露하야 惡辱說과 惡罵를 戰術의 一이라 公言하는 野次馬의 徹底한 排除를 圖코저 한다

無産大衆의 抑壓될 意欲을 情感的으로 認識식혀서 組織的 體現의 ××을 옴길 重大한 使命을 짐진 바 푸로文藝 主張者에게는 嚴肅하고 眞摯한 態度가 잇슬 뿐니니 辱說과 惡罵를 오히려 戰術의 一이라 公言하는 韓雪野 君과 如한 行悖 指導者는 當然히 排擊 아니 할 수 업는 것이다.

이 짤분 論文이 義務의 餘暇를 盜하야 草하게 되는 것이라, 必然히 組簡에 긋칠 수밧게 업스나, 그러나 豫測하는 바 範圍 內에서 要領잇는 記述이 잇고자 한다.

┃ㅡ┃

韓 學徒는『判斷 價値의 基礎』라는 題目을 걸고『商品의 科學的 分析은 科學的 研究의 範圍에서 할 것』『文藝物의 가비여운 隨筆에 科學的 分析이 무슨 必要를 갓느냐』라는 筆者의 論點을 이리저리 뒤적거리다가 이러한 判斷을 하게 된 基礎가 어듸 잇는가? 懷疑하다가는 드듸어 突然히 獨斷 推論하야 가로대,

『저들은 「主觀」이라는 自家評을 가지고 評을 할 것이다(할 것이다!).』

『올타 觀念論者들이닛가 主觀的으로 이게 이 소리하고 저게 저 소리를 하는 것이 ……… 그래도 軟式이고 美式이기만 하면 文藝評일 것이다.』

얼마나 邪推論式의 獨斷이냐! 할 것이다調는 突然히 封建的 觀念論者를 製造하고 말앗다! 그뿐이랴. 이와 가튼 韓雪野 一流의 所謂 韓學徒式 辨證法의 展開는 獨斷 推論의 俗物인 一觀念論者를 쯰을고 머리 속의 가진 各種의 偶像을 陣列하기 시작한다. 그외 째 무든 붓짐을 슬슬 푸러가며 文藝와 現實과의 關係를 廣告하다가는 『偉大한 崇神人』을 잡아 내혀서는 이리 저리 우겨 밧는 痛罵의 場面을 演出하고 드듸어는 『文藝를 形而上學으로 쪼는 一種의 觀念 遊戲로 蜃氣樓에 奉祀하는 者』의 偶像을 兩手에 들고 魔術式 義憤의 가지가지 辱說을 터러 노왓다. 觀念論者의 遊戲는 이것에 쯧치지는 안헛다. 그러나 第二幕 第三幕을 上場하지 안허도 賢明한 讀者는 可히 酬酌할 것이다』.

그러면 이러한 觀念 遊戲를 幻出하게 된 原因은 어듸 엇는냐?

日本 갓튼 곳에서 그대로 집어 삼킨 卽 直譯的으로 移人한 觀念論者 排擊의 先人公式이 韓君의 頭腦 속에서 末梢神經을 타고 곰팡이가 나도록 궁굴어 다니다가 그만 哀惜하게도 집어낼 對象을 엇지 못하닛간 참다 못하야 韓學徒는 드듸여 觀念論者의 偶像을 손수 特裝하여 노코 排擊하지 안코는 견듸지 못하엿든 것이다. 韓君의 머리 속에 아즉도 消化되지 못하고 쓰금쓰금 궁굴어 다니든 觀念 찌겨기의 露出 以外에 아모 것도 아니니 어설피 집어 삼킨 公式 쑤스레기의 嘔吐가 아니고 무엇시랴!』.

空虛을 재히는 얼토당토 아니 한 尺度을 쏩내혀서 한 觀念論者 排擊의 公式的 展開에다 卑怯히도 가장 志士然의 熱情的 憤慨를 □□하야 가는 手作, 辱說과 劣惡한 言辭로써 對手를 輕蔑하야써 超越的 高踏的 特權 根性을 廣告하야 가는 態度, 이런 것을 불너 日 ××階級의 看板을 더럽피는 ─ 『푸로레타리아』의 ××에 숨어서 쎄에 저즌 『쑤로』根性을 享樂하는 ×× 的 觀念論者의 典型이라는 것이다.

이러한 觀念病者에게 먹일 藥이 잇느냐! 업다! 性急한 ××患者에게는 『朝鮮의 現實』의 그 짝씁한『카펜』注射가 잇슬 뿐이다. 그리하야 韓學徒의 夢遊譫言을 完全히 退治식히는 데 잇다.

▮二▮

韓學徒는 그 케스케묵은 觀念의 보ㅅ짐에서 行商 밋천의 물 날는 色箱子를 모조리 밀처 놋코는 人氣를 끄를 소리판 한 개를 골느고 골나서 蓄音機를 돌니기 시작한다. 그 소리판은!

『商品이 무엇인지 主義가 무엇인지「나(韓)」는 認識하고 잇다』. 그러나 이 소리판은 例의 幻想者의 手法을 遺憾 업시 發揮한 것이니 남에 글을 引用하얏다니보담도 自手로 僞造한 것이다. 中外日報에 실린 筆者의 글.

『評者의 態度』(一)에는『商品이 무엇인지 主義가 무엇인지는 認識하고 잇는 줄 안다』(岸曙君이).

글의 文脈으로 보든지 前後의 關係로 생각하든지 筆者될 理가 萬無하니 『韓雪野 君의 高明한 眞學的 口吻이 아니라도』그 前行을 일우어 잇고 또 『맑스의 솜씨대로 商品이면 꼭 社會的 必要勞働이니 剩餘價値이니………』 云云이 그의 後行을 일우워 잇스니 事實 模造을 意識的으로 힘쓰는 者가 아니고는 잇지도 아니 한 글자를 添入하야「나(韓)」으로 모라 세울 수는 업는 것이다. 그러면 엇지 하야 이러한 事實 僞造를 犯하얏는가?

韓學徒는 直譯的 觀念論者의 ××癖에 그치기에는 自己 自身의 虛空을 測量하는 手作에 아모래도 不滿이 업슬 수는 업섯든 것이다. 함으로 獨斷과 推論의 觀念論者의 偶像을 幻設하야 가장 그 淸潔치 못한 根性을 露出식혀 辱設과 痛罵를 虛構하야 가다가는 남에 금을 멋대로 僞造하야 가지고, 그래도 먹을 줄 모르는 卑熟한 惡罵根性 ─阿呆性情을 잇는대로 터러내혀 놋코 바로 事實을 뒤저거리는 者의 態度를 裝飾하려 하엿다. 元來가 輸入式 觀念患者인지라 幻作과 僞作이 그의 傳受바든 極術의 表裡(*裏)로 五十步로 笑, 百步의 關係에 머믈 것이다. 그러나 이러한 手腕을 發揮하

야 가면서라도 觀念 부스러기를 허비지 안코는 못견듸는 이 種類에 中毒
者를 엇더케 處致를 할 것이냐? 더욱 빗 조흔 假裝을 뒤집어 쓰고 無産階
級을 云云 하는 이러한 僞善輩들을 엇더케 淸算할 것이냐? 事實 認識의 不
足症이라는 이보담도 오히려 事實 認識의 能力을 喪失하다십히 中毒된 무
리에게 무엇이 조흔 處方일 것이냐? 조흔 處方이 잇다! 이러한 무리를 處
致할 淸算할 썩 조흔 處方이 업슬 수 업는 것이다. 그러면 그 處方은?

書生의 混亂한 頭腦 —冊床물님의 觀念症에 酷毒한 現實의 旋風 —民族
의 씩씩한 制裁! —을 휩슬어 느어 밋기도든 觀念 쑤스레기의 亂舞를 내
혀 쏫이는 대 잇다. 行勢 조케 觀念論的 直譯的 上層的 無産階級의 指導者
然 하는 그의 行悖 根性을 한 千呎이나 現實世界에 잡어 내려서 無産大衆
의 톡톡한 씩씩한 生氣 쮜노는 事實에 부듸치게 하여 이불 속에서 활개
춤추는 手作을 온전히 버리게 하는 대 잇다. 그가 絶叫하는 『××의 노
래』를 먼저 그 스스로를 ××시키기 爲하야 돌려 보내는 대 잇다.

그리하야 제멋대로 남에 글을 僞造하야써 觀念 쑤스레기의 辨證에 吸吸
하는 症勢를 撲滅시키여야 한다. 이러한 正體를 가진 觀念論者로써 누구에
게 『白痴』이니 『馬鹿』이니 함부루 『放吠』하느냐. 『아는 톄 하는 것은』 韓
雪野 自身의 觀念癖의 露出을 쑤여 차는 言辭가 아니고 무엇시냐! 『白痴』
와 『馬鹿』과 『阿呆』가 韓君 가튼 衆을 부르고자 이 社會에 궁글어 다니는
것이다. 韓學徒가 보낸 『하오리』 입은 辱說을 寬容을 써서 利忠 업시 그대
로 돌려보내고 만다.

┃三┃

事實 認識의 不足으로부터 일어나는 觀念論者의 誤謬를 ──히 指摘하기
에는 煩雜하기가 끗이 업다. 모조리 割愛하고서 韓學徒의 所謂 藝術品에
對한 認識이 얼마나 現實的이며 쏘 高明한 公式의 것인지 좀 默檢하야 보
자.

『文藝도 確實히 科學의 一種이다. 卽 現現에서 낫고 現實에서 쩌나지 못

하는 現實科學의 하나이다. 形而上 哲學도 맑스 엥겔스로 完成된 辨證的 唯物論에 依하야 完全히 退治된다. 되지 안흐면 안 된다. 쌀아서 藝術의 科學的 把握도 完成된다. 되지 안흐면 안 된다(글 쓰는 솜씨까지 가장 必然의 傾向을 展開시키는 것 모양으로 완성된다. 되지 안흐면 안 된다調의 手法, 福本和夫式의 移入品, 公式 냄새가 코를 찔는다. 直譯的 寄生式 觀念論者의 免치 못할 常套癖일 것이다)』.

이와 가티『現實은 科學이다』『文藝도 現實에서 나는 것이니 亦是 科學이다』의 論說을 세워 놋코『엥겔스』가 科學的 方法으로 分類한 認識의 全領域, 學의 體系的 展開를 引用하야,

『第一種 無機界를 對象으로 하야 數學的으로 取扱할 수 잇는 一切의 科學 ―數學 機械學 物理 化學 等.

第二種 生命 잇는 有機物의 硏究를 包含하는 一切의 科學 ―動物學 植物學 生物學 解剖學 等.

第三種 人間의 生存 條件, 社會的 關係, 法律 及 國家 形態, 아울러 그 觀念的 上層 建築인 哲學 宗敎 藝術 道德 論理學 辨證法 等과 …… 歷史學 等.』

그리고 日 藝術도 完全히 科學의 範圍 內에 들어왔다고 하엿다. 卽 認識領域의 一部를 據하는 藝術이어니 科學이 아니고 무엇이냐 하는 말이엇다.

果然 그럿트냐! 學의 體系的 領域에 들어온 藝術이 果然 現實에서 낫는 바 藝術品이드냐. 아니다. 그것은 學으로서의 藝術, 卽 藝術(學)이고 藝術品이 아닌 것이다. 여긔에서 取扱되어야 할 問題는 藝術學이 아니라 藝術品이다. 藝術(學)이 學의 體系에 잇서서 科學의 一 領域을 占據하게 되는 것은 學인 以上『엥겔스』의 認識 體系를 利用하지 안해도 問題가 될 꺼리가 아니다. 그 누가 藝術論이나 藝術(學)을 拒否하겟느냐. 그러나 問題는 韓君에게 잇서서 온전이 混同되고 말엇다. 藝術品을 藝術(學)에 精製식혀서 모든 色彩를 잡어 쌔힌 辨證의 世界로 쓰을고 간 것이다.『文藝도 確實히 科學의 一種이다』부르짓는 그 文藝는 確實히 文藝品이엇고 文學은 아니엇다. 그러면 그가『엥겔스』의 公式을 引用하야 놋코 그 中에 藝術의 文句가

잇다고서『文藝는 確實히 科學의 一種이다』라는 斷定의 證據를 發見한 양으로 녀기는 것은 觀念論者의 얼토당토 안흔 思考先行癖이 아니고 무엇이냐?

大體『科學도 現實에서 나고 藝術品도 現實에서 낫스니 藝術品은 科學이다』쪼는 그 逆으로『科學은 藝術品이다』이러한 主張을 弄하는 愚痴가 잇다면 그 누가 腹絶 아니 하고야 견딜 수 잇겟느냐.

筆者가『文藝隨筆에 科學的 論難이 무슨 必要를 갓느냐』할 째의 文藝隨筆은 文藝品인 岸曙 君의『여름밤은 아즉 어둡다』를 가라친 것이니, 學으로의 藝術, 藝術(學)을 가라첫느냐! 三尺의 童子도 可히 認識할 事實을 認識치 못하는 곳에 곰팡이 난 觀念으로 重疊된 潔白患者의 公式症의 發狂이 잇는 것이다. 그러지 안코야 藝術品도 科學이다 하는 獨斷을 辨證하고저 藝術(學)은 論理學이나 哲學과 한 가지로 科學의 一種이라고서 學의 分類를 뒤젓겨내는 手作이 나올 수가 잇드냐!

우에 筆者가 韓學徒의 引用한 바『엥겔스』의 認識體系를 紹介한 바 잇섯거니와, 그 體系를 것처서 우리가 發見하는 것은 藝術(學)이 認識의 一域을 占據한다는 것에 쓰치는 것이니 그 全 領域 中에 잇서서 科學과 藝術이 分立되는 認識的 根據를 明瞭히 한 것은 아니다. 짤아서 이 公式의 引用으로서 科學과 藝術의 關係가 解明된 것은 勿論 아니다. 뿐만 아니라 藝術品과 科學과의 問題는 如前히 남어 잇슬 뿐니다.

唯物史觀이 人間社會의 歷史의 說明에 適用되는 以上 社會生活의 反映이요 人間의 精神文化의 곳인 藝術도 當然히 適用될 것이다만은, 그러타고 藝術이 科學인 것이 아니라 藝術은 어듸짜지든지 藝術이다. 이제『맑스』及『엥겔스』의 史觀設을『푸레하놉』에 조차 要約하면

『第一, 生産力의 狀態, 第二 右의 生産力에 依하야 制約된 經濟 關係, 第三 經濟的 基礎의 우에 發生된 社會的 政治的 秩序, 第四 一部分은 經濟에 依하야, 他의 一部分은 經濟 우에 發生한 社會的 政治的 秩序에 依하야 規定된 社會的 人間의 心理, 第五 此 心理의 性質을 反對하는 바 諸種의 精神文化』.

이 唯物史觀의 方式은『푸레하놉』의 言에 依하건대 歷史的 發展의 形式을 全部 包含하얏다 보와도 足한 것이라 한다. 그러면 이 方式의 第五의 諸種의 精神文化 中에는 宗敎, 哲學 及 藝術 等 觀念形態로서의 上層 建築이 制約되엇 잇다. 그러나 우리가 把握하여야 할 것은 藝術이나 科學이다 ― 現實에서 낫고 現實을 쩌나서 存在하지 못하나 現實에서 나는 藝術과 科學이 엇더케 달는가, 卽 무엇으로 因하야 藝術은 藝術되고 科學이 아니며, 科學은 科學되고 藝術이 아닌가를 발키는 데 잇는 것이다. 更言하면 科學의 世界와 藝術의 世界가 무엇으로 由하야 갓지 아니한 世界를 展開하게 되는 것을 明瞭히 하야 드듸어는 그 相互關係를 把握하고써『文藝는 科學이다』라는 斷定을 批判하여야 한다.

맑스가 말한 바와 가티 所有權의 여러 形式 우에 또 社會的 生存 條件의 우에 特有한 形態를 有한 各樣各種의 感覺 幻想 思考方法 生活觀才의 全 上層 建築이 造成됨으로 生活手段은 道德感情 藝術家的 動機를 規定한다. 그럼으로 科學 宗敎 哲學 藝術 其他의 上層構造가 單獨히 成立되는 것이 아니고 서로 混合되어 交涉되어 關連되어 統一된 生活을 낫타낸다. 또 이 生活이 經濟關係에 由하야 規定되는 것은 우리가 이미 우에 引用한 唯物史觀의 方式을 것처서 잘 보아 낼 수가 잇고, 또 現實의 社會生活에서 더 切實히 늣길 수 잇다. 딸아서 經濟는 우리 生活의 一面인 藝術의 形式도 規定한다. 그러면 統一的 人間生活의 一面의 領域을 차지한 藝術의 世界와 科學의 世界가 무엇으로 因하야 特殊한 世界를 展開하는가? 都大體 藝術의 本質은?

┃四┃

藝術의 本質은? 그의 具體的 內容은? 그리고 藝術의 世界는? 이곳에 黃土, 金屬, 岩石 等의 材料가 잇다 하자. 科學者는 或은 機械를 應用하야 또는 觀察과 實驗을 것처서 分析하야 그 要素를 發見할 것이다. 또는 그의 生成過程를(*을) 說明할 것이다. 또는 生成過程의 根底에 伏在하는 複雜한 因果關係를 究明할 것이다. 이곳에 商品이 잇다 하자. 科學者는 그의 魔術

性을 究明할 것이다. 그의 社會的 職分을 觀察하며, 그의 社會的 機能을 說明할 것이다. 또는 商品 價値는 그 生産에 必要한 社會的 勞動時間에 依하야 決定된다고 할 것이다. 그러나 이것들은 藝術的 表現이 아니다. 또 이 곳에 音, 動, 光色 等이 잇다 하자. 이것들은 곳 藝術의 內容이 아니다. 그러면 이것들을 藝術的으로 表現하는 것은 무엇시냐? 藝術의 各 分野에 잇서서 各 時代에 잇서서 그 使用하는 바 材料는 相異할 수밧게 업고, 딸아서 그 手段과 方法도 다 各各이어서 갓지 아니 하나, 그러나 具體的 內容으로 하야금 藝術的이게 하는 것은 무엇일가? 그는 情感과 想像이다. 卽 感情, 想像의 表現과 受用인 藝術의 世界는 人間의 社會生活의 다른 精神生活과 갓지 아니 한 一面을 차지하고 잇는 世界이다.

勿論 藝術의 內容, 卽 情感的 想像的 表現의 內容은 社會가 複合的이요 統一的이요 進化的이요 또 存在가 相互的이요 關係的임애 固定하야 잇슬 수 업고 時代에 딸아 사람에 딸아 地域에 딸아 달늘 수밧게 업다.

딸아서 藝術의 本質도 時代와 場所 及 新事實의 發生에 딸아 달너질 수밧게 업다. 이리하야 各 時代에 딸아 藝術의 本質의 色彩는 달느다. 그러나 同時에 우리는 各 時代를 通하야 共通되는 藝術의 本質의 一面이 存在하는 것을 否定할 수는 업다.

『오몰, 케얌』의 「루빠이얏」이나 『딴테』의 「神曲」이나 『꾀테』의 「파우스트」 等을 現代의 우리의 藝術眼으로 볼 째에는 現代의 藝術品에 據하는 것과는 判異한 認識을 가지게 된다. 同時에 그럿타고 藝術品이 아니라고 拒否할 수는 업다. 딸아서 이러한 事實은 各 時代를 貫流하는 藝術의 傳統的 本質이 存在하야 잇슴을 알니는 것이다.

그러나 우리는 이미 째와 곳과 사람과 새로운 事實의 發生으로 因하야 必然的으로 變改될 수밧게 업는 藝術의 本質의 一面이 잇슴을 보앗다. 例컨대 새로히 푸로藝術의 出現은 必然的으로 藝術의 具體的 內容을 變動케 하야 드듸어는 傳統的 藝術의 內容은 變改될 수밧게 업다. 그러나 그러타구 藝術이 一種의 科學인 것은 아니다. 藝術의 世界는 어대까지던지 情感

想像의 世界요 辨證의 世界는 아니다. 材料의 占有로부터 發展 形態의 分析, 그 內的 連結의 逈跡, 그리고 現實的 運動의 適應的 說明 ―이 辨證의 世界인 科學의 世界는 情感 想像의 再現의 世界인 藝術의 世界와는 갓지 아니한 領域을 차지하고 잇다. 우에서도 重重히 說明한 바와 가티 科學과 藝術, 其他의 上層構造가 單獨히 成立되는 것이 아니고 서로 交涉 關連하야 統一的 複合的 進化的임에 相互 影響의 密接한 關係에 잇슴은 勿論이나 同時에 各各 特殊世界의 相異한 分野를 展開하고 잇다.

韓學徒는 實業에서 나고 實業에서 써나지 못하는 點을 들어서 藝術도 科學이라고 獨斷하엿스나, 그러나 辨證法에 陶醉하야 觀念 쑤스러기를 까부러 올니는 酩酊手作에 不過하다고 볼 수밧게 업다. 現實에서 나기만 하면 모다가 科學이라는 手作『엥겔스』의 認識體系에 물엇기만 하면 藝術品도 科學의 領域에 들어 왓스니 藝術은 科學이로라 手作 모다가 公式主義者의 觀念 酩酊이 아니고 무엇시냐? 事理 分別의 曖昧한 低能兒의 習癖 以外에 아모것도 아니라 볼 수밧게 업다.

韓學徒는 그가 主張하는 大端한 眞理『藝術은 現實에서 낫다』를 立證하노라고 經驗批判論者『보다놉』의 『社會意識學槪論』를 引用하야 人間 太初의 藝術을 云爲하엿다. 戰爭 狩獵을 云云하는 것이 氷河時代에 石器時代의 民族의 生活을 말하는 것이니 그 時代의 民族은 河川에는 여름이 잡하고 大地는 凍結되어 巨槪가 狩獵에 從事하야 그의 生活을 維持하엿든 것이다.

쌀아서 그들의 繪畵는 산양한 動物像, 그들의 彫刻은 動物像 쏘는 人像이엇다. 大槪 그 初期의 것에는 繪畵가 大部分인대 그 表現에 잇서서는 靜的이엇다가 後에 彩色되어 動的 氣味를 씌히고 좃차서 印象的이엇다. 群居 生活이 잇슴으로 集團經濟를 營爲하엿섯스나 社會制度도 耕作도 宗敎도 아즉 發生되지 안헛고 그들의 思想 亦是 오직 現實에 썩 들어부터 動作할 다름이엇다. 쌀아서 그들의 藝術도 題材에 잇서서나 表現에 잇서서나 情感的 藝術이엇고 想像的 藝術은 아즉 發生되지 안헛다. 『藝術은 科學이다. 現實에서 낫스니 科學이다. 보라 大槪의 藝術은 그는 現實 卽 人間 勞働에서 낫다.』.

그러나 韓雪野의 論法으로 가면 太初의 藝術도 勿論 科學이라는 말이다. 果然 그럿트냐. 그러면 君이 立證한 氷河時代의 狩獵民族의 詩歌를 한두개 吟味하야 보자. 그들의 生活과 環境은 이미 우에 簡略하나마 紹介하얏스니 그들의 詩歌를 鑑賞할 우리의 學術는(*은) 그만하면 充分하다. 古代의 狩獵民族들 ─산냥군들이 하로의 勞働을 畢하고 夕陽 째에 喚聲을 가티 하며 追憶의 노래를 불르는 場面이다.

> 『오늘 우리들은 조흔 산냥을 하얏슴네
> 크나큰 즘생을 산냥하얏슴네
> 먹을 것을 우리들은 만히도 가졋슴네
> 고기는 맛이 좃코
> 독한 술도 맛이 좃쿠나 』

이러한 노래를 읇흐는 世界가 科學의 世界이드냐. 韓雪野 가트면 現實에서 낫스니 科學의 世界외다 할 것이지만, 그러나 그는 藝術을 科學이라 부르짓는 藝術에 對한 沒理解한 低能兒가 하는 소리다. 이러한 詩歌를 읇흐는 世界는 情感의 世界이다.

쏘 한 마듸 물어보자.

산냥군들이 밤 깁허서 횃불을 도도고 그것테 턱턱 안거나 비스시 누워서 그날의 산냥하든 즐거움을 노래하야 고흔 追憶을 想像하는 場面이다.

> 『캉가루─』는 퍽 날내 다라나던걸
> 그러나 나는 떠날 내게 달녀갓단다
> 『캉가루─』는 살진 놈이던걸
> 그놈을 나는 잡어서 먹엇단다
> 오오『캉가루 ─』『캉가루 ─』

이러한 노래를 읇흐는 世界는 現實世界에서 쩌나지 못하는 世界요, 現實

世界가 나흔 世界임에는 틀님이 업다. 그러나 現實의 世界 이곳 = 科學의 世界는 아니다. 辨證의 世界, 科學의 世界가 아니라 情感의 世界, 想像의 世界이다. (끗)

· · · ≪朝鮮日報≫(1928. 1. 27~2. 1)

藝術의 時代相과 傳統相

　　맑스는 그의 著書『資本論』中에서 資本 形態의 可變性과 不變性이 잇슴을 認定하얏고 河上肇 博士는 如斯한 關係를 道德에 流用하야「可變의 道德과 不變의 道德」을 提唱하얏다. 人間의 道德에는 永遠不變의 絶對道가 存在하는 同時에 相對 可變의 道德이 亦是 存在한다는 것이다. 村井秀雄 君은 如斯한 關係를 更히 藝術에 流用하야 藝術의 容器에는 政治·科學·宗敎·哲學 等과 갓지 안이 한 그 自身의 獨立性과 形態를 具有하는 同時에 이러한 不變의 容器에 담는 內容과 取材는 歷史的 生活이 規定하는 바로 不斷히 變遷함을 主張하얏다. 村井君의 藝術의 可變性과 不變性의 主張에 筆者는 同意를 表한다. 그러나 遺憾인 것은 村井君은 豫備하엿든 論理를 다만 藝術에 適用함에 긋첫다. 筆者는 藝術의 時代性과 傳統性에 對하야 一層 赤裸裸하게「藝術」그 自體의 社會的 認識을 것처서 究明함이 잇고저 한다. 짜라서 맑스의 資本形態를 究明한 認識 方法에 準據하야 藝術에 對한 解釋을 加하는 村井君의 態度와는 달을 수밧게 업다. 卽 村井 君에 잇서서는 藝術의 맑스的 解釋에 긋치는 것이오, 筆者에 잇서서는 藝術의 社會的 內容과 밋 그 作用을 究明하야 傳統相과 時代相과의 關係에 及하는 것이다.

　　此 小論은 極히 制限된 紙數를 것처서 草하게 되는 것임으로 骨子만 추리게 되는 事情을 讀者 諸氏는 미리 諒察하여 주기를 바란다.

×　×　×

藝術은 現實生活의 産物이다. 싸라서 어듸까지든지 現實生活의 意圖에 追從할 것이다. 現實生活은 社會關係 속에 營爲되는 生活이오, 그 社會的 關係는 階級 對立의 鬪爭 속에서 交涉되어 가는 關係이다. 뿐만 안이라 이 平面的 交涉 關係는 不斷히 進展하는 歷史的 事實에 制約됨으로 一點에 固定되여 잇슬 수 업다. 싸라서 現實生活의 産物인 藝術은 現實生活, 社會關係, 階級鬪爭, 歷史的 進展에서 乖離될 수 업다.

× × ×

藝術은 이러한 現實經驗이 情感, 想像, 直觀的 衝動(感激)을 것처서 發現한다. 그럼으로 藝術의 內容은 그 時代의 現實生活, 狀態에 싸라 달을 수밧게 업다. 싸라서 이 藝術 內容의 時代相은 藝術形態, 技巧, 其他에까지 必然的으로 變革을 일으키고 藝術의 本質에까지 決定을 與하게 된다.

× × ×

그러나 現實生活, 쏘는 現實經驗은 飛躍的으로 現出한 것이 안이다. 現實을 構成하고 잇는 事實과 그에서 提起되는 現象은 새롭게 出現된 事實과 그에서 提起되는 現象뿐으로 構成되여 잇는 것이 안이라 累積한 先驗의 土臺 우헤서 展開된 것이다. 勿論 累積되여 잇는 先驗世界가 現實生活과 關聯되여 現實生活에 作用하기 爲하야서는 現實的으로 經驗되지 안어서는 될 수 업다. 그럼에는 現實生活이 要求하는 社會的 內容을 內包하여야 한다. 卽 낡은 感情, 썩은 槪念, 生命 일흔 偶像이 안이고 現實의 社會生活에 必要한 內容을 가진 先驗이라야 하(*한)다.

× × ×

오몰 캐얌의 루빠이얏은 우리의게 아모런 感激도 일으키지 못한다. 何故오 하면 現實生活의 要求하는 바 아모 것도 그는 內包하지 못하얏다. 現實의 社會生活에 必要한 內容을 가지지 못하얏다. 그것은 우리가 要求하고 渴望하는 藝術이 안인 까닭이다. 우리에게 잇서서는 온전히 生命 일흔 偶像, 骨董品 以上 아모도 안이다. 그러나 昔代 波斯의 오몰 케얌에 잇서서는 그 時代의 現實經驗이 情感「想像」, 直觀的 感激(衝動)을 것처서 發現된

藝術品임에는 틀님이 없다. 이곳에는 藝術品으로 하여곰 藝術이게 하는 藝術의 特殊한 指標를 타고 貫流하는 藝術의 先驗性이 잇다. 함으로 우리는 루쌔이얏을 如前히 藝術品이라 부르며 쏘 容許한다. 그러나 우리가 要求하는 藝術이 안일 쑨이다. 이것을 가르처 筆者는 藝術의 傳統相이라 부른다.

× × ×

藝術의 傳統相은 經驗에 先行하는 것이 안이라 亦是 經驗의 産物이다. 그것이 經驗 以前에까지 遡及되여 맛치 經驗 以前에 孕在한 것 갓치 뵈일 짜름이다. 그러나 그 實은 어대까지든지 情感, 想像, 直觀的 衝動의 反射作用의 結果의 産物이다. 卽 感激을 일으키는 材料에 躍動하는 現實的 生命의 反射作用의 産物이다.

× × ×

藝術의 內容, 形態, 本質의 指標를 것처서 이와 갓치 藝術의 時代相과 傳統相을 發見할 수 잇다. 藝術의 時代相은 不斷히 藝術의 傳統相을 變革하야 藝術의 內容, 形態 技巧, 本質로 하야곰 恒常 進展하는 現實生活的 意圖에 調和 追從식히며 쏘는 새로운 生活意圖를 暗示하야 藝術的 使命을 다 하야 간다. 社會的 現實生活의 作用에 反射된 情感, 想像, 直觀的 感激을 것처서 生産意識, 生活感情의 破壞的 創造의 作用을 하여 간다.

藝術의 傳統相은 時代相의 土臺가 되면서도 恒常 可變性의 時代相을 束縛하는 傾向을 갓는다. 그러나 結果에서 살피면 藝術의 可變性인 時代相은 恒常 藝術의 傳統相을 變革하고 새로운 藝術內容으로 하여곰 새로운 藝術形態, 藝術技巧를 生産하고 새로운 藝術內容과 藝術形態, 藝術技巧로 하여곰 藝術의 本質에까지 變動을 닐으키게 하얏다. 그리하야 藝術의 時代相과 傳統相은 變革的 交互作用을 것처서 不斷히 進展하야 왓다. 이 變遷 展開의 趨動力은 勿論 社會的 現實生活이다.

× × ×

現代에 잇서서 社會的 現實生活, 會社階級的 生活은 푸로레타리아藝術을

生産하얏다. 푸로藝術의 出現은 必然的으로 傳統的 藝術의 具體的 內容과 갓지 안이한 現實內容을 內包하게 된다. 이 現實的 內容은 必然的으로 傳統的 形態, 傳統的 技巧에 變革을 니르킬 수밧게 업다.

何故오 하면 藝術의 現實的 形體, 現實的 技巧는 現實的 內的(*容)이 決定함으로 藝術의 現實的 內容 及 그가 決定하는 形態, 技巧는 必然的으로 藝術의 傳統的 本質에까지 變動을 밋칠 수밧게 업다. 何故오 하면 藝術의 現實的 本質은 藝術의 現實的 藝術 及 그에 決定되는 現實的 形態技巧에 制約됨으로.

× × ×

七五調의 豫備하얏든 傳統的 詩의 形態에 現實의 高調된 感情의 種々相을 담으려 하면 傳統的 形態의 決定되는 現實的 感情이 되고 만다. 所與된 時調의 傳統的 形態에 現實的 感情의 種々相을 너으려 하는 대에는 亦是 形態가 決定하는 現實的 感情이 될 수밧게 업다. 이곳에는 明瞭히 觀念에 隷屬된 現實이 內包될 뿐이오, 本末의 轉倒된 事實이 不自然이 存在할 뿐이다. 이와는 反對로 現實的 生活에 反射된 藝術的 衝動(感激)의 烈度에 쪼차 表現形態는 決定될 것이다. 또 이러한 藝術의 現實的 內容, 그에 決定되는 現實的 形態는 必然的으로 藝術의 現實的 本質에까지 밋친다. 藝術의 現實的 內容, 形態, 技巧에서 遊離된 藝術의 現實的 本質은 存在하지 안는다.

× × ×

以上의 要略的 究明을 것처서 藝術의 時代相과 傳統相은 明瞭히 되엿다. 此에 對한 把握이 不充分함으로 現代 日本 及 朝鮮의 藝術評壇에는 不少한 誤謬가 橫行한다. 우리는 藝術의 時代相 可變相에 對한 充分한 理解 把握이 잇서야 하는 同時에 그의傳統相 及 時代相과 傳統相의 關係에 對하야서도 現代 生活 藝術이 據立하는 體系的 意識을 把握하기 爲하야 充分한 理解 究明이 잇서야 하겟다. 卽 現代社會의 現實生活에 依據한 階級文學의 一分野로서의 無産階級藝術의 指標에서 脫線되지 안코 그의 展開에서만이 可能한 無産階級藝術에 對한 理解 把握과 아울너 그의 變革的 交互關係에까지 明瞭

한 把握이 잇서야 한다.

× × ×

現代에 잇서 이 藝術의 傳統相과 時代相에 對한 沒理解로 因하야 그의 變革的 交互關係를 把握하지 못하고 犯하게 되는 空論卓說이 不少하다는 것은 임의 말하엿거니와 巨槪가 藝術의 時代相과 傳統相을 遊離하야 그의 一部를 高調하고 他를 沒捨함으로 或은 時代相을 無視하고 傳統相의 內包하는 變革性을 認識하지 못하는 所謂 藝術의 指標만 高調하는 超階級主義者, 藝術至上主義者 及 그 末流인 折裏派가 發生되며 或은 藝術의 指標, 藝術의 特殊性을 無視하야 藝術로 하여곰 階級文化의 一分野로서의 自立性을 容許하지 못하고 오직 階級運動보다 特히 政治運動의 一宣傳用紙로 化하랴는 似而非 無産階級藝術 主張者가 橫行하게 되는 것이다. 그 表現을 빌니면 一派는 純正藝術을 高調하야 現實을 無視하며, 다른 一派는 現實을 高調하야 藝術을 無視하게 되는 것이다. 前者는 「純粹美」의 存在를 幻想하고 藝術은 階級鬪爭과는 超然한 것이라 妄信하는 者요, 後者는 藝術의 現實的 指標를 誤識하야 藝術로 하야곰 實用價値에 後屬케 하야 階級的 運動의 公利的 立場에서 非藝術 宣傳的 效果를 重視하는 者이다.

× × ×

이곳에서 우리가 理解하여야 할 것은 後者의 現實에 側한 態度는 現實을 無視하는 超階級的 藝術에 對한 안틔테지로서 出現한 歷史的 必然性을 가젓섯다는 것이다. 그러나 階級藝術이 內包하고 잇는 發展性, 結局은 藝術의 特殊한 現實的 指標를 獲得하는 無産階級藝術의 本質的 把握에 뒤몰닐 수밧게 업스니, 이 辨證法的 發展을 遂함으로 因하야 現實의 階級社會에 測한 階級文化의 一分野로서 階級 揚棄의 運動의 一翼으로서 無産階級藝術의 重大한 使命을 다할 수 잇는 것이다.

× × ×

朝鮮에 잇서서 푸로레타리아藝術運動은 日本의 푸로藝術運動 ─文藝戰線 一派 其他의 直譯的 移入의 結果로 觀念的·公式的 藝術의 特殘(*殊)한

現實的 指標에 對한 無理解한 似而非 無産階級藝術運動에 쩌러지고 말엇다. 그러나 朝鮮의 大衆의 現實生活의 意圖 우에 立脚한 無産階級藝術의 要求는 必然的으로 似而非的, 直譯的, 公式主義的 藝術을 揚棄할 수밧게 업는 客觀的 情勢에 잇다. 그러함(*'으' 탈락)로 似而非 階級藝術運動이 內包한 矛盾의 醱酵는 早晚間 自己 淸美에 뒤몰닐 수밧게 업는 것이다.

· · · ≪白雉≫ 제2호(1928. 7)

朝鮮文學 建設의 理論的 基礎

- 前 言 -

▮ 一 ▮

朝鮮文學의 建設! 우리는 비록 한 篇 小曲의 詩를 쓰고 녹녹치 못한 한 篇 小說을 草하나마 우리의 念頭를 써나지 안는 것은 朝鮮이요 朝鮮意識이다. 無意識的으로 그려한 同時에 쏘한 깁흔 省察을 것처서 恒常 그리 되기를 힘쓴다. 그것은 엇재서 그러하냐? 우리는 朝鮮文學의 建設이라는 重大한 目標를 바라고 달려가는 까닭이다.

우리의 力量이 밋치지 못하거나 쏘는 우리의 素質이 엷음으로 朝鮮文學의 建設이라는 巨壯한 目的을 貫徹할른지 못할른지는 우리의 敢히 斷言할 수 업는 배로대 이 目標를 일치 안코서 꾸준히 努力하는 것만은 否定할 수 업는 事實이다. 이리하야 우리가 朝鮮의 現實에서 쓰러저감즉 보히는 民族意識을 항결 더 힘 잇게 把握하며 階級意識을 힘써 戰取하야 오늘날 時代에서 우리 民族의 生命과 힘이 될 朝鮮意識을 굿건히 쥐고 文藝 制作에 努力하는 것은 오로지 朝鮮文學의 建設을 爲함이다.

그럼으로 나는 우리 文人들이 朝鮮意識을 것처서 朝鮮文學의 建設을 爲하야 만흔 制作을 生産하기를 願하는 同時에 文藝 制作을 거처서 朝鮮民族

에게 希望과 努力과 힘 그리고 鬪爭과 生命을 주어 즐겨 朝鮮意識을 찾고 길르고 그를 위하야 꾸준히 힘쓰며 한 덩어리가 되어 나가는 效果를 엇기를 누구보담도 비는 한 사람이다.

毋論 實際運動 線上에 나설 實務와 興味를 늣기고 또 그 方面에 잇서 有爲한 役割을 演할 素質을 가진 文人이 그러한 活躍의 陣營 속으로 들어가는데 對하야 조고만 異議도 업다 하노니 朝鮮文學의 建設이란 事業 亦是 朝鮮民族을 살리랴는 努力에 지나지 안는 싸닭이다.

▌二▐

그러나 外來 社會思想에 恍惚된 文人 中에는 或은 民族意識을 拒否하야 日 幻想이라 하고 民族意識에 기우러진 文人 中에는 或은 階級意識을 認識하지 못하거나 誤解하야 淸高한 文人의 可히 回顧할 배 안너라 하고 或은 民族意識과 階級意識을 對立한 兩個로 理解하야 合力 握手할 것이라 한다. 이리하여 朝鮮文學 建設의 根本 命題인 朝鮮意識 그 自體에 對한 社會的 內容을 規定하지 못하고 混亂된 가온데서 이제 正히 論陳이 열리는 形便에 잇다.

毋論 朝鮮文學의 基礎意識되는 朝鮮意識의 內容이 果然 民族意識이나 또는 階級意識이냐의 問題는 우리 文學建設 事業에 重要한 根本的 關係를 가진 同時에 우리의 制作의 態度를 決定하며 指導하는 意識인 만치 決코 輕忽히 할 수 업는 問題이다. 뿐만 아니라 나 스스로가 制作意識에 잇서서 이 問題의 解決을 强要하야 마지 안는다.

그럼으로 筆者는 이 小論에서 이 根本問題를 提出하는 同時에 어느 程度의 解決을 주고자 힘쓰는 바이다.

筆者는 以上의 感懷로서 이 小論을 進行시키는 대 잇서 第一로 朝鮮意識의 基礎를 論究하기 爲하야, 먼저 民族意識을 取扱하고 다음으로 朝鮮意識의 具象的 基礎를 明瞭히 한 뒤에, 第二에 잇서서 現代의 朝鮮意識을 밝히기 爲하야 民族意識과 밋 그 運動을 究明하고, 드듸어 朝鮮意識을 規定한

後 朝鮮意識과 階級意識을 그 運動 目的 及 方向에 關連하야 論評하고, 마
즈막으로 朝鮮文學의 基礎意識과 아울러 朝鮮文學의 根本的 機能을 規定하
겠다.

第一. 朝鮮意識의 基礎

一. 民族意識 槪觀

　朝鮮意識을 究明하기 前에 먼저 問題가 되는 것은 民族意識이란 엇더한
것이냐이다. 民族과 밋 民族意識이라는 槪念이 가지는 內容 더 適切히 그
現實的 內容은 從來로 極히 複雜多端할 쑨만 아니라 쏘 極히 曖昧하엿다.
더욱 現代에 들어와서 階級 關係가 一層 腰然히 認識되어감에 짤하 甚至於
民族意識을 幻想이라고까지 부르짓게 된 그만치, 그 內容에 잇서 이것이
다 하고 全體的으로 規律할 만한 具體的 要素를 보아내기가 어렵다. 그럼
으로 첫재로 一部의 學者는 民族 及 民族意識의 要素를 그 民族의 特殊言語
에 求하야 言語의 共通은 共通된 文化를 낫케 하고 共通된 理想을 품게 하
며 共通된 希望을 가지게 함으로 特殊言語의 共通이란 것이 卽 民族 結合
의 紐帶인 同時에 民族意識의 基礎라고 主張하얏다.

　最近에 와서는 카우츠키와 如한 第二 인터내수널系의 社會主義者도『言
語共通體』란 術語를 것쳐서 亦是 이 비슷한 論을 세윗섯다.

　그러나 言語의 共通이란 것이 반듯이 民族 及 民族意識의 基礎要素라고
할 수 업는 同時에 그 反對로 言語가 基礎되지 못하얏다고서 한 民族이 못
되는 것도 안이다. 愛蘭民族과 英吉利民族은 言語는 가트나 한 民族이 아

니고 짜라서 한 民族意識을 가지지 못하는 同時에 百耳義民族이나 中華民族은 그 民族的 比等되는 二 以上의 勢力 잇는 言語를 使用할지라도 한 民族인 同時에 쩌엇한 共通되는 民族意識을 가젓다.

둘재로 一部의 學者는 種族을 갓치 하얏다는 것, 卽 種族의 同一이란 것이 民族意識의 基礎라 하얏다. 例를 들건댄 日本 民族意識하면 日本 民族이 傳來에 가튼 種族으로서 構成되어 왓다는 點으로부터 이러나는 意識이란 말이다. 그러나 今日에 이르러서는 同一種族으로 된 所爲 純粹民族이란 것이 하나도 업슬 쑨만 아니라 人種學 그 自體부터 種族의 區別과 밋 그 歷史的 分布, 異動을 科學的으로 探究하기에까지 發達되지 못하얏다.

더욱히 한 種族이 한 民族을 構成한 곳도 잇고 쏘는 二三의 種族이 한 民族을 形成한 곳도 잇슬 쑨만 아니라 或은 한 種族이 갈러저 二三의 民族으로 展開되어 나간 곳도 잇서서 種族의 同一性이란 것이 民族意識의 基礎 要素로는 問題가 되지 못한다.

셋재로 一部의 學者는 宗敎의 共通으로써 民族意識의 基礎를 삼으려 하얏다. 卽 한 宗敎를 것처서 뭇긴 바 信徒이기 쌔문에 가튼 民族意識을 갓는다는 것이다.

그러나 이러한 論이 問題가 되지 못하는 것은 얼마든지 實證할 수 잇는 것이니 한 民族 가운대에도 形形色色의 宗敎가 複在하며 짜라서 各其 信徒가 存在할 쑨만 아니라 가튼 宗敎를 밋는 二 以上의 民族이 쏘한 얼마든지 實在하야 잇는 것이다.

넷재로 어느 學者는 同一한 地域에 居住함으로서는 民族意識이란 것이 形成된다고 하얏다. 卽 가튼 쌍에 삶으로 가튼 意識 發生의 基礎를 준다는 것이나, 이 亦是 問題가 되지 못한다. 웨 그러냐 하면 一定한 民族的 地域을 가지지 못한 猶太 民族, 쩹시 民族이 實在할 쑨만 아니라, 녯날가티 巨山峻峰과 長江陵海 等의 自然 境槪가 人類의 移動 如何를 決定하는 時節과는 달라서 現代는 交通機關과 交通線路가 極度로 發達한 時代라 民族의 移動 分散이 그리 어려운 일이 아님으로 가튼 쌍이라는 것이 반드시 民族意

識의 基礎가 된다고는 할 수가 업다.

다섯재로 어느 學者는 同一한 政治組織의 支配 下에 屬하얏다는 것으로서 民族意識의 要素로 본다. 그러나 毋論 問題될 수 업다. 萬一에 民族意識이 아니라 國民意識일진댄 그럴 듯도 하거니와 民族意識에 잇서서는 한 民族이 二 以上의 政治組織 下에 分屬되야 잇는 現象이 잇는 反面에는 民族意識이 갓지 못한 二 以上의 民族이 한 民族의 政治組織 下에 從屬되야 잇는 實例도 얼마든지 들 수 잇는 것이다. 『앤글로색손』 民族의 政治組織에 支配밧는 印度 其他의 民族, 勞農 露西亞의 政治 組織에 地配밧는 近 百餘 民族이 다 그러하다. 우리가 우리의 觀點을 世界의 全體 우에 두고 世界 民族의 民族 現象을 우리의 視野에 넛코 觀察하야 보건대 이와 같이 共通되는 民族意識의 具象的 基礎를 把握하기는 極히 어려운 일이다.

그럼에도 不拘하고 權威 있는 規定의 二三을 들어보면 伊太利 學者 『맨치니』는 民族은 土地와 祖先과 言語 등을 가티 하고 生活과 社會組織을 가티 한 人類의 自然的 團體라 하고, 佛蘭西의 쿠란듀는 民族이란 思想 利益 愛情과 記憶 希望 등을 共通히 함으로부터 意識되는 同一 團體意識이라 하얏고, 『칼맑스』는 그의 論著를 것처서 보건대, 一定한 生成科程에서 生産된 바 民族的 形成物에 依하야 他 民族과 一定한 性格上으로 區別되는 바 諸民族 融合의 歷史的 産物이라고 하얏스나, 現代에 이르러 거의 共通되는 學者間의 規定은 民族이란 歷史와 文化를 거처서 一體를 形成하고 잇다, 意識하는 人種의 團體라는 대 歸着되고 만 觀이 잇다. 그러나 그 反面에 어느 學者는 民族意識이란 것은 人類의 한 本能임으로 規定할 對象이 되지 못한다 하야 自棄한 사람도 잇다. 이와 가티 民族과 밋 民族意識에 對한 所論은 가장 複雜할 쑨만 아니라 組織的 理論을 세우기가 極히 어려움에도 不拘하고, 우리는 全世界를 通하야 民族과 밋 民族意識의 嚴然한 實在를 認識하는 同時에 民族 生成의 過程과 그 支持의 基礎는 갓지 아니 하나마 現實的으로 各其 民族 歷史와 文化를 것처서 各 民族의 一體的 存在와 아울러 그 民族意識을 發見할 수 잇다. 或은 言語와 文字의 標識을 타고 或은

特殊한 民族的 性格을 指標로 하야 或은 文化와 歷史의 血統을 紐帶로 하야 結合된 民族과 밋 그 民族意識을 보아낼 수 잇는 것이니, 앤글로색손民族 겔만民族 大和民族 猶太民族 印度民族…… 等等이 모다 自民族의 特殊한 結合 指標를 것처 特殊한 民族的 性格을 갓추고서 嚴然히 存在해 잇는 것이다.

그러면 이와 가티 嚴立하야 잇는 世界 民族의 連環 가온대 一環으로서 朝鮮 民族과 밋 그 民族意識은 엇더한 것이며 民族으로서의 存在 指標와 支持의 基礎는 어듸 잇는가. 卽 朝鮮民族과 아울러 朝鮮意識의 具象的 根據는 어듸서 보아내는가?

二. 朝鮮民族과 밋 民族意識

史實에 依據하건대 朝鮮民族은 本來 白頭山을 中心으로 한 滿洲 一帶와 朝鮮半島에 居住하든 鮮卑 末曷 穢貊 漢族 等의 諸 種族 部落이엇다. 이 部落 種族이 特殊한 地理的 環境에서 經濟發達의 特殊 條件에 쌀하 群衆生活을 營爲하든 中 一面 性的 結合에 依한 血緣關係와 生活에 關連한 征服的 鬪爭 事實에 依하야 漸次 融合의 過程을 밟어간 者이다. 그리 하야 이러한 融合 過程을 밟어나가는 동안 遺傳的 血緣關係에 依한 民族的 特殊資質이 形成되는 同時에 地理的 環境에 對한 適應과 征服의 交互 關係로 말미암아 必然的으로 民族的 特殊性格을 培養하야갓다. 生活에 誘因된 環境에 對한 適應과 征服의 戰爭이 火源과 器具 等의 發見과 아울러 그 利用으로 말미암아 漸次 克服의 過程을 밟기 始作함에 짜라 民族文化의 濫傷을 보게 되고 드듸여 民族 特殊性格의 歷史的 展開를 보게 되엇다. 이와 갓치 朝鮮民族은 民族的 特殊資質과 이어서 民族的 性格을 일우고 드듸어는 民族文化와 歷史를 봄에 이르럿다. 짜라서 必然的으로 發現하게 된 民族意識은 悠久한 民族的 生長 過程을 밟는 동안 民族的 反省을 거처서 더욱 能動的으

로 實踐함에 이르러 文化와 言語와 利害와 地域 그리고 風習 傳統 親和力의 줄을 타고 漸次 深刻化하야갓다.

그러면 『地理的 環境이 決定하는 經濟 發達의 特殊 條件』이라는 槪念은 엇더한 具體的 內容을 가젓는가. 簡單히 說明하면 地勢 地域 地質 氣候 天災 等 民族的 性格 民族的 意識 民族感情의 生成 過程에 가장 重大한 影響을 주는 者도 遺傳的 血統 關係와 아울러 民族意識의 二大 根柢의 하나이다. 民族的 鬪爭과 征服 被征服 關係는 民族의 融合과 民族 運命의 利害 一致로 이러나는 民族의 團束에 對한 重要한 動機가 되는 것이로대, 地理와 血緣을 것처서 融和 過程을 밟지 안코서는 民族 生成의 根抵가 되지 못함으로, 民族意識의 基礎는 亦是 上記 二大 基礎 以外에 업다. 遺傳的 血緣關係가 民族 性格 生成에 直接 誘因이 되는 것은 遺傳學上 우리의 能히 肯定할 수 잇는 事實이로대, 地理的 環境이 밋치게 하는 民族 性格 生成에 對한 影響은 누구든지 常識的으로는, 例컨댄 溫突 情調와 가티 손쉽게 생각되는 것이나, 組織的으로 이럿타 하고 規定하기는 容易한 事가 안니다. 그러나 槪觀的으로나마 說明을 나린다면 다음과 갓다.

가. 地勢. 山岳, 平野, 河海湖沼 等의 構成 形狀과 分布 狀態의 如何는 産業, 交通, 文明 隆起, 外寇 侵畧 等에 큰 關係를 주는 同時에 民族의 生活에 큰 影響을 밋치게 함으로 必然的으로 民族의 性格 生成의 素因이 된다.

나. 地域. 面積의 大小, 天惠의 豊缺, 島域이나 大陸域이 아니라 大陸에 接壤된 半島域으로서 밧는 影響, 他 民族에게서 밧는 影響은 自然 民族生活에 影響을 주고 드듸어는 民族의 性格 生成의 素因이 된다.

다. 地質. 土地의 肥瘠, 地藏 富源의 多寡가 民族生活에 影響을 줌으로 自然 民族의 性格 生成의 素因이 된다.

라. 地位. 經濟發達上 占據한 地位, 東洋 民族中에 處한 民族的 地位, 卽 東南에 大和 西北에 支那의 諸 民族間에 끼워 밧는 影響은 必然的으

로 民族 生活에 影響을 주고 짜라서 民族 性格 生成의 素因이 된다.

마. 氣候. 熱帶나 寒帶가 안니라 溫帶에 處하야 半大陸性的 氣溫 中에서 産業과 民族 生活에 밧는 影響은 自然 民族의 性格 生成의 素因이 된다.

바. 天災. 洪水 旱災 暴風雨 其他. 人力의 敢히 抗禦치 못함으로 因하야 밧는 影響은 民族 生活에 影響을 주고 必然的으로 民族의 性格 生成의 素因이 된다.

이미 우에서 말한 바 잇거니와, 우리의 特殊한 地理的 環境 —그에 對한 被動的으로나 無意識的으로나 또는 直接間接으로나 敢行할 수밧게 업는 適應 征服의 交互關係를 것처서 —이 決定하는 —그 內面에 잇서서는 性的 結合의 血緣關係가 民族的 資質을 決定하는 —民族生活을 營爲하며 今日에 이르럿슴을 본다. 漸次 生産 再生産의 經濟 反覆의 進化 道程을 지나서 克服 過程을 밟아감에 짜라 所謂 諸般 上部構造 卽 朝鮮民族의 特殊한 文化生活의 『프로쌔쓰』를 걸어갓고 征服的 鬪爭 또는 外來의 經濟 宗敎 文化 其他의 文物을 包攝 進化하면서 밟아간 悠久한 歷史的 鍛鍊을 거처서 우리 衣食住의 各 民族의 特殊한 生活 樣式, 特殊한 形態, 色彩 線에 發現되야갓다.

太古의 部落時代 以後, 朝鮮民族의 支配權力은 或은 近古에는 支那民族의 支持下에 貴族의 손에 잇섯고, 近世에는 堂上 班族을 中心으로 한 君主 獨裁의 手中에 잇섯스나, 卽 그 時代에 營爲되는 民族의 生活關係 더 適切히 經濟的 社會關係에 짜라 또는 그에 根源한 勢力關係에 짜라 支配階級은 或은 貴族層이엇고 或은 兩班層이엇고 或은 富裕層이엇스나, 짜라서 朝鮮文化의 歷史的 支配者와 밋 그 支持者도 貴族階級 兩班階級 富裕階級과 如한 特權層이엇고, 이러한 支配階級을 길르는 大多數의 勞力階級인 貧賤層은 民族文化의 殘滓를 씹는대 지내지 못하엿스나, 그러나 朝鮮民族이 血緣 地緣의 紐帶를 타고 結合되고 共同의 敵에 對한 一致鬪爭의 意識, 共同의 利害, 存滅의 一致意識 等을 것처서 民族的 性格을 建設하야간 史實은 우리가 먼

저 肯定하여야 된다.

實로 偉大함즉 생각되노니 民族的 性格에서 流露하는 民族意識 民族感情
은 우리의 本能的 性情을 일우어 民族的 結束의 힘이 되고, 他 民族과 分別
되는 틀을 짓고, 同類 同氣 同族의 生命이 흘으는 源泉임으로 본다. 그리
하야 우리는 他 民族에 對하야서는 到底히 늣기기 어려운 親和力을 不知不
識間에 攝取하얏고, 同一體的 絶對의 包容力을 길러왓나니, 朝鮮意識은 이
와 가튼 悠久한 歷史 過程 속에서 性格化한 朝鮮民族의 意識이다.

第二. 現代의 朝鮮意識論

一. 朝鮮意識, 階級意識과 밋 그 運動

▌一▌

우리가 한 장의 世界民族地圖를 펴노코 世界 民族의 現態를 살필 때, 赤
黃靑紫의 色彩가 亂舞하는 속에 呻吟하는 ×××民族들을 본다. 經濟的 ×
×慾에 依하야 植民地化한 巨大한 地域, 그 속에는 領分國家에 從屬되어 어
느 支配民族에게 經濟的으로나 政治的으로나 또는 文化上으로나 苦悶하는
被支配民族의 可憐한 情狀을 보는 同時에 民族 歷史와 現實의 情報를 것처
서 이러한 民族들이 (中略) 努力하는 民族的 要求를 發見한다. 그러면 엇재
서 歷史나 文化나 言語 血統 生活 地理 등 紐帶를 타고 한 덩어리의 民族的
性格을 形成한 民族은 民族的으로 失脚하고 (中略) 自民族 共同體에 도라가
라 하는가.

이러한 民族的 本能의 要求 속에는 民族社會가 支配民族의 經濟 政治 社
會 文化 (中略) 이러한 모든 方面에 대한 自民族의 性格을 살리는 동시에

自由로히 培養해 나가자는 民族意識의 要求가 잇기 째문이다. 그들 民族이 特殊한 地理的 環境과 遺傳的 血統을 거처서 悠久한 歷史的 生長으로 말미암아 建設한 經濟的 社會的 基礎와 밋 政治 文化 組織 등을 挽回 支持하야, 支配民族의 繁榮과 自民族의 敗滅을 위해서가 아니라 自民族을 爲하야, 自民族 社會의 構成 分子로 하야금 가장 自然하고 自由로운 親和 感情에 얼켜서 生活하며 繁榮하기를 願하는 까닭이다. 毋論 어느 民族처노코 그의 政治的 能力과 아울러 經濟生活의 基礎를 ××當하고 드듸어 文化的으로나 人格的으로나 貧賤의 구렁에 써러저서 決局 劣等民族의 꼬리표를 달고 排異되거나 融和되기를 願하지 안는 까닭이다.

　이러한 民族的 本能은 嚴然히 그 歷史的 傳統의 長久한 期間에서 生成된 民族意識이다. 그리고 이러한 民族意識은 現實의 民族的 被支配關係에 當面하야 階級的 民族意識으로 展開되엇스나, 그러나 社會主義者가 즐겨 主張하는 所爲 國家의 枯死와 如한 有史 以來의 一大 變革으로 因한 揚棄가 實現되지 안는 限에 잇서서는 貧賤階級의 獨裁와 如한 民主的 共和國의 完成으로 消滅될 것도 아니요, 쏘한 民族社會 內部의 經濟的 社會的 變革으로 因하야 生産 及 生産手段이 民族社會를 구성한 個人 쏘는 階級의 손을 써나서 民族社會 全體의 手中에 歸屬한다고서 消滅될 것도 안이다. 毋論 그러한 變革으로 말미암아 歷史的 訓練의 長久한 時間에 잇서서는 民族意識이 如何히 變遷할는지는 民族意識의 具象的 基礎의 變遷과 밋 그 訓練 融和의 過程에 따라 展開될 것이요, 或은 民族的 抑壓關係의 地盤이 업서지고 民族的 軋轢이 업서저감에 따러서는 民族的 接近 交通이 諸民族間의 親和力을 한창 힘잇게 하여 和親平和의 圓滿한 圖謀를 可能케 할는지는 몰르겟스나, 『맑스』와 그 亞流의 學徒가 즐겨하는 主張과 가티 民族의 性格이 均一化하야 所謂 純良民族만 남는다고는 생각할 수 업는 일이다. 적어도 쌍우에다 발을 대고서 쌍을 파먹고 空氣를 마시며 사라가는 民族일지면 不可能한 동시에 쏘 그러한 쎠 업는 平和는 우리 人類의 願하지도 안는 배요 堪當할 수도 업는 것이니 갑싼 夢想이 아니면 卓上空論이라고 본다.

▮ 二 ▮

朝鮮民族은 以上에서 論한 바 民族의 하나로서 그 ×× 그 ×× 속에서 呻吟하는 民族이다. (中略) 이미 우리가 이 民族의 當面한 現實을 正視하야 省察되는 바와 가티 階級的 民族意識일 수밧게 업다. 엇재서 그러하냐 하면, 이 民族이 오늘날 民族的 存滅의 交叉點에서 (中略) 그럼으로 오늘날 當面한 朝鮮民族을 살릴 수 잇는 意識 —이것을 오늘에 朝鮮意識이라 불른다면 오늘의 朝鮮意識은 階級的 民族意識이랄 수밧게 업다. 즉 單純한 盲目的 民族意識도 아니요 小階級意識도 아니요 世界의 情勢만 뒤살펴보는 國際意識도 아니다.

우리가 이곳에서 注意해야 할 것은 階級意識과 民族意識 卽 階級關係와 民族關係에 對해서 만흔 混亂된 論解가 橫行한다는 것이다. 大概 今日까지의 傾向으로 보면 民族과 階級을 맛치 機械的으로 分離된 兩個로 把握하고 或은 그 一을 否定하야 幻想이라 하는 論者가 잇는가 하면, 盲目的으로 그 一을 否定하고 마는 論客도 잇고, 또는 兩者가 握手할 者이라 하야 分立된 兩個의 調和를 主張하는 文人도 잇다. 民族意識을 幻想이라 否定하고 階級意識만을 主張하는 이로는 八峰 金基鎭 氏 外 프로派 諸氏가 그러하고, 階級意識을 否認하고 盲目的 民族意識만을 高調하는 一派로는 一部의 歷史的 傾向을 띄인 文人과 『샤마니즘』을 즐겨 硏究의 對象으로 하는 一部의 歷史學者 等이 그러하고, 兩個가 合力 握手할 者라 主張하는 이로는 無涯 梁柱東 氏가 그러하다.

그러나 八峰은 朝鮮民族이 當面한 現實을 正視하지 못하고 그 所謂 階級關係란 것을 被支配民族 內의 小階級關係로서 把握하얏슬 뿐이요, 民族的으로 支配民族과의 階級的 對立關係에서 把握하지 못함으로 이러한 認識 不足으로부터 犯한 誤謬일 뿐만 아니라 民族意識을 否定하는 根柢에는 亦是 朝鮮의 現實에서 戰取 把握하지 못하고서 民族과 階級을 對立한 兩個로서 理解함으로 맛게 된 混亂이 伏在하야 잇다. 八峰이 朝鮮民族 內의 極히 無力하고도 小小한 階級關係에 現實 以上의 注意를 돌리고 決定的 意識을 가진 民族으로서의 階級關係를 正視하지 못하는 것은 徹底히 過誤일 뿐만 아니라 朝鮮民族이 當面한 現實에서 朝鮮運動을 規定하고 朝鮮運動의 貫徹에 必要한 利害의 紐帶를 것처서만이 世界運動에 關聯할 意識을 發見하지 못하고 오히려 主體와 客體, 目的과 協力性을 混同하야『世界運動의 一環으로서의 朝鮮運動』云云함은 ○○民族 內의 運動과 이 民族의 運動과의 特殊性을 沒却한 것으로 公式主義의 犯한 過誤라 안이할 수 업다.

다음으로 階級意識 拒否論者의 一群 卽 盲目的 民族主義者는 朝鮮 民族意識을 歷史的 産物 그대로 信仰하고 偉大한 英雄에 對한 歸依的 信念 속에서 民族意識을 보아낼 뿐으로 朝鮮 民族意識을 現實的으로 戰取 把握하지 못하다. 그럼으로 이 一群은 오직 過去를 爲하야 生活할 뿐이요 現在와 未來의 生活을 볼 줄을 몰른다. 卽 現在와 未來를 過去에다 歸屬식히는 곳으로부터 犯하게 된 過誤다.

마즈막으로 無涯는 民族意識과 階級意識을 다 承認하고 合力 握手할 者라 한다. 銳敏한 直觀으로 말미암아 兩者가 調和할 것이라 하야 或은 縱橫에 比喩하야 說明하며 或은 主觀的 經驗을 것처서 例示하기도 하나, 그러나 朝鮮 民族現實에서 認識 把握하야 體系的 規定을 나리지 못하고 結局 機械的으로 兩個를 分離하야 對立的으로 理解하고 意識 달은 兩個가 合力 握手하자는 것이다. 意識 달은 兩個가 合力 握手하기도 어려운 것이어니와 그 本質에 잇서서 分離될 것도 안님은 임이 論한 바와 갓다.

二. 兩 意識에 對한 評 二三

▌一▌

上述한 바와 如히 民族的 ××意識은 階級的 民族意識일 수밧게 업다. 그럼으로 그 民族에게 必要한 또는 要求되는 ××는 階級的 民族感情에서 솟는 그것이요 民族이란 한 덩어리될 紐帶는 階級的 民族感情에서 흘르는

階級的 民族愛다. 딸하서 民族運動은 世界運動의 一環으로서의 階級運動이 아니라 民族的 ××을 ××로 하는 階級的 民族意識에 據立한 運動이다. 그리고 그 目的은 民族的 ××事業이 世界運動과의 關連을 要求하는 限에 잇서서만 世界運動이 民族의 運動에 重要한 意義를 가질 뿐이다.

우리는 『世界運動의 一環으로서의 ××運動』과 如한 잡을 곳 업는 槪念 오히려 ××運動을 內容 朦朧한 어느 運動에다가 從屬시키는 이러한 槪念을 우리의 階級的 民族××의 力量을 散逸케 하며 微弱케하는 것이라 본다. 그럼으로 우리는 ×××民族의 反帝國主義的 運動을 社會主義의 ××를 爲한 國際的 階級戰에 利用한다는 階級主義者와 아울러 ××運動을 世界運動의 一環에다 從屬식히고 民族意識을 撤去하랴는 階級主義者에 對하야 斷然 反對하는 同時에 이 民族은 오늘의 朝鮮意識인 階級的 民族感情을 것처서 어듸까지든지 民族的 ××의 目標를 ××하기 爲하야 ○○民族 內의 階級運動과 밋 그 世界的 潮流를 利用하지 안허서는 아니된다고 規定하는 것이다.

우리가 보기에는 이 民族運動의 重心 ―當面한 ××의 目標는 自民族의 ×× 以外에 업다. 딸하서 自民族의 ××으로부터 民族間에 完全한 民主的 關係가 樹立되야 階級關係가 消滅되기까지는 階級的 民族運動은 업서질 수 업는 동시에 또 고양이 눈이 도라가듯 世界情勢를 딸하 變할 것도 아니다. 즉 藝術同盟이라는 탈을 쓰고 속으로 파고들어가는 戰術이 탈을 벗고 박가트로 쏙 튀여나와 公公然하게 싸운다는 戰術로 變遷할 수 잇겟스나, 그러나 原則的 要求는 客觀的 情勢 如何에 딸아 달러질 것이 아니요 ×× ××까지 持續된다는 말이다. 그리고 原則的 要求가 貫徹된 以後의 問題는 毋論 그 때에 解明할 問題니 우리의 當面한 오늘의 問題을(*를) 解決하고져 그 方向을 갈라고 突進할 任務를 가질 뿐이다.

▌二▌

쏘 階級主義者는 흔히 民族意識에 依據한 運動을 ○○民族의 國民主義運動 쏘는 侵略的 ××主義運動과 混同하고 性急히도 朝鮮 쌰르의 民族的 支配慾에서 나온 運動이라 한다. 果然 帝國主義 國家間에나 帝國主義 國家 群衆間에서는 雙方이 他民族을 ××××할 쑨만 아니라 더욱 帝國主義的 ××××의 範圍를 넓히기 위하야 『쌰르』의 國民主義運動 ―侵略的 ×國運動이 잇슬지 모르겟스나 貧賤階級化하는 民族 大多數와 貧賤階級運動을 支持하는 小有産者와 進取的 知識階級이 民族的으로 한 덩어리가 되어 나아가서는 階級的 民族運動과는 그 性質에 잇서 갓지 아니 하다. 갓지 안흘 쑨만 아니라 階級的 民族運動과 ○○民族의 國民主義運動 쏘는 所謂 侵略的 ×國運動과는 그 性質이 對立되는 兩極일 쑨더러 民族的 ××의 相對者이다.

毌論 弱小民族 內部의 富裕階級과 中産階級 中에는 支配民族과 結托하야 反動的 ××의 位에 墮落한 分子 一群이 업는 것이 아니나 어느 時代를 勿論하고 쏘 어느 陣營을 가릴 것 업시 所謂 亂賊者의 類는 存在하는 것이다. 다만 우리에게 잇서서는 自民族 內의 小階級關係나 이러한 反動分子群이 問題의 中心이 될 것이 아니다. 自民族의 그 要求 目標를 爲하야 하게 되는 階級的 民族××이 原則的으로 承認되어야 할 것이다.

그리고 民族 內의 小數 反逆分子가 富裕階級이나 中産階級에 屬한다고서 그 階級 全般이 그러하다고 斷定하고 그럼으로 한 덩어리될 수가 업다고 誤解하야 原則과 例外를 混同하는 것은 盲目的 階級主義에서 出發한 過誤일 수밧게 업다. 쏘 一時的 情勢에 依한 民族主義者와의 合力 云云하는 階級主義者의 主張도 亦是 小階級主義의 盲目症에서 出發된 過誤라 밋는다.

▌三▌

單純한 階級主義者 쏘는 小階級主義者 ―對立되는 ○○民族과의 民族으로서의 階級關係를 把握하지 못하고 自階級 內의 階級關係만을 把握하얏거

나, 짜라서 民族意識을 撤去하고 純色 階級意識만을 把握한 論客을 이와 가티 불을 수 잇다 하면 —흔히 ○○民族 內의『푸로레타리아』와 自民族 內의 貧賤階級과의 接近과 合力과 共同 ××을 力說한다. 接近과 合力의 紐帶될 것이 무엇이냐 하면 大槪는 利害의 一致라는 것과 政治鬪爭의 共力性이라는 것이다. 그러나 事實에 잇서서 接近커녕 오히려 反目하는 現象을 보게되는 것은 엇더한 理由로부터인가. 日本의 朝鮮에 對한 商工業의 獨占的 ××的 地位로부터 生活의 安定을 엇고 잇스나 —그들의 運動은 大部分이 安定된 生活의 質的 向上을 爲한 그것이다 —그 反面에 獨占的 ×××의 地位에 잇는 朝鮮人 貧賤階級의 大部分은 生活의 向上은 커녕 失職中에서 죽는다 산다 하는 판이다. 그리 하야 이 民族의 勞動者群이 쌩을 求하야 日本으로 건너갓다가 쏘 쫏겨오고 쏘 건너갓다가 다시 쏘겨오고 하는 現象이다. 뿐만 아니라 民族的 ××은 或은 利害 或은 賤待 或은 人格無視 等 통트러 階級的 民族意識을 것처서 끈일새 업시 이러나는 現象이다. 이와 가튼 事實은 民族的 階級的 地位와 저들『푸로』와의 地位가 그 利害에 잇서서뿐만 아니라 그 感情에 잇서서도 融合되지 못하는 까닭이다. 그들의 朝鮮에서의 地盤의 動搖는 그들의 全般 —勿論 勞動階級도 包含하야 —에 打擊인 同時에 卽時 生産力의 ××로 말미암아 民族的 生活 危險을 가저오게 되고 쏘 此民族은 彼民族의 이러한 危險을 條件으로 하야만이 民族的 ××이 可能한 그만치 兩者의 利害는 相容될 수 업다. 이와 가티 此民族의 階級的 地位와 彼民族의 階級的 地位와는 彼民族의『푸로』의 地位에 對하야 深重한 注意를 支拂하고서라도 到底히 一致될 수 업다. 그럼으로 여기에 잇서서도 單純한 階級主義는 그 無骨性을 暴露 아니 할 수 업는 것이다.

다음으로 政治鬪爭의 共力性이란 것이 果然 問題꺼리가 될가. 말하자면 所謂 政治鬪爭을 것처서 協同戰線에 나설 수가 잇슬가. 兩 民族이 그 民族意識 —그 實은 階級的 民族意識을 超越하야 單純한 小階級意識에 얼킬 수가 잇슬가. 이것은 未來에 解決될 問題의 하나이다.

여기서 暫間 階級主義者에게 質問할 것은 所謂 朝鮮에서 年前에 猛烈히 橫行하든 政治鬪爭이란 것의 正體가 엇더한 것이며, 그 鬪爭은 엇더케 하는 鬪爭이며, 現在 엇더한 政治鬪爭을 하고 잇스며, 方向轉換 以後 엇더한 鬪爭을 하얏는가. 우리 보기에는 그 正體가 槪念 高唱 以外에 아모런 運動이란 것이 업슴즉 보히니 그 實體와 機能과 아울러 그 現態까지 明瞭히 하야 주기를 바라는 것이다. 그들의 議會에 求하는 參政權運動이라든가 쏘는 正體는 秘密이 되여서 알릴 수 업다든가, 不然이면 階級社會의 밋구멍을 뚤코 하는 潛行運動이라든가, 何如間 正體 몰을 運動이란 것이 實在하야 잇슬 理는 萬無하니까 말이다.

▪四▪

民族 內에 잇서서 民族의 大多數인 貧賤階級은 階級的 民族意識을 戰取하야 對立되는 民族과 ××할 主體인 同時에 民族 內의 主要層으로서 民族力量의 源泉이 된다. 果然 四千年 歷史를 通해서 經濟, 社會, 政治, 文化 諸關係에 잇서 民族 權力이 特權階級에게 도라갓섯슴으로 物質上으로나 精神上으로나 가장 不遇한 地位에 쩌러젓섯다. 이러한 關係를 것처서 或은 民族的으로 除外되엿다고 할 수 잇고 쏘 貧賤階級에게는 ××이 업다고도 할 수 잇슬 것이다. 그리고 萬一 이 民族에게 政治的 地盤 喪失로 말미암아 民族的으로 밧게 된 被××와 被××가 업섯스면, 貧賤階級은 自階級의 發見으로 말미암아 自階級을 爲한 鬪爭은 毋論 單純한 小階級鬪爭 以上을 쩌나지 못하얏슬 것이다. 現代에서 우리가 흔히 볼 수 잇는 民族 —政治的 地盤을 일치 안헛스나 그러나 ××主義的 ××을 가지지 못한 民族 內의 運動에서 볼 수 잇는 것과 갓치.

그러나 이 民族에게 잇서서는 舞臺는 變하얏다. 自民族 內의 이러한 小階級關係는 支配民族의 被××와 被××의 對象으로서 맛는 被支配民族과의 階級的 民族關係로 變遷할 수밧게 업섯다. 卽 必然的으로 單純한 小階級關係는 階級的으로 맛는 民族關係에 變遷한 것이다. 그리하야 自民族의 階

級으로서의 組織 訓練과 對立民族과의 鬪爭은 自然 加速度로 自民族 內의 完全한 民主主義的 化를 促來하고, 짜라서 貧賤階級은 한 덩어리로 ××하야 나감에 짜라 必然的으로 民族의 主動階級을 形成하게 된다. 그리하야 오늘의 朝鮮意識 —階級的 民族意識의 戰取와 그 實踐은 進步的 智識群의 先驅的 活動 —階級的 民族意識을 一層 普遍化하야 民族 內部에 浸潤식혀서 그 質的 深刻化에 힘쓰는 活動과 아울러 民族的 甦生의 生命일 수밧게 업다.

以上에서 우리는 오늘의 朝鮮意識은 엇더한 것이며, 그 具象的 基礎는 어듸 잇는가, 엇재서 우리는 單純한 階級意識이나 小階級意識이 안이라 階級的 民族意識으로만이 朝鮮民族의 甦生을 어들 수 잇는 意識일 수 밧게 업다. 이러한 問題에 對하야 어느 程度의 解決을 주엇다. 그러면 朝鮮文學의 基礎意識은 엇더한 것이 되는가. 즉 우리는 엇더한 意識으로서 朝鮮文學을 建設할 수밧게 업는가. 이 問題는 다음 章에서 論하려니와 여기서 暫間 論하야 둘 것은 盲目的 民族主義者는 어느 點에 認識 不足과 過誤를 犯하고 잇느냐는 問題이다.

이미 他 項에서 論及한 바 잇기로 簡單히 述하건댄, 이러한 意識의 學徒는 多分의 ×國的 熱情을 것처서 過去의 國民意識에다가 現在의 朝鮮意識을 歸屬하야버림으로 過誤를 犯하게 된다. 歸屬식히는 엇더한 方法的 認識 態度를 把持하고서 方法論的으로 오늘날 朝鮮意識의 據立하는 具象的 基礎를 分析하야 過去에다 歸屬식힐 수밧게 업서서 歸屬식히는 것이 안너라, 즐겨 過去의 英雄이나 繁華한 文物 가튼 것을 指標로 하야 이 民族은 覇氣 름름한 속에서 變遷 업시 살아갈 엇더한 決定的 宿命을 가진 것 가티 信仰하는 것이다. 例컨댄 이 民族은 過去에 훌륭한 英雄的 血統을 가진 支配者를 가젓섯는대 오늘날 이러한 卑屈의 境에 써러젓다 하야 慷慨하거나 또는 이 民族은 過去에 偉大한 文化 發明, 發見을 가젓섯는데 至於今日하야 보잘 것 업는 貧賤 劣等에 써러젓다 하야 비분하거나 하는 種類의 時間 空間을 超越한 信念이다. 이러한 不可取의 論理로서 過去에다가 現實을 가저가버리게 됨으로 이 意識의 學究群의 머리 속에는 아모런 變遷이나 批判도 것치지 못한 곰팡이 실은 一種의 宗敎가 써젓이 날개를 치고 잇는 것이다. 自己네들이 意識하고 잇는 그 民族意識의 性質이란 것이 엇더한 것인지 反省하려고도 힘쓰지 안코 ××的 ×國主義인지 支配的 覇氣나 野心에 얼킨 國民主義인지도 分別하지 못하고서 그저 朝鮮民族을 爲하노라고만 高調하는 것이다. 朝鮮民族을 爲하노라는 感情은 毋論 우리의 再三 敬意를 表하야 마지 안는 배로대, 朝鮮民族을 爲하노라는 熱情이 참으로 現實味를 가지고 우리의 指導意識이 되기 爲하야서는 한번 더 省察의 勞를 앗기지 안이함이 必要하다 하노니, 現實의 朝鮮民族의 當面한 立場에 서서 追迫眞의 態度로서 科學的 認識에 힘쓰라. 그리하야 具象的 基礎를 것처서 참된 意識을 把握하얏거든 卿들의 힘써야 할 任務에 忠實하라. 우리는 卿 等의 그 朝鮮을 爲하는 熱情과 쓸만한 精誠이 向路를 엇지 못하고 昏迷中에 徒費될가 두려워 한다.

三. 朝鮮文學의 基礎意識과 그 機能

以上에 論한 바와 如히, 이 民族의 甦生運動의 基礎意識은 階級的 民族意識일 수밧게 업다. 짜라서 우리의 建設할 朝鮮文學은 階級的 民族意識에 據立한 文學일 수밧게 업다. 그리하야 文藝의 特殊 指標를 하고 把握한 이 意識을 機軸으로 하야 그 質的 强化와 아울러 그 高揚을 힘쓰는 同時에 民族 內部의 浸潤으로 말미암아 民族的 ××의 基礎 標識이 되어야 한다. 그럼으로 우리 文學은,

一. 透徹한 理智, 熱烈한 情緖, 쯧업는 想像力으로서 우리 民族 裡에 底流하는 數千年 血統의 生活에 부딋처 朝鮮 民族의 胸××的 ××을 勇敢히 發現하는 文學일 수밧게 업다.

二. 맛치 火山을 뚤코 터지는 地球의 氣魄가티도 大膽하게 再現하며 創造하야 受難의 이 民族이 마즌 바 그 苦悶, 哀想, 艱難을 뚤코 經綸, 希望, 省察, 鬪爭, 相愛에 얼켜서 씩씩히 突進하는대 한 덩어리의 힘이 되고 生命이 되는 文學일 수밧게 업다.

三. 民族과 民族과의 階級的 對立 關係로부터 니러나는 悲痛 卑屈의 쌕레인 ××와 ××에 對한 嚴然한 反撥 —그리하야 ××의 ××에까지 高揚식히는 同時에 오늘의 ××的 民族意識의 文化的 昇揚에까지 展開식히는 文學일 수밧게 업다.

四. 世界 民族文學의 發展된 最高峰을 踏査 消化하야 適切히 내 것이 된 形式과 手法으로 卽 表現 內容에 짜라 或은 象徵的 或은 浪漫的 或은 自然主義的 或은 表現派的 或은 寫實的 形式과 手法으로서 오늘날 朝鮮 사람의 階級的 民族生活의 社會的 文化的 內容을 가장 힘 잇고 文藝的으로 發揮할 수 잇는 文學일 수밧게 업다.

五. 民族 結合의 最有力 紐帶요 쏘 民族文化의 最高峰의 하나인 朝鮮 말과 朝鮮 글, 世界 어느 民族에 比하야서도 類例를 볼 수 업는 朝鮮 民族 性格의 流路인 朝鮮 말과 朝鮮 글을 것처서 이 民族의 오늘날 意識을 民族 스스로 發見하도록 文藝의 大衆에게 浸潤을 힘쓰는 同時에 發見한 그 階級的 民族意識을 一層 純化하며 强化하야 民族的 甦生의 先驅가 될 文學일 수밧게 업다.

우리는 이 民族의 文學이 오늘의 階級的 民族意識을 基礎로 하야 이와 갓튼 機能을 發揮할 것이라 밋는다. 戰取 把握한 意識을 것처서 自由로히 그 藝術的 素質을 發現할 것이니 그 以上 小小한 形式 問題와 갓튼 것은 우리의 藝術的 制作의 成果가 自然히 規定하야 줄 것으로 別 意味 잇슬 것이 안나라 본다. 쯔트로 文藝家의 團體 構成과 社會運動과의 關係는,

六. 우리는 朝鮮文學의 建設이란 目標를 바라고 努力하는 者이다. 그럼으로 이 目標를 貫徹하기 爲한 團體 構成은 必要할 것이다. 그러나

社會運動 其他의 實際 運動에 對한 參加 如何는 全혀 別個의 事實로서 그 文人의 自由에 맛길 쑨이다. 웨 그러냐 하면 우리의 貫徹하고자 힘쓰는 目標에서는 運動線上에 關與하여야 될 必然性은 업는 까닭이다. 朝鮮文學의 建設은 決코 實際 運動으로 貫徹될 것이 안이라 作家 活動으로만이 可能한 것이다.

第三. 朝鮮 文人의 活動 過程

一. 文藝 制作의 生産 過程

▌一▐

朝鮮 文人은 朝鮮文學의 建設을 바라고 나아간다. ××民族의 對立的 社會關係에서 오늘날의 朝鮮意識인 階級的 民族意識을 戰取하고서 作家活動 過程으로 드러가는 目標는 朝鮮文學의 建設 以外에 잇슬 수 업다. 짜라서 朝鮮民族의 當面한 任務, 目標, 苦悶, 哀想, 鬪爭, 歡喜, 이와 가튼 것을 再現하며 創造하야써 이 民族의 生命이 되고 힘이 되면서 展開되어 나감에 짜라 朝鮮文學은 그의 生成過程을 밟아나갈 수밧게 업다.

卽, 朝鮮 文人이 그 把握한 오늘날의 우리意識을 것처서 그 創作 力量을 기우려 조흔 作品을 만히 生産하는 同時에 우리 民族 大衆에 對한 浸潤을 힘써서 꾸준한 作家活動을 實踐하야 나가는데 짜라 朝鮮文學은 그의 建設 過程을 밟아나갈 수밧게 업는 것이다. 그리하야 一大衆에 對한 浸潤 問題를 뒷날 機會에 取扱하기로 保留하는 意味에서 想外에 두건댄 一朝鮮文人에게 잇서서는 意味의 戰取 把握 如何와 그 把握한 意識을 것처서 生産하게 되는 文藝 制作이 文藝로서의 統一的 整齊美를 가젓느냐 하는 所謂 形式 有無라는 것이 問題꺼리가 아니 될 수 업다. 그럼으로 우리는 오늘날의 우리意識을 把握하지 못하고 偶然한 感情 ―例컨댄 小主觀에 感覺된 身邊雜記와 如한 ―에 取하야 文藝 制作에 向하거나 坐는 우리의 甦生의 指標가 되지 못하는 意識을 가지고 하게 되는 制作 態度를 嚴然히 克服하고자 힘쓸 수밧게 업는 同時에, 坐 아모리 오늘날의 朝鮮意識을 把握하고서 文藝 制作의 生産過程을 밟는다 하야도, 그 制作이란 것이 文藝 制作으로서 統一的 整齊美를 가지지 못한 失敗된 作品이나 坐는 아조 問題 무를 餘地가 업는 漫作을 낫는다 할 것 가트면, 亦是 우리의 使命을 다할 수 업는 것으로 우리는 이러한 文人을 拒否할 수밧게 업다. 그리하야 오늘날 朝鮮意識의 戰取 把握 問題와 우리 文人의 創作 力量 問題와 우에서 保留하기로 한 바 民族 大衆에 對한 浸潤 問題는 우리 文人의 當面한 中心 問題인 同時에 年來의 宿題일 수밧게 업섯다. 제 아모리 階級的 民族意識을 把握하얏다 할지라도 文藝的 素質 即 創作 力量을 가지지 못하얏슬진댄 文人으로서 朝鮮文學 建設의 使命을 다할 수 업슬 것은 毋論의 事요, 坐 제 아모리 創作 力量을 가젓다 하드래도 오늘날의 우리意識을 그 現實의 社會關係에서 戰取하야 朝鮮 現實의 社會的 情勢에선 이 民族이 要求하는 바 文藝 制作을 生産하야써 그 甦生의 힘이 될 수가 업슬진댄, 이 亦是 朝鮮文學 建設의 舞臺 우에서 演할 바 役割을 다할 수 업는 것이니, 이 두 수레박휘가 整然한 統一 속에서 嚴然한 氣魄을 가지고 巨然히 움즉임으로만이 朝鮮文學 建設 事業의 한 動力으로서 該當한 活躍을 期할 수 잇다. 그리하야 이러한 朝鮮을 具備함으로 因하야 生産된 文藝 制作이 民族 大衆에게로 浸潤되어감에 짜라 朝鮮文學은 그 現實的 機能을 貫徹할 수가 잇다. 그런데 朝鮮文壇에 잇서 于今까지 展開되어온 文藝理論 鬪爭의 論陣을 살펴보건댄, 意識 把握 問題와 所謂 內容 形式 問題라는 탈을 뒤집어 쓴 其實 創作 力量에 關한 問題의 一部가 論議되어 왓다 할 수가 잇다. 意識 把握 問題는 筆者의 이미 解明한 바임으로 問題될 까닭이 아니나, 그 所謂 內容 形式 問題는 이미 相

當한 論議의 應酬가 諸 文壇評家 間에 거듭하야 왓슴에도 不拘하고 이렁타는 解決을 씻지 못하고서 可謂 族譜 다툼 가튼 立論의 有無, 主張의 先後, 切過 解明과 如한 一種의 史爭 가온대서 彷徨하고 잇다. 그럼으로 筆者는 오늘날까지 展開된 이 問題를 解決하기 爲해서 먼저 文藝 制作의 生産過程을 究明하고 筆者의 主張을 明瞭히 한 後, 다음으로 內容 形式 問題에 對하야 于今까지 論爭을 거듭하는 中에 잇는 相互規範論과 內容決定論을 論評할 수밧게 업시 되엇다.

▌二▐

우리가 먼저 取扱할 수밧게 업는 것은 文藝 制作의 生産過程에 屬한 作家活動과 民族社會 構成의 한 사람으로서의 人間 活動과의 限界에 對한 解明이니 兩者의 關係를 混同함으로서 이러나는 過誤가 決코 적지 안타. 意識의 戰取 把握 問題는 비단 作家에서만 要求되는 것이 아니라 民族 社會의 一員으로서 그 ××× 民族的 ××의 情勢를 揚棄하기 爲하야 ─쌀하서 한 덩어리 될 必要의 要求에 應하야 要求될 수밧게 업스니 이 點에 잇서서는 兩者間에 差別 잇슬 理가 업다.

그러나 一般 民族 社會의 成員에 잇서서는 把握 戰取한 그 意識은 直接 運動의 햇불 속으로 드러가서 불꼿 속의 한 불덩어리로서 쓸어올르는 불길의 機能을 發揮하지만은 作家에게 잇서서 그 불덩어리는 制作過程 속에서 ─쌀하서 生産한 文藝 制作 속에서 쓸어올르는 불길로서 作用하는 것이 原則이다. 毋論 이것은 原則일 쑨으로 萬若 그 文人이 同時에 階級的 民族運動線上에서 實際 鬪士로서 活躍하는 사람일진댄, 上述한 바 意識 機能이 兩者를 다 하는 者라 할 것이다. 그러나 아모리 實際 運動線上의 任務를 쌔닷고 오늘날 情勢에서 우리 民族은 다 그리 하는 수밧게 업고, 그리함으로만이 우리의 民族的 甦生의 目標를 達할 수 잇다고 認識된다 할지라도, 萬一 그가 實際 運動에 對한 鬪士的 素質을 가지지 못하얏다기보담은 오히려 文藝的으로 活動하는 便이 더 큰 效果를 이 民族 甦生의 過程에 잇서서 發揮할 수 잇다고 생각되는 文人에게 잇서서는 自己의 조고만 實際 鬪士的 力量으로서의 貢獻보담은 創作力量으로서의 貢獻에 努力하게 되는 것이 必然이니, 우리가 實際 運動과 文藝 制作을 遊離하야 보는 것은 毋論 아니나, 다만 우리의 使命의 重點만은 嚴然히 實際 鬪士的 任務보담은 文藝 生産者로서의 任務라는 곳에 아니 갈 수 업다. 그럼으로 朝鮮文人에게 잇서서는 中心은 아모래도 朝鮮文學의 建設이라는 目標일 수밧게 업스나, 다만 그 過程에 잇서서 恒常 念頭를 쩌날 수 업는 恒心은 朝鮮民族의 甦生이라는 意識일 쑨이다.

▮三▮

우리 文人은 把握 戰取한 意識으로 自己 自身의 生活이라느니보담 民族 生活의 現 情勢에서 그 밧는 苦痛, 哀想, 그를 쭐코 보아낸 不自由의 揚棄에서 要求되는 希望, 目標, 鬪爭, 甦生, 그 要求 貫徹의 연장이 되는 한 덩어리로서의 발마춤에 이르기까지 남달리 깁고 힘찬 感情, 맑고 날카로운 理性, 쑤러내고야 마는 意力을 것처서 制作過程을 밟어가게 된다. 戰取한 그 意識을 쥐고 創作力量의 運動을 거처서 階級的 民族生活의 속에서 늣기게 되는 生活 樣相과 밋 그 關係를 文藝 內容으로서 把握하고, 가장 感情移入의 效果를 나타낼 수 잇는 ─그 效果로 말미암아 우리의 오늘날 意識 感情의 昇揚, 純化가 可能한 ─文藝 形式을 갓초아 한 個의 制作을 生産할 수밧게 업스니 文藝 內容의 發見으로부터 그 內容의 整齊 쪼는 統一的 形式化 쪼는 價値化에 이르기까지의 過程은 卽 所謂 文藝 制作의 生産過程이다. 짜라서 內容의 整齊 쪼는 文藝 制作化는 文藝 生産過程의 中樞로서 創作力量의 運動은 必然的으로 이곳에 傾注되어 決定的 意義를 가지고 活躍할 수밧게 업다. 그리하야 이 整齊過程 쪼는 文藝 價値化의 過程에 잇서서 그 價値化 쪼는 整齊의 成敗는 文藝 制作의 文藝 價値的 存在를 左右하는 決定的 要素임으로 그 成敗의 程度를 짜라 完成, 未熟 等 그 生産된 制作에 對한 價値評價는 可能할 것이나, 그러나 內容의 整齊 쪼는 價値化의 決定的

要素를 發見하기 위한 內容 形式의 分離 又는 機械的 遊離는 極히 無意味한 일이다. 統一的 整齊 即 不可分離의 一體的 價値의 決定 動力의 究明에 잇서서 不可分離인 實體 價値를 分離하는 것은 價値를 破壞하게 되는 첫 거름임으로 終末은 對象 否定에 써러지거나 循環論法을 弄하게 될 수밧게 업다. 그럼으로 統一的 整齊의 決定 動力의 究明은 統一的 整齊의 成果인 그 作品의 生成過程에 들어가서 그 實體의 運動 生成을 觀察하야써 그 實體의 決定 要素를 把握할 수밧게 업다. 그럼으로 우리는 意識 戰取의 過程은 階級的 民族人으로서의 活動이거니와 創作 生産에 關한 過程은 創作力量을 가진 者만이 可能한 過程이라 하며, 짜라서 戰取한 意識을 것처서 가저오는 文藝 內容의 把握으로 하야금 그 形式의 整齊에까지 이르게 하는대 決定的 機軸이 되는 것은 文藝 素質 쏘는 創作力量일 수밧게 업다고 한다. 다만 이러한 創作力量을 把持한 文人이 民族의 要求를 充滿식힐 수 잇는 作品을 生産함으로 因하야 우리 民族에게 墜落, 頹廢가 아니라 힘과 生命을 길을 수 잇는 使命을 다할 수 잇슬 쑨이다.

以上에서 瞭然히 된 바와 가티 우리가 戰取한 意識을 것처서 가저오는 內容이 文藝의 形式 쏘는 樣式의 價値化를 規範하거나 決定하는 것이 아니라, 그의 決定的 機軸이라는 것은 文人의 創作力量 쏘는 文藝 素質 쏘는 才質이라 아니 할 수 업다. 이것을 다시 이럿케 表現할 수가 잇슬진댄, 『文藝 生産過程에 잇서서 그 生産 關係의 決定的 要素는 文藝 生産力이다』.

그러면 우리가 決定的 要素라고 보아낸 創作力量, 才質 쏘는 素質이란 것이 엇더한 것인가. 그 具象的 內容은 무엇인가.

創作力量이란 實體에 잇서서도 그 存在 形式은 運動이니, 그의 運動을 것치지 안코서 實體를 把握하기는 不可能한 일이다. 그러나 우리는 創作力量 쏘는 才質의 運動을 各其 制作過程에서 實感하고 잇슬 쑨 아니라 運動의 記錄인 制作을 것처서는 얼마든지 發見할 수가 잇다. 우리는 內容 整齊 力量의 熱度며 그 特徵을 얼마든지 보아낼 수가 잇는 同時에 그 力量의 發現 形態에 잇서서도 可謂 千態萬象이요, 짜라서 우리는 그러한 特徵의 樣

相을 것처서 形形色色의 文人의 存在 價値를 容許하지 안는가. 쑨만 아니라 素質의 生成過程이 地理的 環境과 血緣關係의 交互作用으로 말미암아 運動 變化, 따라서 生成된 素質 才質 創作力量의 嚴然한 實在와 그 科學的 硏究는 優生學的으로 얼마든지 實證할 수가 잇으니, 卑近한 例를 들어 보면, 近親間의 性的 結合이 엇지 하야 低能兒 生産의 素因이 되며 同質的 體格 쏘는 性格의 性的 結合이 엇지 하야 흔히 白痴나 低能兒 生産의 素因이 되는가. 이러한 例示는 얼마든지 들 수 잇는 것이나, 要컨댄 唯物史觀 公式을 消化하지 못한 文人 中에서 素質이란 것이 하늘에서 써러졌느냐 쌍에서 소삿느냐 類의 愚痴가 나올 念慮가 잇슴으로 우리가 그 運動을 것처서 公公然히 보아내는 素質과 갓튼 實在까지에도 駁言을 可할 수밧게 업는 것일 쑨이다.

▌四▌

우리 文人은 以上의 創作過程을 밟는 데 잇서 階級的 民族 自體의 發見과 아울러 그를 爲한 努力을 誘起케 하는 불꽃이 되는 同時에 全 創作力量을 기우려서 우리意識 感情의 昇揚, 純化가 可能하도록 努力하는 者이다. 實로 우리는 意識 戰取로부터 文藝 內容의 把握과 밋 그 表現의 過程을 것처서 한 個의 成功한 作品을 낫키까지에는 적지 안흔 苦悶과 남달리 쓰라린 體驗과 凡人의 想像하기 어려운 感激을 스스로 깨물며 生活할 수밧게 업다. 把握한 內容의 가장 效果 잇는 整齊 表現을 期하려고 우리는 或은 表象的으로 或은 寫實的으로 或은 表現派的으로 創作力量의 全的 運動을 活躍식히며 얼마나 苦鬪하는가, 이러한 惡戰苦鬪를 것처 果敢히 生産된 이 時代의 制作들이 그 새로운 內容 形式에 잇서 한 類型을 짓고 劃期的 意義를 가지고서 文學史上의 한 潮流를 이루게 되는 째에, 한 새로운 文學史上의 主義 쏘는 形態를 지을 수 잇슬 것이다. 그러나 오늘날 우리 作家에게 잇서서는 把握한 意識을 것처서 作品 生産의 過程에 드러가서 全 創作力量의 運動으로 말미암아 조흔 作品, 民族 大衆이 要求하는 바 制作을 生産할 責

務쑌이 要求된다. 이러한 責務의 貫撤에 잇서서 辨證的 表象主義나 辨證的 寫實生産 쏘는 『내오 조라이즘』과 如한 規定은 한 參考쩌리로서 要求될 쑌으로 決定的 意義을 가질 수 업는 것이니, 實로 우리가 우리 創作過程에 잇서 무슨 銘心할 바 規定이 必要하다면, 다만 民族 大衆에 對한 浸潤의 效果性으로부터 要求되는 表現의 平易 簡明 以上을 더 나갈 수 업다. 辨證的 意識을 것처서 表象的 表現을 힘쓰거나 寫實的 表現을 힘쓰거나, 쏘는 兩 表現을 兼하거나 쏘는 表現派的 表現을 힘쓰거나 이는 오로지 作家의 創作 力量의 自由로운 活躍에 관한 問題이니 그 누군들 決定的 規正을 나릴 수는 업다. 이미 말한 바와 如히 우리의 作品들이 한 類型을 짓고 그 類型이 文學史上의 다른 類型과 分離된 特徵을 가진 臨時期的 形態를 짓는 째에 잇서서만이 한 새로운 形態의 規定이 可能할 쑌으로 이는 文學史家의 任務에 막길 問題이다. 그럼으로 우리에게 잇서서는 오늘날 우리意識을 戰取 把握하자. 그리하야 우리의 創作力量을 기울려 整齊美를 가춘 制作 生産에 힘쓰자. 오직 平易 簡明의 表現을 잇지 말고 이것쑌이 要求될 수밧게 업다.

그러면 그 所謂 內容과 形式의 問題를 걸고 論議을 거듭거듭 하여온 相互規定論과 內容決定論이란 것은 엇더한 것이며 엇더한 過誤를 저즐르고 잇는가?

二. 文藝制作에 關한 諸 論評

▮ 一 ▮

內容과 形式을 그대로 分離하고서 形式을 否認함으로써 『푸로레』文藝의 屬性과 가티 主張하든 論者 一群은 問題삼을 餘地도 업거니와 形式 內容 問題에 對하야 于今까지 主張하야 내려오는 두 갈래 論이 잇스니, 그 하나는 相互規範論이란 者요 쏘 하나는 內容決定論이란 者이다. 兩論이 다 文藝

制作의 過程에서 그 內的 關連의 究明으로부터 把握된 바 立論이 안이요, 形式的으로 現象을 追跡하며 論述하야가는 態度에 잇서서 觀念論인 同時에 形式과 內容을 分離된 兩個의 事實로 規定하야 曰 相互規範, 內容決定 云云 하는 點에 잇서 機械的 二原論이라 할 수 잇다. 이와 가티 그 誤謬의 根源 은 벌서 그 方法論에서부터 始作된 것이어니와 그 諸論의 內容과 主人을 살펴보면 다음과 갓다.

一.　相互規範論

가. 八峰 金基鎭 氏의 規定

『內容이 形式을 規範하고 形式이 內容을 規範한다는 (眞理)下에서』云云

　相互規範論者 中 金基鎭 氏는 近者에 와서 形式과 內容의 不可分의 統一 이라는 斷定을 내리고 統一的 世界觀의 立場에서 하는 方法論의 歸結로서 自明之事로 處理하고 만 觀이 잇다. 그러나 『內容이 形式을 規範하고 形式 이 內容을 規範한다는 眞理下』에서 엇더한 必然으로 『不可分의　統一』이라 는 斷定이 나리게 되는가. 文藝 制作의 過程에서 把握하지 못하고 觀念的 二元論으로 規範하얏든 如上의 眞理가 『不可分의 統一』에까지 展開될 必然 性이 어듸서 나왓단 말인가. 統一的 世界觀의 入場에서 하게 됨으로 二元 論的인 前說을 附合還一식힐 그 必要에서란 말인가. 그러타면 前說 主張 時 와 至于今日까지에 主張할 수밧게 업섯든 思想的 立場의 變遷은 奈何오. 實 로 그 實體를 그 存在 形式인 生成의 過程에서 把握하지 못하고 觀念的으 로 兩分하야 相互規範을 云云하다가 『不可分의 統一』이란 말은 넘우나 突 變한 立場이라 아니 할 수 업다. 누구보담도 一貫되엇스리라고 밋든 八峰 의 思想的 立場으로서 오직 論할 수박게 업시 몰린 現象 形態를 追跡하는 데 不過한 態度로서 根據 업시 或은 一元 或은 二元을 主張한다는 것은 實 로 意外일 뿐만 아니라 哀惜한 일이다.

　그러나 方向轉換 前後의 『푸로레』派의 作品이 文藝 制作으로서 失敗되매 俄然히 擡頭한 形式不備의 攻擊에 抗하야 一部 『푸로러(*레)』論客은 形式

否定의 倫鋒으로서 抗拒하다가 至於今日엔 그 자취를 감출 수밧게 업시 되고, 一部의『푸로레』論者 中에는 或은 前說의 誤謬를 解明하며 或은 形式 主張의 急에 몰릴 수밧게 업서서 反省의 餘裕도 업시 一時的 彌縫策으로 規定하게 된 것이 그 所謂 內容이 形式을 規範한다는 第一 條目이요, 쏘 그를 뒤집어서 形式이 內容을 規範한다는 妄論일 수밧게 업섯든 事事을 생각건대 八峰이 엇재서 이러한 模湖한 態度를 執할 수밧게 업섯는지를 認識할 수가 잇다.

그러나 暫間 이러한 循環論的 迷妄 以外에 아무 것도 안닌 이 規定을 八峰의 主張과 如히 眞理라고 容許하고라도 八峰은 다음과 가튼 事實을 說明할 수가 업다. 卽 方向轉換 前後의『푸로레』派의 作品에 잇서 內容은 形式을 規範하지 못하얏든가, 內容의 그 所爲 形式 規範力이란 것이 方向轉換 前後에 잇서서는 그 能力을 喪失하고 말앗든가. 쑨만 아니라 八峰의 所謂『不可分의 統一』의 立場에서라도 亦是 그러하다. 卽 形式과 內容이 不可分의 統一인데 엇지 하야 方向轉換 前後의 制作 失敗의 原因이 形式의 不備요 쏘 그 動機는 社會 情勢의 變動이란 말인가.

나의 立場에서 보건대 方向轉換 前後의 作品에 잇서서도 制作過程을 밟어나온 作品인 以上 內容과 形式을 가진 制作이 잇슴에는 틀림이 업섯다. 그러나 그 制作이 文藝作品으로서 失敗에 도라갓슬 쑨이니 그 原因은 創作力量의 缺乏 又는 社會的 情勢에 由然한 創作力量의 不充分한 發揮의 兩者이엇스니, 結局은 創作力量에 關한 問題이엇섯다.

이와 가티 根持 업시 된 規定, 相互規範論은 그 方法論에 잇서서나 現實에 잇서서나 到底히 支持할 수 업는 一種의 機械的 二元論이다. 그럼으로 運動過程을 것처서 엇더케 內容이 形式을 規範하여 쏘 形式이 內容을 規範하는지 그 規範 作明을 說明할 수가 업다. 그러면서도 眞理라 하야 우리는 容許할 理由가 잇슬까.

相互規範論者인 金基鎭 氏의 論과 如히 內容이 形式을 規範한다는 것이 實로 眞理라 할 것 가트면 內容이 形式을 規範하지 못할 理도 업겟고 쏘

形式이 內容을 規範하지 못할 理도 업다. 왜 그러냐 하면 相互規範論의 立場에서는 內容만 담으면 그 內容은 自然히 新形式을 規範함으로(그 規範力이 辨證에서 오는지 眞理에서 오는지는 나의 相關할 배 아니어니와) 新形式의 案出 問題가 이러날 餘地가 업는 까닭으로 그러할 수밧게 업다. 더욱 形式이 內容을 規範한다니싼 이 規定에서 보건댄 形式만 案出되면 內容이란 것은 問題꺼리도 될 수 업다. 그런데 現實的 存在에서 把握된 內容과 지금부터 案出될 新形式이란 것이 辨證的 交互 關係에 드러가야 할 結論을 엇게 되니, 그들의 所論이 얼마나 可謂 辨證的이란 것인지 判明되지 안는가. 新形式은 生成될 것이지 『案出』될 것도 아니련니와 新形式의 案出이란 것이 우리의 當面한 問題도 아니다. 우리에게 잇서서는 우리 意識 把握과 必要한 敎養을 獲得고서 創作力量을 기우려 制作生産 에 努力할 것이 要求될 뿐이니, 이 要求의 實踐으로만이 新形式이 生成될 것이다.

▌二▌

二. 內容決定論

가. 無涯 梁柱東 氏의 規定

『社會關係가 內容을 決定하고 內容이 形式을 決定한다.』

나. 雪野 韓秉道 氏의 規定

『生産力이 生産關係를 決定하듯이, 內容이 形式을 決定하여야 한다. ……이것은 內容에 對한 反射作用을 否認하는 말은 아니다.』

梁柱東 氏는 右 規定에서 發見되는 바와 가티 內容은 形式을 決定한다고 主張한다. 그러나 우리가 우리의 社會關係에서 우리의 意識을 戰取하고 그 意識을 것처서 文藝 內容을 把握하고 그 再現 過程에서 創作力量을 기우려 그 價値化, 形式化, 藝術化를 힘써 生産하게 되는 한 個의 作品을 보자. 우리의 把握한 制作 內容이란 것이 그 再現過程의 原動力인 創作素質 쏘는 創作力量의 決定的 運動을 것치지 안코서 所謂『形式 賦與』가 可能할가. 卽 內容이라는 存在가 文藝價値 生産力인 創作力量의 運動을 것치지 안코 自

發的으로 價値 決定이 可能할까. 그는 不可能한 것이니 存在 또는 所與에 쯔치는 內容이 形式을 決定 할 수 업는 것은 毋論이요, 所與된 內容의 形式을 決定할 수 잇는 것은 오직 文藝 價値의 生産力 卽 創作力量일 뿐이다.

그럼으로 存在는 價値를 決定할 수 업다는 立脚地에서 一貫된 體系와 아울러 要求되는 說明을 할 수도 업섯고 또는 內容이 形式을 決定한다는, 卽 存在가 價値를 決定한다는 立脚地에서 貫一된 體系와 아울러 說明을 나릴 수도 업섯다. 그리하야 『內容이 形式을 決定한다』는 命題와 『存在는 價値를 決定할 수 업다』는 命題의 두 極限 命題가 其實 決定的 動力인 創作力量의 活動을 中間으로 하야 左傾右傾 貫一될 바를 잃은 混亂에 쩌러질 수밧게 업섯다. 그러나 梁柱東 氏가 明瞭한 立脚地에서 系統 잇는 論을 우리에게 보혀줄 수는 업섯슬망정 形式 否認과 如한 孟浪한 文藝指標拒否論의 橫行에 抗하야 盡力하야온 바 努力에 對하얀 우리의 充分히 肯定하는 바이다. 內容決定論의 立場에서도 方向轉換 前後의 作品 失敗에 對한 說明을 나릴 수 업슴은 相互規範論에서 論한 바와 가틈으로 更說하지 안키로 한다. 卽 內容이 形式을 決定하는데 엇재서 方向轉換 前後의 作品에 잇서서는 內容은 形式을 決定하지 못하얏든가?

다음으로 內容決定論者 韓雪野는 『生産力이 生産關係를 決定하듯이 藝術에 잇서서도 內容이 形式을 決定하여야 한다』고 規定하얏다. 그러나 果然 內容이란 것이 藝術에 잇서서 生産力이며 또 形式이란 것이 藝術에 잇서서 生産關係라고 할 수가 잇슬가. 이에는 亦是 機械的 分離論者의 過誤가 伏在하야 잇다. 더욱 內容을 生産力으로 보며 形式을 生産關係로 보는 消化不足으로부터 이러난 公式의 서투른 誤用이 잇다. 大體 內容이 藝術에 잇서 엇더케 生産力의 機能을 發揮할 수가 잇스며 또 決定的 動力으로서 形式을 決定할 수가 잇는가.

藝術의 生産過程에 잇서서 그 生産關係를 決定하는 것은 藝術의 生産力 卽 創作力量이다. 그럼으로 이러한 決定關係의 原型을 그 根柢的 關係인 生産力의 生産關係 決定에서 取하랴면 『藝術의 生産過程에 잇서서도 그 生産

關係를 決定하는 것은 藝術生産力 卽 創作力量이다』 이러케 規定하야서만
이 雪野의 이르는 바『生産力이 生産關係를 決定하듯이 藝術에 잇서서도』
그러하다는 規定이 論理를 一貫할 수 잇슬 뿐만 아니라 藝術의 生産過程에
잇서서 그 生産關係를 決定하는 動力이 무엇인가가 明瞭히 될 것이엇다.
그러나 雪野는 生産力이 生産關係를 決定하는 關係를 맛치 藝術에 잇서서
의 內容과 形式과의 關係 모양으로 把握하얏거나, 쏘는 內容과 形式과의
關係를 生産力이 生産關係를 決定하는 그러한 關係 모양으로 把握하얏거
나, 何如間 病源은 公式의 認識 不足이 아니면 咀嚼 不足인 그 엇던 不足症
으로 말미암아 出發되엇스니, 그 根低에는 그 實體의 存在形式인 運動 ─
過程 짜라서 藝術의 生産過程에서 그 生産關係와 아울러 生産力을 把握하
야 內容 形式의 關係와 그 決定的 要素를 規定하지 못하고 機械的으로 生産
力이 生産關係를 決定한다는 公式을 가저다가 엉터리도 업시 內容이 形式
을 決定한다는 데 引用하고 만 方法에서부터의 誤謬를 犯하게 된 것이다.
大體 決定이니 規範이니 하는 槪念은 實體의 根本的 屬性인 運動 生成에 짜
라서 過程에 잇서서 이러나는 運動關係를 定하는 바 內容을 가즌 槪念이
니, 그 過程의 觀察 把握이 업시 內容이란 存在와 形式이란 存在를 對立식
혀가지고 存在가 다른 存在를 決定한다는 것과 如히 非辨證的 決定에서는
쓰힐 槪念도 되지 못한다. 그리고 存在의 決定關係를 把握하랴면 그 存在
의 運動態와 밋 그 基礎를 明瞭히 認識함으로만이 可할 뿐이 아닌가. 無涯
는『文藝上의 內容과 形式 問題』(文公)에서 主張의 要點 第五를 規定하야
曰,

  『그런대 內容은 形式을 決定한다. 그러나 이에는 作家의 特殊한 精神活
動이 必要한 것은 毋論이요, 이 作家 活動이야말로 藝術의 最大 特徵이다.
다시 말하면 內容이 形式을 決定하는 그 瞬間부터라야 藝術은 始作된다.
왜냐하면 存在는 自發的으로 價値를 決定할 수 업고 쏘한 存在를 價値化하
는 그곳에 藝術이 成立됨으로』.

  이 한 條目을 살피드래도 無涯는 前後 矛盾된 混亂속에서 빠젓스니 存

在는 自發的으로 價値를 決定할 수가 업는대 엇지하야 內容이 形式을 決定할 수가 잇는 것이며, 더욱 엇재서 內容이 形式을 決定하는 瞬間부터라야 藝術이 始作되는가. 더욱 無涯의 그 所謂 內容에 對한 認識은 人間活動이요 形式을 賦與함은 作家活動이라는 見地에서 보건대, 人間活動이 作家活動을 決定하는 그 瞬間부터라야 藝術이 始作되며 또 形式이 賦與된다는 結論을 낫케 되는 것이니, 果然 人間活動으로 形式이 賦與되며 藝術이 始作될까. 無涯의 이르는 바 作家의 特殊한 精神活動의 決定的 作用이 업시 藝術이 始作되며 形式이 賦與될 수가 잇슬까. 『毋論의 必要』의 젓치는 것이 안니라 作家의 創作力量의 活動이야말로 形式을 決定하는 指標며 藝術의 始作이란 것이요, 內容이란 存在 또는 所與가 能動的으로 文藝價値를 決定하거나 形式을 決定할 수는 업는 것이다. 無涯의 이러한 混亂 矛盾은 文藝制作의 生産過程에서 그 內的 關連의 究明으로부터 文藝 內容과 아울러 文藝 價値의 生産力을 把握하지 못하고 觀念的으로 分離한 兩個로서 把握하고 決定 關係를 規定하려고 努力하는 途中 自然 犯할 수밧게 업섯든 것이다.

다음으로 雪野는 形式의 『內容에 대한 反射作用을 否認하는 말은 아니다』라고 하얏다. 卽 八峰이나 尹基鼎 氏 等의 所謂 形式이 內容을 規範한다는 規定은 雪野의 言을 빌리건댄 循環論的 色盲者의 主張이지만은 雪野에 잇서서는 規範하는 것이 아니라 反射作用을 한다는 말이다. 그러면 엇더한 反射作用을 하는가.

形式이 內容에게 하게 되는 反射作用이란 것을 그 運動을 것처서 明瞭히 規定해 주기를 바라는 同時에 萬一 그 規定이 不可能할 쑨만 아니라 이러한 規定 自體가 過誤일지면 『附言』이나마 取消하여야 할 것이다. 再說의 項을 避하거니와 雪野의 如上의 內容形式論이 方向轉換 前後의 푸로레 文藝作品의 失敗 理由를 說明할 수 업는 것임은 毋論이다.

以上에서 우리는 極히 觀念的으로나마 우리의 當面한 諸 問題를 取扱하얏다고 밋는다. 于今까지 展開식혀온 諸家의 論을 批判하면서 우리의 意識 把握 問題 形式과 內容에 關한 問題 等을 極히 簡略하게 論述하야 왓다. 그

리하야 엇재서 우리에게는 盲目的 民族意識이나 單純한 階級意識이 안니
라 階級的 民族意識쑨이 要求되느냐 하는 것을 明瞭히 하얏고, 內容과 形式
問題에 잇서서는 于今까지의 論이 그 取扱의 方法論에서부터 誤謬를 內包
하얏섯슴으로 우리에게 아모 效果도 주지 못하얏슬 쑨만 아니라 마치 于
今까지는 形式이란 것이 업서서 文藝作品이 失敗된 것과 갓치 誤解하야
『新形式의 案出』이니 規定이니 決定이니 云云하고 온 것이 얼마나 어리석
은 짓인지를 明瞭히 할 수 잇섯고, 쪼 이러한 問題는 意識을 把握한 우리
文人의 敎養과 創作力量의 活動으로 말미암아 쑤준히 文藝制作을 生産해나
가는 가온대서만 生成될 問題인 까닭도 究明하얏다. 짤하서 우리에게 잇
서서는 우리의 오늘날 意識 ─階級的 民族意識을 戰取할 것, 그 意識을 것
처서 制作 內容을 把握할 것, 그리하야 創作力量을 기우려 作品 生産에 努
力할 것, 그 作品을 民族 大衆에게 浸潤될 것이 되도록 制作過程이나 浸潤
過程에 잇서서 最善을 다 할 것, 이러한 條目이 우리의 原則的 責務로서
要求된다는 것도 明瞭히 하얏다고 밋는다.

쯔트로 나의 論의 進行上 批判의 對象으로 取扱된 諸 論文의 主人 八峰
金基鎭 氏, 無涯 梁柱東 氏, 雪夜 韓秉道 氏 等에 對하야 들일 말은 나의 庸
評으로서 諸兄公의 高論을 더럽힘이 잇섯슬가 두려워하는 것이니 正誤의
筆勞를 앗기지 말아주기를 바라는 同時에 一一히 姓名으로서 불르지 안
코 雅號로서 한 것과 引用 論文의 出處를 一一히 明記하지 못한 것은 오로
지 簡明을 期함인 즉 諒察하야 주기만 바란다(쯧).

• • • ≪朝鮮日報≫(1929. 10. 23~11. 10), 17회 연재.

歷史小說에 關하여

┃ 一 ┃

　朝鮮에 잇서 實在하얏든 史蹟을 取材로 小說을 쓰는 이로는 오직 春園이 잇다. 歷史小說의 本質이라던가 存在할 理由와 가튼 것은 여기서 云謂하기를 避피하지만은 筆者가 春園의 歷史小說을 愛讀하야온 機緣을 타서 斷片的이나마 二三의 感想을 써보자는 것이 이 小論이다.

　事實 筆者가 春園의 作品을 現 文壇의 어느 作家의 作品보담도 愛讀하는 理由는 그의 能熟한 朝鮮말의 驅使가 恒常 朝鮮말의 가진 바 本質的 音調를 가장 自然하게 表現하는 까닭이다. 六堂도 亦是 朝鮮말에 對한 造詣가 가장 깁흔 朝鮮 學究의 한 사람이로대 朝鮮말의 本質을 自然하게 驅使하는 點에 잇서서는 到底히 春園에 짜를 수 업다. 그만치 春園의 쓰는 朝鮮말에는 맑고도 곱고 아릿답게 或은 眞珠알을 굴리듯이 그의 흘러나리는 情緒에 짜라 朝鮮語의 美와 香氣 그리고 調和가 잇다.

　이러한 點을 것처서 筆者는 間或 春園의 藝術的 生命은 그의 즐겨 쓰는 創作이나 長篇小說에 잇지 안코 오히려 얼마 못 되는 그의 詩作에 잇다고 생각하는 째가 적지 안타. 그리고 朝鮮文藝의 創生期에 잇서서 가장 尊重할 意義와 價値의 一岐가 이곳에 잇다고 생각됨으로 春園의 이러한 素質에 對하야 항상 敬意를 表하야 왓다. 그러나 近者에 春園이 身病과 싸워가면서 쑤준히 創作하는 歷史小說에 對하야서는 적지 안니 한 不滿을 늣기게 한다. 筆者의 不滿이라는 것은 日本의 大衆作家 모양으로 時代를 背景으로 한 通俗小說의 創作 그 自體에 對한 것이 아니라 春園의 쓰는 歷史小說의 內容에 關하야서다.

▌二▌

春園의 力作의 하나인 『麻衣太子』를 그 例로 들어 살펴보자. 우리는 이 小說을 것처서 쓰러저가는 新羅의 뒷그림자로부터 弓裔를 것처 王建의 高麗 建國까지의 事實에 쏠처 푸러나오는 春園의 想像의 世界를 보아낼 수가 잇다. 그러나 그것이 어느 程度의 물 낡는 水彩畵의 늣김이라 할가, 희미한 線이 浮沈할 쑌니고 무엇을 꼭 집어내주는 탐탁한 맛이 적다. 말하자면 事件의 껍질에 짜라 희미한 그림자가 亂調에 갓차울 만치 번거로히 움직일 쑌으로 그 時代의 그 事件을 誘起하게 한 生活, 더 適切히 말하면 그 社會와 밋 人間生活을 불질는 심지를 잡어내지 못한다. 그럼으로 짜라서 壯大한 背景을 敢(*取)扱하면서도 그에 흡족한 두터운 맛 깁흔 맛 —통트러 深刻味를 늣겨주지 못하는 것이다.

다음으로 春園은 그의 歷史小說의 取材에 잇서서 즐겨 征服的 戰爭이나 支配的 葛藤에 쓸리는 點은 過去의 歷史的 文獻의 起(*記)述 그 自體가 그러하얏든 罪過에 돌릴 것이로대, 그러나 그러타고 우리는 여기에 잇서서도 그 時代의 民衆과 아울러 그들의 生活을 無視할 必要는 조곰도 업는 것이다. 毋論 王權의 避奪로부터 이러나는 權謀術數의 記錄이나 쏘는 宮中 蕩兒의 淫事가튼 記錄을 것처서 制作된 小說에 잇서서도 作者의 藝術的 素質에 짜라 該當한 小說의 形式을 갓초아 文藝化 할 수 잇는 것이로되, 우리의 時代的 苦悶이 要求하는 小說이 될 수는 到底히 업는 것이다. 우리는 支配階級의 地位 다툼을 單純한 그 一面的 觀察을 것처서 卽 다른 階級과의 相關關係에서 理解하며 情感하며 想像하지 못하고 오직 皮相的 描寫에 쓰치는 小說에 잇서서는 時代 우리의 感情에 移入되는 힘 잇는 그 무엇을 어들 수는 업는 것이다. 적어도 春園과 가티 大衆的 通俗的 小說 製作에 힘을 쓰며 쏘 單純한 小說 制作에 그 目的이 잇지 안코 적어도 어느 雄健한 理想와 表現으로 말미암아 朝鮮 사람에게 그 무엇을 주고자 하는 作者의 態度로는 깁히 생각할 바라 아니 할 수 업다. 그 理想의 뿌레기가 假令 民族的 感情을 基調로 한 것이든지 쏘는 社會的 感情을 基調로 한 것이든지 이저서 안될 것은 大衆이요, 쏘 大衆의 生活인 點은 버그러질 것이 아니다. 더욱 大衆이 알기 쉽게 卽 民衆에게 浸潤되기 容易하게 制作함으로써 한 新機運을 세우려 힘써온 春園으로서 그 힘써온 바 動機와 目的을 省察할진댄 이러한 筆者의 言이나마 傾聽할 要求가 잇슬 줄 밋는다.

▐ 三 ▐

歷史小說은 決코 藝術的 感興을 것처서 쓰는 漫然한 史實의 記錄이 아니다. 小說인 以上 그 內容에 該當한 形式을 갓초아 藝術로서 完成을 期하도록 힘써야 할 것이다. 毋論 新聞의 連載小說이 連載되어 가는 데 짜라 事件의 進展이 豫期하얏든 機構와 버그러저버려 主圖를 쩌난 別物이 되는 數도 업는 일은 안니다. 그러나 적어도 한 卷의 單行本으로 出版하는 機會에 잇서서는 그 形式을 整理해 놋는 것이 作家的 良心에 빗추워 可當한 일이요, 그럼으로 쏘 그 作品의 價値를 完成에 가차웁게 할 수도 잇는 것이다. 그러나 春園은 間或 그의 小說 特히 歷史小說에 잇서서 그 內容과 形式이 버그러저 調和를 일코 다만 事件의 野談的 記述에 끚침으로 實로 小說로서의 完成 與否를 疑心케 한다. 例를 『麻衣太子』에서 들어볼진댄, 『麻衣太子』의 上篇에 잇서서 그實 主人公은 弓裔요, 麻衣太子는 그림자도 볼 수가 업슴에도 不拘하고 『麻衣太子』의 上篇으로 機構해 노흔 것은 小說 『麻衣太子』로 하야금 意味업시 冗慢 且 支離케 맨들 쭌만 아니라 弓裔를 살리려고 힘쓴 바 作者의 苦心까지 水泡에 도라가고 말엇다. 그럼으로 筆者는 『麻衣太子』의 上下篇을 全然히 分離하야 別個의 小說 『弓裔』와 『麻衣太子』로 하야써 그 內容에 該當한 主題를 與하든지 不然하면 兩者를 包攝할 만한 形式 卽 그 小說 內容의 全 機構에 該當한 主題를 與하는 것이 可當한

줄로 밋는다.

다시 생각나는 것은 春園의 歷史小說에는 情緒의 統一 쏘는 調和가 어긋나는 일이 만타.

許生傳의 前半 後半을 比하야 보든지 麻衣太子를 읽어보든지 이러한 늣김을 棄할 수 업다. 亂調에 갓차울 만치 感情의 激傷이 甚하다가 쏘는 달콤한 『센티멘털』한 程度를 지나서 읽기에 비위가 거슬릴 만치 傷情을 늣기게도 한다. 생각컨댄 이러한 點은 春園의 健康치 못함이 만흔 影響을 줌 즉 하거니와 長篇小說에 잇서 한 缺點이라 안니 할 수는 업다. 그러나 어쩌케 할 수 업는 일이니 春園의 健康을 빌을 짜름이다.

▌四▌

쯔트로 春園의 作『許生傳』『麻衣太子』方今 連載中의 『端宗哀史』를 것처서 總括的으로 切實히 願하는 바는 史實의 認識에 잇서서 쏘는 그 想像에 잇서서 辯證的 認識의 힘을 把握하얏스면 一하는 것이다. 卽 다만 事實 쏘는 事件의 皮相的 追跡을 짜라 煩雜한 支配的 葛藤을 붓잡고 支配的 民族 感情의 煽揚을 것처서 情緒의 激傷哀嘆 쏘는 同情에 쓰칠 것이 안니라 좀 더 그 事實을 헤치고 한 거름 드러가서 그 社會의 人類生活이 依據하야 낫타내는 가진 現象의 根抵를 確實히 붓잡고서 그 根抵 우에 活躍하는 役者의 役割을 그 根抵와의 關聯을 거처서 그려주기를 바라는 것이다.

통트러 말하면 春園이 그 思想에 잇서서 한번 힘 잇는 轉換으로 말미암아 새로운 境地의 開拓을 懇切히 바라고 십나니 春園으로 하야곰 朝鮮에 잇서 十九世紀의 小… 톨스토이的 存在에 쓰치게 하지 말고 그의 휴매니즘으로 하야금 우리의 現實을 包攝한 쏘는 우리의 現實에 立脚한 文藝思想을 把握케 하야 그의 簡明 美麗한 筆致로 하야금 왼 生命을 尊重하는 연장이 되기만 願하고 십다. 그럼으로 因하야만이 春園의 小說이 밧는 批評 卽 內容이 적다는 欠點에서도 能히 새 境地를 開拓하야 나갈 줄 안다.

··· ≪朝鮮日報≫(1929. 11. 12~14)

己巳詩壇展望

一. 前言

이 小論을 草하는 筆者의 企圖는 己巳年을 中心으로 한 우리 詩壇을 側面的으로 展望하면서 好意的 詩評을 나리자는 것이다. 우리에게 잇서서는 이러한 企圖를 거처서 收穫된 作品의 批評으로 말미암아 文藝 製作家에게 刺戟과 反省을 준다는 것은 크게 必要하다 생각될 뿐만 아니라 沈體한 文壇人의 士氣를 振興시키는 點으로서 보드래도 또는 文壇人의 製作態度에 對한 새로운 展開와 새로운 省察의 機會를 가지게 하는 點으로 보드래도 極히 重要하다 생각되는 것이다.

×

己巳年間의 朝鮮詩壇은 正히 多事하얏다. 文藝公論, 朝鮮文藝, 朝鮮詩壇 等 綜合文學 또는 詩歌 專門 雜誌의 刊行으로 말미암아 朝鮮文壇誌의 停刊 以來 萎縮 不振하든 詩壇은 俄然 活氣를 呈한 듯 보일 뿐만 아니라 對內的으로는 『岸曙詩集』『春園요한巴人詩歌集』『自然頌』其他가 單行本으로 發行되는 同時에 對外的으로는 孫晉泰, 金素雲 氏에 依하야 朝鮮의 古詩歌와 民謠 等이 日本말로 移植되엇다. 이러한 現象은 對內的으로나 對外的으로나

沈弱하얏든 우리 詩壇으로서는 적지 아니 한 展開를 보이는 것이라 아니 할 수 업다. 그럼으로 筆者는 이러한 諸 業績을 中心으로 하야 己巳詩壇을 展望할 수밧게 업다.

筆者는 『朝鮮文學 建設의 理論的 基礎』에서 朝鮮文學의 基礎意識과 아울러 그 機能을 規定하얏다. 여긔 다시 그 規定을 紹介할 必要를 늣기지 안커니와 이 詩評을 進展해 가는대 잇서 그 觀照的 基準이 되는 것은 詩評 領域에 잇서 要求되는 斯上의 規定인 것을 附記하야 둔다.

二. 岸曙詩集

岸曙의 近作인 이 詩集 以前의 詩集 『해파리의 노래』 『봄의 노래』에 比하야 이 詩集은 岸曙의 品貌와 그 特徵이 가장 잘 나타나는 詩集이다. 그가 卷頭小言에 그 스스로 告白한 것 가티 이 詩集 以前의 詩集에 잇서서는 『活字作亂』에 가차운 詩作이 決코 적지 안핫든 것이다. 그것은 朝鮮詩壇의 草創期에 잇서서 特히 日本 自由詩의 影響을 만히 밧게 된 朝鮮詩라는 것이 그 詩語 律動 音調에 잇서서 만히 日本詩味를 씌힐 수밧게 업섯슬 뿐만 아니라 어느 時代에 잇서서나 그 黎明期에 흔히 만은 것으로 그 模倣 模作이 적지 안흔 것이 그 한 原因이엇고, 쏘 朝鮮말이 가진 바 本質的 音調를 把握하지 못하얏섯슴으로 詩意와 詩語와 그의 詩律이 整齊되지 못하얏섯고, 짤하서 詩想을 살리지 못하는 일이 만핫섯든 것이 쏘 한 가지 다른 原因이엇섯다. 그럼으로 岸曙는 表現이라는 것과 自己의 詩 卽 自己의 生命과 그 『오리지나리틔』를 豐富히 담은 詩에 對하야 달흔 渴仰을 가질 수밧게 업섯고, 짤하서 그 方面을 바래고 努力할 수밧게 업섯다. 그리하야 드듸어 우리 압헤 보혀주게 된 詩集이 여긔에 우리가 論評하게 된 『岸曙

詩集』이다. 그럼으로 이 詩集에 잇서서 岸曙는 必然的으로 非模倣的 獨自性의 發揮하는 것과 自己의 보는 바 朝鮮말의 音調와 詩形의 整齊에 對하야 남달이 用力하얏고 쌀하서 修正에 修正을 거듭하야써 用語의 最善을 期約하고자 힘썻든 것이다. 그럼으로 『岸曙詩集』에 실닌 그의 詩는 甚히 곱고도 아름답다. 格調를 맞추노라고 뭇척 힘쓴 바 痕蹟은 보이나 그러타고 無理하게 말솜씨를 축축 느러트리거나 쪼는 不自然하게 밧삭 조려트리지도 안핫다. 우리는 可賞할 小曲 二三을 읇허보고 우리 스스로 評價하야 보자.

<blockquote>
陽地귀 잔디밧에
속닙 프르고
바다엔 어름풀려
오가는 흰돗
어야데야 배소리
하늘에 찻소
　　　　　　(黃浦의 첫봄 一節)
</blockquote>

<blockquote>
봄바람
하늘하늘
입사귀와 춤을춥니다
하늘하늘
어대론지 쩌나갑니다
하늘하늘
쩌서도는 하눌바람은
그대일흔
이내맘의 넉들이외다
</blockquote>

　岸曙는 以上의 詩만 가지고도 能히 보아낼 수 잇는 것과 가티 極端의 主觀的 詩人이요 徹底한 鄕土的 詩人인 同時에 다음의 詩에서 보아낼 수 잇슴과 가티 열븐 哀調의 詩人이다. 그럼으로 그의 詩想은 恒常 浦江邊에

서 써돌며 쏘 客觀的 存在의 運動보담 오히려 自己의 心境을 훨신 치우치게 凝視하는 態度 ─짤하서 그의 詩가 詩로서 要求되는 單純의 圈을 버서나서 單調에 가차움게 늣겨지는 것은 岸曙의 詩의 特徵인 同時에 쏘한 缺點이라 아니 할 수 업다.

그리고 岸曙 아니고서는 敢히 읇흐지 아니 할 可愛의 小曲이 적지 아니하니, 이는 오로지 이 詩人의 性格의 流露인 동시에 人生에 對한 그의 態度를 보혀주는 것으로 岸曙 獨特한 哀傷的 詩境이다. 그의 哀調한 篇을 읇허보면,

나의 사랑은
黃昏의 水面에
해슥 어리운
그림자 갓지요
孤寂도하게

나의 사랑은
어둡은밤날에
써러저도는
落葉과갓지요
소리도업시

그러나 岸曙는 自己의 生活이나 쏘는 이 民族의 生活을 觀照하는 詩人이 아니라 生活과는 오히려 훨신 遊離한 어느 心境에서 直觀이라느니보담 卽興에 가차움만치 端的으로 노래하는 詩人이다. 그럼으로 그의 哀傷의 曲은 오늘날 民族的 存滅의 큰 苦惱 속에서 痛哭하야 마지 안는 우리의 感情을 代辯하야 주지도 못하며 짤하서 울리지도 못한다. 그가 鄕土詩人이건만은 우리 故鄕의 참모습과는 훨신 달는, 말하자면 우리를 짓밥고 항상 우리에게 써즐써즐한 感情을 이르키게 하는 그 발자욱의 片調도 侵犯하지 안흔 自然의 境地에서 悠悠自適하는대 그친다. 우리가 이러한 不滿을 가즐

수밧게 업는 것은 大端 슬푼 일이나, 남은 이 결에의 一員으로서 民族更生의 불길을 들고 險惡한 荊棘의 길을 걸어갈 쌔, 唯獨히 自然의 境地에서 自適의 詩想 속에서 헤맨다는 것은 反省할 態度라 아니 할 수 업다. 그럼으로 우리는 熱烈히 岸曙의 省察을 求할 수밧게 업다. 언제든지 다만 江邊에 안저 모래알이나 헤거나 발자욱이나 살피거나 쏘는 갈매기와 벗하야 노니는 그 詩境에서 버서나서 우리 결에의 生活을 살피자. 우리의 自然이 우리에게 보혀주는 모든 것을 우리의 삶의 伸長과 그 抑壓의 關係를 거처서 끈힘업시 움직이는 검은 손길과 한 가지로 살피자. 그럼으로 우리의 岸曙는 우리 詩壇의 開拓者에 그칠 것이 아니라 더 큰 使命을 다하는 우리의 詩人이 될 수 잇슬 것이다.

이러한 詩에 對한 不滿을 참을 수 업스면서도 우리는 이 詩集이 우리 詩壇에 준 貢獻을 이저서는 아니 된다. 그것은 朝鮮語로서 詩形 整齊를 힘쓴 바 첫번 되는 詩集이라는 點이다. 쯔트로 『岸曙詩集』에 실린 譯詩에 對하야 앗가운 것은 다만 洋詩譯이니 漢詩譯이니 하얏슬 쑨으로 그 原作 詩人을 밝히지 안흔 것은 譯 그 自身의 價値를 루추히 하는 것으로 『懊惱의 舞蹈』『일허진 眞洙 』等의 譯者로서는 한 실수라 아니 할 수 업다.

三. 黃錫禹詩集

象牙塔 黃錫禹 氏의 詩集 『自然頌』은 今年에 들어 刊行된 詩集 中의 하나이다. 이 象牙塔 시인은 우리가 잘 아는 바와 가티 日本詩人 三木露風의 露風時代에 그에게 私淑한 일이 잇섯든 그만치 多分 그 傾向을 찍운 象徵 詩人으로서 우리의 압헤 나타낫다. 그리고 이러한 傾向은 그가 純詩雜誌 『薔薇村』을 編輯하든 그 時節이 가장 本質的이엇다고 記憶된다. 그 뒤로

그는 民衆詩人으로 轉換하얏다고 하나, 그러나 그가 우리에게 보혀준 作品으로 보건댄 民衆詩人으로 轉換한 下等의 實蹟을 發見할 수가 업다. 그럼으로 그의 主態는 亦是 象徵詩人이라 하는 것이 事實에 가차울 것이다. 그는 三木露風이 悟한 바 잇서 北海道『트라피스트』에서 修道生活을 하게 되엇슬 째에는 南北滿洲를 馳驅하야 다니면서 放浪生活을 하얏다. 짤하서 남달리 人生의 艱難과 辛酸을 맛보앗스리라. 그러나 이러한 流浪生活의 動機가 果然 生活苦로선지 쏘는 性格的 放浪性으로선지 그것은 알 수 업는 일이다. 요번 이 詩集은 그의 卷頭自言에 依支하건댄, 이 詩人의 社會運動 以前 ─어쩌한 社會運動을 過에 하얏섯는지 都是 記憶되는 바 업거니와 ─의 作品과 우에 말한 바 滿洲 放浪時代의 作으로서 十年 積功의 作品 中 會心의 自然만을 擇하얏다 한다. 그리고 人生에 關한 詩篇은 쏘 다시 別篇으로 詩壇에 물을 것을 말해두고 이르기를, 그의 近作의 大部分은 어느 思想 傾向을 씌운 思想詩 ─어쩌한 傾向 色彩인지 아즉 面接할 機會를 엇지 못하얏거니와 ─라고 하얏다. 짤하서 우리는 이러한 이 詩人의 自言이 우리에게 容許하는 範圍 內에서 우리의 評筆을 드는 수밧게 업다.

이 詩人의 本態가 象徵詩에 잇는 건만큼 그 傾向은 思索的이요, 쏘 즐겨 怪異와 幽玄을 조아하느니 만큼 非現實的이다. 그러나 이 詩集에서 發見하게 되는 象徵은 詩人의 苦悶이나 人生의 막을 수 업는 哀想과 가튼 것을 客觀世界의 運動現象에서 表象시켜 오는 意味의 象徵 卽 人生觀照의 表現 對象으로서 客觀世界의 運動現象을 表象하는 것이 아니라 돌이어 그 反對로 自然界의 現象 쏘는 事實을 人間生活의 現象으로서 表象해가는 態度에 잇서서 이 詩集에서 보혀주는 手法의 大槪가 自然 中心의 象徵手法이라 할 수가 잇다. 毋論『薔薇村』時代에 比肩하야 그 幽玄 模糊한 象徵味는 거의 사라젓다고도 볼 수가 잇겟스나, 그는 程度의 差異쑨으로 亦是 象徵的 傾向이 이 詩集의 基調라 본다. 어대 그의 詩 두어 篇을 들어 實吟하야 보자.

▪ 太陽系, 地球

宇宙의
太陽系는
별의(世界의)金剛山
太陽系의
地球는꼿滿發한
宇宙의小樂園, 小理想鄉

▪ 두 配達夫

太陽은男便, 雲은안해
둘은生離別의夫婦
그들의生業은配達夫
『太陽은勇猛스러운精力』을配達하고
달은『平和로운잠』을配達한다

이러한 詩와 나의 詩『새엄』과를 比較해 보면, 그 象徵의 程度는 갓지 아니 하나 自然 中心의 象徵的 手法에 對하야 人生 中心의 象徵的 手法의 對照를 엿볼 수가 잇다.

▪ 새엄

嚴冬치위에 조리고 쏘조린가슴엔
파아란새엄이 보람의날애를 여오
소리업시 고요튼 心臟에선
애만흔 조선사람의 눈물이 튀오

가진生命의 砲彈을숨긴 血脈의구비구비엔
힌불이 붓소 썰건불 붓소
그불쏘리 날느는 곳엔
쌈과눈물로 다듬은 탄환이
번득이오 튀오

『自然頌』의 詩篇은 이와 가티 情緖의 客觀的 發射로서 機構되엇다. 그럼으로 우리는 이 詩集에서 우리의 生活과는 훨신 遊離된 이 詩人의 思索의 世界를 엿볼 수 잇슬 뿐으로 怪異하게는 생각될지언정 이러타 하고 愛誦할 맛 잇는 詩篇은 極히 稀貴함을 본다. 이 詩人의 情緖의 客觀的 發射로 말미암아 우리는 宇宙 太陽 地球 雷聲 電光 等의 거의 槪念에 갓가운 實在가 或은 夫婦도 되고 或은 驚風을 일으키기도 하고 或은 呻吟도 하고 悲鳴하는 것들을 보아낼 수 잇는 것이나, 그러나 그에 그친다. 그 以上 아모 暗示도 아모 感激도 어더 볼 수 업다. 나의 評을 證左하기 爲하야 그의 詩 『번개와 우뢰』를 읽어보자.

번개는
한울이 驚風하여
눈흐번덕이는 瞳子빗이고

우뢰는
한울이그 驚風에부닥겨
悲鳴뇌치는 呻吟소리랍니다

이미 우리가 引用한 二三 詩篇에 잇서서도 能히 發見할 수 인는 것과 가티 詩彙에 잇서 漢字의 羅列과 語彙가 적지 안코 쪼 詩의 곱調에 잇서 朝鮮詩다운 音響을 들을 수 업는 것은 作者가 元來 日語로 섯든 詩를 朝鮮말로 重譯한 탓일가. 朝鮮말에 對한 注意와 洗練이 足치 못한 탓일가. 何也間 『自然頌』에 실린 詩篇들이 읊을 種類의 詩가 아니요, 생각할 詩인 것과 그 생각할 詩의 境地가 우리의 生活과는 훨신 距離를 가진 宇宙界에 關한 것이 大部分인 것은 이 詩集의 特徵인 同時에 쪼한 致命的 欠點이다. 말하자면 이 『自然頌』은 우리의 自然, 우리의 日常生活과 關連된 朝鮮의 山川 香氣와는 極히 因緣이 적은 『自然頌』에 지나지 못한다.

象徵詩는 決코 象徵을 爲한 象徵이어서는 아니 된다. 그 象徵은 生生한

氣脈을 가진 象徵으로서 우리가 咀嚼함으로 因하야 詩의 深刻한 氣魄을 感覺할 수 잇어야 한다. 그럼으로 難澁, 幽玄, 其實 아모 生氣도 업는 象徵은 될 수 잇는대로 避하는 것만 갓지 못하다. 더욱 漢字 羅列的 象徵은 오늘날까지 展開하야온 朝鮮말 基調의 朝鮮詩에 對하야 確實히 一種의 時代 逆行的 反動인 同時에 民衆 압헤 보낸다는 詩集 發刊의 本意로 보아서도 贊成할 수 업는 것으로 愼重히 考慮할 바이다.

以上의 特徵과 同時에 欠點이 잇슴에도 不拘하고 이 詩集에는 可愛할 詩篇이 적지 안흐니 比較的 이 詩人의 初期의 作品과 日文詩 等이 그것이다. 그러나 朝鮮詩人選集에 실린 바 그큰 呼吸을 가진 絢爛의 詩篇을 이 詩人에게서 다시 볼 수 업는 것은 實로 哀惜한 일이니, 願컨대 昔日의 品貌를 다시 우리 압헤 보혀줄 수 업슬가.

끄트로 이 『自然頌』의 詩人이 純粹詩誌 『朝鮮詩壇』을 中心으로 하야 만흔 未來의 詩人을 길르고 잇는 것은 微微한 우리 詩壇에 잇서 가장 嘉尙할 事業의 하나이니, 우리는 그 事業의 前程을 크게 期待하야 마지 안는다. 그러나 間或 그 編輯에 잇서 그 眞摯치 못하고 謹愼치 못한 點이 잇는 것은 퍽 슬픈 일이다. 例컨대 마치 警務廳에서 罪人調書 等에 흔히 하는 모양으로 詩 作者의 姓名 下에 女니 孃이니 하는 文字를 添附하는 事와 靑年詩人百人集 속의 女流詩壇이란 篇 속에 그實 太牛이 非女性인 事.

이러한 戱策은 아모리 雜誌 販賣의 術數에서 나온 것이라 하야도 삼가 避할 것일 것이다. 何如間 우리는 詩筆을 잡은 지 이미 相當히 오래 된 이 詩人이 좀 더 壯重한 態度를 일흠이 업시 自重하야 가며 그의 詩境을 開拓하야 나아감으로 말미암아 다시 만흔 創時期的 詩作을 나코 딸하서 우리 詩壇에 만흔 貢獻이 잇기를 期待하야 마지 안는다.

四. 春園, 요한, 巴人詩集歌

今年에 刊行된 詩集 中 第一 무게 잇는 詩集으로 우리는 春園요한巴人詩集歌을 아니 들 수 업다.

세 詩人이 다 그의 詩의 境地는 갓지 안흘 망정 單純이 詩歌를 읇흐는 態度의 詩人이 아니오, 朝鮮을 念하는 丹心을 가지고 意識的으로 民族主義的 立場을 取하는 態度에 잇서서 비슷한 傾向을 보혀주는 것은 퍽 意味 깁흔 일이다. 그러나 구타여 이 세 詩人의 思想的 立脚地의 差異를 들어본다면, 春園 요한의 多分히 『크리스챤』的 影響을 바든 人道主義的 民族主義의 色彩를 씌우고 잇슴에 及(*反)하야 巴人은 그러한 냄새가 나지 안는 民族主義的 立脚地인 點에 잇슬 것이다. 熱烈한 『크리스챤』이오, 또 民族主義者인 島山 安昌浩 先生을 春園 요한 두분이 가장 仰慕하는 點은 兩氏의 詩篇 속에서 間或 發見할 수 잇는 그만티 이 두 분에게는 『크리스챤 스피릿』이 恒常 그의 가슴에 흘러 잇다. 우리는 여긔에서 모름직이 우리의 오늘날 意識인 階級的 民族意識의 立場에서 이 세 詩人의 于今까지의 民族意識을 批判할 必要와 意義를 發見하지 안는 것은 아니나, 그러나 이 세분이 恒常 朝鮮文學 建設이란 目標를 바라고 眞摯한 態度로서 于今까지 實踐하야 나온 그만치 우리가 朝鮮文學 建設의 理論的 基礎에서 明瞭히 한 바, 우리의 意識과 우리의 生産할 文藝에 對하야서도 이미 省察한 바 잇섯슬 줄 밋고 省略하기로 한다. 그럼으로 萬一 나의 이 推察에 錯誤가 업다 할진대 三氏와 우리의 間에는 相互 鞭撻로서 우리의 責務를 다 하기 爲하야 協力 提携함을 밋고 잇슬망정 理由의 如何를 언급할 必要는 조금도 업다라고 생각한다. 짤하서 우리는 이러한 立脚地를 일치 안는 範圍 內에서 우리의 評筆을 달랠 수밧게 업다.

第一. 春園詩篇

우리는『歷史小說에 關하야』라는 寸論에서 다음과 가티 論議한 일이 잇다.

『春園의 쓰는 朝鮮말에는 맑고도 곱고 아릿답게 或은 眞珠알을 굴리듯이 그의 흘러 나리는 情緖에 쌀하 朝鮮말의 美와 香氣, 그리고 調和가 잇다. 이러한 點으로 보아 筆者는 間或 春園의 藝術的 生命은 그의 즐겨 쓰는 創作이나 長篇小說에 잇지 안코 오히려 얼마 못되는 그의 詩作에 잇다고 생각하는 째가 적지 안타』고. 그럼으로 우리는 巴人이『春園 요한 巴人의 詩歌集』을 刊行한다는 말을 들엇슬 째 남달리 깃버하지 안흘 수 업섯다. 그러나 春園은 그의 精力의 八合을 小說에 돌리면서 남어지 두 合을 詩道에 돌린 탓인지는 알 수 업스나, 그의 쓰는 朝鮮말의 곱고 아릿다운 그 潤致에 比較하야서는 더 고와야 할 詩篇에 잇서서 오히려 그러하지 못함을 發見하는 것은 퍽 섭섭한 일이다. 더욱 요한 巴人의 詩篇에 比하야 散文的 傾向이 濃厚하고 쏘 整齊되지 못한 詩形을 間間 보게 되는 것 亦是 遺憾이라 아니 할 수 업다. 우리는 이러한 好例로서『別莊』이 가장 適切함을 늣기는 것이나 넘우 長慢함으로『同志』를 들어보자.

同志여!
우리의 數炎가 적다고말나,
우리의 事業이 넘어나 茫茫하다고말라
녀름한울 한구석에 두서너 구름장을 同志여 적다하나뇨
눈감엇다 쓰는 동안에 왼 한울은 어두어지고
우뢰 울다 번개치다
天下에 큰비가 나리다!
아아 同志여!
우리가 적다고 말라!
同志여 오즉
『우리가 잇다!』할지어다!

同志여! 우리의 數爻가 적다 말라. 우리의 事業이 넘어나 茫茫하다고 말라. 同志여 오즉 우리가 잇다 할지어다. 우리가 힘쓰면 할 수 잇다 할지어다(末 一行은 筆者가 添加). 이러한 詩想은 實로 우리들이 이 詩人에게서 보아내는 가장 귀여운 보배인 同時에 우리 詩壇의 그 누구도 아즉 우리 아페 보여주지 못한 詩의 하나이다. 그러나 全篇을 通하야 詩로서 整齊되지 못한 것은, 이 詩가 우리에게 주엇슬 더 큰 效果를 그만 썩고 말엇다. 더욱 우리의 數爻가 적다는 대 對하야 이 詩人도『우리가 잇다』하얏거니와『우리의 事業이 넘어나 茫茫하다고 말라』에 對하야서는 그의 對句도 마처 가초지 못하고 말엇다. 萬一에 좀더 詩形을 整容식히는 同時에『우리가 힘쓰면 할 수 잇다 할지어다』와 가튼 對句를 가출 수가 잇섯슬진댄 얼마나 씩씩한 얼마나 우렁찬 詩篇을 일우엇슬까. 特히『默想錄』의 前半의 詩篇은 어느 것이나 다 우리에게 조흔 刺戟을 주건마는 間或 이러한 不滿을 늣기게 하는 것은 매우 섭섭한 일이다.

그러나 조금도 서슴지 안코 잡은 詩想을 서근서근 表現시켜 가는 그 大膽한 態度에는 感服 아니 할 수 업스며, 쏘 그러한 短章 속에 만흔 銳利한 驚句가 보이는 것은 우리 詩壇에서 보기 드문 手法이다.『朝鮮列車』『山』等이 다― 그러하다.

■ 山

참비참하이그려
어찌면 산이 불상하이그려
저 가엽슨모양
쌉대기까지 벗겨진모양
누가저랫나?
지금까지 저 산의 주인이든이어
너희는 저와가튼 껍질이벗겨지고 피가흐르리라

이 詩歌集에 실린 詩篇 속에는『朝鮮詩人選集』가온대 실럿든 春園의 蒼

生을 念하는 祈願의 詩가튼 感激的이고도 壯嚴하고 묵직한 『리듬』과 큰
肺量의 숨길을 담은 詩篇은 보아낼 수가 업다. 그러나 그의 生活에 쏘는
想像에 울리어 솟는 조흔 短章을 차자낼 수가 잇다.

■ 조선을 버리자

조선을 버리자
내힘으루 못 구할 것을
아아 차라리 버리고갈가
못한다!
네힘것은 해보렴음
죽기까지는 네 의무인것을
그러나 여보
이 백성을 어이한다말요?
헷것만 좃는것을
갈가나 갈가
조선이 안뵈는곳에 가서
울고 닛고 세상을 마츨가나

그러나 이 詩人은 自己 한 사람의 힘만을 凝視한다. 그리하야 그는 『내
힘으로 못구할 것을 버리고 갈가』 이러케 외여칠밧게 업섯다. 그럼으로
春園은 어대까지든지 個人主義의 立場에서 個人의 힘, 個人의 尊嚴으로서
한 民族의 救濟의 불길을 휘날리려 한다. 짤하서 거긔에는 多分히 個人的
民族意識에서 헤매는 詩的 心境이 잇슬 수밧게 업다. 여기에는 우리의 意
識인 階級的 民族主義와의 조흔 對立을 보게 한다. 그러고 이러한 對立을
보게 됨으로 한결 더 우리는 春園의 自意識에 對한 省察을 要求하야마지
안는 것이다. 이러한 個人的 民族意識의 조흔 流露로서 우리는 다음의 詩
한 篇을 더 들어보자.

■ **새벽**

새벽빗이 솟는다
해가오른다
쌍우에 만물이
깃버춤을 추노나
텬하사람 쑴굴제
나만 일어나
한울을 울얼어
깃분놀애 부르네

이와 가티 이 詩人은『텬하사람 쑴굴제 나만 일어나』한울을 울얼어 깃분 놀애 부르지만은, 우리는 한울을 울얼어 놀애하지 안코 우리 결에를 바라고 놀애하며, 나만 일어나 놀애하는 깃붐이 아니라 이 결에와 같이 이러나는 그 깃붐에 산다. 그럼으로 우리의 詩의 境地와 이 詩人의 境地의 사이에는 적지 아니한 距離가 잇다.

그러하야 이와 가튼 個人意識에 立脚하얏섯슴으로 드대어 이 詩人은 『놀애』의 第三聯에서 보는 바와 가튼 態度를 가질 수밧게 업섯다.

나는 귀를기울이네
한놀애가 삿날째마다 귀를기울이네
산에서나 들에서나 어느바다에서나
행여나 화답이 오나하고
귀를기울이네
그리고 쑈 삿업는 내놀애를부르네

이 詩人은 그럼으로 自己의 힘에 對하야 絶望을 늣길 째, 달아나는 時代가 自己의 存在를 몰으는 체하고 저대로 저 갈 길을 걸을 째에, 그는 時代의 그 발자취에 마추워 自己省察을힘씀으로 말미아마 오늘날 이 결에의 한 사람으로서 自己의 할 바를 도로켜 보려고도 하지 안코 오히려 녯 自

己의 자리에 그대로 서서 짓밟피는 自我의 意識을 원통과 가엽슴과 自己
憎惡의 感情으로서 對할 수밧게 업섯다.

▪ 汽車

『고둥ㅅ소리!
긔차가 온다
나도 정거장에 갈준비를 해야』
『미친놈! 내가 어딜가
갈대도 업는놈이
무엇하러가
할것도 업는것이』
『긔차야 날버리고 가거라!
담 렬차도 그담렬차도
상관말고 지나가거라
나는 일업는놈
죽은 목숨
잠바저서 뒹굴면서
고둥ㅅ소리나 헤어볼가』

그러나 이 詩人은 그에서 업푸러저 그대로 쓸어질 그러한 弱한 詩人은
아니다. 이러한 自棄 慷慨 悲痛은 드듸어는 敬虔한 態度로서 自己 목숨을
바칠 方向을 發見하고 세 가지 맹세를 세우게 하고 말엇다. 그 세 가지
맹세는 即 의와 동포를 위해 일생을 바치자는 것을, 理의 生活을 하자는
것, 모든 人類와 生類를 해치람이 업시 사랑하자는 것이다.

▪ 세 가지 맹세

맹세합니다. 내 목숨을 가르치어 맹세합니다. 이 몸을 이 몸의 일생
을 바칠 신의 안락 말고 신을 위해 —동포를 위해 바치게 하기로 맹세
하옵니다. 맹세하옵니다. 내 목숨을 가르치어 맹세하옵니다. 일생을 죽

을 쌔까지 ─죽을지라도 털끗만한 허위도 업시 진리의 생활 오직 진리
의 생활을 하기로 맹세하옵니다. 맹세하옵니다. 내 목숨을 가르치어 맹
세하옵니다. 동포를 모든 인류를 모든 생류를 조금이라도 미워함 해치
럄 업시 앗기고 사랑하고 용서하기로 이 날에 맹세하옵니다.

그러나 여기에도 春園의 理想主義的 人道主義的 色彩가 머리를 든다. 즉
모든 人類를 모든 生類를 미워함 업시 해치럄 업시 앗기고 사랑하고 용서
한다는 것은 그 實은 現實性 업는 한 虛僞에 不過한 盟誓건만은 그는 眞摯
한 態度로서 이러케 맹세하는 것이다. 生類를 해치지 안코는 우리의 生命
은 한 秒인들 살아갈 수가 업고, 쏘 우리를 짓밟고 우리를 害치랴는 사람
들을 미워하지 안코는 쌀해서 싸우지 안코서는 우리의 억울한 삶을 것잡
을 길이 업는 것이 現實이언마는, 이 詩人은 이러한 꿈 가튼 現實을 맹세
하고 잇다. 이러한 點은 우리와는 相馳되는 點으로서, 이 詩人 스스로도
實踐하기 不可能한 盟誓이다.

그럼으로 우리는 이 詩人에게 이 맹세에 對한 새로운 省察을 要求할 수
밧게 업는 것이다. 그러나 春園詩篇은 己巳年에 잇서 우리 詩壇에 던져준
바 驚異的 存在의 하나이다. 그만치 全體的으로 愛誦할 詩篇이 적지 안코
쏘 요한 巴人 두 詩人보담도 보담 現實的 傾向이 濃厚함은 그만 더 힘차게
우리의 가슴을 움직이게 되는 點으로 우리는 今後 더욱 이 方面에 만흔
制作을 보혀주기만 苦待한다.

第二. 요한詩篇

朱耀翰 氏는 詩道에 精進한 지 이미 오래인 그만치 그의 抒情美는 한결
潤彩를 보일 쑨만 아니라 그의 技巧는 이제 正히 完熟의 境으로 들어옴즉
하다. 從前의 요한의 詩集『아름다운 새벽』─特히 그에 실린 小曲에서 늣

기게 하든 곱은 餘韻과 그윽한 향긔는 이제는 小曲에서뿐만 아니라 큼직한 詩形 속에서 躍動하는 것을 보아내게 되엇다. 그의 詩는 決코 岸曙의 그것과 가티 날신날신한 맛은 적으나 그 대신 大理石 기둥을 번즐번즐하게 싹가 세운 듯한 탐탁한 맛 묵직한 맛이 잇다. 그리하야 우리는 요한의 第一詩集『아름다운 새벽』에 잇서서 곱은 小曲을 尊重히 녀기는 꼭 가튼 意味에서 第二詩集인 이 詩篇에 잇서서는 小曲보담은 큼직한 詩篇을 重히 본다. 짤하서 우리는 맛당히 『채석장』『生의 讚美』『조선』과 가튼 比較的 큰 詩篇을 들어 鑑賞하는 것이 맛당할 것이나, 紙面 關係를 考慮하야 그의 主態가 가장 잘 나타난 田園詩『드을로 가사이다』를 을퍼보자.

드을로 가사이다—
등불만흔 거리를 지나서
달빗만 잇는드을로

장터에는 싸홈이버러젓다
전등불미터는 술과노래가
밤의거리의 보기실혼것을
모도 나타내는째

드을로 가사이다
조고만 다리를지나서
바람부는 드을로
풀로덥흔길에 녀름밤이
버슨몸으로 마저주는곳
수수닙의 속색이는소리밧게
우리의귀를어즈러일것업는곳

드을로 가사이다—
령혼과령혼이 짜의향긔우에
하나이되는 드을로

이 詩에서 우리가 늣기는 바와 가티 이 詩人은 田園에 對하야 無限한 憧憬, 無限한 愛着을 늣긴다. 그리고 이러한 憧憬과 愛着의 불길은 동시에 거리의 싸움 술 더러움에 對한 猛烈한 反感일 수밧게 업다. 쌀하서 그는 喧騷와 鬪爭보담도 平和와 沈默을 그리하야 醜한 現實보담도 神秘의 境地를 —『령혼과 령혼이 짜의 향기 우에 하나이 되는』 드을을 無限히 그립어 한다. 쌀하서 必然的으로 거리에서 외여치는 現代人의 그 소리보담도 『수수닙의 속색이는』 田園, 『우리의 귀를 어즈러힐 것 업는』 大自然의 녹음자리를 놀애한다. 그럼으로 그의 詩篇 속에 움직이는 線은 沈着한 맛은 일치 안흐나 靜的이오, 그의 色彩는 깁흔 맛은 적으나 絢爛하야 마치 꼿 萬發한 庭園의 風景을 멀리서 보는 듯하고 쌀하서 그에서 숫는 美는 고요하고도 神秘로운 그것이다. 그리하야 이러한 傾向은 뒤에 說明하는 바와 가티 즐겨 『타고아』의 影響을 만히 밧게 되고 쪼 都市와 都市文明에 對한 猛烈한 抗聲과 아울러 田園에 對한 치우친 頌歌를 드리게크럼 하얏다.

<blockquote>
전원으로오게田園은우리에게
새로운 깃븜을가저오나니
닉은열매와 붉은닙사귀—
가을의풍성은 지금이한창일테
아아 도회의 핏줄선 눈을버리고
수그러진 억개와 가쁜 호흡과
아우성치는 고동의 거리를 버리고
푸른봉오리 소사오른 전원으로 오게오게
(田園頌 첫재 聯)
</blockquote>

<blockquote>
노래는 도을에 가득히 산에 울려나고
향긔와 빗갈은 산에서 드을로 퍼저간다
아름다운봄! 양지에 보드랍게 풀린
흙덩이를 쩌안꼬 입마추고시픈 봄
그러나보라 도회는 피쌔는 박쥐가 깃드린곳
흉한 강철의 신아페 사람사람이
</blockquote>

피와 살과 자녀까지바처야하는
도회는 문명의 막다른골무덤
　　　　(田園頌 첫재 聯)

　이 詩人은 이와 가티 渴仰하는 田園에서 봉오리와 골작이에 울리는 새
豫言者의 외여치는 소리를 듯는다. 그러나 이러한 곱은 놀애와 한 가지로
田園의 복음자리에 안긴다는 것이 果然 우리에게 어쩌한 意義를 가지게
하는가? 毋論 오늘날의 都會는 피 짜는 박쥐가 깃드린 곳이다. 그 미운
박쥐의 표독한 입으로 말미암아 數만흔 이 고장 사람들이 그 끗업시 伸
長할 生命의 힘을 일허버리는 곳이다.
　어찌 그에 그치랴. 都會는 왼 田園의 —쌀하서 왼 農民의 귀한 쌈과 피
그리고 그들의 生命까지 쌜아드리는 곳이다. 그러나 그러타고 우리는 그
미운 都會를 버리고 田園으로 가버려야 할까? 우리가 싸움으로 말미암아
만이 맑힐 수 잇는 그 醜한 都會를 버리고 쩌나가는 것이 한 隱遁한 逃避
가 아닐까? 맑은 空氣와 刺戟 적은 大自然의 품에 안겨서 새 놀애와 짝하
고 꼿향기에 醉하야 自己 一身만의 기도란 生命의 延長을 追求하는 그러
한 生活이 아니 될까? 卽 이 결에의 安危와 存滅을 超越하야 한 사람이 제
한 몸을 위하야 便安과 平和 그리고 享樂을 쌀흐는 그러한 生活, 一言으로
斷之컨댄 不義에 對한 싸움에서 完全히 退却하는 個人主義의 避亂的 姑息
의 生活이라 아니 할 수 잇슬까. 山間僻地에 隱棲하는 聖者의 아모 것에도
거리낌 업는 그야말로 光風霽月의 生活이기는 하나 對立되는 결에의 모든
陣營이 集中한 그 곳에서 쩌난다는 것은 그實 全體的 立場에서 보면 極端
의 利己主義의 無彈力한 平和的 生活쑨이 처질 것이 아닐까? 우리는 이 以
上 追究할 必要를 늣기지 안커니와 다만 이 詩人 스스로 다시 한번 省察
함이 잇기를 바라고 십다. 우리는 이 詩人이 우리 詩壇에 잇서 쏘는 우리
결에의 한 사람으로서 그 重鎭의 자리에서 잇는 그만치 한 篇의 詩, 한
줄의 글이 얼마만치 큰 影響을 우리들에게 미치게 하는지를 잘 안다. 그

럼으로 한결 더 이러한 苦름을 보낼 수밧게 업는 것이다.

朱耀翰 氏은 우에 引用한 詩篇쑨에서만이 아니라 그의 全 詩篇을 거처서 切切히 늣기게 되는 것은 그가 田園詩人이라는 點이다. 그의 놀애는 고요한 自然 自然景槪 花鳥風月 人情의 自然味을 읇흐게 될 때 가장 운치 겨운 詩魂의 流動을 볼 수 잇다. 우리는 임이『아름다운 새벽』에서 이러한 傾向을 잘 늣기고 잇거니와 이 詩篇에 잇서서도 前半의 小曲의 大部分이 이러한 色彩의 아름다운 珠玉들이다. 이러한 傾向은 우에서도 簡單히 말한 바 잇섯거니와 쏘 이 詩人으로 하야금 이 詩人보담 한결 더 自然詩人이요 神秘詩人인 아울러 都市의 城壁文明을 미워하고 印度 大自然의 境地에 悠悠自適하는 바『有閑哲學』을 說敎하는 타고아의 影響을 만히 바들 수밧게 업섯다.『황혼의 노래』『아기의 꿈』『노픈 마음』等의 詩篇들은 그 程度의 差異는 갓지 안흘 망정 이러한 傾向을 우리에게 보여주는 얼마즘 幽玄味 神秘味 쏘는 純眞味를 씌흔 詩篇들이다. 그 詩篇 속에서 한 聯式을 읇퍼보면 우리는 朝鮮의 향긔가 쩌돌기는 할망정 타고아의 그 詩香의 나부낌이 한결 더 힘차게 우리 가슴에 울리는 것을 늣길 수 잇다.

■ **황혼의 놀애**(세ㅅ재 聯과 넷재 聯)

길에서 본손님의얼굴 눈에 남아서
남모르는 생각에 가슴 태우는
밥짓는 처녀의 눈물지는째
가만이 나무닙이 뜰에서 춤추는
그런 황혼이로다 어머님품에오너라 아기야
어머님이 허락하시면
아기는 황혼에나가겟습니다
수수밧 사이에 뚤린 길로
오고가는 손님의 힌옷이
언덕에서 그림가티보일적에
그이를 마즈려나가겟습니다

■ **아기의 꿈**(세스재 네스재 聯)

아기는 곡조모를 놀애로
대답한다—
어머님이 아기잠을 재우려할적에
어머님의 사랑하는 아기는
이제곳 잠들겟습니다
잠들어서 니불에 가만히누인뒤에
몰래니러나 아기는 나가겟습니다
나가서 저긔꿈가튼 힌드을길에서
그이를맛나 어머님이야기를 하겟습니다

다음의 『노픈 마음』은 타고아의 影響을 가장 만히 바든 詩篇이다. 그 詩의 첫번 두 聯만 을프자.

내게 갓가히 오지마러요
그대는 내게 너머 큼니다
수긴적업는 나의머리가
그대아페서 저절로수김니다
그러니까 내게서쩌나주어요

내얼굴을 보지마러요
그대는 내게너머째끗합니다
고만하고 당돌하든나의눈이
처녀처럼 수집어집니다
그러니까 머리를돌려주어요

그러나 우리는 이 詩集 中에서 春園의 『세 가지 맹세』에 比肩할 만한 그의 人生에 對한 社會에 對한 쏘는 우리 아페 보내는 이 詩人의 『사랑』의 宣言을 듯는다. 이 詩人은 다음의 詩篇에서 보는 바와 가티 『나는 사랑의 使徒외다』 이러케 외여친다.

나는 사랑의 사도외다
사랑은 비뒤의 무지개처럼
사람의리상을 무한이쓰러올리는
가장 아름다운 목표외다
　　　　　　(첫 聯 四節까지)

그러나 사랑은 또
바위를 차고 모래를깨물며
천길로 나려치는 폭포외다
　　　　　　(둘재 聯 三節까지)

사랑은 모든 것의 통일
사랑은 무한이 참으며
사랑은 가장 용감하외다
사랑은 평화를 위하야
짜우에 싸홈을 펴치며
사랑은 의를위하야 붉은피로
력사를 물드렷사외다
나는 사랑의 사도외다
사랑하기 째문에
나는 싸우지아하면 안되겟사외다
사랑하기째문에
나는 피를쑴찌아하면 안되겟사외다
학대밧고 짓밟힌 인류가잇는동안
사랑은 나를명령합니다

　이 詩人은 사랑하기 째문에 싸우지 안흐면 안 되고 또 피를 쑴찌 안흐면 안 된다고 외여친다. 그리하야 이 詩人에게 잇서서는 사랑과 싸움은 사랑하기 위하야 싸우는 것이 아니라 卽 사랑과 싸움이 目的과 手段의 關係에 잇는 것이 아니라 사랑하기 째문에 싸우지 안흐면 안 된다고 한다.

愛와 爭은 對立된 兩個가 아니다. 包攝된 一個로서 愛와 爭의 對象은 하나요, 그 하나의 表裏가 因果關係라고 본다. 마치 배 곱흐기 째문에 밥이 要求되는 것과 가티 사랑하기 째문에 싸움이 要求되는 것이다. 그리하야 사랑과 싸움의 調和 그리고 그 理由의 解明에 잇서 이 詩人의 科學者的 態度와 아울러 머리 드는 크리스챤 스피릿을 보아낼 수가 잇다.

그리하야 드듸어 이 詩人은 이러케 외여친다.

짓밟힌 그만을 위외함이아니고
짓밟는 그까지 위함이 사랑의
위대함이외다
이분노와 이싸홈은
그러므로 더욱 거룩하외다

나는 이세긔를향하야 싸홈을 걸겟습니다
싸호지안는 싸홈은 거즛이외다
미워하지안는 사랑은 갑업사외다
노함이업는 사랑은 헛되외다

짓밟는 敵은 미워하고 노하고 드듸여 突擊戰을 거는 感情과 짓밟는 敵을 위하는 感情과가 果然 거룩한 사랑을 거처서 一致될 수 잇는 感情일까? 뿐만 아니라 우리가 우리의 現實感情을 反省해 볼 째에 짓밟힌 그를 위할 뿐 아니라 짓밟는 그까지 위하는 그러한 거룩한 感情을 보아낼 수가 잇슬까. 미움과 사랑이 並立될 수 업는 極限感情이 가튼 時間에 共存할 수 잇다고 할까. 우리에게 잇서서는 사랑의 偉大 與否가 問題되는 것이 아니라(우리의 甦生의 可能 與否가 問題이다. 우리에게 사랑이 要求된다 하면 짓밟힌 우리 곁에가 한 덩어리될 거긔에서 要求되는 사랑이요, 우리에게 싸움이 必要하다 하면 짓밟는 그를 향한 싸움일 수밧게 업다. 그리고 이러한 우리의 사랑과 싸움은 짓밟힌 견듸ㄹ 수 업는 아픔에서 터저나오는 막을 수 업는 本能임으로 짓밟는 자를 후리 갈기고 십흔 그러한 感

情일 수 밧게 업다), 이러한 感情에서 果然 敵을 爲한다는 그러한 거룩한 사랑이 소슬 수 잇슬가? 마치 人道主義者가 그의 慈愛心의 支配領域이 廣汎하면 할사록 偉大함즉 녀기는 것과 꼭 가튼 意味로 實踐性 업는 博愛心의 이러한 要求는 오히려 우리로 하야금 싸움다운 싸움을 꺽는 한 불길은 될(*될) 수 잇슬지언정 그 以上의 다른 意味를 가질 수 잇슬까. 우리의 人格을 非難하는 敵이 우리의 올흔편 뺨을 갈길 때 우리는 왼편 뺨까지 내여미는 그러한 卑屈로 말미암아 우리는 어써케 싸운다고 할 수 잇스며 또 우리의 甦生을 도모할 수가 잇슬까? 우리는 적어도 不義를 行하는 그 사람에게서 『不義의 行動』을 遊離하야 볼 수 업는 것으로 不義人은 맛당히 義人의 말을 바더야 할 것이다. 그리고 또 거긔에는 義를 위한 싸움뿐이 잇슬 것으로 不義를 爲한 싸움이란 잇슬 수 업다. 義人에게 잇서서는 적을 위한다는 거룩한 사랑— 一種의 宗教的 價値의 實現에 그의 目標가 잇는 것이 아니라, 不義의 撲滅 —쌀하서 義의 實現만이 그의 標的이다. 그럼으로 쌀하서 그의 生命을 버릴 價値는 義에 잇고 거룩한 사랑에 잇지 안타. 여긔에는 宗教家와 志士의 막을 수 업는 距離가 벌어저 잇다. 그러나 詩人은 그의 『크리스챤 스피릿』으로 말미아마 그와 가티 외여칠 수밧게 업섯든 것이다. 그는 正히 『크리스챤 스피릿』과 조선 사람으로서 要求되는 투쟁의 任務와의 調和되기 어려운 『듸렘마』에 써러저 잇다. 이러한 『듸렘마』 —思想的 間隔이 今後 어써케 解決될는지 우리는 만흔 興味를 가지고 期待할 수밧게 업다.

그러나 이 詩人은 그의 누의의 죽음으로 말미아마 靈魂의 實在 —그 잡을 곳 업는 正體에 對하야 만흔 懷疑를 늣길 수밧게 업섯다. 그리하야 그는 物質에서 物質로 『잇섯든 것』과 꼭 가티 도라간 『죽음』에 對하야 呼訴할 길 업는 寂滅과 哀傷을 늣기면서 이러케 고요히 놀애하얏다.

■ **령혼**(셋재 聯)

물한방울도 잇스면 업시할수 업는것을
사라진줄 아는 「힘」도
반드시 우리안에 숨어잇다는것을
물질보다도 세력보다도
더확실한 더힘잇는
통일된 「의식」의 전부
그 신긔한 「개성」이
삶이 식을쌔에 더욱 굿세지고
더욱 맑아지든 그 「령혼」이
다만 어쩌한 순간에
아조 스러젓다는 것이
아니 잇섯든것과 쏙가티 된다는것이
참일가 참일가

이리하야 이 詩人은 아즉까지도 多分 自然의 詩人이요 田園의 詩人이건마는 『아름다운 새벽』 時代에 比하야 새로운 方向을 바라고 나아가는 만흔 實蹟을 發見할 수가 잇다. 卽 田園詩 속 움직이는 線에 잇서서도 沈着하고 고요한 맛보담은 오히려 躍動하며 소리치는 그러한 傾向이 『엣세닌』의 田園詩의 品貌를 가지게 되엇다. 그리하야 『生의 讚美』 『조선』을 지나서 『채석장』에 이를어 이러한 傾向은 한결 明瞭하게 나타남을 본다.

■ **채석장**(抄)

노래하자 태양아 나무숩아
흐르는시내야 올라갓 선구자야 깨트려라새길을
우리에게주라 위대한힘을막을자업는힘을
◇
펑펑펑싸준이 쉬지안코 거긔기우려라 너의전부를
바위를쌔무는의지를 신념을

강철의심장을 그날에산은평지가되고 바다와바다가 서로통하리니

◇

생명은 한낫의지구다 따라서 버리는「정」과가티우주의의지에 그전체
를싸화희생하는행진곡이다

◇

폭약은 장치되엇다 불을그어댈사람은 나오라 위대한 승리에 취할사
람은 나오라 나오라 나오라

얼마나 우렁찬 絶叫이냐. 얼마나 莊嚴한 리름(*듬)이냐. 今年 詩壇에 잇
어 가장 큰 收穫의 하나인 동시에 李殷相 氏의 이르든 『月光下의 詩人』,
우리의 『田園詩人』은 이제 正히 그의 向할 수밧게 업는 嚮路 우에서 闊步
하기 시작한 것이다. 이러한 展開를 金東仁 氏는 한 墮落이라 하얏거니와
우리는 田園詩人이요 技巧詩人인 요한의 한 새로운 進展 ―墮落이 아니라
希望에 찬 向上으로 본다.

쌀하서 今後의 精進을 刮目하야 살피기로 하자.

第三. 巴人詩篇

하펌을 친다
詩歌가 하펌을 친다
朝鮮의 詩歌가 困해서 하펌을친다

햇발을 보내자
詩歌에 햇발을 보내자
朝鮮의詩歌에 再生의햇발을 보내자!

巴人은 一千九百二十五年代에 이러한 序詩를 卷頭로 한 詩集 『國境의
밤』을 가지고 우리 詩壇에 나타낫다. 巴人의 出現싸지의 우리 詩壇은 事實

하펌을 치는 境遇에 直面하고 잇섯다. 至今에 이르러서는 詩人들의 傾向이 明瞭하게 들어나서 詩人들의 나아가는 발쯤을 익히 들을 수 잇스나, 이 時代에 잇서서는 요한, 岸曙, 月灘, 露雀, 樹州, 招石, 石松, 無涯, 八峯(象牙塔은 이 時節에는 보이지 안핫다. 아마 放浪中에 잇섯는지) 等의 諸 詩星들이 여러 傾向의 詩篇을 보여주기는 하얏서도 象牙塔, 月灘, 露雀의 象徵的 潮流보다도 石松의 『힛트맨』的 詩流보담도 八峯의 啄木 냄새 나는 新傾向的 色彩보담도 쏘는 요한 無涯의 詩風보담도 譯詩 『懊惱의 舞踏』 以來 岸曙式인 格調詩의 全盛時代요, 全盛인 만치 『行詰り』에 直面하고 잇섯다. 그리하야 『朝鮮文壇』에 실리기 始作한 春園의 諸 詩篇과 千九百二十四年 末에 刊行된 요한의 『아름다운 새벽』과 無名詩人 巴人의 『國境의 밤』의 出現은 確實히 朝鮮詩壇에 보내는 햇발이엇스니, 就中에도 가장 그리 하얏고 쏘 그리 하기를 힘쓴 巴人의 『國境의 밤』은 實로 朝鮮詩壇의 驚異的 收穫이엇섯다. 마치 啄木이 그의 處女作 『あこがれ』로 말미암아 一躍 北陸의 天才兒의 出現으로서 草創期의 日本詩壇에 보이듯이, 巴人의 『國境의 밤』의 出現은 매웁고도 쌀쌀한 國境의 情調를 실코 흐지주근한 우리 詩壇에 再生의 햇발을 보내엇든 것이다. 그러나 그 後의 詩集 『昇天하는 靑春』에서는 詩로서 七分의 失敗와 三分의 描寫로서의 成功을 우리에게 보엿고, 長篇小說 『戰爭과 사랑』이 連載되는가온대 잇서서는 小說로서의 失敗와 아울러 조흔 詩想의 一束을 遺失하는 것을 보앗섯다. 요번 이 詩集은 巴人의 그 後를 말하야 주는 것으로 우리에게 잇서서는 極히 만흔 興味를 가지고 마즐 수밧게 업다.

우리는 이 詩集에 잇서 巴人은 嚴肅한 힘과 아울러 悲痛味를 쯰인 노래에 가장 成功한 것을 본다. 여긔에 우리가 늣기는 悲痛味는 毋論 岸曙의 엷은 哀調와는 갓지 안흐나 그러타고 詩壇의 어쩌한 詩人의 그것과도 가틀 수 업는 훨신 痛憤한 氣脈을 가진 巴人의 그것이다. 그리하야 이러한 傾向은 『國境의 밤』의 健實한 첫 긋발이 불길이 되어 드듸어는 이와 가튼 熱烈하고도 沈痛한 詩篇을 나케크럼 하얏다. 『哭棺前』 『弔月南先生』 『哀

悼』等의 詩篇이 다 그러하거니와, 우리는 『哭棺前』中의 두어 節을 을퍼
보자.

> 벗아갓느냐 압사람무덤에이끼채끼기도전에
> 그대마저갓느냐 백이열되고
> 열이두셋되는
> 날밝기 무섭게주러드는 우리동무속에
> 그대마저 관속에드단말가
> 아하, 참말 드단말가
>
> 아침에나래펴다 삼십에썩기어 사십에비석되는
> 아니 펴보지도못한채 이십에 그냥비석되는
> 죽은닭수리인그대 그대죽어선구만리저하늘서
> 맘대로 나래펴봣나 아하펏봣나대답이나하렴!
>
> (첫재 聯과 넷재 聯)

얼마나 悲痛한 哭聲인가! 우리는 이 결에 가온대 非命으로 或은 獄舍에
서 或은 山川 설은 客裡에서 펼길 업는 丹心을 안고 싸우다 싸우다 살아
저가는 동지들을 넘어나 만히 보고 잇다. 그러나 그 누군들 이만한 痛憤
으로서 우리를 울리게 한 詩人이 잇섯든가? 切迫해가는 『리듬』은 읊흐는
사람으로 하야금 소리 업시 썰어지는 눈물을 참을 수 업게 한다. 이 곳에
우리는 巴人의 偉大한 存在를 容許하지 안하서는 아니 된다. 그러나 巴人
의 絶叫 詩篇에는 그의 아즉도 젊은 童心의 流露가 그 詩의 絶叫的, 딸하
서 破壞와 建設을 울부짓는 그러한 맛을 엷게 하는 일이 적지 안타. 그의
例로서 우리는 이 詩人에게 잇서 가장 會心의 作임즉 보이는 『逆天者의
노래』中 두어 장을 들어보자.

> 분하고 쏘분하여 뒷장태에다라올라 느트나무를안고 힘껏흔들어봣네
> 그러나 움실도안하는 것을 아직도내힘이 부족쿠나 내팔이약하구나

　　바다에서 개 짓는다
　　왕왕지즈며 수천마리개가
　　물결되어달려온다
　　하도 답답한 가슴이라
　　나도바다까에안저 종일왕왕
　　지즈며 이하로보내노라
　　　　　　　　(첫 章과 열셋재 章)

　　이 『逆天者의 노래』가 『初秋雜咏』이란 題로 中外日報에 連載되엇슬 째에 우리는 石川啄木의 『秋風高歌』를 읽을 째 바든 바와 비슷한 늣김을 바닷섯다. 그래서 啄木의 그것을 다시 한번 차저 읽어보앗다. 그리고서 우리는 巴人이 啄木의 影響을 만히 밧기는 하얏스나, 그러나 우리 巴人의 詩는 啄木과 가티 純爛하지도 못하고 또 美麗하지도 못하나 그보담은 좀더 沈痛하고 힘 잇다고 늣기게 되엇다. 巴人의 詩는 決코 요한의 詩의 가티 잘 다듬은 밋근밋근한 기둥은 아니다. 말하자면 詩人 『커펜타』가 손수 山에서 나무를 패어다가 그대로 썩썩 갈아서 그의 집을 짓드키 거츨거츨은 하나마 탐탁하고 미덤즉스럽다. 뿐만 아니라 그 거츨거츨한 『리듬』이 돌이어 거츨거츨한 우리의 生活에서 울어나오는 情緒 —결코 고흔 情緒가 아니다 —를 살리기에는 가장 그 宜를 어덧다. 適宜不適宜보다도 오히려 우리의 生活에서 솟는 거츨거츨한 情緒가 그러한 『리듬』을 밟게크름 하는 것이다. 짤하서 우리는 그 거츨거출한 『리듬』 그대로의 完成을 바라고 십흔 동시에 그러함으로만이 巴人의 品貌는 더욱 明瞭해질 것이라 밋는다. 그럼으로 字字句句의 말솜씨를 云云하는 岸曙의 巴人評은 오히려 巴人에게는 큰 危險을 보내는 것으로 보인다. 『逆天者의 노래』에서 볼 수 잇는 바와 가티 그의 線은 퍽 힘잇게 움직인다. 요한의 『채석장』에 比하야 묵직한 맛은 적으나 그 대신 쮜는 맛이 잇다. 그러나 이 詩人 『분하고 또 분하여』 거리로 달리는 것이 아니라 뒷장태로 간다. 그리하야 거리의 黑杜를 흔드는 것이 아니라 느트나무를 안고 힘씃 흔든다. 여긔에 可愛할

巴人의 童心의 流露 ―힘 길르는 朝鮮 젊은이들의 그것을 엿볼 수 잇스나, 이 결에의 階級性을 든든히 把握하고 소리치는 丈夫의 氣槪는 볼 수가 업다. 그리하야 요한의 『채석장』과 比肩하야 보건대 『채석장』의 朝鮮 丈夫로서의 한 絶叫가 잇슴에 反하야 『逆天者의 노래』에서는 힘 길르는 靑年으로서의 그것을 듯게 되는 것이니, 이는 巴人이 보담 젊은 탓일가. 이러한 童心은 巴人의 詩篇의 한 本質的 方面으로 여러 詩篇 『心自閑』 『도라온 子息』 等에서 차저 볼 수가 잇다.

나는 내엄마배로 아니나와야 올흘게다
다른어머니의어쩌케 천재와 영웅을 만히낫는 그런 胎盤가진어머니배로
나는 이나라에 아니쩌러저야 올흘게다
다른 나라에
어쩌케 자유와의리가 가득찬 거룩한나라에!

그리면서 왼종일 거리거리 패다녓다
슬픈마음을 한아름가슴에안고서―

그러나어쩌알앗스랴 내엄마가치 정잇는이업드구나 내나라가티 빗잇고 사라야할 나라가업드구나
나는깃버 집에도라와 크게 춤추엇네

그는 이 詩를 묵기를 『집에도라와 크게춤추엇네』하고 말앗다. 우리는 좀 더 묵직한 結句엇스면 하는 늣김을 이즐 수 업건마는.
『最終夜』 『先驅者의 노래』 『五月의 香氣』가 다 各各 特徵을 가진 조흔 詩篇들이다.

벗아 오렴으나서울에조선의한울에해도닷다 영각하는둥글소가티 온세상을고함치며다니는 무리여
이제참말칠날이왓다 오너라

어서조선의한울에!
　　(先驅者의 노래 마즈막 聯)

『最終夜』에 잇서서 우리는 요한의『田園頌』에 比하야 조흔 對照를 엿볼 수 잇다. 하나는 理想主義的이오 또 하나는 現實的인, 그리하야 요한이 田園의 美와 都會의 醜를 或은 憧憬하며 或은 憎惡하야『이리 오게』『이리 오게』마치 聖者의 態度로서 勸誘하는대 反하야 巴人은 現代人의 人生觀을 가장 率直하게『짜르게 힘잇게 살랴네나!』이러케 외여친다.

　　붉게, 붉게, 붉게 다타죽는해
　　죽을줄알고도 쌜가케타는해
　　안타면 안죽을줄알면서도제몸을제태워버리는해니 내더욱설함이라.
　　　　　　　○
　　불나비죽으라등잔불에드는가
　　살라드는가살자니죽는게라단이렛목숨이라도긔씃울다죽는매암가티
　짜르게힘잇게 살랴네나!

　　小曲 民謠 俗謠에는 조흔 詩章이 決코 적지 안타. 그러나 우리는 여긔서는 巴人의 本質이 잘 나타나지 안는 것을 보아낸다. 七五調 또는 그 비슷한 률을 거처서 보게 되는 巴人의 詩에는 比較的 成功한 것이 적다. 그리고 巴人의 쓰는 말씨와도 썩 드러맛지를 안는다. 그럼으로 짤하서 퍽 어색해 보힌다. 그의 俗謠『봄이 오면』을 읇허보자.

　　봄이오면 산에들에 진달래피네
　　진달래꼿 피는곳에 내마음도펴
　　건너마을 젊은處子 꼿짜라오거던
　　꼿만말고 이마음도 한께짜가주

　　봄이오면 한울우에 종달새우네
　　종달새 우는곳에 내소리도우러

　　나물캐기 아가씨야 저소리듯거던
　　새만말고내이소리도 함쎄드러주
　　　　　(봄이 오면 第一 第二 聯)

　巴人은 아즉도 젊은 그만치 未來를 期待케 하는 詩人이다.

　우리는 그가 몸부림침즉 痛憤한 만흔 詩篇으로서 지금까지 우리 詩壇에 貢獻한 것을 잘 안다. 그러나 어찌하야 近者엔 詩作을 中絶하고 잇는고? 우리들은 넘어나 痛憤한 만흔 現實에 부듸처 잇지 안느냐! 우리는 그 痛憤에서만이 우리의 가슴에 힘을 불길을 일게 할 것이 아니냐!

　그럼으로 우리에겐 힘과 熱의 詩篇이 要求되는 동시에 쏘 悲痛의 詩篇이 要求되어 마지 안컨만, 이 詩人은 그 쓰겁은 絶叫를 悲痛聲을 끈흔 지 이미 一年餘이다. 아아 얼마나 哀惜한 일인고! 우리는 이 詩人이 언젠간 그의 沈默을 깨털이고 우리 아페 다시 소리칠 그 째를 苦待한다. 쯔트로 附言하는 것은 巴人이 雜誌『三千里』를 스스로 經營하건마는 未來의 朝鮮 詩人들을 길르기 爲하야 努力하지 안는 것은 퍽 섭섭한 일이다.

五. 日譯의 民謠集

　今年에 들어 日本에서 刊行된 朝鮮에 關한 書籍으로 우리는 相當한 部數를 헤일 수 잇겟스나, 就中 詩 歌謠 方面에 關한 譯著로서 特히 우리의 손을 거처 된 두 卷의 民謠集이 잇다. 其一은 朝鮮 古代의 土俗學的 研究『샤머니즘』研究로 令名이 잇는 新進史家 孫晉泰 氏 編譯인『朝鮮古代民謠集』이오, 쏘 하나는 처음으로 듯게 된 이름 金素雲 氏 譯著『朝鮮民謠集』이다.

　이 곳에서 暫間 解決의 必要를 늣기는 問題가 잇스니, 그는 日本말로 刊

行되는 우리 사람의 著述에 對한 우리의 態度이다. 우리는 現在 猛烈히 우리 文學의 建設이란 目標를 바라고 나아간다. 卽 오늘날의 朝鮮意識을 거처 朝鮮말과 朝鮮文字로서 우리의 甦生을 目標로 하는 文學의 建設을 바라고, 그럼으로 第一義的으로 要求되는 우리의 文學은 朝鮮말과 朝鮮文字로서 表現한 그것일 수밧게 업스니 日語나 佛語 쏘는 英獨語로 表現한 文學일 수는 업다. 그러나 우리는 여긔에 그칠 수는 업다. 우리는 힘이 미치는 대로 우리와 對立되는 民族社會에 對하야 우리의 藝術, 文化, 欲求, 希望, 鬪爭事 等을 알릴 必要가 잇스니, 大槪는 鬪爭의 意義가 機軸될 수밧게 업는 것이나, 쏘 아울러 그들의 大多數가 曲解 邪推하고 잇는 우리 결에에 對한 업수히 녀기는 觀念 ―卽 自民族의 優越感에서 必然的으로 가저오게 되는 우리 民族 劣等의 觀念에 對한 抵抗의 一翼的 任務를 다 하여야 한다. 그리하야 이러한 機能은 大槪 두 가지 方途를 가즐 수밧게 업스니, 其一은 저 사람들의 朝鮮에 關한 實로 輕蔑에 가차운 數多한 著書와 評論에 抗하야 論爭의 任務를 게을리 말 것이오, 쏘 하나는 우리의 가지고 잇는 特殊 文化의 各項 部門에 亘하야 보아낼 수 잇는 價値性의 紹介를 꾸준히 힘써야 할 것이다. 여긔에 우리가 發見하게 된 두 民謠集은 以上의 實踐 方途의 兩個 規定 中 其二에 屬하는 者이다. 그러나 우리가 이저서는 안 될 것은 이와 가튼 事業은 旣述한 바와 如히 第二義的 意義 以上을 나아갈 수 업는 것이니, 우리는 現在 조선 內에 잇서 저 사람들의 저 사람들 말과 글의 普及에 抗하야 우리말과 글의 普及 支持가 實로 이 결에의 意識의 把握과 遺失을 두고 致命的 關係를 가진 까닭이다. 그럼으로 짜라서 우리가 이 두 譯著를 거처 보내는 意義 亦是 이러한 範圍를 써날 수 업다.

第一. 孫晉泰 譯 『朝鮮古代民謠集』

孫晉泰 氏는 去年 純詩誌 『金星』時代에 幾編의 詩作을 試한 일이 잇는 만치 詩謠에 對한 理解는 一家見識을 가젓섯다. 兼하야 史學을 專攻하는 立場에 서게 되엇섯슴으로 自然 古代歌 俗民謠 方面에 蒐集의 企圖를 가지게 됨즉 하니, 이러한 具備된 條件은 第一로 書題와 著者의 間에 可謂 適材適所의 感을 가지게 한다. 그러나 以上의 條件을 念頭에 가지면서도 材料 蒐集의 廣範 精密함에는 놀라지 안흘 수 업스니 屢屢히 『朝鮮에도 이러한 俗謠가 잇든가』하는 嘆聲을 불러내고 말앗다. 實로 그의 時代的 分括과 또 그 篇別 ―短歌篇 諷刺慨世篇 好色篇 等等을 거처 담은 千餘貢의 歌謠에는 歷代 朝鮮人의 生活實相에서 숫은 特殊한 情緖가 제대로 흘르는 것을 發見할 수가 잇다. 그러나 量으로도 그러하거니와 읽으매 自然 붉어 오르는 얼굴을 自覺할 수 잇는 그러한 露骨味를 씌힌 深刻한 情慾의 俗謠가 퍽 만흔 것은 이 譯書의 特徵의 하나이다. 그 深刻=赤裸裸한 것은 到底히 讀者와 가티 吟味하기 어려움으로 比較的 좀 나흔 것을 去頭하고 들어보면,

■ 理想の男

妾の一生に願ふのは
雄辯博學に 風彩堂堂と
そして夜の○○を
最ら力菔めて する男よ

그러나 이러한 卑俗의 것이 잇는 反面에 詩歌篇에는 鄭夢周 先生의 『이 몸이 죽고죽고』와 가튼 時調도 잇다.

此の身死んで死んで
百度も改めて死に

白骨塵土となり
魂はあららと無からうと
我が君に向ふ一片の赤心
變ることのあろものか。

　以上으로도 窺知할 수 잇는 바와 가티 그 譯法에 잇서 原語인 朝鮮말의 直譯式임으로 日本말로는 퍽 어색할 뿐 아니라 詩다운 音調의 流露를 늣길 수 업는 것은 퍽 섭섭한 일이다. 또 譯語인 日本말의 選擇으로 말미암아 原詩謠의 가지고 잇는 朝鮮情緒的 感懷를 表現하려고 힘쓰지 안헛슴으로 原詩謠의 生命을 살리지 못한 것 亦是 섭섭한 일이다. 우리 圃隱先生의 譯時調로 보드라도 그 原時調는 悲壯한 感懷를 가지게 하건만 이 譯에 잇서서는 그 詩想은 別로 變化를 보이지 안허도 그러한 悲壯味는 늣겨지지 안는다. 그리하야 詩想과 詩調 詩語가 저대로 混亂 속에서 遊離된 그만티 原時調에서 볼 수 잇는 氣品과 壯烈味는 보아낼 수가 업다. 다음으로 慨世 諷刺篇에서 또 한 篇을 들어보면 얼마나 直譯的이며 또 非詩謠的이며 兼하야 椎稚한 散文의 圈을 버서날 수 업는 庸譯인지 讀者 스스로 늣길 수 잇슬 것이다.

■ 寧ろ皆捨てて

大丈夫として生れたが
すやきことは絶めてない
學問をせらとすれば
人間字を戲ることは憂ひの初あ
劍術を爵はつとすれば
兵はこれ凶器である
寧ろ皆捨てて佳山名水の間に
往さつ涙りつ遊ばうと思ふ

要컨대 이 譯書는 史家의 編譯 —詩에 對한 理解를 가지지 못한 —의 範圍를 나갈 수 업는 述作이다. 딸하서 이 述作 中에서 우리가 보아내게 되는 것은 歌謠다운 歌謠가 아니라『實在하얏든 歌謠의 想』이다. 그것도 庸劣한 日語를 거처 보아내는, 그러나 이러한 民謠集이 어찌하야 우리말 그대로 우리 아페 나타날 수 잇는가. 우리의 넷 民謠 그대로의 音響을 들을 수 업고 모래알을 깨무는 듯한 日語를 거처서야 보아낼 수밧게 업는가. 여긔에는 毋論 우리는 微微한 우리 出版界를 돌이켜 볼 수밧게 업는 것이나, 그러나 이 譯者에 잇서 果然 먼저 朝鮮社會에 뭇고자 하는 그러한 企圖와 誠意가 잇섯든가. 우리는 이 譯書의 券頭自言에 잇서 이에 對한 一言半句의 留意가 업슴에 反하야 譯著로서 저 社會에 보내기 爲한 實로 놀라울 周到한 用意를 發見하게 된 것을 섭섭히 생각하는 바이다.

第二. 金素雲 譯 『朝鮮民謠集』

前記 孫氏의 譯著에 比하야 素雲의『朝鮮民謠集』은 비록 譯書일망정 日本 民謠에 比하야 조금도 遜色 업는 그 말솜씨에 優先 雲泥의 差를 보아낼 수밧게 업다. 日本詩壇의 巨星 北原白秋로 하야금 日本詩人 中에도 이만티 能熟한 日本말의 驅使는 보기 드물다고 激讚케 하고, 드듸여 校閱의 筆勞를 앗기지 아니한 그만티 이 民謠集은 日本詩壇에 적지 안흔 注意를 끌게 크럼 하고 쪼 日本詩人들로 하야금 出版紀念會의 集會까지 열게 하얏다. 이만한 힘을 움직이며 나타난 民謠集은 우리가 다음의 童謠 民謠에서 發見하는 바와 가티 朝鮮民謠의 本質을 그리 흥냄이 업시 日本말에 對한 엿지 안흔 理解를 가지고 直譯이 아니라 朝鮮民謠의 氣品을 살리면서 移植하기를 힘썻고 쪼 그 努力이 헛되지 안헛나니, 우리는 먼저 이 譯者의 努力을 壯하다 아니 할 수 업다. 우리는 여긔에서 朝鮮民謠가 多分 支那文物의 影響을 바덧다거나 쪼는 歷代 支配者의 흔햇든 暴政으로 말미암아 日本民

謠에 比하야 보담 諷刺的이오 또 皮肉的이엇다거나 하는 論議에까지 미칠 餘裕를 가지지 못하거니와, 우리의 어린이 時節에 누구나 한번씩은 어머니 입을 거처 듯게 되는 普遍的 童謠 『파랑새』 『녹두꼿』을 譯者와 가티 읇어보자.

　　새야새야 파랑새야
　　녹두남게 안지마라
　　녹두꼿치 쩌러지면
　　청풍장사 울고간다

이 童謠를 金素雲 氏는 다음과 가티 移植하얏다. 얼마나 곱은 手法이냐!

　　鳥よ鳥よ 青鳥よ
　　綠豆の木に 降り立つな
　　ノクトの花が ホロホロ落れば
　　チョンポ賣り婆きん 泣いてゆく

　그러나 이 譯謠는 이 譯者로서는 會心의 譯의 部類에 屬할 것이 아니라 이보다도 훨신 쮜어나는 名譯이 저 各其 特殊한 光彩로서 이 民謠集을 싸고 잇다. 우리는 그 一例로서 民謠 『乳房花』를 吟味하야 보자.

　　紅い 上衣の
　　小襟の 下に
　　花が 咲いたよ
　　まろまろと。

　　花は 花でも
　　乳房の 花は
　　さまの ほかには
　　摘まされぬ。

實로 아름다운 솜씨다. 日本 野口雨情流의 民謠에 對하야 조금도 遜色되는 바 업다. 가튼 『쎄―트란드 랏셀詩集』의 譯書에 잇서 松本 君과 故 中澤臨川 譯에는 實로 天壤의 差가 잇듯이 가튼 民謠의 譯이건만, 孫晉泰 氏의 譯에 比하야 얼마나 곱은 솜씨인가! 우리는 名譯의 鼓舞을 앗기지 안노니 譯으로 이에 이르러서는 創作에 지지 안는 努力의 必要를 깨달아야 할 것이다. 우리는 우리의 잘 아는 俗謠『저건너 갈미봉에……』한 篇을 들어 素雲의 譯을 읇허보자.

見やれ　向うの
カルミク峯に
雲が湧いたよ
雨雲が―。

雨が　降るなら
蓑笠つけて
田草取りなと
はじめよか。

譯書의 著者는 現代 朝鮮詩人의 詩謠 中에서 朝鮮味를 多分히 담은 詩謠를 골라 『現代朝鮮詩人集』을 쑤미고 그 日譯을 企圖한 일이 잇섯다. 日譯의 努力事에 奔走하야 擧事 아즉 그 成就될 날을 아지 못하거니와 우리는 이 譯者에게 現代詩人集의 飜譯을 勸하고 시프니 願컨대 이 方面에 精進하야 만흔 述作으로서 이 결에의 才質의 한 部門을 代辯할지어다.

×

以上으로 우리는 前言에 企圖한 바 今年에 刊行된 詩集을 中心으로 한 詩評은 遂遂하얏다. 廣告 中에 잇는 詩集으로 梁柱東 氏의 『朝鮮의 脈搏』이 잇스나 刊行됨을 짤하 다시 붓을 들 機會에 미루는 수밧게 업다. 今年 詩壇을 槪括的으로 살피건대 一年을 通해 詩筆을 노치 안코 詩道에 精進한

詩人으로는 요한 岸曙 金大駿 素月 等이 그러하고, 前半期까지라도 詩作을 보혀준 詩人으로는 巴人 無涯 李殷相 林和 赤駒 金麗水 金昌述 黃錫禹 古月 等이 잇고, 녯 詩作만을 남긴 채 詩道에서 써나간 詩人으로는 石松 八峯 相和 露雀 吳相淳 樹州 黃雲九 方柳葉 等을 헬 수가 잇다. 그리고 今年에 드러 새로 詩道에 나슨 詩人으로는 柳雲卿 李慶洙 鄭泰崙 等을 들 수 잇다. 우리는 以上의 諸 詩人 中에 이미 詩的 感覺을 일흔 분에게는 할 수 업거니와 아즉도 詩道에 精進할 수 잇는 그러한 熱情과 感激을 늣기는 분은 모름직이 詩作을 보혀주기를 渴望하는 바이니, 無爲에서는 아무 所得도 達成도 期待할 수 업는 것으로 成敗間 꾸준히 努力함으로 因하야만이 우리는 바라고 나아가는 目標를 達成할 수 잇는 可能만에라도 슬 수 잇는 것이다. 그러나 우리는 于今 全文壇的으로 思想的 轉換의 時機 —自意識의 淸算과 아울러 오늘날 우리意識의 把握에 當面하고 잇다. 이제 正히 階級 意識과 階級的 民族意識을 두고 論戰이 열리는 狀態에 잇거니와 우리는 언제까지든지 直譯的 觀念의 『階級』에서 迂廻할 것이 아니고 相當히 消化되여 내 것이 된 方法論을 거처서 植民地를 領有한 帝國主義 宗主國民의 그 것과 政治 形態는 가젓스나 植民地를 領有치 아니 한 國民의 그것과 政治 形態도 가지지 못하고 또 植民地인 우리 겯에의 階級的 立場과가 그 本質에 잇서 어쩌한 差異 —딸해서 어쩌한 特殊의 運動理論 —에 잇는가를 究明 把握하야써 우리의 文藝理論, 우리의 運動理論을 發見하여야 할 그러한 時機에 當面하고 잇는 것만은 自他가 다 覺悟하여야 할 바인 줄 안다. 우리는 이미 이러한 問題의 究明을 거처 階級的 民族意識을 發見하얏고 또 이에는 直譯的 觀念主義者의 異論 申請을 보고 잇거니와, 이러한 宗派的 公式主義者의 意識 淸算은 正히 新春을 期하야 解決될 問題의 하나이다. 大略 于今까지의 우리 詩壇의 思想的 系流를 살피건대 民族意識系에 屬하는 詩人으로는 春園, 요한, 巴人, 無涯, 月灘 等이 그러하고, 階級意識系에 屬하는 詩人으로는 林和, 赤駒, 海剛, 昌述 等이 그러하고, 階級的 民族意識系로는 蘆風이 그러하다. 無涯는 對八峯 駁論에서 階級的 民族意識의 色彩를 씌힘

즉 하나 아즉 分明하지 못하며, 어느 系에 屬할는지 아즉 明瞭치 못한 詩
人으로는 石松, 黃錫禹 等이 잇고, 아즉도 純粹藝術의 立場에 서 잇는 詩人
으로는 岸曙, 은상, 素月 等이 그러하다. 己巳詩壇은 이러한 系流가 正히
意識 淸算에 向할 動搖를 自覺하는 가운대서 저므러간다. (꿋)

· · · ≪東亞日報≫(1929. 12. 8~15, 17~22)

己巳論壇槪觀
― 新聞紙上 論壇을 中心 ―

己巳年에 들어 朝鮮의 論壇은 前年에 比하야 좀 寂寞하엿다. 그러나 立論의 質에 잇서 向上한 것은 毋論이요, 더욱이 論爭의 對象에 잇서 正히 우리의 解決을 要求하는 問題의 核心에까지 近迫해 온 것은 慶賀할 現象이라 아니 할 수 업다. 쑌만 아니라 直譯的 觀念의 演繹으로서 朝鮮理論 가티 誤解한 公式主義 一派가 이제 正히 自意識 淸算에 몰려 眞實로 우리의 特殊性에서 朝鮮民族의 甦生에 必要한 精神的 武器의 戰取에 힘쓸 수박게 업시 된 것은 實로 再三 慶賀하지 아니치 못할 바이니, 그러함으로만이 우리의 理論은 槪念 作亂에서 써나서 正當한 實踐性을 獲得할 수 잇는 짜닭이다.

▷ · ◁

日本運動과 朝鮮運動의 特殊性을 沒覺하고 方向轉換을 云云하며 쏘는 아즉도 福本式 宗派的 分裂主義의 猿態를 버리지 못하고 朝鮮 貧賤階級의 宗主國의 푸로와의 特殊性 쏘는 工業國의 푸로와의 特殊性을 理解하지 못하며 妄動하는 末流는 問題 삼을 餘地도 업는 것이어니와 大體的으로 嚴肅한 沈默과 愼重한 思慮는 이러한 機運의 步一步 完熟하야감을 告하게 되엇다. 單純히 運動家에 잇서 그러할 쑌만 아니라 進步的 色彩를 씌인 文藝作家에 잇서 쏘는 宗敎家에 잇서 歷史學究에 잇서 敎鞭 잡은 사람에 잇서 다 그러할 수박게 업스니, 實로 各其 自己의 立場에서 遂行하여야 할 一翼的 任務의 正當한 規定과 아울러 그 把握은 오로지 朝鮮의 特殊性에서 할 수박게 업고, 그럼으로 因하야만이 朝鮮의 現實에서 可能한 實踐性을 獲得할 수 잇는 까닭이다.

▷ ·················· ◁

짜라서 우리는 固陋한 思想이나 直譯的 術語 쑤스레기를 언제까지든지 그대로 가지고 省察하려고도 아니 하고 悠然超居하야 井中의 蛙와 가튼 衿持에 生活하는 一群의 識者와 아모 理論도 업시 辱說과 惡罵로써 自袴放歌를 일로 삼는 남어지에 그實 自理論의 無根據와 無理論만을 보여주고도 自省할 줄 모르는 一群 書生을 가장 輕蔑할 수박게 업다. 要컨대 現實 現實하면서 그實 朝鮮의 現實은 그 所謂 內的 關連의 究明에서 特殊相을 把握하지 못할 뿐만 아니라 오히려 얼토당토 안흔 남의 理論을 가지고 術語의 羅列을 힘쓰는 —그 術語의 現實的 內容이 무엇인지도 省察할 能力을 가지지 못하고 —그러한 一個의 潮流로부터 朝鮮의 特殊相에서 多分의 實踐性을 獲得하자는 새로운 潮流에의 轉換은 今年 論壇의 一大 推移인 同時에 우리의 慶賀하야 마지 안는 現象이엇다.

▷ ·················· ◁

今年 論壇에 잇서 亦是 그 中樞는 文壇을 두고 하게 되는 論戰 論評이라 아니 할 수 업섯다. 그 質에 잇서 그러한 同時에 그 量에 잇서서도 亦是 그러하얏다. 그리고 展開되어온 程度에 잇서서도 쏘한 그러하다 할 수박게 업다. 此外에 唯物論을 두고 二三의 論戰과 應酬가 잇섯고, 쏘 宗敎側에서 自進하야 自意識의 淸算을 目標로 한 적지 안흔 論文이 發表된 것은 特記할 事件으로, 論이 아즉 展開되지 안엇스나 新春을 期하야 다시 論戰에까지 展開될 豫想만은 억일 수 업는 事實이라 하겟다. 宗敎論은 그 보는 바에 依하야서는 벌서 벌서 解決된 問題라고도 할 수 잇겟스나, 朝鮮에 잇서 三四百萬을 擁하고 잇는 基督敎의 指導的 立場에 잇는 사람에게서 나오

는 論인만치 우리는 그만치 重大한 意義로서 반겨야 할 論인 同時에 亦是 眞摯한 態度로서 論鋒을 돌리지 안하서는 아니 될 것이다.

　여긔에 執筆하기로 하는 이 小論은 極히 槪觀的으로 文壇 宗敎 唯物是非 其他 今年의 重要 論壇을 寸鐵的으로 批評해가며 一瞥하자는 대 잇다. 그럼으로 짜라서 그 論의 紹介와 如한 再說的 態度는 全然 取하지 안코 筆者의 評眼을 것처서 直入的 批判 그것만을 記述하기로 한다.

第一　宗敎論壇

▷··················◁

　主로 米國에서 歸朝한 博士 諸公이 基督敎의 理論을 가지고 우리의 論壇에 出馬한 것은 實로 于今까지 보기 드문 現象으로 그만치 宗敎論壇의 進步로 볼 수박게 업다. 百年如一日式으로 곰팽이 난 講說을 每樣 거듭하거나 또는 宗敎信者만이 보게 되는 宗敎雜誌에 蟄居하야 直譯的 宗敎 敎理 부스레기를 허비고 잇거나 또는 公公然하게 自己의 特說을 發表하지 안코 暗暗裡에 敎徒 前에 나서서는 懸河의 雄辯으로『朝鮮사람의 切求하야 마지 안는 것이 무엇인가』自問한 뒤에 自答하야 曰『靈魂을 살림으로 因하야 天堂에 가자는 것이로다』流의 講說을 남겨 노코 一等 寢臺만 타고 왓다갓다 하든 그러한 部類의 人物과는 天壤의 差가 잇다 생각하는 짜닭이다. 쑨만 아니라 스팔고의『社會主義와 宗敎』쯤을 讀破하고 맑스 學說 中 얼토당토 안흔 部分만 引用하야다가『基督敎와 맑스主義는 決코 相馳되지 안나니 맑스는 宗敎를 反對하지 안헛기 째문에』, 이와 가튼 立論을 하거나 또는 아즉도 科學이 發展되지 못함으로 因하야 解明되지 못한 部分을 指摘하야 神의 攝理를 云云하고, 남어지엔 不可知界의 實在를 云云하고, 쌀하서 靈魂과 神의 實在를 云云하는 實로 稚氣滿滿한 一部의 博士들에 比하야서도 우리는 雲泥의 差로서 諸公들을 보게 되나니, 諸公들은 얼마쯤이라도 朝鮮의 宗敎라는 것에 對한 理解를 가지고 그에 立據한 論을 세우고자 힘쓰는 點이 보히는 까닭이다.

▷⋯⋯⋯⋯◁

그러나 아즉도 遺憾인 것은 諸公들은 諸公들의 꾸준히 獲得한 思辨的 哲學觀을 것처서 自己 宗敎의 信仰 境地를 凝視하고 그에서 立論할 뿐으로 三四百萬의 敎徒는 現在 如何한 宗敎意識을 把握하고 잇는가? 또는 그 宗敎意識이 그 信徒의 生活에 如何한 作用을 하고 잇는가? 또는 諸公들의 論說과 基督敎의 敎理가 그 사람들에게 如何히 受容되는가? 이러한 方面에 對한 省察이 업는 것은 實로 섭섭하기 그지 업는 바이다. 엇지 그에 끈치랴. 한 거럼 더 드러가서 朝鮮에 잇서 敎權을 잡고 잇는 宣敎師의 뜻에 迎合하기만 힘쓸 것이 아니라, 그 敎權으로 因하야 朝鮮 敎徒가 마즐 수밧게 업시 되는 惡影響은 무엇이며, 또 그것은 如何한 方法으로만이 解決할 수가 잇는가? 이러한 問題 亦是 諸公의 깁히 省察할 바의 하나일 것이다.

▷⋯⋯⋯⋯◁

以上의 當然히 解決을 要하는 諸 問題에 對한 아모런 寄與가 업슴에도 不拘하고 諸公의 論은 論의 範域에 잇서서도 極히 그 根抵의 貧弱함을 말할 수밧게 업다. 또 그리고 確實히 知悉하지도 못하는 것을 云云하는 것을 發見할 수밧게 업는 것은 諸公들이 넘우나 우리의 論壇을 輕忽視하는 곳으로부터 犯하는 一種의 病態라고 볼 수밧게 업다. 一例를 들건대 諸公들의 全部가 史的 唯物論의 『史』字도 理解하지 못하고 『맑쓰』를 云云하며 唯物論者의 排除를 云云하는 것이다. 그러하니 諸公들이 哲學에 對한 蘊蓄이 얼마나 豊富한지 測量키 어렵거니와 古代 哲學에 잇서 헬라크릿 쩨모크릿 에피쿨이나 또는 羅馬의 『룩코레듀스』는 말고라도 『칸트』로부터 『후이히듸』를 것처 『헤켈』로 『훼두바타』를 것처 『맑스』까지만의 哲學 潮流의 正堂한 把握만으로서라도(其後는 그만 두고라도) 이러한 妄發은 하지 안흘 줄 밋는다.

『훼두바타』時代의·遺物인 素朴的 唯物論 —그 所謂 機械的 唯物論이나 쏘는 牛飮馬食 비슷한, 먹고 입고 마시는 以外에는 사람은 思考能力도 업고 認識能力도 업고 心的 態度도 가질 수 업는 맛티 사람을 禽獸나 土塊로 보는 것이 唯物論者의 態度 모양으로 曲解하고서 認識能力이나 思考能力이나 心的 態度를 遊離하야 이리저리 思辯을 거듭하다가 凱歌를 올리는 觀이 잇는 것은 實로 寒心할 일이라 아니 할 수 업는 것이다. 먼저 史的 唯物論의 理論을 把握하고서 唯物論을 云云하며 쏘시아리즘을 云云하라. 그리함으로만 諸公의 論은 十八世紀나 十九世紀가 아니라 二十世紀에서 하는 論이 될 수 잇슬 것이다. 쏘 朝鮮의 現實 宗敎에서 보아낸 理論을 가지고 나아오라. 그리함으로만 諸公은 米國人이나 獨逸人이 아니라 朝鮮사람으로서 하는 論이 될 수 잇슬 것이다. 이리하야 時空을 超越한 諸公의 論은 嚴然히 時間空間의 制約 미테서만이 立論다운 立論을 發見할 수 잇슬 것이다.

▷ ·················· ◁

以上의 槪觀을 것처서 우리는 宗敎論壇의 主要 論文을 살펴보자.

一. 哲學博士 金永義 氏의 論文 『基督敎와 人生觀』

物이냐? 心이냐?

物心關係의 科學的 把握으로 말미아마 觀念體系 中에 依屬될 宗敎의 地位와 그 特殊指標의 究明을 明瞭히 하는 것이 아니라 物이냐 心이냐?와 如한 中學生 作文式의 題目을 걸고 果然 論者는 무슨 舞決을 보앗는가? 統一업는 寸論 羅列을 거처서 現代 科學은 如此히 보나 基督敎에서는 如此히 본다式의 論調로서 結論에싸지 慢延하고 만 것은 이 論文 筆者의 論構의 究明의 焦點이 어듸 잇는지를 疑訝케 한다. 基督敎에서는 如此히 본다 하는 그 事實 陳列이 必要한 것이 아니라 基督敎에서는 엇재서 그러케 볼 수밧게 업는 것이며 또 科學과의 背馳點은 如何히 解決될 것인가.

▷·····················◁

더욱 物이냐? 心이냐? 肉體냐? 靈魂이냐?와 如한 벌서 論究의 對象인 人間 ―따라서 人生을 機械的으로 兩分하야 되지도 안는 心이나 靈魂으로서의 一元論을 세우려 힘쓸 것이 아니라 人間을 ―따라서 人生을 그 生成 變化 따라서 運動을 것처서 把握하고 그 現實相에서 宗敎的 要求의 根據를 明瞭히 하는 同時에 基督敎와의 關係를 究明함으로만이 엇떠한 解決이던지 寄與할 수 잇는 것이 아닌가? 대관절 人生 觀照의 基準부터 明瞭히 하라. 基督敎의 立場에서 하거든 優先 무엇보담도 基督敎的 方法論을 ―그 生成의 過程에서 于今까지의 展開를 機構한 뒤에 그 觀照 基準에서 科學을 人生을 解明하라. 그리하야서만이 物이냐? 心이냐?가 아니라 物心의 關係만이라도 把握할 수 잇슬 것이요 科學者와의 條理 잇는 論戰이라도 可能할 것이다.

于先 論의 構成에 잇서 如上의 不充分을 보히면서 그 內容에 잇서서도 基督敎에서는 이러케 본다 하는 그 基督敎가 金氏 一個人의 그것 以上을 써날 수 업는 것임은 거듭 不滿을 가지게 한다. 米國의 어느 宗派의 理論을 云爲하얏는가.『유니테리안』인가.『매소지스트』인가. 우리는 金氏 一個人의 그것이나 米國 어느 派의 그것을 要求하는 것이 아니다. 朝鮮에 實在한 基督敎의 敎理의 批判도 아니요, 朝鮮 基督敎徒의 要求하야마지 안는 그것의 代辯도 아니오, 그러냐 하면 基督敎理의 가장 發展한 새 敎理에서 試하는 그러한 態度도 아니다. 純學究的 立場을 써나지 안흘 양이면 좀더 忠實한 學究 論文의 壯重한 體系的 機構를 일치 안흘 것이오, 自家의 見識으로서 朝鮮 基督敎理를 批判한 남어지에 基督敎理로서 科學과의 調和를 힘쓸 양이면 좀더 朝鮮 基督敎理에 對한 批判的 精神의 流露와 아울러 科學에 對한 理解 把握이 잇서야 할 것이다.

▷·····················◁

實로 史的 唯物論의『史』字도 理解하지 못하고서 또는『唯物論 哲學』의

近處에도 가지 못하고서 마치 人間에게는 思考能力이나 心的 態度도 가질 수 업다 보는 것이 唯物論者 모양으로 曲解하야 心的 態度를 爲하고 人生觀을 云謂하는 것은 實로 眞摯한 學究의 取할 바 態度라 할 수 업다. 우리에게는 毋論 人生觀이 必要하다. 社會觀이 必要하다. 宇宙觀이 必要하다. 그러나 우리에게 必要한 社會 宇宙에 對한 體系的 把握은 思辯的으로 하는 小主觀의 그것이 아니라, 事實 그 自體의 存在 形式인 運動 生成을 것처서 그 內的 關連의 究明에서만이 把握할 수 잇다. 人生의 體系的 認識은 이러한 宇宙 社會에 對한 正當한 科學的 認識을 것처서 보아낸 眞理에서 價値 關係를 發見하고 그 價値의 現實에서 展開될 理想에까지 精神의 不斷的 昇揚을 것처서 끗업는 生命의 伸長을 늣기며 사라가는 人生의 生成的 把握이다. 이와가티 人生觀이란 것, 心的 態度란 것은 決코 宗教 內에서만 可能한 特殊指標도 아모 것도 아니다.

▷ · · · · · · · · · · · · · · · · · · · ◁

人間으로서 人生의 발길을 옴겨가는 사람 처놋코 비록 그 色彩는 갖지 안하고 反省 程度는 잇슬망정 人生觀 업시 사라가는 禽獸가 어듸 잇스며 土塊가 어듸 잇는가? 그리고 이러한 人生觀은 우리의 實踐世界에서 直接 또는 教養을 것처서 우리의 本能의 한 方面인 思考나 認識의 能力을 것처서 發見하는 바가 아닌가. 要컨대 宗教의 特殊 指標, 따라서 宗教의 存在理由에 對하야 좀더 深奧한 研究를 期待하고 십다. 그러나 現代에 處한 그 누구나 다 銘心하고 잇는 바이다. 今日 如何한 學問의 領域에 잇서서도 社會經濟에 對한 體系的 認識을 가지지 안코는 對象의 正當한 認識, 正當한 究明은 不可能하다. 그럼으로 우리는 金氏에게 對하야 이 方面에 對한 좀더 體系잇는 把握을 願하고 십다.

▷ · · · · · · · · · · · · · · · · · · · ◁

적어도 예수의 出現으로부터 『루터』에 이르기까지의 基督教의 行한 役割에 對한 認識, 『루터』의 宗教改革 以後 今日까지의 基督教의 基礎意識과 그 行한 役割 等에 對한 正當한 認識, 그리하야 朝鮮 基督教에 對한 考察

等을 것처서야 비로소 막다른 골목에 正面한 基督教를 正當히 理解할 수 잇슬 것이요, 여기에 이르러서야 비로소 金氏의 基督教에 對한 改革的 물길이 나오게 되던지 宗教의 存在 理由를 새로운 주초 우에 建設하게 되던지 兩斷間 明瞭한 그 무엇이 나올 수 잇슬 것이다. 그리고 하리 하야만이 그리 妄發되지 안는 論說을 하게 될 것이요, 『朝鮮人은 生産額의 增進을 爲하야 努力한다』云云과 如한 時代 觀察의 贍言을 하지 안케 될 것이다. 우리는 決코 生産 增進을 爲하야 努力하지 안는다. 우리의 生産額은 우리의 生活을 支持하고도 오히려 넉넉하건만은 階級關係로부터 이러나는 分配의 不公平으로 因하야 우리 生活이 말할 수 업는 境地에 써(*썰)어저감으로 그 不公平의 撤廢를 爲하야 努力하는 것이다. 每年 七八百萬石의 朝鮮米가 日本으로 輸出되면서도 우리들은 貧寒에 울고 잇는 것이 안닌가. 이러한 論說로서 數百萬 教徒 압해서 하게 되는 論說의 危險性이란 참으로 慨嘆할 바이라 아니 할 수 업다. 願컨댄 좀더 무게 잇는 述作을 生産하야 數百萬 教徒의 嚮路를 발켜줄지어다.

▷ ⋯⋯⋯⋯⋯⋯ ◁

우리는 이와 가티 金永義 氏에게 將來의 精進을 期待하야 마지 안흐면서도 오히려 다시 한 不滿을 보일 수밧게 업다. 그것은 金永義 氏의 如上의 論文의 結論에 잇서 傳來의 宗教論客의 그것 以上 아모른 새론 意義도 發見할 수 업는 까닭이다. 金公은 決局 이러케 외여 치고 말엇다. 『超自我的 理想的 神의 扶助』, 그리하야 金公은 心이냐? 物이냐?의 解決에 잇서 結局은 아모 解決도 짓지 못 하얏슬 쑨만 아니라, 心도 아니요 物도 아닌 金氏의 神의 世界, 金氏의 恒常 扶助를 願하야 마지 안는 超自我의 世界, 짤하서 金氏의 小心境에 다시 도라가고 말엇다. 그리하야 그가 云爲한 科學이니 經濟이니 하든 모든 것은 決局 金氏의 小心境에다 『파노라마』式으로 조금식 加味 ─그야말로 理由 업는 加味에 不過하얏고 그럼으로 짤하서 그의 우리에게 보혀준 基督教的 人生觀은 思辯的 槪念 ── 一種의 幻想的 要求인 超自我的 神의 扶助라는 곳에 써러지고 말엇다. 그리하야 宗教의 現

世性 此(*彼)岸性보담도 彼岸性 行爲의 世界보담도 無爲 冥想 煩憫의 世界, 眞理의 불길을 들고 거리로 쮜여나온 原始 예수의 實踐的 宗敎보담도 十字架의 熱血보담도 姑息 哀願, 小倫安의 境地에서 다만 神의 扶助를 念願하는 그러한 幻想的 心境에 幽閉하는 性質의 宗敎라 할 수밧게 업다. 그 宗敎의 氣品은 大乘的 氣槪를 가진 그러한 것도 아니요, 그 扶助를 비는(*언론 검열로 10자 정도 삭제됨).

▷·····················◁

그럼으로 形式은 갓지 안흘망정 마티 小乘 僧侶衆이 징이나 꾕막기를 울리며 佛供 扶助를 비는 念佛이나 經을 외오듯이, 毋論 中世紀의 墮落된 基督敎에서 하든 모양으로 免罪符의 賣買로서 그러한 形式으로 아는 그것과는 갓지 아니 하나마 칼빈 루터의 潮流에 屬할 一種의 個人主義的 그것임에는 버서날 수 업다.

果然 이러한 神의 扶助, 超自然的 神의 扶助를 妄想하고 잇슴으로서 朝鮮 敎徒들이 當面한 今日의 社會 情景에서 自己 自身을 잘 산(*살)릴 수 잇는 그야말로 理想的 生活을 圖謀할 수 잇는 宏壯한 人生觀을 把握할 수가 잇슬가. 오히려 그와도 正反對로 超自我的 理想的 神의 扶助라는 孟浪한 信仰으로 말미암아 그들 宗敎家들이 흔히 主張하는 우리는 이 世上을 爲하야 사는 사람이 되게 하지 말고 하나님을 爲하야 살게 하야 달라는 그러한 標語를 一層 强調하야 드듸여 敎徒의 現實生活에서 活氣와 熱情을 去勢하고 科學의 世界와는 등진 愚昧한 中世紀의 暗黑世界로 쓰을고 가는 그러한 影響을 주는 것이 아니 된다 할가. 우리는 이 以上 追究하기를 避하거니와 金永義 氏의 愼重한 考慮를 勸하고 십다. 萬一 公들이 우리는 靈의 王國의 使徒는 될지언정 이 社會의 使徒는 아니라 한다 할진댄 부즈럽시 公들과 論議를 가티할 必要를 늣기지 안커니와 적어도 社會的 宗敎의 正當한 機能의 規定을 爲하야 努力할 意義와 任務를 늣기고 잇슬진댄 한 거름 더 나아가 如上의 우리의 論鋒을 熟考하야 보기를 바라는 바이다.

二. 韓稚振 氏의『善惡』과『個我의 解放論』

韓稚振 氏의 論文『善惡』은 文責記者의 卷頭 解明이 奇拔함으로 一層 興味를 가지고 通讀하야 보앗다. 그러나『倫理學的 研究』라는 宏壯한 傍題를 달고 나온 이 論文은 實로 模糊한 思辨 以上 아모 意義도 發見하지 못한 것은 퍽 섭섭하엿다. 마티 女學校 生徒들에게 修身齊家를 試하는 그러한 種類의 博識, 그實 善惡의 社會 倫理學的 研究에 對한 淺薄한 理解도 把握하지 못한 論文, 執筆者의 意識論은 個人主義的 이데올로기를 쩌나지 못한 그것이엇다.

▷ ⋯⋯⋯⋯⋯ ◁

善惡의 生成 運動 變遷 —딸라서 그 社會的 機能, 社會 勞動過程에 잇서서의 善惡의 作用, 生産方法과 善惡 觀念의 變遷, 善惡 對立의 社會的 意義, 社會의 利害와 個人의 利害와의 關係와 善惡의 關係 等等 必要한 解明 하나도 힘쓰지 못하얏슬 쑌만 아니라 오늘날 朝鮮의 特殊現實에서 發見하게 되는 善惡觀과 밋 그 具象的 基礎를 社會關係를 것처서 解明함과 如한 우리에게 切實히 必要한 知識은 하나도 解決하야 주지 못한 것은 毋論이요, 조고마한 痕迹만이라도 보여주지도 못하얏다.『善惡』에 對하야서는 多言을 費할 意義을 發見치 못하거니와 그 後의 韓公의 論文, 偉大한『個體의 解放論』은 우리에게 만흔 刺戟을 아니 줄 수 업다.

▷ ⋯⋯⋯⋯⋯ ◁

이 筆者의 主張하는『解放』은 韓公의 言을 빌리건댄『새로 發見된 個我 中心의 宇宙觀 —누구의 손에서 엇더한 새로운 意義를 가지고 發見된 것인지, 實로 奇拔한 解放論이거니와 —이다. 그리고『獨異的 個體化』는 宇宙 進化의 趨勢로서 生命의 具體化를 이르는 것으로 具體化하야 가는 理由는 『活動을 爲主하는 生命이 有力하게 表現하고자 하기 째문』이요,『具體化한 個體는 外界的 影響』을 밧지 안흘 쑌 아니라 또『주지도 아니 하는 單純 한 自立的 發現力』이라 하엿다. 이것만으로 보드래도 韓公의 解放論이란 것이 엇더한 性質을 가진 實로 偉大한 解放論인지를 짐작하게 한다. 그리하야 韓公은 無空無土의 그야말로 眞空中에다 한 포기 樹木을 잡어너코 그의 盛衰凋落은 오로지 그 樹木의 自力의 機能으로서 外界의 影響을 밧지 안코 쏘 주지도 안는다고 主張할 수박게 업다. 土地의 肥育으로 因한 成長 枯衰와 巨樹의 陰影 下에 해볏에 줄여 凋死하는 草木은 決코 外界의 影響인 것이 아니라 實은 그 草木의 生命力이 그뿐인 타시라 할 수박게 업다. 그리하야 이러한 論法을 옴겨서 보건댄 한 사람의 榮枯盛衰나 한 결에의 그것은 社會나 世界 쏘는 自然의 影響을 밧지도 안커니와 쏘 그의 影響을 社會나 世界나 自然에게 주지도 안는 것이다.

그리하야 이러한 個體化 ─獨異的 個體化는 우리 人類의 自然과 社會環境에 對하야 必要하게 될 수박게 업는 適應과 다시 우리의 生活을 爲하야 自然이나 社會를 變革할 要求에 돌릴 수박게 업는 嚴然한 現實에 立脚한 現代思潮 ─社會進化의 趨勢에 對한 無謀한 一小反動이건만 韓公에게는 宇宙進化의 趨勢로 보히는 것이다. 그럼으로 짜라서 이러한 韓氏의 所論은 如上의 現實的 存在인 社會人에게 잇서서는 超現實的 解放으로밧게 一種의 觀念的 幻想의 그것으로박게 보히지 안는 것이다. 實로 우리에게 社會進化를 遂行하는 個人主義的 低迷의 한 表現으로 宇宙 趨勢 顚倒의 思辨的 忘想인 同時에 그 所謂 全體 社會에서 아모런 影響을 밧지도 안코 쏘 주지도 못하는 個人의 『獨異的 個體化』 ─ 一種의 미이라的 存在라는 것은 『活動을 爲主하는 生命』을 有力하게 表現하기는커녕 極히 無力한 『隱遁者』로서 現實社會에서는 쓸 곳 업는 寄生虫的 存在를 免키 어려운 것이다. 그러컨만 韓稚振 氏는 그 結論에서 實로 破天荒的 斷案을 나려 가로대

▷ ···················· ◁

이러한 個我를 自覺하는 데서 비로소 『個我의 處世術』이 發生한다고. 그리하야 韓氏의 偉大한 解放論은 結局 處世의 術數라는 巧妙한 打算的 黑桂를 發明하고 말앗다. 『獨異的 個我』를 表現하고자 하게 되는 處世術! 얼마나 훌륭한 發明이냐. 全體 社會의 幸福을 爲하야 쏘는 民族 社會의 福利를

爲하야 그 社會의 一員으로서 少數 財閥의 그야말로 個我 中心的 惡辣한 行動에 抗하야 남은 全體 社會를 中心으로 한 社會 成員 全般의 幸福의 實現을 바라고 實로 勘當하기 어려운 苦難을 甘受하고 잇는 이 時代에『個我의 解放』이니『處世術』이니 마티 佛蘭西革命 以前의 第三階級이든 今日의 資本階級이 封建貴族 其他 特權閥의 小數 個我의 壓迫에 견듸지 못하야 드듸어 革命의 불길을 들은 그러한 十八世紀的『解放論』을 들고 二十世紀에 들어 벌서 三十年을 맛게 된 今日 더구나 朝鮮과 가튼 特殊 現實에 直面한 社會에 나온다는 것은 韓氏의 偉大한 □□과 勇斷이 아니고서는 敢行하기 어려운 일이다. 이러한 韓氏의『解放論』은 그 偉大한 驚異的 一大 文字의 結論을 짓기 爲하야 實로 莊重한 絶叫 ―世紀的 發見의 感激에 넘친 그것으로서 다음과 가티 치고 말엇다.『個我의 地位는 實로 興味의 焦點이요, 宇宙의 中心이다. 萬事는 이 自展的 個我(影響을 밧지도 안코 주지도 안는 自展)을 싸고 돈다』고 中世紀의 地球中心說, 天動說보다도 數世紀를 退步한 이 個體의 宇宙中心說, 애담 스미쓰 前後의 資本主義 黎明期에 잇서서 資本制 社會組織의 根本思想이든 個人主義의 一小末流는 이제 自展的 個我라는 탈을 쓰고 낫타난 것이라 볼 수밧게 업는 自展的 個我의 宇宙中心說, 飢餓에 當面한 大多數 階級의 ―生存權의 保障이 업시 그에게는 艱難과 幸苦의 自展的 個我가 宇宙의 中心이 아니라 社會의 黑窟 속에서 號泣하는 ―非生活的 生存 威脅을 地盤으로 하야만이 小數 富裕階級의 獨異한 個我 中心的 享樂이 可能한, 그러한 部類에게 잇서서는 果然 萬事는 自展的 個我의 焦點을 싸고 돌 것이요, 宇宙 中心的 衿持를 늣길 수 잇슬 것이다. 그리하야 彼階級의 饑餓 艱難 悲痛 迫害 反撥 不平 不義의 獨異이 自展的 個我 ―宇宙의 中心도 個我의 焦點도 아모 것도 아니다 ―임에 反하야 此階級의 享樂 安逸 滿足 活潑 等等의 獨異한 自展的 個我와는 얼마나 동쩌러진 그야말로 氷炭不相容의 對照的 自我인가.

◇

이러한 스미쓰氏 前後 個人主義의 가장 香기롭지 못한 部分만 繼承함즉 보히는 有害無益한 論文 『個我의 解放論』을 들고서 韓氏는 『이것이 새로 發見된 個我 中心的 宇宙觀이다』라고 한다. 實로 寒心하기 그지 업는 일인 同時에 朝鮮의 學究로서 이만티 無反省한 이만티 朝鮮을 理解하지 못한 또한 이만티 世界 學界의 思想的 潮流에 沒關心한 분은 드물다고 볼 수밧게 업다. 우리는 特殊現實에 立脚한 朝鮮民族의 一員이다. 우리의 特殊 現實은 하늘에서 쩌러진 것도 아니요, 突發的으로 쌍에서 솟은 것도 아니다. 嚴然히 現代라는 時間의 줄에 억매어 잇는 同時에 또한 朝鮮이라는 地域에서 實感하고 잇다.

이러한 時空의 制約 下에 우리가 맛고 잇는 現實의 情態는 公들 海外에 가서 有益한 知識을 把握하고 도라온 進步的 知識層을 除하고 그 누가 잘 究明하며 그 누가 잘 解明하야써 이 결에의 甦生에 必要한 精神的 武器를 提供할 것이며, 이 결에의 힘이 되고 生命의 불길이 될 수 잇슬가! 우리는 海外에 가서 數年間 或은 十數年間 異域苦海의 辛酸艱難을 달게 밧고, 갓지 아니한 民族 사히에 서서 或은 우리의 特殊現實에서 오는 恥辱을 或은 民族的 輕蔑을 或은 懸欄한 그들의 文化를 或은 저들의 豪華로운 生活을 늣기고 보고 或은 웃고 或은 눈물 지을 째에, 우리의 丹心에 恒常 흘으든 情緖와 抱負는 무엇이엇든가. 自己의 力量 잇는 대로 事情의 許하는 대로 自己의 힘것 이 民族 社會의 甦生을 爲하야 有意義한 努力을 앗기지 안켓다는 恒心이 잇슬 줄 안다.

▷ ·················· ◁

그러커늘 이제 이 民族 社會의 渴求하는 述作을 生産할 그러한 關心과는 實로 正反對되는 오히려 害毒을 끼칠 그러한 思想의 論文이나 또는 저 社會에 必要함즉한 이 社會에서는 別 意義 업는 飜譯物과 如한 述作으로서 보히는 것은 實로 反省할 態度라 아니 할 수도 업다.

今般 韓公의 論題 『善惡』 『個我의 解放論』은 우리 社會에 잇서 解決을 要하는 論題의 重要 部分임에도 不拘하고 우리 民族 社會의 一員으로서 民族 社會의 立脚地를 反省하지 못함으로 말미암아 우리의 理論이 되지 못하고

오히려 正反對의 現象으로서 맛게 된 것은 遺憾千萬이라 아니 할 수 업다. 願컨대 먼저 우리의 오늘날 意識인 階級的 民族意識을 把握하라. 그리하야 朝鮮의 現實을 살피라. 그럼으로 因하야만이 韓公의 말한 『獨異性』을 일치 안는 一大 論文의 發生을 볼 수 잇슬 것이다. 더욱 自重하야 精進하기만 付託하야 둔다.

三. 文鐘錫 氏의 『宗敎的 要求』

知友 文鐘錫 君이 北海道 트라피스트에서 한동안 敎役의 생활을 營爲한 經驗을 가진 그만티 이 論文은 文鐘錫 君에게 잇서서는 實로 信仰의 結實을 意味하는 것이다. 우리는 이러한 興味를 가지고 文君의 處女論文 그 所謂 『生의 最高理想으로서 宗敎的 要求』를 讀破하얏다. 그러나 트라피스트에서 쮜어나온 文君의 思想은 그實 아직도 修道院 한 귀퉁이에서 中世紀的 夢想에 耽溺하고 잇다는 것을 發見하얏슬 째에 甚히 不快하얏다. 日本 塚古川은 일즉 이러한 말을 한 일이 잇섯다. 『幼時에 純潔한 크리스챤 出身으로서 於今에 이르러 熱烈한 社會運動家가 만흔 것은 實로 單純한 理由로부터 由因한 것이다. 卽 어린이 째에 正義와 殉情을 「처치」에서 길는 사람은 한 사람으로의 理論에 覺醒할 째엔 반다시 이 社會를 爲하야 일하는 사람이 되고 십흔 것이다. 우리는 크리스챤 되는 것을 납브다 안커니와 早速히 크리스챤 生活을 卒業하여야 된다는 것만은 니저서는 안될 일이다』. 이 말은 우리가 다시 文君에게 보낼 수밧게 업다.

▷ ······················ ◁

文鐘錫 君의 論文을 一言으로 總觀하면 生의 最高理想인 宗敎的 要求는 統一的 人生觀의 歸依에 잇다는 것이다. 이러한 結論을 生産하기까지에 文君은 或은 慈愛哲學을 或은 宗敎的 要求에 돌릴 수밧게 업는 人生懷疑群을 病者群을 不具者群을 或은 쯔 쌍을 要求하는 現代 貧賤階級 等等을 登場식

혓다. 그리하야 現代 宗敎論客의 常套 手法인 『배 곱흔 者에게는 果然 쌍이 要求되지만 사람은 쌍만으(*'로' 탈자) 살아갈 수 업다』. 이가튼 根本命題는 亦是 文君의 論文에 잇서서도 主演의 자리를 차지할 수밧게 업섯다. 그리하야 그는 羅列해 노흔 觀念群 中에서 가장 偉大한 『統一的 人生觀』을 飛躍하야 『歸依』로서 宣言하고 드듸어 『生의 最高理想』으로 敬拜하는 것이다. 그럼으로 짤하서 맑스의 宗敎論이나 史的 唯物論에 對한 實로 아모 理由 업는 默殺을 明言하기까지에 니를 수밧게 업섯다. 이러한 非學究的 態度는 暫間 뒤 機會로 保留하야 두고서라도 果然 文君의 言明과 如히 우리에게 잇서서는 統一的 人生觀의 把握이 必要하다. 人生 社會 自然에 對한 非常히 展開하야온 科學을 基盤(*'으' 탈자)으로 한 그것의 把握한 實로 우리에게 잇서서 絶對의 意義를 가지는 것이다. 쑨만 아니라 嚴然한 具象的 基礎를 거처 把握된 統一的 人生理想 —人生觀 社會觀 乃至 自然觀을 信念하고 確乎한 信念으로서 科學의 提示하는 嚮路를 짜라 突進하는 것은 極히 必要한 것이다.

그러고 이러한 우리의 態度는 우리의 任務와 實踐性을 賦與하는 根本的 □火의 하나로서 思辨哲學이나 쏘는 盲目的 信仰世界에 昏醉하는 그러한 淺薄한 根性의 信徒와는 毋論 가틀 수 업는 것으로 우리에게는 科學의 地盤에서 發見한 野蠻性의 正確한 追放으로 말미암아 實踐性을 □起캐 하는 信仰에까지 니를 수밧게 업는 것이다. 그럼으로 우리에게 必要한 人生觀은 毋論 새로운 事實 새로운 □□의 □□으로 말미암아 變遷□□의 □□□□에 쏘 多分히 實踐的 意義를 가진 그것일 수박게 업다. 卽 嚴然히 時□의 制約下에 必要되는 □□다. 아울러 그 □□을 實踐하는 것으로 文君의 無理한 思辨的 □□이나 □□ 쏘는 □□을 □□하는 人生觀 —그 實踐的 理想의 世界觀과는 正反對의 □□에서 잇는 것이다. 이와 가티 우리에게는 엇재서 오늘날 社會는 永遠性을 가진 그것이 못되는가. 오늘날 우리가 意識한 이러한 困境은 如何히 함으로만니 버서날 수 잇는가? 오는 社會는 엇더한 社會인가. 우리는 엇더한 任務를 다 하야야 하는가. 이와 가

튼 實際□□을 거처서 우리는 우리 人生觀을 보아내고 잇다. 그러나 文君
의 그 所謂『生의 最高理想』인 人生觀은 如何한 實踐的 地盤을 가진 것인
가. 君의 規定한『最高理想』의 運動이 우리의 實際社會 實際人生에 잇서 如
何한 作用 反作用을 하는가? 우리에게 잇서서는『運動 업는』『最高理想』은
한 妄想이요, 實際人生에 寄與 업는 妄想은 夢幻 以上의 價値를 容許할 수
업는 것이다. 君의『最高理想』은 實로 우리 보기에는 君의 個人的 小心境
에 沈溺하는『最小理想』이니 朝鮮 사람의 거의 全部가『生의 最低理想』으
로서의『生存의 要求』를 渴求하야 마지 안는 이째에 —그『生存의 要求』
가 이제『生의 最低理想』에서만 低廻하는 그러한 時節과도 달리 實로『生
의 最高理想』으로 昇揚하는 今日에 잇서 君의『生의 最高理想』으로서의
『宗敎的 要求』야 말로 破天荒의 時代 逆行的 要求라 아니 할 수 업는 것이
다.

▷ ⋯⋯⋯⋯⋯⋯⋯⋯ ◁

文君 우리가 在日本時代에『死線な越えて』와 가튼 얼마쯤 進步的인 基督
者 賀川□彦의 小人道主義에 立脚한 小說類의 飜譯을 가지고 朝鮮에 도라
와 演劇 行脚을 꾀하든, 그리하야『오오 太陽! 오오 太陽』을 絶叫하든 그
러한 時代도 벌서 녯날이다. 우리는 直面한 今日 朝鮮의 現實을 正視하야
우리의 甦生의 指標가 될 意識을 把握하고 各自 枝□에 屬한 有爲한 活動
을 힘써야 할 그러한 境遇에 몰려 잇다. 그러커늘 文君의 處女論文은 우리
에게 實로 豫想치 아는 失望의 不快를 던저주고 말엇다. 더욱 人生社會의
現實態와 그 由來에 對한 究明의 基礎理論인 史的 唯物論과 맑스의 理論을
一言半句의 理論 업시 그저 沒却하고 文君의 亂雜한 觀念 쑤스러기의 羅列
을 힘쓰고 만 것은 人生社會의 體系에 잇서 宗敎的 要求의 依據할 該當한
地位의 發見도 □□치 못하게 한 것으로 論의 □□에 잇서 벌서 큰 失態
를 저즐른 것이라 아니 할 수 업다.

▷ ⋯⋯⋯⋯⋯⋯⋯⋯ ◁

우리는 文君에게 以上의 苦言을 보내지 안커니와 文君 스스로 만흔 覺

醒으로써 새로운 理論 把握에 邁進하기만 期待하야 둔다. 萬一 眞實로 君에게 잇서 史的 唯物論이나 맑스學說의 宗敎理論에 잇서 不滿을 가젓슬진댄 堂堂히 □□的 論究를 가지고 나아오라. 그러면 嚴然한 學究的 論□으로서 우리의 當面한 重要 問題의 하나에 對한 黑白으로 말미암아 우리 論壇에 적지 안흔 寄與를 펼치게 될 것이어니와 그러하지 못하고서 理由 업는 □言을 發하는 것은 學究의 取할 態度가 아니다.

▷ ·················· ◁

以上 外에 月刊雜誌 『眞生』 『學海』, 週刊誌 『基督申報』 等에는 宗敎人의 對社會的 論文이 적지 안타. 特히 蔡弼近 氏, 金復主 金俊星 諸氏의 論文은 批判의 必要를 늣기는 바이나 모다 後期에 미룬다. 特히 方今 基督申報에 揭載中에 잇는 蔡弼近 氏의 論文은 史的 唯物論에 對한 正當히 認識을 把握하고자 힘쓰는 實踐을 보히는 論文으로 우리의 注意하고 잇는 바로서 亦是 뒷날 機會에 評筆을 들기로 한다. 以上의 宗敎篇의 論文이 新聞紙上에 出現하는대 잇서 文袁泰 君은 『唯物論과 宗敎의 批判』이라는 論題로서 史的 唯物論의 立脚地에서 金永義 氏의 論文에 對한 論駁을 試한 것은 近者의 事로서 文君의 努力에 對하야 우리의 慶賀하야 마지 안는 바이다. 쏘 『現代 宗敎의 社會的 性質에 對한 一考察』이란 題下에 金泰龍 君이 亦是 맑키스트의 立場에서 宗敎批判을 紹介하는 中에 잇는 것은 그 動機가 文鐘錫 君 其他 宗敎論者의 그릇된 論說에서 刺戟된 바 잇서 試하는 論文인 만티 우리는 論者의 努力을 壯하다 아니 할 수 업다. 우리도 新春에 『맑키스트의 宗敎意識』이란 題下에 中外日報 紙上에 史的 唯物論의 立脚地에서 하는 宗敎理論의 究明을 힘쓴 바 잇섯슴으로 諸公의 論이 우리의 論과 重疊하는 바 잇슴을 늣기지 안는 것은 아니나, 그러나 우리에게는 아직도 固陋한 中世紀的 宗敎思想을 把握하고 實로 變切할 □□를 試하고 잇는 數十의 敎役者의 存在와 同路에 헤매는 四五百萬 敎徒의 存在을 決코 □□□하야서는 아니 되는 同時에 □□의 意識 淸算과 克服으로 말미암아 科學的 社會觀 乃至 人生觀을 把握케 함으로 因하야 正當한 嚮路로의 引導를 니저서는

아니 될 것으로 오로지 諸君이나 우리의 맛당히 힘써야 할 바인 줄 안다.

▷ ···················· ◁

　그럼으로 宗敎問題와 如한 우리에게 잇서서는 이미 解決된 問題에 對하야서도 우리는 이러한 客觀的 要求에 照應하야 꾸준한 筆鋒으로서 努力하지 안허서는 아니 된다. 우리는 方今 單子的 個我主義라는 傍題를 부친 『進化上의 個我의 地位』라는 韓稚振 氏의 論文의 出現을 보고 잇다. 이 論文은 그 「머리말」에서부터 不靜□한 『□壇無視』와 『□□□□』한 態度로 하야 나오는 것으로 韓公의 말대로 옴기건댄 韓公의 主張하는 『積極的 個人主義』의 思想은 『누구나 人生 生活에 對하야 조금이라도 硏究함이 잇는 讀者에는 破天荒的 驚愕을 奮起케 할 것을 □想하고 잇다』. 그리고 『누구든지 理解하는 째에는 以前에 『코페니커쓰』의 地動說 發見 以上으로 重要하고 革新的인 것을 알 것이다』라고 實로 黃錫(*‘禹’ 탈락된 듯)君의 □詩□ 發刊에 잇서 廣告의 術策으로 쓴 『世界的 作品』『群星 中의 太陽』以上의 自論文 禮讚으로서 讀者 아페 나타난 이 論文이 果然 엇더한 種類의 卓論인가. 우리는 讀者와 가티 耽讀하야써 批判의 붓을 게을리 안할 것을 明言하야 둔다.

▷ ···················· ◁

　씃트로 筆者는 讀者의 理解를 求할 수밧게 업는 것을 퍽 遺憾으로 생각한다. 그것은 筆者는 文藝論壇 社會論壇 其他 論壇을 全體的으로 批判하자는 그러한 準備와 企圖 아래서 붓을 들엇섯다. 그러나 아모리 寸評的으로 나간다 하야도 三十餘回에 直하여야 씃이 날 豫想을 가지게 될 째에 나 스스로도 몟날 아니 남은 己巳年을 생각 아니 할 수 업시 되엿다. 그럼으로 不得已 이 論文은 最初의 豫圖를 變更하야 『己巳宗敎論壇攝獵』으로 □를 고치는 同時에 이것으로 씃을 막고 來年부터 稿를 다시 하야 우리의 □□를 遂行하기로 한다.

· · · ≪朝鮮日報≫(1929. 12. 21, 24~27, 30~31)

文壇의 回顧展望
- 己巳로부터 庚午에 -

　己巳年에 들어 文藝理論은 實로 例年에 比하야 만흔 展開를 보게 되엇다. 그 數에 잇서서 그런 것이 아니라 그 質에 잇서서 더욱 그러한 늣김을 가지게 한다. 아모리 그 理論이 다른 社會에 잇서 큰 勢力을 가지고 잇고 쏘 史的 唯物論者의 藝術論에서 흔이 發見할 수 잇는 것이라 할지라도 우리는 그러한 理由로서 그 文藝理論을 容許할 何等의 義務를 가진 者가 아니다. 우리는 우리의 把握한 史的 唯物論과 밋 그 方法論에서 存在하는 쏘는 存在할 수밧게 업는 文藝理論을 批判하야써 우리의 文藝理論의 正當한 規定을 나리고 그 規定의 現實性으로 말미암아 우리의 文藝生産에 삼은 指針으로서의 機能을 發揮할 수 잇는 그러한 文藝理論쑨이 存在의 權利를 가젓기 때문이다. 己巳年에 잇서 存在하얏든 文藝理論이 다시 吟味될 수밧게 업게 된 直接의 誘因은 八峯의 諸 論文이라 아니 할 수 업다. 寫實問題 是非가 亦是 그러하얏고 쏘 根本意識 問題 論議가 쏘한 그러하얏다. 그러나 그 素因은 文藝形式 否認 以後 正當한 史的 唯物論의 立脚地에서 諸 文藝理論의 樹立을 꾀 재지 못하고 거듭 失敗를 저즐은 프로派 論客의 不振에 돌릴 수밧게 업다. 毋論 우리는 『푸로레』派의 諸公이 演한 過去의 業蹟에 對하여 正當한 評價로서 보는 자이니 草創期에 잇서서의 諸公의 貴重한

活動에 對하야서는 敬意를 表하야 마지 안는 자이다. 그러나 그러면서도 우리가 諸公의 論의 修正을 쬐하야 마지 안는 것은 우리 理論의 展開的 意義로부터 要求되는 不可避의 事인 까닭이다.

再三 우리의 主張하야 마지 안는 바이엇스나 己巳年에 들어 文藝理論의 歸趣는 大略 두 가지 方向에 잇다. 그 하나는 남의 理論에서 우리 理論으로에 卽 直譯的 公式的 潮流에서 朝鮮 特殊現實에 立脚한 朝鮮理論에의 展開요 또 하나는 排擊排擊의 宗派的 傾向에서 그 分烈性의 淸算으로 말미암아 못조록 獲得 合流로에 意識的 努力을 힘쓰자는 말하자면 共同의 目的을 達成키 爲한 協同 提携의 科學的 省察이 切實히 必要하게 되어 왓다. 이러한 두 가지 傾向은 비록 己巳年에서 그가 조고마한 불길을 보엿스나 庚午年에 잇서 한결 現實化할 可能性을 가지고 잇는 問題들이다.

우리는 己巳文壇에 잇서 以上의 傾向을 보아내면서 論議된 大略 三四의 中心問題를 아니 들 수 업다. 根本意識 問題 卽 階級意識, 民族意識, 階級的 民族意識에 關한 問題, 文藝制作에 關한 問題 卽 寫實主義 其他, 形式과 內容에 關한 問題, 卽 內容決定論, 相互規範論 其他 問題 等이 그것이다. 우리는 如上의 諸 問題에 對한 簡單한 回顧와 批判 아울러 展望으로 말미암아 庚午年의 새로운 活躍을 期待하면서 이 붓대를 든다.

第一. 文藝制作에 關한 問題

己巳年에 잇서 文壇文藝에 關한 論評 論戰 論作 中, 大筆特書하여야 할 論文의 하나는 二月頃에 發表된 金基鎭 氏의 『辨證的 寫實主義』(東亞日報)이다. 이 論文이 出現하기 以前까지의 朝鮮의 文壇은 內容과 形式 問題를 두고 可謂 三派 鼎立中에 잇섯스니, 푸로레타리아 一派의 內容至上主義와 旣

成 文壇人 一派의 藝術至上主義가 對立되엇섯고, 그의 內容과 形式의 調和를 꾀하자는 折衷主義가 쏘한 別派를 이루워 論戰의 應酬가 相當히 頻繁한 뒤에 藝術至上主義는 그 行蹟을 감출 수밧에 업시 되고, 折衷主義 亦是 無氣力한 存在만을 維持하얏슬 뿐으로 푸로레타리아 一派의 內容至上主義가 評論에 잇서서는 巨大한 勢力을 차지하얏섯다. 그러나 그는 評論上의 傾向이엇고 文藝制作에 잇서서는 그 由因하는 바 動機가 創作力量의 缺乏이오 或은 社會情勢에 依한 그의 不充分한 發揮의 兩者 其一이엇스나 失敗된 制作의 生産이 흔하얏든 것은 事實이엇다. 이리하야 一時 排擊되었든 그 所謂 表現의 問題 技術의 問題는 다시 푸로레派 自體 中에서 動議될 수밧게 업섯고, 이러한 動議의 擡頭로 가장 그 宜를 어더 組織的 斷案을 보게 된 것이 八峯의 「辨證的 寫實主義」이엇다. 그럼으로 八峯의 「辨證的 寫實主義」는 極度로 滋味味 업는 形勢에 反應하기 爲하야 極度로 滋味 업는 形勢의 究明과 그에서 發見되는 原因에 對한 適應에서 要求되는 『덩어리의 힘』과 『우리의 文學의 製造 方式』을 規定함으로 말미암아 『연장으로서의 文學』의 作用 熱度를 수그리자는 것이다. 그리고 如上의 論의 領域에서 八峯의 힘쓴바 規定과 아울러 七八의 原則的 個條 書式規定을 거처서 보아내는 根本意識은 要컨댄 辨證的 意識을 거처서 ─딸해서 階級關係를 일치 말고 事實의 『眞』을 措寫 表現하자는 데 잇섯다.

　이 『辨證的 寫實主義』의 出現에 對하야 折衷主義的 立場에 잇든 梁柱東氏는 『科學萬能主義나 實證主義나 資本主義 等이 文藝上의 主義가 아니오 文藝的으로 樣式化한 寫實主義가 비로소 文藝上의 主義가 되엇다 하야 우리는 먼저 이 大體的 原理原則의 正當함을 承認하고 그것을 修正할 必要는 잇슬지언정 根本的으로 論駁할 何等의 理由를 가지지 못한다』하야 讚意를 表하얏고(文藝上의 內容과 形式問題 ─文藝公論), 廉想涉 氏는 『討究批判 三題』에 잇서 大略 反對의 意見을 陳開하야 反駁한 觀이 不無하얏스나 그러나 『文學上의 集團意識과 個人意識』(文藝公論)에서 文藝思潮의 어쩌한 流派를 莫論하고 우리는 『리아리즘』을 노코는 다시 手段이 업다. 生活의 眞을 거

리씸 업시 속임 업시 表現하는 것이 文藝道의 永遠한 鐵則이라 할진대 우리는 여긔에 리아리즘의 굿건한 土臺를 가질 것이다. 그러나 眞은 作家의 눈을 通하야 본 眞이다」이리하야 結局 廉想涉 氏도 八峯은 肯定하고 말았다 할 수 잇다. 그러나 廉想涉 氏의『리아리즘』은 八峯의 寫實主義와는『辨證的』이 부튼 그만치 꼭 갓다고는 보기 어렵다. 이리하야 作家에게 잇서 試驗을 거듭함으로 말미암아 맛는 그 結果에 쌀하 修正되어야 할 八峯의 一個 草稿는 文藝家의 一大 注目을 쯔을고 말앗다.

그러나 우리는 如上의 無涯의 肯定과 橫步의『다시 手段이 업다』는 讚辭에도 不拘하고 八峯의 草稿는 八峯의 言明과 가티 一個의 草稿, 八峯의『作家에게 잇서 試驗을 거듭함으로 말미암아 맛는 그 結果에 쌀하 修正되어야 할』草稿가 아니라 文藝作家의 參考꺼리로 보아둘 草稿로서 修正될 性質을 가지지 아니 한 그것으로 볼 수밧게 업다. 어찌서 그러냐 하면 이 草稿는 現實味를 가지지 못한 까닭이다. 現實味를 가지지 못하얏슴으로 實踐될 수 업는 곳에 修正 如何의 問題의 發生을 볼 수 업는 것은 明瞭한 일이어니와 그러면 어찌하야 現實味를 가지지 못하얏다 하는고?

第一로 우리는 이 草稿의 適用 範域에 잇서 文藝 全域을 包攝할 수 업는 것임을 容許하지 안해서는 아니 된다. 詩나 劇에 잇서 表象味나 쪼는 表現派的 手法을 抽捨하야 보자. 그리고 寫實味만을 抽象하야 보자. 여긔에는 辨證的 意識을 거처 取扱하게 되는 無味乾燥한 事實 羅列 以上 그 무엇이 남을 수 잇슬가? 小說에 잇서서도 쪼한 그러하다.

第二로 우리는 이 草稿는 文藝 生産者의 自由로운 創作力量의 發揮를 拘束할 쑨으로 文藝制作家의 遵守할 規定도 아모 것도 아닌 것을 容許하여야 한다. 웨냐하면 이 草稿의 要求하는 規定에 비위를 마추어 制作된 作品이 果然 文藝作品으로서 成功하얏느냐 못하얏느냐 하는 問題는 辨證的 寫實主義의 要求하는 規定을 잘 遵守하얏느냐 못하얏느냐의 基準이 決定하는 것이 아니라 創作力量의 素質에 關한 問題로서 제 아모리 辨證的 意識을 把握하고 寫實的 表現을 힘썻다 하드라도 作品으로서 失敗되엇스면 休紙의

價値도 차지할 수 업는 것임에는 버그러질 바가 아닌 까닭이다.

第三으로 우리는 이 草稿에 잇서 八峯이 意識把握 問題와 制作生産의 過程에 關한 問題를 混同한 것을 들 수밧게 업다. 이에 對하야서는 이미 『朝鮮文學建設의 理論的 基礎』에서 簡單히 解明한 바 잇섯거니와 辨證的 意識을 把握한 文人에게 잇서서는 한 作品 —그것이 小說이건 詩歌이건 쏘는 戲曲이건 —의 生産에 잇서 世界文學이 發展된 最高峰을 踏査 消化하야 適切이 내 것이 된 形式과 手法으로 —表現內容에 딸하 或은 浪漫的 或은 表象的 或은 表現派的 或은 寫實的 手法으로서 오늘날 朝鮮 사람의 階級的 民族生活의 社會的 文化的 內容을 가장 힘 잇게 가장 普遍的이게 가장 文藝的이게 表現할 責務만을 짐질 뿐이다. 그러고 이러한 表現手法을 各其 獨立시켜 한 主義로서 規定하고 試驗함으로 말미암아 거듭 修正될 것이라 할진댄 辨證的 浪漫主義, 辨證的 表現派主義, 辨證的 表象主義 等 何必 辨證的 寫實主義만 容許될 何等의 理由가 업는 것이다. 그럼으로 八峯의 草稿는 意識把握의 問題 以上의 意義를 가질 것이 아니다. 딸하서 如上의 八峯의 草稿에 잇어 意識把握의 範圍 以上에 關한 規定 部分은 制作生産의 過程에 잇서 自由로운 力量의 發揮를 拘束하는 效果 以外에 아모 意義를 가질 수 업는 것으로 結局 意識把握에 關한 問題와 制作生産에 關한 問題를 混同하얏다 할 수밧게 업다. 딸하서 兩者는 儼然히 乖離될 別個의 問題이다.

第四로 우리는 八峯의 如上의 草稿는 辨證的 意識의 把握 卽 文藝生産者가 우리가 當面한 現實을 어쩌케 보아내야 하느냐? 에 對한 回答을 주는 것으로 文藝生産者 以外의 一般民衆으로 하야금 보아내야 할 現實의 辨證的 認識의 方法을 把握케 하는 意味와 달르지 안흔 程度의 認意識 把握의 問題 以上을 가지지 못한 것임을 거듭 肯定하야야 한다. 우리가 意識 戰取로부터 文藝內容을 把握하고 그 表現의 過程을 발버갈 쌔 잇서 가장 效果 잇는 表現을 期하기 爲하야 旣述한바 于今까지 發展한 文藝 形式을 自由로히 驅使하야 힘과 熱의 作品을 生産하고자 힘쓰고 쏘 生産함으로 말미암아 이 時代의 制作들이 새로운 內容과 形式에 잇서 한 類型을 짓고 劃時期

的 意義를 가지고서 文學史上의 다른 潮流와 갓지 아니한 한 새로운 異質的 型態로서 存在 理由를 發見하게 될 째에 비로소 文學史上의 한 새로운 主義가 生成될 것이니, 自然主義가 그러하얏고 表象主義가 쏘한 그리하얏슬 쑌으로 觀念的으로 한 主義를 案出하야 그의 試作으로 말미암아 修正하야 가며 무슨 理由로 寫實的 手法만에 우리가 歸依하며 쏘 寫實的 基準에 비추워 修正當할 必要가 잇슬가 ―機搆해 노흔 것은 絶對로 아니다.

　여긔에는 八峯의 『現實에서 戰取한 辨證的 意識을 거친 눈으로 보아낸 文藝 內容은 不可避的으로 그것의 寫實만이 要求될 수밧게 업다』라는 素朴的 決定論者 ―世界文學의 發展이 우리에게 보혀 준 諸形式 ―그것이 封建時代의 産物이건 資本主義時代의 産物이건 그 要粹를 把握하야써 우리의 연장으로서 使用하여야 할 重大한 意義를 沒覺한, 그러한 素朴的 決定論者의 範圍를 나아가지 못하는 그러한 根本的 誤謬를 犯하고 잇다. 그럼으로 우리는 八峯의 「辨證的 寫實主義」는 우리의 맛당히 遵守하여야 할 『原理原則』이 아닌 것은 毋論이오, 더욱이나 『우리 文學의 製造方式』도 아모 것도 아니다. 우리는 文藝生産者의 그 누구나가 作品의 生産過程에 잇서 늣기는 바이지마는 檢閱關係라든가 其他 남달리 쓰라린 體驗을 거처서 우리의 늣긴 바 힘과 熱을 살리고자 決코 가볍쟌흔 努力을 기울이고 잇다. 우리는 이러한 表現의 苦悶에 立脚하야써 쓰게 되는 연장은 한篇의 詩나 小說에 잇서 決코 單純한 寫實에 그치는 것이 아니라 오히려 그 表現하고자 하는 『크라이막스』는 表象的 手法을 使用하게크럼 하는 것이 恒事임을 늣기지 안는가? 쏘 우리는 넘우나 醜惡한 現實을 미워하야 우리의 現實과 『안틔테재(Anti-these)』되는 우리의 理想의 社會를 憧憬하고, 이 憧憬의 世界와 現實世界와를 對立시켜 未來의 世界에 對한 飛躍的 憧憬의 心境을 안고 한칭 現實에 對한 醜惡의 悲憤을 쇠사슬 깨무는 痛根을 치술르고 잇지 안는가. 이러한 우리의 境地에는 偶然히 浪漫的 要求가 잇다. 毋論 空想家의 그것과는 秋毫도 갓지 안흐나, 쏘 우리는 우리의 民族的 境地와 가튼 植民地的 悲哀 苦痛에 얽매인 社會에 잇서 흔히 象徵的 作品의 生産을 보게 되는

實例라든지, 勞農에 잇서 生産되는 作品을 드려다 볼 때 얼마나 奔放한 힘과 熱의 表現派적 色彩, 깨물어 보면 實로 意味 深長한 象徵的 傾向을 엿볼 수가 잇지 안는가. 이 사람들은 決코 素朴的 寫實主義의 그것이 아니라 于今까지 發展한 世界文學의 가진 形式을 그의 연장으로 하야 그에서 다시 展開한 文學의 生成을 爲하야 努力하고 잇는 것이 아닌가? 그럼으로 八峯의 『辨證的 寫實主義』는 우리에게 잇서서 조흔 意味로서 한 參考의 意義 以上을 가질 것이 아니라 할 수밧게 업다. 그리하야 辨證的 意識을 把握한 우리에게 文藝制作에 잇서 무슨 原理原則이 要求된다 하면, 作品의 民衆에의 浸潤性에서 要求되는 『平易簡明』 以上을 더 나아갈 것이 아니다. 우리는 毋論 表象主義나 表現主義가 如何한 社會的 根據에서 發生된 主義인지 正當히 認識할 義務를 짐지는 자이다. 그러나 우리는 同時에 이저서는 아니 될 것은 그 要粹를 把握할 것, 그리하야 適切히 내 연장으로서 利用하지 안서서는 아니 된다. 象徵主義의 手法이 現實主義를 否認하는 放從的 藝術思想 —惡魔派나 따따派 世紀末派에 利用되엇다고서 우리는 연장으로에 그의 利用을 拒否할 何等의 이유를 가지지 못하는 것이다. 우리에게는 寫實 以上의 比喩가, 그리고 比喩 以上의 表象이, 그리하야 多分히 暗示와 喚起의 聯想的 手法이 切實히 必要하게 되는 것은 創作過程을 實踐하는 文人들의 實感하는 바로서, 우리는 무엇보다도 이러한 創作力量의 自由로운 活躍을 容許하야써 가장 效果 잇는 成功한 作品을 生産케 할 것이라 밋는다. 『딴테』가 그의 著 『神曲』에 잇서 豹, 牝狼, 獅子로 하야금 人間의 三惡, 肉慾, 貪慾, 慘惡性을 表現하야 暗示에 豊富한 筆致로서 讀者에게 보히는 그러한 表象的 手法이 現代의 우리에 잇서 人間의 三惡이 아니라 社會를 짓밟는 자의 香氣롭지 못한 製作의 根性에 利用하지 못할 理由가 잇슬가? 더욱 우리에게 잇서서는 豊富한 暗示를 주는, 그리하야 우리의 表現하고자 힘쓴 內容에 對하야 그 무슨 熱情을 喚起할 수 잇는 그러한 作品이 要求되어 마지 안는 것이 아닌가. 여긔에는 辨證的 寫實主義의 平面的 要求보담은 오히려 辨證的 表象主義의 立體的 要求가 더 重要한 자리를 차지할 수밧게 업는 것임을 肯定할 수밧게 업다. 이리하야 우리는 우리의 創作過程에 잇서서 淺薄한 說明이나 說敎를 主題로 하는 單調한 寫實的 傾向보다도 暗示와 意識 喚起의 深到한 手法으로서 辨證的 表象主義를 容許하여야 한다.

表現主義는 果然 寫實主義에 對한 反動으로 出現하얏다. 그럼으로 寫實主義가 理智的임에 反하야 쏘는 說明的임에 反하여 感覺的이요 多分히 音樂的이다. 쑨만 아니라 理智的인 寫實主義가 現象 쏘는 事實을 巨細不偏的으로 描寫에 努力하며 쏘 說明에 墮落하는데 反하여 表現主義는 그 現象 쏘는 事實을 허비고 들어가서 感覺되는 바 情緒를 表現하고자 힘쓴다. 그럼으로 數萬言의 文字를 羅列하야 어쩌한 現象을 說明하고자 힘쓰는 寫實主義에 反하야 短縮한 形式으로서 거의 絶叫的 表現을 힘쓰게 될 수밧게 업다. 우리는 辨證的 意識을 把握한 文人에게 잇서 表現主義와 容許, 即 연장으로의 利用을 亦是 反對할 수 업다.

여긔에 社會의 蹂躪에 괴로와하는 한 사람을 假想하야 보자. 辨證的 寫實主義者는 이 사람의 階級的 立場, 蹂躪當할 수밧게 업는 經□, 그 苦痛, 그리고 버서날 수 있는 方途, 그 方途를 爲하야 힘쓸바 責務, 이러한 것들의 解明을 階級關係를 거처 對立되는 階級과 並立식혀 그의 因果相을 客觀的으로 說明하며 描寫하며 說敎할 것이다. 辨證的 表現主義者는 第一로 그 사람의 괴롬속으로 쒸여드러가서 아프다! 외여치지 안코는 견딜 수 업다. 그리하야 蹂躪하는 그놈의 발을 붓잡고 흔들면서 동모여! 오라 오라 이놈의 발을 처넘겨버리자 이러케 소리칠 수밧게 업다. 그에게 잇서서는 理論이라는 것은 아모 感激을 주지 안는다. 그의 意識 把握의 時代에 잇서서는 조고마한 感激을 주엇슬지 몰르나, 그에게 잇서 그 意識의 信念은 벌서 그의 血潮 속에 包攝되여 버렷고, 그에게는 무엇이 가장 미웁고 싸와야 할 것인지, 무엇이 가장 즐겁고 직혀야 할 것이지 잘 理解하고 잇다. 그럼으로 그에게는 說明을 가장 실여할 수보(*'밧'의 오자)게 없다. 單純한 描寫을 쏘는 客觀的 態度를 가장 달가워하지 안는다. 그는 짓밟피면 아프다! 그놈의 발을 업새버리자! 이러케 외여치고 쏘 그리 하는 行動만이 貴한 것이다. 우리는 表現派의 初期의 作品『조르게』의『乞人』『가리가리』博士 以後『카아제르』, 其他의 作家들이『아츰부터 밤중까지』其他 새로운 傾向의 씌은 쏘는 辨證的 意識을 일치 안흔 적지 아니한 작품의 生産을 이저서는 아니 되는 同時에 그의 힘과 熱, 絶叫에 가득 찬 表現主義야 말로 우리의 時代的 苦悶으로 하야금 現實에의 點火 —實踐에까지 잇그러내는 가장 效果性인 연장의 하나인 것을 決코 이저서는 아니 될 줄 안다. 더욱이 多分히『인터내슈넬』的 傾向을 씌인 點에 想到할 째에 到底히 寫實主義의 局部 描寫 等에 比較될 것이 아니다.

우리는 以上으로서 八峯의『辨證的 寫實主義』—己巳年에 가장 큰 注意를 喚起한 文藝製作에 關한 規定을 批判하야 왓다. 그리고 結局 創作家의 遵守할 規定이 못될 뿐 아니라 在來『푸로레』文士들의 작품에 잇서 흔히 發見하는 說明式 說敎式 描寫, 無味乾燥한 理論의 解明 等等의 致命的 缺點을 救濟하기는커녕 오히려 더욱 그러한 失敗에 誘導하는 規定으로서 斷然히 破棄할 者이라 宣言할 수밧게 업다. 우리는 이미 이러한 素朴的 決定論의 誤謬를 指摘하얏거니와 우리는 意識 戰取의 範域을 넘은 制作上의 規定을 遵守할 必要를 늣기지 안는 자로서 世界文學의 踏査 消化를 거처 發見한 바 如何한 形式임을 不拘하고 우리의 연장으로 利用하야 마치 火上을 뚤코 터지는 地球의 氣魄가티도 大膽하게 再現하며 쏘 創造함으로 말마암아 이 民族이 階級關係에서 맛게 된 苦悶 哀想 艱難을 뚤코 經綸 希望 鬪爭 相愛에 얼켜 씩씩히 突進하는대 한 덩어리의 힘이 되고 生命이 될 成功한 作品의 生産을 主張할 수밧에 업다. 그리하야 오늘날 意識을 戰取한 作家 —푸로레作家나 階級的 民族主義作家는 모름즉이 創作力量의 自由로운 活躍으로 말미아마 生産할 作品의 文藝作品으로서의 成功을 期키 爲한 만흔 努力을 게을리 아니 함으로만이 優秀한 作品生産이 可能하다는 것을 이저서는 아니 된다.

庚午年에 잇서서 우리는 生産되는 實際 作品을 거처서 우리의 主張과

八峯의 主張과의 眞理性을 證明할 重大한 宿題를 가질 수밧게 업다. 딸하서 八峯의 힘쓰는 創作評에 對하여서도 우리는 再檢的 批判의 손을 게을리 할 수 업서, 어째서 그러하냐 하면 八峯은 『一年間 創作評』(東亞日報)에 잇서 寫實主義的 規定의 가장 잘 表現된 作品으로서 第一位의 推擧를 힘쓴 바와 如한 明瞭히 八峯의 評의 基準이 辨證的 寫實主義에 잇다는 것을 보아낸 까닭이다. 果然 八峯에 依하야 「案出」된 辨證的 寫實主義에다가 生成되어가야 할 우리 文學이 비위를 마추워가야 할는지, 쏘는 그 反對에서만이 우리 文學의 生成 建設이 有意義하게 되는지, 이는 우리에게 잇서서는 이미 解決된 問題이이거니와 庚午年에 잇서 더 한層 普遍化할 性質을 가진 問題이다.

우리는 小學生들이 訓導의 指示한 作文規定을 遵守하야 한 篇의 文章을 엇듯이, 八峯의 規定을 遵守 實踐함으로 말미암아 한 篇의 小說이나 詩 쏘는 戲曲을 엇고 『修正』하기를 거듭 힘써가면서 우리의 文學을 建設하고자 힘쓸 것이 아니라, 于今까지 發展된 文藝形式 ─象徵主義이건 表現主義이건 寫實主義이건 그 要素를 把握하야 表現形式으로서 現代의 우리에게 잇서 가질 수밧게 업는 社會的 機能을 正當히 認識하고, 그 自由로운 驅使로 말미암아만이 우리 文學의 世界文學의 發表된 最高峯에서의 展開가 可能할 줄로 밋는 同時에, 史的 唯物論者의 正當한 規定인 것을 自認하야 마지 안는 바이다. 그러면 八峯은 어찌 하야 이러한 素朴的 決定論者「現實에서 보아낸 辨證的 意識을 거처서 文藝制作에서 힘쓸 수밧게 업슴으로 必然的으로 現實의 描寫 ─寫實的일 수밧게 업다」의 範圍를 나갈 수 업는 過誤를 犯할 수밧게 업섯든가? 우리는 여긔에 이르러 內容과 形式 問題를 두고 橫行하얏든 孟浪한 機械的 決定論, 相互規範論과 內容決定論에 對한 批判을 아니할 수 업스니, 辨證的 寫實主義는 이러한 形式 內容의 機械的 分離로 말미암아 하게 되는 決定關係 又는 規範關係를 『眞理』로 容許하는 곳에서 淵源된 「案出物」에 不過한 까닭이다.

二. 內容과 形式問題

이 問題는 이미 우리의 論文 『朝鮮文學 建設의 理論的 基礎』에서 가장 詳細히 取扱하얏다. 그럼으로 여긔에 다시 云爲할 必要를 늣기지 안흐나 우리는 己巳의 回顧화 庚午에의 展望을 劃하는 立場에서 執筆하는 因緣에 잇슴으로 前記 論文의 이에 關한 部分과 其後의 展開를 論議할 수밧게 업다.

內容과 形式 問題를 듯고 在來에 세 갈레 論이 잇섯스니 그 一은 形式을 否認하는 朴英熙 氏 及 그 系統 一派요, 그 二는 形式을 高調하는 旣成文壇 人 一派 主로 藝術至上主義에 立脚한 一派요, 그 三은 內容과 形式을 分離하야 卽 內容에서 形式을 遊離하고 形式에서 內容을 遊離하야써 兩者의 關係를 相互規範 關係 又는 內容決定 關係로서 律하는 一派이니, 前記 一과 二의 兩派에 比하야 一步를 進한 者이다. 그러나 上記 三派 中 形式否認派와 形式高調派는 于今에 와서 그 持說의 到底히 維持하기 어려운 것은 여긔 更說할 必要를 늣기지 안나니, 이미 解決에 도라간 問題를 새삼스리 云爲할 意義를 發見할 수 업는 까닭이다. 그리하야 우리가 取扱할 수밧게 업는 것은 上記 三에 속하는 相互規範論과 內容決定論이라는 것이 果然 如何한 正體를 가진 論인가? 하는데 도라가고 만다. 그러나 우리는 八峯 金基鎭 尹基鼎 兩氏의 相互規範論과 梁柱東 韓雪野 兩氏의 內容決定論에 對하야 이미 全面的 批判을 試한 일이 잇섯슴으로 여긔서 更히 諸氏의 論을 論駁하기를 躊躇하는 자이다. 그럼으로 우리는 簡單한 結論으로서 이 問題를 取扱하고 우리의 主張을 明瞭히 하는 데 그칠 수밧게 업다.

相互規範論者는 形式과 內容 關係를 規範關係로 보고서 『內容이 形式을 規範하고 形式이 內容을 規範한다』하야 或은 『眞理』로서 容許하고(八峰) 或은 『辨證的 交互關係』로서 是認한다(尹基鼎). 그리고 쏘 內容決定論者는 『內容이 形式을 決定한다』하야 社會關係가 內容을 決定하는 것을 前提로서 容許하거나(梁柱東), 生産力이 生産關係를 決定하는 關係에 原型的 類似性을

是認하야써 論據의 一端에 利用한다(韓雪野). 그러나 作品生産의 制作過程에서 把握하야써 하게 되는 立論이 아니오, 論의 由來가 『푸로레』派 作品 失敗에서 誘起된 一種의 救濟性을 가진 一時的 彌縫策으로서 提出되엇슴으로 論據다운 論旨 하나도 發見할 수 업슬 뿐만 아니라 外來 文藝理論의 不充分한 咀嚼과 서투른 利用에서 汲汲하얏섯슴으로 內容의 形式規範 機能이나 또는 決定 機能 하나도 說明할 수가 업섯다. 그럼으로 짤해서 푸로레타리아派의 制作 失敗의 原因에 對한 正當한 解明을 賦與할 수 업섯다.

『푸로레』派 作家는 于今까지 미리 形式을 가지지 못 하얏섯슴으로 남의 形式을 빌려 썻드랫는데 또 그럼으로 作品들이 失敗될 수밧게 업섯는데, 이제는 自己네 形式을 案出하여야 하고 또 그리함으로만이 成功된 作品을 生産할 수가 잇는 것가티 實로 荒唐하기 그지 업는 見解를 公公然하게 主張하기까지에 이르럿든 것이다. 그리하야 作品 失敗의 뒤를 니어 『內容이 形式을 規範한다』 또는 『內容이 形式을 決定한다』는 主張이 그實 眞理도 아모 것도 아니오, 形式을 規範하야 주지도 못하얏고 또 決定해 주지도 못하는 것을 그야말로 實踐的으로 發見함에 이르러 자못 失望과 悲哀에 쓰러질 수밧게 업시 된 이 푸로레타리아 陣營의 評論家들은 다시 그 態度를 突變하야 機械的 決定論者 ─素朴的 唯物論의 基礎 우에 섯든 ─의 立場을 斷然히 破棄할 것이다. 前論의 志操를 全혀 뒤집는 恥辱的 體面 維持에 돌릴 수밧게 업서서, 이에 偉大한 新規定 『形式이 內容을 規定한다』를 案出함에 이르고 그의 遵守 規定으로 草稿하게 된 것이 八峰의 『辨證的 寫實主義』이엇든 것을 우리는 이저서는 아니 된다. 그리하야 機械的 決定論者의 一便에서 俄然 그 反對되는 一便 形式創造論者로에 그야말로 立場轉換을 冒險하게 된 辨證的 思考能力을 喪失한 푸로레타리아 指導理論家는 走馬燈가티 現出하는 自陣營 失(*實)態의 가지가지를 彌縫的으로나마 治療하야가며 解決을 지어가기에는 거의 必然的 傾向으로 撥起하는 現象 形態의 追跡을 힘쓸 수밧게 업시 되고, 짤해서 一時 回避的인 皮相的 規定을 그야말로 必要되는대로 案出할 수밧게 업섯다. 그럼으로 容許된 『眞理』라는

것은 主格과 目的格을 顚倒하야 『規範』으로서 處分한 循環論的 迷妄의 陷
窪에 떨어지는 것일밧게 업섯든 것이다.

　그러나 우리는 讀者와 한 가지로 우리의 制作生産의 過程에 도라가 우
리의 實踐할 수밧게 업는 文藝生産 過程에 잇서 그 所謂 形式을 決定하거
나 規範하는 것이 果然 무엇인가를 明瞭히 하지 안하서는 아니 된다. 웨
그러냐 하면 우리는 現實의 實踐過程에 잇서서 發見한 「眞理」만이 우리의
意識的 武器로서 存在의 理由를 獲得할 수 잇는 까닭이다. 쏘 그리하야서
만이 案出的으로 草稿해 노흔 試驗管 中의 雜色 浮沈物이 果然 우리의 生命
에 有爲한 作用을 줄 수 잇는 要素로서 現實味를 가젓나 쏘는 有害한 菌으
로서의 機能을 가젓나 或은 全혀 現實性을 가지지 못한 것으로서 永遠히
試驗管 中에서 抽捨될 性質을 가젓나가 明瞭하게 될 수 잇슬 것이다.

　우리 文人은 戰取한 意識으로서 自己 自身의 生活이라느니보다 民族生活
의 現情勢에서 그 밧는 苦痛 哀想과 아울러 그의 辨證的 展開에서 보아내
는 解放의 天地, 그를 뚤코 切切히 늣기는 不自由의 揚棄에서 要求되는 希
望 目標 鬪爭 甦生 그 要求 貫徹의 연장이 되는 한 덩어리로서의 발마춤에
이르기까지 남달리 힘찬 感情 날카로운 理知 쑤러내고야마는 意力을 거처
서 制作過程을 발버가는 자이다. 그러하야 우리는 戰取한 그 意識을 쥐고
創作力量의 自由로운 活躍을 거처서 階級的 民族生活의 속에 늣기게 되는
活樣相과 밋 그 關係를 文藝 內容으로서 把握한다. 그리하야 가장 感情移入
의 效果를 다 파낼 수 잇는 ─그 效果로 말미암아 우리의 오늘날 意識 感
情의 昇揚 純化가 可能한 ─文藝形式을 가초아 한 個의 作品을 生産할 수
밧게 업다. 그럼으로 文藝 內容의 發見으로부터 그 內容의 整齊 쏘는 統一
的 形式化 쏘는 價値化에 이르기까지의 過程은 이곳 文藝制作의 生産過程
─意識戰取 問題가 民族 大衆의 實踐할 普遍的 問題임으로 大衆活動 又는
一般活動임에 反하야 이는 創作力量을 차지한 制限된 文人의 活動領域에
屬함으로 作家活動 又는 特殊活動의 過程─이다. 그리고 文藝 制作過程에
잇서 發見한 內容의 整齊 쏘는 文藝 價値化의 過程은 文藝 生産過程의 中樞

로서 創作力量의 運動 ―文藝生産力의 運動은 必然的으로 이곳에 傾注되어 決定的 意義를 가지고 活躍할 수밧게 업다. 그리하야 이 整齊過程 又는 文藝價値化의 過程에 잇서 그 價値化 쏘는 整齊의 成敗는 文藝制作의 文藝價値的 存在를 左右하는 決定的 要素임으로 그 成敗의 程度를 짤하 完成 未熟 等 文藝的 價値評價가 可能하게 된다. 그럼으로 이 價値化 쏘는 整齊運動의 原動力은 創作力量이란 特殊活動力 ―作家活動力 쏘는 文藝生産力일 수밧게 업다. 짤하서 우리는 『文藝生産 過程에 잇서 그 生産關係의 決定的 動力은 文藝生産力이다』 이러케 規定할 수밧게 업는 것이다.

이와 가티 明瞭한 事實임에도 不拘하고 八峯을 主로 한 旣成 푸로레타리아評論家 一派는 目前의 制作 失敗에 大驚失色한 남어지 이미 論述한 바와 如한 機械的 決定論者의 立場을 버리고 文藝形式 創造論者로 突變하는 同時에 機械的으로 兩分하야 決定關係를 云云하든 公式 「內容이 形式을 規範한다」라는 것을 그대로 뒤집어서 舊公式과 新公式 ―主格과 目的格의 轉換 以外에는 繫辭 一字로 添加하지 못한 ―을 連立시키고 「眞理」 又는 「辨證的 交通 關係」로서 是認하고 이 偶像的 規定 下에 服從할 것을 宣誓함에 이르럿다. 그리하야 벌서 그 方法論에서부터 史的 唯物論者로서는 到底히 是認할 수 업는 失態를 저즐른 ―그럼으로 짤하서 朝鮮 푸로레타리아 文藝運動의 量的 烈化와 質的 强化에 對한 正當한 規定 하나 변변히 하지 못하고 多分의 宗派性을 씌인 오히려 內部 同志間의 排擊 除名의 葛藤劇을 演함즉한, 그리하야 朝鮮 푸로레타리아 藝術運動의 正當한 伸長을 꾀하기보담은 오히려 順調로운 發展을 沮害할 수밧게 업섯든, 理論보담도 오히려 惡罵辱說로서 對하고, 論必歸正을 꾀하기보담은 오히려 『辱說』로서 武器라고까지 自覺하든, 이 푸로레타리아 理論家는 貴重한 푸로레타리아의 公器, 精神的 武器로 하야금 넘어나 輕忽하게 넘어나 俗野되게 驅使한 나머지에 이러한 無根據한 輕蔑할 수밧게 업는 規定을 들고 朝鮮 푸로文藝의 根本的 規定의 하나로서 容許하기에까지 이르럿다. 그러나 內容의 整齊 쏘는 價値化의 決定的 要素를 發見하기 爲한 內容 形式의 分離 又는 機械的 遊離는

極히 無意味한 徒事 一個의 機械的 決定論者만이 公公然히 實踐할 수 잇는 偉大한 方法論인 것을 自覺하여야 한다. 內容과 形式의 統一的 整齊價値 卽 不可分離의 一體的 價値의 決定的 動力의 究明에 잇서 不可分離의 實體的 價値를 分離하는 것은 그 整齊價値의 破壞 又는 否定에 이르는 첫걸음임으로 終末은 對象 否定의 陷穽에 떨어지거나 循環論法을 弄할 수 밧게 업다는 것을 거듭 銘心하여야 한다. 그럼으로 우리는 統一的 整齊價値의 決定動力의 究明은 統一的 整齊의 成果인 그 作品의 生成過程에 들어가서 그 實體의 運動生成을 觀察하야 그 決定的 動力을 把握할 것이라 하는 것이다. 딸하서 우리는 意識戰取의 過程은 階級的 民族人으로서의 「大衆活動」이거니와, 文藝制作의 生産에 關한 過程은 創作力量 卽 文藝生産力을 가진 者만이 可能한 「作家活動」이라 하얏고, 戰取한 「現代 우리意識」을 거처서 가저오는 文藝內容의 把握으로 하야금 그 形式의 整齊에까지 이르도록 하는데 決定的 機軸이 되는 것이 『文藝生産力』—創作力量일 수밧게 업다고 하얏다. 그러하야 이러한 文藝生産力을 把持한 文人이 오늘날 우리 民族의 階級的 要求를 充滿시킬 수 잇는 作品을 生産할 수 잇슴으로 因하야 우리 民族에게 墮落 頹廢 滅亡이 아니라 힘과 熱 生命을 길을 수 잇는 使命을 다할 수 잇슬 것이다. 우리는 現實에 잇서 文藝生産力을 把持한 卽 力量을 가진 우리 文壇의 旣成文人들이 朝鮮 民族大衆의 한 사람으로서 階級意識을 戰取하지 못하얏슴으로 生産되는 文藝制作에 잇서 統一的 整齊化에는 實로 成功된 作品이 不尠하나마 우리 民族大衆의 甦生의 힘이 되는 作品이 되지 못하는 것을 흔히 볼 수 잇는 同時에 쏘 다른 一面에 잇서서는 「現代의 우리意識」은 戰取하얏스나 —文藝生産力을 把持하지 못한 卽 力量 업는 新出文人들이 우리 民族大衆이 要求하는 그 무엇은 보여주나마 統一的 整齊化에는 全然히 失敗하고 말은 生硬한 事實의 羅列의 作品, 說敎式 理論 陳列의 作品을 넘어나 흔히 보고 잇는 것이 아닌가!

우리는 여기에서 다시 梁柱東 氏의 內容決定論이나 쏘는 얼도당토 안흔 公式의 서투른 誤用으로 機構해 노흔 韓雪野 氏의 生産力이 生産關係를 決

定하듯이 內容이 形式을 決定하야야 한다… 이것은 『內容에 對한 反射作用 (略式의)을 否認하는 말은 아니다』와 如한 規定이나 八峯 及 尹基鼎 氏 等 의 相互規範論者의 規定을 個別的으로 推判할 必要를 늣기지 안는다. 이는 前者에 우리의 論文「朝鮮文學 建設의 理論的 基礎」에서 이미 遂行하얏슴으 로 以上의 槪觀的 批判에 멈출 수밧게 업는 것이다. 그리하야 우리는 內容 과 形式을 두고 하게 된 如上의 規定 ─己巳年 前半期의 事業은 全然 그 取 扱의 方法論에서부터 그릇된 規定들로 그 內容에 잇서 坐한 不可取의 것 인 것임을 是認할 수밧게 업다. 짤하서 이러한 그릇된 基礎 規定에서 派生 한 形式 案出의 規定 ─「辨證的 寫實主義」가 坐한 如何한 正體의 것이엇스 며 우리의 遵守할 아모 價値도 現實性도 업는 것이엇든 것을 容許하지 안 하서는 아니 된다.

이리하야 우리는 相互規範論과 內容決定論을 그 方法論에서부터 誤謬를 內包한 不可取의 論이라 是認할 수밧게 업는 것이다. 그리하야 文藝制作의 生産過程에 잇서서 內容이나 形式이란 實在가 如何히 運動하는가? 그리고 坐 그 運動은 어쩌한 힘으로 말미암아 決定되며 坐는 規範되는가? 이러한 現實態의 把握으로부터 由來한 規定이 아니라 旣述한 바와 如히 푸로派 作 品 失敗의 뒤를 니어 規定할 수밧게 업시 몰린 그야말로 情勢에 짤하 이 미 機械的으로 兩分하얏든 『內容이 形式을 決定한다』坐는 『內容이 形式을 規範한다』의 規定을 顚倒하야 『形式이 內容을 規範한다』라고 規定하고, 形 式 創造에 沒頭함과 如한 態度를 執하얏슴으로 決定運動 坐는 規範運動인 卽 內容이 어쩌케 形式을 規範하며(坐는 決定하며) 形式이 坐한 어쩌케 內 容을 規範하느냐의 內容機能 坐는 形式機能을 明瞭히 할 수가 업고, 그럼 으로 짤하서 現實問題에 잇서서는 푸로派 作品 失敗에서 誘導된 問題임에 도 不拘하고 푸로側 作品 失敗의 理由를 說明할 수가 업다. 푸로派에서는 自派 文藝制作의 失敗 原因을 結局은 形式不備라는 곳에 돌리고 말엇섯고 그 動機로서는 社會情勢의 要求를 드는 것이 一般의 傾向이라고 할 수 잇 스니, 그럼으로 自然 形式問題라는 것이 擡頭해 올 수밧게 업섯든 것이다.

그러나 『內容이 形式을 規範한다』는 것이 眞實로 現實性을 가진 規定이엇고, 그럼으로 眞理이엇슬진댄 푸로派 作品의 內容은 그야말로 必然的으로 形式을 規定하얏슬 것이니, 形式不備 等의 悲鳴이 이러날 餘地가 업는 것임은 明白한 事이엇슬 것이어늘, 그럼에도 不拘하고 모조리 形式不備로서 失敗에 도라갓다고서 自認하기까지에 이르고 만 것은 이러한 規定이 얼마나 實踐性 업는 一種의 虛僞 模作이엇든가 또는 反省 업시 옴겨다 노흔 外來規定의 『우쩨우리』이엇든가를 明言하는 것이라 할 수밧게 업다. 이리하야 이러한 素朴的 決定論者들은 이리도 無力한 一個의 偶像的 規定에서 悲慘한 失敗를 보고서는 그의 內容에 傾注하얏든 主力을 形式에 옴기는 同時에 언젠가 內容은 社會關係가 決定한다 또는 規範한다 하든 그 社會關係도 暗暗裡에 葬事해 버리고서 『形式이 內容을 規範한다』는 새 眞理를 들고 『形式案出』에 奔走하기에 이를 수밧게 업시 되고, 마치 形式만 案出해 노흐면 內容은 形式이 規範하는 것이니깐 自然 成功된 作品을 生産할 수 잇는 것 가티 極端의 形式 崇拜熱을 發揮하기에 이르럿다. 이와 가튼 矛盾과 現象 追跡의 活劇을 演하며 「辨證的 寫實主義」라는 案出된 틀로서 新形式 創造에 突進하게 된 旣成 푸로레타리아 一派가 果然 己巳年에서 繼承한 바 如上의 混亂을 勇敢 잇게 淸算하야써 一層 自降營을 整頓하고 健實한 發展을 꾀할 수가 잇슬는지? 또는 이러한 形式創造論者의 立場 ―辨證的 立場도 아모 것도 아닌 것을 反省하여야 한다 ―을 固守함으로 말미암아 더 一層 混亂을 自招하고 드듸어 無力한 存在의 墜落하고 말는지 우리는 庚午年을 두고 그 動靜을 注視하야마지 안는 바이니, 朝鮮無産文藝의 健實한 降興 與否가 新朝鮮文學 建設의 途程에 잇서 重大한 意議를 가즐 수밧게 업는 以上 一種의 監視를 게을리 하야서는 아니 된다는 것을 切感하는 자이다.

三. 根本意識 問題

　階級意識과 民族意識을 두고 하게 되는 論爭 即 우리의 甦生을 可能하게 할 精神的 武器로서 우리 스스로 戰取할 責務를 짐지는 同時에 우리 民族으로 하야금 그리 하게 努力함으로 말미암아 한 덩어리로서의 힘에까지 이르게 할 불길로서 作用할 意識이 階級意識이냐 民族意識이냐에 對한 論爭은 非單 己巳年에 始作된 現象이 아니다. 그 立論에 잇서 또는 그 質에 잇서 多分히 觀念的 色彩를 띄혓고 또 程度의 差異는 잇섯슬망정 三四年 前부터 벌서 그 論爭의 對象이엇든 것이다. 春園, 橫步, 無涯 等 民族意識 系流에 屬하는 文人들과 懷月, 八峯 等 階級意識 系流에 屬하는 文人들 間에 交酬된 論爭의 大槪가 主로 이 根本問題에 關한 것이엇든 것은 論者들 中에는 記憶되는 분이 적지 안흘 것이다. 그러나 이 時期에 잇서서의 民族主義者는 그 意識에 잇서서 擧皆가 個人主義的이엇고 또 史的 唯物論이나 辨證的 方法論에 對한 把握이 업슴으로 史的 唯物論을 把握한 階級意識 系流와의 論爭에 잇서서는 그 立論의 基礎의 微弱함에 잇서 벌서 七合의 弱點을 가질 수밧게 업섯다. 그럼으로 이 時期에 經過된 論爭의 跡을 살펴본다면, 우리는 大槪 階級意識 系流의 凱歌로서 끗 막고 만 것을 發見하게 된다. 그러나 兩意識이 우리 文壇에 提出된 根本意識인 만치 또 우리의 創作 態度에 잇서서 解決을 要하는 根本問題인 만치 問題는 이와 가티 單純한 論爭의 交酬 綜合으로서 解決될 수가 업섯다. 그리하야 우리는 己巳年에 잇서 梁柱東 氏의 『問題의 所在와 異同點』 及 『續 問題의 所在와 異同點』, 金基鎭 氏의 『文藝的 評論』의 評論 及 其他 論文, 鄭蘆風의 『朝鮮文學建設의 理論的 基礎』, 其他 諸氏의 論文은 다시 이 問題를 들고 論戰을 거듭할 수밧게 업섯든 것이다. 그러나 그 論의 質에 잇서 程度의 差異는 잇슬망정 史的 唯物論에 對한 關心을 일치 안흔 立論으로서 論戰의 去來에까지 白熱化한 것은 問題의 解決이 漸次 現實味를 띄게 되여온 것을 首肯케 하는 同時에 前期의 兩意識 系流間의 論戰에 比하야 一段의 進步를 보이는 것이라 아니 할 수 업다.

여기에는 前期에서부터 이 問題를 두고 論鋒을 휘둘루든 無涯가 그야말로 火急的으로나마 史的 唯物論에 對한 關心을 가지게 된 곳으로부터 由因한 것이나, 그러나 宗敎學校에 敎鞭든 몸으로서 論戰의 正面에 스기를 廻避하든 筆者가 늣긴 바 잇서 論戰의 卷中으로 쒸어들 수밧게 업섯슴에도 그 原因의 한 가닥이 잇다 할 것이다. 元來 筆者는 在京都 學窓時代에 거의 專攻的으로 社會科學 研究에 沒頭한 過去를 가진 만치 그 意識에 잇서서는 多分히 階級意識 系統이엇섯다. 다만 今日에 잇서 民族意識 系統에 立脚할 수밧게 업시 된 動機는 八峯의 對 梁柱東 駁論에 잇서 單純히 朝鮮意識을 幽靈的 存在로서 拒否하는 態度가 나에게 잇서서는 한 意識 錯誤로 보인, 그럼으로 짤하서 그 意識의 淸算을 힘쓸 수밧게 업시 된 그러한 곳에서 出發된 것이다. 그러나 나의 論文 「朝鮮文學 建設의 理論的 基礎」를 읽은 讀者는 認識되엇스려니와 筆者는 梁柱東 氏와 가티 民族과 階級, 짤하서 民族意識과 階級意識을 對立的 兩個나 쏘는 分離된 兩個로서 把握하고 그 調和를 云云하는 立脚地와는 全然 갓지 아니 할 쑨에 쓰치지 안니 하고, 오히려 梁柱東 氏 亦是 筆者의 立脚地에서는 金基鎭 氏와 한 가지로 意識 淸算의 對象일 수밧게 엇섯든 것이다. 이러한 論客들은 階級意識系이건 民族意識系이건 오늘날 朝鮮民衆이 當面한 現實을 正視하야써, 이 民衆의 甦生의 불길이 될 「朝鮮意識」을 發見함으로 因하야 階級의 朝鮮性과 朝鮮民衆의 階級性을 正當히 把握하고써 發見할 수밧게 업는 「階級的 民族意識」을 戰取하야, 批判的 把握을 거치지 아니 한 外來 階級意識과 在來 民族意識의 全面的 批判으로 말미암아 兩意識의 現實的 意義를 明瞭히 하려 힘쓰지 안는 點에 致命的 誤謬를 內包하고 잇다. 그럼에도 不拘하고 어대까지든지 對立된 兩個로서 把握하고 한 意識으로서의 統一을 꾀하거나 쏘는 排擊을 힘쓰거나 쏘는 그 調和를 힘쓰려고 努力할 쑨이엇다.

血緣, 地緣을 타고 嚴然히 實在하는 朝鮮人은 自政治形態의 遺失로 말미암아 民族 —共同生活體 —으로서의 加速度的 瓦解過程을 밟는 同時에 經

濟的 ××로 말미암아 貧賤階級의 墮落過程을 밟고 잇는 現狀이다. 그럼으로 自政治形態를 가진 民族에게 잇서 民族的 瓦解의 威脅 ―共同生活體의 蹂躪 ―이 업는 關係와는 그 直面한 現實에 잇서 가틀 수 업는 그만치 彼民族 內에는 單純한 階級運動쑨이 誘起되는대 反하야 比民族에게는 民族的 瓦解의 威脅에 直面한 民族으로서 階級的 民族生活의 威脅에 對한 階級的 民族 투쟁의 要求가 必然的으로 必要하게 된다. 그리하야 民族的 結束투쟁은 階級투쟁으로 하야금 一層 彈力的이게 하는 效果를 가질 수밧게 업고, 그럼으로 우리의 階級투쟁의 主力은 民族內의 小階級關係보담도 決定的 意義를 가진 ○○○○ ××××에 向할 수밧게 업는 것이다. 쌀하서 우리에게 잇서서는 階級意識과 民族意識을 두고 排擊과 克服의 一元的 論戰에만 熱中할 것이 아니다. 兩意識者가 다 朝鮮의 現實에 도라가서 今日의 朝鮮意識 ―階級的 民族意識을 戰取함으로 말미암아 植民地의 被×× 被××民族으로서 오늘날 情境에서 甦生을 圖謀하야써 우리의 ○○를 實施하는대 가장 힘 잇는 불길이 될 精神的 武器를 把握하여야 한다고 主張할 수밧게 업다(여기에서 應當 唯物史觀의 公式을 引用하야 經濟關係와 政治의 關係, 政治의 經濟關係에의 反撥力 等을 鮮明할 것이나 省略하야 뒷 機會에 돌릴 수밧게 업다).

우리는 이와 가티 現代의 朝鮮意識인 階級的 民族意識을 戰取할 것이라 한다. 여기에 잇서 不可避로 小階級主義와 盲目的 民族主義와는 그 意識 淸算을 두고 論戰을 거듭할 處地에 설 수밧게 업다. 그러면 己巳年에 들어 根本意識을 두고 하게 된 論戰 論爭을 거처서 大略의 推移는 如何하얏고 坯 庚午年에 잇서 期待되는 傾向은 어대에 잇는가? 筆者는 現『朝鮮意識』에 對한 別個의 論文(朴英熙 宋影 兩氏에게 答文을 兼함)을 草稿中에 잇슴으로 可及的 己巳年의 傾向을 槪觀하면서 아울러 批判的 認識을 게을리 안흘 것이다.

우리는 論을 單純히 하며 坯한 結末을 쉬웁게 내기 위하야 歷史論을 全然 省略하고서 現實論으로 들어갈 수밧게 업다.『오늘날 朝鮮人의 現實生

活 關係에서 必然的으로 産出될 수밧게 업는 意識, 그 意識의 省察 把握 實踐化로서 朝鮮人을 甦生에까지 이르게 할 수 잇는 根本意識은 무엇이냐?』 이에 對하야 八峯은 『文藝的 評論의 評論』에서 다음과 가티 主張하얏다. 『經濟的, 政治的 日常生活의 鬪爭에 잇서서 우리는 無差別的 超階級的 全民族的 一致를 發見하지 못한다.』 그리하야 『種族的 觀念이 階級的 利害를 덥허 누를 能力이 조금도 업는 까닭』에 民族意識은 幽靈的 存在가 아닐 수 업는 同時에 物質的 基礎을 가진 階級意識만이 實在한다고 主張하고, 『第三 콤뮨테룬』의 運動規定을 引用하야 『現階級의 朝鮮運動은 無産階級을 主體로 한 汎大衆的 協同××이며 그 本質에 잇서서 無産階級의 運動이며 世界的 觀點에 잇서서 變할 수 업는 國際푸로레타리아트運動이다』.

・・・ ≪東亞日報≫(1930. 1. 1, 4~8, 10~11)

現代詩의 彈力的 要求

― 女性的 官能藝術에서 男性的 血躍詩篇으로 ―

前言

　　우리는 이 寸論에서 猛虎를 쫏든 原始時代의 우리 祖先이 山野를 쒸어다니며 소리치든 그러한 산냥의 노래를 무한 그립어 한다. 자연의 威脅아페서 조금도 屈함 업시 싸와나간 그 勇壯한 氣象에서 흘르는 熱과 힘, 우리는 그러한 노래와 詩篇을 오늘날 우리 社會에서 發見할 수가 업슬가? 威脅하는 對象은 갓지 안흘망정 우리가 마즌 現代의 情景은 原始時代의 우리 祖先의 그것과 달를 것이 무엇일고? 原始時代의 우리 祖先이 바든 苦難은 數萬年 동안 그의 後裔로 하야금 完全히 『自然의 征服』으로 말미암아 『自然의 威脅』에서 버서나게 하고 말엇다. 오늘날 우리가 마즌 受難이 原始時代의 그것과 갓지 안타고서 그 누가 斷言할 것인고? 그리고 쏘 우리의 오늘날 當面한 崎嶇한 情態의 征服이 우리 뒤에 길이 通할 數億 子孫에게 自然의 征服에서 마즌 人類의 幸福보담 더 큰 幸福을 주지 안는다고서 그 누가 妄言할 것인고? 우리에게는 우리를 威脅하야 마지 안는 힘의 征服이 必要되야 잇거던 우리는 如上의 感懷로서 이 寸論을 進行식힌다. 毋

論 草稿에 지나지 안흠으로 發表하기를 躊躇해보기도 하얏스나 廉想涉 兄
과 이미 執筆을 承約한 터이라 뒤 機會에 다시 補足하기로 하고 讀者 아페
보내기로 한다.

　太古 原始時代의 우리 祖先의 生活에 잇서서는 歌謠 音樂 舞踊은 生活에
必要한 한 연장으로서 存在하얏다. 卽 一種의 生活에서 要求된 本能에서
流出한 運動이엇섯다. 한 種族의 外敵의 侵犯에 對한 訪術로서 또는 生活資
料를 求하기 爲하야 山野河湖를 橫行할 째 必要한 運動으로서 自己 種族의
必要한 活動 步調 團結에 必要한 集團的 行動을 機敏히 하기 爲한 訓練으로
서 要求되엇스며 實踐되엇섯다. 이리하야 木石을 처째트릴 째 또는 버힐
째 歌謠로서 拍調를 取하얏고 그 拍調의 旋律에 짜라 體軀의 整齊的 運動
으로서 한 共同動作의 統一을 힘썻다.
　그럼으로 歌謠 音樂 舞踊의 原始時代에 잇서서의 濫傷은 決코 藝術的 享
樂의 要求에서가 아니라 種族團體의 集團的 訓練 ─ 共同生活의 統一的 運
動 ─ 一致한 共同生活者의 行動에 對한 必要에서 要求되엇든 것이다. 다
시 말하면 單純한 藝術的 感興의 享樂에서 要求된 것은 絕對로 아니요 種
族分身의 生理的 本能에 照應된 集團生活의 要求 더 適切히 外敵 防衛의 戰
鬪的 訓練과 共同生活에 誘起된 協調的 運動에서 要求되엇든 것이다.

×

　果然 彼等 우리 祖先네의 歌謠의 內容은 極히 單純하고 또 野卑하엿섯다.
그러나 彼等이 씩씩한 生産者 消費者로서 손수 敵을 물리첫고 손수 生活資
料를 獲得하얏섯고 또 生産한 資料를 손수 消費하든 그 生活樣式은 힘과
熱에 가득한 活動, 그 自體로 하야금 속임업는 그들의 情緖生活을 決定케
하얏고 또 發射케 하얏다. 그리하야 彼等은 그 날카로운 武器를 헤이면서
도 그 武器에 쏠처 그 스스로의 勇敢에 넘친 鼓舞的 歌謠를 노래하지 안
코는 견듸지 못하엿다. 彼等의 生活陣營을 侵犯하는 敵을 反擊하며 敵陣을
向하야 突進하면서는 그의 全身에 生命의 熱火가 불 붓는 듯한 거위 絕叫

에 갓가운 우렁찬 노래로서 아우성치지 안코는 참을 수 업섯다. 野牛를 쫏는 猛獸와 가튼 氣勢로서 嶮山幽谷을 가릴 것 업시 즘생을 뒷쫏차가면서는 亦是 勇壯한 산냥군의 追擊의 노래를 소리칠 수 밧게 업섯다. 즘생을 산냥할 째에 쏘는 敵陣을 占領할 째에는 各其 식식한 勝戰의 凱歌를 노래하얏고 산냥한 즘생을 먹으면서는 感官에 부듸친 發作的 情緖로서 그야말로 맛잇는 노래를 불르게크럼 하얏다. 그리하야 『크레』의 言에 依支하건대 이러한 痕迹은 오스트리아의 水夫間에서 흔히 發見할 수가 잇스니 오스트리아의 水夫에게 잇서서 歌謠는 吸烟者의 烟草와 가튼 性質로서 怒한 째도 노래, 깃분 째도 노래, 즐거운 째도 노래, 애처로운 째도 노래하며 그의 肝切한 情懷를 表現하얏다고 한다.

×

구타여 오스트리아의 水夫를 끄러오지 안 해도 우리는 우리 農村에 잇서 豊年의 生活과 밋그 歌謠의 機能을 거처 이러한 痕蹟을 잘 보다 낼 수가 잇다. 녀름 하절에 萬頃平野나 江景들에 서서 보라. 우리 農軍들의 一團이 커다란 陣旗를 압헤 세우고 풍장 치며 노래하며 김 매러 나오지 안는가. 쏘 農軍의 한 쎄가 그 村落의 各 사람에 屬한 水田을 김 매러 갈 째에 或은 언덕 우에 陣旗를 날리거나 쏘는 陣旗를 들고 풍악과 모닥노래의 旋律에 맞추어 김매어 가지 안는가. 한 村落의 陣旗와 다른 村落의 陣旗가 길에서 마주치게 되면 그 村落의 勢度에 싸라 或은 먼저 或은 나종에 旗禮로서 和答하고 노래부르며 지나가지 안는가. 陣旗와 陣旗가 對峙하야 한바탕 鬪爭이 이러나면 남의 村 陣旗를 쎄슨 便의 農軍 一團은 實로 意氣衝天之勢로 凱歌를 高唱하며 도라가지 안는가. 엇지 農村쑨에 쓴치랴. 우리는 都市에 잇서서도 이러한 現象에 比肩되는 事實을 發見할 수가 잇다. 釜山 群山 等의 港口에 잇서 築港工事나 土木工作에 就衆하는 勞動軍 一團의 動作을 보라. 男性의 一群 쏘는 女性의 一群이 밤 깁도록 共同의 勞動에 就할 새, 밤길을 울리는 『어여러처』『어기치기영』의 別喊을 두고 別別 情懷를 담은 노래로서 소리 질르며, 그 노래 旋律에 맞추워 體軀의 運動을

統一할 뿐만 아니라 律動的 動作 속에 말할 수 업는 悲劇을 가지게 하는 調和와 整齊를 보아내는 것이 아닌가. 現代에 잇서 國際的 戰爭의 進行하는 節次를 살펴보라. 一行軍과 停軍 突擊과 休戰 等이 모조리 勇壯하고도 情烈한 行進曲 쏘는 悲激한 停戰曲으로서 兵團 全般의 一齊的 運動 쏘는 休息을 律動化식히지 안는가. 이러한 가지가지 現代에까지 그 痕跡을 남기고 잇는 群衆生活, 團體動作의 音樂的 律動, 歌謠的 律動은 整濟的 運動에서 要求된 生理的 本能임은 毋論이거니와 이미 上述한 바 歌謠의 起源이 單純히 藝術的 享樂에서가 아니라 種族의 集團的 訓練에 對한 要求에서 濫傷한 것임을 切實히 늣기게 하는 것이라 아니 할 수 업다. 그리하야 에랜라이히에 依하건댄, 古代 狩獵種族 ─산양군들이 하로 勞動을 畢하고 休息의 째가 오면 다음과 가티 노래한다 하나니,

> 우리는 오늘 조흔 산냥을 하얏네
> 크나큰 즘생을 크나큰 산도야지를
> 날고기는 맛이 조코
> 독한 술은 더 맛 조터라

쏘 하룻날 산냥하든 즐거운 山과 드을을 쮜여가든 그 즐거움을 回想하야

> 캉가루는 퍽 날내 다라나던걸
> 개두 난 더날내 달려갓단다
> 캉가루는 살진 놈어던걸
> 그놈을 난 잡어서 먹엇단다
> 오오 캉가루 캉가루!

上述한 바와 가티 詩의 起源은 太古時代의 集團的 人間生活의 必然의 要求임을 그 物質的 基礎에서 보아낼 수가 잇다. 그러나 모든 藝術에 잇서 그러하얏거니와 單純한 生存의 要求, 卽 生活의 定住와 安定, 드듸어 그 餘

裕를 가지지 못하든 말하자면 삶의 原始的 本能 以外에 아모 것도 反省할 餘裕를 가지지 못한 原始時代를 지나서 삶의 原始的 本能 充足 以上의 豊潤의 要求를 享有하게 됨으로 말미암아 一部 階級에 잇서 生活의 要求 — 生存 內容의 豊潤의 要求 쏘는 文化的 本能의 要求를 봄에 이르러 詩 쏘는 歌謠의 原始的 形式은 文化的 形式을 胚胎 展開함에 이르럿다. 卽 生活의 餘裕로 말미암은 有閑階級의 發生 — 딸하서 一種의 農業的 分化 卽 勞動階級의 搾取와 支配를 地盤으로 直接 生産關係에서 遊離한 一部의 階級의 發生은 原始的 生活藝術과 如히 現實的 效果에서가 아니라 生産的 生活에서 遊離한 一種의 精神的 滿足 多分히 幻想的인 審美的 喜悅과 愉快을 要求하는 藝術의 生産에까지 잇쓰는 誘因이 되엇다. 그리하야 生活에서의 藝術의 分化作用은 原始人에게 잇서 於今까지 한 標章으로 彫刻한 矢, 弓 等의 記號로 하야금 쏘는 彫刻으로 보는 『눈』을 가지게 하얏고 一種族의 標徵으로 彩色하얏든 刺言으로 하야금 色彩로 그리하야 歌謠에 잇서서도 喜怒哀樂의 感情表出의 記號로 하야금 言語를 짓고 그 言語的 形式에 拘泥하는 藝術形式의 發生에까지 變遷하지 안코는 끈치지 안헛다. 이리하야 不充分한 音樂의 律動的 表現으로부터 有意味한 言語의 生成에까지 展開되고 드듸여 生活感情, 生活思想의 表現과 그의 空間的 紹介 表現으로서 쏘는 時間的 媒介 表現으로서 言語文字의 機能이 實踐 塗程을 밟어가는데 잇서 律動的 言語의 表出은 歌謠, 詩라는 言語的 形式의 濫傷을 짓고 니어서 詩의 種種의 形式과 - 散文의 形式의 生成을 봄에 이르럿다. 그리하야 原始共産體의 解體 以後 封建社會 前期, 資本主義社會를 것처 現代에까지 民謠, 聖歌, 史詩, 戲詩의 生成으로 다시 小說, 戲曲, 論說, 抒情詩로의 展開에까지 變遷해온 것을 보아낼 수가 잇다.

×

이리하야 모든 藝術에 잇서서 그러하얏거니와 特히 詩歌에 잇서서는 生活에서의 分化以後 詩歌는 詩歌대로 그의 藝術的 指標를 하고 더욱더욱 生活에서 버그러저 觀念的 昇揚을 꾀하얏갓다. 그리하야 多額의 勞力, 奴隷

衆의 生活保障으로 말미암아 모든 權利의 主人인 그리고 아모 義務도 짐
지지 아니 한 階級 ─짤하서 만흔 時間을 차지한 有閑階級은 그의 詩歌에
잇서 그의 詩歌의 手法에 잇서 現實生活과는 遊離한 坐 超越하얏다. 自誇
하는 게 小主觀의 神秘的 恍惚境에서 純粹藝術의 享樂을 일삼게 될 수밧게
업섯다.

그러나 同時에 우리가 이저서는 아니 될 것은 이러한 人間 氣化的 生活
을 實踐하고 잇는 그룹이 잇는 反面에는 義務만 짐 지고 아모런 權利도
차지하지 못한 짤하서 『義務』에 억매어 아모 時間의 餘裕도 ─짤하서 아
모런 文化生活도 가지지 못한 有閑階級의 生活資料 供給의 機械로서 坐듯
이 그 生命을 維持하야가는 大多數의 勞動階級의 아모 藝術도 가지지 못하
얏슴을 생각하지 안흘 수 업다. 그리하야 한 小數의 階級은 現實에서 버
그러진 文化生活의 徒徒요, 坐한 多數의 階級은 文化生活의 『文字로 理解하
지 못하는 現實의 奴隷로 一種의 墮落過程을 밝어갓다. 그리하야 우리는
이러한 墮落過程의 가장 激化한 現代에 설 수밧게 업시 되엇다. 그럼으로
이러한 現實의 辨證的 要求에 잇서 우리는 有閑藝術人 階級의 現實로에 還
元 ─따라서 筋肉勞動의 分擔과 勞動階級의 全擔하얏든 勞動의 分擔으로
맛게 되는 餘裕로 말미암아 文化生活의 實踐이 必然的으로 必要할 수밧게
업슴을 본다. 그리고 그리하야서만이 平等한 生活權의 保障이 可能할 것
으로, 이러한 可能의 社會는 少數個人 本位가 아니라 社會全員 本位의 社會,
資本制가 아니라 □人勞動制의 社會, 孤立的 生産이 아니라 共同生産의 社
會組織에서만이 發見할 수가 잇스나, 그러나 우리는 이러한 社會와는 距
離를 가진 어느날 社會에 서 잇는 것을 이저서는 아니 된다.

×

우리는 흔히 觀念形態는 그 具象的 基礎의 反映이라 한다. 그러나 가튼
小뿌르조아이면서도 엇지하야 한 詩人은 푸로的이요 다른 詩人은 뿌르조
的이라 하는가? 흔히 우리는 意識을 戰取하얏느냐 못하얏느냐? 둘 두고
이와 가티 가질 수밧게 업는 것을 본다. 그러나 엇재서 『戰取』의 必要를

가지게 되는가? 여긔에 우리는 우리가 繼承한 藝術의 觀念體系의 우리의 現實社會生活과의 遊離와 그 發展을 아니 볼 수 업는 同時에 現代 우리 詩人의 多數에 잇서 엇지하야 아직도 現實逃避的의 詩作을 힘쓰고 잇는가? 에 對한 回答을 어들 수 잇다.

아모 것도 現實的으로 生産하는 地位에 서지 못한 우리 詩人들 生活資料를 供給해주는 勞力階級을 地盤으로 하야 自己의 文化生活 그 所謂 藝術的 生活 —極度로 現實에서 遊離된 個人主義的 小心境에 沈沒하는 觀念的 生活을 繼承한 우리의 現代 詩人들은 우리의 舞臺 위에 낫타날 수밧게 업섯다. 그리하야 歷史的 認識의 能力을 把持하지 못한 —設令 把握하얏다 하야도 그 觀念形態의 歷史가 依據하는 具象的 基礎와 아울러 相當한 認識을 把持하지 못한 詩人들은 現代의 特殊現實에 立脚한 우리네의 生活이란 것이 엇더한 性質을 가진 生活이며, 또 世界의 各 民族社會 內의 生活相과 그 運動이란 것이 엇더한 色彩를 가진 것이며, 엇지하야 우리는 오늘날 가튼 生活 破産에 當面할 수밧게 업스며, 또 엇지 하야서만이 우리의 甦生이 可能한 것이며, 世界運動의 進展은 우리에게 如何한 影響을 끼치게 되는가. 그리하야 이러한 疑問에서 보아내는 바와 가튼 階級的 立場에는 우리 民族의 詩人으로서는 如何한 影響을 끼칠 詩作을 힘쓸 수밧게 업는가. 自己 한 個人의 音樂 陶醉의 詩篇의 對社會로의 發表, 그의 讀者에의 影響, 그리하야 自己와 가튼 生活者 社會的 存在가 增殖하는 것이 果然 우리 民族社會를 爲하야 嘉尙할 일이며 有爲한 일군을 엇는 所致일가? 이러한 點에 對한 조고마한 省察 조고마한 關心을 가질여고 하지 안코 傳統的으로 나려온 文藝理論 美學을 無批判的으로 繼承하야 그러한 潮流에 가장 忠實한 便徒되기를 唯一한 目標로 或은 와일드, 或은 쏘드레르, 或은 베르레느의 私淑的 模倣을 힘썻을 뿐이다. 그리하야 이러한 是認들은 原始時代의 우리 祖先이 소래치는 詩, 그 熱烈한 男性的 氣槪에 조고마한 反省도 가지지 못하는 것은 毋論이요, 왜 그러냐 하면 現實의 醜惡한 社會相에 對한 男性的 怒號를 소래칠 그러한 丈夫의 氣槪도 보아내지 못하고 封建時代로부터 궁구러 나온 觀念 부스러기나 坐는 前期 資本主義時代의 遺態인 스필넬 流의 徹底的 象牙塔 속에서 自己享樂的 耽溺이나 女性的 雜技를 弄하는 一種의 幻想的 浮浪生活로서 가장 큰 詩人의 職務요 矜持로서 自認하고 스스로 坐 그리하기를 努力함에 이르럿다. 그리하야 詩人들은 筋肉勞動의 『筋』字도, 生産勞動의 『生』字도 實感할 수 업섯슴으로 그 艱難과 苦勞에 對한 理解를 가질 수 업는 것은 毋論의 事오, 直接生産 部門에 從事하지 안는 詩人들을 먹여 살리기에 얼마나 만흔 受苦를 農民들이 할 수밧게 업는가? 이러한 質問에 對한 아모런 關心도 興味도 가지지 못하엿슴으로 따라서 生産部門에 就役하는 勞動大衆이 農民과 工場勞動者에 대한 感謝의 良心을 늣길 수 업는 것은 毋論이다. 그럼으로 不可避로 그들의 階級的 立脚地와 그 運動에 對한 理解를 가질 수 업고, 自己 스스로 그들을 主體로 한 이 社會組織의 欠點과 그 改革的 意識, 그에 對한 義憤을 가질 수 업게 되는 것 亦是 必然이라 아니 할 수 업다. 그리하야 오히려 相續 바든 現實遊離的 本癖에 쩍 드러부터 自現實生活의 慘絶悲絶한 地境에 쩌러저 잇슴에도 不拘하고 超現實的 心境에 關係하야 現實에 對한 腕强한 抵抗으로 對하는 것이 文士된 자 맛당히 직힐 志操로 들리고 만다. 그리하야 이러한 詩人들에게 다음과 가튼 妙句가 걱굴로 活步할 수밧게 업시 된다. 『無恒産而尚有恒心者唯士能之』 그러나 이미 省察한 바 잇섯거니와 이러한 觀念遊戲癖의 具象的 基礎를 究得함에 이르러서는 志操나 恒心이란 것이 아니라 그實 過去의 歸屬에서 一步도 解脫할 수 업는 小主觀의 尊嚴自護에 吸吸하는 固陋한 個人主義的 低迷 以下에 아모 것도 아닌 것을 發見하는 것이다. 毋論 우리에게는 志操가 必要하고 坐 恒心이 必要하다. 그러나 그 志操와 그 恒心은 우리가 熱火라도 무릅쓰고 구지 직힘으로 말미암아 萬人을 念하는 大義의 불길로 날릴 수 잇는 그러한 곳에서만이 尊貴하고 光彩를 發揮할 수 잇는 것을 이저서는 아니 된다. 同胞의 大多數가 存滅의 交叉點에 서서 갈 바를 아지 못 할 쩨에 계집애 홀리는 詩想이나 헬적헬적 치슬느고 그의 울음 가튼 詩調쌔나 뒤적거리고 제 한 몸의 愉安을 本位로 한 超俗的 幻想世界에 幽

閉하야 生氣업는 槪念, 곰팡이 실은 內容의 術語깨나 허비는 것으로서 일을 삼는 現社會에 비추워 한 곳에도 쓸모 업는 有害無益한 食蟲, 輕蔑할 過去의 使徒에게 가장 必要한 志操와 恒心이란 것은 우리에게 잇서서는 反省의 能力을 가지지 못하는 時代의 廢物 — 一種의 藝術病의 검(*걸)린 患者 — 低能兒로밧게 待遇할 길 업슴을 슬퍼하는 것이다.

×

小肯定的 人生觀 小理想主義的 人生觀 —事實 딸하서 現象의 辨證的 現實性 卽 醜한 現實의 揚棄로부터 展開될, 다시 말하면 이 社會의 內包한 矛盾性의 醱酵로 말미암아 이 社會의 안틔테재的 變質에까지 이를 수밧게 업는 이 社會現實의 辨證性을 것처서 그 否定肯定의 正當한 關係의 把握에서 發見한 人生觀이 아니라 다만 現代까지 展開하야온 社會生活에서 쪼는 그의 産物인 觀念體系 속에서 못조록이면 醜보다는 美를, 不幸보다도 幸을, 苦痛보다도 安樂을, 不滿보다도 滿足을 질겨 보아내고자 힘쓰고 쪼 노래하는 一群의 詩人, 나의 上記한 小肯定的 人生觀者 쪼는 小理想主義的 人生觀者, 이러한 詩人은 大槪 自己 私生活의 小쑤르조아的인 物質的 基礎 우에서 잇는 關係上 社會關係를 省察할 能力을 把持하지 못함으로 由來하거나 쪼는 그 所謂 傳來하는 宗敎的 人生觀이나 隱遯(*'遁'의 오식)哲學者의 所說에 歸依함으로조차 由來하는 것이나 自小心境의 淺薄한 凝視에 끄치거나 쪼는 流動的 現實醜로 하야금 그 展開的 變質의 要求에 關聯식혀 省察하지를 못하고서 否定抽捨의 小肯定이나 現實盲目의 小理想에 溺沒함으로서 偉大한 意識者 —凡俗을 超脫한 高級聖哲로 自處한다. 그리고서 恒常 現實生活의 醜態는 보지 안는 사람 모양으로 꼭 人間生活의 아릿다운 稱讚의 詩篇歌章만을 生産하고자 힘쓰고 못조록 實感되는 醜態는 發露하지 안흐려 意識的으로 回避한다. 毋論 그 肯定과 理想이 醜한 現實의 否定을 內包한, 그리하야 그 展開的 意義와의 關連을 것처서 把握된 否定肯定을 貫流하는 大肯定이거나 쪼는 現實의 醜態를 正視하야 그 內的 關係의 分析으로부터 보아낸 展開의 不可避性의 科學的 把握으로 말미암아 가지게 되는 『네오』

理想主義, 現實과 展開될 未來의 統一的 關連에서 發見한 大理想과 如한 그 基盤에 强烈한 科學의 土臺를 가지지 못한 것임은 云謂할 必要를 늣기지 안커니와 이러한 小理想 그實 現實的 基礎를 가지지 못하얏슴으로 小理想이 아니라 空想과 쩌 업는 肯定 肯定의 對立的 意義를 把握하지 못하얏슴으로 쩌 업는 肯定에 昏遊하는 詩人들은 現實과는 그만티 距離를 가젓고 쏘 그 距離에서 더욱 버그러지고자 힘씀으로 그들 詩篇의 大多數는 大畧 두 가지 傾向을 가지는 것이 一般的 現象이다. 그 一은 所謂 大自然 大宗教에 歸依한 詩篇의 創作이요, 그 二는 私少한 人情을 取扱한 哀愁의 詩篇 쏘는 享樂의 詩篇의 制作이다. 前者 中 大自然에 歸依하는 詩篇을 즐겨쓰는 이러한 詩人의 傾向은 그 大自然과 都市와의 對立關係를 省察할 수 업는 것은 毋論이거니와 그 大自然을 두고 이러나는 地主階級과 小作人의 葛藤을 發見하지 못하는 것 亦是 事實이요 쏘 實在하는 朝鮮의 自然의 情調를 代辨하야 주지도 못하고 地球 宇宙 太陽 等等의 槪念遊戲에 努力하거나 그러치 안흐면 조고마한 江邊에 안저서 발자욱이나 드려다 보거나 풀닙이나 쓰더 던지는 類의 계집애들 숫곱질에서나 보아냄즉한 그러한 遊戲에 힘쓰는 것이 常態임을 보아낸다. 果然 이러한 生活形式 感情遊戲를 씩씩하여야 할 우리 靑年들에게 勸誘하야써 엇더한 조흔 結果를 어들 수 잇슬가 하는 自疑만이라도 품을 能力을 가지지 못하고서 쏘 이러한 詩人과 가튼 生活者가 한 사람이라도 增加하는 것이 이 결에를 滅亡의 구렁으로 모라 넛는 第一步인 줄을 自覺할 義意도 가지지 못하고서 詩歌는 나의 享樂物이로다 公公然하게 自誇하야 가며 구지 이러한 詩作들을 힘쓰는 詩人들이 얼마나 만흔가?

쏘 宗教에 歸依하는 이러한 詩人들 중 公公然하게 마리아 禮讚이나 中世紀的 冥想에 耽溺하는 詩人들은 적으나, 그 代身에 人道主義의 글룻진 思想으로부터 저즐르게 되는 失數(*失手)가 決코 적다고 할 수 업다. 이러한 人道主義者는 中世紀的 人生觀 쏘는 佛教的 人生觀, 基教的 人生觀의 影響을 가장 만히 바든 者로서, 殺生의 罪와 사랑의 眞理 等의 가장 卑近한 一例

를 들어보면, 이러한 宗敎的 要求의 支配 領域을 全宇宙에까지 擴充하는 곳에 가장 偉大한 價値를 發見하는 것으로 한 民族의 사랑보담도 全人類의 사랑이 더 偉大하다 하고, 全人類의 사랑보담도 禽獸界를 包括한 全動物界의 사랑이 더 偉大하다고 하고, 더욱 植物界를 抱擁한 前生物界의 의 사랑이 보담 더 偉大하다고 生物界에 끈칠 것이 아니라 全無生物界까지 抱擁한 全宇宙의 사랑이 한창 더 偉大하다 하는 것이다. 그리고 이러한 部類의 宗敎詩人은 如上의 사랑의 實現 如何는 問題를 삼지도 안흐려니와 또 問題삼었자 實踐 不可能인 것은 明白한 事實이다. 그럼으로 짤하서 이 宗敎詩人의 高言壯談은 實踐性 업는 妄想의 羅列로서 世人의 嘲笑를 밧기 쉽고, 『虛僞에 사는 者』『虛僞를 勸하는 者』로서 惡罵를 살 수밧게 업다. 그러나 여긔에 잇서 하게되는 世人의 嘲笑와 惡罵는 어뎃가지든지 正當한 것을 이저서는 아니 된다. 우리 祖先은 原始時代에 잇서 얼마나 自然의 威脅 아페 艱難辛苦를 맛보앗섯나 猛獸와 싸워 그를 물리치고 漂迫의 길에서 쑤듯이 定住의 生活에 들어 猛獸로 하야금 生活資料를 삼고 山菜木根의 生食으로부터 그의 火食에 이르기까지에도 얼마나 長期間의 試驗을 甘受하얏스며, 食草 中에서 가장 맛잇는 것, 猛獸 中에서 가장 맛잇는 것들을 擇하여 쌍 우에 씨쑤려 손수 거두어 먹고 집 겨테 길러 붙여 먹기까지 狩獵經濟時代로부터 農業·牧畜經濟時代에 이르기까지에는 數萬年의 鍛鍊期를 經驗할 수밧게 업섯든 것이 아닌가. 이리하야 農工經濟時代를 거처 우리는 現代 農工商의 國際經濟時代, 帝國主義的 ××와 ××의 性質을 가진 後期資本主義時代에 이르러 잇지 안는가. 그리하야 오늘에 잇서 우리는 『자연의 征服』으로 말미암아 『자연의 威脅』에서 一種의 解放을 엇고, 우리의 厚生을 爲하야 山獸海魚로부터 山菜樹林에 이르기까지 利用할 立場에 이르럿다. 그리하야 우리에게 잇서 이러한 植物界와 動物界의 利用이 업시는 우리는 한 時인들 우리의 生命을 維持할 수 업는 그러한 境遇에 설 수밧게 업다. 이리 되야 우리에게 植物이나 動物에 對한 그 所謂『사랑』이란 것은 가장 동쩌러진 世界의 寓話 以上의 意義를 發見할 수가 업슬 쌛만 아니라 人類間에 잇서서도 橫斷的으로는 階級을 두고 縱斷的으로는『民族性』을 두고『사랑』이란 것의 容許될 領域은 極히 狹小하다. 엇지 그뿐이랴. 우리는 거의 가튼 立場에 서 잇는 民族 內部에 잇서서도 한 덩어리로에 사랑의 實踐이라는 대 잇서 가장 큰 難關과 苦痛을 맛보고 잇지 안는가. 毋論 우리는 쏘리 치는 강아지의 귀여움을 안다. 쏘 곱게 핀 花園의 아름다움을 잘 안다. 그러나 적어도 우리가 한 결에의 立場에 서서 한 결에의 甦生을 目標로 한 文藝運動을 云云하는 公的 立場을 일치 안흘진댄, 이러한 種類의 詩篇의 公表에 對하야서는 愼重한 思慮가 要求되지 안허서는 아니 될 것이다. 적어도 詩作이란 것이 그 詩人에게 잇서 한 遊戲事나 쏘는 焦点 업는 慢名이 안일진댄 한 篇의 詩作에 잇서서도 眞摯한 態度를 이저서는 아니 될 것이다.

다음으로 우리는 眞摯한 態度로서 私小한 人情에만 쏠려 노래하는 哀愁의 詩人, 享樂의 詩人, 女性的 官能藝術의 본바닥임즉한 계집애의 詩篇을 生産하는 詩人들을 아니 들 수 업다. 우리는 決코 人情을 無視하라는 것이 아니다. 그러나 이 결에의 한 사람으로서 가히 붓그럽지 안는 丈夫의 人情에서 솟는 哀痛의 詩篇, 哀樂의 詩篇, 이 결에의 시름과 情曲을 代辨하는 詩篇, 그 詩篇을 이 결에에게 보냄으로 말미암아 조고마한 恥辱도 늣기지 안는 詩篇, 淫蕩에 노그라저 情慾에 싸저 계집 우름에 흑흑 늣기는 그러한 갑산 눈물방울이 아니라 결에의 손을 마주 잡고 現實에 부닥긴 情曲을 그의 解脫의 길과 아울러 보아내고 눈물 흘리며 더 굿세게 압흐로 나아가는 그러한 詩篇을 要求하야 마지 안는 째에, 果然 날신날신한 리듬의 춤에 젊은 靑年으로 하야금 큰 抱負 미테 突進이 아니라 頹廢와 墮落의 길로 引導하는 그러한 詩篇이 엇더한 發表의 意義를 갓는다 할가?

事實 한 거럼 더 나아가서 朝鮮의 現實을 살펴보라. 家庭의 成立과 그 維持라는 것부터 얼마나 어려운 現象에 當面하야 잇는가를. 多數의 直接勞役에 就하는 勞動軍들이 港口나 都市의 勞動組合, 크나큰 한 房에 數十名式 씨워서 或은 새우잠을 或은 곰의 잠을 連夜의 잠자리로 하고 잇지 안는

가. 이 사람들에게 잇서 性의 滿足은 實로 빗산 갑을 支拂하고야 겨우 滿足시킬 수가 잇는 그러한 共同의 娼婦에서만이 可能할 쑨으로 一婦一夫고 무어시고 適用될 餘地가 업는 辛酸한 生活에 쩌러저 잇지 안는가? 이러한 生産部門에 就役하는 勞動者들은 이와 가튼 地境에 쩌러저 잇게 되고 이러한 勞役階級을 地盤으로 하야만이 生活이 可能한 詩人들은 私小한 人情, 哀歡, 享樂, 淫蕩의 詩篇으로서 오히려 이 결에의 氣槪를 低落식히고 잇지 안는가? 우리는 嚴然히 부르짓는다. 이 결에의 甦生을 目標로 한 詩作이 不可能하고 오히려 害毒을 끼칠 모양이면 詩筆을 내어 던지고 고요히 嚮路를 省察하기를. 그리하야 詩作만이 우리에게 必然한 事實이 안이요 더 有益한 公들의 事業이 얼마나 만흔가들.

　毋論 現代의 우리意識을 戰取한 詩人에게 잇서서도 單純한 機械가 아니며 木石이 아닌 以上 現代 生活者로서 要求되는 生理的 運動을 拒否하는 것이 아니다. 人間 自體의 生理的 構造上 肉體的 勞動機能에 잇서서나 無限의 活動, 無限의 奮鬪로써 全一日만이라도 繼續하기는 거의 不可能한 일이다. 有機的 體軀의 本質上 必然的으로 細胞組織 內의 新陳代謝가 要求될 쑨만 아니라 精力保存上 不可避의 現象으로 活動에 對한 休息, 勞動에 對한 安息, 運動에 對한 靜止, 그리하야 睡眠의 要求에 이르기까지 動態와 靜態를 두고 그야말로 交流的 通替關係가 要求될 수밧게 업고 이에 對한 適切한 照應이 업시는 우리의 生命을 維持하기 어렵다. 그럼으로 짜라서 活動의 寸隙을 利用하야 山川景槪를 感賞한다느니보담 激烈한 勞動의 鬱憤과 生活의 辛酸味에 混淺한 胸襟을 열고 自作의 美에 쏠려 조고만한 慰安과 甦躍의 活力을 回復하는 貴重한 瞬間을 決코 輕忽視하는 것은 아니다. 그러나 우리는 同時에 이저서는 아니 된다. 休息, 靜止, 沈默, 睡眠, 自然에의 抱擁 等等 人生의 消極態는 嚴然히 그의 積極態인 活動, 奮鬪, 其他 動的 主態의 運動을 爲한 存在, 再活動을 위한 休息, 더 適切히 에넬기의 再産을 爲한 休養이어야 한다는 것을. 그럼으로 우리는 某 新聞社 主催의 座談會에 잇서 朴八陽 氏의 質問『푸로레타리아 立場에서는 自然을 노래한 詩歌에 對하야

엇더한 態度를 가질 것이냐』에 對하야 푸로레타리아 藝術同盟의 評論家 某氏가 『우리에게는 그러한 겨를이 업다』고 한 回答을 支持할 수는 업고 『우리는 自然뿐만 아니라 엇더한 人生과의 交涉일지라도 詩化 아니 할 責務를 김(*잠) 자는 者가 아닐 뿐에 끈치는 것이 아니라 오히려 自進하야 詩化할 立場에 잇는 것이나, 그러나 上述란 바 『이저서는 아니 될』規定을 버서날 것은 아니라 하는 것이다. 同時에 우리는 意識을 戰取한 者로서 現代 우리의 人生 體係에 잇서 如上의 『消極態』가 차지하고 잇는 價値認識을 게을리 하고서 니히리스트 모양으로 無爲休息의 禮讚를 쇠하는 詩作을 힘쓰거나, 神秘主義者 모양으로 現象의 背後에 무슨 힘 不可思議力의 實在를 容許하고 幻想 審美에 耽溺하거나, 쏘는 自然界의 散漫한 美에 陶醉하야 現實的 任務를 沒却하고 每樣 自然禮讚의 範域을 써나지 못하는 詩作에 업푸러지거나, 猛烈한 世紀末的 色彩를 씌고 焦點업는 態度로서 現實의 醜惡한 享樂, 瞬間的 享樂에 專力하거나, 마소비즘의 卑劣한 淫蕩性慾에 沒頭하거나, 쏘는 感覺派 모양으로 末梢神經의 舞蹈에만 吸吸하는 그러한 傾向의 詩作을 無批判的으로 是認할 수는 毋論 업다. 結局이러만 系統은 于今까지 發展한 바 過去 觀念의 遺物을 繼承하야 所謂 人生觀을 歸依식히고 固陋한 過去의 方法論을 것처서 生活해가는 一郡이거나, 쏘는 意識을 戰取하지 못하얏슴으로 堂堂히 把握할 如上의 現象에 對한 價値評價를 나릴 수 업슴으로 由來하거나, 不然이면 그 生活의 쁄조아性 쏘는 푸틔쁄조아性에서 生産된 個人主義的 自己陶醉에서 誘起된 것으로 우리는 徹底히 排擊하지 아니 할 수 업는 것이다. 그러나 이러한 人生觀과 아울러 그 方法論의 生成過程에까지 究明의 熱誠을 베푸러 그의 依據하는 바 社會的 根據를 明瞭히 認識하는 同時에 現代까지의 變遷的 意義와 그의 現實的 機能을 究得하야써 우리의 오늘날 意識으로서의 批判的 把握을 힘쓰고 우리 制作 生産에 利用하지 안허서는 아니 될 것은 毋論의 事로서 旣述한 바 排擊의 意義와 矛盾되는 것이 안임은 誤解해서는 안 된다.

×

우리의 文字도 理解할 能力을 가지지 못한 勞力階級, 直接 生産部門에 就役하는 多數의 이 現實奴隷들이 供給하는 生活資料로서 그의 生存과 아울러 藝術的 活動이 可能한 現代詩人, 現實生活과는 동써러지게 버그러진 文化生活의 使徒로서 夢幻의 世界에 逍遙하는 現代詩人들이 엇더한 幻域에서 昏迷하고 잇스며, 짜라서 그의 詩作은 엇더한 것이엇든가? 우리는 以上의 課題를 이미 究明하얏다고 밋는다. 우리는 다시 이 部類 詩人들이 詩에 잇서 쏘는 詩의 評論에 잇서 우리에게 무엇을 보혀주고자 힘써스며 쏘 무엇을 勸하야 마지 안는가?를 考察하야 보자.

×

이 部類의 詩人은 무엇보담도 言語를 言語美를 實로 可히 주어야 할 價値 以上 越等한 崇尙으로서 한 特徵을 이루워 잇다. 우리의 社會生活에 잇서 必要한 意思傳達의 媒介性으로서의 言語의 正當한 機能, 詩에 잇서서는 詩想으로 하야금 大衆에의 傳達 - 感情移入의 가장 效果的인 - 手段으로서의 言語의 機能에서 數步를 進하야 우리의 當面한 生活關係에서 切實히 感激되는 그러한 詩想을 가장 힘잇게 表現하고자 『연장으로서의 言語』 選擇에 用意하는 態度에서 버서나서 實로 現實的 內客이 貧弱하다하기보담은 現實生活과는 동써러진 自然의 小景이나 槪念的 存在 以上의 實感美를 發見할 수 업는 超現實的 事象으로서 詩想을 模造하야써 言語遊戲에 耽沒하는 것이 常態이다. 現實生活이 如何한 境地에 일을지라도 그 現實態에서는 아모른 感激도 感興도 發見하지를 못하고 오직 旣述한 바와 如히 現實과는 버그러진 繼承 相續한 바 幻想的 享樂系統을 그대로 固守하고 『연장으로서의 言語』로 하야금 遊戲物에까지 墮落식히고자 힘쓰는 것이다. 毋論 우리는 朝鮮文學의 建設에 잇서 必然的으로 朝鮮語를 支持하여야 하며 受難의 朝鮮말 朝鮮文字의 普及을 爲하야 努力하지 안허서는 아니 된다. 그러나 同時에 우리는 言語나 文字가 가지는 價値, 우리의 思想感情의 表現記號 ― 空間的 媒介表象으로서 쏘는 時間的 媒介表象으로서의 記號라는 연장으로서의 機能을 正當히 認識하지 못하고서 『言語遊戲』나 『文字作亂』을 힘쓰는, 그럼으로 짤하서 우리 民族의 階級性의 切實히 要求하야 마지안는 그 무엇에 對한 아모른 關心도 興味도 가지지 못하는, 그리하야 每樣 言語의 鍊磨, 洗鍊, 美, 表現을 云云하나, 그 洗練되엇다 自誇하는 詩語의 『연장』으로서 作用된 詩에는 우리의 要求하는 아모런 想도 담지 못한 짤하서 아모런 感激도 주지 못하는 그러한 墮落에 써러저서는 안이 된다는 것을 이저서는 안이 된다. 우리가 연장으로서 칼을 選擇할 째에는 버히고자 하는 對象物을 가장 잘 버힐 수 잇슬 그러한 칼을 選擇하리라. 그리하야 鈍한 칼날을 갈고 쏘 갈어 우리의 銳利한 연장인 칼로서 가장 效果的인 作用을 다할 수 잇는 그러한 칼을 만들고자 努力하리라. 그러나 버힐 對象에 對한 아모런 關心이 업시 즘생과 싸홀 處地에 잇는 사람으로 주머니칼쯤을 등이 달토록 갈면서도 反省할 줄을 몰른다고 하야 보라. 詩人 諸公 中에 期必 주머니칼의 主人을 輕蔑이라느니보담 오히려 憐憫히 보리라. 그러나 이러한 部類의 詩人들 中에 果然 이러한 憐憫의 對象이 업다고서 그 누가 壯談할 것인고?

×

이 部類의 詩人들은 쏘 詩의 旋律을 音調한다. 흔히 音調音調하야 音樂的 律動의 流麗를 가장 重視하는 것이다. 毋論 詩와 散文의 境界를 가리는 指標의 하나가 詩의 旋律에 잇는 것은 拒否할 수 업는 일이요, 그 律動이 內在的이것 外在的이것 詩라는 文藝形式의 存在 認識의 하나로서 容許하여야 할 것은 毋論의 事이다. 그러나 그 旋律의 性質에 짜라 民衆에게 주는 影響 即 그 效果性에 對한 省察이 업시 調子나 旋律을 云云하는 것이 이러한 部類 詩人의 常態이다. 그리하야 旋律이다 整齊다 하야 가장 努力을 傾注하는 듯하나 날신날신하고 믹근믹근한 쏘는 하늘하늘한 女性的 蠱惑味를 씬 旋律의 詩가 民衆에게 如何한 頹廢的 作用을 하고 잇는지를 反省하야 보려고 안는다. 허트러진 陣營을 統一하고 제 各其 孤立된 제 길을 걸어가는 사람들을 한 方向으로 발마춤에까지 引導할 수 잇는 그러한 큰 肺量을 가진 旋律, 氣盡한 士氣를 振興케 하야 奮鬪에까지 나아가게 하는 熱과 힘이 쒸는 旋律, 原始時代의 祖先들이 猛獸와 싸호며 소래 치든 그러한 呼吸을 가진 旋律, 直面한 우리의 現實에서 우리의 발을 묵는 쇠사슬을 勇敢히 문질르고 벅차게 突進하는데 불길이 될 그러한 旋律, 그러한 旋律에 對한 用意와 制作的 實踐에는 조고마한 貢獻도 드리지를 못하고 오직 不生産的 生活에 馴致되어 退化되고 取縮된 肉體에서 끌어올르는 觀念形態, 幻想의 遊戲를 힘쓸 뿐이다. 그리하야 十年如一日式으로 가튼 調子의 女性的 文弱美의 濃厚한 詩作과 아울러 그 吟味 鑑賞法의 公表 宣傳으로 말미암아 이 결에의 씩씩하여야 할 丈夫의 氣慨를 阻喪低迷케 할 뿐만 아니라 有爲한 우리 靑年의 强烈하여야 할 感情을 軟弱케 하는 害毒을 끼치고 잇다. 毋論이 部類의 詩人들은 이와 가튼 抗議를 提出하리라. 詩는 엇더한 公利的 思想의 宣傳道具가 아니며, 또 倫理的 評價의 圈外에 存在하는 것으로 엇더한 手段으로서의 存在를 容許할 수가 업고 엇더한 것을 노래하든지 詩人의 自由에 屬한다고. 그러나 이러한 藝術至上主義者의 瞻語를 여기에서 誠實한 態度로서 取扱하기에는 넘어나 時代遲한 늣김을 禁할 수 업다. 녯날에 어느 暴君은 塗炭에 든 民衆의 飢餓에 휘몰리 잇슴에도 不拘하고 手下番犬으로 하야금 民衆에 불을 질르게 하고 宮城 우에 비슷이 누워 타올르는 불쏫과 쏫겨나오는 백성들의 황황한 모양을 보고 빙그레 우스며 頌詩를 을펏다고 하더니, 果然 그내들에게 이러한 吟詩의 態度까지도 肯定할 藝術至上的 良心이 잇는가? 이 民族이야 滅亡에 써러지든 말든 關心할 必要업시 果然 如上의 藝術至上的 良心으로서 慢然한 詩作의 自由를 主張할 勇敢을 가젓는가? 그러나 이러한 部類들이 高調하는 『自由』라는 것이 其實 우리의 當面한 現實의 自由로운 觀照를 意味하는 것이 아니라 現實的 社會關係에 비추워 繼承한 바 固陋한 觀念形態의 淸算을 힘쓰지 못함으로 말미암아 아직도 그의 頭腦속에 潛伏하야 잇는 現實的 內容의 美麗한 幻想, 즐기인 殘滓一束의 無批判的 發表의 自由를 意識하는 것을 想到할 째에 우리는 自由를 云云하기 前에 먼저 自意識의 淸算을, 그리하야 우리의 當面한 現實의 그야말로 固陋한 觀念의 奴隷로서의 認識이 아니라 『自由로운』認識을 勸하고 십흔 것이다. 不生産者로서의 必然히 마즐 수밧게 업는 生理組織의 無氣力性, 딸하서 生生한 氣味와 深刻味 적은 詩篇, 딸하서 쏘 詩篇에 흐르는 旋律의 跳躍性의 欠乏, 이러한 現象은 오늘날 社會組織의 揚棄로 말미암아 生産部門에 就役하기 前에는 完全히 匡正되기 어려운 일이거니와 적어도 意識의 戰取로 말미암아 直面한 現實의 辨證的 把握, 그리하야 우리의 努力할 穩當한 方向에 對한 意識的 努力은 이러한 部類의 詩人으로 하야금 맛당히 힘써야 할 一翼的 任務를 다 알 수 잇슬 것이다. 이와 가티 言語와 旋律에 深重한 注意를 게을리 안흠으로 딸하서 이 部類의 詩人은 『感銘』을 高調한다. 毋論 詩에 잇서서뿐이 아니라 小說이나 戲曲 音樂 繪畫에 잇서서도 感銘을 주는 作品을 生産하여야 할 것은 藝術生産者의 맛당히 銘心할 態度일 것이다. 왜 그러냐하면 感銘 업는 作品은 벌서 文藝作品으로서 社會的 存在를 維持할 理由를 가질 수 업스니, 엇더한 作用임을 不拘하고 影響을 씨칠 수 업는 作品이라는 것이 存在를 持續할 수 업는 것은 必然인 까닭이다. 그러나 우리는 單純한 『感銘』이란 곳에 머즐 수는 업다. 적어도 우리가 藝術至上主義的 立場을 把守하는 象牙塔 속의 存在가 아니고 우리의 特殊한 生活 樣相에 잇서 階級的 民族關係에 直面하고 잇는 以上 우리는 한 거름 더 들어가서 그 『感銘』의 性質에까지 反省하지 안허서는 아니 된다. 卽 우리의 現實生活이 切實히 求要하는 그 『感銘』－現實的 內容에까지 省察하기를 게을리 하여서는 아니 된다. 그리하야 우리에게 잇서서는 必然的으로 엇더한 『感銘』이 要求되며, 딸하서 엇더한 『感銘』의 作品을 生産하지 안허서는 아니 되느냐?의 問題만이 우리의 重要한 關心일 수밧게 업다.

×

우리는 이 결에로 하야금 頹廢나 一時的 享樂에 잇그는 그러한 感銘이 아니라 오늘날 마즌 階級的 民族生活을 뚤코 우리 民族 成員의 各自의 生命으로 하야금 自由로운 生長을 圖謀할 수 잇는 그러한 目標를 바라고 꾸준히 힘잇게 싸화 나가는대 불길이 될 感銘을 주어야 한다고 主張할 수밧게 업다. 그러므로 우리에게 잇서 藝術 딸하서 文藝는 生活을 爲한 그것, 今日에 잇서서는 破産에 處한 生活을 살리기 위한 연장의 한 가닥인 것은 毋論이다. 이리하야 우리는 感銘 잇는 作品을 提供하여야 한다는 대 對해서는 反對할 必要가 조곰도 업는 것이나, 우리의 現實을 辨證的으로 보고서 要求되는 實로 有意義한 感銘을 이르킬 作品을 制作할 것이니, 無意義하다느니보담 害를 끼치는 그러한 感銘을 줄 作品을 生産하여서는 안이 된다고 하는 것이다. 그럼으로 우리에게 잇서서는 感銘에 잇서서도 階級的 民族性의 要求가 嚴然히 實在할 수밧게 업스니, 이 要求에 몹시 버그러진 感銘의 作品과는 必然的으로 싸우게 될 수밧게 업다. 그러커늘 이 部類의 詩人들은 어쩌한 種類의 感銘임을 不拘하고 感銘 잇는 作品만을 生産하여야 된다고 高調하거나 쏘는 그 엇더한 內容의 感銘임을 反省하지 못하고 單純히 感銘 잇는 作品을 生産하여야 된다고 하는 그러한 誤謬 쏘는 無省察에 써러저 잇다. 그리하야 이 部類 詩人들의 制作을 살펴보건댄, 大槪는 哀愁와 寥感 放縱과 享樂의 詩篇을 發表하고 잇는 現象이니, 이 部類의 詩人이 云爲하는 그 所謂 『感銘』 잇는 作品이 民衆에게 주고 잇스며, 쏘 주고자 하는 『感銘』이란 것이 엇더한 性質의 것인지가 明瞭하게 드러난다. 感銘을 주지 못하는 文藝作品은 作品으로서 容許할 수 업는 것이니 問題삼을 꺼리도 되지 못하거니와 『엇더한 感銘의 作品』을 生産할 것이냐? 는 이 部類 詩人의 크게 反省할 點이라는 것을 銘心하여야 한다. 여기에는 적어도 生産된 作品이 演할 對社會的 機能을 明瞭하게 把握할 理由가 잇는 同時에 固陋한 自意識의 淸算이 가장 必要한 것이다.

　우리는 以上에 잇서 우리의 論을 進行식히는데 不可避의 意義를 가진 現在 朝鮮詩壇의 傾向 中 批判할 수밧게 업는 各 系流의 詩의 傾向과 밋 詩人의 傾向을 取扱하얏다. ――히 이 部類의 詩作과 詩人을 들지 아니 한 것은 오로지 이 部類 詩人들의 各其 스스로의 自省을 불러내는 便이 露骨的으로 집어내는 것보담 나흐리라고 생각된 까닭이다.

　다음으로 우리는 우리의 主義를 個條式으로 明瞭히 하면서 結論에 이르기로 하자. 우리는 무엇보담도 먼저 現代의 朝鮮사람이라는 것을 이저서는 안 된다. 그럼으로 時間의 系列에 잇서 封建社會의 産物인 藝術意識에나 坐는 前期 資本主義時代의 産物인 文藝觀念에 隷屬되어서는 안이 된다. 同時에 空間的 系列에 잇서서는 中國사람이나 丁抹사람이나 日本사람과는 달은 世界의 朝鮮사람이라는 것을 銘心하여야 한다. 이러한 反省에서만 우리의 理論을 把握할 수 잇고, 그럼으로 坐한 實踐性 잇는 精神的 武器를 戰取하야써 우리 文藝運動에 가장 힘 잇는 자리를 차지할 수 잇슬 것이다.

×

우리는 다음으로 藝術, 짤하서 文藝는 決코 私事가 아니라는 것을 記憶하여야 한다. 公事라는 말이 現代語는 아니나, 藝術은 『公事』 – 社會的 機能을 차지한 事業이라는 것을 이저서는 안 된다. 創作過程을 重要視하야 對社會關係를 輕忽히 녀기는 文人은 間間 個人主義的 傾向에 盲目되여 이러한 機能을 蔑視하는 일이 決코 적지 안타. 그리 하야 私事로서 對하게 되고 그럼으로 짤하서 享樂物視하기에까지 니를 수밧게 업다. 毋論 作家가 制作過程에 잇서 創作的 歡喜, 늣기는 것은 自由요 坐 그러한 깃붐이 文人에게 잇서서 얼마나 貴한 歡喜인지 우리는 亦是 잘 體驗하는 바이다. 그러나 制作過程에 잇서서 늣기는 歡喜와 享樂的 傾向을 가진 作品生産과는 混同될 것이 아니다. 우리가 制作過程에 잇서 늣기는 歡喜는 決코 그 制作의 享樂的 傾向에 醉하는 것이 아니라 主로 創作 構想의 滿足한 實現過程에서 오는 生産的 歡喜 坐는 創作的 歡喜인 것이다.

우리는 무엇보담도 다음에는 科學者이어야 한다. 그리하야 우리의 直觀力은 科學的 土臺를 일허서는 아니 된다. 그리하야서만이 이러한 直觀力은 가장 短縮한 形式 안에서라도 數萬言의 科學的 說明에 該當한 한 個의 暗示를 담을 수 잇다. 여기에 말하는 文藝家의 科學的 要求에는 坐 한 가지 달른 方面이 잇다. 그것은 文人은 모른(*름)직이 『文藝化』라는 한 技術者인 것을 自覺하여야 한다는 것이다. 그 地位는 다른 精神勞動에 從事하는 技師 技手에 比하야 조금도 달를 것이 업다. 그럼으로 文藝化할 材料가 提供된 째에는 언지든지 文藝化식힐 수 잇는 技術의 把持者이어야 한다. 感興이 일 째만 붓을 든다 壯談하는 文人은 有閑階級的 享樂物로서의 嚴然한 存在는 容許할 수 업는 것이다.

우리는 아므래도 實際 事業이 中心이어야 한다. 그럼으로 文藝事業에 不適한 自己를 發見하얏다느니보담 眞實로 우리의 意識을 把握하얏슬진댄 快然히 實踐部門으로 쮜여들라. 그러나 詩人이 哲學者 되기가 어려운 것과 가티 哲學者가 運動家가 되가도 容易치 안흔 것을 理解하여야 한다. 무엇보담도 階級的 民族關係에선 이 결에의 한 分子로서 客觀과 主觀을 正視하야 가장 有爲한 活動部門으로 쮜여들어야 한다.

×

우리는 地上의 樂園을 建設하려는 亂世의 工匠이다. 現實的 苦痛, 現實的 不滿, 現實的 鬱憤에서만 展開될 地上의 樂園을 正當히 理想하고 工事에 就役하는 이 世紀의 工匠, 亂世의 工匠이다. 亂世의 工匠에게는 平和와 靜謐, 忍苦와 突進만이 必然한 生存의 器具인 것을 銘心해야 한다.

×

藝術至上主義는 觀念 相續者의 至孝至忠의 人生觀이다. 同時에 現代의 至惡不良한 子息의 叛逆的 人生觀이다. 웨 그러냐 하면 顚倒된 現代의 意識인 까닭이다.

藝術至上主義者는 相續한 心中의 偶像을 破壞하기 前에는 現代의 胎盤 우에 안즐 精力을 차지할 수 업다.

×

資本主義社會는 實로 『애담스미스』의 『보이지 안는 손(Invisible Hand)』이 秩序 統制의 重任을 마튼 混亂된 社會이다. 그럼으로 엇던 사람으로 하야금 亡하게도 하고 興하게도 한다. 그리하야 資本主義的 經濟關系는 到底히 抵抗할 수 업는 一大 權威로서 그 抑壓에 處한 民衆을 威脅한다. 여기에 藝術至上主義者의 哀愁와 無常, 嘆息과 祈願의 傳統的 基礎가 잇다. 그러나 그

民族社會의 成員이 그 社會를 統制할 수 잇는 社會에서는 이러한 現象은 出現할 根據를 어둘 수 업슴으로 發生될 수 업는 것은 쪼한 必然이다.

×　×

現代 朝鮮意識을 戰取하라. 그리하야 그 意識을 것처서 누구와 손을 마조 잡고 누구와 싸워야 할 것인지를 살펴라. 그러한 省察은 그대들의 制作으로 하야금보담 千金의 價値를 살 수 잇는 불길이 될 것이다.

×　×

原始共産時代의 社會에 잇서 生産의 關係는 實로 明瞭하얏슴으로 觀念의 偶像에 쓰을릴 誘惑도 업섯고 쪼 實際의 偶像이 存在할 餘裕도 업섯다. 사람은 實로 生産을 左右하는 主人公인 同時에 自運命의 指導者요 쪼한 開拓者이엇다. 오직 이러한 地位를 制度하는 것은 自然의 不可抗力的 存在에 不過하얏든 것이다. 그러나 器具, 器械, 機械 等의 發明을 것처 人類社會가 交明되어 나감에 짤하 自然에 對한 人類의 共同鬪爭은 드듸어 그의 征服에까지 그리하야 온전히 『自然力』이라는 魔力의 손에서 사람은 一種의 解放을 엇고 말엇다. 그러나 同時에 『社會』『社會關係』란 怪物은 自然보담도 一層 積極的 動力으로서 人類 아페 出現하얏다. 그리하야 『消費』가 아니라 『交換』을 目的으로 한, 『共同的 生計』가 아니라 個人의 利益을 目的으로 한, 『勞動』이 아니라 『資本』을 主體로 한 生産關係에 들어감에 이르러 人類는 自生産物에 對한 支配의 能力을 喪失하고, 이러한 關係의 變遷은 드듸어 오히려 生産物이 生産者를 支配하고 生産者의 運命을 左右함에 이르러 資本은 完全히 勞動力을 支配하게 되고, 大多數의 勞動階級은 彼等이 生産한 生産手段에 依하야 도리어 隷屬될 수밧게 업섯다. 그리하야 小數 資本을 享有한 階級은 多數者의 勞動을 ××하야 自享樂의 地盤으로 함에 이르고 여긔에 全社會의 利害와 小數個人의 利害가 衝突될 수밧게 업다. 이리하야 우리는 오늘날 우리 民族社會를 破滅하는 小數의 怪力과 抗爭할 수밧게 업시 되엿다. 原始時代에 잇서 우리 祖先의 抗爭의 對象은 自然이엇스나 現代의 우리에게 잇서서는 『社會』— 우리 社會의 罷滅者 우리 民族社會의 成

員으로 하야금 貧賤의 구렁으로 몰아너는 그러한 그룹이다. 그러나 우리의 大衆的 투쟁 協同的 共同투쟁이 要求되는 點에 잇서서는 彼我間 버그러질 배가 아니라, 이리하야 우리에게 잇서서는 『個我』의 意識보담도 集團的 意識, 한 덩어리 階級으로서의 朝鮮意識 ―連帶意識이 現代에서 奮鬪意識으로서 要求되는 것은 毋論이요, 民族 單位의 地域的 共同生活體의 結合 紐帶로서 未來事會의 生活基調로서 要求되지 안허서는 아니 된다. 이러한 意味에 잇서 우리는 原始共同時代의 先人들의 씩씩한 生活 그 旋律意識을 無限 그립어 한다. 卽 一種의 懷古的 追憶의 貴重한 意義를 發見 아니 할 수 업다. 그리하야 이러한 丈夫의 氣槪에서 소사올르는 굴근 線, 이쯕한 旋律, 힘에 가득찬 들이 이 결에 詩人의 가슴에서도 터저나오려니 터저나오려니 하는 期待의 念을 버릴 수 업는 것이다.

이리하야 우리는 原始時代에 猛獸를 쪼츠며 山野를 涉獵하든 산냥군 一團의 그 男性的 血躍, 共同的 動作으로에 反省이 要求되지 안허서는 아니 된다. 嚴冬 치위에 尺雪을 짓밟으며 突進하든 산냥군, 쓰거운 녀름 햇볏 아래 峻岳絶壁을 기어올르든 산냥군, 正服의 感情 한 번 타올를 째에 十萬 年 前 原始人의 强烈하든 氣勢를 본바더 野牛를 쫏는 猛獸와 가티 쮜여가는 現代人의 熱血에 생긴 行動이 自然의 즘생에서가 아니라 이 社會의 즘생에게서 實踐되어서는 안될 理由가 이슬가. 이러한 氣象을 보혀주어야 할 우리의 詩는 毋論 女性的 律動의 그것이 아니다. 쏘는 幻想世界의 그것이 아니다. 쏘는 연장 鍊磨에만 힘쓰는 蹈音語律主義者의 그것이 아니다. 우리가 可히 힘쓰지 안허서는 아니 될 階級的 民族意識으로 하야금 統一的 整齊運動에까지 잇그는 同族的 感情의 拍屬的 表現일 수밧게 업다. 그리하야 原始人에게 잇서서 音樂 舞踊 詩歌에 담은 旋律이 그를 가슴 속에 숨어 잇든 同旋的 感情을 昻揚하는대 쯘치지 안이 하고 一層 秩序化하게 하고 쏘 統一化에까지 整齊하는 힘을 보혀주듯이 靜止보담도 奔感에, 沈默보담도 跳躍에, 抑壓보담도 伸揚에, 淺淡보담도 濃厚에, 傲慢보담도 整齊에, 混沌보담도 秩序에, 離散보담도 統一에 잇글 수 잇는 律動的 詩의 生産에

努力하지 안허서는 안이 될 것이다. 이러한 男性의 氣槪를 담은 動的 詩篇은 決코 偶然히 生産되는 것이 안인 것을 自覺하야 우리의 內外의 生活로 하야금 먼저 스스로 그리하기를 意識的으로 힘쓸 수밧게 업고, 그리하야서만이 女性的 官能藝術에 안이라 男性的 血躍詩篇의 生産에까지 그리하야 鐵筋콘크리트와 가티 莫强한 整形과 裝形된 旋律의 彈力에 가득찬 運動을 發見할 수 잇슬 것이다.

오늘날 우리의 階級的 民族生活은 이러한 詩篇을 要求하야 마지 안는다. 庚午年을 마지하야 우리는 이러한 詩人이 한 사람이라도 出現하얏스면 하는 期待를 가지면서 이 붓대를 던진다. (於西京 牧丹峯 下)

··· 《朝鮮日報》(1930. 1. 4, 6, 8~9, 12, 14~18)

文藝理論의 淸算期
─ 直譯的 公式主義者에게 ─

▌一▌

어느 時代 어느 社會에 잇서서나 그 運動, 思想, 文藝의 草創期에는 그러한 現象을 흔히 發見할 수 잇는 것과 가티 朝鮮 社會에 잇서서도 우리의 運動理論 乃至 文藝理論에 잇서 다른 社會의 그것의 模倣直譯時代를 免할 수 업섯다.

日本運動에 잇서 그 所謂 方向轉換이란 것이 朝鮮에 와서 고대로 模倣되엿고 딸하서 普通選擧로 因하야 諭起된 日本의 政治鬪爭의 重要性이란 것이 朝鮮에 와서 亦是 그와 가튼 흉내를 낼 수밧게 업게 되고, 福本和夫式의 獨逸文典 直譯流의 術語 公式 文體는 亦是 고대로 朝鮮 移植에 되고 말엇다. 그뿐이랴. 福本宗의 信徒 一派는 그 香긔롭지 못한 宗派的 分裂主義의 奧妙한 術策까지 고대로 繼承 傳授를 밧게 되여 朝鮮文壇에 잇서서의 模倣的 直譯主義者는 理論보담도 오히려 惡罵辱說의 武器를 들고 可謂 劃時期的으로 席捲橫步하는 獨舞臺를 形成함에 이르럿다. 그리하야 이러한 一派의 大多數는 朝鮮 現實의 特殊性의 究明으로 말미암아 朝鮮 運動理論 ─ 짜라서 朝鮮 文藝理論의 樹立을 힘쓸 그러한 重要한 使命에 反省히려고도 아니 하고 奇怪妄測한 直譯癖과 淺薄愚昧한 見識으로서 더욱 그들의 重要

한 任務를 忘却하야갓고 드되여 적지 아니 한 失敗를 거듭하고 마럿다. 方向轉換, 政治鬪爭, 形式問題, 意識問題, 作品 等等 그 失數(*失手), 可謂 그들의 全 活動 領域에 亘함즉하다. 이러한 失策에도 不拘하고 草創期의 朝鮮 文藝運動에 잇서 그들의 願한 가엽지 안흔 役割을 認定 아니 할 수 업스면서도 그들이 理論다운 理論 하나 體系잇게 세우지 못하얏고 쏘 文壇人의 克復 淸算을 同志의 獲得의 見地에서 힘쓰지 못하얏슬 쑌만 아니라 오로지 排擊排擊의 宗派熱을 煽揚하야 文壇人의 協力的 一大 陣營의 建設에 失却(*失脚)하고 드되여 幾 個人의 惡罵辱說의 舞臺라고까지 世評을 밧게 된 것은 그들의 致命的 失態라고 아니 할 수 업는 것이다. 그럼으로 짜라서 우리는 朝鮮의 特殊現實에서 朝鮮理論의 樹立으로 말미암아 直譯的 觀念, 意識의 淸算 克復과 福本이즘의 遺物인 宗派的 分裂 傾向의 克服 排除로만이 可能한 朝鮮文人의 오늘 朝鮮意識으로서의 合流 協同이 要求될 수밧게 업다. 그리하야 우리는 드되여 「朝鮮文學 建設의 理論的 基礎」라는 論文을 것처서 復麻와 가티 허트러진 過去 文藝理論 ─多分히 直譯 냄새 나는 理論의 全面에 亘한 批判과 아울러 朝鮮現實의 特殊相의 正當한 分析, 正當한 認識에서 우리의 運動理論 ─우리의 文藝理論의 樹立을 爲하야 조고마한 努力을 종할 수밧게 업섯든 것이다. 그러면 우리가 여긔에서 云謂하는 朝鮮의 特殊相의 認識, 直譯的 公式主義者의 意識 淸算이란 大槪 엇더한 內容을 가지고 잇느냐? 그 機能的 規定은 이 論文의 全般에 亘하야서만이 明瞭히 될 것이나 그 方法論的 差異를 알니기 爲하야 優先 그 大略을 說明하건댄 다음과 갓다.

▌二▐

우리는 現代 朝鮮의 生活者이나 單純한 空氣管中과 存在나 쏘는 觀念的 術語的 存在가 아니라 嚴然히 現代라는 時間圈에 朝鮮이라는 地域에 制約되어 生活하는 朝鮮 사람이다. 짜라서 우리가 現代 朝鮮 사람의 當面한 現實을 省察하야써 그 特殊性에서 오늘날의 「朝鮮意識」을 發見하고 그 質的

烈火와 量的 强化을 힘쓸 수밧게 업는 것은 時空의 制約 下에 實在하는 「朝鮮이라는 特殊社會」에서 多分히 實踐性을 內包한 精神的 武器를 把握할 수 잇는 까닭이다. 그럼으로 因하야 우리는 우리의 勉修한 知識이 다만 研究室 內의 그것이나 쏘는 知識을 爲한 知識의 無生氣한 그것이 아니라 우리의 힘으로서 쏘는 우리의 生命의 불길로서의 妥當한 機能을 發揮하게 될 수 잇다. 推移하는 世界의 情勢에의 注視와 變遷하는 世界 學壇에의 用意도 이러한 實踐的 任務를 達成하기 爲한 우리의 必要한 善知識에까지 點火할 수 잇슴으로 말미암아만이 亦是 우리에게 有爲한 生命의 쌍될 수 잇다. 이러한 態度에 슬 수밧게 업는 우리는 그럼으로 單純히 輸入 「階級」이라는 觀念에다 朝鮮의 現實을 歸屬식히는대 그치는 直譯主義者의 態度를 草創期에 잇서서의 避치 못할 現象으로 充分한 理解로서 對하면서도 不滿을 늣길 수밧게 업고, 짜라서 그러한 態度에서 버서나기를 要求할 수밧게 업고, 우리 스스로 그러한 立場을 써나서 여러 사람이 直面한 特殊現實의 批判的 分析으로 因하야 朝鮮 사람의 階級性의 本質을 立明하고자 努力할 수밧게 업다.

이러한 究明은 實로 우리의 當面한 焦眉의 事業이요, 兼하야 決코 容易치 못한 事業의 하나이다. 여긔에는 朝鮮 資本主義의 研究와 如한 巨大한 問題의 取扱이 必要하게 될 수밧게 업스니, 이 究明으로 말미암아 우리는 工業地域이 아니라 農業地域이요, 工場勞動者가 아니라 大多數의 農業勞動者로서 構成되여 잇는 朝鮮 貧賤階級의 本質과 아울러 政治形態의 撤去로 말미암아 맛게된 影響 等을 明瞭히 하야서, 우리의 特殊性에서 할 수밧게 업는 運動理論의 規定을 나릴 수 잇는 까닭이다. 이러한 研究는 現 筆者에 잇서서도 企圖中에 잇거니와 그의 極히 적은 部分의 草稿로서 朝鮮民族의 階級的 本質의 究明을 中樞로 하야 朝鮮文學 建設의 基礎 意識을 規定하엿섯다. 여긔에 우리는 아모런 自民族의 政治形態를 가지지 못한 帝國主義의 ××下에 呻吟하는 植民地 貧賤階級의 本質을 明瞭히 하야 帝國主義的 ××를 實踐하는 宗主國 프로레타리아와는 如何한 質的 差異를 가젓스며 짤

하서 그 運動에 잇서서 如何한 特殊性을 가질 수밧게 업는가. 또 朝鮮에
잇서서의 저 사람들의 쑤르的 立場과 우리네의 小쑤르的 立場과는 그 本
質에 잇서서 如何한 差異를 가젓스며, 짤하서 우리는 漸漸 쓰러저가는 微
微한 우리네의 그것을 向하야 불길을 돌릴 것이 아니라 漸次 커가는 저네
의 그것을 向하야 돌릴 수밧게 업는가. 卽 엇재서 우리는 우리의 運動方
向을 저네의 主力에 돌닐 수밧게 업스며, 또 그리하여서만이 우리 運動은
決定的 意義을 가질 수밧게 업는가. 그럼으로 짤하서 우리는 우리의 文藝
制作의 基礎意識은 이러한 決定的 意義에서 보아낸 오날날의 朝鮮意識 卽
階級的 民族意識일 수밧게 업는가? 이러한 問題를 우리는 朝鮮의 特殊 現
實에서 發見하야 어느 程度의 解決을 주엇든 것이다. 그리하야 우리의 發
見한 이러한 意識을 것처서 旣成觀念의 全面的 批判을 圖謀하는대 잇서 時
間的 系列에 屬한 認識 錯誤의 一派, 盲目的 個人的 民族意識의 非現代性을
究明하야 意識 淸算을 勸誘하는 一面, 空間的 系列에 屬한 意識 擺亂의 一
派, 直輸入的 小階級意識 또는 單純한 階級意識은 엇재서 朝鮮의 特殊現實
에서 發見된 階級的 民族意識에 비추워 自意識의 淸算에 몰닐 수밧게 업스
며, 또 그러하야서만이 朝鮮에서의 實踐的 現實性 —觀念的 現實性이 아니
라 —을 把握할 수가 잇는가를 明瞭히 할 수밧게 업섯다.

　이리하야 우리는 우리의 오늘날 意識 —階級的 民族意識의 現實的 基礎
를 明瞭히 規定하는 同時에 階級意識者의 民族意識 撤去論에 對하야 嚴然한
批判을 나리웟고 또 固陋한 民族意識者에 對한 眞摯한 反省을 要求하야 마
지 안엇다.

×

　우리는 如上의 우리의 立脚地에서 「排擊」을 主態로 하든 宗派的 分裂主
義 一群의 分裂熱의 克復 淸算으로 말미암아 文壇人의 協力的 團合을 힘쓸
수밧게 업시 된 것과 꼭 가튼 意味로서 小階級主義者 現實的 內容 업는 直
譯的 術語羅列式 立論을 嚴然한 批評으로 말미암아 自意識 淸算과 아울러
오늘날 朝鮮意識의 把握에까지 誘導할 수밧게 업는 것은 亦是 우리의 不可

避의 任務다. 여긔에 우리는 小直譯主義者의 末流 宋影의 「救世主의 出現」 云云의 異議 中立을 處理 아니 할 수 업다. 그러나 例의 그의 尊師의 香긔롭지 못한 悶育에 어긋짐이 업시 庸劣 且 卑陋한 惡罵辱說과 理論 업는 術語羅列을 繼承 相續하야 直繼的 面目의 雖然한 □動을 들고 나온 惡魔大將式 稚拙한 辱說의 亞流 宋影은

아울너 그 □長에 對한 念念不忘의 割腹的 丹心을 기울너 宗派的 分裂熱까지 如實히 素飮하고 우리의 論文 「朝鮮文學 建設의 理論的 基礎」가 朝鮮文學 思想上 動搖를 보게 될가 憂慮하야 하게 되는 論임을 告白하고만 實로 無體系 無條理한 術語와 辱說을 쩌날 수 업는 그러한 立論에 不過함은 實로 寒心할 바라 아니 할 수 업다. 階級의 現實的 內容이 엇더한 것인지도 理解하지 못하고서 例의 妄言 手段으로 「階級 對 階級」하고 無嚴한 辱說을 陣列한 宗派的 末流는 理論의 發展 展開를 意識할 能力을 喪失하고 마치 佛蘭西革命에 잇서 自階級의 革命的 役割을 送達한 資本階級이 歷史 發展의 正히 밟을 수밧게 업는 不可避의 段階를 無視하고 自階級을 爲한 自階級의 永遠의 强權的 支配를 圖謀하기 爲하야 가진 慘酷한 手段을 利用하기에 조금도 恥辱을 늣길 수 업는 그러한 鐵面皮의 手作을 敢行하듯이, 이러한 直譯的 流派은 自宗派의 意識 淸算에 휘몰닌 그러한 展開的 意義로서 우리의 보내는 批判에 對할려고도 아니 하고 오히려 惡罵辱說로서 自體 內에 醱酵한 疫菌을 掩蔽하야서 無爲를 表裝하고 드듸어 朝鮮民衆과 進步的 知識層의 歡迎을 劃하는 그러한 卑陋한 手段을 執하고 말엇다. 이러한 宋影은 레닌을 云爲하나 레닌이 엇지 하야 포랜드 同志의 意識 淸算을 爲하야 筆鋒을 돌닐 수밧게 업섯다 하는 그 意義를 省察할 能力도 가지지 못한 者로서 자기내 意識 淸算으로 말미암아 大同的 合流를 쬐하나 小 「멜쉬비키」的 矜持에 自誇하야 오히려 그들 所謂 쌕스레기에 附和雷同 안는다고서 發惡으로서 抗拒하야 오는 것은

實로 識者 苦受의 관혁이라 아니 할 수 업다. 이러한 不謹愼한 態度는 正히 文壇의 嚴肅을 治亂하는 態度로서 嚴然히 反省하는 바 잇서야 할 것

이다. 論客은 恒常 論必歸正을 待할 뿐으로 自理論의 空虛와 僞氣, 無根據를 自白하는 以外에 아무 效果도 업는 惡罵辱說의 羅列은 愼重히 遺하여야 할 것이다. 宋影의 態度가 넘어 나 愼重하지 못함으로 本論에 들어가 宋影의 犯한 過誤를 解明하야 究得落順되도록 筆勞를 앗기기 前에 優先 論의 態度에 잇서 요만한 懲戒는 銘心할 바이라 생각한다. 그러면 小直譯主義者 宋影은 엇지하야 그러한 過誤를 犯할 수밧게 업섯나?

우리는 이 論文의 企圖를 變하여야 될 必要에 돌닐 수밧게 업게 된 것을 明言 아니 할 수 업다. 외 그러냐 하면 昨年 末까지는 우리의 論文「朝鮮文學 建設의 理論的 基礎」에 對한 抗議는 宋影 君 一人에 쯔첫슴으로 昨年 末에 草하게 된 이 論文은 自然 宋影 君 一人의 抗議를 對象으로 할 수 밧게 업섯다. 그러나 各 新聞紙上의 新春文藝欄을 것처 우리는 우리의 上記 論文에 對한 다음과 가튼 새로운 抗議에 接하얏다. 그럼으로 中外日報 紙上에 出現한 八峰의 抗議는 再筆의 煩을 除키 爲하야 이 論文에서 가티 取扱할 수밧게 업시 되엿다.

一. 朴英熙 氏『一九二九年 藝術 論戰 歸結로서 新年 우리 嚮路를 論함』
　　(朝鮮日報)
二. 金基鎭 氏『一九二九年 文藝界 總觀』(中外日報)

右 兩論文 中 朴英熙 氏의 論文은 傳來의 同氏 論文에 比하야 其 傾向을 달리 한 者로서 얼마쯤이라도 學究的 態度를 보여 준 것은 우리의 慶賀하야 마지 안는 배이다. 그 論文의 內容에 있어서 우리에게 首肯되지 못하는 点이 不尠한 것은 여기에서 云爲할 것이 못됨으로 稿를 달니 하야 朝鮮日報 紙上을 것처 우리의 主張을 明瞭히 할 수밧게 없다. 八峯의 如上의 論文 中에서 우리에게 돌린 論은 實로 八峯의 于今까지의 評者로서의 態度와는 雲泥의 差를 보혀주는 墜落된 論으로, 無罪의 論文과 우리의 論文과를 『異巧同曲』이라 하는 釋解能力喪失者의 譫語를 並列하는 一面, 우리의

論으로서 前後가 矛盾된 論이라 하야 中傷的 文句를 陳開하고, 그實 理論다운 理論, 根據다운 根據 하나 立證하지 못한 것은 여간 遺憾되는 바가 안이엇다. 더욱 內容形式問題에 잇서 우리의 論의 體系 하나 捕捉하지 못하고서 自己의 犯한 機械的 分離論的 誤謬와 素朴的 決定論的 過誤를 再吟味하려고도 아니 하고, 亦是 根據없는 橫說을 羅列하는대 그치고서 暗暗裡에 無根據한 自理論의 辯護에 汲汲한 것은 八峯을 爲하야 寒心하기 그짓업시 생각되는 바로서 우리는 本論文의 一部에 잇서 討究치 안어서는 아니 될 것이다. 朝鮮 프로레타리아 文藝運動을 혼자 쓰을고 나아가는, 그럼으로 쌀하서 自派 以外의 모든 理論을 反動으로만 몰아노으려는 그러한 부즈럽슨 宗派熱을 斷然히 버리고 朝鮮 文藝運動의 理論을 들고 나아오라. 八峯의 態度에 잇어 넘어나 得順한 『맨쉬비키』的 色彩가 濃厚하기로 本論에 들기 前에 優先 멧 마듸 添加하여두는 것이다.

第一. 宋影 君의 論文

宋影 君의 論文은 左記의 諸項으로 成立되엿다. 싸라서 우리는 宋影 君의 論議 順序를 追跡하며 點檢하야가는 形式을 取할 수밧에 업다.

一. 救世主의 出現　二. 朝鮮意識의 正體　三. 正體의 暴露　四. 階級的 民族主義　五. 朝鮮의 現實　六. 獨軍 云云 其他

그러나 右 諸項 中 理論다운 理論 업시 辱說 羅列에 始終한 項의 部分은 處理하기가 困難하다. 辱說로 오는 者에게는 辱說로 抗하는 數밧게 업는 것이나 이러한 辱說의 應酬로 民衆의 公器인 新聞紙面을 誤用하는 것은 우리로서 容許할 수 업는 일이다. 그럼으로 우리는 理論 없는 者의 譫語로 돌니고 讀者와 한 가지로 默殺하여 버린다. 그리고 可히 理論으로서 論議

될 部分만을 問題삼는 數밧게 업다. 宋影 君은 第一로『朝鮮意識의 正體』 가온대 잇서 우리의『民族意識』概觀 中에서 取扱한 于今까지 發展하야온 民族意識에 對한 諸 見解의 討究를 理解할 能力을 가지지 못하얏다. 우리 는 全體的 立場에 서서 于今까지 發展한 民族 及 民族意識에 對한 諸家의 學說을 實在하는 世界民族의 現象에 빗추워 討究하야써 諸學說의 具象的 普通性을 明瞭히 하려 힘썻다. 카우츠키, 맑스, 무노, 싸오예르, 쑤하린, 스타린, 其他 諸家說을 取扱하얏스나, 우리는 그 民族 生成의 歷史에 잇서 優先 갓지 안이한 그만치 所與된 學說은 그 學說의 發生된 特殊 民族에게 잇서서는 薏當城을 가지고 잇스나, 그러나 그 具體的 特殊性은 具體的 普 遍性에까지 擴充되지 못하는 것을 容許할 수밧게 업섯다. 그러므로 우리 는 形式論理學者의 常套手段인 現實的 內容의 意圖한 抽象的 普遍槪念을 規 定하지 안엇고 ―規定하려 하면 實로 容易한 事임은 毋論이다 ―具象的 現 實의「民族」을 것처서 그 內的 關連을 그 特殊性에 잇서 究明할 수밧게 업 슴을 明瞭히 하얏다. 그럼으로 우리는『全世界를 通하야 民族意識의 嚴然 한 實在를 認識하는 同時에 民族 生成의 過程과 그 支持의 基礎는 갓지 아 니하나마 現實的으로 各其 民族 歷史와 文化를 거처서 各 民族의 一體的 存 在와 아울러 其 民族意識을 發見할 수 잇다. 或은 言語와 文字의 認識을 타 고, 或은 特殊한 民族的 性格을 指標로 하야, 或은 文化와 歷史를 紐帶로 하 야 結合된 民族과 밋 그 民族意識을 보아낼 수 잇는 것이니, 앤글로새손民 族, 겔만民族, 大和民族, 猶太民族, 印度民族 等等이 모다 自民族의 特殊한 結合 指標를 것처 特殊한 民族的 性格을 가추고서 嚴然히 存在해 있는 것 이다.』이와 가티 主張할 수밧게 업섯고 짤하서 또『이와 가티 獨立하야 잇는 世界民族의 連環 가온대 一環으로서 朝鮮民族과 밋 그 民族意識은 어 쩌한 것이며, 民族으로서의 存在 指標와 支持의 基礎는 어듸 잇는가? 즉 朝鮮民族과 아울러 朝鮮意識의 具象的 根據는 어디서 보내는가?』이와 가 티 態度를 가즐 수밧게 업섯던 것이다. 우리가 形式論理學의 槪念 構成의 方法인 抽象 抽象의 手法 ―卽, 엇더한 現想 또는 事象을 抽象하고 짤하서 그 엇더한 事實 쏘는 現象을 抽捨할 수밧게 업는, 그리하야 抽象的 普遍 槪念을 構成하는 그러한 方法을 取하지 안코 辨證法的 思考方法에 依하는 以上, 以上의 우리의 態度는 어디까지던지 正當한 것이라 아니 할 수 업는 것이다.

이와 가티 明白한 우리의 態度임에도 不拘하고 朴英熙 氏는 民族意識의 定義를 나리지 안엇다 云云하야 一種의 演繹的 思考者 ─觀念論者의 立場을 버서날 수 업는 誤謬를 犯하고 잇스나, 여긔서는 取扱하지 안커니와 宋影 君은 우리의 『民族意識槪觀』에서 取扱한 如上의 論旨를 엇더한 認識的 方法論 하나 업시 그야말로 小主觀의 慢感氣述를 버서날 수 업는 態度로서 제멋대로 橫說을 羅列하다가 드듸여 다음과 가튼 譫語, 邪推 ─多分히 陰凶한 性質을 어쩌한 無識을 公公然히 暴露하고 말엇다.

『君은 在來의 내버려 오던 民族說을 否認하여 버렸다』

『君은 多少 常識間의 所有者인 關係上 朝鮮意識을 僞造함에는 民族意識의 具象的 基礎라 하야 노코 그것은 民族的 大同團結에서 醱造된다는 것을 說破하고 십흐나………現下 朝鮮의 情勢가 大同團結의 氣運이 잇기는커녕 도로혀 階級的 對立이 尖銳化되는 事實을 보고 그것을 擴散하기 爲하야 以上과 가튼 五面의 灰色 分析法으로 讀者를 欺瞞하려고 한 모양이다 』

『卽 우리들은 말도 같고 種族도 같고 同地城에서 사는 대에도 團結이 되지 안흘가 하는 疑問을 防止하기 爲하야 言語와 種族이 가틈만 가지고도 가튼 民族意識을 形成할 수 업다고 하얏고 쏘는 宗敎와 政治가 同一된 民族이 아니라도 가튼 民族意識을 形成할 수 잇다고 하는 것은 現在의 朝鮮民族의 宗敎的 分立이 大同團結에는 何等의 障碍가 업는 暗示에 不遇하다』

『이 가튼 唯心論的 觀察로 解剖하되 絶對眞理然하게 讀者를 欺瞞하려는 君의 淺薄한 手段은 몃 줄 못 내려가서 公然히 暴露가 되 버렷스니 卽 君이 否認한 民族意識의 形成要素가 다시 君이 主唱한 形成要素와 共通點이 잇는 것이다』

얼마나 陰凶한 野卑하다느니보다는 幼稚한 香기롭지 못한 性癖의 發露냐. 觀念論者라는 것은 그래도 그 觀念的 理論이 나아오기까지에는 한 體系的인 人生觀 ―아모리 時代遲한 것일지라도 ―이라도 把握하고야 가능한 것이건니와 이 宋影의 部類에 이르러서는 觀念論者의 階段에 이르기에는 넘어나 邪推的 幻想에 昏遊되여 잇다 할 수밧게 업스니 論의 思考方法이고 體系的 認識일가. 都是 問題의 近處에도 이르지 못한 것은 毋論이요, 皮相的으로 行文의 뒤를 쌀하 肯定이니 不定이니 하다가는 얼토당토 안는 觀念식 쑤스레기라니보담 幻想쑤스레기를 陳列하야 노코 當치도 안흔『僞造』니『欺瞞』이니『掩蔽』이니『暗示』니『暴露』이니 恰似 文書僞造範이나 詐欺橫領犯이나 略取誘拐犯이나 毁棄隱匿犯이나 쏘는 무엇을 暴露하야 □□姦淫犯에 걸려 들어간 놈의 審問書니 告白書에 나옴즉한 文句를 羅例(*列)하얏슬 쑨이다.

讀者는 이미 위에서 引用한 宋影의 原文을 것처서 明瞭히 發見할 수 잇스려니와 그 어느 곳에 한낫기 理論이라도 잇스며 쏘는 어쩌한 思考의 方論이라도 把握함즉한 品貌가 보히는가? 그야말로 三文小說 쑤미듯 이리저리 쑤여매다가 얼거노코는 僞造 掩蔽 云云하야만 노흐면 論文이요 理論이요 眞理인 줄로 아는가? 도야지가티 愚鈍한 子息을 明敏하기 샛별가튼 先人과 比함즉한 늣김을 참을 수 업거니와『貧困의 哲學』의 著者인『아나키스트』에게 돌닌「칼맑스」의『哲學의 貧困』이나 經濟批判論者「쑤다노프」에게 돌닌「레―닌」의 論을 살펴보라. 그 속에는 果然 皮肉도 잇다. 쏘 間或은 輕蔑도 잇다. 그러나 上記한 바 宋影 君과 가튼 野卑하고 凶則한 惡推나 幼稚한 幻想 羅列은 한 文字도 업다는 것을 銘心하여야 한다. 學究에게 잇서서는 事實 쏘는 現象의 眞을 探索하여 正當히 捕捉함으로 말미아마 그릇되지 안흔 規定을 나리자는 그러한 丹心이 要求되어야 하나니, 그럼으로만이 쏘 正當한 把握이 可能하게 된다. 우리의『民族意識槪觀』은 이미 明瞭히 陳述(*'한' 탈자) 바와 가티 辨證法的 思考方法을 거처서 旣存한 民族學說을 批判하고서 우리의 態度를 明瞭히 하는데 그첫다. 거긔에는 一豪

의 雜心도 업는 것은 毋論 오직 生氣 잇는 眞理를 把握하자 하는 한 學究로서의 忠實한 態度가 잇슬 뿐이다. 僞造와 欺瞞을 常套手段으로 하는 思考方法은 宋影 君의 專門特許는 될지언정 알만한 常識人에게는 醜態의 的 以上의 待遇를 바들 수 업는 그러한 劣等의 武器인 것을 覺悟하야라. 또 부즐없이 民衆民衆 또는 階級階級 쩌들기만 하고, 民衆의 精神的 武器 하나 쪽쪽히 보혀주지 못할 뿐에 쯔치지 아니 하고 오히려 남의 論의 中傷을 圖謀하야 邪推發惡에 吸吸할진댄 民衆運動의 順調로운 進展을 沮碍하는 錯亂者의 地位를 면할 수 업다는 것을 거듭 銘心하여야 한다. 君이 否認한 民族意識의 形成要素가 다시 君의 主唱한 形成要素와 共通點이 잇는 것이다. 이러케 稚拙한 理解能力 喪失者, 辨證的 思考能力을 把握하지 못한 部類의 宋君 流가 『푸로레타리아』 評家인지 作家인지 쩌들며 朝鮮社會에 橫行하고 잇는 것을 생각할 째에 □□하고 말기에는 넘어나 섭섭한 事實이라 아니 할 수 업다. 君의 말을 빌리건댄 『여기서 君의 無識이』 그야말로 暴露되긴 비롯하얏거니와 論다운 論을 뒤적이는 사람이 빌려가는 비록 판프레트卷을 읽어도 쪽쪽히 읽고 무엇을 가지고 나오라. 根抵 업는 知識으로서 하게 되는 權謀術數의 섯쌀른 亂用은 敗家亡身의 將本인 것이다. 다음으로 宋影 君은 『正體의 暴露』라는 項에서 우리의 『民族과 밋 民族意識』을 取扱하얏다. 여기에서는 宋影 君의 用言을 그대로 돌릴 수밧게 업는 無識을 暴露하고 말엇다. 어째서 그러냐? 우리는 우리 論文의 此項에 잇서 朝鮮民族의 歷史的 生成을 明瞭히 하려 힘썻다. 原始 朝鮮人과 그 生活環境인 朝鮮 及 그 沿邊에 對한 受動的 適應作用과 能動的 變革作用을, 다음으로난 사람과 사람의 關係 卽 社會關係를 生活의 兩面인 生活資料 獲得 消費의 關係와 血緣的 結合關係, 통트러 生産 再生産 作用, 生活 消費作用을 史的唯物論 立脚地에 서서 究明하려 힘썻다. 毋論 朝鮮의 經濟史 하나 史的 立脚地에서 生産해 노치 못한 今日의 朝鮮 形便임으로 그 論述이 細密할 수가 업고 槪觀的일 수밧게 업는 것은 우리 스스로 認定하는 바로서 우리는 機會만 잇스면 次次 增補하여 나갈 意思를 가지고 잇스나, 그러나 그

研究의 態度에 잇서 또는 그 基礎的 機構에 잇서 史的 唯物論者의 觀點에서 하는 論으로서 붓그러움이 업슴은 勿論이다.

그리하야 우리는 太古의 部落時代 以後 朝鮮民族 內에는 階級關係가 嚴然히 存在하얏스나, 그러나 南으로는 大和民族, 北으로는 支羅 諸民族 間에 끼워『共同의 敵에 對한 一致 鬪爭의 意識, 共同의 利害, 民族的 存滅의 一致意識 等을 것처서 民族的 性格을 建設하야간 史實은 우리가 먼저 肯定하여야 한다』고 하고, 드듸여 우리는『朝鮮意識은 이와 가튼 攸攸한 歷史過程 속에서 性格化한 朝鮮民族의 意識이다』이가티 規定하얏던 것이다. 宋影 君은 우에서 우리가 明瞭히 한 點을 指摘하야『民族意識의 形成된 點은 明瞭치는 못하나마 唯物史觀 가티 例證』또는『階級關係만은 皮相的으로 看破』云云하야 할 수 업시 容許하고서는 어듸서 無識한 馬脚을 露出하느냐 하면, 以上에서 임이 우리가 引用해 노흔 民族的 存滅의 一致意識을 것처서 民族的 性格을 建設하야간 史實을 肯定하여야 한다』는 句節에서 이것이 歷史의 解明인 事實도 忘却하야 버리고『이것이 君의 훌륭한 自白』이라고 絶呼하는 것이다. 이러한 幼稚한 放注으로 말미암아 宋影 君은 歷史上의 朝鮮 民族意識을 拒否하는 無識을 敢犯하고 말엇다. 南北으로 悍强한 支那 諸民族의 壓迫을 敢受(*甘受)하며 南으로는 大和民族의 적지 안니 한 威脅을 바드면서 朝鮮民族이 一個의 共同生活體를 持續하야 온 事實을 認識할 能力을 가지지 못하얏거던 부즐업슨 譫語나 羅列치를 말란 말이다. 엇지하야 事實대로 民族內의 階級關係 認識하는 것과 꼭 가튼 態度로서 民族間의 民族意識의 實在를 許容하지 못하느냐? 事實을 그야말로 强敎하야 잇는 것도 업다고 하고 ―그리하야 歷史事實까지 誤解하는 것이『푸로레타리아』的인 줄 아느냐? 小階級病 患者도 여기에 이르러서는 實로 治癒하기 어려운 觀念의 末滓를 씹는 대 墜落하지 안엇다고 할 수 잇슬가? 要컨대 이 項에 있어서 宋影 君은 史的 唯物論者의『史』字도 實踐的으로는 把握할 能力을 가지지 못한『一個 問題作家의 反動的 譫語』를 無體系하게 羅列하얏슬 뿐이다.

우리는 다음으로 宋影 君의 抗議『階級的 民族主義』의 項을 論評하기 위하야 우리의 論文『現代의 朝鮮意識論』의 再吟味로부터 出發할 수밧게 업다. 왜 그러냐 하면 宋影 君의 前記한 項에 잇서서는 우리의 朝鮮意識의 批判에서부터 出發하얏슴으로 不可避的으로 우리의 論文의 機構는 宋影 君의 出發點에까지 追수隨하야 立論할 수밧게 업는 까닭이다.

現代는 毋論 帝國主義의 時代다. 前期 資本主義의 特徵인 商品販路市場의 獲得을 爲한 列强의 競爭보담도 이 時代의 特徵은 商品輸出보담도 資本輸出 ―多分히 報復的 關稅戰爭으로 말미암아 惹起될 수밧게 업는 ―의 時代요, 商業資本보담도 産業資本보담도 金融資本이 現代의 經濟關係를 通制하야써 ××와 ××의 ××를 發揮하는 時代이다. 그리하야 이러한 覇制의 客體的 條件인 低廉한 勞動力, 無盡藏한 工業原料品, 資本主義的 商品의 販路인 廣大한 市場 等을 具備한 植民地는 그럼으로 짤하서 不可避로 經濟的 政治的 運(*軍)事的으로 優越한 列强 ―帝國主義的 武器의 所有者인 ―의 × ×××될 수밧게 업고 ×××의 對象으로서 「××的 分割」로 말미암은 ××××에까지 ××할 수밧게 업다. 그리하야 世界 全人口 十九億 中 그 六0%인 十一億 三千五百萬餘의 民衆은 極少數 帝國主義國의 資本階級의 × ×下에 呻吟하는 植民地 及 半植民地 大衆인 現象을 發見 아니 할 수 업는 것이다. 이리하야 後期 資本主義의 段階를 表現하는 現代의 帝國主義는 原則的으로 植民地 及 植殖民地의 低廉한 勞動力의 ××를 目的으로 한 巨大한 資本을 輸出할 수밧게 업스면서도 自領土化한 植民地에 對해서는 政治的 軍事的 勢力을 방패로 한 如左한 關係를 持續할 수밧게 업다.

一. 對列强과 植民地間의 關稅의 障壁과 宗主國과 植民地間의 關稅 撤廢로 因하야 宗主國은 植民地에 對하야 植民地 産出의 原料品 獨占과 宗主國 工業商品의 植民地 市場 獨占이 가능함은 前期 資本主義的 時代의 延長的 現象이거니와 이러한 關係 속에는 宗主國『푸로레타리아』의 生活安定에 重大한 關係를 가즌 宗主國 産業資本의 對植民地

貧賤土民階級의 ××關係가 伏在하야 잇는 것을 無視하야서는 아니 된다.

二. 그럼으로 原則的으로 植民地的 農業民族의 急激한 工業化 ─쌀하서 資本主義가 一部分에 잇서 産業革命的 色彩를 씌고 促成되여감에도 不拘하고 看過하여서는 아니 될 것은 如何한 有利한 條件下에서라도 植民地의 工業化 ─쌀하서 資本主義化가 帝國主義 段階에 잇는 諸 先進資本主義 宗主國의 發展段階에싸지 到達할 可能性이 업슴은 毌論의 事일 쑨만 아니라 宗主國의 帝國主義는 植民地의 社會的 經濟的 地盤의 ×× 우에 持續되고 쏘 그 持續에서만 宗主國 푸로레타리아의 生活安定이 可能함으로 이러한 關係 속에 帝國主義의 最大 ××의 한 가닥이 伏在하야 잇다는 것이다. 이리하야 植民地의 工業化의 前提條件은 宗主國의 産業을 威脅하지 안는 限度內에 그칠 수밧게 업고 쌀하서 宗主國에서 植民地 市場으로의 ××的 商品 輸入은 아모런 制限이 업슬 쑨더러 오히려 奬勵함으로 말미암아 宗主國 資本主義의 發展의 地盤을 鞏固히 하거니와 植民地産 商品의 宗主國 市場으로에 移出은 甚至於 果實이라도 關稅로서의 制度가 嚴然히 存在할 수밧게 업다.

三. 이리하야 機□한 器具 器械를 들고 쏘는 集約的 農作을 거처서 數多한 移民이 經濟的 政治的 軍事的 勢力을 방패로 하야 植民地의 都市와 農村을 ××하야감에 쌀하 小自作 又는 小作農業에서 쏘는 家內工業 職門에서 일터를 일흔 失業群은 直譯的 公式主義者의 主張과 가티 單純히 都市의 工場에 吸收되는 것이 그 全現象인 것이 아니라 오히려 그 大部分이 勞動할 일터를 차저 或은 宗主國 工業機構의 속으로 쏘는 半植民地 農業地帶의 속으로 ××될 수밧게 업고 그 一部分만이 都市의 自由勞動, 工業勞動 職門에 就役하게 된다는 것을 거듭 記憶하지 안어서는 아니 된다.

四. 그럼으로 植民地內의 産業發展, 特히 그 工業化는 不可避的으로 宗主

國의 産業機構 —××組織 —의 發展을 威脅하지 안는 限度에 그칠
수밧게 업고, 짤하서 彼等은 植民地의 工業化보담도 오히려 宗主國
의 企業問題를 解決해주는 農業地帶로서의 ××的 利用을 게을리 하
지 안는 同時에 어듸싸지던지 原料의 供給地, 宗主國 商品의 販賣市
場的 二重의 ××을 持續하려고 힘쓸 수밧게 업다. 그리하야 彼等은
主要 農業이요 巫 彼等의 食糧問題 解決의 □이라 自辯하는 米穀의
移出移入에싸지도 年令의 豊凶에 짤하 或은 酬酌하야서 宗主國 農業
資本의 利益을 圖謀함과 如한, 그리하야 植民地 農民의 ××을 冷酷
하게 斷行하는 政策을 敢行하야 마지 안는다.

五. 그리하야 宗主國의 帝國主義는 金融資本의 巨大한 陳容을 整頓하고
植民地 兌換券 發行의 主權을 掌握한 母(*某) 銀行을 들보로 하야 農
業資金의 融通을 形式的 資板으로 하는 植民地 土地의 ××이 任務
를 帶한 ××商工業 資金의 融通을, 그리하야 全植民地 小銀行의 倂
呑으로 말미암아 漸次 그 勢力을 크게 하야감에 짤하 植民地 土民商
工業의 ××의 任務를 다하자는 ××, 이리하야 企業資本의 獨占的
統制가 可能하게 됨으로 말미암아 植民地 民族의 ××를 內包한 文
化的 植民政策을 遂行하려 한다.

六. 그리하야 이러한 植民政策은 決코 다만 單純히 經濟關係에 잇서 ×
×하는데 끗치지 아니 하고 政治的 軍事的 地盤을 방패로 하야 植民
地 文化의 ××, 植民地 言語의 ××을 目的하는 母國語로의 統一, 移
殖民의 扶別과 土民의 離散 等等, 或은 排異的 或은 融和的 가진 手段
으로써 植民地 民族의 ××을 企圖하는 ××由을 凝視하지 안어서
는 아니 된다.

七. 그러나 帝國主義의 發展하야 감에 짤하서 植民地의 싼 삭전, 긴 勞動
時間, 豊富한 原料, 運費 들지 안는 販賣市場 等等의 ××의 好材는
드듸어 上述한 바 宗主國 內의 푸로레타리아運動이 熾烈하야 가면
갈사록 그리하야 剩餘價値의 ××가 不可能 巫는 漸次 平衡化해가면

갈사록 帝國主義의 食卓에서 遂應(*酬應)의 激戰을 아니 일으킬 수 업게 된다. 그리하야 宗主國 푸로레타리아는 不可避的으로 一層 彼等의 生活의 威脅을 凝視할 수밧게 업시 되고, 드듸어 植民地의 無産階級的 民族運動과 協力하야써 ××의 마즈막 段階를 밟을 수밧게 업시 된다.

八. 그러나 오늘날의 段階는 「七」에까지 이르지 못하얏다. 宗主國 內의 政治鬪爭은 一層의 彈力을 가지고 이러한 矛盾의 酵釀(*釀酵)를 凝視하는 過程中에 잇다 할 수 잇거니와 우리는 如上의 帝國主義 現實에 잇서 必然的으로 그의 안틔테제(Anti-theses)的 運動을 일으킬 수밧게 업고 그리하야서만이 現實의 辨證的 揚棄가 可能하다.

九. 그럼으로 이 植民地에 잇서서 今日의 무브멘트는 그들 植民地 民族의 意識인 階級的 民族意識 —卽 適切히 貧賤階級的 民族意識 쏘는 無産階級的 民族意識을 現實의 諸 關係에서 省取하야써 民族大衆 속으로 들어가야 할, 그리하야 對立 宗主國의 帝國主義와 ××하여야 할 무빙일 수밧게 업다.

十. 그리하야 植民地 民族 內의 不可避로 進行되는 貧賤階級的 民族意識의 普遍化하야 감에 딸하 그들의 무빙의 方向은 一層의 彈力性을 가지고 民族內의 小階級鬪爭보담도 決定的 意義를 가진 對立民族의 帝國主義에 돌닐 수밧게 업시 된다.

×

우리는 植民地와 宗主國을 두고 資本主義 關係 쏘는 帝國主義 關係를 더 適切이 體系的으로 論究할 必要와 企圖를 가젓거니와 여기에서는 이 정도에 쓰치는 數밧게 업다. 그러나 무엇보담도 帝國主義國이나 小資本主義國이나 쏘는 半植民地 民族이 아니라 政治形態를 ××하고 宗主國의 政治的 ××的 ××下에 ××的 ××와 ××에 ××할 수밧게 업는 ××× 民族이란 點을 忘却하여서는 아니 된다. 이리하야 朝鮮이라는 血緣을 거처서 自治하야 오든 共同生活體인 (中略) 經濟關係에 잇서 ×××의 地位에 政治

關係에 잇서 ×××에 쩌러저 加速度的으로 ××的 生活 ××라 ××的 ××의 ××에 當面하야 必然的으로 發生할 수밧게 업는 ××的 ××意識이 무엇일 수밧게 업나? 省察하야 보라. 單純한 小階級意識일가. 아니다. 우리의 階級的 民族意識 더 適切히 貧賤階級的 民族意識 쪼는 無産階級的 民族意識이랄 수밧게 업다. 民族內의 小階級鬪爭은 ×××民族內의 民主主義化 더 適切히 一種의 「쑐조와데모크라씨」의 普通化는 可能하나, 우리의 甦生을 圖謀할 수 잇는 決定的 意識을 獲得할 수는 업다. 그럼으로 우리는 『民族內의 小階級關係에 現實 以上의 注意를 늘니는 푸로레타리아藝術同盟』의 諸 前術(*戰術)에게 覺醒을 策할 수밧게 업섯고 宗主國의 帝國主義와의 ××에서만이 우리의 ××가 可能함으로 짤하서 이러한 現實關係의 가장 適切한 根本意識으로서 「階級意識」이 아니라 植民地 民族의 無産階級을 規定할 수밧게 업섯든 것이다. 여기에는 毋論 植民地 民族의 特殊的 立場이 明瞭이 들어나 잇는 것은 戰取할 必要도 업다.

그럼으로 우리는 우리의 論文 『朝鮮文學 建設의 理論的 基礎』에서,

『萬一 이 民族에게 政治的 地盤 喪失로 말미암아 民族的으로 밧게 된 被××와 被××가 업섯더면 貧賤階級은 自階級의 發見으로 말미암아 自階級을 爲한 鬪爭은 毋論 單純한 小階級을 爲한 鬪爭 以上을 쩌나지 못하얏슬 것이다. 現代에서 우리가 흔히 볼 수 잇는 民族 —政治的 地盤을 일치 안엇스나, 그러나 帝國主義的 ××를 가지지 못한 民族 內의 運動에서 볼 수 잇는 것과 가티, 그러나 이 民族에게 잇서서는 舞臺는 變하얏다. 自民族 內의 이러한 小階級關係는 支配民族의 被××와 被××의 對象으로서 맛는 피××民族과의 階級的 民族關係로 變遷할 수밧게 업섯다. 그리하야 自民族의 階級으로서의 組織訓練과 對立民族과의 투쟁은 加速度的으로 自民族의 民主主義化를 促來하고 짤하서 貧賤階級은 한 덩어리로서 ××나감에 짜라 必然的으로 民族의 主動階級을 形成하게 된다.』

고 하얏고 쪼 階級的 民族意識을 一層 普遍化하야 民族 內部에 浸潤시켜서 그 質的 深刻化에 힘씀은 民族的 甦生의 生命일 수밧게 업다고 할 수밧게

업섯다. 이리하야 우리의 論은 「現代의 朝鮮意識」을 明瞭히 한 뒤에 이 意識的 立場에서 盲目的 民族意識, 小階級意識, 其他 諸 意識을 論評하는 가운데 잇서 쑤르의 國民主義運動 ―侵略的 愛國主義運動과의 對立的 意義, 그의 ××性 ××性을 明瞭히 한 뒤에 民族 內部의 階級關係에 對한 우리의 態度를 明瞭히 하얏다. 즉 우리는 民族 內部의 階級鬪爭은 毋論 是認한다. 旣述한 바와 如히 그는 內部의 民主化, 즉 쑤르조아쩨모크라시的 一部의 ××를 促來하는 것으로 植民地 民族의 階級陣營 形成의 過程에 잇서 重要한 意義를 갓는다. 더욱 宗主國의 쑤르와 共同된 □緣을 타고 蠢動하는 極少數 土民쑤르와는 ××하지 안어서는 아니 된다. 그러나 우리의 이 方面에 對한 ××은 우리 民族의 甦生의 ××에 잇서 決定的 意義를 가지는 ××가 되지 못한다. 우리는 우리 民族 內의 푸틔쑤르나 소수의 쑤르와 如何한 ××를 敢行한다 하야도 宗主國의 帝國主義를 ××하기 前에는 우리의 오늘날 情勢를 揚棄할 수는 업는 것이다. 그럼으로 우리는 우리의 論文에 잇서 『毋論 弱小民族 來附의 富裕階級과 中産階級에는 支配民族과 結託하야 反動的 ××의 位에 墮落한 分子 一群이 업는 것이 아니다. ―다만 우리에게 잇서서는 自民族 內의 小階級關係나 이러한 反動分子群이 問題의 中心이 될 것이 아니라 自民族의 要求, 目標를 爲하야 하게 되는 階級的 民族××이 原則的으로 承認되어야 할 것이다.』하고 主張 아니 할 수 업섯다.

· · · ≪中外日報≫(1930. 1. 10, 15, 24, 26, 2. 7~8, 11). 8회 연재

詩壇懷想
─ 새해에 이치지 안은 동모들 ─

一. 鄭芝鎔 君

내가 京都 잇슬 째에 가장 親近한 벗으로는 아모래도 사회科學을 硏究하든 그룹에 들 수밧게 업다. 이 그룹의 동모들은 朝鮮의 運動이란 것이 猛烈한 宗派的 色彩를 씌이고 가튼 뜻 품은 자, 서로 제 그룹을 짓고 제 그룹의 發展을 위하는 남어지에 남의 그룹을 미워하고 시긔하야 실로 말하기 어려운 陰謀와 復讎로서 貴한 우리의 일을 그르치는 것을 퍽 애닯어 하얏다. 더욱 福本이즘의 中毒에 저 그릇된 理論으로서 甲論乙駁하는 現象을 작히 慨嘆하야 마지 안핫다. 그 그룹의 동모들은 현재 그야말로 까시의 길을 것고 잇스니 각음 생각키는 째마다 참으로 애달븐 생각을 참을 수 업다. 그럼으로 내가 이 붓대를 들고 京都 學窓時代의 벗 한 사람을 懷想할 째에 먼저 내 가슴을 울리어 오는 것은 여기에 쓰게 된 芝鎔君보담음 오히려 이 그룹 동모들의 파리한 얼굴과 괴로워 하는 그 모섭들이다. 더욱 새해를 마지한 우리에게 잇서 고요히 지난 녯날을 回顧할 째에 이러한 悲感을 늣기지 안코는 견딜 수 업는 것이다.

그러나 나는 이제 芝鎔君을 爲하야 붓을 들게 되었다. 芝鎔君을 오늘날

墮落에서 구해낼 조고마한 불길이나 될가 하고. 그럼으로 생각나는 모든 悲懷를(가엽슨 일이나) 意慾으로 阻禦하고 이 붓대를 들기로 한다.

×

芝鎔君은 讀者 中에는 짐작하는 분이 잇슬 줄 아나 우리 朝鮮이 가즌 가장 귀한 素質의 한 줄기를 차지한 詩人이다. 그와 나와는 學敎가 달는 만티 다정하도록 交遊할 因緣을 가지지 못하얏스나 그러나 종종 차저오고 차저가는 사희엇다.

내가 京都帝大에 잇슬 째에 同志社大學 豫科에 다녓스나 詩를 거처서 하게 된 우리의 交際는 이러한 形式은 아모 것도 아니엇섯다. 그는 나의 詩를 모든 것을 肯定하는 樂天家의 品貌를 가젓다고 하는 其實 一種의 皮肉에 대해서 나는 그의 詩를 感覺의 尖銳에서만 살릴 수 잇는 詩風이라고 하얏다. 여기에도 싹닥하면 밋그러지기 쉽다는 皮肉이 깃들어 잇는 것은 毋論이엇다. 그 째부터도 芝鎔의 詩는 나의 것과는 傾向이 갓지 안핫다. 그의 詩는 「모던썰」 「모던쏘이」가 「레스트란」 椅子에 걸어안저 노오란 「레몬」을 쪽쪽 빨아드리는 現代味의 淸新한 感覺의 그러한 타입의 것이엇다. 그 시절의 나의 詩는 마티 닥치는대로 입고 닥치는대로 신고 거리를 싸단녀도 조금도 外貌에 對한 붓그러움 늣기지 안는 그러한 赤裸裸한 밝은 기운을 가즌 드을 나무군의 노래엇섯다. 그럼으로 芝容의 詩에는 조흔 모양 곱은 말 흘르는 리듬이 읽는 사람으로 하야금 빙그레 웃게 크럽한다. 그러나 이 時代의 나의 詩는 이러한 양념은 아모 것도 업섯다. 그러타고 어댄지 버릴 수 업는 곳을 가젓섯고 쏘 그 以上 나는 나의 詩에 對하야 바라지도 안핫다. 버릴 수 업는 것 그것은 나의 잡는 詩想이엇다.

×

나는 芝鎔君의 『近代風景』(北原白秋 編輯)에 실린 日本말 詩를 가끔 읽어보앗다. 그러나 나는 다른 동모들이 다 感服함에도 不拘하고 그의 朝鮮말 詩만 못하다 하얏다. 더욱 芝鎔君이 朝鮮時調 을프는 調로서 길게 쌔어가며 日本詩를 을프는 것이 아모리 보아도 긴 담배대 물고 日本놀애 불르는 것 가탓다. 그럼으로 나는 그가 日本詩를 을프고 난 뒤는 을풀 째에 참엇든 우슴을 그만 째어저라고 웃고서야 견듸엇다. 芝鎔의 詩 을프는 것은 岸曙의 입을 쏘쭉해가지고 고요히 잡아내는 조금 愁心歌 氣味를 씌인 그것보담은 청은 노프나 곱지는 못하다. 그 대신 流暢한 맛은 芝鎔의 詩吟이 나흘 것이다. 岸曙의 詩吟도 나는 恒常 빙그레 웃지 안코는 견될 수 업지마는.

어대 『學潮』 創刊號에 실린 只今부터 四年前 千九白二十六年代의 芝鎔의 詩 한 篇을 들어보자.

옴겨다 심흔 棕櫚나무미테
빗두루 선 장명등
카페-· 프란스에 가자
이놈은 루바시카
쏘한놈은 보헤미안 넥타이
쌧적 마른놈이 압장을섯다

밤ㅅ비는 뱀눈처럼 가는대『페이브멘트』에 흐늑이는불빗
카페-· 프란스에 가자

이놈의 머리는 갓익은능금
쏘한놈의 心臟은 벌레먹은薔薇
제비처럼 저진놈이쮜어간다
　　　　　(카페-·프란스, A만)

얼마나 모던 냄새가 나는 그러한 향기로운 情緖가 쩌도는 詩냐? 우리는 우리 詩壇에 잇서 이러한 傾向을 보혀준 詩人은 하나도 업섯슴으로 比肩해 볼 수는 업스나 그에 쮜노는 맑고도 날카로운 感覺에는 놀라지 안흘 수 업다.

×

우리가 京都 잇슬 적에 金哲鎭 君과 각금 芝鎔君 이야기를 할 째에는 우리는 恒常 氣分에 사는 詩人! 이러케 芝鎔君을 불럿다. 그러고 새 意識을 가지게 할냥으로 쮀 힘들을 썻다. 쓰면서도 哲鎭君은 氣分에 살아가는 芝鎔君이 萬一 우리의 새 意識으로에 轉換의 要求에 대하야 한 恐怖를 늣기지나 안흘가?

그리하야 그의 詩境은 아조 蹂躪을 當하지나 안흘가 하야 퍽 躊躇하는 것을 보앗다.

이러한 時代를 뒤에 두고 나는 朝鮮으로 나와버럿다. 그동안 芝鎔君은 어떠케 變햇나? 나는 『朝鮮之光』에서 그의 조금 色彩가 달는 詩, 얼마쯤 새 意識을 담은 詩로서는 全然 失敗라고 할 만한 녯 芝鎔의 品貌는 하나도 업고 散漫하기 그지업는 그러한 詩 한 篇을 對하얏슬 쓴으로 그 뒤의 消息을 알 길이 업섯고, 나 亦是 敎鞭生活에 몰려 講義노트 作成과 參考書 耽讀에 밧버서 그만 나의 記憶에서 芝鎔君은 사라저버리고 말앗다. 그러다가 내가 그 所謂 『蘆風筆禍事件』으로 敎壇에서 쮀어나와 다시 日本으로 갈 機會를 어든 뒤에 實로 意外의 風聞을 듯게 되엇다. 그것은 昨春에 반듯이 同志社大學 英文科를 나왓서야 할 芝鎔君이 그實 基督敎 中에도 舊敎인 聖敎에 歸依하야 거의 變人되다 십흔 宗敎信者가 되엇다는 것이다. 그리하야 芝鎔君의 信仰熱은 決코 普通사람의 그것과는 동쩌러진 것으로 可謂 熱狂的이어서 學校 卒業試驗가튼 것에 無關心일 쓴에 그치지 안이 하고 主日날이면 學生들의 모히는 敎會에 와서는 新敎가 낫브다는 熱烈한 聲討的 原稿를 들고 聖敎 擁護를 하느라고 論戰 講演 卓을 주먹으로 쌍쌍 치는 일이 決코 적지 안타는 것이다. 우리는 이러한 消息을 듯고 말할 수 업시 가엽슨 생각을 이길 수가 업섯다. 여기에서 우리는 封建時代의 社會的 基礎를 가진 聖敎 ―多分히 專制的인 聖敎가 全世界를 風靡하는 反動勢力의 根?를 하고 莫大한 勢力으로서 反動的 役割을 遂行하러 나슨 그것에 對한 追求의 必要를 늣기지 안커니와, 有望한 우리의 詩人 芝鎔君이 이러한 곳에 陶醉하고 만 것을 생각할 쩨에 한층 憎惡의 念을 禁할 수가 업섯다. 芝鎔君은 或은 나의 이 글을 보고서 信仰에 對할 耻辱으로서 憤慨할는지도 알 수 업다. 그러나 우리로서는 芝鎔君의 如何한 憤慨에도 不拘하고 詩人 芝鎔君이 녯 品貌를 다시 찻고 詩道에 精進하기를 바랄 수밧게 업스니 君의 年齒 아즉 三十이 멀거늘 어찌 이리도 쉬 쓰러저가고 마는가. 羅風의 修道院 生活도 거의 짓이 남즉 이제 다시 詩道에 도라와 活躍하는 것을 보게 되엇거늘 우리의 젊은 詩人 芝鎔君은 아즉도 魔境에서 허매일 수밧게 업단 말인가?

나는 毋論 貴重히 녀긴다. 君의 한 곳을 向하야 全部를 내어던지는 그 性格을. 그리고 쏘 언젠간 내어던것든 全部를 다시 거두워 痕迹 하나 남기지 안코 쏘 다시 쩌나올 것을. 그리하야 쏘 던저야 할 길을 發見하고서 꼭 가튼 態度로서 모든 것을 내어던질 것을. 그러나 君으로 하야금 하로밧비 그 境地에서 쩌나가게 할 수가 업슬가? 君은 果然 다시 詩道로 도라올 수가 업는가? 設令 우리와 가튼 意識을 쥐고 나아가는 사람이 되지 못한다 하드래도 舊敎의 마리아 讚拜의 境地에서만은 하로 밧비 쌔여오고 십다. 아— 그러나 君은 信仰의 尊嚴으로서 우리의 期待를 부즐업다 할는가? 그러나 부즐업다 하야도 그것이 무엇시랴. 하로 밧비 그 魔境에서 쒸어나아 오라. 그리하야 우리 詩壇을 爲하야 만흔 勞力을 힘쓰는 사람이 되어다오. 己巳詩壇을 回顧할 째 君의 그림자를 보아낼 수 업는 것은 우리에겐 여간 섭섭한 일이 아니엇다.

··· ≪東亞日報≫(1930. 1. 16~1. 18). 3회 연재

新春詩壇槪評

우리는 昨年末에 『己巳詩壇展望』을 거처서 過去 一年間의 詩壇을 回顧하면서 重要한 收穫인 『春園요한巴人詩歌集』『岸曙詩集』『自然頌』 等을 中心으로 하야 批判하는 同時에 日譯된 朝鮮民謠集, 金素雲, 孫晉泰 兩氏의 譯著에까지 論評의 손을 게을리 할 수가 업섯다. 그러나 이러한 著書를 發表하지 못한 우리 詩人의 大部分에 對해서는 다만 意識의 分野를 明瞭히 하면서 極히 親切치 못한 態度로서 諸 詩人의 이름을 들어 一年間 힘써온 貢獻의 조고마한 表徵을 삼는대 쓰치고 말엇다. 더욱 新進詩人에 對해서는 그 二三人을 指示하얏슬 쓴으로 아모런 論評을 부칠 수가 업섯다. 毋論 여기에는 意識的으로 그리 하고자 힘쓴 것이 아니엇고 우리의 論評의 企圖가 朝鮮文學의 建設을 바라고 힘써온 旣成詩人의 意識 淸算에 잇섯슴으로 不可避로 그리 할 수밧게 업섯든 것이다. 그럼으로 우리는 이 槪評에 잇서서는 이러한 未及의 點을 充佐하고자 힘쓰면서 이 붓대를 달릴 수밧게 업다. 文壇의 一部分 特히 旣成詩人 中에서는 詩나 創作에 對한 論評을 拒否하는 분들이 적지 안타. 그러나 旣成意識層의 意識 淸算을 爲하야 理論鬪爭이 切實이 必要되는 것과 쭉 마찬가지 態度로서 創作이나 詩에 對한 論評은 極히 重要한 意義를 갓는다 본(*보) 는 것이니 正當할 것이다. 特히 旣成詩人의 여러 傾向에 對한 批判的 態度를 게을리 안는 同時에 新進詩人의 터저나오는 새엄을 붓도다 길러주어야 할 것은 우리의 누구나가 看過

하야서는 아니 될 일인 줄 안다. 이리하야 우리는 昨年 歲暮에 열린 『文人圓卓會議』 째에 文壇振興策에 잇서 崔獨鵑의 提議한 創作과 詩의 月評으로 하야금 文壇振興의 한 條件으로 是認하얏든 것이다.

우리는 己巳年에 잇서 『朝鮮文學 建設의 理論的 基礎』를 거처 無産階級的 民族意識에 基礎를 두어야 할 朝鮮文學 建設 理論을 提唱하얏고 그 理論의 基準을 거처 『己巳詩壇展望』을 草하얏섯다. 其後 다시 『現代詩의 彈力的 要求』를 거처 旣成詩壇의 여러 傾向을 批判하얏다. 이제 詩에 關한 論作으로서는 民衆으로에 浸闘過程에 關한 問題가 『大衆化』라는 名目下에 論開되는 一面 쏘 格調詩形에 關한 岸曙의 論文의 出現을 보고 잇다. 이러한 論作들은 다 — 다른 意味로서 朝鮮詩壇에 寄與하는 바 잇는 論文들로 우리는 別로히 우리의 論文을 發表할 것이나, 이 批評에 잇서서 必要한 部分만은 應用하기를 躊躇치 안흘 것이다.

우리는 『新春詩壇』을 回顧할 째에 一個月間에 出現한 詩篇이 決코 적지 안흠을 發見하고 잇다. 新聞紙의 學藝欄에 실린 旣成 未來의 諸 詩人의 詩篇, 雜誌 『朝鮮之光』 『朝鮮講壇』 『新小說』 『朝鮮詩壇』 『新生』 等 諸 雜誌에 실린 詩篇의 數爻가 그 量에 잇서 거이 二百餘篇이니, 東亞日報 紙上에 發表된 것이 六十二篇, 朝鮮日報 紙上에 發表된 것이 六十七篇, 其他 雜誌가 六十餘篇을 算하게 된다. 諸 詩篇 中에는 毋論 그 量에 잇서 巨壯한 만치 駄作에 屬할 似而非的 詩篇도 決코 不尠하나, 그러나 쏘한 버릴 수 업는 조흔 詩篇들이 업는 것이 아니엇다. 이 詩篇을 그 頹廢的 傾向을 씐 詩篇과 進取的 性質을 씐 詩篇으로 分類하야 보건댄, 大槪 아즉 確實히 無産階級的 民族意識을 把握하지는 못하얏슬망정 이 植民地 民族의 大衆이 썰어저갈 수밧게 업는 階級性을 그 現實에서 發見하얏슴에 그치지 아니 하고 그 階級의 今日의 奮鬪와 明日의 立場을 어름프시라도 認識하얏거나 쏘는 把握하는 途程에 잇는 詩篇, 活躍의 氣焰을 가진 詩篇들을 進取的 性質의 詩篇으로 보고, 쏘 意識的으로 하는 一種의 藝術病으로부터 病的 呻吟을 發하는 쏘는 자나째나 自然 哀傷에 隸屬되어 免脫할 길 업는 그러한 世紀末

的 『센티맨탈리즘』의 詩篇을 頹廢的 傾向의 詩篇으로 보고서 가리어 보건 댄, 東亞日報 紙上의 六十二篇 中 二十六篇이 進取的의 것 三十六篇이 頹廢 的의 것이라 할 수 잇고, 朝鮮日報 紙上의 六十七篇 中 三十四篇이 進取的 의 것 三十三篇이 頹廢의 것이라는 數字를 發見하게 되엇다. 이리하야 가 장 우리 民衆과 接觸되는 點으로 보아 그 힘이 크다 볼 수 잇는 新聞紙上 의 詩篇(中外日報 紙上의 當選詩까지 合하야) 一百三十二篇, 進取的의 것이 六 十三篇, 頹廢的의 것이 六十六篇으로 約 四十九퍼센트 對 五十一퍼센트의 比率을 發見하게 된다.

우리는 이러한 計數를 發見할 째에 우리의 評論이라는 것은 決코 無意 義한 自己 小主觀의 感覺的 遊戲에 墮落되어서는 아니 될 것이다. 民衆의 속으로 들어가고자 하는 諸 詩篇들로 하야금 하로 밧비 進取的 氣槪를 가 진 그것, 그리하야 미치는 대까지 無産階級的 民族意識의 省取에까지 點火 하야써 이 民族 甦生의 『무빙』에 조고마한 寄與라도 잇는 그러한 詩篇의 生産에까지 이르게 하여야 하겟다 하는 感懷를 참을 수 업는 것이다. 勿 論 우리의 詩作 發表에 잇서 檢閱이라는 難關이 橫在하야 잇다. 實로 조흔 詩篇의 多數가 이러한 鐵網에 걸림으로 쏘는 걸리리라는 危懼로 말미암아 얼마나 虐待를 바드며 쏘 有耶無耶의 사이에 休紙桶의 身勢를 지고 마는 가! 그러나 우리는 合法的 發表 可能이 範域에까지 쏘는 ××의 一種 文字 的 計標를 거처서라도 우리의 연장을 수그리워가면서 勇敢히 우리의 一翼 的 任務를 다 하여야 하는 동시에 詩作을 一種의 自己娛樂的 私事로 녀기 고 頹廢的 哀傷의 詩作을 發表하야써 이 결에의 士氣를 沮喪케할 쑨만 아 니라 오히려 反動的 任務를 힘쓰게 되는 그러한 詩篇과는 嚴然히 싸우지 안하서는 아니 될 것이다.

우리는 以上의 態度로서 이 論評을 進行시킨다. 進行시키는 方法에 잇서 二百餘篇에 且한 詩篇을 ──히 論評해 가기에는 到底히 數回나 十數回의 紙面으로는 堪當하기가 어려움으로, 우리는 如上의 詩篇 中 詩篇다운 詩篇 을 가릴 수밧게 업시 된다. 이러한 態度는 二百餘 詩篇의 作者에게 대하야

서는 여간 未安한 일이 아니다. 그러나 이러한 點은 讀者 諸氏와 作者 諸
公의 諒解해 주기만 바랄 뿐이다.

一. 詩 二篇 鄭芝鎔 作『朝鮮之光』

　芝鎔氏의 詩篇은 實로 오래간만에 우리 아페 나타낫다. 沈默의 긴 동안
期必 지용은 信仰生活에 어스러젓섯슬 것이다.『詩壇懷想』에 잇서 芝鎔君
의 詩로에 甦生을 쐬한 우리는 一種의 無量한 感慨로서 이 詩 두 篇을 對
할 수밧게 업다. 그러나『겨울』『琉璃窓』두 篇의 詩는 우리에게 무엇을
보여주는가? 연장으로에 말솜씨는 픽 鍊磨되엇다. 넷 一種의 幽玄味를 쯰
윗든 지용의 말솜씨는 그러한 째를 벗고 아조 곱게 그야말로 구을러간
다. 그러나 그 속에 무엇이 담겻느냐. 一種의 感覺의 遊戱 그 以上 아모
것도 업다. 두 行으로 된『겨울』을 을퍼보자. 이러한 늣김을 참을 수 업
슬 것이다.

　　　비ㅅ방울 나리다 우박알로 구을러
　　　한밤ㅅ중, 바다를 건넌다

　이 詩人은『琉璃窓』에 잇서 琉璃窓에 어린 衚花를 입김으로 지우고 보
고 쏘 지우고 본다. 그리하야 그 琉璃窓의 變化 속에『물 어린 별이 반작,
寶石처럼 백히는 것을』보아낸다. 그리다가 마츰내 이러게 소리친다.

　　　밤에 홀로 琉璃를 닥는것은
　　　외로운 황홀한 심사 이여니

고흔 肺血管이 찌저진 채로
아아늬는 山ㅅ새처럼 날러갓구나

『카패·푸란스』에서 보아내든 新鮮한 맛도 늣길 수 업다. 좁은 詩想,
現實과는 동이 쓴 內容, 적은 呼吸, 간신히 感覺의 運動을 거처서 쏘듯이
詩로서 體面을 維持할 쑌, 우리는 우리에게 아모 것도 보여주지 못하는
感覺的 墮落의 作品으로 處理할 수밧게 업는 것을 섭섭히 녀긴다.

一. 女人 金麗水 作『朝鮮之光』

金麗水는 그의 詩想이 決코 雄大하지는 못하다. 그러나 그러타고 芝鎔
과 가티 映窓에 어린 송곳대꼿을 입으로 혹혹 부는 그러한 詩想에 耽溺하
지도 안는다. 그의 詩律은 몹시 고요함으로 쌀해서 靜寂한 맛을 일치 안
흐나 躍動하는 氣熖을 가진 그러한 것은 아니다. 沈着하다. 緻密하다. 쌀
해서 써츠른 맛이 업고, 아름답고 연하다. 그 대신에 不可避로 크지 못하
고 쒸는 맛이 적다. 그럼으로 그의 筆致는 고요한 田園의 風景, 人情의 自
然의 流露를 詩化하는 데 가장 能熟한 技能을 가젓다.『프롤레타리아』詩人
으로서 詩壇에서 容許되는 모양이나, 革命的 불길을 담은 詩篇으로서가
아니라, 金麗水에게서『프로』詩人的 어쩌한 品貌를 찾는다면, 고요한 反省
省察을, 强要하는 그러한 곳에서라고나 할까. 何如間 우리 아페 보여주는
이번의 詩篇『새로운 時代의 女人가튼 그 곳의 그 女人을 놀애한』이『女
人』은 고요한 幸福을 느기(*끼)게 하는 아름답고 聰明한 고요한 微笑가 그
의 입술가에 쩌도는, 그리하야 쏘 무명옷을 깨끗이 쌜어 입고 밧브게 일
하면서도 책 읽기를 잇지 아니하는, 그리고서 禮讓의 德을 가추어 사람들

맛날 째 고개 숙여 인사하는 그러한 女人으로 兼하야 성내지 아니 할 쑨 만 아니라 또 가난한 사람을 업수히 녀기지 안흘 쑨만 아니라 부자를 무 서워하지도 아니 하는 그러한 女人이다. 여기에도 이미 이 詩人의 傳來의 本質的인 우에 말한 모든 條件을 發見할 수 잇는 詩篇으로, 이 詩人의 내 암새가 如實히 써도는 것을 늣길 수 잇다. 그러나 이러한 女人, 모든 方面 에 受動的이오 靜的인 『마음속이 한울가티 빈』 『근심이 업시 뵈는』 『비단 가티 부드러운』 女人이 果然 『새로운 時代』의 女人일싸? 오히려 數千年來 男性의 暴虐에 馴致된 不義와 蹂躪에 아모런 反撥力 업는 封建的 道德에 저 즌 그야말로 『부드러운 여성』은 될 수 잇슬지언정 새로운 時代의 女人으 로 또는 우리 時代의 勇敢한 反撥力을 가슴에 숨긴 거리에 闊步하는 女人 과는 여간 距離를 가진 女性이 아니라 할 수밧게 업다. 詩로서는 無理한 곳이 업다. 또 鮮細하다. 기픈 맛은 업스나 밝다. 그러나 우리에게 아모 것도 주는 것은 업다. 우리에게는 고요하고 부드럽고 情다운 그리하야 또 智慧로운 여인이 要의 되지도 안흘 쑨 아니라 더욱이나 『새로운 時代 의 女人』으로 容許할 (*'수' 탈자)도 업다. 오히려 活動的이오 씩씩하고 굿 센 그리하여서만이 智慧로운 女性이 要求될 쑨만 아니라 또 『새로운 時代』 의 일군으로 女性으로 容許되어야 한다.

『그대들은 이러케 살라』外 一篇　金素雲 作 (新小說)
『눈 二篇』金素雲 作 (朝鮮之光)

日譯 『朝鮮民謠集』에 對하야 驚異的 意識을 앗기지 안흔 우리는 만흔 期 待로서 이 詩篇을 對할 수밧게 업섯다. 퍽 『나이앱』한 傾向을 보여준다. 『스타일』도 퍽 새롭다. 肺量은 그리 크지 못하나마 詩律에 無理가 업고 氣 魄도 가젓다.

　『그대들은 이러케 살라』는 이 詩人의 人生에 對한 根本的 態度를 보여 주는 詩篇으로 그 意圖는 嘉賞할 것이다. 그러나 넘우 槪念的이다. 이 詩人

은 果然『산 意識을』굿게 高調한다. 그리고 또 그『산 意識』을 全體 속에다 歸屬시킬 줄을 안다. 그리하야『인듸비듀알리즘』에서는 解脫됨즉 하다.『그대는 크도다 그대의 存在는 뜻이 깁도다 그대를 두고 어대 無缺한 全體를 찾게(*겟)드뇨』하얏다. 그러나 어쩌한 全體임을 暗示하지 못한 것은 섭섭한 일이다. 또 全體는 決코 管見的 全體에 그처서는 아니 된다. 生成的 全體 ─歷史性을 無視하지 안코 그 連環에서 捕捉된 全體이어야 한다. 그리함에는 毋論 이 詩人은 史的 唯物論을, 그리하야 辨證法的 思考方法을 把握하지 안해서는 아니 된다. 그럼으로만이 前後 連繫의 豊富한 暗示를 거처서 이 詩篇이 맛당히 獲得하여야 할 歷史性을 가지게 할 수가 잇다. 이만큼 조흔 詩的『모틔쁘』를 좀더 彈力的이게 作用시키지 못한 것은 오로지 이 詩人의 意識이 넘우나『나이쁘』한 탓이다. 그러나 아즉도 世紀末的 輓歌가 橫行하는 新春 우리 詩壇에 잇서(이러한 不滿에도 不拘하고) 力作의 하나임을 우리는 容許하여야 한다. 헛된 탄식을 거들지 말고 그대들은 이러케 살라고서 이 詩人은 다음과 가티 외여친다.

> 暴風雨가티 威嚴잇게 그러케!
> 太陽과 가티 强烈하게 그러케!
> 토로이카(三頭馬車)와 가티 輕快하게 그러케!
> 오오 그러케 살라 그러케 大膽하게 살라
> 아츰과 저녁이 그대들의 아페 永遠히 새로우리라

『눈 二篇』은 童心의 流露 以上 別로 보잘 것 업다. 表現에 잇서 틀이 새롭고『리듬』에 動彩가 보이나『한울로 입을 벌리고』눈을 마섯자, 또는 얼마쯤 日本語套를 그대로『야이 아버지라우 애구 한우님!』하얏자 쓸어저가는 이 民族에게 아모 것도 寄與할 수 업다. 조흔 연장을 헛되히 쓰지 말고 좀더 무게 잇는 作品을 보여주기만 期待한다. 언젠가 이 詩人은『손톱으로 쓴 詩論』(中外日報)에서 文藝運動을 拒否하는 것을 보앗다. 卽 運動線上에 나서서 活躍할 사람은 씩개 잇게 거리로 쒸어나갈 것이지 文藝運

動이 다 무엇이다 하는 것은 可當치 못하다는 것을, 그리하야 結局 연장으로서의 文藝, 生活을 爲한 文藝를 否定하고 藝術至上主義的 象牙塔 속에서 한 安全地帶를 發見하려 하얏다. 이러한 態度는 朝鮮에서는 淸算된 지가 오래이거니와 거리로 쮜어나가지 못함즉 보이는 이 詩人은 大體 어쩌한 態度로서 文藝制作에 힘쓰고자 하는고? 거리로 쮜어나갈 수 업슴으로 쌀하서 藝術至上主義的 立脚地를 쩌날 수 업다는 말인가? 다시 解明이 잇기를 바라고서 여기서는 張徨히 論及하지 안는다.

『十四人墓』— 金東煥 (朝鮮之光)
『牛乳車』— 金東煥 (新小說)

『十四人墓』는 巴人의 敍事詩 『國境의 밤』을 생각케 하는 作品이다. 滿洲ㅅ벌에서 목숨을 이어가던 同胞 열 네 사람이 『馬賊』에게 慘殺된 事蹟을 놀애한 것, 巴人의 沈痛한 一面이 나타나 잇다. 아마 『國境의 밤』時代에 比하야 이 詩人의 生活이 奔難한 가운대서 잇는 탓인지 그 時代의 莊重한 『리듬』은 發見하기가 어렵다. 그러나 그러타구 巴人의 野聲은 속일 수 업다. 우리는 다음의 두 篇을 을퍼보자.

> 붓잡힌님은 나무ㅅ만 질어지고
> 뒷산으로 올랏슴네 그네들 시키는대로
> 채우며 밟히며 아아, 우는 처자, 내버리고
> 산에오르드니 거기는불이붓데 마을에도불이붓데
>
> 한울짜업는 벗들과우름으로
> 그밤을밝히고
> 이튼날우리는 독속에서 기어나와
> 뒷산으로 올랏슴네 님차저
> 살든 집간엔 주치돌만 어지럽고—

그러나 巴人의 意識은 넘우나 素朴하다. 이만한 主題를 가지고 좀더 彈力的이게 詩的『모틔쁘』를 活躍시키지 못한 것은 巴人이 無産階級的 民族意識을 把握하지 못한 곳에 起因한다. 朝鮮에서 살지를 못하고 滿洲로 쫏겨간 同胞를 單純히 滿洲에 居住하는 사람으로 보앗슬 뿐이오, 어째서 어찌 하야 滿洲로 흘러갈 수밧게 업섯스며, 드디어 쏘 馬賊에게 죽음을 當하는 情境에 이를 수밧게 업는가? 이러한 省察로 말미암아만이 宗主國 帝國主義下에서 植民政策에 呻吟할 수밧게 업는 植民地 民族의 情境이 明瞭히 들어날 수가 잇고, 이러한 情狀을 暗示하야서『아지 · 푸로』的 效果를 獲得하도록, 그리하야 그의『안티테제』의『무빙』에까지 意識의 高揚을 힘쓸 수가 잇다. 그럼에도 不拘하고 이 詩人은 이 詩作으로 하야금『이 이야기를 듯고 울엇슴으로 이제 그리운 정에 쌍밋 동모를 불러보노라』의 態度로서 一個人主義的 懷想의 圈에 머물르게 하고 말엇다. 大衆을 獲得하자는 意圖下에서 辨證的 方法論의 觀點에 서서 全體性的 把握을 힘쓰지 못하고서. 그럼으로 싸와야 할 標的을 確實히 들어낼 수가 업고 極히 皮相的으로『열네 동포』를 죽인『馬賊』에게 怨情을 품고 말엇다. 그러나 고요히 省察하야 보라. 果然『열네 동포』를 죽이게 한 動機가 어대에 잇느냐를. 萬一 巴人이 無産階級的 民族意識을 把握하얏든들 이 作品은 훌융히 그 意識의 具象的 表現을 意圖할 수 잇는 조흔 題材이엇든 것을 實로 아수한 일이다. 巴人은 다음과 가티 끗을 매젓다.

님이어 저기 나무말타고
『기엘』하는아이쎄보시는가
재애가 당신이 찌친 유복자라오 날마다크는
정말 날마다 커가는
이제 몇해 안가서
어느날은 무덤가 수풀바테 몸감추고
맹렬히 사격하는 저아이쎄 보일걸요
님이여눈감으십소 당신의쯧 살엇스니

　그러나 우리는 수풀바테 몸을 감추고 馬賊과 맹렬히 싸움으로 말미암아 아모런 解決도 지어줄 수 업다. 또 사러저간 先人들의 怨恨이 풀릴 理도 萬無하다. 그쑌 아니라 그 속에 우리 쯧이나 이리도 怨痛히 사러저간 先人의 쯧이 살아날 수도 업다. 우리 植民地 民族은 우리 同胞가 理由 업시 滿洲로 쫏겨가서 馬賊의 迫害의 對象이 되는 것이 아니라는 것을 銘心하지 안하서는 아니 된다. 滿洲 넓은 벌 S村 洞口에 慘殺의 녯 이야기를 들려주는 우리 同胞의 『十四人墓』에는 植民地 民族의 痛憤한 가슴을 절이지 안코는 거저 잇지 안는 點에 貴重한 意義가 잇다는 것을 거듭 이저서는 아니 된다.

　『牛乳車』에 잇어 作者의 意圖는 이 民族의 生活斷相을 보여주고저 하얏다. 새벽거리에 나팔 불고 오는 우유차는 이 동리에 웃음과 평화의 심부름쑨이엇다. 그러컨만 牛乳車는 보이지 안핫다. 애기는 울고 엄마는 한숨 짓고 그리하야 불난 뒤가티 혼란과 슬품으로 찻다. 우유차는 아조 아니 오고 말 것인가. 이 詩人은 다음과 가티 놀애한다.

　　　따쑷한 젓물과 인연쯘흔지
　　　먼― 먼 녯날이 되어
　　　보챔과주림이 쎠에 사모첫건만
　　　우유차 안오나 웃음의수레는안보이나
　　　그럿드래도 어느날은오겟지
　　　오늘도 동구밧게 나가기다리노라

　그러나 『牛乳車』는 어느 짠곳에서 와야 할 그러한 수레는 아니다. 우리가 한덩어리 되어 투쟁함으로 말미암아 나어야 하는 수레다. 그럼으로 우리에게는 歷史 創造의 重大한 任務를 가젓다고 흔히 말하지 안는가. 기다린다고서 오랴. 實로 보챔과 주림이 쎠에 사모첫슬진댄 손 맛붓잡고 우유차를 만들지 안하서는 안될 것이다. 牛乳야 얼마든지 잇는 것이 아닌가. 먹지 안하서 썩을 만치. 그러나 썩지는 할지언정 주지를 안는 것이

이 세상이 아닌가.

牛乳車에 對한 着相은 大端 조타. 연장으로서 巴人의 筆致는 가장 써츠른 우리의 情境을 表現하는대 조흔 條件을 가젓다. 그러컨만 意識이 넘어나『나이쁘』하다. 그럼으로 漸漸 暗示가 적고 深刻한 맛을 일허간다. 願컨댄 無産階級的 民族意識을 把握하도록 努力하기만 苦待하야 마지 안는다.

『短章 二題』金石松 (新小說)

『십년』『참새』두 篇이 다 民謠詩로 되엇다. 이 詩人의 本質인『휘트맨』傾向의 詩와는 아조 동이 쓰다십히 달르다.『십년』에 잇서 이 詩人은 한『恒心』을 놀애하얏다.『이겨레의 이백성이 십년살것 말하얏네』로서 보건댄 쓰겁지는 못하고 아구찬 맛은 업스나마 民族的 恒心을 이르는 모양이다. 四四調로서 特히 音步에 잇서 偶數 偶數의 調合이 만흔 만되 單調하고 變化가 적다.

　　십년두고 길른마음
　　십년뒤라 업서지리
　　지나간날 눈물자최
　　십년새로 밟어보세
　　십년다시 못이루면
　　십년한번 곱질르세

『참새』는 農軍의 긔찬 生活을 놀애하얏다.

　　흉년들고 살금헐코
　　빗에몰려 다쌔기고
　　울며불며 살어가네
　　조선사람 죽어가네

넘어나 概念的이요 實感이 적을 뿐 아니라 平凡하기 짝이 업다. 讀者로 하야금 農民의 現實生活의 긔벅참을 알리는데 意圖가 잇는 듯하나 이보담도 몃 곱절 오히려 讀者便이 더 深刻한 理解가 잇을 듯하다. 그만치 平凡하고 짤하서 別 刺戟을 주지 못한다. 朝鮮사람은 웨 죽어갈 수밧게 업고 또 어쩌케 해야 살아날지? 아모런 暗示도 차즐 수 업다. 現實의 긔벅참을 늣겨주기에는 넘우나 沈痛한 맛이 업다. 넘우나 單純한 作品이다.『리듬』은 單調롭다.『不純한 피! 오오 靜脈으로 돌아가라』하든 그 時代의 石松의 作品이 가진 肺量, 律動을 일치 안코 無産階級的 民族意識을 戰取하야써 詩作에 精進하얏스면 하는 期待들뿐이다. 그러나 世紀末的『센틔맨탈리즘』의 作品의 有害無益함에 比肩할 것이 아님은 毋論이다.

『목숨』金麗水 (朝鮮講壇)

말솜씨는 곱다. 詩形은 全體的으로 보아 統制美를 일치 안핫다. 病友 R(必然코 前衛리라)을 생각하고 그의 목숨의 貴重함을 特히 거리 우으로 나가야 할 그 목숨의 貴重함을 노래하얏다. 그러나 넘우나 詩形에 힘들인 탓으로 첫 聯에서 이르킨 悲痛한 情調를 그대로 쓰을고 가지를 못한다. 聯과 聯의 調和美에 넘어 用意하얏다. 그리하야 第三聯의 조흔 詩想까지 힘잇게 살리지를 못햇다. 第一聯과 第三聯을 中心으로 聯의 形式에 넘어 拘束을 밧지 말고 좀더 奔放한 表現을 힘썻던들 이러한 詩想으로서 차지하여야 할 歷史的 重要性, 大衆性을 獲得하얏슬 것을 아수한 일이다.『거리 우으로』또는『새 時代』『새 世紀』이러한 抽象的 直喻의 時代는 지나갓다. 좀더 具象的으로 現實을 헤치고 파고 들어가서 生氣 잇는 實體를 잡어내도록 힘써야 할 것이다. 넘어 形式에 留意치 말고 詩的 動機를 좀더 自由로히 살리도록 努力하기를 거듭 付託하야 둔다. 우리는『女人』보담 오히려『목숨』을 낫게 본다.

『벗은 니르기를』 金岸曙 (朝鮮講壇)

쏫 피고 바람 고요한 이른 봄 어느날 어느 親舊가 『아름답은 人生을 즐기라』고 하얏고, 바람 불고 쏫닙 지는 느즌 봄 어느날 그 親舊는 쏘 『아름답은 것 모도 다 진다』고 하얏스나 그 뜻을 몰랏다. 그러나 只今 외롭은 가을 저녁 째에 그 동산에 외로히 서서 그 말뜻을 다시 생각해 본다는 것이다. 두 번 다시 생각해 보아도 알 수가 업섯는지? 쏘는 알아채럿는지 몰르거니와 『아름답은 人生』과 『아름답지 못한 人生』에 對해서 이 作者는 眞摯한 態度로서 省察해볼 必要는 確實이 잇다. 詩形은 整齊되엇다. 語音 語響도 專門인 만치 欠 잡을 곳은 업다. 아마 音步는 必然코 偶數 奇數가 調和되엇슬 것이다. 그러나 무엇을 주엇는가? 무엇을 주고자 힘썻든가? 아모 것도 업다. 『벗에게』 亦是 그러하다. 외롭다거나 구슬프다거나 病난 새가티 혼자 울면서 둔다거나 하는 것들이 어째서? 무엇 짜문에? 그럴 수밧게 업는지 도모지 알 수가 업는 詩想들이다. 『世苦』라고서 抽象的으로 表明은 하야 노핫스나, 어쩌한 世苦며 쏘 그 世苦는 어듸로부터 온 것이고 어쩌케만이 업서질 것인지? 좀더 省察하야써 含蓄 잇는 詩篇을 發表하기를 바란다. 別로 더할 말이 업다.

『가신 뒤』 金昌述 (朝鮮講壇)

海剛의 『愛頌』과는 反對로 BT라는 前衛의 안해가 남편이오 戀人이오 쏘 同志인가를 보내고(생각건댄 산냥개에게 붓들려 간 듯) 원통해 하고 그리워 하는, 그러나 決코 失望하는 것이 아니오, 쏘 戀情으로서가 아니오, 同志感에서 앗가워하는 丹心을 을픈 詩篇이다. 무엇보다도 點線을 亂用한 것은 表現할 수 업는 情緖를 알림인가? 매우 詩篇으로서는 거슬린다. 全體로 넘어 冗慢하다. 敍事詩라 보기에는 넘어나 條件을 가초지 못하얏슬 쑨 아니라 題材부터 그러한 種類가 아니오, 敍事詩이면서도 좀더 均衡을 整齊를 그리 하야 單純을 힘쓰지 안는 것은 그 內容에 잇서 맛당히 獲得할 大衆性을 遺失하고 말엇다. 앗가운 일이다. 前衛의 妻君으로 하야금 이만한 態度를 가지게 하여야 할 것은, 아니 이만한 女性이 우리 社會에서 뒤니어 쮜어나와야 할 것은 우리의 苦待하야 마지 안는 바이건만.

『光明을 캐는 무리』金大駿 (朝鮮之光)
『愛頌』金海剛 (朝鮮講壇)

이 詩人은 雄健한 氣魄, 힘에 가득한 詩篇을 낫는데 長技를 가젓다. 初期의 作品은 比較的 哀調의 詩篇들이엇스나 『프롤레타리아・이데올로기―』를 把握한 뒤로는 意識的으로 『프롤레・칼트』를 담은 作品을 보여주고자 힘써 왔다. 여기에 우리 批評의 對象이 된 두 篇의 詩도 亦是 그러한 傾向을 代表하는 作品이다. 林和가 그의 詩의 意圖를 現實生活의 素材에까지 파고 들어가서 具象化시킴으로 말미암아 詩的 動機를 悲調에까지 律動化시키고 그럼으로 쌀아서 讀者의 가슴을 움즉이지 안코는 거저 두지 안는 (*'데' 탈자) 反하야, 海剛은 얼마즘 抽象的이오 槪念的인 꼿꼿한 氣魄으로서 讀者의 士氣를 굿건함 하는 데 能하다. 이 詩人이 낫는 作品의 『스케일』은 크다. 그러나 그 큰 『스케일』을 統制하는 힘이 不足하다. 여기에 『스케일』이란 決코 그 內容의 複雜多端함을 이르는 것이 아니라 그 氣魄, 肺量의 律動을 이르는 것이다. 그의 詩的 動機는 퍽 單純하다. 그러컨만 넘우 散漫하게 陳列한다. 쌀하서 不可避로 暗示와 變化에 적고 平面的이다. 그럼으로 좀더 整齊하얏스면. 讀者의 가슴이 총알을 쏘앗슬 듯한 彈力的 效果를 일코 만다. 여긔에는 우리는 『리알리즘』의 影響을 이즐 수 업다. 文壇 一部에서 넘어나 高價로서 受容된 辨證的 寫實主義는 詩壇에까지 적지 아니한 害毒을 끼치고 말엇다. 그러나 우리는 歷歷히 主張하야마지 안는 바와 가티 우리 文人은 모름즉이 世界文學의 發表된 最高峰을 踏査하야 適切히 내 것이 된 手法으로 自由로히 驅使할 것이다. 如何한 形式임을 不

拘하고 연장으로서 利用할 것이다.

『光明을 캐는 무리』에서 이 詩人은『千九百二十七年은 우리에게 한 가지로 뚜렷한 解決을 던저줌이 업시 幕을 다첫다. 三十年에는 새로운 氣息을 가다듬어 光明을 펼처줄 行進에 마추어 나아가자』이러케 새해의 曉頭에 서서 부르짓는다. 肺量은 크다. 그러나 넘어나 抽象的이다. 概念的이다. 이 詩篇이 소리치는 內容을 首肯하면서도 詩로서 맛당히 우리 가슴에 呼訴할 感激은 그 큰 肺量에 견우어 퍽 낫다. 奮烈한 氣魄은 보인다. 그러나 그 對象은 明瞭하지 못하다.

植民地 民族으로서 把握할 수밧게 업는 無産階級的 民族意識의 藝術的 具象化는 單純한 無産階級的 意識과 多分히 連關된다. 오히려 連關된다느니보다 植民地 民族의 無産階級的 意識이다. 거긔에는 宗主國『프롤레타리아』의 當面한 立場과 갓지 아니한 情境에서 하는 것만치 갓지 아니한 現實相에 隸屬되어 잇다. 그럼으로 單純히 英吉利의 産業革命 過程이나 日本의 그것을 그대로 가지고 와서 植民地의 工業化, 植民地의 都市 集中, 工場으로에 吸收, 失業群 云云의 論法으로서 說明하려는 八峯이나 其他의 公式主義者는 當面한 朝鮮의 眞狀을 把握하지 못한다. 帝國主義 段階에 든 資本主義 時代의 宗主國과 植民地와의 關係는 特히 經濟的 政治的 軍事的 地盤을 방패로 한 植民政策을 正當히 把握함으로 말미암아 可能할 뿐이다.

無産階級인 朝鮮民族의 大衆은 決코 單純히 朝鮮 內의 工場에 吸收되지 안는다. 오히려 大部分이 日本 工業機構의 속으로 滿洲의 農業地帶로 흐터저갈 수밧게 업는 反面, 宗主國의 勢力은 層一層 커간다. 그것은 웨? 여기서 簡單히 表明하기 어려움으로 回答은『文藝理論의 淸算期』(中外日報 揭載中인) 其他 今後의 述에 밀우거니와, 우리는 어대까지든지 無産階級的 民族意識을 戰取함으로 因하야만이 우리의 現實에 對한 蓋當한 說明을 나릴 수 잇고, 쏘 多分의 實踐性으로서 우리의 甦生運動의 精神的 武器가 될 수 잇다는 것을 記憶하여야 한다. 이러한 要求를 明瞭히 인식하는 조흔 一例로서 우리는 海剛의『光明을 캐는 무리』에서 두어 聯을 引用하야써 吟味하야 보자.

> 그러타보아라 눌리고채이고밟히는 이날의허덕임
> 工場에서農村에서路頭에서
> 나날이追急하는모지락한길—
> 이것이將次歷史를짜노흘 우리의빗남이줄긔찬記錄일것이다

　무엇에게 눌리고 채이는고?『프롤레타리아』作家들이 그 創作에서 즐겨 取扱하는 얼마쯤 誇張한 朝鮮人 資本階級인가? 朝鮮人 資本階級은 果然 그 理解의 紐帶를 타고 宗主國 帝國主義와 握手하고 잇슴으로『프롤레타리아』作家의 對象이 되는 것은 毋論이나, 그러나 그것은 極히 微弱한 存在이다. 쏘 그 鬪爭의 成果에 잇서서도 民族內의 民主主義化를 促成하는 데 不過하다. 우리의 主力的 ××의 對象은 어대까지든지 宗主國의 ×××× 오 쏘 ××에서만이 우리의 甦生은 可能하다. 그럼으로 반듯이 우리를 치고 짓밟는 對象은 우리로 하야금 滿洲로 물 건너로 散離케 하는 그 힘의 淵源되는 階級일 수밧게 업다. 그러나 于今까지는 이러한 決定的 標的 頑强한 主力을 創作의 對象으로서 取扱한 作品은 別로 잇지 안다. 만만한 朝鮮人 封建財閥의 遺物을 對象으로 하야 別莊, 火災, 反抗, 絶叫 等을 云云하는데 쓰첫다. 그러면서도 公式主義者들은 帝國主義와 ××한다고 絶叫하기를 마지 안는다. 그리하야 그들의 帝國主義는 槪念에 쓰치는 쏘는 一種의 偶像化한 存在로서 머리 속에 파무처 잇슬 뿐이다. 이러한 現象을 明瞭히 凝視하고 잇는 우리는 그럼으로 쌀하서 有爲한 우리 詩人들에게『무엇에게 우리는 눌리고 채이느냐?』의 省察을 勸할 수밧게 업는 것이다. 쏘『工場에서 農村에서 路頭에서』나날이 追急當하는 것은 宗主國『프롤레타리아』의 全屬性이거니와 우리는 그에 쓰치지 아니 하고 물 건너 各地에서 滿洲 벌판에서 그리고 쏘 農村, 路頭, 工場에서 나날이 追急當하는 것임을 거듭 銘心하여야 한다. 이러한 우리의 現實은 實로 그 누구나 常識者에서는 明瞭히 意識되는 바이지만『맑씨즘』을 公式的으로 素飮하고 朝鮮의 現實을

歪曲하야 그 公式에 歸屬시키고자 하는 公式主義者들의 實在는 우리로 하야금 이러한 解明에까지 붓을 달리게크럼 하는 것이다.

우리는 朝鮮文壇의 文人 諸公이 하로 밧비 公式主義的 低迷에서 벗어나서 無産階級的 民族意識을 戰取하야써 그 射擊의 標的을 正確히 認識함으로 말미암아 生産하는 바 創作들로 하야금 大衆의 實踐的 武器에까지 點火할 수 잇는『아지, 푸로』的 效果를 獲得케 하는데 그르침이 업기를 苦待하야 마지 안는다. 海剛의 詩篇 中 가장 조흔 한 聯을 을퍼보자.

가는이해에도 가장勇猛스럽게 압장을서 陳頭에나섯든
동모들 며치나일헛스며
曠漠한荒原을차저 애쓴는눈물을 뿌리는겨레를 北으로 北으로 멧萬이나 흘려보냇든가?
동모야 어이白日만을咀呪하며 부서진허파만을 치고잇슬것이냐?

『愛頌』은 敍事詩이다. 海剛은 어느 편이냐 하면 于今까지 나흔 詩篇으로 보면 敍事的 傾向을 씌인 詩篇이 퍽 만핫다. 巴人에 比하야 沈痛한 맛은 업다. 그러나 보담 流暢하다. 貧寒한 勞役軍의 妻, 一片丹心으로 그 家庭을 男便을 代해 바치는 妻의 貴여운 勞働, 그윽한 態度를 노래하얏다. 사나히는 일터에서 妻는 집에서 勞力에 從事하는 것은 每日般이지만, 女子는 男子의 慰安의 對象, 不平의 火葬터, 아이의 養育, 夜勤 等 한層 더 만흔 作用을 하는 것으로 表現되엇다. 全篇이 感謝로운 熱情, 未來를 사모하는 浪漫的 憧憬, 敬虔한 默願으로 찻다. 우리는 一月 詩篇 中 力作의 하나로서 容許한다. 그러나 이 詩의 題材가 題材인 만큼 그 大衆으로에 動力 獲得力의 熱度는 그리 클 수가 업는 것이지마는 어찌하야 妻로 하야금 이에 쓰치게 하는고? 感謝의 敬虔한 態度는 取할 만하나, 亦是 一種의 自己享樂 對象으로 取扱하고 만 것은 매우 섭섭한 일이다. 좀더 그 妻에게 努力해줄 必要가 업섯슬가. 다만 妻뿐으로서가 아니다. 同志에까지 이르게 하고자 萬一 그러한 態度가 보엿든들. 그리하야 그 적은『피오닐』에까지 이러한 氣

脈이 抽象的으로가 아니다. 좀더 具象的으로 ―만흔 暗示로 表現하랴 힘썻든들 이 作品은 보담 大衆性을 獲得할 수 잇섯을 것이다. 作者의 意圖에 잇서 여기에 着眼하지 못한 것은 亦是 作者의 意識이 個人主義的 傾向에서 完全히 解脫하지 못한 곳으로부터일가? 作者 스스로 省察하기를 勸하야 둔다. 우리의 制作態度에 잇서 全體性的 把握에 힘써야 한다는 것은 辨證法的 思惟方法을 把握한 意識者에 잇서서도 그 實踐的 經驗을 거쳐서 거듭 거듭 省察하기를 게을리 하야서는 아니 된다는 것을 이저서는 아니 된다.

『新進雜誌 詩篇』

李燦 君의 『아츰의 어느 시악씨에게』가 比較的 좀 낫다. 『오리지날의 高貴한 紛香을 휘날리며』와 가튼 幼稚한 句節이 업는 것이 아니나, 새 時代의 詩人으로서 새 意識을 把握하고 씩개잇시 活躍하자는 建設的의 意慾이 보이는 點을 取하는 것이다. 그러나 연장으로서 말솜씨가 훨신 鍊達되어야 할 것은 毋論, 그 詩形에 잇서 統制力의 薄弱함으로조차 散漫하게 보일 쑨 아니라 行節을 亂切하야 陳列하얏슴으로 呼及을 허트러 흐리는 點이 보인다. 詩道에 精進하기를 付託하야 둔다.

孫初岳 君의 『失題』, 柳雲卿 君의 『失題 둘』 等은 잡을 모 업는 作品들이다. 主題부텀 『失題』이니 무엇을 더 바랄까마는, 孫君의 詩에서 『悔恨의 눈물』을, 柳君의 詩에서 『외롭은 心思』『萬壽山의 꿈』 等을 發見하지 안흔 것은 아니나, 新進詩人으로서는 적어도 우리의 戰取하여야 할 甦生의 意識 ―無産階級的 民族意識을 把握하고 큼직한 氣槪로서 새 歷史 創造의 意慾을 힘을 보여주지 안하서는 아니 될 것이다. 己巳年에 잇서 우리가 柳雲卿 君을 推薦한 것은 『文藝公論』에 發表된 『化學實驗室』에서 이러한 創造的 意慾과 힘을 보아낸 까닭이엇다. 그後 柳君의 作品에 잇서 이러한 詩 한 篇을 다시 어더 볼 수 업는 것은 여간 섭섭한 일이 아니다. 이 作品들은 詩形에 잇서서는 적은대로 整齊되엇고 말솜시도 比較的 조타. 그리고

眞摯味도 李燦 君의 『그러나 쉬─』와 가튼 좀 빈정대는 것에 比하야서는 明瞭하게 낫다. 그럼에도 不拘하고 우리는 李燦 君에게 將來를 囑望케 된다.

安炳璇 君의 『出發』은 『사랑하는 이악시 젊은 朝鮮의 누님이여 이제 '새해' 새날 첫 아츰이오니 당신을 억매인 因襲과 愛着을 물리처버리고 街頭로 街頭의 行列로 行列의 先頭로 쒸어나오소서』 여기에 詩的 意圖가 잇다. 敬虔한 態度는 取할 點이 잇다. 부즈럽슨 哀嘆의 詩篇이나 自然의 閑寂境에서 허매는 詩想에 比하야서는 훨신 놉히 보아야 할 것은 毋論이다. 그러나 넘으나 槪念的이다. 『因襲』『街頭』만에 그처서는 아니 된다. 『어쩌한 因襲』『어쩌케 街頭로』 이러한 問題를 社會的 觀點을 일흠이 업시 그 現實態에까지 뚤코 들어가서 잡어내야 한다. 그리하여야 淺薄한 無彈力한 全篇의 氣槪를 救할 수가 잇슬 것이다. 우리는 安君에게 意識 戰取와 强烈한 男性의 建設欲을 發見하얏스면 한다.

朴月海 君의 『潛水夫를 생각고』는 『한가닥 외줄과 한 개의 空氣管에 全生命을 부탁하고 奇怪한 世界의 寶物을 파내는 당신을 通해서 살 것을 생각한다』, 그리고 그것은 『千古의 秘密을 품고 永遠히 변치 안는 藍色 바다에서 잠수질하는 그 情熱』이 貴한 까닭이라 생각된다. 『千古의 秘密』『永遠不滅』『世界의 寶物』等等 一種의 怪奇心 쏘는 奇蹟心이 다만 한갓 個人主義的 槪念 發射에 끄치고 아모런 暗示도 담지 못한 것은 朴君의 意識이 넘우나 素朴한 까닭이다. 萬一 이 潛水夫에 끌려 이 社會의 暗黑面을 휘비고 들어가는 前衛의 心境을 을플 準備가 잇섯든들 조흔 詩篇을 어들 수가 잇섯슬 것을. 이 作者의 『異端者의 信仰』은 詩라고 할 수 업다. 散文으로도 別 感激을 줄 수 업는 것으로 內容도 볼 것 업거니와 亂雜히 羅列하얏슬 뿐이다. 이 作者는 좀더 詩道에 나설 前提로서 敎養에 努力하는 同時에 意識 把握에 用意하지 안하서는 아니 될 줄 안다.

春岸의 『待合室』은 『가고 오고 몰려다니는 무리들아 무엇을 하려고 펄덕이는가』『깃븐 일로 가는 者 슬픈 일로 가는 者 모두가 마음 속이고 되는대로 날뛰는 무리!』 이러한 內容이다. 그러나 『되는대로 날뛰지 안는 것』이 무엇이라는 說明도 暗示도 업다. 또 슬퍼서 깃버서 往來하는 사람들이 어째서 마음을 속이는 者인지도 宣明해 노치도 못햇다. 五行 두 聯으로 된 쌀막한 詩形 속에 理由 업는 如上의 譫語를 妄發하야 노핫슬 뿐 늙은 사람, 젊은 사람, 거럿뱅이, 하이카라들이 모인 待合室에 이러한 꼴이 形形色色이라고서 마음 속이고 다닌다는 結論은 나올 수가 업다. 제갈 곳을 向하야 보ㅅ다리 질머지고 또는 트렁크를 들고 가버린다고서 하는 일 업시 펄덕인다는 結論은 나오지 안는다. 이러한 現象 形態을 파고 들어가서 그 階級性이건 階級的 民族性이건 집어내노코서 하는 소리라면 그도 모르겟스나 理由 업시 妄言을 發하는 것은 新傾向의 詩나 『프롤레타리아』의 詩가 아니라는 것을 銘心하여야 된다.

以上으로서 雜誌에 실린 詩評은 꿋이 낫다. 『朝鮮詩壇』은 前號는 黃錫禹氏의 好意로서 贈呈을 바덧섯스나 新年號는 그러한 好意로서는 우리의 손에 들어올 수가 업섯다. 書店에서 篇數와 內容은 大槪 보앗스나 親切치 못한 評筆은 省略함만 갓지 못해서 그만두기로 한다. 다음은 新聞紙上에 나타난 詩篇으로 붓을 돌리겟다.

『東亞紙에 실린 詩篇』

東亞紙 學藝欄에 실린 六十二篇의 詩를 批評하는 方法에 잇서 그 便宜에 쌀하 旣成詩人의 것 新進詩人의 것으로 分離하야 보건대 十七篇이 前者에 屬한다. 春園의 『새해마지』, 岸曙의 『쏫다발』 外 四篇, 權九玄의 『暴風아 오너라』 外 五篇 等이 그것이다. 春園의 『새해마지』는 새해 맛는 所懷를 을픈 時調다. 無常悲情의 哀調가 아니라 새로운 意慾의 불길을 보여준다. 能熟한 말솜씨에는 敬服 아니할 수 업다. 그러나 『泗泌城』 『矗石樓』에서 볼 수 잇든 쑥쑥한 맛, 大體로 좀더 큰 氣槪와 힘, 그리고 熱烈함을 보여주엇스면 하는 不滿은 고요한 『리듬』의 動態를 거처서 純情의 流露를 늣

기면서도 저바릴 수 업다. 우리 意識을 省取하야써 積極的으로 活躍할 수 잇섯스면? 如何間 哀調에서 버서나서 새로운 意慾의 불길을 보여준 것은 반가운 일이다.

새해 오다커든 도소주도 붓지말고
우리 얼사안코 새론맹세 구든맹세
합력과 굿센분투로 새해인사합세다

岸曙의『꽂다발』『그대의 길』『맘을 일코』『바람』『不運』等은 亦是 岸曙式 哀傷의詩篇들이다. 이 詩人은 格調詩形을 論議하얏거니와 하나도 새로운 틀을 나아주지는 못하얏다. 무근 틀을 分析하야 그 組織을 說明하얏슬 쑨, 그 說明으로 말미암아 貢獻한 바가 업는 것은 아니지만은 어찌하야 每樣 小小한 末技, 字字句句의 問題에만 注意를 돌리고 鍊磨한 연장으로서 무엇을 만들 것인지? (元來가 연장은 버릴 對象에 딸하 갓지 안흔 것임을 도라보지 안코) 都是 把握함이 업스니 쑥한 노릇이다. 우리에게 아모 것도 寄與하지 못하는대 쓰치지 아니 하고 오히려 健實하여야 할 이 民族에게 理由 업는 病的 呻吟을 强要하는 態度와 如함은 크게 삼가야 할 것이다. 意識 問題를 말하기에는 넘우나 素朴하다. 願컨대 詩作이란 決코 私的 享樂이 아니라는 것을, 設令 이 詩人에게 잇서 그러타 생각되드라도 어느 機關을 거처 公示하는대 잇서서는 公示함으로조차 무엇을 讀者에게 寄與하고자 하얏는지? 무엇이 明瞭히 잇서야 하고 쏘 그것이 어쩌한 性質의 것인지, 意識的 立場에서 省察하지 안하서는 아니 된다는 것을 잇지 말아주기를 바랄 쑨이다.

九玄의『새해 쏘 새해』『生命의 行進』『暴風아 오너라』『님에게』『봄마지』『變春曲』等 諸 詩篇 中『暴風아 오너라』와『새해 쏘 새해』를 比較的 낫다고 본다. 낫을 쑨아니라 쏘 이 詩人의 色彩를 明瞭히 들어내는 詩篇이다.『새해 쏘 새해』는 虛無主義的 傾向을 보이는 作品이다. 새해라고서 盟

誓를 맺는다니 모두들 圓覺을 하얏단 말이냐? 어제짜지는 조을고 살다가서 하로 밤 사이에 심쏘들이 뒤집헛단 말이냐? 이러케 외어친다. 그리하야 過去 一年間의 變遷相을 살펴보아 나아갈 嚮路를 한결 다지는 쏘는 個人의 活動過程에 잇서 成敗의 跡을 뒤살펴 새로운 盟誓를 맺는 모든 態度를 『선하품』으로 보고서 結局 이 詩人은 『이 쌍에 올 제 가진 盟誓 그 하나쑨』이라 하얏다. 그러나 그 하나의 盟誓가 무엇인지?는 들어내지도 안핫고 暗示해주지도 못햇다. 이리하야 運動, 變遷이 實體의 存在形式임을, 그럼으로 流動의 過程에서만이 그 實體의 把握이 可能함을 肯定하지 못하고 虛無主義的 昏迷의 境에서 素朴하고도 茫然한 『삶』 —多分히 槪念的이다 —을 眞摯치 못한 態度로서 肯定하얏슬 쑨이다.

『暴風아 오너라』는 어쪄한 暴風이며, 어대서 오는 暴風인지 넘우나 素朴하다. 아모 暗示도 發見할 수 업슬 쑨더라 取할 點도 업다. 우리는 이 作者에게 根本問題에 도라가서 意識把握을 힘써야 하겟다는 것을 付託할 수밧게 업다. 新聞에 실리는 詩篇인지라 그들에 잇서 쏘는 그 內容에서 잇서 作者의 意圖한 바 力作을 發表하기가 容易치 못하겟스나 그러타고 內容 朦朧하고 暗示하는 것 업는 作品을 公示할 것은 아니다. 宋順鎰 君의 『無限』, 泊大苑 君의 小曲 『窓』 外 五篇 等은 別로 取할 點이 업다.

新進詩人 中에는 李裕宿 君이 『살길』 外 十餘篇을 發表하얏스나 未來를 囑望케 하는 氣槪도 힘도 意識도 보아낼 수 업다. 좀더 自重하야 力作을 發表하도록 힘써야 할 것이다. 讀者 詩 四十餘篇 中 李揆元 君의 『새날의 境界線』, 咸東旭의 『農村行進曲』이 第一 나을 쑨 아니라 伸長할 餘地를 보여준다. 李君의 詩 한 節을 살펴보자.

太陽의쓰거움이여 疲困한어제ㅅ날을 불살려버리리라
星辰의거룩함이여 아름다운 希望을 비치워주라
모래를째물든입으로는 우렁찬놀애를 부르면서
나는 불ㅅ길이서러운새날의 境界線으로 넘어가노라
바람의지나감이여 고닮흔嘆息을날려버리리라

바위를물어뜯든파도의 莊嚴한 그소리 웨치면서
나는光明이써친 새날의境界線으로넘어가노라

말솜씨에 아즉도 만흔 努力을 싸아야 하고 詩形에 잇서 훨신 整齊되어야 하겟스나 比較的 肺量이 크고 氣槪가 보이는 點을 取한 것이다. 咸君의 『農村行進曲』한 節을 吟味해 보자.

마당질하는날이엇다
그는그날첨으로妻子와힌밥을가티하얏다
저녁때이엇다 그는—
地主, 農監, 水稅, 肥料代
그러고 빗장이들에게
그해의總決算을 다—치럿다
편지가만히왓다

納稅告知書, 督促狀
競賣通知表…………

詩라고서 容許하기에는 넘어나 散漫하다. 그러나 『長利』『宗畓文卷』『胡좁살』等等의 農村相을 不過 五聯 속에 縮寫시키고 隱然中 整齊의 效果를 나타낸 것은 그 行과 節에 잇서 詩的 音響을 들 수 업슴에도 不拘하고 우리는 詩로서 容許한다. 誠實한 態度를 일치 말고 이러한 農村相을 들고 詩的으로 나오기를 바란다.

우리는 東亞紙 學藝欄 編輯子에게 詩의 選擇을 좀더 鎭重히 하야 달라고 付託하고 십다. 似而非 詩篇이라느니보다 믹근하고 날신한 語句의 羅烈 以外에 아모 것도 삼을 모 업는 詩篇들이 만흔 것은 조치 못한 傾向만 模倣하고 나오는 點을 더욱 助長시키는 것으로 거슬지라드 內容이 잇는 것, 무엇이라고 담고자 힘쓴 痕迹이 보이는, 어느 편이냐 하면 創造的 意慾이 보이는 詩篇을 가리워주기를 바라고 십다.

『朝鮮紙에 실린 詩篇』

岸曙의 『새해는 쏘 다시 밧귀거늘』, 韓晶東 氏의 『新年의 希望』 等은 미 적지건한 哀傷, 虛無, 希望에서 버서날 수가 업섯다. 沈薰의 『선생님 생각』 은 굿세인 맛도 업고 熱烈한 情緒도 흘르지 안코 큼직한 氣槪도 發見할 수 업고, 쏘 省取한 意識의 힘에 타는 불길도 늣길 수 업스나, 다만 誠實 한 殉情의 流露를 엿볼 수 잇다. 이 點이 이 詩篇으로 하야금 버리지 못하 게 한다. 마즈막 한 聯을 음(*을)퍼보자.

선생님!우리는선생님보다
나이가젊은데요
어째서 벌서 피스긔가 말럿슬가요?
이한밤엔 窓밧게서『고구마』장사의
외치는소리만썰리다가는 길바닥에얼어붓고
내마음은 선생님의身邊에
엉긔어붓습니다
그마음이 슬어저가는 火爐속에서 깜박거리는
한덩이 숫(木炭)만치나 더웟스면합니다.

이 詩人은 각금 琢木의 和歌를 생각케 하는 三行詩를 쓴다. 그 內容의 擧皆가 現實의 『生活』을 놀애하는 點은 取할 만하나, 그 形式의 詩로서 生 氣를 가초지 못함즉 한 欠이 不無한 것을 본다. 오히려 春園의 純口語體 時調形을 應用하얏스면 보담 나흔 틀의 生活詩篇을 生産하는대 잇서 도움 이 될 줄 밋는다. 野草의 『달밤의 거리에서』는 熱情만은 살엇다. 그러나 그 熱情을 일게 크럼하는 動機에 對한 省察이 充分치 못하다. 그럼으로 漠 然한 感動을 일으킬 뿐이엇다. 『가엽슨 어린 동무여 이 한 번 곡 깨물고 이 밤을 지내어 다오』 이러케 외여칠 수밧게 업는 그 『모틔브』를 좀더 깁흔 筆致로서 暗示하얏든들 앗가운 일다. 丁奎昶 君의 『기다리는 사람』

外 其他 詩篇은 아모 것도 取할 點이 업는데다가 더욱 그 詩作의 態度에 잇서 誠實味가 적다. 柳雲卿 君의 『꿈에서 째어라』 『敎訓』 等은 小曲이나 雜誌에 실린 同君의 作品보담 낫다고 본다. 그의 四行詩 敎訓을 들어보자.

> 우리는 학대바든 령혼입니다
> 그러키에 우리는 불붓는령혼입니다
> 싸홈에 지지말라 하심은
> 宇宙의 敎訓이엇습니다

斷想이나 버릴 수 업다. 金末峰 君의 『思母詩』 三十餘篇 中에는 佳章이 적지 안타. 새 意識을 把握하고 좀더 確乎한 意識으로서 『農村生活相』을 捕捉하도록 힘쓰기를 바란다. 이 詩篇을 거처서 보건대 金君의 意識은 漠然한 民族意識의 圈에서 허맬 뿐이엇다. 李赤松 君의 『生命』 詩篇 속에는 버리기 아수한 『希望』가튼 조흔 作品이 잇다. 그러나 大體로 힘이 부족하다. 좀더 雄健한 詩篇을 보여줄 수 업느냐? 李光植 君의 『貧村의 저녁째』, 李貞求 君의 『나아갈지어다』, 李春熹 君의 『코고는 소리』 等은 未來의 活躍을 期待할 만한 健實性을 보여준다. 그러나 아즉 이러타 잡아서 말하기는 이르다. 中外紙의 懸賞에 應募 當選된 詩篇 중에는 崔昌燮 君의 『나는 피리부는 사람』이 좀 낫다. 그러나 朝鮮, 中外 兩紙에 當選된 懸賞詩篇은 平素에 실리는 詩篇보담 오히려 遜色은 잇슬지언정 佳作을 발견하기 어려운 것은 어쩌한 理由일가? 우리는 新聞社에 이 懸賞募集을 할랴 말고 오히려 一定한 期間을 區劃으로 그 間의 詩篇을 거처서 그 質로나 量으로나 優秀한 詩質을 가진 新進詩人을 擇하야 表彰하는 形式을 取하는 것이 여러 가지 意味로 보아 맛당할 줄 밋는다.

新聞紙에 실린 詩篇을 通貫하여 切感되는 바는 雜誌詩篇에 比하야 그 量에 잇서 三倍强의 計數를 보여줌에도 不拘하고 그 質에 잇서서는 庸劣하기 그지업다는 것이다. 그 理由로는 毋論 粗(*雜 탈자) 且 無內容한 讀者 詩篇의 大多數가 그 속에 包含된 點에 잇섯슬 것이다. 우리는 讀者들의 詩篇

特히 眞摯한 態度로서 詩道에 精進하고자 하는 新進詩篇을 旣成詩人의 그것보담도 重要視한다. 그러나 一種의 虛榮心 以外에 아모작에도 쓸모 업는 不誠實한 態度로서 旣成詩篇의 여기저기서 날신날신하고 믹근믹근한 詩語나 가리워다가 字數만 羅列한 蕩無한 內容의 似而非 詩篇을 無數하게 發見한 것은 大端 섭섭한 일이엇다. 우리는 부즐업시 破壞意識을 高調하거나 또는 建設意慾을 云爲하는 것이 아니나, 어쩌한 事業에 잇서서도 그 當面한 段階의 展開에 잇서 要求되는 運動態는 嚴然히 存在한다는 것을 이저서는 아니 된다. 亂世의 將에게 잇서 破壞 建設의 正當한 意慾이 업시 些少한 情欲, 病的 呻吟, 優柔不斷 等等의 態度는 滅亡을 自招하는 作因 以外에 아모 것도 所得이 업는 것은 呶呶할 必要도 업는 것이 아닌가? 如何間 新春 詩壇을 槪觀한 우리는 建設的 意慾에서라는 氣槪가 가진 詩篇 하나도 詩人 한 사람도 發見하지 못한 것을 遺憾히 녀긴다.

一月十日 밤, 西京, 牡丹峯 下 寓居에서(쯧)

· · · ≪東亞日報≫(1930. 2. 9~10, 13~16, 18~23), 12회 연재

新春創作槪評

前言

우리는 이미 우리의 述作『朝鮮文學 建設의 理論的 基礎』(朝鮮日報)에서 쏘는 不幸히 中途에 中絶될 수밧게 업시 된『文壇의 回顧와 展望』(東亞日報) 中에서 우리에게 잇서 植民地 民族으로서 不可避的으로 發生할 수밧게 업고 쏘 우리가 省察 戰取함으로 말미암아 民族的 生活 破産에서 促來하는 한 民族 共同生活體의 瓦解的 威脅에서 버서나서 自立的 甦生에까지 밋치게 하는데 힘히 될 精神的 武器가 무엇이냐 하는 것을 究明하고자 힘썻다. 그리하야 이 植民地 民族으로 하야금 그 對立되는 宗主國의 帝國主義와 ××하는데 가장 現實的이요 쏘 彈力的인 투쟁的 共動意識은 階級的 民族意識 —더 適切히 無産階級的 民族意識일 수밧게 업슴을 明瞭히 하얏다. 이 意識問題를 두고서는 尙今 相當한 論議를 거듭하는 中에 잇스나 그러나 우리에게 잇서서는 이미 確乎한 體系를 不充分하나마 樹立한 터이며 쏘 그 完璧을 期키 하야 諸 論議에 對한 再批判을 게을리 아니 하는 터이라. 쑨만 아니라 우리는 우리의 意識의 立場에서『己巳詩壇展望』(東亞日報)『己巳論壇槪觀』(朝鮮日報) 等의 批判을 試하얏고, 近者에 와서는 朝鮮詩壇의 諸

傾向의 總括的 批判과 아울러 그 嚮路를 開拓하자는 意圖下에서『現代詩의 彈力的 要求』(朝鮮日報)를 草하얏다. 이제 이 創作論評은 上記한 論壇 詩壇에 對한 評論과 아울러 우리의 評論이 맛당히 힘써야 할 領域 中의 三 支柱 속에 包攝될 性質의 것으로, 그 論評의 基準이 우리意識인 無産階級的 民族意識에 잇슴은 毋論이다. 우리는『文壇의 回顧와 展望』中에 잇서 八峰의『辯證的 寫實主義』에 對한 不滿을 陳開하얏고 八峰이 오로지 寫實主義的 基準에 서서 偏狹한 態度로서 製作 批判을 試하는 點을 指摘하야 그 글릇됨을 言明하얏다(今日에 잇서 寫實主義的 傾向은 日本 中國 諸 文壇을 果然 風歷하고 잇슴즉 보힌다. 그러나 우리에게 잇서서는 一種의 過渡期的 現像으로 보힐 쑨이니 그 論評의 基準에 드러가서는 實로 容許되지 못할 ─到底히 維持하기 어려운 薄弱한 根底 ─大槪는 素朴的 決定論的 誤謬를 犯하고 잇는 것을 發見하는 것이다). 그는 何如間에 우리의 見解는 意識 把握 戰取의 問題와 制作生産의 過程에 關한 問題를 瞭然히『大衆活動』에 關한 問題와『作家活動』에 關한 問題로서 分括하야 觀察하는 點에 잇서 八峰의『辨證的 寫實主義』는 在來 푸로레타리아 作品의 傾向이든 說明式 描寫, 說敎式 會話, 無味乾燥한 理論의 羅列, 焦點 업는 客觀的 描寫 等等의 致命的 欠點을 救濟할 能力을 가지지 못한 規定으로서 오히려 더욱 失敗에 誘導하야 푸로레타리아 小說의 大衆化를 글릇치게 하는 것이라 하얏다. 그리하야 우리는 大衆活動인 辨證的 意識을 把握한 우리 作家는 制作生産의 過程에 잇서서는 그 創作力量의 自由로운 活動을 決코 制限當할 것이 안이라 하얏노니,『우리는 于今까지 發展한 世界文學의 最高峰을 踏査 消化하야써 適切히 내 것이 된 手法을 것처서 自由로히 創作力量을 發揮할 것이며, 文藝發展史上에 잇서 如何한 社會的 情勢의 産物로서 出現된 文藝形式임을 不拘하고 우리는 現代의 우리에게 잇서 가질 수밧게 업는 表現形式으로서의 社會的 機能을 正當히 認識하고 辯證的 寫實主義이건 辨證的 表現主義이건 辨證的 浪漫主義이건 辨證的 表現主義이건 文藝生産에 잇서 우리의 연장으로서 宜當히 利用하지 안허서는 아니 된다』. 이리하야 生産된 그 作品이 宗主國 帝國主

義의 ××에 휘몰린 植民地 民族에게 엇더한 연장으로서 또 얼마마한 烈度로서 그리하야 엇더한 歷史的 重要性을 獲得할 수밧게 업느냐?를 正當히 決定하지 안허서는 아니 된다.

×

新春에 우리 압헤 나타난 創作의 數炙는 決코 적지 안타. 『朝鮮講壇』『朝鮮之光』『新小說』을 비롯한 諸 雜誌와 新春懸賞募集에 應募 入選된 各 新聞紙上의 創作 其他 等이 그것이니, 그 作者에게 무엇이던지 寄與하지 안코는 거저 잇지 안흘 態度로서 忠實한 評을 나리자면 넘우 長期에 亘하야 紙面을 차지할 수밧게 업시 되게 되나, 그러나 作者에게 아못 것도 寄與할 수 업는 不忠實한 評일진댄 오히려 붓잡지 안흠만 갓지 못할 것이다. 그럼으로 우리는 아모조록 簡明을 主로 하되 比較的 忠實한 批評을 나리겟다. 다만 遺憾인 것은 筆者의 몸이 아즉 完全히 回復되지 못하얏슴으로 어느 程度까지 如上의 意欲이 逐達될는지 알 수 업다는 것이다.

『家庭敎師』 ─兪鎭午 作(朝鮮講壇)

苦學하는 學生, 苦學의 일터로 家庭敎師 길에 품팔러 단니는 星煥이는 이학긔 시험이 始作됨으로 될 수만 잇스면 책이나 보고 십흐나, 날이 차든 더웁든 間에 不可不 재동 꼭닥이 문화주택을 차저 가서 전라도 부자 리긔현의 아들에게 英語를 가르켜 주어야 한다. 이러한 處地에 잇는 星煥이는 中學生 中에서도 氣槪를 가진 靑年으로 讀書會의 一員으로서 思想을 가젓슬 뿐만 아니라 또 아모조록 目前에 나타나는 그들의 아니꼬운 酬酌을 초월한 듯이 견듸여 간다. 될 수만 잇스면 一時의 屈辱이라도 참어가면서 한푼이라도 놈들에게서 째서서는 學費에 보태어 써가며(實로 沈着한 態度다) 自己네의 힘을 길너 맛당히 힘써야 할 使命에 忠實하고자 한다. 作者의 意圖는 이러한 主人公 星煥이가 부즐업슨 潔癖으로 말미암아 感情的 性急의 行動을 삼가히 하면서 實로 꿀녁꿀녁 치밀어 올르는 感情的 憎惡

를 참어가며 아니쬬운 辱說도 들은 체 만 체 오직 힘써야 할 使命에 忠實
하고자 하는 그 點에 두엇다. 우리는 이러한 作者의 意圖를 貴重히 녀긴
다. 우리의 運動은 지금까지 넘우나 氣分的이엇고 그럼으로 쌀하서 非彈
力的이엇고 發射的 感情의 圈을 버서날 수가 업섯다. 學生層에 잇서서는
더욱 그러함 點이 잇다.

우리는 우리의 重要한 젊은 前衛들로 하야금 좀더 沈看하게 좀더 組織
的이게 좀더 彈力的이게 좀더 쑤리 깁게 活動케 할 必要를 切感하는 자이
다. 쏘 兼하야 쓸모 업는 小感情의 潔癖性으로 말미암아 크나큰 活動의 機
會를 이저버리는 妥協的 精神이 아니라 偉大한 目的을 爲하야 모든 것을
手段으로서 容許하는 膽力에 欠乏한 것을 亦是 이즐 수 업다. 더욱 쏘 우
리들 中에는 自己네들이 資本主義社會에 生活한다는 事實을 全然히 忘却하
고 맛치 眞空氣管 中의 實在인 듯이 —그럼으로 쌀하서 目前의 生存을 維
持하기 爲하야 多少의 程度를 두고 資本主義社會에 適應하지 안코는 우리
의 運動까지도 持續식힐 수 업는 現實을 無視하고서 그저 뭇턱대놋코 暴
×와 ××를 高調하는 그러한 辨證法的 認識 能力을 가지지 못한 一種의
左翼 小兒病者들이 적지 안타. 이러한 點에 對한 論議는 여거서 張遑히 할
수 업거니와 何如間 우리는 如上의 現實感에서 이 作者의 意圖를 貴重하다
고 보는 것이다. 그러나 이 作品의 主人公 星煥이가 『예이 쇠자식! 말자
식! 돼지색기!』와 가튼 그 놈에 對한 憎惡를 꽉 참고 『潔癖』을 露出치 안
코 가는 動機를 單純히 자긔의 成功을 기대리는 늘근 아버지에 對한 생각
『래일 모레 닥처오는 월사금』『채 치르지 못한 밥갑』쑨에 쓴치고 『그늘
진 영을 위해서』將次 하지 안허서는 아니 될 重大한 歷史的 使命에 잇는
點을 明瞭히 들어내지 아니한 것은 이 作品의 큰 欠點이라 아니 할 수 업
다.

이러한 意圖의 작품에 잇서 그 動機의 解明 如何로서 이 作者가 果然 辯
證的 方法論을 正當히 把握하얏는가 쏘는 現實의 辯證的 展開性을 認識하
지 못하고 오직 素伏的 唯物論者의 意識圈에 쓴치는가가 明瞭히 들어나는

點인 것을 이 作者 스스로 省察함이 잇기를 期待하야 둔다.

題材는 大端 좃타. 그러나 主人公 星煥이와 富豪의 아들(하나는 無産階級的 이듸올로기를 쥐고 쏘 하나는 將來 資本을 地盤으로 한 支配階級的『큰 인물이 되도록』힘쓰는 이 두 學生의)과 그들의 家庭(特히 星煥이의 家庭)을 無産階級的 植民地 民族의 觀點에 서서 좀 더 全體性的 省察에싸지 힘을 돌려서 이 題材 속에 融化케 하엿든들 좀더 무게 잇는 作品을 나헛슬 줄 밋는다. 全篇의 構成에 잇서 넘우 寫實的 傾向을 씌헛슴으로 變化가 적고 쌀아서 單調하다. 그리고『될 수만 잇스면 니불 속으로 긔어들어가 책이나 보고 싶흐나 不得已 家庭敎師질을 갈 수밧게 업다든』星煥이가『H의 집에 모히는 重大한 會合에 參席하여야 할 豫定을 가지고 時間 가는 것을 괴로워한다는 것』과는 쩍 드러맛지를 안는다. 이러한 矛盾을 도르켜 보지 못하고서 發表할 수밧게 업시 된 이 作者가 이 作品을 生産할 째 다시 한번 省察할 時間의 餘裕를 가지지 못하얏든가? 우리는 이 作者에게 이러한 조흔 題材를 좀더 무게 잇게 取扱하야 이러한 題材로서의 차지하여야 할 正當한 歷史的 (*'重' 탈자) 要性을 獲得하야 달라는 것이다.

『露領近海』―李孝石 作 (朝鮮講壇)

辯證的 浪漫主義의 色彩를 보혀주는 作品이다. 露領을 바라보고 航海中에 잇는 汽船을 背景으로 하야 展開되는 風景의 點點, 비록 그것들이 管見의 範域을 버서날 수 업는 場面이라 하야도 우리로 하야금 쯧깁흔 浪漫的 心境에싸지 그리하야써 歷史 創造의 重要한 使命을 등진 灼熱의 意欲을 붓도다 올르게 하는 刺戟을 준다.『대모 테 쓴 청년』과『코 놉흔 마우자』 그의 뒤를 짜르는 스파이, 주림과 숨갑붐에 물을 달라고 소래치는 石炭庫 속의 우리 靑年 ―그는 同志인 쏘이와 協力하야 炭庫 속에 隱身한 채 露領을 바리고 간다. 배에 취하야 악취에 코를 박고 들어누워서도 정신을 가다듬어 露西亞語 단어 工夫에 熱中한 前衛, 이러한 토막토막의 『點景』들이

隱然한 가온데 統制되어 이 作者의 意圖인 『北國點景』을 낫타낸다. 연장으로서의 말솜씨는 퍽 洗鍊되엇다. 間間이 漢文투를 그대로 諺文으로 表音한 탓으로 流暢한 調子를 헛트는 곳이 잇스나, 이러한 點은 鍊達해가는 데 짜라 自然 고쳐질 것으로 欠될 것은 아니다. 지옥에서 불장란 치는 악마들 가티 얼골을 닉혀가며 아궁 압헤서 불 째는 火夫들과 항구의 게집을 몽상하며 소래치는 船長을 보혀주는 場面에 잇서서도 作者는 『이러케 하야 배는 움즉이는 것이다』 하야 慘憺하게 驅使 당하는 下級船員들의 生活을 說明하얏스나, 그러나 抽象的으로 하는 그것이나 쪼는 理論的으로 하는 그것과는 동이 쓰게 具象的이다. 그만티 이 作品은 初期 푸로레타리아 作品의 槪念的 說敎式 描寫的 缺點에서 完全히 버서낫다. 間間이 表現派的 手法, 表象派的 手法, 浪漫主義的 手法을 適切히 利用하얏슴으로 寫實主義 作家의 써러지기 쉬운 單調함과 乾燥함에서 버서나게 하야 讀者의 興味를 끗까지 쯔을고 가는데 成功한 것도 이 作品의 藝術的 價値를 도두는 『彈力』의 하나다. 그러나 이 作品의 題材에 잇서 이 民族의 當面한 無産階級的 ××의 中心과 大端 먼 것은 이 描品이 우리의 푸로레타리아 作品으로서 그리 큰 動力的 存在를 描寫하기 어려운 所以이다. 그리고 낫타나는 人物을 우리의 無産階級的 植民地 民族의 觀點에 서서 歷史 發展의 全體性的 觀察을 게을리 하얏슴으로 그 人物의 性格과 모습이 잘 드러나지 안는 것은 이 作品의 缺點이라고 하겟다. 그럼으로 짜라서 이만한 스캐일의 作品으로서 맛당히 가저야 할 深刻한 맛을 일코만 것은 아수한 일이다.

『모던 썰의 最後』 ─金永八 (朝鮮講壇)

순이라는 學校 단이든 게집애가 창은이라는 亦是 學生에게 반해서 戀書를 주고 밧고 하는 동안 『첫사랑』은 점점 깁허갓스나, 結局 순이의 오라비에게 들켜서 집에 갓칠 수밧게 업시되고, 전광석화적으로 婚姻 候補를 定하기에까지 이르럿스나, 집을 쮜여나오게 되고, 結局 웨트렛스 生活을 하다가는 라꼴바지쩨의 共同便所 —그리다가 무서운 병을 어더가지고 쥐 잡는 약의 身勢를 진다는 것이 이 作品의 構造다. 생각컨댄 이 作者의 意圖는 무엇이 이 순이로 하야금 쥐 잡는 약을 먹고 自殺케 하얏느냐에 잇는 듯하다. 그러나 얼풋이라도 보혀주는 封建的 이듸올로기로 꽉 참즉 한 순이의 家庭『죽으면 너 혼자만 죽어야지, 집안 가문이 말 못되게 될 터이니』하는 家庭에서 그의 옵바에게『요런 앙큼한 년 머리에 피도 안 말는 년이 무어 연애?』—그리하야 쑤르조아 쩨모크라씨에 對한 無限한 憧憬을 가지고 집을 쩌나와서는『돈에 不自由』하고『곱게 자라난 게집애가 實生活의 무서운 파도』에 못니겨 肉身을 쩨혀 팔다가 結局 쥐 잡는 약을 먹는다는 것이니, 그 素因은 封建的 이듸올로기요, 이 순이로 하야금 直接 죽게 한 誘因은 돈이 업서서 쑤르조아的 生活을 하지 못함에 끈치고 만다. 이 作品은 題材에 잇서 벌서 이만티 安價하거니와 그 이듸올로기에 잇서 쏘한 時代遲한 늣김을 禁할 수 업다. 래스트랜의 情景 描寫에 作者의 手法은 可히 보잘 것이 잇거니와 衷心을 두어야 할 곳에는 그實 荒唐의 圈을 버서날 수 업는 貧弱함을 보히고 말엇다. 그쑨만 아니라 前 三分의 二와 後 三分의 一과는 동이 쓸만티 그 筆致에 잇서 달름을 보히니 後 三分之一은 小說梗槪에도 밋치지 못할 만한 謹愼치 못한 態度로서 휘날리고 말엇다.

全體的으로 整齊되지 못하얏다. 쏘 作者가 무엇을 보혀줄여 하얏는지 힘들인 곳이란 그리 必要치도 안흔 래스트랜 描寫밧게 업어 作者의 이듸올로기를 問題 삼기에는 넘우나 素薄하다. 要컨댄 失敗의 作品이다. 水準 以下의 駄作이다. 좀더 力作을 發表하야주기만 期待하야 둘 수밧게 업다.

『아라사ㅅ 버들』(新小說) 金東仁

김장의 집 머슴 최서방은 근하고 정직하다. 四十이 넘도록 장가를 들지 못한 최서방은 포푸라 (아라사ㅅ버들이라 하얏다) 한 포기를 자긔방 아페 심으고서 무한 사랑하얏다. 그러나 어느날 주인 김장의가 장가를 주선을 하여주마고 한 것이 최서방의 줄엿든 『性慾』에 불을 질르고 말엇다. 그리하야 그 뒤로 최서방은 게집 생각이 나서 밤이면 熱病患者가티 괴로워하엿다. 김장의에게 장가 들고 시픈 눈치를 몃 차래나 보혓스나 김은 몰르는 체 하엿다. 이리하야 드듸여 精神의 異狀을 가지게 된 최서방은 밤이나 낫이나 가릴 것 업시 그 근방 동리 게집들을 강간도 하고 그 뒤에 죽이기도 하엿다. 그라다가 드듸여 붓재핀 최서방은 死刑臺 우의 이슬로 變한다는 것이 이 作品의 骨子다. 作者는 최서방으로 하야금 이와 가튼 色魔에 드듸여는 死刑臺 우의 이슬로 업서지게 한 原因을 어듸다 돌렷는고 하니 一種의 宿命 『하누님』에게로 돌린다. 그리하야 『그의 정직함을 생각지 안코 그의 부즈런함에 응답지 안흔 하누님…… 그에게 일즉 한 마누라를 주어서 죄를 未然에 방지치 못하엿슴에 쓰치지 아니 하고 임이 지은 죄쑨은 결코 용서치를 안는 하누님』이라 하엿다.

낫이면 김가의 집에서 개, 도야지보담도 더 충실하게 『소와 가티』 일 해주든 최서방이 그 줄인 靑春의 孤寂을 포푸라 한 포기에 슬쳐 慰勞 밧는 실로 가업슨 情景을 김장의 스스로 發見하얏슬 쌔 김가는 장가갈 周旋을 해주마고 言明하지 안핫든가. 그리하야 이러한 최서방으로는 敢히 어쩌케 할 힘 업는 삶의 幸福을 맛보게 하여주마는 바람에, 최서방은 줄엿든 性慾의 말할 수 업는 衝動을 바들 수밧게 업시 되고, 드듸여 최서방의 人生을 글릇치게 한 素因을 짓지 안헛든가. 김장의는 그 뒤로는 시침이를 쑥 쩨지 안헛든가. 순직한 최서방은 들어내놋코 이러한 前言을 다져볼 勇氣를 가지지 못하엿스나, 그러나 設令 말해보왓대두 別 解決은 엇지 못했스리라. 왜 그런고 하니 김장의는 나타난 性格에 좃건댄 최서방의 『버드나무는 어미네 시두 색길 나커던요』 한 글쒸를 채지 못할 그러한 숫(*숙)맥은 아니엇다. 그러면서도 김장의는 시침이를 쑥 쩨엇다. 그리하야 최서방으로 하야금 결국 死刑臺 우의 이슬까지 쓰을고 가게크름 하고 말엇다.

그럼으로 이 作者가 『그에게 일즉 한 마누라를 주어서 그런 狂暴性을 발휘할 긔회를 업시 하지 안흠을 후회하는 사람이 업섯다』하야 色魔라 부르짓고 고약한 놈이라 하는 社會 사람들에게 조고마한 抗議를 提出한 것은 正當하다. 그러나 그런 狂暴性을 發揮할 機會를 준 것은 누구엇든가? 果然 이 作者가 보혀준 바와 가튼『이미 지은 죄쑨만 결코 용서치를 안는 하누님』이엇든가? 作者는 그 直接의 誘因에 잇서 明瞭하게 최서방을 驅使하는 地主 김장의이엇든 것을 動機로 取扱하야 노핫다. 그러커늘 그 解決에 잇서서는 事件을 氣化하야 얼토당토 안는 宿命의 神 하누님을 쯔집어 내고 말엇다. 이리하야 作者의 이듸올로기는 甚히 混亂된 가온대 잇다. 題材의 性質上 無産階級的 民族意識으로서의 省察에까지 밋치지 안는다 하야도 적어도 無産階級 이듸올로기로서 事件의 歷史的 存在性을 正當히 認識하고 그 全體性的 把握을 힘씀으로 말미암아 地主 김가와 그 使役人 崔書房과의 關係가 依據하는 物質 關係 —그리하야 그를 基礎로 하야 現象되는 事件을 社會性에까지 高揚식혀서 그 對立的 尖端에까지 그럼으로 말미암아 아주 푸로的 效果에까지 밋치게 하야서만이 이 作品이 獲得할 可當한 歷史的 重要性을 發見할 수가 잇다. 그러커늘 이 作者는 實로 皮相的으로 提出한 事件에 껍데기만 그려갈 쑨으로『그의 정직함을 상 주지 안코 그의 부즈런함에 응답지 안흔 하누님도 그의 죄쑨은 결코 용서치 안헛다』라고까지 放言하고서 한 거름 더 反省하야 볼려고 안는다. 果然 그의 부즈런함에 應答치 안는 것이 하누님이엇든가? 現代의 植民地 民族의 作家로서 이만치 時代遲하고 이만치 無省察하다는 것은 매우 섭섭한 일이다. 現代의 植民地 民衆을 보라. 부즈런하야도 別 應答이 업는 것은 事實이다. 그러나 어째서 그런가? 쏘 살펴보라. 勞働組合의 기다란 방 한칸에는 性慾에 줄인 몃 십명 사람들이 밤이면 이리저리 새우잠들을 자고 잇다. 이 사람들은 毋論 계집 생각이 肝切하리라. 그러나 資本主義 社會에서는 家庭을 維持할 處地에 업는 —經濟的 獨立力 업는 계집과 子息들을 먹여 살릴 수 업는 사람들 —왼 終日 筋肉勞働에 就役하면서도 —은 性慾을 滿足식히는 本能까지도 抑制할 수밧게 업다. 그러나 그 反面에는 一婦에 쯔치지 아니 하고 妾까지 妓生誤入까지 公娼의 ××까지 얼마든지 性的 享樂을 즐길 수 잇스며, 쏘 그러한 檢閱을 차지한 階級이 잇지 안는가? 그러나 이 作者는 個人主義的 立脚地에서 조금도 움즉일 줄 몰은다.

小主觀의 直感的 觀照를 것처서 條理잇슴즉 事件을 展開식히는 手法을 가젓스나 우리의 눈에는 그 內容에 잇서 이미 우리가 指摘한 바와 가튼 無理와 淺薄을 보히고 잇다. 우리는 創作의 붓을 든 지 相當히 오레(*래)된 作者가 하로라도 速히 植民地 民族으로서 맛당히 戰取하여야 할 이듸올로기를 把握하고 洗鍊된 筆致와 能熟한 力量을 헛되히 散逸치를 말고 이 民族의 힘이 되고 피가 될 연장으로서 만흔 貢獻이 잇기를 苦待하야 둔다.

『녯 목음자리로』 —李星海 作(新小說)

悒鬱한 妓生 H가 妓生 노릇이 실혀서 서울로 逃亡해 왓다. 녯 因緣을 차서(*저) 어느 新聞記者가 自己 집에다 留宿케 하얏다. 그러나 어느날 妓生 父母가 와서 데려가 버렷다. 下鄕한 줄 알앗드니 偶然히 어느 旅館에서 이 新聞記者는 쏘다시 H와 그의 父母를 만낫다. 그러나 願치 안은 만남으로 도라가고 H는 父母를 딸하 싀골로 나려가서 쏘 다시 妓生 노릇을 한다는 것이 이 作品의 大畧의 푸롯이다. 作者는 身邊雜記를 적는 態度로서 얼마던지 벌려 놋는다. 그럼으로 冗慢하기 짝이 업다. 어듸다 焦點을 두엇는지? 卽 무엇을 意圖로 하야 이 作品을 制作하얏는지 全篇을 通하야 『팔자 도적은 할 수 업다』는 一種의 宿命的 態度만이 比較的 明瞭하게 들어날 뿐이다. 妓生 H가 妓生 노릇을 실타고 하는 것을 이 作者는 肯定한다. 그러나 이 H가 妓生 노릇을 엇재서 실타고 하나? 그 理由를 明瞭하게 들어내주지를 못한다. 卽 理由의 解明을 것처서 妓生의 立場과 그 生活相을 社會的 觀點에 서서 把握하야써 그 階級性을 밝혀주지를 못한다. 쏘 主人公 H는 妓生 노릇을 실타 하고 漠然히 學生이 되겟다고 하얏다. 그러나

이 學生이 되겟다는 것이 妓生 H의 意欲이라고 볼 수는 업다. 그것은 그 意慾을 遂達하고자 하는 한 手段으로서 擇하엿슬 뿐이다. 作者는 妓生生活을 실타 하고 새로운 意欲을 가질 수박게 업시된 그 動機를 明瞭히 집어내지 못하얏슬 뿐만 아니라 그럼으로 딸하서 또 妓生 H가 遂達하고자 하는 意欲 —目的을 明瞭히 보혀주지도 못하얏다. 이리하야 妓生 H가 엇더한 生活을 쉽게 말하야 참된 生活 사람다운 生活로 是認하게 되야서 드듸어 妓生生活을 실혀 하고 逃亡할 수밧게 업섯든 것을 解明해주지 못하고 만 것은 이 作品의 致命的 欠點이다. 作者의 意圖는 맛당히 여긔에 그 焦點을 集中하고 제 딸子息의 人肉을 팔어서 제 生活의 밋천을 삼겟다고 허둥대는 妓生 아비 한 쌍과 對立식혀야 할 것이다. 다음으로 更히 그 所謂 風流郎인 有閑階級과 主人公되는 이 妓生 밋 그 妓生 父母와를 對立식혀야 할 것이다. 그리하야 妓生을 中心으로 한 社會現實의 本態를 明瞭히 함으로 因하야 이러한 『태마』로서 獲得하여야 할 歷史的 重要性을 차지하지 안허서는 아니 될 것이다. 그럼에도 不拘하고 맛당히 힘을 들이지 아니하고 別로 重要하지도 안흔 小小한 末枝에만 主力을 傾注한 것은 이 作品을 理由 업시 長慢하게 하고 말엇다. 主人公인 妓生 H가 서울로 逃亡해 왓대서 『싸이드카』를 휘몰고 돌아단이는 連中을 그 所謂 배반당한 『風流郎』 階級들의 擧動을 가라처 單純히 『인간으로 사랑』이 잇서서 그럿타고 處理하고 말 것이 아니라 맛당히 훨신 힘을 들임으로 말미암아 이 有産階級의 蕩子들의 正體를 表明하여야 할 것이 안일가. 作者가 『팔자 도적은 못한다』 못한다고서 新聞記者로 하여금 멧 차레나 거듭거듭 反覆식힌 것은 讀者에게 運命論的 影響을 줄 뿐으로 作者의 意識 問題에까지 생각케 하지 안코는 거저 두지 안는다. 긋까지 讀者의 興味를 쓰을고 가는 것은 作者의 버려놋는 조고마한 일들이 擧槪가 作者의 身邊的 體驗의 記錄인즉 그리 無理가 업는 까닭이다. 그러나 東仁의 『아라사ㅅ 버들』을 일코난 讀者는 期必히 作品을 對하야 그 作品構成에 잇서서 正反對되는 늣김을 참을 수 업섯슬 것이다. 하나는 簡潔하고 要領的이요, 또 하나는 簡雜하고도 焦

點업슴을 우리는 이 作者에게 意識 淸算을 우리意識의 省取를 그리하야 좀더 무개 잇는 作品의 生産을 勸誘하야 마지 안는다.

『쎅쎄인코』 ―安夕影 作(新小說)

意志가 薄弱한 社會員 경호는 窘塞한 生活에 견듸지 못하는 其實 淫奔한 妻君 영숙에게 離緣 宣告를 바덧다. 同時에 영숙은 녯날 경호의 戀人이 엇슴으로 失戀까지 當한 셈이다. 쏘 그와 한 가지로 그 間에 生産된 사랑의 열매 勇男이까지 주고 말엇슴으로 아들까지 일허버린 셈이다. 이라하야 경호는 悲嘆, 哀呼, 絶望할 수밧게 업다. 영숙이와 한 가지로 즐기는 쎅쎄인코, 그들의 사랑의 表象이든 음중한 새 한 쌍은 奇異하게도 어느날 아츰에 죽어버렷다. 意志 薄弱한 경호도 죽어버릴가 하얏스나 그의 아들을 爲하야 殘命을 保全한다는 것이 이 作品의 『스포(*토)리』이다. 夕影의 處女作인 만치 우리는 一種의 好奇心을 가지고 對하얏다. 그러나 우리는 別로 큰 期待를 發見하지 못한 것을 섭섭히 녀긴다. 作者가 이 作에 잇서 무척 힘을 들인 痕蹟이 歷歷히 보히지 안는 것은 아니나, 作者의 넘우나 『나이브』한 意識은 맛당히 힘들일 곳을 把握하지 못하얏다. 이 作의 主人公은 社會員이다. 그의 『세라리』는 그리 넉넉하지는 못하지만 한 家庭을 維持해 가기에는 足하다. 그럿컨만 主人公 경호의 妻君인 영숙이라는 寄生虫의 虛榮을 滿足식혀 죽(*주)기에는 경호의 月給은 넘어나 넉넉하지 못하엿슴으로 경호는 月給쟁이의 辛酸味를 唯獨히 늣긴다. 作者는 경호의 샤라리맨으로서의 悲哀를 보히는 듯 하얏스나, 其 原因은 決코 그의 報酬로서 그의 家族의 生計를 維持하기 어려움으로부터 오는 것이 아니요, 영숙의 虛榮에서부터 오는 것임으로 一種의 戀愛至上主義者의 그것의 圈을 버서나지 못한다. 경호의 家庭生活은 쎅쎄인코로서 表象해노흔 『性』 中心의 그것을 더 나가지 못하얏고, 경호는 意志 薄弱한 靑年으로 계집의 사랑이나 子息의 사랑밧게는 더 생각할 能力을 가지지 못하얏고, 그의 妻 영숙은 짜이아반지나 華麗한 衣裝 外에 亦是 더 생각할 아모 것도 가지지 못하얏다. 그럼으로 必然的으로 영숙은 짜이아반지를 짤아서 가벼렷고 경호는 그를 일코서 계집의 사랑과 子息의 사랑에 줄여서 絶望하는 남어지에 『죽엄』까지 생각하기에 이른다. 이러한 種類의 生活은 頹廢的 그것으로 우리가 우리 靑年에게 勸誘할 아모 價値도 가지지 못한 生活뿐 아니라 오히려 唾罵하여야 할 生活이다.

失戀 後의 경호의 態度 亦是 反省의 能力이란 아모 것도 가지지 못하얏다. 이 社會에서 살아가나 社會의 一員으로서의 自己라는 것은 한 번도 생각해본 적이 업다. 눈의 씌히는 것 귀에 들리는 것 모두다 계집의 소래와 생각에 긋치고 말엇스니 徹底한 個人主義者 戀愛至上主義者의 그것 以上 한 거름도 더 나가지 못하엿다. 寄生虫 ―不生産者이고 坐 徹底히 一身의 安逸만을 求하야 富豪의 아들에게로 다라난 女性을 鬪士的 氣槪 가진 女性과 對立시키고, 경호로 하야금 徹底히 前衛的 意識을 把握하고 前進하는 靑年으로 하야서 富豪의 아들 신호와 對立식혀 이 스토리를 進行식현(*혓)던들, 그리하야 失戀 後에 경호의 嚮路를 明瞭히 그들과 싸호는 入場에 이르게 하엿던들 이 題材로서 容許하여야 할 社會的 重要性을 獲得할 수가 잇섯슬 것이다. 作者는 間或 이 富豪의 아들 신호의 階級性을 說明하는 듯 하엿스나 선호의 富라는 것이 現在 東拓이나 殖産의 드러가 잇슴으로 그것에 持久性이 업다고서 失戀의 鬱憤에 세워 咀呪하얏슬 뿐에 그첫다. 要컨대 모든 것이 意識問題로부터 淵源되엿다. 全體로 作品이 統制되지 못하얏다. 맛당히 이 分量의 折半으로 좀더 推敲을 加하여야 할 것이다. 間間이 突飛시키는 事件, 그리 必要하지도 안흔 事件의 不自然한 늣김를(*을) 이르키케 된다. 이런 것은 主題를 中心으로 맛당히 銃(*統)一하여야 할 푸롯을 慢然이 展開시키려 하는 곳으로부터 온다.

『양돼지』―崔仁俊(新小說)

이애기 줄은 퍽 簡單하다. 女學生 영애는 自己 집에서 學費가 오지 못하게 되여 生活이 困難하게 됨에 賣淫業을 始作한(*하)엿다. 그러나 그것도 暫時엿고 몸둥아리가 양돼지처럼 쑹쑹해가는데 쌀하 차자오든 손님들도 슨혀(*허)지게 되엿다. 그리하야 그는 實로 말할 수 업는 生存의 恐怖 아페 썰 수밧게 업시 된다. 어터케 햇스면 當面한 慘狀을 뚤코 나가나! 그가 이러케 생각든 차에 工場에 汽車소래 工場에서 흘러나오는 女職工들을 發見하게 된다. 그리하야 『未來를 約束하는 무리』들 속으로 들어간다는 것이다. 푸롯은 퍽 좃다. 그러나 作者의 意識은 아직도 個人主義에서 써나가지 못했다. 새로운 意識을 把握한 立脚地에서 붓을 달리는 듯한 作者의 態度 明瞭히 들어난다. 그러나 社會的 觀點에 서서 하는 全體性的 把握을 힘쓰지 못했다. 그럼으로 女學生 영애가 男學生 金에게 貞操를 팔고 그대신 學資金과 生活費를 엇는대 잇서 두 學生의 立場의 콘트러스트를 것처서 맛당히 집어내야 할 階級性을 明瞭히 할 수가 업섯다. 엇재서 영애의 집에선 學費가 아니 오게 되엿고 쏘 엇재서 金은 學生으로서 女學生의 貞操까지 살 수가 잇는 處地에 잇는지가 들어나지 못한다. 영애가 넷 女學校 동모들에게 히야가지를 밧는 場面에 잇서서도 굼즐임에 헤매는 영애와 그들의 對立을 시지부지 看過하고 말앗다. 그리고 쓰트로 가서 영애는 突然 工場 汽笛소리를 듯고『불행과 가난에서 싸오는 수만흔 직공들이 모든 자본가들과 싸호기 위한 행진의 군호』처럼 들렷다는 것은 넘어나 不自然하다. 지금짜지 영애라는 主人公은 조금도 自己라는 것을 社會的 存在로서 생각해보지도 안엇고 쏘는 社會相에 對하야 別 興味도 가지지 안엇다. 다만 自己의 生活에 몰려서 제 발 잔등만 드려다 보고 단엿다. 그러나 제 발 잔등만이라도 凝視한 남어지에 엇더한 해답을 어드려고도 안엇고 쏘 엇지도 못했다. 『것고 것고 쏘 걸어가면 나종엔 무슨 씃장이 날 것 갓햇슬 뿐이다. 그러하얏건만 『행길로 쏘다져 나오는 女職工쎄의 야윈 얼골

배속에서부터 끌어 올라오는 감칠맛 잇는 우슴』을 듯고 突飛的으로 主人公 영애는『그럿타. 저들만이 미래를 약속한 무리다』라고 외엿치고서 一種의 歡喜와 크나큰 힘에 끌리워 가는 自己를 깨달엇다고 하엿다. 여긔에도 넘어나 不自然하다. 이러한 不自然한 곳은 오로지 主人公 영애를 그의 願하는 社會的 情境에까지 파고 들어가서 살리려 하지 안흔 點에서 出發된 것이다. 스타일은 새로운 맛이 잇다. 描寫는 要領을 어덧다. 그러나 스캐일이 좀더 커야 할 것이다. 이것은『나이브』한 思想과 關連되는 것으로 辨證法的 思考 方法을 把握하야써 그 制作過程에 充分이 應用할 수 잇게 되면 自然『스캐일』은 아니 커질 수 업슬 것이다. 우리는 이미 意識把握에 努力해옴즉 보히는 作者에게 더 한창 그 方面의 努力을 願하는 同時에 그럼으로 말미암아 무개 잇는 作品을 보혀주기를 바란다.

『흘러간 마을』—嚴興燮(朝鮮之光)

百萬長者 최병식으로 代表한 植民地 土民富豪 封建財閥과 조고만 部落으로 代表한 植民地 貧民과의 콘트러스트가 최병식의 別莊과 湖水를 것처서 이러나는『스토리』다. 엇더한 生産關係 —例컨댄 地主와 小作人과의 關係와 如히 —로서 誘起되는 事件이 아니요, 單純히 崔병식의 亨樂的 施設을 두고 이러나는 —卽 消費關係를 두고 이러나는 事件이다. 여긔에는 個人主義에 立脚한 現代 社會組織에 잇서 아모 것도 所持하지 못한 階級이 그의 筋肉을 팔어 어든 바 품싹으로서 僅僅히 支保하는 現象과 아울러 모든 것을 所持한 階級은 그 性質의 如何를 不拘하고 그 程度의 如何를 莫論하고 如何한 方法으로서 如何한 消費 —亨樂的 消費를 敢行하야도 아모 制裁가 업는 그러한『콘트러스트』, 이것을 이러케 불를 수 잇다면 最低生存的 消費와 最高 亨樂的 消費와의 對照가 嚴然히 存在한다. 그리하야 이러한 對照的 關係를 그 階級性에 잇서 露出하는 點에도 母論 重要한 意識가 잇는 것이나, 그에 쯔치지 아니 하고 이러한 消費關係가 依據하야 잇는 生産關係

에까지, 그리하야 對立性의 全面的 把握에까지 들어가서만이 이 作品의 意圖하는 百萬長者 최병식과 그 別莊을 것처서 對立되는 部落民과의 階級性이 明瞭히 쩌올르게 될 것이엇다.

그러나 作者는 오직 우리의 術語에 依하건댄『最低 生存的 消費와 最高 亭樂的 消費』와의 對立的 現象을 것처서 그 階級性을 집어내고자 하얏슬 쑨, 한 거름 더 들어가서 그 뿌리되는 生産關係를 들어내지 못한 것은 이 作品이 맛당히 차지하여야 할 푸로레타리아的 大衆性을 엷게 하고 말엇다. 쏘 百萬長者 최병식은 單純한 植民地 土民富豪, 말하자면 封建財閥에 不過하다. 資本閥의 標本으로는 生産關係에 잇서 —産業資本으로서던지 金融資本으로서던지 쏘는 固定資本으로서던지 剩餘價値의 ××勞力階級의 ××가 存在하지 안어서는 아니 된다. 그러나 이에 對한 把握이 充分치 못하얏다. 다음으로 우리의 ××의 標的이 宗主國의 帝國主義에 잇고 쏘 그럼으로만이 우리의 ××가 可能함으로 宗主國 帝國主義와의 ××의 關係를 明瞭히 집어낼 수가 업는 場面에 잇서서라도 적어도 暗示만은 보혀주어야 할 것이다. 그리함에는 百萬長者 최병식이가 그 利害의 同一性을 타고 宗主國 帝國主義와 合力하야 쏘는 그의 走狗로서 無産階級의 立場에서 썰어저가는 植民地 民族××를 敢行하고 잇는 事實을 들추어내지 안어서는 아니 된다. 그리하야서만이 우리의 ××의 標的에까지 ××의 尖端에까지 우리의 作品을 살일 수 잇고, 짤하서 우리 大衆으로 하야금 ××의 標的을 바라고서의 발마춤에까지 한 덩어리的 무빙을 보아내게 할 수가 잇다. 쏘 그리하야서만이 우리의 오늘날 意識인 無産階級的 民族意識은 作品上에 잇서 그의 現實性을 明瞭히 나타내고, 우리의 ××의 精神的 武器로서 움직이게 된다. 그러커늘 作品에는 그것이 업다. 이리하야 于今까지 朝鮮『푸로레』作品들이 그의 맛당히 歸屬할 對立 陣營에 잇서서의 位置와 作用, 아울러 烈度를 正當히 規定하지를 못하고 孤立的 一個 封建財閥이나 土民資本層을 多分한 過(*誇)張으로서 忘然히 取扱하야 왓고 쏘 學生 勞動者 農民 女性 其他로 하야금 亦是 우리 陣營에 잇서서의 맛당히 차지할 수박게 업는 地位와 作用, 아울러 그 烈度를 正當히 規定하지 못하고 望然히 取扱하야 온 그러한 欠點에서 버서나지 못하엿다. 그리하야 高서방을 主로 한 部落民의 一同에게 잇서서 맛당히 가저야 할 組織도 쏘는 ××의 手段도 正當히 집어내지 못하얏슬 쁜 아니라 쏘 최병식에 對한 ××가 그들 陣營에 對한 얼마마한 ××의 效果를 興하는 것인지도 잡어내지 못하고, 팔월 보름날 밤을 期하야 술에 얼근이 醉한 部落民 一同이 풍장을 치면서 최병식의 집으로 몰려간다는 것으로 偉大한 푸로레타리아 ××行動인 듯이 表現되고 말엇다. 實로 우리 보기에는 酩酊氣分과 ××的 투쟁과를 混同한 듯한 늣김을 참을 수 업는 것이다. 그만치 이 作品은 氣分的이다. 거츨거츨한 말솜씨는 것츨것츨한 現象을 表現하는데 그 宜를 어덧다. 그리고 線이 굴고 서근서근한 表現은 讀者를 쯔을고가는대 한 動力이 될 쁜더러 우리는 연장으로서 푸로레타리아的 有效한 스타일로 容許하기를 마지 안는다. 그러나 同時에 緻密性을 일코 直擊味 氣魄을 가초지 못하면 槪念羅列 荒唐無實의 域에 떨어지기 쉬운 危險을 包藏하고 잇다는 것을 이저서는 아니 될 것이다. 作者의 力量은 未來를 囑望케 한다. 그러나 意識 戰取를 爲하야 相當한 努力을 쌋치 안어서는 아니 될 것이다. 以上에 우리가 縷說해온 것는(*은) 毌論 斯道에 精進하고 잇스며 쏘 하고자 힘쓰는 모든 우리 作家들에게 보내는 우리의 主張인 것을 喋言할 必要가 업거니와 이 作者의 項에 잇서 이만치 長言說을 吐할 수밧게 업시 된 것은 쏘한 이 作者의 未來를 信望하는 곳으로부터라는 것을 誤解하여서는 안 된다.

『남편의 책임』 —염상섭(新小說 一二號)

某 專門學校를 卒業하고 敎師 노릇을 하는 金수산에게는 한 가지 秋恨이 잇섯다. 그럼으로 才操 잇고 人格 잇는 靑年으로서 그 郡 一帶의 稱領을 바드면서도 不貞한 妻郡과 乃至 그 結實로 말미암아 적지 아니 한 苦心을 하고 잇섯다. 때마츰 京城서 女學校를 마추고 나려온 趙경희라는 女性

의 戀情의 告白을 듯고 定處 업시 쩌나갈 수박게 업는 形便에 이르고 趙
경희라는 女性은 金수산이를 생각하는 남어지에 그 行跡을 들추워 보앗
스나 別別 風聞쑨이 마음을 어즐업게 할 쑨임으로 드듸여는 최동진에게
로 싀집을 갓섯다. 싀집을 간 뒤에 金수산이를 맛낫스나 수산이는 어듸
까지던지 『남편의 책임』에 忠實하기 爲하야 趙경희의 哀訴를 듯지 안는
것이 이 作品의 니야기 줄이다.

이만치 單純한 『스토리』임에도 不拘하고 複雜多端, 作者의 태마가 果然
어듸에 잇는지 疑問케 하고 마는 것은 스캐일이 커서 그런 것이 아니요,
作者 벌려 노흔 事件을 該當히 統制하야써 意識한 태마의 크라이막스를
보혀주지 못하는 곳에서 온다.

筆致로는 橫步의 于今까지의 作品에서 보혀주던 『아구참』을 한결 더 힘
잇게 늣기게 하건만은 事件의 展開식히는 手法에 잇서 어된지 잡을 목적
은 텅빈 늣김을 일으키게 하고 만다. 이것은 毋論 作者의 意識과 關連되는
問題로서 우리는 適切히 究明하야써 이 作者의 省察을 求하지 안허서는
아니 될 것이다.

主人公 金수산은 그의 妻君의 不貞行爲로 因하야 夫婦生活을 짓밟히고
말엇다. 그를 表象하는 不貞의 結晶은 눈 압헤 잇다. 그러나 어쩌한 原因
으로 그의 妻君은 다른 어쩌한 男性과 不貞한 關係를 매즐 수밧게 업섯는
지? 그 原因의 解明이 업다. 모든 其後의 事件은 여긔서부터 出發되여 나
간 것이언만 作者는 모름직이 여긔에서 그 原因을 社會的 觀點에까지 昇
揚식혀서 處理하여야 하고 그 處理를 地盤으로 하야 모든 第二次 第三次의
事件을 展開시켜가지 안허서는 아니 될 것이다. 사람의 妻君인 女性은 決
코 理由 업시 그 貞操를 더럽피는 것이 아니다. 거긔에는 반드시 어쩌한
關係, 그 素材에까지 파고 들어가 보면 明瞭히 집어낼 수가 잇는 關係에서
만이 그러한 不貞行爲는 結果되여 온다. 原因 업시 誘起되는 現象이란 決
코 宇宙間에 存在하지 안는다. 毋論 어듸까지든지 表現이 다 그럿컨만 作
者는 그 原因을 집어낼려고 아니 하고 다만 『咀呪할 계집의 放縱』行爲로

서 處理하고 말엇다. 이리하야 主人公 金수산은 不貞의 原因이 社會關係에서 왓는지? 또는 不貞女의 남편되는 自己에게서 왓는지? 또 不貞女 그 自身의 엇더한 缺陷에서 왓는지 反省해 볼려고도 하지 안코 그저 그의 妻君의 『不正行爲』라는 現象 形態만을 고지식하게 咀呪한다. 그러나 그 咀呪는 그럼으로 딸하서 아모 解決도 지어질 수 업는 種類의 咀呪에 끄칠 수밧게 업다. 또 그럼으로 그 行爲를 否定하고서 不貞女인 妻君을 버리지도 못하엿고, 그러타고 그 行爲를 肯定하고서 不貞女인 妻君과 갓치 살 수 업다. 이리하야 主人公 金수산은 물에 빠진 새처럼 法律과 道德 압헤 발발 썰면서 쯧 안니요 또 달갑지 못한 『안해의 罪惡과 快樂의 代價를 옴적 못하고 차려주어야 한다』. 그럼으로 또한 엇더한 女性이 엇더한 原因으로서 自己에게 사랑을 던졋다 하야도 金수산이는 『나는 사람의 남폐(*편)』 『당신은 사람의 안해』라는 單純한 理由로서 줄곳 『남편의 責任』感과 同時에 『안해의 責任』感을 高調한다. 이리하야 『사랑』이야 잇구 업구 間에 또는 不貞한 行動이야 하얏건 말건 間에 날거빠진 封建的 道德과 알맹이 빠저 다란난 총알 겁대기 가튼 法律의 틀 아래 옴작딸삭 못하고 쑬어안저서, 絶望的 復讐로밧게 안이 뵈는 『사랑으로의 綜合』을 보담 더 놉흔 生活로 뵈는 『女子의 科學的 硏究』 때문에 물리치고 醫學專門의 學生이나 되어버릴 수밧게 업섯다. 이 作品은 이만치 不充分하다. 쓰테서 作者는 『道德으로 制裁 못하는 것을 科學의 힘으로 制裁하고 不道德을 道德에 쓸라』 한다고서 主人公 金수산이가 絶望的 復讐心에서 보담 더 놉흔 生活을 理想으로 하야 醫專學生이 되엇다는 것을 說明하얏다. 그러나 社會的 觀念에 서서 夫婦生活의 依據하는 本態를 또는 不貞行爲를 究明하기 前에는 여기에 이 作者가 말하는 道德이나 不道德이란 行爲의 實體를 捕捉하기가 極히 어렵다느니보담 오히려 不可能하다. 왜냐하면 社會的 觀念을 써나서 짜라서 階級性을 沒却하고서 道德 不道德이란 것이 超然的으로 存在할 수 업슴은 毋論이다. 그럼으로 짜라서 엇더한 行爲를 —(여기서는 不貞行爲) 誘起케 한 社會的 原因을 明瞭히 把握하지 못하고서 그 道德 不道德만을 云爲하는 것은 漠然

히 存在하는 封建的 道德을 大前提로 한 演繹推理의 圈을 버서날 수 업는 模糊한 態度로서 그 現實的 內容의 陳腐에 도라간 것을 看過하는 것이 恒弊이다. 要컨댄 이 作者는 意識 戰取에 努力하지 안허서는 아니 된다. 이미 文藝 機能에 잇서 能熟하거니와 그 文體에 잇서 한창 彈力的임을 肯定 안이 할 수 업는 作者로서 하로 밧비 意識 戰取로 말미암아 鬪時期的 作品 生産에 努力하기를 付托해 둔다. 金수산과 됴경희의 態度는 兩便이 다 不自然하게밧게 안 보히는 것은, 그리하야 多分히 理由 적은 고지식한 態度로밧게 안 보히는 것은 오로지 이 作者의 意識問題에서 오는 缺陷이니, 觀察의 正當한 方法을 把握하지 못하얏슴으로 그 原因의 究明이 업시 皮相的으로 事件을 陳烈하는 곳에서부터 온다.

以上의 處에 一二 雜誌와 當選小說 等이 잇스나 다음 機會로 밀운다. 評의 態度에 잇서 論議할 材料를 相當히 만히 發見하고 잇다. 그러나 이것 亦是 뒷날로 밀울 수밧게 업다. 願컨댄 우리 作家들의 健實한 努力으로 말미암아 조흔 作品이 만히 生産되기만 期待하야 둔다.

一月 十九日 西京 牧丹峰 下 寓居에서

　　・・・《朝鮮日報》(1930. 2. 11~12, 15~16, 18~20, 22), 8회 연재

全體性과 特殊性의 展望
－ … 金八峰에게 －

八峰이 無涯를 論駁하는 남어지에 暗暗裡에 그의 筆鋒을 우리에게로 돌렷다. 그러나 그 돌리는 方法에 잇서 가장 正確하지를 못하엿다. 웨 그러냐 하면 無涯의 論文과 우리의 論文을 『異巧同曲』이라는 用語로서 불르고 無涯의 『樂譜』로서 우리의 曲調를 彈奏하되 가장 巧妙히 代表的 效果를 獲得하도록 努力하얏기 때문에 果然 『氏等』의 複數 稱號로서 가장 簡單히 處理하는 體裁를 取한 八峰의 論文 『一九二九年 文藝界 總觀』(中外日報) 이라는 것이 一擧兩得의 橫材를 하얏는지 못 하얏는지는 大端 疑問이라 아니할 수 업다. 그럼으로 우리는 무엇보다도 먼저 無涯의 論文과 우리의 論文이 어느 點에서 近似하고 어느 點에서 分離되는지를 明瞭히 함으로 말미암아 八峰의 不正確한 詢調가 얼마나 一時的 便宜 一總觀的 虛名을 維持하기에 全力을 傾注하게 된 結果 實로 一擧兩得의 橫材를 圖謀하얏섯나 하는 것을 것을 들추어 내어야 할 것이다. 그러나 적어도 常識을 가진 사람으로서는 論文에 잇서 두 論文을 한 論文으로서 代表식혀서 『氏等』의 用語로서 一擧兩得의 橫材를 힘썻다는 것은 그 事情의 如何를 不拘하고 確實히 猥濫한 짓이라 할 것이다

萬一 無涯의 論文으로서 己巳年의 民族主義文學을 代表 식혓다 할 것 가

트면(이러한 짓도 學究的 良心을 가진 사람은 敢히 힘쓰지 못할 노릇이다. 더욱 八峰에게 잇서 形式 內容 問題라는 題目을 걸고서 그리 重要하지도 못한 過去의 功過 說明과 自身 及 自宗派 辯護에 吸吸하는 것으로, 終始一貫한 남어지에 그實 取扱해야 할 理論은 모다 쑥 쌔어놋코 흐지부지한 種類의 論文에 잇서서는 더욱이나 代表이니 무엇니 할 餘地도 업슬 것이다) 그 論文만을 忠實히 論評해야 할 것이어늘, 『氏等』『氏等』의 稱號로서 暗暗裡에 兩幅에 對한 一面的 批判을 내리는 體한 것은 그야말로 權威 잇는 論客의 『巧妙한 戰術』인지는 몰르겟스나 陰險한 酬酌이라고 아니 할 수 업슬 것이다. 그러나 無涯의 論文 體系와 우리의 論文 體系가 어쩌케 갓지 아니 한지를 究明하는 것이 쌀하서 八峰의 『巧妙한 戰術로서의 一擧兩得的 效果』라는 것과, 그리하야 其實 八峰의 正確을 期하기 어려운 頭惱의 總觀癖과 代表性의 混亂이란 것이 얼마나 事象의 等一性과 差異性을 識別하는 대 잇서 失敗를 저즐르고 말엇는지, 여기에서만 明瞭히 表明되는 效果를 獲得할 것이다만은 時間의 餘裕 업는 關係로서 여기서는 그러한 企圖는 暫間 避하기로 하고, 八峰이 우리에게로 몰린 公公然한 抗議 ―가장 權威的인 것을 取扱하는데 쓰치기로 한다. 그 가온데 잇서서도 理論으로서 再吟味를 꾀하는 評論家的 立場을 버서나서 아모 理論도 보혀주지 못하는 남어지에 容貌의 美醜로부터 그 性質의 善惡을 가리는 것과 가튼 態度로서 現象 追跡의 皮相的 見解를 들고 한 語句를 孤立的으로 引用하야 빈정대고 말은 內容形式問題에 關하야서는 이미 中外日報를 通하야 簡單히 意見을 陳開한 터임으로, 八峰이 自己의 持說과 아울러 우리 持說을 體系的으로 把握하고서 評論다운 評論을 들고 나아오는 機會를 기다려 取扱하는 것이 可當할 줄로 밋고, 여기에는 省略해 버리기로 한다. 그리고 보면 八峰이 나에게로 돌린 바 抗論이란 것 中 엇더한 것이 처저 남느냐 하면 나의 論文 『朝鮮文學 建設의 理論的 基礎』中에 內容形式問題라는 것을 쑥 쌔어버리고서 남어지 今般의 關連한 部分뿐이다. 그리하야 八峰의 主張을 條理 잇게 要約해 보면,

(一) 『朝鮮民族은 階級的 民族意識을 가지고서(盲目的 民族意識과 單純한 階級意識은 쑤서버리고서) 唯一한 階級的 民族意識의 文學을 가저야 한다』는 것이 鄭蘆風 氏의 主張이다.

(二) 이러한 主張의 이 論文은 梁柱東 氏의 論文의 主張과 異巧同曲이다.

(三) 이러한 主張을 일즉이 우리가 보지 못하든 難解한 文章으로서 凡 二十餘日 동안 理解하기 困難하게 귀둥대둥 陳列해 노핫다.

(四) 귀둥대둥이라 한 것은 決코 中傷的 虛構가 아니다. 事實에 잇는 것을 가지고 말하는 것이니 氏(蘆風)는 氏의 同 論文 第二章 『現代의 朝鮮意識論』 第一項의 續繼 中의 처음 同 句節 卽 『그럼으로 오늘날 當面한 朝鮮民族을 살릴 수 잇는 意識』 云云의 句節과 第二項 『兩意識에 對한 評 二三』 中에서 『世界的 潮流를 利用하지 안해서는 안 된다고 規定하는 것이다』 하는 句節이 互相 矛盾되는 點이 잇서서 決局 意味가 不徹底하게 된 것을 살펴주기를 바란다.

(五) 그런대 民族問題 쏘는 無産階級問題를 人類社會 歷史的 發展의 全體性 中에서 把握하지 못하고 階級生活의 特殊的 形態를 世界的 體系의 中에서 分離하야 認識한 곳에서 出發한 것은 兩氏(無涯와 筆者)가 다 갓다.

以上의 要約 中 八峰은 (一)에 잇서 우리의 論文을 엇더케 認識하얏느냐 하면 우리의 意識 —階級的 民族意識 쏘는 無産階級的 民族意識이란 것은 盲目的 民族意識과 單純한 階級意識을 쑤서버리는 意識으로 捕捉하얏다. 다시 그의 用語로서 表現하건댄 『一蹴』하야 버린다는 것이다. 果然 八峰의 捕捉은 正當하다. 웨 그러냐 하면 나의 論文이 己巳年 秋에 朝鮮이라는 곳에 現實的으로 實在하는 盲目的 民族意識과 單純한 階級意識이란 것이 『人類社會 發展의 全幅性』的 意義를 獲得하기 爲하여서는 現實的으로 立脚한 그 特殊的 空間的 一幅에서 如何한 實踐的 任務를 擔荷하지 안허서는 아니 되느냐 하는 現實的 要求에 빗추워 嚴然한 批判을 밧지 안허서는 아니 되는 까닭을 明瞭히 하는 대 잇섯든 까닭이다. 그럼으로 우리가 問題를 植民地 朝鮮의 現實의 經濟的 政治的 分析 批判으로부터 出發한 것은 當然 且 至當하엿다. 己巳年 秋까지의 作品의 傾向을 살펴볼진댄 每樣 朝鮮人의 封建的 □□이다. 近代式 資本財閥을(*13자 정도 미확인) 主人公으로 하야금 無組織 且 潑刺的 反抗을 圖謀하는 그러한 作品 以外에 무슨 別 달은 種類의 作品을 發見할 수가 업섯다. 이러한 實際 事實은 무엇보담도 金基鎭 君을 指導 論客으로 한 푸로레타리아藝同 一派의 作家들이 植民地의 特殊한 立場을 唯物辯證法的으로 正當히 把握하지 못하고, 그럼으로 딸하서 移入한 概念『階級』이라는 것이 그의 生成的 內容의 變遷過程에 잇서서 如何하얏고, 또 世界史的 全體性을 規定하는 具體的 特殊性의 空間的 運動形態에 잇서 如何한 機能을 發揮하고 잇드라도, 例컨댄 帝國主義國에 잇서서나 弱少 資本主義國에 잇서서나 半殖民地民族에 잇서서나 또는 勞農쏘비엣트 聯邦에 잇서서나 『階級』의 現實的 內容이 如何한 實踐的 機能을 發揮하고 잇드라도 말이다 ―우리는 엇재서 植民地 民族의 立場에서 우리의 現實的 內容을 規定하야써 이 植民地에서 現實的 實踐性을 獲得하는대 연장이 되지 안허서는 아니 되느냐? 하는데 對한 可當한 把握을 게을리 하얏다는 事實을 證明하는 것이라 아니 할 수 업는 것이다. (*13자 정도 미확인)의 取材와 그의 技術化에 잇서 政治形態를 遺失한 植民地 民族 그 民族의 決定的 力量의 源泉인 無産階級的 民族層이 宗主國 帝國主義와 그의 附同的 支持層 植民地 土民, 財閥과 對立되는 關係의 現象을 宗主國 帝國主義 系流에 依據하는 朝鮮 資本主義의 發展 形態 속에서 正當히 把握한 意識으로써 實踐할 수가 업섯든 것이다 그리하야 오직 輸入 又는 移入한 『階級』이라는 概念이 가진 直譯的 內容, 例컨댄 『핫비』 입은 階級과 『하오리』 입은 階級의 關係樣式을 고대로 素飮하고 模倣하야써, 탈망한 階級과 『비단 周衣 입은』 階級과의 關係를 極히 素朴한 俗學的 頭惱로서 針小棒大的으로 誇張하야 取扱하얏슬 뿐이고, 『하오리』 입은 階級과 『평발』한 植民地 無産階級的 民族層과의 極히 重大하고도 決定的 意義를 차지한 關係나 또는 『비단 두루마기 입은』植民地 富豪가『하오리』입은 패와 附同하야써 탈망한 植民地 無産階級的 民族層을 ××하는 關係와 如한, 우리의 當面한 核心的 問題를 取扱하지도 못하얏슬 쑌만 아니라 아모 解決도 보혀주지 못하얏다. 그럼으로 우리는 金基鎭 君을 爲始하야 旣成 푸로레타리아藝同 一派의 諸君을『單純한 階級主義者』쏘는『小階級主義』라 불럿고 쏘한『公式主義者』『直譯的 公式主義者』라 불를 수밧게 업섯다. 그러면서도 우리는 決코 諸君을『一蹴』하는 態度를 取한 것이 아니라 어듸까지든지 諸君의 意識 淸算을 勸誘하는 態度를 일치 안헛스며, 그리하야 諸君의『푸로레타리아 藝術同盟』으로 하야금 層一層 彈力的 存在로써 重大한 任務를 遂行하기를 肝切히 希望하얏든 것이다.

그러나 諸君의 態度야 寒心하얏나니 辨證的 思考方法을 把握하지도 못한 서쑬른 俗論으로서『反動派』云云의 妄論을 들고 宋影 君 乃至 金基鎭 君 等이 混沌한 臆想을 힘썻거나 쏘는 無體系한 慢評 氣味로서 匹夫의 庸劣을 거듭 하는대 終是하고 말엇다. 이리하야 우리 보기에는 宗派主義者의 姑息的 態度 以外에 더 取할 아모 것도 發見할 수가 업섯든 것이다. 우리는 嚴然히 主張한다. 帝國主義時代에 잇서 旣述한 바 ×××民族의 階級性을 戰取하지 못하고 經濟鬪爭의 範域을 버서날 수 업는 多分히 公式的이요 直譯的인 小階級意識 內에서 騷動하는 남어지에 宗派的 旗幟을 들고 感情的으로만 始終하는 無根據한 論客 一團은 그러한 態度를 버리지 안는 限에 잇서서는『一蹴』을 밧지 안흘 수 업다는 것을, 이리하야 八峰의 前記의『鄭蘆風 氏는 盲目的 民族意識과 單純한 階級意識을 부서버리고서(쏘는 一蹴하야 버리고서) 唯一한 階級的 民族意識의 文學을 가저야 한다고 主張한다』라는 命題는 우리 論文을 正當히 認識한 것일 쑌만 아니라, 쏘한 八峰 自身이 深重히 考慮하지 안어서는 아니 될 것이라 하는 것이다. 그리하야 八峰은 全體性과 特殊性과의 關係를 統一的으로 把握하야 엇지 하야서 우리는 世界史的 觀念에서의 全體性에도 不拘하고 時間的으로나 空間的으로나 그의 特殊性에 잇서 固定的으로가 아니라 發展史的으로 運動의 實踐理

論을 規定하지 안어서는 아니 되며, 그리하야 엇지 해서 不斷의 戰略에 쌀아서 쏘한 戰術에짜지 觀念的 實踐性이 아니라 現實的 實踐性을 獲得하지 안어서는 아니 되느냐?에 對한 正當한 認識이 업섯드란 말이다. 그럼으로 必然的으로 오직 皮相的으로 文句나 文行을 無體系하게 들추어내는 남어지에 特殊理論의 樹立의 意義를 論議하는 것을 잡어가지고는 오히려 『反動』으로서 處理하려 하는 그러한 無識量한 宗派熱을 輕薄한 感情에 呼訴하야 濫射할 수박게 업섯고, 結局 □□論을 緯로 □□□을 經으로 하야 企圖한 暴擧 激說 ―그리하야 더욱 『異巧同曲』가튼 無識한 用語로서 識者의 嗤笑짜지 밧게 된 것은 一擧兩失의 愚昧한 結果를 그야말로 獲得할 수박게 업섯다.

×

다음에 八峰이 主張한 『無涯의 論文과 蘆風의 論文은 異巧同曲』이라는 問題를 取扱하야 보자. 『異音同曲』이 아니라 『異巧同曲』이라고 불른 八峰의 用語가 가지는 內容이 무엇이냐 하면, 蘆風이 無涯의 論文을 異巧로서 模倣하엿다는 것에 歸着하고 만다. 웨 그러냐 하면 두 論文을 두고 『異巧』이니 『同曲』이니 쏘는 『가장 먼저 說明』하얏느니 하는 八峰의 態度라는 것이 明瞭히 그것을 表現하고 잇는 同時에 쏘한 感情的인 點이 不無하야 그 論文의 讀者로서는 그 누구나가 如上의 內容으로서 取할 수박게 업는 짜닭이다. 그러나 無涯의 論文과 蘆風의 論文을 『同曲』으로서 認識하얏다 하면 八峰은 맛당히 『理解能力 喪失者』라는 향기롭지 못한 部類에 屬할 수박게 업다. 이 問題는 別 機會에 다시 論及하기로 이미 그 豫圖를 宣言하얏슴으로 여긔서는 簡畧히 處理하기로 한다만은, 根本的 態度에 잇서 無涯는 文藝理論과 實踐運動과는 全然히 分離식혀서 보는 態度를 明言하얏고 쏘 그러한 態度를 取하얏슴으로 그 意識의 現實的 基礎가 明瞭히 드러나지를 못하얏고, 쌀아서 民族意識의 現實的 基礎라는 것이 쑤렷이 表現될 수도 업섯고 唯物論的으로 規定하노라고 힘쓴다. 『朝鮮이란 쌍과 環境 안에서 必然的으로 생긴 一. 傳統 二. 情調 三. 同族愛』라는 것이 現代의 朝鮮意

識의 基礎도 될 수가 업고 坯는 階級的 民族意識 坯는 無産階級的 民族意識이란 것이 거긔에서 必然的으로 생겨나올 수도 업는 것이다. 거긔에는 ××民族이 瓦解 誘因의 究明도 업고 政治形態의 遺失로 말미암아 民族 共同生活體의 當面할 수박게 업는 事情의 解明, 통트러 經濟的 政治的 究明이란 것이 업다고 해도 過言이 아닌 만치 素朴한 意識의 見解의 圈을 버서날 수가 업다. 그리하야 必然的으로 생길 수박에 업다 하는 意識의 科學的 究明이란 것이 업다고 하야도 決코 넘친 말이 아닐 것이다.

여긔에는 無涯가 文學專攻인 까닭도 그 方面에 對한 素養과 把握이 업는 곳에서부터 由來되엇다 밋거니와, 拒否할 수 업는 事實임에는 버그러질 배가 아니라, 그럼에도 不拘하고 八峰은 『同曲』이라는 中傷的 文句를 取用하얏다. 여긔에서 明瞭히 八峰은 評論할 째에 잇서 取扱하게 되는 남의 論文을 精讀함으로 말미암아 그 體系를 捕捉하야써 評筆을 달리는 態度를 執하지 아니 하고, 그야말로 『귀둥대둥』 無主見한 評筆을 가장 無責任하게 나려 갈기는 그리하야 自身의 不謹愼한 態度를 掩蔽하기 爲하야 오히려 對手의 中傷을 圖謀하는 卑㤢한 論者라는 것이 確然히 들어난다. 이러한 態度는 金基鎭 君의 評論의 여러 方面에 表現된 것을 發見할 수가 잇는 것이니, 그의 評『一年間 創作評』(東亞日報)에서도 가장 權威的이게 一年間의 創作 數爻와 뿌르作家別 푸로作家別로의 篇數 等을 計量하고서는 漸次 엇더케 處理해 가느냐 하면 實際로는 大部分을 읽지 못햇스니 읽은 멧 篇만을 評한다는 態度로서 흐지부지하고 넘기는 것이다. 이러한 것은 亦是 우리 보기에는 가장 不謹愼한 態度라 하노니 八峰의 크게 反省하지 안어서는 아니 될 點이다. 無涯와 筆者는 果然 親知로서 容許하는 關係에 잇슴으로 無涯가 八峰에게 對한 答論을 草하게 되고, 坯 筆者가 日本서 도라와서 『朝鮮文學 建設의 理論的 基礎』를 草하게 되엇슬 째에 相互 交懽하는 間에 잇서 각금 論爭도 적지 안케 하얏슴으로 두 論文에 近似한 대목이 잇는 것은 우리 自身이 잘 認識하고 잇는 바이지만, 『同曲』 云云하는 八峰의 庸劣한 見解에 對하야서는 無涯나 우리나 다 가티 吝定할 수박게 업는 것이니, 主要 論者 特히 現代의 朝鮮意識에 잇서서는 오히려 無涯의 論文이 新聞紙上에 出現한 日字보담은 筆者의 論文이 먼저 出現한 事實로서라도 『同曲』이니 무엇이니 부를 餘地가 업는 것인 까닭이다. 要컨댄 이러한 文句를 亂發하야써 中傷을 힘쓴 八峰은 嚴然히 反省하지 안어서는 아니 될 것이다. 八峰이나 無涯나 蘆風이나 年齒 아즉 三十 未滿의 癸卯生으로서 將來 生活問題로 因하야 形式的으로는 如何한 境遇에 處할는지 몰르나, 三十餘年의 活動期를 가지고 가거든 엇지 하야 八峰이 이러한 輕忽한 態度로서 丈夫의 氣概를 누추히 하는지 다못 섭섭할 쑨이다.

다음으로 八峰은 우리가 우리의 論文을 남이 理解하기 困難하게 難解한 文章으로 썻다고서 非難하다가 結局 귀둥대둥이라는 論結을 나리윗다. 그러나 우리로서는 가장 理解하기에 容易하도록 일부러 社會科學的 術語를 避해가면서 通俗的 說明을 힘썻스며, 重疊된 곳이 적지 아니한 만티 讀者의 理解를 불러내고자 努力함을 마지 안헛다. 다만 우리가 새로운 術語를 三, 四個 創制할 수밧게 업섯든 것은 于今까지 明瞭히 解說되지 못한 事象을 究明하는데 잇서 不可避의 要求이엇슴으로 社會科學에 關한 書籍을 飜譯的으로 『마스터』하야 온 部類의 讀者에게 잇서서는 理解하기가 困難하엿슬는지도 몰은다. 그러나 어디까지던지 取扱하게 된 事象을 唯物辯證法的으로 分析하야써 그의 眞態를 表明하고자 힘쓴바 論究의 方法에 잇서서는 歪曲될 바가 아닐 것이다. 오직 遺感으로 생각되는 것은 檢閱 關係를 퍽 留意하얏슴에도 不拘하고 主要 理論部門에서 大部分을 中畧할 수밧게 업섯기 쩨문에 우리의 意思를 充分히 表示할 수가 업섯고, 그럼으로 짜라서 或 誤解를 벗게 된 素因을 짓고 말엇는지도 알 수 업섯슬 쑨이다.

元來 言語나 文章이란 것은 두말할 것도 업시 우리의 意思를 表現하는 音象 쏘는 記號이다. 地域的으로나 時間的으로나 한 媒介 表象으로서 意思 傳達的 機能을 다 하는 곳에 그 存在理由를 가젓다. 그럼으로 萬一 이러한 效果를 獲得하기가 困難하얏슬진댄 그 責任은 全然 우리가 저야 올흘 것이요, 그러한 限에 잇서 다시 解明하야써 不充分한 點을 挽回하도록 努力

해야 할 것은 쏘한 우리가 取할 正當한 態度일 것이다. 그러나 누구임을 莫論하고 그 사람의 意思表現이 充分치 못함으로 말미암아 眞意를 捕捉하기가 甚히 困難하다고 생각될 째에는, 그 素因이 受意者의 엿튼 敎養에 잇거나 쏘는 發意者의 表現技能의 庸劣함에 잇거나 間에, 受意者로서는 發意者의 眞意를 再三 追確하야써 그 正體를 認識하는대 잇서 誤謬가 업도록 힘써야 할 것이요, 그리하야서만이 正當한 論議를 展開식힐 수 잇슬 것이다. 平素 우리들 間의 一般的 交流에 잇서 그러하거던 評諸家로서 評筆을 드는 立場에 잇서서는 이러한 誠意만은 언제던지 忘却하야서는 아니 될 것이요, 쏘 이러한 態度에 잇서서만이 所與된 論評 對象에 對한 正當한 判斷을 期할 수 잇는 可能性에라도 설 수가 잇다. 그러나 八峰에게 잇서서도 요만한 留意로서 요만한 誠意를 보혀줄 수가 업섯고, 오직『理解하기 困難하게 難解한 文章으로』 썻다고서 非難하얏슬 뿐이다. 그러나 그 非難이란 것도 極히 基礎가 薄弱하다. 웨 그런고 하니 어느 대목이 理解하기에 困難하얏스며 쏘는 엇재서 解得하기에 至難한 文章이란 말인지, 都是 理由의 解明이 업다. 그럼으로 決局 如上의 斷定,『理解하기에 困難케 難解한 文章으로 귀중대중 하얏다 하는 命題가 依據하는 證左的 實體를 捕捉하지 못한 것이 分明히 들어난다. 이리하야 金基鎭 君의 이 斷定 命題가 論理的 判斷으로서 成立할 性質의 것이 되지 못하얏고, 다만 中傷的 文句로서 感情的 亂射의 圈을 버서날 수가 업섯다. 그러면 엇지 하하(*야) 八峰은 이러한 態度를 執할 수밧게 업섯든냐 하면, 八峰의 俗學的 頭腦가 直決的 術語로서 固定되엿기 때문에 融通性에 缺乏한 結果로 社會科學的 術語 羅列이나 公式的 理論이 못되는 남의 理論을 論議하야써 그의 正當한 體系의 把握을 힘쓰기에는 넘어나『效果 업는 努力』을 거듭하는대 지나지 못하얏든 까닭이다. 이리하야 우리 보기에는『新術語』를 創造制하얏다고서 우리에게『造物主닛간 術語도 創造한다』云云하는 宋影 君이나 難解한 文章으로서 理解하기에 困難토록 썻다고 하는 金基鎭 君이나가 다 가티 俗學의 圈을 버서날 수 업는 것임에는 버그러질 別 理由가 업다고 본다. 要컨대

八峰은 크게 反省하지 안허서는 아니 될 것인 줄 안다.

　第四로 八峰은 難解한 文章으로 理解하기 困難하게 귀둥대둥하엿다고 中傷한 남어지에 『이것은 決코 中傷的 虛構가 아니라 事實에 잇는 것을 가지고 말한다』고 하엿다. 그러면 그 事實로서의 證左라는 것을 어듸서 들추워 오느냐 하면 『朝鮮文學 建設의 理論的 基礎』中 第二章 『現代 朝鮮 意識論』第一項의 멧 句節 『그럼으로 오늘날 當面한 朝鮮民族을 살릴 수 잇는 意識』云云과 第二項 『兩意識에 對한 評二三』中에서 『世界的 潮流를 移用하지 안허서는 아니 된다고 規定하는 것이다』한 句節이 相互矛盾되여 意味가 不徹底함으로 그러하다고 하엿다. 그러나 이러한 事實의 證左라는 것이 그 實은 八峰의 俗學癖으로 由起된 『理解能力 喪失』에서붓터 犯한 誤 謬에 不過할진댄, 八峰은 完全히 『事實의 虛構』를 힘써슬 뿐만 아니라 그 럼으로 쌀하서 完全히 『中傷的 虛構』를 힘쓸 바 責任을 가지지 안허서는 아니 될 것이다. 웨 그런고 하니 이러한 事實이 八峰으로 하야금 中傷的 虛構에까지 잇그는 動力이 되얏다고 八峰 스스로 宣明하얏슴으로.

　그러면 八峰이 『귀둥되둥』 하얏다는 그 所謂 矛盾된 句節을 簡單히 引 用하야 우리는 그 眞僞를 밝키지 안허서는 아니 될 것이다. 如上에 八峰이 引用한 兩處의 原文을 들추워 내보면,

　『이것을 오늘의 朝鮮意識이라 불른다면, 오늘의 朝鮮意識은 階級的 民族 意識이랄 수밧게 업다. 卽 單純한 盲目的 民族意識도 아니요, 世界의 情勢 만을 뒤살펴보는 國際意識도 아니다.』

　이 대목과,

　『이 民族은 오늘의 朝鮮意識인 階級的 民族感情을 거처서 어듸까지던지 民族的 ××의 目標를 ××하기 爲하야 ○○民族 內의 階級運動과 밋 그 世界的 潮流를 利用하지 안허서는 아니 된다고 規定하는 것이다.』

한 이 대목이 相互 矛盾된다고 理解하엿고, 그럼으로 짜라서 『뒤둥대둥』 의 中傷的 文句를 容許하지 안허서는 아니 된다고 主張하는 것이 金基鎭 君의 論調다. 그러나 全體性的 把握에도 不拘하고 그의 統一的 觀點에 서서

特殊性을 究明하지 안허서는 아니 될 場面에 다다른 우리가『世界情勢만을 뒤살펴보지 안는 까닭에, 우리 運動 우리 運動理論을 正當히 把握하지 안허서는 아니 되며, 그럼으로 쏘한 우리는 國際運動을 利用(相互關係에 잇서서)하지 안허서는 아니 된다』고 主張하는 것이 都大體 무엇이 矛盾이란 말이냐! 八峰의 俗學的 論理가터서는『世界情勢만을 뒤살펴보지 안는다』하엿슬진댄,『世界情勢의 如何라는 것은 否定』하야 버리고 盲目的 民族主義的 見解를 固執하는 것이 當然한 듯이 생각이 들고, 쏘 그와 反對로『世界情勢에 依하는 運動』이라할진댄,『朝鮮運動과 밋 그 運動理論을 否定』해 버리고 世界情勢만 뒤살펴보는 것이 가장 矛盾이 아니어서 論理가 一貫된 듯 하나, 그러나 이러한 思考方法은 全體性과 特殊性을 統一的 觀點에서 捕捉하야써 特殊 對 全體의 關係를 正當히 規定할 수가 업는 非辯證的 固定的 頭腦의 擔語라는 것을 銘心하여야 한다. 어째서 그러나 하면 이러한 見解는 形式理論學的 思考方法으로서도 極히 幼稚한 妄論的 見解의 範圍를 버서날 수가 업는 것이니, 形式論理學의 矛盾 對當關係와 反對當關係만도 正當히 把握할 수가 업섯슴으로 質과 量의 關係를 混同할 수밧게 업섯고, 더구나 唯物辯證法的 思考方法으로서는 到底히 容納될 수 업는 것이니, 客觀的 世界史的 意味로서의 歷史的 展望이라는 것과 世界史的 發展의 各個 空間的 特別段階에 잇서서의 具體的 政治經濟的 情勢라는 것을 統一的으로 把握하지를 못하고, 그야말로 孤立的으로 分離하야 捕捉하고 말엇다. 그럼으로 짤하서 必然의 勢로 公式的 一般任務의 規定과 歷史的 發展의 各個 特別의 段階를 統一的으로 考察할 수가 업다.

그러나 우리는 嚴然히 統一的 觀點에 서서 이와 가티 主張한다. 客觀的 世界史的 一般的 任務의 公式은 歷史 發展의 各個 特別의 段階 情勢(時間的으로나 空間的으로나)에 依하야 不斷히 修正되어야 한다 하는 同時에, 이러한 規定은 更히 各個의 特別段階 情勢를 實踐的으로 指導하지 안허서는 아니 된다고. 이리하야 우리는 具象的 事實과 當面한 地域에서 當面한 段階의 實踐性을 輕忽히 處理하려는 抽象的 特殊性을 無視하고 抽象的 普遍性을

高調하는 類의 論者를 排擊할 수 업는 것이다.

以上의 所論으로 明瞭히 된 것과 가티 金基鎭 君이 가장 有識하고 達觀한 見解로서『矛盾』이니『귀등대등』이니 그리하야『中傷的 虛構』이니 하든 모든 酬酌이 決局은 達觀博識에도 不拘하고 依據하든 事實的 證左에서 失敗할 수밧게 업시 되엇다. 이리하야『中傷的 虛構』가 아니라는 그의 主張은 完全히 中傷的 虛構를 實踐하는대 잇섯다 하는 우리의 判決을 甘受하지 안허서는 아니 된다. 이리하야 우리는 八峰에게 誠心으로 忠告할 權威를 잡는다. 燕雀의 見識으로서 넘우 得意揚揚한 남어지에 理由 업시 남을 中傷함과 如한 結果를 自招할라 말고, 大鵬의 氣槪를 가젓거던 丈夫다워 좀더 自彊의 길을 擇하야써 有爲한 棟樑의 材가 되기를 힘쓰라. 井蛙的 自大心으로서 斗筲의 庸劣을 發射함으로 말미암아 淺智識한 匹夫輩를 瞞着하고저 함과 如한 態度는 八峰學人의 取할 바 아닐 것이라고. 그러면 金基鎭 君은 엇재서 이러한 誤謬를 犯할 수밧게 업섯든가? 우리는 여기에서 朝鮮 文壇의 情勢를 大畧 說明할 수밧게 업스나, 要컨대 우리가『朝鮮文學 建設의 理論的 基礎』를 發表하게 된 昨秋頃까지의 傾向의 一大 潮流는 福本和夫式 公式主義가 完全히 淸算되지 못하고서 다만 輸移入된 公式의 抽象的 普遍性을 高調하야써 體面을 維持하는 俗學的 公式的 理論이 橫行하엿슴으로, 이러한 直譯的 活躍時代에 크게 貢獻함이 잇섯든 八峰이 그의 把握한 直譯的 公式에다가 우리의 論理를 歸屬식히고자 努力한 남어지에 理論的 體系的 捕捉에서 失敗함으로부터 저절르게 되엇다고 보는 것이 事實에 갓가울 것이다. 그러나 우리는 임이 主張한 바와 가티 全體性에도 不拘하고 植民地 朝鮮의 現段階的 特殊理論을 樹立하여야 하고, 그럼으로 말미암아 觀念的 實踐性이 아니라 現實的 實踐性을 獲得하야써 全體性에 對한 分身性의 特殊任務를 規定하지 안허서는 아니 된다고 한다. 그리하야 우리에게 잇서서는『우리의 運動』『우리의 理論』『우리의 文藝』를 孤立的으로가 아니라 世界와의 關聯에도 不拘하고 主張할 수밧게 업섯슴으로『世界形勢만 뒤살펴보는 國際意識』보담도 우리의 實踐意識 ―特殊性 ―을 高調할 수밧게 업섯다. 同時에 相互關係에 잇서 우리는『우리 運動의 遂達』의 不可避의 條件으로서『宗主國 民族內의 階級運動과 밋 그 世界的 潮流』를 利用하지 안허서는 아니 된다고 規定한 것은 어듸싸지든지 正常한 것이다.

以上의 外에 (五)에 關한 八峰의 根本的 誤謬, 全體性과 特殊性에 關한 것이 잇스나 이미 그 大槪를 (一)과 (四)에서 論議하얏슴으로 다시 取扱할 必要를 늣기지 안는다. 다만 最後로 八峰에게 願할 것은 우리는 決코 感情的 態度로서 執筆하기를 달가워 하는 者가 아니다. 그럼으로 八峰의 論調에 잇서 感情的 態度가 보혓슴에도 不拘하고 어듸싸지든지 理論的으로 論議하는대 그친 것은 오로지 八峰의 反省을 쯰하는 意味로서라는 것을 省察할 수가 잇거든, 요 다음부터는 理論을 들고 나아오라는 것을 付託해 두는 것이다. (씃)

··· ≪朝鮮日報≫(1930. 3. 11~14, 20~22), 7회 연재

三月文藝時評

이 時評에서 筆者는 主로 三月間에 出現된 創作 及 詩를 取扱할 것이다. 다만 미리 制定한 紙面 關係를 考慮할 수밧게 업슴으로 形便에 짤하서는 詩에 關한 部分만은 다른 機會로 미루게 되는지도 알 수 업다. 이 點을 讀者 諸氏는 미리 諒解해 주어야 할 것이다.

우리 아페 나타난 요즈막 創作의 題材를, 그리하야 그 傾向을 살피건데 學生, 農村, 戀愛, 出奔, 工場 等에 關한 것이 大多數이엇다. 이러한 題材의 傾向은 果然 오늘날 우리 民族의 大衆이 當面한 바 ―그럼으로 解決을 要求하야 마지 안는 ―여러 갈래의 現象을 말하야 두엇다. 그러나 이러한 現象을 捕捉하야써 우리 아페 『問題의 提出』을 企圖하얏슴에도 不拘하고 우리의 맛당히 戰取할 意識으로서의 ―卽 無産階級的 民族主義의 觀點에서의 全體性的 把握을 힘썻고, 그리하야 이 植民地 民族의 意欲, 任務, 運動 等을 明瞭히 보여준, 그럼으로 말미암아 所與된 題材의 作品으로서의 맛당히 獲得하여야 할 歷史的 重要性 ―大衆性을 보아내게 하는 作品 한 篇을 엇지 못한 것은 여간한 遺憾이 아니다. 그 主原因은 역시 우리가 日常 評筆을 들 째마다 指摘하기를 마지 안는 意識 問題이엇스니, 우리로서의 맛당히 戰取해야 할 意識을 把握하지 못함으로부터 一定한 觀照의 基準, 卽 階級的 觀照의 態度가 甚히 明瞭치 못하얏다. 그럼으로 擧皆의 作品들이 意識混亂, 皮相描寫, 前後矛盾, 槪念作亂 等의 圈을 버서날 수가 업섯다.

이리하야 넘어나 單純한 意識 나이브한 推理는 所與된 事件現象의 原因을 分析 解明하는 대까지 이르지도 못하고 쓰치거나, 쏘는 設令 그 原因을 쓰집어 내노라 힘쓴 痕跡은 보여주면서도 그 原因이 根據하는 社會關係에까지 드듸여는 그의 物質的 素材에까지 추적 들지를 못하고 極히 模糊하고 推象的인 槪念의 陳列에 쓰치고 말엇고, 쏘는 確實한 테마도 업시 얼마든지 羅列하며 쓰을고 가는, 都大體 무엇을 意圖한 作品인지 正體를 잡기 어려운 만치 이것저것 쓰집어 내노키는 하나마, 그러나 複雜多端 且 亂舞하는 事件들이 어느 모퉁이에 어쩌한 存在 理由로서 登場할 수밧게 업는 必然性을 가젓는지 알 수 업는 作品, 딸하서 不自然하기 그지 업서 보이는 作品들도 決코 적지 안핫다. 그럼으로 取扱한 所與의 題材로서 맛당히 表象해야 할 이 時代의『朝鮮相』을 보여주지 못하얏다. 다시 말하면 그 題材 속에 階級으로서의 어쩌한 朝鮮人的 苦悶이 伏在해 잇는지 到底히 보여주지 못한다. 이리하야 조고마한 心境의 身邊雜記的 流露나 쏘는 제 발 잔등 위만 들여보는 以外에 아모 것도 돌이켜볼 餘裕를 보여주지 못하는 個人主義的 夢遊病者의 一群이 或은『人間의 本能性』에 쏠처 쏘는『알맹이 빠진 正義』『實踐性 일흔 人道』를 들고 가장 無秩序하게 或出或滅하는대 쓰첫다. 이러한 作品上의 傾向은 資本主義社會의 混亂된 諸 秩序 突起함즉 보이는 諸 現象이 불꽃에 튀여올르는 矛盾의 심지를 들고 白晝大道 우에 惑起하는 것을 고대로 象徵해낸 것과 갓다. 그러하고 프롤레타리아 作家로서 새로 쮜어나오는 사람들 中에는 意識을 戰取함즉 한 여러 가지 作品上의 傾向을 發見할 수 업는 것은 아니엇다. 다만 遺憾으로 생각되는 것은 無産階級의 觀點에 서서 하는 그 反撥的 意欲의 抒情的 表現이란 것을 한 거름 더 들어서서 題材로서 取扱된 社會性으로 하야금 現段階의 明確한 客觀的 認識에 비최어 맛당히 차지할 수밧게 업는 彈力性에까지 適切한 組織을 베풀지 못하는 點이라 아니 할 수 업섯다. 이리하야 現實相의 藝術的 組織化 쏘는 具象的 機構가 極히 荒朴한 貌樣을 보여줄 뿐이엇다.

以上이 우리가 取扱한 바 創作評의 槪觀的 記述이다. 그러면 이러한 槪

評에도 不拘하고 個個의 創作은 어쩌한 것이엇든가?

×

三月號 諸 雜誌에 보이는 創作

　　　『徘徊』金東仁(大潮) 連續
　　　『甦生』全武吉(大潮)
　　　『翻弄』鄭寅喆(大潮)
　　　『交代時間』宋影(朝鮮之光) 連續)
　　　『女事務員』安夕影(大衆公論) 連續
　　　『세 食口』廉想涉(大衆公論) 連續
　　　『모던 夫婦』金永八(大衆公論)
　　　『八年間』李無影(大衆公論) 連續

以上의 創作 中 繼續物은 全部 뒷 機會로 미룰 수밧게 업다. 그러나 그 觀照的 態度에 對해서는 簡單한 評과 아울러 希望을 添加할 것이다.

『甦生』 – 全武吉(大潮)

消防手 李哲이는 그의 넉넉지 못한 生活에도 不拘하고 小說家 되기를 目標로 하야 五年間이란 긴 歲月을 두고 長篇小說『甦生』을 썻다. 그리하야 M新聞社의 一千圓懸賞長篇小設에 應募하얏스나 無責任한 新聞社에서는 發表할 時期에 發表치 안흘 쑨에 끄치지 아니 하고 結局은 應募小說까지 흐지부지해버리고 말엇다.

李哲이는 每日 電話로 數三次 督促해 보앗스나 아모 所用이 업슴을 알게 되매 人生을 悲觀하기 始作하얏고, 그러한 悲觀의 程度가 기퍼가면 갈스록 M新聞社를 미워하얏다. 이리하야 桂洞에 사는 春崗이라는 文士의 집에 불이 난 것을 幾會로 불 쓰러 갓다가 그 집 광속에서 『甦生』을 發見하고서 시뻘건 불 속으로 뛰어들어가서 끄집어 내기는 햇스나, 李哲이는 不幸히

S病院 五號室에 收容될 수밧게 업는 火傷을 當하고 말엇다.

그런데 이러한 電話가 M新聞社까지 알게 되어서 卽是『甦生』을 가저다가 보매 果然 傑作인지라 當選의 發表를 하얏다. 쌔마츰 看護婦 方氏와 엿지 안흔 關係에 잇섯슴으로 李哲이와 方 看護婦는 當選의 新聞을 보면서 마조 그 무엇을 쌔라드린다는 것이 이 作의 스토리다. 세 齣로 된 이 作品은 첫 齣에서『新聞社』, 둘재 齣에서『消防手 李哲』의 生活, 셋재 齣에서『病院』을 取扱하얏다. 그런데 主題『甦生』이란 것은 主人公 李哲이가 小說家로서의 出發에까지 經驗할 수밧게 업섯든『文學靑年』的 受難에서의 甦生을 意味한다. 그러나 主人公『李哲』이가 무슨 싸닭으로 그러케도『小說家』라는 데다가 크나큰 價値를 賦與할 수밧게 업섯는지? 그리고 쏘『小說家』란 것이 이 作者 보기에는 朝鮮의 現情勢에 잇서 어쩌한 役割을 演하는 役者인지 그러한 觀察이란 것이 업다. 그리하야 다만 文學靑年 李哲이란 主人公이 新聞社의 無責任한 行動으로 말미암아 影響바덧든 바 絶望的 雰圍氣로부터 쩌나서 當選의 榮冠을 獲得하는 것이 크나큰『甦生』으로 觀照되고 말엇다.

그러나 小說家的 甦生이란 것이 우리의 運動의 當面한 바 現情勢에서 살펴 어쩌한 一翼的 任務를 차지할 수밧게 업는가 하는 正當한 價値 判斷을 主人公 李哲로 하야금 힘쓰게크름 못한 것은 퍽 아수한 일이다. 더욱 實際 運動과 文藝運動에까지 問題를 昇揭시키어 取扱하얏든들 훨신 조흔 作品이 되엇슬 것이다. 全體的으로 이러한 缺點이 잇슴으로 作者는 가장『甦生』으로 보이는 事件인지 몰르나, 우리 보기에는 甦生도 아모 것도 아니다. 우리는 오히려 主人公이 小說家的 上層運動에서 좀더 實際的인 下層運動으로 나아가는 그러한 楔機를 이러한 小說 題材 속에서 發見하얏스면 하는 期待까지도 가지게 된다. 이러한 곳에 좀더 우렁찬『甦生』의 깃발이 펄럭이는 것이 아닐가!

部分에 들어가서 春崗이란 文士가 어째서 考査의 勞를 달가워 안핫는지? 그의 生活解剖로 말미암아 그 原因까지 들추워냇스면, 쏘는 新聞社를 다만 無責任하다고서 主人公으로 하야금 咀呪케만 할 것이 아니라 그 無責任을 타고 들어가서 朝鮮에서의 新聞社와 經營 狀況에까지 分析하얏든들, 그리고 方 看護婦와 李 消防手와의 달콤한 場面을 좀더 重大한 前衛的 任務와 關連식혀서 連結식혓든들, 그리고 主人公의 職業인 消防手에 對한 李哲의 態度와 밋 그 社會的 機能을 正當히 省察케 하얏든들, 이 作品은 이러한 題材로서의 相當한 大衆性을 그리하야 歷史的 重要性을 獲得할 수가 잇섯슬 것이다. 筆致는 그리 서투르지는 안흐나 間間 사투리가 만하서 맥그럽게 돌아가지 안는 곳이 적지 안타. 세 鮑가 調和되지를 못하고 마치 一幕 三場物의 戲曲가타서 小說로서는 훨신 整齊되지 안하서는 아니 될 것이다. 誤植이 여간 만치가 안하서 讀者로 하야금 眞意를 차저내기가 거북한 곳이 적지 안타. 長篇과는 달러서 短篇小說에 잇서서는 『테마―』를 이저버릴랴 말고 얼마쯤 集中的 表現을, 그리하야 그 테마―를 가장 效果的으로 살리는대 勞力하지 안하서는 아니 될 것이다. 그런데 朝鮮에서는 長篇作家들이 短篇을 쓰되 마치 長篇小說의 한 토막 비섯한 것을 그대로 發表하고서는 創作이란 이름을 부처서 活字化하는 일이 적지 안타. 읽고 나면 作者의 意圖가 朦朧할 뿐만 아니라 散漫하기가 그지 업는 것은 大概가 大家然하는 長篇小說家의 손에서 된 短篇들이다. 그런데 이 作者의 『甦生』은 그러케까지는 甚하지 안흐나 亦是 短篇으로서는 成功되지 못하얏다고 보는 것이 事實에 갓가웁다. 意識 把握에 힘씀으로 말미암아 確乎한 觀照的 基準을 가지도록 힘쓰는 同時에 그 基準에 비최어 取扱하게 되는 事件의 具象的 藝術化에 잇서 事件의 取捨와 竝列 展開에 整齊的 效果를 엇도록 勞力하기를 付託해 둔다.

『모던 夫婦』 ― 金永八 (大衆公論)

모던式 性的 生活의 自由롭다느니보담 放縱한 것을 斷的으로 집어내는 대에 이 短篇의 意圖가 잇는 모양이다. 이야기 줄은 結婚한 지 석달밧게 못 되는 정애와 그의 남편은 집에서는 시침이를 쑥 쎄고 키쓰다 抱擁이다를 하면서도, 남편되는 자는 산옥이라는 妓生에게 반해서 도라다니며 정애는 상근이라는 사나희와 역시 사랑을 속삭이고 잇섯다. 그런데 하루는 키네마 求景터에서 이 두 구미의 表裏不同한 性的 生活이란 것이 暴露는 되지 안흐나 제 各其 危懼心에 얼굴이 빨개진다는 것이다. ABC의 세 토막으로 된 콘트 形式의 短篇인 모양인데, 우리로서는 感服되는 點을 發見하기가 極히 어렵다. 新感覺的일랴거든 좀더 날카로워야 할 것인데 그러치 못한대도 毋論 不滿이 업는 것은 아니지만, 根本問題는 모던式 夫婦生活 乃至 그의 性的 奔放相이라는 것이 都大體 資本主義 社會에서 發生될 수밧게 업는 그 어쩌한 具象的 基礎를 쓰집어 내지를 못한다. 그럼으로 쏘한 이러한 性的 無政府 狀態가 假面들을 뒤집어 쓰고 어쩌한 社會的 作用을 하고 잇는지 그에 對한 適切한 認識을 베풀지도 못하는 것이다. 그리하야 우리 보기에는 所與된 事件의 껍대기만 그것도 퍽 距離가 먼 곳에서 치어다보는데 不過햇슴으로 彈力味를 늣기게 하지도 못한다. 作者는 모던 夫婦의 性的 奔放相을 그 生活의 依據하는 社會關係에쌔지 關連시켜서 把握하는 同時에 直接 生産部門에 就役하는 性的 飢餓의 一群과 對立시켜서 組織하얏든들 훨신 大衆性을 獲得하는 作品을 이룰 수 잇섯슬 것이다. 萬一에 거기쌔지는 미치지 못한다 하드라도 封建 道德을 基調한 夫婦相과라도 對立시켜서 適切한 社會的 觀點에 비쳐어 取扱할 수가 잇섯든들 보담 나앗슬 것을. 要컨댄 『新春創作評』에서도 말햇거니와 이 作者의 意識은 넘우나 素朴하다. 그럼으로 쏘한 所與된 題材의 文藝的 組織化에 잇서서도 未熟의 圈을 버서날 수가 업다. 每樣 小小한 拙作을 亂發하는 것은 크게 反省하지 안하서는 아니 될 것이다. 우리는 조흔 作品을 推薦하는데 잇서 決코 吝嗇한 者가 아니다. 그러나 感服할 수 업는 拙作을 稱頌하야써 一種의 文藝的 虛榮心을 붓도듬과 가튼 일은 愼重히 避하기를 마지 안는다. 그럼으로 우리는 이 作者에게 좀더 自重하는 態度를 일치 말라 勸告하는 것이니, 한 篇의 創作이나마 俊秀한 것을 生産해주기를 期待하야 둔다.

『翻弄』鄭寅哲(大潮)

美人이오 쏘한 肉感的인 朴召史의 딸 점순이는 性的 好奇心 ─ 一種의 虛榮心으로 가득한 結婚觀을 가젓섯다. 그리하야 비단옷 금비녀 금반지 이러한 것으로서 結婚의 가장 滋味스럽고 幸福스런 象徵이라 녀겻든 것이다. 仲媒 어미가 왓다갓다 하드니만 婚約이 成立되고 금비녀와 금반지는 예장물품 中에 『追送品』으로 한 자락을 차지하얏기 째문에 新郞된 洪某는 매우 점순이의 好感을 사고 말엇다. 이리하야 洪某는 每日 들락날락하는 동안에 어느듯 점순이와는 한 방 안에서 밤을 새우게까지 되고 結局 豫期 하얏든 그 行動까지 別難 업시 즐기고 말엇든 것이다. 그리다가 제 欲望 을 滿足시킬 대로 滿足시키고 난 洪哥는 平壤 단녀온다는 一種의 『口實』을 最後로 남기고서 踪跡을 감추워 버럿다. 짤해서 금반지와 금비녀도 永遠 히 점순이의 것이 되지 못하고 『翻弄』만 當하고 말엇다는 것이 이 作品의 이야기 줄이다. 처음부터 꼿까지 平平淡雅한 客觀的 描寫로 一貫하얏다. 作者의 意圖가 어디에 잇는지 疑心스러울 만티 千篇一律的 描寫, 洪哥의 行 動을 미워하는 것도 아니오, 그러냐 하면 점순이의 行動을 글르게 取扱하 는 것도 아니다. 平平한 情緖가 事實에 쏠처 記述되어갈 쑨 우리는 決코 所與된 客觀的 現實을 取扱함에 잇서 小主觀으로서의 歪曲을 힘쓰라는 것 이 아니지만은, 우리의 確乎한 觀點에 서서 所與된 題材를 組織하지 안하 서는 아니 된다고 한다. 그럼으로 일부러 興味的 粉飾을 힘쓸 必要는 毌論 업는 것이지만, 우리의 階級的 觀點에 서서 하는 그 題材의 藝術的 組織에 잇서서는 無産階級的 民族意識으로서의 가장 强力的 表現 ─大膽한 階級的 主觀의 叫喚이 업서서는 아니 된다. 그러컨만 이 作品에는 個人主義的 觀 點에 서서 점순이라는 肉感的 女性의 生物的 本能 ─性格에다가 描寫的 中 心을 두엇슬 쑨으로 階級的 觀點에는 近處에도 이르지 못하얏고, 模糊하나 마 社會的 觀點을 일치 안는 社會的 正義의 立場에도 다다르지를 못하얏 다. 이리하야 리알이쯤의 系統으로서 보드라도 小市民的 리알이즘조라,

하프트만, 쏘스도이엡스키의 流行 以前 프로벨, 모쌋산 流의 쑤르죠아 리알이즘에 보담 近似性을 가젓다 할 수 잇다. 우리는 蹂躪된 個性의 尊嚴을 부르짓는대 가장 効果的인 性格的 描寫쁜에 머믈르지를 말고 한 거름 더 들어가서 漠然하나마 社會的 正義에 呼訴하는 作品을 보담 낫게 보는 것은 事實이지만, 그에서도 한 거럼 더 들어가서 階級的 觀點에서 하는 明瞭한 意識의 燃燒를, 그리하야 우리 民衆에게 能動할 수 있는 情感的 組織體로서 歷史的 重要性을 차지할 수 잇슴으로 말미암아 大衆的 條件을 가출 수 잇는 作品을 要求하야 마지 안는다. 그럼으로 쌀하서 우리는 單純한 翻弄的 事實의 記述的 描寫에 끄치고 隱然裡에 主人公『점순』이의 性格에다가 그 被弄的 原因을 돌린 이 作品을 失敗의 作이라고 宣言할 수밧게 업다. 그리고 이와 가티 皮相的 描寫에 墮落하고 말은 原因은 作者가 取扱하게 된 事實을 階級的 觀點에 서서 正當히 認識할 수가 업섯슴으로, 드듸어 正當한 藝術的 組織을 實踐할 수가 업섯든 것이다. 要컨대 作者의 意識은 問題하기가 어려울 만티 素朴하고 쏘한 個人主義的이다. 휠신 이 方面에 勞力하지 안하서는 아니 될 것이다. 新進作家는 渴望하는 偉大한 未來를 展開될 수밧게 업는 現在 속에서 가장 굿세게 組織하는 技術者이어야 할 것이다. 더욱 精進하기만 付託해 둔다.

『女事務員』—安夕影 (大衆公論)

連續物이다. 옥경이라는 女事務員이 젊은 色魔社長에게 情操 蹂躪을 當하얏다. 同時에 免職辭令狀을 밧는 데서 머젓다. 이러한 題材와 이야기는 朝鮮에 잇서서는 퍽 平凡한 것이다. 獨鵑의『淨化』에도 그 비슷한 대목이 잇고 쏘 그보담도 먼저 發表된 新聞小說에도 亦是 비슷비슷한 所謂 色魔社長—女事務員—情操 蹂躪 等의 이야기 줄이 적지 안햇고, 短篇小說에 잇서서도 第一 흔한 題材를 取扱하얏다는 것이 決코 조치 못하다는 것도 아니오, 더욱 敬信하다는 것도 아니다. 다만 問題는 藝術的 組織에 잇서 取한 바 觀照의 態度라는 것이 이러한 題材의 이야기 줄의 作品으로는 맛당히 차지해야 할 大衆性을 獲得할 수가 잇섯느냐? 하는 곳에 잇다. 卽 朝鮮의 作家로서 藝術的 認識을 일치 안코 所與된 題材를 藝術的으로 組織할 수가 잇섯느냐? 하는 것이 問題다. 三月號에 發表된 部分만으로는 別로 이러타구 感服되는 點이 업다. 그러나 『섹세인코』 보담은 그 筆致에 잇서서나 整齊시키어가는 技術에 잇서서나 一步의 進就를 보여주는 것은 반가운 일이다.

『세 食口』 —廉想涉 (大衆公論)

亦是 連續物이다. 다음 號로서 씃을 막겟다는 것을 보니 短篇인 모양인데 發表된 것만으로는 作者의 意圖를 차저내기가 甚히 어렵다. 身邊雜記 비슷한 잔소리로 一貫되어 잇다. 이 作者는 長篇小說에 잇서서도 잔소리 싸위 事件이 進展되지 안코 언제까지든지 한 군대서 뱅뱅 도는 것이 例事이다. 그런데 이 『세 食口』에 잇서서도 亦是 그러한 傾向이 보인다. 長篇의 한 토막으로서는 그도 몰을 일이나 短篇小說로서는 훨신 組織的 技能에 잇서 努力하지 안하서는 아니 될 것이다. 作者의 筆致는 좀더 무게 잇는 연장으로서 活用되어야 할 것인데 素朴한 取材 關係로 每樣 小少한 이야기 줄에다가 잔소리 萬能으로 事件을 쓰을고 나감즉한 作品만 보여주는 것은 퍽 아수한 일이다. 短篇이면 그만치 테마도 確實해야 할 것이오, 線의 起伏도 『템포』가 連한 만치 쏘렷이 나타나야 할 것이다. 더욱 短篇의 前半일진댄 前半으로서 可히 取할 만한 全幅性的 品貌의 示現이 잇서야 할 것이다. 그러나 『세 食口』에서는 그것을 차저낼 수가 업다. 要컨댄 이 作者는 그 意圖에 잇서 『行詰り』에 當面하얏다. 짤하서 意識 轉換으로 말미암아 새로운 觀點에 立脚하기 前에는 이러한 一時 糊塗的 作品에서 버서나기는 極히 어렵게 보인다. 意識 轉換에 努力하라. 그리하야 確乎한 觀照的 基準을 把握하라. 이것저것 얼마든지 羅列해가기만 하고 適切한 組織이 업

슬진댄 虛荒한 人間의 勞力을 거듭 할 뿐일 것이다.

『交代時間』—宋影 (朝鮮之光)

鑛山勞動者들의 爭議 —日本人 鑛夫와 朝鮮人 鑛夫의 爭議를 取扱한 短篇으로 아즉 끗나지 안핫다. 作者의 意圖는 固陋한 民族意識으로 因한 無理한 爭議가 勞動階級에 잇서 조치 못한 禍根일 뿐만 아니라 그 根本的 誘因이 鑛主 團結의 政策的 協議에 잇다는 것을, 그리하야 勞動階級의 一致한 步調를 허물고 잇다는 것을 쓰집어 내는 同時에 드듸어는 그들의 階級意識으로서의 握手에싸지 事件을 展開시킨 듯한 氣味를 가지게 한다. 作者의 意圖는 퍽 조타고 본다. 그러나 모든 勞動條件에 잇서 不利益한 位置에 處한 朝鮮人 勞動者와 모든 方面에 有利한 條件을 享有하고 잇는 日本人 勞動者와가 利害의 一致라느니보담 그 解放戰線의 重要한 任務 앞에서 果然 『인텔리』들이 생각하고 잇는 것과 가티 그리도 쉽게 合力될 수가 잇슬가? 毋論 어쩌한 條件에도 不拘하고 그 運動性的 要求를 果敢히 實踐함에는 合力시켜야 할 것이다. 그러나 現實에 잇서 合力되기 어려운 物質的 條件이 橫在하야 障碍하고 잇는 形便 알에 잇서서는 우리는 먼저 그 物質的 條件을 업시 함에 努力함으로 말미암아 더욱 合力的 誘因을 現實的으로 맨들어 내는데 그르침이 잇서서는 아니 될 것이다.

가튼 勞働時間인데도 一圓八十錢과 一圓三十錢, 그 우에다가 昇降機의 昇下로부터 其他 모든 日常 勞役部 內에 잇서 差別을 밧고 잇는데도 不拘하고 —卽 이러한 合力되기 어려운 物質的 關係가 伏在해 잇슴에도 不拘하고 그 非合力的 條件을 업시기 위하야 먼저 彼此가 勞力하려고는 아니 하고서 單純히 鑛山 幹部側의 離間策이라고 說教함으로 말미암아 果然 투쟁의 一致步調를 두고 容易히 合力될 수가 잇슬가? 우리는 구태어 民族的이니 아니니 하는 文句를 쓰지 안코서라도 이러한 經濟的 不平等 關係에 잇서 보담 低弱한 地位에 處해 잇는 勞働者層과 有利한 條件下에 잇는 勞働

者層과는 가틀 수 업는 生活感情에 馴致될 수밧게 업는 事實을 看過하야서는 아니 될 것이니, 萬一에 이러한 經濟的 不平等 關係의 依據하는 原因이 地方的 差異에 잇고 그 地方的 差異라는 것, 單純한 地方的 差異가 아니라 갓지 아니한 民族으로서 分野되어 잇는 差異에 잇는 것이 明確한 事實일진댄 如上의 벌어저나갈 수밧게 업는 感情을 呼稱하야 民族的 感情이라고 할 수가 잇슬 것이다. 그리고 이러한 民族的 感情은 그의 依據하는 바 物實的 基礎가 살아지기 前에는 손쉽게 그 民族的 不平等意識을 넘어서 階級意識으로서의 合力이라는 것이 容易할 것이 아니니, 말하자면 가튼 勞働時間에 밧는 바 賃金이 倭種이든 鮮種이든지 間에 一圓八十錢이오 其他 待遇에 잇서서도 平等인 點에 이를어서야 비롯오 늣기게 되는 彼此 共通의 勞役階級的 鬪爭이란 것이 그야말로 民族意識을 넘고서 現實的 技能을 發揮할 수 잇게 될 것이란 말이다. 그럼으로 『合力』해야 된다는 것은 毋論 우리에게 잇서서는 가장 普遍化한 公式이다. 그러나 그 合力的 實踐을 어쩌케 現實化시키겟느냐 하는 곳에 우리는 深重히 留意할 必要가 잇다. 宋影 君의 이 作品은 그 題材에 잇서서나 組織해 나가는 技能에 잇서서나 三月 創作 中에 第一 쮜어난다. 우리는 宋影 君의 輕忽한 論評으로 말미암아 憤慨한 일이 잇서거니와, 그까짓 것이 무엇이랴. 以上에 陳開한 우리의 評言을 留意할 수가 잇슬진댄 한層 勞力을 傾注하야써 이러한 題材로서 맛당히 차지해야 할 大衆性을 獲得해주기를 期待한다.

×

이 外에 김동인의 『徘徊』는 우리의 가장 注意하고 잇는 制作의 하나로서 좀더 事件의 進展을 기다려 붓을 들겟다. 李無影의 『八年間』은 그의 題材에 잇서 쯔는 技術에 잇서 將來를 囑望케 한다. 우리는 有爲한 新進作家로서 다른 機會를 타서 다시 붓을 들기로 한다. 三月의 創作界는 要컨댄 그 質로나 量으로나 여간 貧弱한 배가 아니다. 所謂 大家라는 사람들은 低徊의 圈을 벗어날 수 업는 拙作을 公公然히 發表하는가 하면 將來를 可히 건울만한 新進은 썩썩 나서지를 안코 一種의 姑息的 雰圍氣 속에 沈滯되어 잇다. 이러한 沈滯된 空氣 속에서 흐지부지 沒落하고 말는지, 쏘는 凄然히 소래치며 劃時期的 制作을 들고 나올는지, 이는 오로지 우리 作家 諸卿의 今後 活動 如何에 달렷다. 우리는 다만 作家 諸卿의 꾸준한 奮鬪만 付託하야 마지 안는다. 먼저 말한 것과 가티 詩評은 別로히 쓸 수밧게 업시 되엇다. (꿋)

··· ≪東亞日報≫(1930. 3. 26~30, 4. 1), 6회 연재

三月詩壇槪評

여기에서 筆者는 主로 三月號 雜誌에 실닌 詩篇을 取扱하겟다.

요번 詩評은 아모조록 簡單한 形式을 取할 것이다. 이것은 決코 評者가 怠慢해서 그런 것이 아니라 못조록 要領的이려는 努力에서 나온 것이다. 意識把握 問題는 恒常 우리 評이 中心이거니와 그러타고 詩的 技能을 無視하는 것이 아님은 毋論이다. 大槪 取扱하게 되는 詩篇은 다음과 갓다.

『洋襪 속의 片紙』―林和(朝鮮之光)

『이 날도 안저서 기다려ㅅ볼가』―金尙鎔(朝鮮之光)

『가랴거던 가거라』―權煥(朝鮮之光)

『停止한 機械』―權煥(朝鮮之光)

『혼자 부른 노래』―千大一(朝鮮之光)

『歲月과 함씌 철은 들거니』―金岸曙(大潮)

『낙그질』―金岸曙(大衆公論)

『太陽을 등진 무리』―金大駿(大衆公論)

『天禍』―金炳昊(大衆公論)

『鬱悒』―宋順鎰(大潮)

『貧苦』―劉道順(大衆公論)

『窒息된 生活을 揚棄하라』―吳눈님(大衆公論)

『나는 靑春을 우노라』―柳雲卿(大衆公論)

『機械가튼 사나히』―李燦(大衆公論)

『님』—宋鴻國(大衆公論)

『洋襪 속의 片紙』—林和(朝鮮之光)

푸로레타리아 前衛의 生活斷相을 敍事詩的으로 노래하얏다. 이 詩人의 것으로 平凡한 것에 屬할 것이다. 그러나 한 거름도 退却하지 말자는 前衛熱, 『황소가티 샛대고 나아가자』는 외어침은 實로 貴重한 소래다. 다음의 한 句節을 읽어 보라. 얼마나 丈夫다운 氣槪가 보히느냐.

> 그러나 모두들 다—산아히자식들이다.
> 언제나 우리는 말하자 안엇니
> 너만이늙은어메나 아베를가진게아니고
> 나만이 사랑하는게집을 가진게아니라고
>
> 어메아베가다무에냐 게집자식이다무에냐

그러나 넘어나 平面的이다. 敍事詩的 表現 技能에 잇서서도 巴人과 林和氏를 比肩해 본다면 이러한 늣김은 누구나 發見할 수가 잇는 것이지만, 巴人이 보담 起伏的이요 立體的인데 反하야 林和는 보담 平面的이다. 그러나 林和의 詩가 讀者로 하야금 버리지 못하게 하는 것은 毋論 그 內容에 잇는 것이지만, 쏘한 그 表現形式에 잇서 第二稱의 呼訴形式을 取한 것과 斷想 斷想 사이의 呼吸의 弛緩으로 말마암아 敍事詩的 單調를 깨트는 点에도 잇다 할 것이다. 우리는 좀더 이 詩人이 表現技術에 留意하야써 보담 큰 大衆的 效果를 獲得하도록 努力하기만 付托해 둔다.

『가랴거던 가거라』『停止한 機械』—權煥(朝鮮之光)

『가랴거던 가거라』는 小쌕르조아지에 對한 猛烈한 憎惡 咀呪로서 一貫

되엇다. 너의 집 안방 구석으로 녀편네 무릅 위로 沒落의 陷穽 속으로 가
랴거든 가거라는 것이 이 詩의 構想이다. 想은 大端 조타. 歷史的 重要性을
차지할 수 잇는 貴重한 部類의 것이다. 그러나 넘어나 槪念的이다. 「쌍르
조아지들아」, 「이놈들」 하든 時代의 푸롤레타詩歌를 聯想 아니 할 수 업
다. 한 篇의 詩로서 大衆的 存在를 維持하기 爲하야서는 좀더 藝術的 指標
에 忠實히 그 具象的 組織을 힘쓰지 안어서는 아니 된다. 뿐만 아니라 「쌍
르조아의 庶子息 푸롤레타리아의 敵인 小쌍르조아지들아」 이러한 斷定을
나리기까지에는 좀더 具象的으로 쌍르조아와 小쌍르, 그리고 푸롤레타리
아와의 關係를 집어내지 안어서는 아니 된다. 要컨대 이 詩人은 좀더 槪念
의 圈에서 버서나서 具象的 表現을 힘써야 할 것이다. 『停止한 機械』는
『가랴거던 가거라』보담은 좀 나앗다. 그러나 조흔 想에 適切한 形式을 가
초지 못한 嘆은 亦是 달를 것이 업다. 그럼으로 좀더 굿세게 讀者의 가슴
을 허빌 詩的 效果를 일허버럿다. 훨신 詩形에 잇서 整齊되어야 할 것이
다. 이 詩篇 中 가장 나흔 두 聯을 引用해 보자.

機械가 쉰다
우리손이 팔장을 끼니
돌아가던 數千機械도 命令대로一齊히쉰다.
偉大도하다 우리의力!

왜 너들은 못돌니나
낡은명주가티 풀죽은
白照가티 하―얀
고기기름이 쩌러지는그손으로는
돌니지못하겟늬?

　말솜씨에 어색한 곳이 여간 만치 안타. 『너들은』 아마 『너희들은』으로
쓰힌 모양이다. 詩人으로서 一家를 形成하기에는 아즉도 相當한 努力을 싸
아야 할 것이다. 精進하기를 付托해 둔다.

『이 날도 안저서 기다려 볼ㅅ가』 —金尙鎔(朝鮮之光)

이 作者의 詩로서는 成功한 作에 屬한다. 三聯으로 된 抒情詩에 담긴 苦待感… 그리 쒸어나는 詩想은 아닌대도 均齊된 形式은 휠신 힘세게 讀者의 가슴을 움즉일 수 잇섯다.

> 골작이로붉은물나려만오면
> 다썩은저개쑥이터질듯도하다만은
> 번갯불아즉도뵈지안으니
> 이날도안저서긔다려볼ㅅ가

結句로 된 『이 날도 안저서 기다려 볼ㅅ가』는 넘어나 平凡하다. 좀더 暗示에 豐富한 結句엇스면 한다.

『혼자 부른 노래』 —千大一(朝鮮之光)

石川啄木의 三行詩를 聯想케 할 쑨만 아니라 그 詩想까지도 비슷한 대목을 보혀준다. 말솜씨에 보잘 것이 잇다. 그러나 그 詩想에다 朝鮮사람다운 苦悶과 希望을 담을 수가 업느냐?

『歲月과 함끠 철은 들거니』 —金岸曙(大潮)
『낙그질』 —金岸曙(大衆公論)

『낙그질』은 이 詩人의 作品 中에서도 水準 以下의 駄作이다. 實업시 게집애들을 낙글나 말고 東海바다에 가서 고기나 낙가보라는 것이니, 고기에게는 쪠워야 밋기밧게는 업스나 게집애들에게는 쪠우면 설어서 울게됨으로 그럿타는 말이다. 每樣 七五調 쏘는 그의 變形의 八五나 八六으로서 千篇一律的으로서 써나리는 音調에 우리는 別로 아모 感銘도 바들 수 업다.『歲月과 함끽 철은 들거니』는 이 作者의 詩篇 中에서는 그 所謂 單調한 七五調로서의 整形이나마 成功의 域에 達한 것이라 본다. 그러나 例의 岸曙式 哀傷의 曲이니 그 속에서 무엇을 차저낼 수가 잇스랴. 第二聯을 읇허보자.

> 무엇에다 比길고 나의그대를
> 새캄할새 밤하늘 소낙이촬촬
> 진흙물에 도는맘 方向물을제
> 반갑고나, 밝은달 나를비최네

岸曙는 朝鮮에 잇서, 自由詩를 開拓한 功勞者의 한 사람이엇다. 過法에 잇서 그는 七五調나 五七調 制限된 詩形에 對하야 斷然 反對한 그러한 勇壯한 新詩人이엇다. 그 後에 飜譯味에서 解脫된 詩作을 힘씀에 이르러 우리는 그의 新機運을 意味잇게 보앗스며 쏘한 詩形 整齊에 對한 그의 努力을 壯하다 하엿다. 그러나 其後의 岸曙의 傾向은 果然 엇더하얏던가? 每樣 七五調 쏘는 五七調式의 비슷비슷한 哀傷 —그 哀傷도 決코 짜갑지도 쓰겁지도 못하다 —을 反覆하야 갈 쑨 새로운 發展을 차저낼 수 업슴은 毋論이거니와 오히려 自由詩 以前으로 復古한 듯한 —그만티 隋落(*墮落)하고 말엇다. 우리는 岸曙의 朝鮮詩壇에 잇서서의 過法의 功蹟을 決코 無視하는 것이 아니다. 그러나 過法에 如何한 功蹟이 잇섯다 할지라도 現在에 잇서 隋落(*墮落)된 傾向은 率直하게 指摘 하니(*아니) 할 수 업는 것이다. 우리는 이러한 그 指摘만에서 岸曙에게 새로운 省察을 要求하여야 하며 그럼으로만이 岸曙의 새로운 發展을 期할 수 잇서야 하고, 그 가온대 잇서서 쏘한 우리 評論家는 우리의 使命을 다할 수가 잇서야 한다. 그러컨만 岸曙는 每樣 우리의 評에 대하야 自己의 存在를 無視한다고 抗議하는 것은 公私를 混同한 것으로 우리의 가장 遺憾으로 생각하는 바이다. 요번 이 두 篇 詩에 담긴 內容 亦是 우리의 感心할 수 업슴은 毋論 意識把握으로부터 새로운 努力을 쌋치 안어서는 이 詩人의 將來의 發展은 거위 絶望이라 아니 할 수 업는 것이다. 東亞紙에 실닌 『花譜』라는 것을 보라. 無名詩人의 詩篇에 比해서도 오히려 얼마나 感心할 수 업는 駄作이 만흔가를.

『太陽을 등진 무리』—金大駿(大衆公論)

이 詩人의 作品으로서는 成功된 作이다. 前月의 詩篇보담 詩的 技能에 잇서서 훨신 웃질 가는 作이다. 말솜씨도 퍽 洗鍊되엇다. 太陽을 등진 무리의 生活相을 斷的이 아니라 敍事詩的으로 機構해 갓다. 別로 無理한 곳이 업다. 우리는 이 詩篇 속에서 우리 自身의 現實相을 고요히 省察하지 안어서는 아니 된다. 그리고 우리의 暗路에서까지 다시 생각지 안을 수 업슬 것이다. 그러나 여기에는 그것이 暗示되지를 못햇다. 긔왕 敍事詩的 傾向을 씌웠거던 그에까지도 暗示하고자 努力했던들 더 훌륭한 詩篇이 되엇슬 것을 아수한 일이다. 그러나 三月詩篇 中에 佳作의 部類에 屬할 것임은 毋論이다. 수(＊우)리는 그의 첫 聯과 끗 聯을 引用하야 이 詩人의 소래 들 듯자.

볏내도못쏘이는 우중충한 空氣ㅅ속에서
날이맛도록 입다문채 움죽이는 팔, 다리, 눈
한길가티 돌아가는시컴은機械처럼
음즉일쌴이다 어제와가티 오늘도 쏘래일도
모래도……
◇
오오, 저들은 太陽을등진무리—
나즌 볏내업은 우중충한 空氣ㅅ속에서
밤은 찬 숨ㅅ결흘으는 고닯흔 꿈쏘각속에서
이러케 저들은 오늘의世紀에서 太陽을등저버렷구나!

그러나 여기에서 또 한 가지 不滿을 말한다면, 이 詩人의 用語에 舊詩篇 詩語의 反覆이 흔하다. 그럼으로 이 詩人의 詩를 자조 對하는 사람은 淸新

味를 늣기지 못하는 것이다. 이것은 詩의 一種의 概念化的 隋(*墮)落에 誘
導하는 第一步로서 크게 注意하지 안어서는 아니 된다. 詩는 恒常 生活의
具象的 組織에서의 表現이어야 한다. 그러한 限에 잇서서 生活의 새로운
組織的 表現에 要求되는 연장으로서의 詩語는 生活의 具象化을 가장 適切
하는 것일 수밧게 업고, 그러할랴면 새로운 題材에서는 必然的으로 새로
운 詩語가 驅使되어야 할 것이다. 여기에 말하는 새로운 詩語의 驅使라는
것은 毋論 그의 새로운 組織을 말하는 것이니, 恒常 新語를 創造하여야 한
다는 뜻이 안닌 것은 誤解해서는 아니 될 것이다. 말하자면 좀더 具象的
表現을 希望하는 것이다.

『天禍』─金炳昊(大衆公論)

作者는 『一九二九年의 엇던 農夫의 生存記의 한 토막으로』라는 註를 달
엇다. 이 作者 自身이 『生存記의 한 토막』이라고 한 것은 正當하다. 그러
나 詩로서 容許하기는 어렵다. 想만은 決코 조치 못한 것이 아니다. 그러
나 所與된 內容이란 것은 藝術的으로 組織하는 대 잇서 完全히 失敗하얏
다. 韻律, 階(*'諧'의 오식)調, 整齊 等, 그 어느 方面으로 보던지 詩로서의
形成을 首肯할 수가 업다. 그럼으로 이러한 內容으로서 讀者에게 주어야
할 詩的 機能이란 것이 조곰도 效果를 나타내지 못하얏다. 여기에는 이 作
者가 그 內容을 살니는대 宜當한 感激을 일흔 点에도 그 原因의 한 가닥이
잇지만은 詩的 技能에 잇서 未熟한 것이 더 큰 動機라고 볼 수 잇다. 『루
나촬스키』는 그의 『맑스主義文藝批評에 關한 테─재』 第九鮑에서 이러케
말하얏다. 『形式은 가장 그 內容에 照應하야 그에게 굿센 表現力을 주고
그 作品이 作用할 讀者層에 對하야 가장 굿센 影響을 줄 수 잇는 可能性을
保證하지 안어서는 아니 된다』. 여기에 빗최워 말한다면, 이 作品은 그 內
容에 照應하야 굿센 表現力을 줄 수가 업섯고 그럼으로 딸하서 讀者層에
주워야 할 가장 굿센 影響을 保證할 수가 업섯단 말이다. 넘어나 散文的이

다. 自由詩로서 가져야 할 內在律이란 것을 늣길 수 업다. 呼吸이 弛緩된 채로 얼마던지 低廻하고만 잇다. 要컨댄 이 作者는 좀더 詩道에 精進하지 안어서는 아니 된다. 조흔 構想을 헛되히 죽이는 것은 아수한 일이다.

『貧苦』―劉道順(大衆公論)

일터를 일코 貧苦에 헤매는 사나이의 哀想曲이다. 말솜시 고운 것이 먼저 눈에 씌운다. 그러나 그 情境의 넘어나 애닯음에 反하야 그 表現의 微弱함, 그 意識의 單純함은 詩想을 그만 굿세게 살이지를 못햇다. 그럼에도 不拘하고 버리지 못하게 하는 것은 率直한 直感이 가장 單純하게 表現된 까닭이다.

> 두끼나여윈 한가족의에츠런 목숨이
> 오늘도 줄여서 살어야 하는가
> 파리한 안해의얼골 우는쌀의모양
> 방울방울 눈물비치는 두눈에는
> 돌도쩍갓해 품속에 주어싸고십내

『새날에 새 힘에 살기 위하야』『허울 벗고 줄이고 등불도 업는 방』에서 잠자고 꿈쒸고 모든 것 닛고 자자고 한 그의 마즈막 聯을 世紀末的 詩歌에 比하야 貴重히 생각한다. 그러나 거기서 한 거름 더 나아가서 좀더 直察해야 하며 勇進해야 使命이 차저 잇지 안을가? 要컨댄 이 詩人의 意識은 넘어나 素朴하다. 좀더 敎養을 싸어 이러한 生活이 依據하는 社會의 全體性的 觀点에 서서 藝術的 組織을 힘쓸 수 잇도록 努力하지 안어서는 아니 될 것이다.

『鬱悒』 ─宋順鎰(大潮)

말하자면 이 作者의 自嘆이다.『삼십년 자란긔운 물불을 가리지만』『쏘고죽는 벌만도 못할줄야』. 이 고장에 이러한 無氣力한 嘆息을 내허 품는 靑年이 얼마나 만흘가! 그러나 이러한 嘆息을 고히 省察에까지 익글어서 굿센 意力의 燃燒에까지 밋치게 하는, 그리하야 敢勇히 나아갈 方向을 發見하게 처럼 하지 못한 것은 조흔 詩想을 헛되히 죽임즉하다. 그러나 이 作者는 이럿케 結聯을 지엇다.

열백번 굴니여도 니러서는 옷독이처럼
어느때나 니러설날 잇슬줄 내어이모루러만
이날에 벗는아픔 넘어도 분하고겨워
부르거던 팔쑥이 썰다못해 우는고녀!

이와 가티 눈물겨운 態度로서 當面한 實生活을 드러다 보고 거짓 업는 哀訴를 노려 하는 傾向이 요지음 와서 퍽 흔하다. 이것은 大端 조흔 텐댄시로 조곰이라도 非難할 것이 아니다. 외 그러냐 하면 이러한 傾向은 우리의 生活과 동이 쁜 所謂 唯美的 病含의 詩歌나 주책 업는 世紀末的 亭樂의 詩歌를 거위 直譯的으로 노래한 過去 우리 詩壇의 傾向에 對한 一種의 反動인 同時에 이러한 反動에서만이 우리의 要求하는 우렁찬 詩歌 誕生의 候件이 爛熟해가는 것을 보는 싸닭이다. 그러나 눈물겨운 生活現實의 暴露, 여기에서 우리는 이저서는 아니 된다. 우리는 그 慘憺하고도 呼訴할 길 업는 눈물의 生活이란 것을 이 社會組織의 現階段의 觀點에서 正確히 捕捉하야 藝術的으로 組織하기를 개을니 말 것이니, 그러함으로 말미암아 그 눈물과 하픔을 뚤고 우리에게 約束해 잇는 偉大한 未來 ─그 未來에의 歷史 創造의 重大한 使命을 警醒하지 안어서는 아니 될 것이다. 그리하야 不斷히 曉望하며 모든 苦痛을 勇敢히 이러한 希望과 奮鬪에 誘導하는 힘찬 불길 쏘는 ─되게 하지 안어서는 아니 된다. 그러함에는 우리는 意識 把

猩을 爲하야 相當한 敎養을 힘써야 하며 그 意識을 것처서 現實을 辨證法的으로 보는 눈을 길르지 안어서는 아니 된다. 우리는 이 作者에게 根本 態度에 잇서 이럿케 勸告하거니와 詩語를 純口語로 써서 그 詩로 하야금 보담 普遍化하는 대 障碍되지 말게 할 것 亦是 希望하는 바이다.

『雜誌에 실닌 其他 詩篇』

吳눈님의 『窒息된 生活을 揚棄하라』는 詩라고 하기에는 넘어나 思想 露出的이다. 詩의 技術에 잇서 아즉 素質을 認定하기가 어렵다. 『文學은 形象의 藝術이다. 思想의 露骨的 表明, 宣傳의 露骨的 表明은 恒常 그 作品의 失敗를 意味한다』(푸레하놉). 毋論 우리는 思想의 藝術的 組織을 拒否하는 것이 아니다. 다만 藝術的 加工의 不充分함으로 文藝作品으로서 容許할 수 업는, 思想品을 非難할 쑨이다. 『루나찰스키』의 『맑스主義 文藝批評의 任務에 關한 테—재』 第九釣에는 여기에 關한 評家의 態度가 規定되어 잇거니와 아모리 맑키시즘的 敎養의 價値가 充分하다 하더래도 詩로서 發展한 것이 詩가 될 수 업스면은 우리는 完全히 非難할 權利를 쥐는 것이다. 그럼으로 우리는 좀더 詩的 技能의 鍊磨에 努力하라고 付托할 수밧게 업다.

柳雲卿의 『나는 靑春을 우노라』는 虛無主義的 色彩가 濃厚하다. 朝鮮 靑年 처눗코 虛無的 誘惑에 넘어가는 사람들이 決코 적지 안타. 그러나 우리는 우리의 使命을 自覺하는 곳에서 完全히 이러한 魔女의 손을 쩔처버리지 안어서는 아니 된다. 別로 더 말할 必要를 늣기지 안는다. 다만 前番에도 付托햇거니와 意識 把握에 努力해야 한다.

이 外에 李燦의 『機械 가튼 사나히』는 將來 伸長할 餘地를 보혀준다. 詩道에 精進하기를 期待한다. 宋鴻國의 『님』은 抒情詩로서는 살엇다. 그러나 좀더 굿세어야 한다. 굿세어야 한다는 말은 非詩的 思想詩를 쓰라는 것이 아니라 意識 把握으로 말미암아 題材로부터 그 技術化에 이르기까지 사나희다운 氣慨를 일치 말나는 말이다.

◇

以上으로서 우리의 이 詩評은 暫詩 붓대를 던질 수밧게 업다. 이 外에
도 新聞 詩篇이 잇스나 그것은 다른 機會에 붓을 들기로 한다. 요번 詩評
을 것처서 感想되는 바는 農村詩 한 篇을 어더 볼 수 업는 쓸쓸함이엇다.
大體로 그 質에 잇서 貧弱하얏다. 더욱 요한, 은상, 巴人, 金麗水 等等 中堅
詩人의 作品을 發見할 수 업는 것은 여간 遺憾이 아니다.『詩文學에 對해
서는 別로히 執筆할 機會가 올터임으로 여기서는 取扱하지 안엇다.』
　三月 二十八日 朝 京城 旅窓에서.

･ ･ ･ ≪大潮≫ 제2호(1930. 4)

朝鮮文壇 —浪漫的 傾向이 科學的으로

一九二〇年 前後는 一九一〇年 以後 生成되어 오든 草創期의 文藝運動이 한 階段의 役割을 다하고서 새로운 方向으로 展開하려는 陣痛의 途程이엇다. 우리는 六堂 崔南善, 春園 李光洙, 何夢 李相協, 牛步 閔泰瑗, 瞬星 秦學文, 頌兒 朱耀翰, 張斗澈 等 諸氏로 代表되는 多分히 自由主義的이오 個人主義的인 同時에 쏘한 組織的 理論 體系를 가지지 못한 점으로 보아 盲目的인 民族意識에 基調한 文人들이 個性의 自由로운 伸長, 民族의 解放을 두고 專制的이오 抑壓的인 封建道德과 勇敢히 싸우는 同時에 一九二〇年 以來 政治 地盤의 喪失로부터 始作된 武斷的 暗黑政治에 對하야는 隨然的으로나마 民族的 鬱憤을 늣기든 事實을 보아낼 수 잇다. 이러한 草創期의 文藝運動은 아무리 中國 古代小說의 模倣物인 「이야기冊」 —多分히 虛無的이오 勸善懲惡的이오 쏘 誇大妄想的인 —의 精神에 反抗하고 朝鮮文을 尊重하야 言文一致體를 創造하고 民族的 自由精神을 鼓吹하며, 尙且 時調復興, 泰西文化의 輸移入 等等 그의 貢獻한 바 적지 안핫다 할지라도 가장 浪漫的이오 理想主義的이오 卓上壯談的이엇든 點은 不正曲할 수 업는 點이다. 그러나 그럼에도 不拘하고 (*52자 정도 언론 검열로 삭제됨)

이리하야 우리는 萬一 이러케 불를 수 잇다 하면 個人的이오 浪漫的이오 쏘 理想的인 自由主義的 民族意識의 文學은 一九一九年에 잇서 그의 遂行할 役割을 現實에서 實踐하얏다 할 것이다. 그러나 所謂 「三一運動」은

被檢擧者 二萬餘, 件數 三千二百餘, 運動 參加人員 百萬餘를 내이고 一時 그 氣勢 宏壯하얏섯스나, 形式的으론 「文化政治」의 標榜, 墓地 解放, 東亞 朝鮮 兩新聞紙와 『共濟』, 『開闢』誌의 發刊 等 몃 가지의 變化를 가저왓슬 쑌으로(*27자 정도 언론검열로 삭제됨) 이리 되자 『靑春』, 『泰西文藝申報』, 『創造』, 『曙光』, 『學之光』 等을 거처 活躍하든 文人들은 或은 沒落해버리고 或은 虛無主義에 도라가 猛烈한 쩨카단으로 墮落하고 或은 自民族性을 憎惡한 남어지에 厭世的 傾向을 씌이고 或은 「베르레느」를 輸入하야 世紀末的 思想을 高調하고 쏘는 쏀드레르ㆍ와일드 등의 唯美的 惡魔主義를 드(*들)고 變態性的 耽溺을 부르짓는 等等의 混沌狀態을 呈出하고 말엇다. 그리하야 이러한 轉換期의 混亂狀態는 一九二三年 無産文藝運動의 濫觴을 볼 째까지 繼續하얏다. 그럼으로 우리는 一九二〇年臺(*代) 特히 一九一七年으로부터 一九二三年까지의 「昔」을 同想할 째 언제든지 轉換的 陣痛期이엇다고 말하고 십흔 것이다. 이 時代의 代表作으로서는 一九一八年 發刊의 『無情』(春園 李光洙 氏 作)을 아니 들 수 업고, 活躍한 文人으로서는 前記 諸氏 外에 金東仁, 廉想涉, 金岸曙, 朴月灘, 玄哲, 黃錫禹 等 諸氏를 곱을 수 잇다.

其後로부터 今日까지 우리 文壇의 主要 現象은 아모래도 無産文藝運動의 傾向을 들 수밧게 업다. 藝術至上的 傾向을 씌인 舊文壇과의 對立的 鬪爭, 自陣營內의 意識 淸算(公式主義的 系流의), 經濟鬪爭으로부터 政治鬪爭으로에 方向轉換 等等을 過程해 왓스나 于今에 잇서서는 쏘한 새로운 過程을 經驗하는 가운대 잇다. 直譯的 輸入期에서 自特殊理論의 樹立으로에 그리하야 植民地 民族의 甦生意識을 두고 無産階級的 民族主義의 擡頭, 이러한 傾向은 創造期에 들어선 우리 文壇이 一層 實踐的 理論을 獲得하자는 努力의 表現이라 볼 것이다. 이리하야 오늘의 우리 文壇에는 그 어느 部門임을 不拘하고 새로운 時代를 바라고 歷史 創造의 一翼的 任務에라도 忠實하자 하는, 쉽게 말하면 우리 文藝로 하야금 오늘의 억울한 生活을 解說하는 대 염장이 되자 하는, 그리하야 文藝로 하야금 우리의 生活과 層一層 密接케 하야써 우리의 苦惱, 希望, 任務를 代言해주는 조흔 친구로서 조흔 동모로

선 存在시키자 하는 意欲이 가장 猛烈히 움직이고 잇다. 中心인 意識 問題에 잇서 그리하거니와 表現形式 問題에 잇서 內容形式 問題에 잇서 ᄯᅩ는 近者의 藝術의 大衆化의 問題에 잇서 다 그러한 傾向을 거부할 수 업스니, 象牙塔 속에 隷屬되엇든 文藝는 完全히 우리 生活 아페 解放된 것이다. 그 傾向은 갓지 안흘망정 今日에 잇서서도 달를 것이 업다. 그러나 浪漫的 自由主義的 個人主義的 民族意識으로부터 現實的 科學的 社會主義的 民族意識으로에 變遷은 이亦 物換星移한 十年間을 두고 切切히 늣기게 하는 우리 文壇의 今昔感이다. 오늘날 文壇의 代表作品은 아즉 이러타 한 것이 업거니와 우리 文壇의 今日을 爲하야 奮鬪中에 잇는 文壇人을 손꼽으면 大略 알에와 갓다. 小說에 春園, 東仁, 想涉, 憑虛, 八峯, 箕永, 獨鵑, 宋影, 星海, 李孝石, 兪鎭午, 雪野 等, 詩에 요한, 岸曙, 樹州, 月灘, 殷相, 無涯, 巴人, 金麗水, 春園, 石松, 海剛, 芝鎔, 蘆風 等, 評論에 金基鎭, 朴英熙, 鄭蘆風, 韓雪野, 尹基鼎 等, 戲曲, 講義, 時調에 鄭寅普, 尹白南, 崔南善, 洪命熹, 春園, 요한, 殷相, 金永八 等, 外國文學 紹介에 梁白華 鄭寅燮 等. (完)

· · · ≪東亞日報≫(1933. 4. 4)

日本評壇의 傾向
－아울러 論客의 態度 小觀－

▐ 一 ▌

筆者는 이 小論에서 日本評壇의 傾向, 評家의 態度를 簡潔히 取扱할 것이다.

×

文藝論에 있어 日本의 評壇은 世界 어느 社會의 評壇에 比해서라도 決코 遜色이 업다. 오히려 가장 進步되엇다고 할 수 잇다. 얼마前까지는 勞農 쏘베트評壇의 多少間 日本評壇을 指導해 왓섯스나 日本의 社會思想 硏究熱이 輸入時期를 지나서 創造時期에 들어온 以來부터는 文藝論에 잇서 勞農 쏘베트評壇보담도 一步를 더 나아간 傾向까지도 보이게 되엇다. 그들은 『쑤하린, 푸레하놉, 루나찰스키』에서 出發하되 決코 거기에 停滯되지 안흐며 그 理論을 發展시킨 남어지에 오히려 그 사람들의 體系로서의 犯한 誤謬까지도 指摘해마지 안는다. 이리하야 現今에 잇서 日本의 文藝評論壇은 世界 어느 社會의 그것보담도 進步되엇다고 볼 수가 잇다. 그만치 우리는 勞農 쏘베트評論界의 傾向과 아울러 日本評壇의 推移라는 것을 自然 注視 아니 할 수 업다.

×

그런데 日本評壇이 進步하얏다는 表徵을 무엇보담도 잘 알 수가 잇는 것은 毋論 比較研究에서만이 正確히 可能한 것이지마는, 所謂 洋行으로부터 도라온 사람들의 發表하는 製作을 들여다보면 明瞭히 發見할 수 잇는 것이니, 洋行 前에 比해서 조금도 發展된 것이 업고 새로운 어쩌한 傾向도 보아내지 못하게 된 것이 무엇보담도 顯著한 證據이다. 이리하야 大宅莊一 君이엇든가는 所謂 文士洋行無用論 가튼 것을 쓰기까지에 이르게 하얏고 勝本清一郎 君은 어느 雜誌에서인지 洋行文士의 墮落을 猛烈하게 攻擊한 일까지 잇다. 여긔에는 毋論 日本의 資本主義가 그의 諸 先進國의 到達한 水準에짜지 다름질 친 結果, 그 어쩌한 平衡狀態를 持續하는 곳에 物質的 基礎가 잇는 것이지만은, 그에 關連하야 그에 對한 反撥的 勢力인『맑씨즘』研究熱이란 것이 그만치 進步한 곳으로부터서도 왓다 할 것이다. 福本和夫가 獨逸洋行으로부터 돌아와서 辨證法的 世界觀으로서 經濟鬪爭의 領域에서 헤매는 日本思想界, 多分히『맑씨즘』註釋에 汲汲하고 잇던 것을 그야말로 實踐的으로 轉換시키든 그러한 洋行의 所得이란 것은 于今에는 到底히 發見하기가 어렵다.

×

그만치 發展도 하얏슬 뿐만 아니라 쏘한 地域的으로 近接해 잇고 쏘 日本말이란 것이 얼마쯤 通俗化한 關係도 잇거니와, 朝鮮의 評壇이란 것이 于今까지 日本의 影響을 만히 바더온 것 쏘한 歪曲할 수 업는 事實이엇다. 朝鮮에 그리 만치 못한 評論家들이 거의 그러하얏스니 或은 青野, 或은 中野, 或은 藏原이의 理論이 그대로 朝鮮에 移入된 일이 決코 적지 안핫다. 于先 最近에 論議된『藝術의 大衆化』라는 것 역시 그에서 벗어날 수가 업섯슴을 본다. 그러나 影響을 밧는 것이 決코 낫브다는 것이 아니니, 다만 消化시켜서 朝鮮의 現實을 究明해내는 연장이 되엇다 하면 오히려 慶賀할 일일 것이다. 다만 學究的 良心만 일치 안는다 할 것 가트면.

▌二▐

日本評壇에서 가장 勢力을 잡고 잇는 論客을 들어보면, 大槪 大宅莊一, 勝本淸一郎, 藏原惟人, 靑野秀吉 等이다. 다 가티 『맑시스트』의 立場을 일치 안는다. 그러나 靑野는 過去에 만흔 貢獻이 적지 안핫스나 요지음 와서는 少壯 論客에게 壓頭됨 즉하다. 그것은 결코 靑野季吉의 머리가 退步해서 그런 것이 아니라 맑시즘 文藝理論이 그만치 發展해온 까닭이다. 日本에서는 過去에나 現實에나 評論家들이 쫴 만타. 千葉, 非汲을 爲始하야 正宗, 廣津, 佐藤, 橫江, 中河, 쏘는 林(房雄)鹿地, 平林(初之彌), 新居 等等. 이 中에 純粹藝術의 立場에서 勇敢히 싸우든 一派 千葉, 非汲, 正宗, 廣津, 佐藤(春夫), 中河, 橫江 等은 于今엔 氣盡力盡하야 한 사람 두 사람 沈默하는 것이 明瞭히 보인다. 이것은 決코 점쟌해져서 그런 것이 아니라 默示的 白旗로서 하는 退却 宣言이다. 그리하야 이 陣營 안에서 아즉도 쎗대는 패로는 形式主義 文學論을 들고 나온 橫江, 中河 等 新感覺派의 □將과 自由主義的 立場을 鮮明히 하고 辨證法的 思考方法을 把握하랴다가 墮落하고 말은 平林初之彌쑨이 暗暗裡에 前記 默示的 白旗者流의 支持 알에서 所謂 藝術至上主義的 狂言을 演하고 잇다. 그러나 到底히 中心勢力을 挽回할 수는 업고 層一層 創明만 全身에 밧게 되어 가니 끗내 堪當할 수 업는 것은 다만 時日問題로밧게 안 보인다. 그런데 여기에 新居格은 아나키스트의 立場에서서 그야말로 孤軍奮鬪의 格이다. 그리하야 有事할 째마다 卽 純粹藝術派와 맑시스트派 사이에 問題가 일어날 째마다 쏙쏙 그 立場에서의 一家見을 發表해 왓다. 그러나 그 論調가 或은 東方的이오 或은 西方的이어서 純粹藝術派에서 그리 낫브게 보지도 안는 反面에 어쩌냐 하면 全的으로는 毋論 首肯하지도 안는다. 쏘 맑시스트派에서도 亦是 辨證法을 把握하라고는 非難하면서도 純粹藝術派보담은 나흔 便으로 여긴다. 그런데 그 理論에는 別로 보잘 것이 업스나, 말하자면 아나키스트의 立場에서 하는 論評이라는 點에서 敬遠하는 셈이다. 그럼으로 新居格 自身에 잇서서는 가장 不滿이 만흘 것이다.

×

　그러면 日本評壇의 中心勢力인『맑시스트』文藝評論家의 傾向은 어쩌하나 하면, 먼저도 말햇거니와 靑野季吉은 아즉도 꾸준히 쓰기는 하나 昔日의 燦爛하든 權威는 理論에 잇서 벌서 쩌나갓다. 지금은 大宅壯一의 全盛時代다. 그의 評論의『템포』는 그야말로 發射的이다시피 急速하다.『맑시스트』의 立脚地에서 機構해내는 그의 評論은 實로 驚嘆할만치 要領的이고도 簡潔 且 當然하다. 그럼으로 그의 評論 처노코『열 페지』넘어가는 것은 그리 쉽지 안타. 그가『文學戰術論』에서 勝本淸一郞의 批評態度를 論하면서 告白한 바에 依하면 어쩌한 論文이든지 한번 보면 直觀的으로 그에 對한 評論은 벌서 머리 속에서 構成됨으로 卽是 써 갈긴다고 한다. 그리하야 오히려 時日을 무키고 보며는 돌이혀 흐지부지 업서지고 만다는 것이다. 그럼으로 그의 評論에는 別로『맑시스트』先輩들의 理論을 引用하는 일이 別로 업다. 自己에게 把握된『맑시즘』方法論을 거처서 評論해갈 짜름이다. 짤해서 어색한 外國理論 맛이란 하나도 업고 읽어가면 平凡하고도 얼마쯤 常識的이오 쪼한 當然해 뵌다. 그리고 무엇보담도『템포』가 速함으로 現代人의 性味에 쪽 들어맛는다. 이러한 點이 於焉間 大宅을 評壇의 寵兒를 만들어버렷고 所謂『레뷰評論家』라는 別稱까지 듯게크럼 하얏다. 그러나 그의 黃金時代도 그리 길 수 업슬 것이다. 그것은 大宅도 根據가 깁지 못하다. 卽 그의『맑시즘』은 그의 才質을 타고 부려먹을 대로 부려먹고 이제는 讀者側에서나 쪼는 當者에게 잇서서나 다시 그 根據를 改築해야 될 時機에 當面한 것을 어설프시라도 깨닷는 途中에 잇는 짜닭이다. 좀더 무게 잇는 것을 좀더 새로운 傾向을, 이러한 要求는 레뷰評論家를 실컨 부려먹고 나서야 말하는 讀者의 要求일 것은 人情의 機密을 아는 者면 能히 깨달어야 할 것이다. 우리는 大宅의 요번 論集『文學戰術論』에서 가벼운 事件 取扱의 妙技에 再三 驚嘆될 뿐만 아니라 間間 보이는『유모어』한 表現에 微笑를 禁치 못하면서도 이러한 不滿은 亦是 참을 수 업섯다.

×

이러한 大宅莊一의 傾向의 뒤를 니어 雄然히 머리를 든 것은 三田文學派
의 秀才 勝本淸一郎과 藏原惟人이다. 勝本은 말하자면 本格批評的 重厚味를
씌인 學究的 評論을 들고, 藏原은 『쑤레하놉』에서 出發하야 맑스 文藝理論
의 最尖端을 展開시키는 亦是 엿지 안흔 態度로서 나타낫다. 勝本이는 넘
어 註釋的이오 學究的임으로 評論에 綴刺한 生氣가 적으나, 藏原은 中野의
獨逸文典式 文體의 難解한 點을 完全히 克服하야 流暢한 文章으로 坐한 銳
利한 論鋒으로 이제 正히 日本評壇을 壓頭할 氣勢를 보이고 잇다. 그러나
勝本은 德田秋聲과 艷聞이 놉든 山田順子와 戀愛生活을 하다가 離別한 남
어지에 忽然히 日本을 떠나 至今은 獨逸에서 熱心으로 學究에 沒頭하고 잇
다. 그럼으로 그가 歸朝한 後의 活躍이야말로 刮目할 바일 것이다. 毋論
獨逸論壇이래야 別로 日本보담 進步된 배가 아니지만은 文獻의 豊富한 것
은 무엇이든지 寄與하는 것이 잇슬 것이다.

그의 論集 『前衛의 文學』에는 小壯 『맑시즘』 論客으로서 相當한 功結을
보여주고 갓슴으로 日本評壇에서 그에게 喝望하는 바 決코 엿지 안흔 것
만은 明白한 事實이다. 그러나 藏原은 現在 運動家 卽 鬪士로서도 日本에서
論爭할 뿐만 아니라 그의 論이 恒常 實際運動에서 떠나가는 일이 적음으
로 그만치 權威的인 立場에 잇다. 더욱 中野에 比하야 平易한 文體는 보담
大衆的이어서 이 小壯 評論家의 名聲은 갈스록 噴噴해가는 途中에 잇다 할
것이다. 그의 論集 『藝術과 無産階級』이 中野의 論集 『藝術에 於ろ覺ら書的
走り書』보담 三四朔 뒤에 刊行되엇슴에도 不拘하고 벌서 版을 거듭하기를
四五回에 이른 現象으로서 보드라도 逼間의 消息을 傳하는 것인 듯하다.

×

朝鮮에서도 藏原가튼 勝本가튼 坐는 大宅가튼 『맑시즘』에 立脚하면서도
새로운 發展을 새로운 伸長을 보여줄 수 잇는 論客과 評論家가 쮜어나와
야 할 것이다. 每樣 『うけうり』나 坐는 甚하게는 剽竊을 힘쓰는 그러한 群
小論客만 談樂하는 것은 우리 評壇의 恥辱이다. 有爲한 靑年들 中에서 氣槪

를 떨쳐 猛烈히 奮起하는 동모가 보이기를 우리는 苦待하야 마지 안는다. 참으로 眞摯한 態度로서 努力하는 우리의 未來 論客은 업단 말이냐!

×

우리는 좀더 評論集의 批評을 힘쓸여 혓스나 벌 서듯이 다른 곳으로 처저버리고 말엇다. 日本評壇의 大綱의 傾向을 아는 것도 必要하겟기로 이것에 쓰치고 個個의 評論集 評은 뒷 機會로 미루어 다시 執筆할 것을 言明해 둔다.

··· ≪東亞日報≫(1930. 4. 13, 15~16), 3회 연재

新進文人發掘難
― 文學靑年에 對한 希望 三四

　새로 뛰어나오는 作家의 創作을 評하는 것은 내가 붓가는 깃분 일의 하나이다. 毋論 나로 하야금 기쁘게 하는 原因의 한 가닥은 누구나 다 經驗한 바 文學靑年 時代를 回顧하야써 참을 수 업는 感懷를 잡어내는 點에도 잇다.

　그러나 그 點보담도 「이 新進作家가 果然 무엇으로 우리 文壇에 寄與하려고 하는가!」 하는 期待心이 더 큰 原因이다. 그럼으로 나는 新進作家의 小說과 詩를 對할 째에는 틈 잇는대로 評價하며 大槪 첫 번 몃 줄을 일거가면 十中八九는 豫期찻는 期待心을 짓발피고 마는 것이지만, 그래도 짝 참고 긋까지 일거가는 것은 「그래도 取할 어느 點이 잇스런니!」 하는 마음을 저 바릴 수 업는 싸닭이다. 그리고 萬一에 어느 點에던지 伸長될 價値 잇는 목시 잇서 有爲한 棍棒의 枕을 니를 수 잇스리라 생각될진댄 열 가지 缺點이 잇슴에도 不拘하고 그 重要한 點을 取하여서라도 文壇에 推擧하기를 決코 躊躇하지 안는다. 그러나 어느 모로 살피던지 좀더 文藝的 敎養부터 싸어야 하겟고 쏘한 그 意識에 잇서 훨신 努力을 傾注해야 될 作品일진댄 그만 失望하게 된다.

×

　그런데 大體로 보아 懇切히 늣기게크롬 하는 것은 一般的으로 所謂「文壇出世」라는 것을 一種의 虛榮心으로 녀기는 傾向이 보인다. 그럼으로 아즉 쓸 만한 時間이 아니요 좀더 敎養을 싸어야 할 時間임에도 不拘하고 써내놋키를 督促하는 듯한 그러한 躁急性이 全體的으로 歷然하다. 이러한 現象은 언제든지 文學靑年 時代에 흔히 가지는 一種의「躁急病」이지만은 結果에서 보면서 確實히 損失일 뿐만 아니라 오히려 致命傷을 自招하는 作因이 되고 만다. 百個의 駄作보담도 한 個의 成功된 作品만이 좀더 貴重하고 意義잇고 文壇的 進出을 期할 수 잇는 點을 着眼하지 못하는 사람들이 적지 안치만은 設令 이 點을 認識한 사람으로서도 그 根底的 敎養을 든든히 싸아두지 못함으로 말미암아 一時的으로 文壇에 낫타낫다가도 흐지부지 쓰러지고 마는 그러한 現象이 都是 貴重한 文學靑年 時代에 敎養을 싸지 안은 곳으로부터 온다는 것을 反省하지 안는다. 이것은 極히 重大한 點이다.

　日本에 今野督三이라는 靑年作家가 잇다. 이 作家가 文學靑年 時代에 그 作品을 가지고 죽은 有島武郞이를 차저 갓다. 有島는 그 作品을 보고서 좀더 鄭重한 態度로서 文藝道에 精進하기를 懇切히 希望하엿고 文壇出世의 早晩이라는 것은 別로 큰 問題가 아니요, 文壇進出의 第一步라는 것이 實로 重要하다는 것을 訓導해 주엇다. 今野는 有島의 이 말에 感服되여 다시 싀골로 내려가서 그 方面에 敎養을 쌋키를 게을리 안엇다. 이리하여 그는 오늘에 잇서 靑年 中年作家의 한 사람이 될 수가 잇섯다. 이러한 實例는 얼마든지 들 수 잇는 것이지만 要컨댄 文藝 方面에 自己의 素質을 길러보고자 하는 사람에게는 조흔 敎訓이다. 將來의 雄略을 꿈쮜는 靑年은 먼저 그 基礎를 닥거 自彊의 策을 힘쓰지 아느면 아니 될 것은 모든 事業에 잇서 다 그러하거니와 特히 文藝에 잇서서는 더욱 必要하다는 것을 우리는 깨달아야 한다. 世態의 變遷을 살펴보라. 大學出身만 하드라도 現在에 잇서서는 그 出身 年度의 先後가 問題되는 것이 아니라 그 努力의 如何 —그 成績의 優劣이라는 것이 立身出世의 第一步를 決定하고 잇다. 그뿐이 아니다. 그 貴重한 第一步는 드듸여 將來할 成功까지도 左右하는 動力이다. 이것은 極히 單純한 一例이지만은 文壇이란 곳에는 그 出世의 先後 如何라는 것은 全혀 問題가 아니다. 本是 設令 엿든 教養으로서 一時的으로 文壇에 머리를 내밀엇드래도 根抵는 쌋치 못한 탓으로 힘들여 싹터논 그 貴한 입을 곳바루 살니지를 못하고 흐지부지 凋落하고 만다고 생각해 보라. 얼마나 가엽슨 일이냐. 이야말로 致命傷인 것이다. 그럼으로 文學青年 時代에는 決코 그 發表에만 躁急性을 갈나 말고 眞實로 朝鮮文學의 建設 事業에 한 役者로서 貢獻을 남기고자 할진댄 큰 覺悟 아래서 文藝的 教養에 努力하랴고 한다. 建築事業에 잇서 그 土臺를 石築으로 쌋는 것이 毋論 힘이 드는 것이지만은 鐵筋 콩크리트 建物은 반다시 그러한 土臺 우에서만이 建設될 수 잇는 것이다. 「早熟」은 結局 쉬 쓰러지기 쉬운 것이다.

×

다음으로 懇切히 늣긴 바는 不純한 「虛榮心」에 關해서다. 요전에 어는 未知의 벗으로부터 單行本 한 券을 바든 일이 잇다. 그 表題와 作家의 이름은 여기서 들지 안커니와 何如間 例의 興味에 쓸려서 第一項부터 읽어 보앗다. 그런지 그 序文의 初頭부터 幼稚하기가 그지 업지만은 싹 참고 읽어보앗다. 序文 中間에 엇더한 말이 잇는고 하니 短篇小說로 有名한 「체홉」의 作品에 傾倒한 이 作者는 自己 作品과 「체홉」의 그것과를 比較해 보고 自己 作品의 庸劣한 것을 再三 歎息하엿섯스나 이제와서는 「체홉」의 그것과 比較해서 別 遜色이 업는 가티 생각되여서 單行本으로 發表하기까지에 이르럿다고 하엿다. 그럼으로 나는 序文의 初頭에서 바덧던 不快라는 것을 다 消化해 버리고, 오히려 큰 期待를 가지고 그 다음의 戲曲이란 것과 小說이란 것을 읽어갓다. 그러나 이 作者가 果然 戲曲이란 것이 엇더한 것이며 小說이란 것이 엇더한 것을 認識하고 잇슬가 하는 疑問을 버릴 수가 업슬 만티 보잘 것 업는 作品에 지나지 안엇다. 그러나 이왕 나에게 冊을 보내준 터이라 그대로 默殺하기가 滋味 적어서 盟誓로서 簡單한 付託 멧 마듸를 적어 보냇섯다. 그랫드니 다시 封套가 오기를 評論으로서

意見을 提出하면 自己는 거기에다 駁論을 쓸 것이니 評論해 달나는 一種 迂廻的 抗議가 왓다. 그러나 아모리 생각해도 奔忙도 하련니와 評論의 붓을 들엇자 別 神奇한 조흔 評이라고는 나오지 안을 것이고, 그럿타면 그 方面에 나아가자 하는 文學志望의 한 사람을 일허버리는 셈이 되겟기로 不得已 封套로서 亦是 「文壇出世」의 早晩이란 것이 問題가 아니닛간 좀더 精進해서 偉大한 作品을 들인 貴重한 第一步를 밟는 同時에 文學靑年 時代에는 根柢를 든든히 닥는 것이 後日의 大成의 基礎가 될 것인즉 그러지 말고 좀더 莊重한 態度로서 努力해 나가기를 付託한다고 써서 보인 일이 잇다. 나는 이 조고마한 事實 속에서도 亦是 「不純한 것」이 잠겨 잇고나! 하는 歎息을 참을 수 업섯고 亦是 不快하엿다. 나 보기에는 여기에도 亦是 眞摯한 態度가 보히지 안엇다.

이왕 말이 낫스니 不純한 動議에서는 決코 조흔 作品이 나오지 안는다는 實例를 하나 들어 보겟다. 各 新聞社에서 間或 募集하는 「懸賞文藝」란 것에 應募되는 詩와 小說은 實로 數百을 넘어서 千餘 篇 以上이라 한다. 그러나 그 選者의 말을 드르면 形式만이라도 가추워노흔 作品이 멧 篇이나 되느냐 하면 손으로 꼽을 수 잇슬만치 極히 적을 쑨 아니라 쏘 그 質이란 것이 平素 讀者의 投稿作品에 比해서 越等히 貧弱하다고 한다. 이 貧弱한 것은 事實 말이지 今春에 當選詩라고서 發表한 作品을 것처서 보드래도 明瞭하다. 그러면 이 原因은 어듸에 잇느냐? 亦是 나는 「不純한 動議」에 잇섯다 하고 십다.

「虛榮心!」 이것은 文藝에 精進하고자 하는 사람에게 잇서서는 斷然히 拒否하여야 된다. 이러한 蕩女의 誘惑에서 完全이 離脫하지 못하면 偉大한 文藝作品이 生産되기 어려운 것은 苟且히 說明할 必要도 업슬 것이다.

셋재로 아니 들 수 업는 것은 所謂 「票竊問題」 이다. 文學을 쩌드는 사람은 다른 엇더한 事業部門에 就役하고 잇는 일군에 比해서도 純直한 品貌가 잇서야 한다. 卽 虛僞와 虛榮에서는 完全히 解脫되어야 한다. 이러한 要求는 文學 그 自體가 社會에 對해서 演하고 잇는 機能으로부터 살펴 特

히 妥當한 것이다. 그러컨만은 實로 厚顏無恥한 態度로서 剽竊 行動을 敢犯하고까지 文壇出世를 해보자는 極히 邪惡한 惡□를 間或 發見하게 된다. 旣成 文壇人에 잇서 이러한 不純 不美의 行動이 決코 적지 안엇든 것은 朝鮮文壇의 黎明期上 特히 一九二〇年 後 二三年間에 잇서 一層于甚하얏다. 公公然하게 永井荷風 等의 詩集을 그대로 剽竊해다가 表紙로부터 序文까지 그대로 옴겨다 놋코서는 自 處女詩集으로 紙上에 내혀노흔 그러한 所謂 詩人도 업지 안엇다. 그럼으로 「剽竊」을 말나고 惟獨히 文學靑年에 對해서만 勸하는 듯한 誤解를 살지 알 수 업스나, 이는 이러한 過去 文壇의 追認한 事實로 보아서 새로 쮜어나오는 新人들 —새 抱負와 새 雄□에 타는 文學靑年들에게는 더욱히 이러한 忠告를 보내고 십다. 모든 社會 現象은 決코 한 곳에 停滯되어 버리는 것이 아니요, 無限히 變遷해 나가는 것이매 朝鮮의 文藝라는 것도 過去나 現在의 幼稚한 狀態에서 버서나지 못하고 언제까지던지 이러한 現象을 持續할 理는 萬無한 것이다. 그럼으로 草創期의 未及한 點을 利用하야 設令 남에 글 剽竊로서 文壇出世가 可能햇다 하여도 언젠가는 꼭 그 良心 썩은 行動이란 것이 靑天白日下에 暴露될 수밧게 업다. 暴露될 째에 맛게 되는 醜態야말로 엇지 氣槪 잇는 丈夫의 勘當할 배이라, 一時의 文名을 欽慕하는 남어지에 萬一에라도 이러한 蠻行을 實踐한다는 것은 前程이 萬里가튼 靑年文人의 取할 바 안님은 毋論이요, 새로 머리를 드는 無名作家들의 크게 憎惡하며 스스로 糾彈할 現象인 만치 決코 스스로 犯해서는 아니 된다. 率直히 飜譯일진댄 그 譯者의 일홈과 한 가지로 自己의 譯的 責任을 늣겨야 할 것이요, 誤譯이 잇슬진댄 譯誤 指摘者에게 感謝해야 한다. 意識的으로 故意의 文的 剽竊을 힘씀과 가튼 行動은 睡馬의 的으로서 언젠가는 꼭 埋葬될 것을 覺悟해야 한다. 鷺山과도 이러한 말을 한 일이 잇거니와 飜譯이란 創作에 比해서 決코 低價로서 看做될 것이 아니다. 名譯은 오히려 그 原作에 比하야 더 큰 社會的 存在를 維持하고 잇는 現象은 얼마던지 들 수 잇는 바일 뿐만 아니라 한 社會의 文化 創造의 過程에 잇서 飜譯事業이 演하는 使命이란 極히 重大하다. 그럼에도

不拘하고 飜譯物을 일부러 創作이라고 속이고까지 發表한다는 것은 어느 點으로 論해 보던지 間에 崇尙할 條件이 업고 반다시 糾彈해 넘으로 말미암아 그 醜陋한 行動을 制裁하지 안어서는 안 된다. 그럼으로 나는 될 수 잇스면 新機軸을 내힐 鬪時的 作品을 들고 나아오라. 設令 그러하지는 못한다 해도 文人의 品貌를 더럽피는 非人格的 票竊行爲만은 決코 犯하지나 말나구 付託하는 것이다.

×

넷재로 新出文人의 僞作을 읽고 늣기는 바는 題材의 藝術的 組織의 點에 잇서 極히 幼稚하다는 것이다. 그 意識에 잇서 素朴하고 單純한 것은 毋論 더 큰 缺陷의 하나이지만은 그래도 旣成文人에게 比해서는 훨신 나흔 便이다. 그러나 그 藝術的 組織, 機能 特히 具象化에 잇서 旣成文人에게 떨어지는 것은 그 程度로 보아 甚함즉한 늣김을 준다. 毋論 旣成文人은 그 方面에 對한 長久한 年祖를 싸흔 老將인 만치 技巧에 잇서서는 越等히 쮜여나는 것은 그리 神奇할 것도 업지만은 新進文人이 넘어나 이 方面에 等閒함즉한 傾向이 보힌다. 實로 思想露出的이요 詩로서는 到底히 是認할 수 업는 것을 詩라는 名目을 붓처서 發表하고도 뉘웃침이 업는 것 갓다. 이리하야 詩와 散文의 境界가 어듸에 잇스며 詩的 特殊 指標가 어듸에 잇는가를 把握하지 못함즉한 그러한 態度로서 呼吸 하나도 調和식히지를 못한 作品을 거리김 업시 發表한다. 쏘는 宣傳的 敎化 價値에 넘어 置重한 탓으로 宣傳的 「포스타」와 가튼 作品을 反省함 업시 文藝라고서 發表한다. 쏘 한 가지 傾向은 具象的 組織에서 完全히 失敗한 槪念의 羅列을 文藝라고서 서슴업시 發表한다. 이러한 種類의 傾向은 文藝라는 것이 社會的 人間 現象을 그의 感情, 그의 思想을 거처서 具象的으로 組織하는 것인 根本의 點을 把握하지 못한 곳에 그 原因의 한 가닥이 처저 잇다. 卽 社會的 人間 現象을 槪念的으로 組織해내는 것이 科學의 任務임에 反하야 文藝는 具象的으로 組織해낸다는 點을 捕捉하지 못한 것이다.

쏘 한 가지 原因은 宣傳的 敎化的 價値라는 것을 重要視한 結果로 藝術的

指標를 無視하고 말은 그러한 根本的 誤謬에서 온 것이다. 그럼으로 이러한 種類의 作品이 보혀주는 特徵이란 詩인지 論文인지 隨筆인지 콘트인지 알 수 업는 模糊한 形式의 事實 記錄이나 僭稱的 文句 羅列의 것으로 싹 드러찬 點이다. 그러나 구타혀 事實을 記錄하거나 쏘는 單純한 感情을 힘쓸 량이면 何必 藝術이라고서 指稱하여 發表할 必要는 조금도 업는 줄 안다. 오히려 論文을 쓰던지 쏘는 宣傳 포스타를 박던지 하면 能히 足할 것이다.

文藝에 잇서서는 적어도 무엇보담도 먼저 文藝的 形式을 가춤으로 말미암아 藝術的 效果를 것처서 藝術的 內容을 讀者에게 傳達시키지 아너서는 아니 될 것이다. 이에 對한 態度는 「루나찰스키」도 그의 『文藝批評家의 任務에 關한 테제』 속에서 임이 明瞭히 解決하얏스니간 길게 說明할 必要는 업지만은 新進文人은 그의 作品을 發表하는 데 잇서 무엇보담도 먼저 詩나 小說인 境遇에는 詩나 小說의 形式을 가출 수가 잇섯느냐 하는 點에 再三 省察하지 아너서는 아니 된다. 文藝 內容이 決코 重要하지 아는 것이 아니나 그 內容을 살닐 수는 가장 效果的인 文藝 形式을 가준(*춘)다는 點은 文藝制作으로 하야금 그 存在 與否를 決定할 重要한 屬性인 만치 恒常 愼重한 態度로서 對하지 아너서는 안 된다. 유고의 「짠발잔」(라·미제라불)이나 톨스토이의 「復活」이 그 內容에 잇서 決코 偉大하지 아는 것이 아니지만은 유고나 톨스토이의 文藝的 機能이 出衆하지 못하얏섯드라면 到底히 그만한 傑作을 니르지 못히을 것은 喋喋할 필요도 업슬 것이다. 이리하야 임이 文藝의 道에 精進한 지 오래여서 文藝에 關한 專門 技術者로서 文壇에서 容許되는 旣成文人에게 잇서 意識 把握과 아울러 그 技術化라는 것이 當面한 重大 問題인 것과 쪽 가튼 意義로서 新進文人에게 잇서 文藝技術의 鍊磨와 아울러 그 活用이란 것이 반드시 銘心해야 될 重要한 題인 것을 우리는 이저서는 아니 된다. (一九三〇. 四. 十二)

· · · ≪每日申報≫(1930. 4. 15~18).

友誼와 評論

『評論家는 恒常 그 評的 態度에 잇서 公明 且 正當하지 안어서는 아니 된다.』

이러한 命題는 別로 說明할 必要가 업서 누구던지 自明의 理로서 容許할 것이다. 그럿컨만 이러한 自明의 理를 正當히 認識해주지를 못하고 우리의 評論을 一種의 感情으로 대하는 文人을 間或 發見하는 것은 實로 遺憾千萬이라 아니 할 수 업는 것이다. 毋論 一部의 感情的 傾向을 多分히 씌인 文人으로서 自己의 作品에 對한 조티 못한 評을 發見하게 될 째에 自己의 作品에 對한 새로운 省察을 힘쓰기 前에 먼저 評家를 咀呪하는 態度를 執하게 되는 것은 그 사람의 性格으로서는 가장 至當한 일일넌지 알 수 업지만은 모조록이면 評家의 立場이라는 데다가 自己를 빗추워 봄으로 말미암아 이러한 自明의 理를 認識하도록 힘쓰지 안어서는 아니 될 것이다. 더욱이나 우리의 批評이란 것이 心理批評이나 印象批判 가튼 評의 基準이 極히 模糊한 그것이 아니고 嚴然한 科學的 態度를 執하는 以上 엇더한 一二 文人의 感情的 態度에서 나오는 그따위 愚言을 두려워해서 評의 基準에 빗추워 嘉賞할 수 업는 作品을 讚揚할 것도 아니요 쏘는 그럿타고 보담 더 酷評을 한 것도 아니다. 오직 誕祝하는 作品이 優秀한 條件을 □하얏슬 째만이 우리는 그 作家의 새로운 發展, 새로운 傾向을 慶賀하며 推擧하기를 마지 안을 쑨이다. 事實 評論家도 사람인 以上 極親한 友人의 作品을 對

함에는 彼此의 情理라는 것이 머리 흔드는 일이 間或 잇서서 躊躇하게 하는 째도 업는 것이 아니지만은 共私를 混同하는 것은 丈夫답지 못한 것이라고 스스로 評價하고 마는 것이다. 이리하야 우리에게 잇서서는 親不親이란 것과 評論이라(*란) 것은 완전히 分離해서 생각하고 잇다. 그러나 友人의 大成을 爲하여 懇切이 忠告하며 쏘는 偉大한 作品을 生産한 째에 同慶不避의 喜悅을 참을 수 업는 것은 □□이니 이러한 私感이 評的 立場과 矛盾되는 것이 아님은 □□할 必要도 업슬 것이다. 筆者는 現在 支情과 評論의 態度와의 關係에 잇서 늣긴 바 잇기로 簡短히 意見을 陳開하는데 쯔치거니와 願컨대 筆者의 友人으로서 이 點을 充分히 理解해 준다면 評筆을 드는 立場에 서서 늣기게 되는 괴롬의 한 줄기를 찔 수 잇슬가 한다.

· · · ≪每日申報≫(1930. 4. 19).

朝鮮의 文藝理論은 어대로 歸結될가
─ 實踐性 잇는 文藝理論 ─

朝鮮의 文藝理論은 朝鮮의 特殊性을 藝術의 指標를 타고 組織해나가는 대 잇서 精神的 武器로서의 役割을 다아 할 수 잇서야 한다. 그럼으로 아모리 그 理論이 다른 社會에 잇서 偉力的 存在를 維持하고 잇더래도 萬一에 朝鮮 社會에 잇서 如上의 實踐的 要求를 充足식혀 줄 수가 업슬진댄 우리는 完全한 權利로서『朝鮮理論』이 못됨을 是認하는 者이다. 그러면 于今까지의 朝鮮 文藝理論이란 것이 果然 이러한 우리의 要求를 滿足식혀 줄 수가 잇섯는냐 하면 섭섭한 일이다. 그럿치 못했든 것이다. 一種의 飜譯的 理論이 多分히 日本 하오리 입은 俄羅斯理論이 그대로 直輸入되엇섯고 또한 無省察하게도 橫行하엿섯을 뿐이다. 이러한 傾向은 非單 朝鮮에서 뿐 안니라 어느 社會에 잇서서도 그 發展의 初創期에 잇서 밟을 수밧게 업는 過程이나, 그럿타고 언제까지던지 이러한 飜譯時代에 停滯되어 잇슬 수 업고 必然 새로운 方向을 바라고 發展해나가는 것이 모든 事物의 本性인 以上 이러한 直譯時代도 亦是 새로운 段階로 變遷할 수밧게 업는 것이다. 그러면 그 새로운 段階는 엇더한 性質의 것으로 展開되겟느냐 하면 多分히 創造性을 띈 朝鮮 文藝理論의 建設이란 것일 것이라 생각한다. 朝鮮 文藝理論은 어듸로 歸結될 것인가? 이럿케 抽象的인 質問에 接할 때, 나는

如上의 漠然한 回答으로서밧게 處理할 수 업다 보거니와 좀더 具象的으로
質問을 變更할 수가 잇다 하면, 毋論 意識 問題, 樣式 問題, 大衆化 問題 其
他가 當然히 臺頭할 것이다. 그러나 여기에서 이 數多한 問題를 ——히 處
理한다는 것은 到底히 不可能한 것이겠기로 이만 끗치기로 하자.

··· ≪大潮≫ 제3호(1930. 5)

現下 朝鮮文壇에 잇서서 初學者의게 讀書方法을 엇덧케 指導하겟습니가

- 目標를 둘 것 -

　　나는 이 問題를 對할 때에 두 (*'가' 탈자)지 解釋을 가지게 된다. 그 하나는 엇더케 하면 初學者로 하여곰 讀書하도록 指導할 수가 잇슬가. 果然 그 가장 조흔 方法은 무엇일가? 하는 것이요, 쏘 하나는 「讀書方法」에 잇서 엇더한 樣式의 매쏘대가 初學者에게 잇서 가장 조흔 讀書術일가? 하는 것이다. 첫재 解釋에 對한 回答은 極히 어려운 問題이다. 웨 그러냐 하면 社會的 觀念에서 하는 所謂 讀書 勸誘의 方式이라는 것은 그 前提로서 여러 가지 條件이 具備해야 된다. 優先 讀書할 수 잇는 틈과 書籍이 잇서야 할 것은 毋論이지만은 쏘한 이러한 條件을 것처서 讀書에 잇는 社會的 機關이 크게 必要할 것이다. 두재 解釋에 對한 答은 내 自身의 經驗에 빗취 워보건댄 初學時代는 文藝的 素養의 時期라 그 엇더한 種部의 書籍인들 읽어 두어서 조치 못할 理는 업슬 것이다만은 모조록 文學時代부터 目標를 두고 그 目標를 뚤키 爲한 讀書方法을 實踐하는 것이 조흘 줄 안다. 卽 模倣한 讀書보담도 目標를 바라고는 精讀을 勸하고 십다.

･･･ ≪大衆公論≫ 제2권 제6호(1930. 7)

數年內 展開된 朝鮮의 點點相
─ 論壇·評壇에 보내는 感想 二三 ─

▌一▐

今年도 거의 져므러 간다.

흐릿터분한 疊空에 모든 事物과 現象이 急迫하고 亂雜한 惜調로서 混沌한 가온데에서 狂舞한다. 온갖 醜한 그리고 또 酷한 姿態의 가지가지가 더 업는 緊張味를 띠이고 一年의 功過를 淸算하는데 奔走하다. 그리 하야 모든 部門에 잇어 正히 非常時의 峻嶺의 하나를 넘어가는 時節임즉 하다. 우리는 이러한 때에 잇어 筆者가 評壇을 떠나 온전히 沈默을 지키든 約 四個年間의 變化無常하얏슴즉한 「其後의 朝鮮評壇」에 對해서 感想되는 몇 가지 傾向을 簡單히 槪觀하야써 새로운 出發을 企圖한다. 그리하야 讀者와 한 가지로 所謂 非常時의 峻嶺을 無難히 克服하므로 말미암아 여기에서 提出해 노흔 모든 宿題를 新春의 制作에서 解決하고자 勞力할 것이다.

▌二▐

約 四個問의 朝鮮의 論壇으로 懷古하매 스스로 感慨無量한 것이 잇다. 文藝 方面에 잇어 若干의 理論의 展開가 없는 것이 아니요, 또 朝鮮文으로서에 表現에 關한 即 「한글運動」에 關한 論議와 大衆에의 浸潤에 對한 硏

究 또는 朝鮮 文化運動의 再認識과 아울러 그의 承繼에 關한 論議가 다 一 重要한 課題라 아니 할 수 없는 것이지만 隔世의 感을 주는 主要 潮流로서는 「朝鮮의 科學的 認識」과 所謂 「朝鮮學의 勃興」을 들 수가 잇다. 그리하야 四年前에 잇어 우리가 猛烈히 主張하든 「直譯主義의 觀念論的 態度」의 排擊, 「朝鮮 特殊相의 科學的 認識」의 主張은 이제 朝鮮 思想界의 主流를 形成하고 모든 方面에 새로운 省察을 要求하는 소리가 높아온 것은 極히 順調로운 發展이라 아니 할 수 없다. 「朝鮮民族」이니 「朝鮮文化」니 또는 「朝鮮的」이니 하는 말을 쓰면, 卽是 時代에 뒤떠러지는 反動分子요 따라서 뿔조아지를 支持하는 觀念 形態에 不過한 것이라 하고, 윌손의 民族主義같은 것에 歸屬시키거나 또는 그의 延長으로 看做되어 猛烈한 辱說을 받을 수밖에 없든 反面에는 左翼的 術語를 滿載한 論文 一篇만 들고 나아오면 一個의 白面書生이 一朝에 熱烈한 時代의 騎手로서 「同志」 「동무」의 護術 아래서 直譯的 理論의 「うけうり」에 奔走하였다. 그러나 非現實的이요 非理性的인 오직 模寫 또는 感染된 形態 그대로의 觀念的 階級意識으로서 盲目的 熱情의 輕忽한 傾注에 지나지 못한 이러한 症勢는 冷性(*情)한 現實의 事象의 理解에 잇어 爲先 失敗할 수 없시 되고 따라서 畢然한 具體的 現實의 分析에 잇어 犯하얏든 俗流的 見解의 淸算 —그리하야 不可避인 自己批判에까지 도라 갈 수밖에 없이 하얏다. 우리를 가라처 反動, 退嬰, 保守, 그리고 一種의 消極的 態度라고서 絶叫하든 一部 인테리層은 그 所謂 「轉向運動」으로서 그리고 其他 群小追從輩는 或은 自體의 社會的 活動의 離脫로서 果敢한 「淸算」을 斷行한 것을 볼 수 잇다.

現實의 朝鮮의 姿態를 具象的 現實態의 分析에 잇어 또는 「朝鮮이란 共同生産體」의 集團的 進路에 잇어 正確한 科學的 態度로서 省察하자 하는 이러한 「自己批判」의 進行은 直譯的 觀念遊戲에 終始되든 一部의 思想群에게 잇어 正히 一步의 前進을 意味하는 것으로 우리는 彼等의 새로운 出發을 慶賀할 것이다. 그러나 이러한 傾向이 環境의 不利와 進步的 思想의 放棄에서 促來된 一種의 劣卑한 阿諛, 迎合, 그리고 現實을 搾取하랴 하는 變

態的 轉落일진댄 우리는 觀念的 階級主義者의 冷情한 墮落을 蔑視할 것이
다. 그러므로 우리는 그 所謂 轉向한 朝鮮主義者 一群의 科學的 分析이라는
것을 愼重한 態度로서 監視 아니 할 수 없다.

우리는 簡單한 一例로서 朴英熙 氏의 最近의 論文「朝鮮文化의 再認識」一
氣分的 放棄에서 實際的 探索이라는 標語로서 倂題된 一文을 살펴보자(開闢
誌 昭和 九年 十二月號). 朴英熙 氏는 右 論文의 (二) 中에서 다음과 같이 主
張한다.

「現代의 朝鮮은 過去 朝鮮의 正當한 認識 없이는 그 正當한 進路를 찾기
어렵다. 한 系列에서 相互關係의 全體的 認識 없이는 또한 無意味하니 이
는 哲學的 方法論에 비처서만 妥當할 뿐 아니라 實로 民族的 文化의 遺産
을 所有하는 意味에서도 亦是 妥當하다」

果然 朴氏의 이 主張과 같이 現代 朝鮮의 正當한 進路는 過去 朝鮮의 正
當한 認識이 規定할 수가 잇을까? 毋論 過去 朝鮮의 科學的 認識은 過去 朝
鮮의 正當한 理解를 可能케 할 것이다. 그러나 그러타고 過去에다 現實을
歸屬시킴으로 말미암아 朝鮮이라는 한 世界의 조그마한 地域의 時間的 相
互關係의 全體的 認識에서만이 우리의 正當한 進路를 찾을 수 잇다 할가?
世界의 一環으로서의 空間的 相互關係 ─刻刻 變遷하는 世界의 階級的 對立
關係, 따라서 世界 歷史의 現實的 動向을 全然 拒否한, 그리 하야 한 구석
의 時間的 系列만을 타고 古代 朝鮮의 「認識의 塔」 속에 逃避하는대 不過
한 이따위 哲學的 方法論에서만이 이제 새삼스러히 알 수 없던 朝鮮의 進
路가 明瞭해질 것이냐? 이러한 態度가 그 所謂 氣分的 放棄에서 實際的 探
索으로에 轉化라 할진댄, 이 論者는 妥當치 안흔 結論이라고 奮慨할망정
進取精神의 沈滯에서 생기는 迎合的 退步 以外에 아모 것도 아닐 것이다.
우리는 여기서 歷史性, 特殊性, 全體性에 對한 明瞭한 解明의 必要를 느낀
다. 그러나 그것은 우리에게 잇어서는 이미 解決된 問題의 翻復에 不過하
다. 오직 이 論者가 高調하는 그의 哲學的 方法論의 提出을 기다려 必要한
範圍 內에서 다시 論議할 機會를 가질 것이다.

▌三▐

于今까지 朝鮮 歷史家의 態度는 興亡盛衰의 皮相的 現象 形態의 記述, 一定한 科學的 方法論 없이 하는 小主觀의 漫評的 觀察, 政治的 必要에서 하는 歷史 事實의 歪曲的 記述 等의 態度를 버서날 수가 없엇다. 이러한 傾向은 古談小說, 野談에 이르기까지 거의 一致된 態度이엇다. 그러므로 그 所謂 學究的 態度란 것이 窮極에는 文獻 考證의 必要에서 오는 古蹟踏查와 遺物 鑑定 等으로서, 結局은 歷史 事實의 皮相的 正確性의 捕捉에 그치거나, 또는 文化史的 態度를 執한다는 것이 「윈델반드」 乃至 「릿켈트」 一流의 獨逸 西班 哲學派의 影響 아래에서 形而上的 信賴觀念으로서의 特殊史的 構成에 勞力하는데 不過하얏고, 歷史科學者로서의 體系的 認識에까지 이르지 못하얏다. 그러므로 우리는 世界 歷史의 發展過程에 對한 大體의 認識을 把握하고 「世界史觀」에 對한 唯物辨證法的 方法論을 捕捉하고 잇으면서도 世界史의 조고마한 分枝인 「朝鮮歷史」에 對한 科學的 認識을 가질 機會를 가질 수 없엇다. 이러한 意味에서 우리는 近者에 勃興되는 朝鮮歷史의 研究熱을 特히 注視하고 잇다.

그러나 于今까지에 잇어 白南雲 氏의 「朝鮮社會經濟史」(改造社 版)가 科學的 企圖의 조고마한 成果를 보혀주엇을 뿐으로 이러타 한 連作을 發見할 수가 없다. 「샤마니즘」의 古陋한 說話. 忠臣烈女의 斷片的 記述. 그리고 所謂 無定見한 英雄豪傑의 讚頌, 이러한 低級한 「쩌나리즘」이 橫行하는 만큼 우리는 白南雲 氏의 上記의 制作에 對해서 充分한 敬意를 表하여야 할 것이다. 더욱 經濟學者의 立場에 잇어 正統派. 歷史學派. 墺地利學流. 其他 아담 스미드 以後 資本主義 經濟學의 展開에 잇어 그의 主潮를 이루어 잇는 主觀主義的 傾向 —거의가 限界效用 學說로서의 演繹的 說明에 끄치거나 또는 配合理論 中心으로서의 價値論에 終始하는 傾向을 止揚하고서, 嚴然한 客觀主義의 立場에서 理論經濟學의 再建을 企圖하고자 하는 態度를 至當하다 보는 同時에 그 成果의 如何에 對하야 큰 期待를 가지게 하는 것이다.

白南雲 氏와는 그 態度에 잇어 갖지 아니 하나 唯物論 哲學의 立場에서 「朝鮮 認識의 方法論」을 들고 組織的 體系 建立에 勞力하는 분으로 申南澈

氏를 들 수 잇다. 이 분의 態度에 對해서 爲先 우리로 하야금 그 出發點에 잇어 觀念論的 哲學者의 所謂 分析된 觀念 形態의 窮極에서 發見한 아·푸리오리로서 所與된 事象의 演繹的 料理에 努力하는 態度를 버리고 科學的 立場을 固持하는 點에 잇어 賀意를 表하게 한다. 그러나 同氏가 規定한 所謂 三個의 根本되는 「前提的 要請」, 그리고 이 要請이 要求하는 三個의 方法論的 態度가 「一定한 目標 아래 統一된다면 朝鮮學은 새 出發을 마련할 것」이다 하는 申氏의 斷定에 對해서 論議해야 할 必要를 느끼고 잇다. 그러나 「朝鮮研究의 方法論」(靑年朝鮮 創刊號)에서 同氏가 企圖하는 바 方法論과 技術論은 同氏의 上記한 바 前提와 方法論, 그리고 그 結論의 具體的 通用일 것이다. 그러므로 우리는 同氏의 上記한 制作의 完成을 기다려 別로히 붓대를 들기로 하거니와 方法論의 項目 中에 보이는 「朝鮮社會의 特殊性과 一般性의 問題」는 直譯的 理論에 抗爭하야 朝鮮 特殊性의 把握을 高調하든 四年刊의 筆者의 態度를 懷想케 하는 興味 잇는 問題이엇다는 것을 附記해 둔다.

▌四▌

文藝理論에 잇어 金基鎭 氏를 爲始한 캅푸派 論客의 二三과 朴英熙 氏 外 二三의 論客間에 잇어 理論鬪爭의 惡酬가 煩素하얏다. 그러나 그 理論의 主題는 所謂 創作方法을 두고 終始一貫함즉한 觀이 잇다. 結局 四年 前에 提出되어 相當한 論議를 보앗든 問題가 漸次 作品을 두고 具象化하는데 따라 一層 現實味를 띠이고 物議될 수밖에 없엇든 것이다. 그리하야 結局은 푸스코·레아리즘의 勝利, 따라서 빨작크 作品이 文藝家의 書架에서 寵愛를 받는데 거의 一致된 傾向을 이루려 하고 잇다. 그러나 이 問題는 그 性質이 直接 作品構成에 關한 것인 만큼 現實的으로 生産되는 作品의 論評을 두고 今後 얼마던지 物議될 수밖에 없고 또 그러하므로 말미암아 더욱 展開되어 갈 수밖에 없다. 이 外에 日本 內地의 文藝理論의 傾向을 받어 論議되는 問題가 二三 잇섯으나 別로 축켜들 만한 收穫을 얻지 못한 채 흐지부지하고 말엇을 뿐이다.

於間에 잇어 오히려 注目할 만한 傾向의 하나는 主로 作家間에서 評論壇의 不便을 理由로 하야 評家의 無力을 論議하는 것이요, 또 다른 傾向의 하나는 이러한 機會를 타고 出動한 新評客의 不傷한 態度이다. 作家側의 態度에 對해서는 論議할 性質의 것이 되지 못하지만은 新出 評者의 態度에 對해서는 一言을 몯해줄 必要를 느끼게 하는 것이엇다. 彼等의 一致된 態度는 먼저 過去의 모든 評論을 否定해버린다. 그러면 否定할 만한 理由를 論議하느냐 하면 그러치도 못하다. 그리고 또 어떠한 評論을 그 內容을 허비고서 檢討하느냐 하면 그러하지도 못하다. 그야말로 空手打虎 格으로 過去의 評論을 「無內容」「無價値」하다고서 一蹴하는 蠻勇을 사양치 안는 것이다. 그러면 勇敢함즉한 이러한 類의 論者에게 評의 基準이 잇느냐 하면 그러하지도 못하고, 前提에 잇서 過去의 評客 一般을 無能하다고 罵倒하고는 千篇一律 式으로 日可日不可 日好日不好를 評의 本題로 한다. 이러한 稚拙한 小主觀의 感覺的 遊戱에 墮落된 似而非 論評이메도 不拘하고 擧皆가 過去의 評論은 質的으로 低劣하엿다고 斷定하므로 말미암아 가장 卓越한 素質의 評임을 自任하는 것이다.

「文章의 修鍊」「純文學의 勝利」等等 以外에 더 무엇을 期待한다 하면 期待하는 便이 無理한 要求일지는 몰으나 旣成評壇의 全幅的 否定, 無論理的 拒否를 꾀하는 이러한 無主見 無指針한 觀念 부스래기의 羅列도 가장 卑劣한 直評 以上 추켜들 點이 없으니 寒心한 일이다. 우리는 이러한 評者에게 豪言壯談은 좀 삼가하고서 出發點에 도라가서 爲先 評의 科學的 基盤의 把握에서 再出發을 힘쓰는 것이 賢明할 것을 附言해 둔다.

×

이 外에 韓稚振 氏의 「創造的 人生觀」에 對하야 論議할 必要를 느끼는 同時에 今春이엇던가 東亞紙上을 거쳐 理論 없는 妄說을 提示한 梁柱東 氏에게 應酬할 準備를 가지고 잇으나 뒷 機會를 타기로 한다.

京城 旅舍에서

• • • 《東亞日報》(1934. 12. 27~28)

最近文藝論評
− 一月 二月에 出現한 創作을 中心으로 −

이 論評에서 筆者는 主로 一月 二月間에 出現한 創作 —小說을 敍述할 것이다. 이 兩個 月評에 出現한 創作은 表現機構의 數爻가 增加한 만치 量에 잇어 決코 적은 便이 아니엇다. 但 그 質에 잇어서도 相當한 期間을 두고 다시 評筆을 드는 筆者로서는 驚異할 만한 『向上』을 서슴치 안고 容許할 수밖에 없었다. 첫재로 題材로서 보면 低劣한 感覺의 滿足 以上 아모것도 容許할 수 없는 에로티시즘의 작품이 一掃되어 所謂 「戀愛物」이 훨신 줄고 農村과 漁村을 背景삼은 흙 냄새와 비린내나는 것이 大部分을 占領하엿섯다. 이러한 題材의 傾向은 卓上 冥想의 觀念에 흘르기 쉬운 從來의 創作態度에서 벗어나서 朝鮮 民族社會의 現實相을 具象的으로 捕捉하며 表現하자는 作家의 眞摯한 態度를 엿볼 수가 잇섯다. 둘재로 構成에 잇어 힘쓰게 되는 觀照의 態度에 잇어 一般的으로 從來의 素朴한 直觀의 態度에서 階級的 觀點으로 變遷해온 것을 볼 수 잇다. 그러나 筆者의 立場으로서 보면 이제야 第一階級을 밟은대 不過함즉 보엿다. 그 理由는 取扱할 個個의 作品 內容의 檢討에 잇어 明瞭히 하겟기로 여기서는 省略하기로 한다. 다음에는 機構와 藝術的 形象化에 잇어 寫實的 手法이 原則的으로 承認되어 온 點이다. 이에 對해서도 相當히 論議할 問題가 적지 안헛다. 그러나 모든 點은 必然的으로 制作 論評의 實踐過程에서 解明되어야 할 것이므로 前言은 이만 畧해 버리고 本論으로 들어가기로 한다.

(一) 金東仁　　落王城 秋夜潭(中央誌 一月號)
　　　　　　　巨人은 움즉인다(開闢誌 一月號)

　이 두 篇은 다 歷史小說이다. 그러나 君主의 事蹟을 取扱하엿다는 意味로서는 오히려 宮廷小說이라는 便이 正當할 것이다.

　「落王城 秋夜潭」은 王妣를 여윈 王이 狂亂的 追落에서 起伏되는 王者의 事蹟記요, 「巨人은 움직인다」는 王食의 嫡長繼承制를 두고 柔弱한 太子와 剛毅 且 雄健한 第二 王者와의 사이에 일어나는 反目과 父王의 心理의 記錄이다.

　事件 展開에 잇어 돌漫한 描寫와 不必要한 잔소리가 殆無한 것은 이 作者의 藝術的 솜씨의 熟達한 것을 넉넉히 보혀주엇다. 조선말의 香氣와 音調를 巧妙히 살려내는 手腕과 作品의 均齊 調和에 놀랄 만한 長點을 가진 點은 이 作家의 藝風의 特徵이라 할 것이다. 그러나 나는 五年前에 春園의 歷史小說을 批評하면서 이러케 말한 일이 잇엇다. 「王權 被奪로 일어나는 權謀術數의 記錄이건 또는 宮中 蕩王의 放蕩한 淫事 雜記이건 或是 또는 儀節高調의 忠君烈士의 敍錄이건 間에 朝鮮서 出産되는 歷史小說이라는 것이 一種의 宮中情實記의 程度를 벗어나는 못하는 것은 寒心한 노릇이다.

　이것은 過去 歷史의 文獻 自體의 記述的 態度가 支配階級의 立場에서 한 單純한 階級的 푸로필에 不過한 罪過의 複寫的 現象이라고도 할 것이다. 그러나 그 理由는 如何間에 所與된 事件은 그 時代의 社會關係의 産物인 以上 그 社會關係 關連된 한 가닥 事件으로서 正確한 科學的 觀察 아래 우리 앞헤 보혀주어야 할 것이 아닌가. 나는 至今에 잇어서도 이 主張의 正當한 것을 믿고 잇다. 그리고 金東仁 氏의 이러한 宮廷小說에 잇어서도 똑같은 느낌을 가지게 한다. 우리는 朝鮮 靑年의 讀者들이 階級的 立場을 가

졌고 또는 가지고자 努力하며 思想的 發展을 꾀하고 또는 꾀하고자 努力하며 戰取的 行動에 살고 또는 살고자 精進하는데 잇어 眞摯해야 할 것을 믿는다. 그러한 朝鮮 作家의 作品은 이러한 讀者들에 寄與할 수 잇는 要素를 包藏하여야 할 것도 明瞭한 事實이다. 그러나 이러나 宮廷小說의 現實的 效果에 잇어서는 아모 意義 없이 現在生活의 小乘的 肯定 아래 그럭저럭 生活해 가자 하는 사람들의 消閑的 趣味를 滿足시키는 作用에서 벗어날 수 없는 것이 아닐가. 그리하야 現實逃避에 가까운 이러한 低廻味에의 迎合的 作用은 이 世代의 讀者衆의 感情과 意識을 조곰이라도 높여가는 것이 아니라 階級的 意味에 잇어서는 오히려 墮落시키는 阿片이 되기 쉬울 것이다. 이러한 意味에 잇어 나는 이 優秀한 作家에게 意識問題에 關한 새로운 省察을 希望하고 싶다.

(二) 嚴興燮　　純情(新東亞誌 一月號)
惡戲(開闢誌 一月號)

「성일」이가 어릴 때의 조흔 동모인 「방순」의 一生을 저와의 關連에 잇어 그려낸 것이 「純情」이요, 六十객이나 되어보임적한 老人이 외딸 「보경」을 善良한 朝鮮 女性으로 만들기 위하야 經驗하는 老婆心의 搖動을 보혀주는 것이 「惡戲」이엇다.

외로운 身勢가 된 孤兒 「방순」이는 宣敎師人 집 안잠자기를 해가면서라도 공부하리라 하엿지마는 그것은 한 때의 꿈이엇다. 그리하야 카페(失樂園)의 女給 노릇을 하게 되엇고 따라서 生活도 거칠어 갈 수밖에 없엇으나 가슴속만은 愛慕해 마지 안는 성일이의 그림자를 그리고 잇엇다. 그러나 이러한 社會에 물들지 안흔 靑年 「성일」이는 은근이 방순이를 사랑하고도 싶엇으나 향기롭지 못한 「방순」의 過去 때문에 마음의 動搖를 아니 느낄 수 없엇다. 이 눈치를 채인 「방순」이는 드디어 「카페」(失樂園)에서 뛰어나와서 어느 실 뽑는 工場職工으로 轉身하고 말엇다. 그러나 카페의

暗黑한 生活에 젖엇든 몸인지라 筋肉勞動은 방순으로 하야금 病席에 눕게 크럼 하얏을 뿐만 아니라 드디여는 성일이의 키쓰를 哀願하면서 사라저 가는 運命에 떨어트리고 말엇다.

이 作品은 그 題材에 잇어 別로 새 맛이 잇는 것도 아니지만 作品 構成에 對한 作者의 솜씨가 그리 서투르지 안흔 것과 進步的 意識을 把握하고 잇는 것과 젊은 作家로서는 보기 드물만큼 朝鮮말의 自然한 用法을 解得한 것 等等이 이 作品으로 하야금 失敗시키지 안헛다.

그러나 이 作品에 잇어 큰 伏線의 作用을 하고 잇는 성일이와 방순이의 幼年期의 生活相의 描寫가 觀念的 筆致에서 벗어날 수 없은 것과 全體로 보아 平面的 劃一的인 솜씨는 마땅히 힘드릴 곳에 힘을 드리지 안헛으므로 深刻하게 讀者의 가슴을 움직이는 그 무엇이 없엇다.

방순이의 工場生活을 두어 마디 說明으로서가 아니라 「失樂園」과의 對照에 잇어 緻密한 描寫를 하엿던들 두 社會의 相克된 콘트러스트를 거처서 讀者가 받는 感動은 컷을 것이요 따라서 보담 큰 作品 價値를 獲得할 수가 잇엇슬 것이다.

「惡戲」는 平凡한 作品이엇다. 뿔조아떼모크레시에 不過한 意識의 勝利로 歸結된 이 作品을 하품 안 하고 읽게커럼 한 것은 다만 表現 形式의 妙味에 잇다. 그러나 한 걸음 더 나가서 좀더 周密한 觀察과 深刻한 描寫가 要求되어야 할 것이며 老人의 「보경」에 대한 意識과 뿔조아데모크레시에 허둥대는 보경이와 그의 母의 意識에 對해서도 階級的 觀點에서의 充分한 省察이 잇어야 할 것이다. 이 老人이 自悔하는 「認識錯誤에서 온 悲壯한 惡戲」라고 모든 것을 一蹴해버리기에는 너무나 그리 할 수 없는 正當性의 省察이 우리에게는 切實히 必要함즉 보엿다.

(三) 姜敬愛　　母子(開闢誌 一月號)

이야기 틀은 極히 單純하다. 義母와 싸우고 난 승호 어머니는 매일 기침에 콜록이는 승호를 업고 시형네 집을 찾어갓다. 그러나 시형네 집에서도 冷待를 하는지라 갈 곳이 없어진 母子는 눈오는 저녁, 자기네들처럼 가엾은 境遇에 잇는 同類를 찾어 지향 없는 길을 헤매게 되엇다. 作者의 說明으로 승호 어머니가 胡人집 어멈 노릇을 하엿다는 것과 승호 아버지가 무슨 運動者임즉 한데 총을 맞어 죽엇다는 것을 알 수가 잇엇다.

心理的 레아리즘의 傾向이 보이는 作品이다. 能熟한 藝術的 技巧를 가진 것은 아니로대 單純한 事件을 이만치 成功시켜 노흔 것은 作者의 眞摯한 努力이엇다고 할 것이다. 別로 운치 잇는 文章이 아니며 또 變化가 적으므로 單調롭기도 하다. 그러나 讀者로 하여금 잊어버릴 수 없게 하는 것은 端的이나마 푸렛쉬한 描寫가 迫眞하는 힘을 가졋기 때문이다. 特히 눈 나리는 荒莫한 滿洲의 벌을 素朴한 一念으로 헤매며 느끼는 눈물겨운 心理 描寫에는 가볍게 볼 수 없는 것이 잇다. 可憐한 母子는 人家를 發見하지 못하고 尺雪 우에서 허둥대다가 드디어 「죽음」을 凝視할 수밖에 없이 된다. 그러나 죽은 남편을 생각하매 「우리는 이러한 눈 속에서나 구렁창 속에서 죽을 것이 아니다. 만일 그럿타 하면 남편의 죽음과 자기네 母子의 죽음과의 사이에 얼마나 差異가 버그러지느냐」 하엿다. 이러한 單純한 一種의 絶望的 解脫의 境地에 지나지 안컨마는 우리로 하여금 한 가닥 魅力을 느끼게 되는 것은 「잘 살기 위해서」와 「價値 잇이 죽기 위해서」는 어떤 階級에 잇어서는 마찬가지인 때문이다.

描寫와 藝術的 形象化를 떠나서 간간 說明口調에 얼어지는 것은 心理的 레아리즘의 犯하는 常套的 過失인 만큼 留意해야 할 것이며, 作者의 素朴한 意識에 비추어 以後 만흔 敎養이 必要할 것이다.

(四) 金卿雲　　激浪(東亞日報 入選作)

東海 바다에 臨한 咸北 어느 浦口의 村落에 기름 짜는 정어리 工場이 잇엇다. 이 정어리 工場에는 고기 잡어 오는 사공을, 말하자면 海上勞動者와 또 陸上에서 기름 짜는 工場勞動者의 一派가 잇고, 다른 한편에는 日用雜貨店까지 經營하는 이 속에 밝은 工場主 덕재와 그의 書記 等이 잇엇다. 그리하야 이 S村落은 정어리 工場을 끼고 살아가는 사람들과 그의 家族, 酒幕, 郵便所 等等으로 되어 잇는데, 事件은 海上勞動者 一群의 浮萍草같은 生活感情의 描寫와 덕재와 그의 書記 對 춘보, 태순이, 동호, 쌍동이, 유복이 等의 勞動層과의 階級的 葛藤, 癡情關係 等等으로 展開되어 나갓다.

大體로 寫實主義의 客觀的 描寫 手法에 잇어 成功한 作品이라 할 것이다. 그러나 階級的 觀點에서 料理하는 以上이면 좀더 덕재의 行動에 對해서 뚜렷한 描寫가 잇엇드면 하는 不滿도 없는 것은 아니나 보담 더 切實히 느낀 것은 이 作者에게 單純한 階級意識에 對한 批判的 省察을 希望하고 싶엇다.

「우리는 朝鮮民族인지라 이러한 民族으로서의 階級的 觀點을 일치 말고 우리의 現實社會에서 싹트는 被支配階級的 民族相과 아울러 그의 甦生的 嚮路를 注視하야써 藝術的 形象化의 行程에 잇서 所與된 事件의 具象的 分析, 本質에까지의 觀照, 選擇, 配慮, 整齊를 거처 適切히 이 民族社會의 社會的 階級的 要求에 照應하는 바 잇어야 할 것이다.」 이러한 主張은 于今에 잇어서도 조곰도 變할 것이 없다. 웨 그러냐 하면 우리는 쏘베트 사람이 아니며 또는 帝國主義나 팟쇼社會의 사람도 못되는 植民地의 朝鮮人이니간 우리로서 마땅히 밟어야 할 過程과 特殊性을 解得해서 中路의 行程을 氣分的으로 飛翔함이 없이 現實 朝鮮의 形相을 그려냄으로야 오늘날 朝鮮의 歷史的 價値와 意義를 차지할 수가 잇는 까닭이다. 우리의 現實이 얼마나 幼稚하며 初步的인지 草創期의 情勢를 살펴볼진댄 第一線的 彈力性을 가진 工場푸로레타리아의 生成이 아직 量으로 微微하고 또 그나마 極히 無組織的 存在이다. 農民大衆과 漁村이 亦是 그 意識에 잇서 뿔조아데모크레시에서도 멀리 뒤떠러진 가장 封建的인 狀態에서 허덕거리고 잇다. 이러한 時期에 잇어 量에서 質로에 ××的 變化를 盗行한 社會의 圓熟한 歷史와 階級의 피리소리에 외람히 껑충댈 수도 없는 노릇이며, 大多數의 組織된 工場 푸로레타리아와 自然生長的 ××感情에서 目的意識的 行動에서 點火된 農民大衆을 가진 先進資本主義 社會나 帝國主義 社會에서의 棍棒을 휘둘르며 指令이 왓다갓다 하는, 漲溢한 그 ××氣分을 그대로 呼吸할 수도 없는 것이다. 그리하야 우리는 우리의 立場에서 마땅히 警戒해야 될 두 가지 傾向을 가질 수밖에 없으니, 그의 하나는 作品 構成에 잇어 理想의 峻嶺만을 憧憬한 남어지에 ××的 氣分을 現實과 동이 뜬 觀念으로 宣傳하려는 非藝術家的 態度와 ××의 빽빽한 理論을 作者 自身이 또는 어떠한 人物을 빌려서 키네마 說明하듯이 演說하는 活動式 態度이며, 그의 둘재로서는 이러한 民族으로서의 ××的 立場에 對한 省察이 없이 단지 民族內의 小階級關係만을 추켜들기에 奔走한 남어지에 民族社會 內의 集中시켜야 할 力量의 分散을 꽤하는 結果를 招來하기 쉬운 點이다.

이 「激浪」을 例로 들어보면 上記한 (一)에 對한 危險은 거위 淸算된 것을 肯定할 수가 잇지마는 (二)에 對해서는 不滿을 아니 가질 수 없게 한다. (中略)

그러므로 이 點에 잇서서 이 作品은 描寫 表現하고자 하는 現實을 全面的 本質을 前提로서 多面的인 本質의 一面을 추켜내는 데 잇서 잘못됨이 잇슴을 容認할 수밖에 없다. 即 「덕재」로서는 植民地 民族社會의 普遍的이요 一般的이요 또 必然的인 本質을 解明할 수가 없엇다. 그러므로 딸아서 이 社會의 作品으로서 歷史的 重要性을 차지할 수도 없다. 이 點은 非單 이 作者에게 特殊한 問題도 아모 것도 아니다. 朝鮮의 作家와 文學靑年 一般에 잇서 다 가치 留意할 點이엇지만 말이 난 김에 若干의 解說을 힘썻을 뿐이다. 나는 이러한 不滿을 이 作品에 가지면서도 그 誠實한 描寫에서 보여주는 緻密한 筆致와 相當히 複雜한 事件의 構成인데도 不拘하고 適切한 題材의 選擇 配慮의 솜씨는 놀랄 만한 點이엇섯다. 間間 經濟學의 初步理論과 素朴한 作者 解說이 머리를 드는 것은 從來의 푸로 文藝理論의 조치 못한 影響이라고 할가, 今後의 精進을 부탁해 둔다.

(五) 金始鍾　花郎의 後裔(中央日報 入選作)

封建時代에 잇어 可히 뽐낼 만한 觀念 뿌스레기를 축켜 들고 이 世紀의 大道를 이리저리 꿍저가는 黃進士의 時代錯誤的 行狀記로서 始終되엇다. 現相으로부터 爲始하야 名藥 개똥소똥散, 黃某의 七代孫 乃至 新羅 花郎의 後裔 等의 門閥 高吹, 改嫁女에 對한 豪氣스러운 輕蔑 等等이 現代 朝鮮 靑年의 意識 水準에 비추어 一種의 唾罵할 嘲笑꺼리에서 더 나갈 수 없는 事件들이다. 그러한대도 이 동기호테 黃進士의 行狀으로 하여금 이러한 느낌에서 떠나서 가벼운 유모어的 氣分에 끄을고 가는 것은 「나」라는 人物이 觀察하는 黃進士에 對한 態度에 잇어 어디까지던지 갑싼 理解와 그리 取할 수 없는 同情으로서 事件을 進行시키는 것과 黃進士라는 爲人이 어린 애 같이 率直히 自意識에 對한 忠節을 表明하는 까닭으로서다.

마땅히 輕蔑할 事件이라도 미지메한 態度로 料理하매 우슴꺼리로 아니 變할 수 없고 天痴짓을 해도 罪 없이 하고 보면 오히려 나이브하게 보이는 法인지라, 이 作品을 成功시킨 것은 오직 作者가 이러한 構造의 反正的 妙理를 解得하고 익숙한 붓대로 범벅해 노흔 때문이엇다. 그러나 이러한 題材를 捕捉하는 根本的 觀點에 잇서 階級的 立場을 取하지 못햇으므로 물날른 封建意識의 가락과 資本主義的 때모크래시와 新興階級의 進取的 意欲 等等이 亂舞하는 오늘날 朝鮮相의 全幅的 一面으로서 正直하게 보여줄 수가 없엇고, 第二 階級의 意識的 殘骸를 橫見하엿음에 더 나갈 수가 없엇다. 그러므로 첫 무리에 숙 버여저 나온 「朝鮮의 심볼」이란 것도 容認하기 어려운 存在이어서 「福德房門衆」 程度의 價値에서 더 나갈 수 없는 것이며 「나」의 淑父란 人物이 警察署에 때어가버린 데 對해서 그의 鑛山事業이 滿洲에 잇는 朝鮮××運動과 關連한 事業이엇기 때문이라는 것도 억지로 부처 노혼 말하자면 「猿猴戯冠」之感이 不無하엿다.

(六) 朴榮濬　생호라비(開闢誌 一月號)

小作人 홍진구는 四年前에 열(*'일' 탈자)곱살 된 색시를 데려다가 살림을 해왓다. 그러나 해산 하러 친정에 간 뒤로 남의 집 유모(乳母) 노릇을 하면서부(*'터' 탈자) 돌아오지를 안 햇다. 색시 생각에는 勿論 넉넉할 수 없는 살림사리에 진저리가 난 것이지마는, 진구로 말하면 四十圓이나 들여서 얻은 안해요 또 사랑하든 안해엇는지라 한시라도 잊을 수 없엇든 것이다. 때마침 이러한 기미를 안 地主 黃座首는 안해 없는 호래비 살림을 그만 두고 머음(*슴)으로 들어오라고 하니까, 진구는 안해에 對한 간절한 생각이 불꽃같이 치밀어 올를 수밖에 없엇다. 그리하야 사나이의 씰개를 온전이 버리고 진구는 안해를 찾으러 갓으나 안해는 먹을 것 못 먹고 입을 것 못 입고 삭김만 매는 살림에는 진저리가 낫으니 갈 수 없다고 진구의 가련한 가슴을 톡 쏘아 버리는 것이어(*엇)다.

이 「스토리」가 우리에게 보여주는 것은 오늘날 社會에서는 家庭을 維持할 만한 唯物的 餘裕가 없는 사람은 性的 生活로부터 獨立한 一家庭 乃至 子女의 사랑에 이르기까지 不可能한 것이라는 點을 農村 生活相의 一端을 거처 보여주는 것으로 主題 「생호라비」는 實로 意味深長한 것이엇다.

그만치 이 着想과 題材는 마땅히 取할 곳에서 가저온 것을 容許해야 할 것이다. 그러나 이러한 情境이 잇는 反面에 안해가 둘 셋식 되면서도 오히려 放縱한 性의 無政府的 狀態에서 사람의 고기덩이를 黃金의 동곳으로 저울대질 하기를 즐기는 사람들이 잇음을 들춰내지 못한 것은 이 作品의 미치지 못한 點이엇다. 그리하야 조흔 테-마를 가지고 한 個의 農村生活相의 點景에서 벗어날 수가 없엇고 딸하서 歷史的 重要性을 獲得할 수가 없은 것은 아수운 일이엇다. 作品 構成의 솜씨에 잇어 아즉 자리가 잡히지 못하엿으며, 題材의 配慮에 잇어 「생호라비」란 題目의 解釋부터 이것 저것 說明해 나려간 것은 조치 못하며, 文章은 過히 서투른 便이 아니나 文勢에 힘이 적은 것은 朝鮮말에 對한 修鍊을 싸허야 할 것으로 보엿다. 意識問題와 아울러 敎養에 힘쓰기를 付託해 둔다.

(七) 金朝奎　　윤초시(中央誌 二月號)

비위에 거슬리는 것을 新人推薦作이라는 傍題가 붙엇기에 끝까지 읽어 보앗다. 그것은 윤초시라는 물장사에게(색시하지 안켓수)라고 한 첫 수작 과 「나」라는 學校 敎員의 값싼 人道主義的 態度란 것이 이 作品의 內容에 잇어 그 무엇이 잇으리라고는 생각히지 안흔 때문이다. 우선 거위 四十이 다 된 물장사(윤초시)의 印象을 이 作者는 꾀 힘들여 描寫하노라 하엿지만 別로 이러타 추켜들 것이 되지 못하엿다. 그러나 孟浪한 契機로서 윤초시 가 木下 순사부장에게 매를 맞고 물장수도 떠러지고 滿洲로 떠나간다는 에피로그에 잇서 두어 마디 말해 둘 必要를 느끼게 하엿다.

木下의 개(犬)가 윤초시의 단벌 옷을 물어 뜯엇다. 윤초시는 분결에 동 (*돌)맹이로 그 개를 때렷다. 悲鳴이 들렷다 하니 죽어버린지도 몰른다. 이 때에 木下가 나와서는 「馬鹿」! 하고선 초시의 뺨을 따렷다. 그리고 그 날 밤 윤초시는 유치장 신세를 젓고 이것이 動機가 되어서 드디어는 물 지게조차 지지 못하게 되고 말엇다.

이러한 構想을 살리려 할진댄(花城의 「理髮師」에서도 말하겟거니와) 木下 의 行動과 물지게 지는 사람들 또는 地方 農民들과의 日常 交涉에 잇어 讀 者로 하여금 肯定케 할 만한 事件의 暗示가 伏線해 잇어야 할 것이다. 얼 토당토 안흔 아이들의 놀림감이나 또는 (나)라는 人物의 同情의 對象物로 굴리다가는 생치(雉) 한 마리 쥐고 木下部長에게 갓다가 개한테 옷 찢기고 서 留置場 身勢요 滿洲 出鄕이라는 것은 事件展開에 잇어 마땅히 밟어야 할 中間의 環을 無視한 것으로 留意해가야 될 것이다. 作品은 그 技巧에 잇어 아직 初步의 圈을 벗어 날 수가 없으며 題材에 對한 選擇의 輕重, 文章에 對한 修鍊, 事件 配慮의 前後 等에 아직 未熟한 자리에 잇다 하겟다. 오직 今後의 努力을 期待할 뿐이다.

(八) 朴花城　理髮師(新東亞誌 二月號)

스토리-는 이러하다. 理髮師 진수는 普通學校를 卒業하고서 家勢가 貧寒한 까닭에 理髮所 職工이 되기는 햇으나 自習과 讀書를 게을리 하지 안는 農村의 인테리 靑年이엇다. 그러므로 農村靑年會의 幹部로서 한 가닥 일을 해왓으나 무엇에 失望하엿던지 (削除된 곳 때문에 失望의 原因을 뚜렷이 알기는 어려우나) 어떠한 處女와 結婚을 하엿고, 自然의 順序로 얼마 안 가서 애기 아버지 될 수밖에 없엇고, 딸해서 家庭의 責任이란 것도 무거워질 수밖에 없엇다. 十五六圓 남어지밖에 못되는 收入으로 살어가자 하니 一家의 生活이 넉넉할 리가 없는 대다가 교활한 理髮 營業者 상건이가 바로 雇主의 勢를 쓰기도 하므로 理髮職工으로서 받는 勞苦와 아울러 진수의 마음은 거칠어 갈 수밖에 없엇다. 村間의 理髮所인지라 農村 情景의 한 가닥이 許主事란 精米工場와 農村 役軍들의 會話와 態度를 거처 알 수도 잇게 하엿지만, 事件의 에필로-그는 駐在所長 경부가 理髮하러 왓다가 잘까(*깎)지 못햇다는 것 때문에 진수와 한바탕 싸움이 벌어저서 드디여 진수는 駐在所로 쓸(*끌)려간다는 것이다.

寫實的 手法에 잇서 굳건히 客觀的 立場을 버림 없이 事件을 描寫해 나간 點은 조타. 자칫 하면 쎈티에 흘르기 쉬운 朝鮮作家의 危態를 벗어난 健實한 筆致는 大成할 만한 將來를 엿보게 하엿다. 또 테마에 잇서 卽 表現하자고 하는 一貫한 思想의 暗示에 잇서 大體로 進取的인 點도 肯定할 수 잇다.

　그러나 진수가 警部에게 붓잡혀 가게 된 契機에 對해서는 나는 作者의
不足한 意識을 非難 아니 할 수 없다. 그전대로 깎어 달라는 머리를 진수
제 마음대로 藝術家나 美術家 머리처럼 깎어버린 것은 비록 진수에게 잇
서 제 精誠을 다 드렷다 하더래도 容許될 것이 아니다. 客의 希望을 어겨
서 「상건이는 상건이고 나는 나니깐 내 식으로 한다」는 것은 都大體 말
못되는 노릇이 아닌가.

　또 그것이 이 作品에서 나타나는 契機와 같이 個人主義的 自我 固持性을
벗어날 수 없는 것이고야 어떠한 큰 社會的 意義를 차지할 수가 잇을가?
더욱이 경부가 理髮所에 出現하기까지에는 그와 農村人民 間에 日常 撥起
되는 여러 가지 事件의 暗示가 伏線해 잇어야 맛당하엿을 것이다. 意識에
잇어서 이 作者는 唯物辨證法的 人生觀을 槪念的으로는 把握하엿슴즉 보이
나 事件의 藝術的 形象化에 잇서 具象的으로 機能 發揮에까지 이르기에는
이 方面에 對한 만흔 觀照的 修練이 要求되어야 한다. (下略)

(九) 廉想涉　　彼女의 運命(中央誌 二月號)

　명례가 저번에 만난 사나이의 씨를 가지자 金 密輸出이 發見되어서 그
사나이는 滿洲로 뛰여버리고 졸지에 만난 사나이의 씨를 가지자 文書僞造
且 橫領罪로 그 사나이도 監獄의 사람이 되고 말엇다. 東京으로 건너가서
판사가 되니깐 富者崔留學生을 두고 조선 女判事 「아사꼬」와 三脚戀愛 關
係가 展開되어서 다시 이곳을 떠날 수박게 없이 되엇다. 오라버니를 찾어
大連으로 가서 뒤이어 쫓아온 留學生 崔氏와 단꿈을 꾸게 되니깐 豫想치
못하던 첫재 情夫가 나타나고 또 얼마 안 가서 刑期를 치르고 出獄한 둘
재 情夫가 찾어오고 뒤이어 崔氏의 情婦요 三脚關係의 相對者이던 「아사꼬」
가 나타나게 되엇다. 이러한 망측한 꼴이 展開되어 명례는 大連에 와서
돈 千圓을 울려낸 첫 情夫와 自己와의 사랑의 生活 덕분에 監獄에까지 읽

혀갓섯던 둘재 情夫와 또 셋재 情夫 崔氏를 自己가 뺏엇기 때문에 찾어온 「아사꼬」 □□의 的中 飛躍의 한복판에 끼워서 진저리가 날 수밖에 없게 되엇다. 이 눈치를 챈 崔氏는 그의 씨가 이미 명례의 뱃속에 뺏겻슴을 깨닫고 꽁문이를 빼도록 한지라 「아사꼬」를 다리고 떠나갈 작정을 채리고 別離의 酒宴에까지 이르게 하엿다. 그러나 「아사꼬」는 이미 決心한 바가 잇으므로 醉酒軍을 假裝하고 엄벙대다가 품엇던 □刀로 명례의 가슴을 찌르고 말엇다. 이러한 豫感을 느끼고 잇든 崔氏는 「피스톨」로 「아사꼬」의 등어리를 쏘아버렷다.

全體로 보아 自然主義的 作品으로서 成功하엿다 할 것이다. 事件 展開에 잇서 複線이 되는 것이 아니라 오히려 作品의 □□를 어즐피게 하면 잔소리가 一掃될 것은 相當한 期待를 두고 이 作家의 作品을 보는 나로서는 一段의 進增을 容認할 수가 잇섯다. 朝鮮말의 能熟한 驅使, 語彙의 豊富, 健實한 筆致는 春園, 동인과 아울러 大家의 品貌에 遜色됨이 없다. 연장으로서의 朝鮮말의 미와 힘이 朝鮮文學 建設의 重要한 要素의 한켠 날애인 만큼 우리는 이 作品에 對해서 누구나 一讀할 價値가 잇다고 勸奬하고도 싶엇다. 그러나 이 作者의 意識이 素朴한 經驗論的 唯物論의 初步에서 벗어나지 못하는 까닭에 單純한 直觀을 거처서 하게 되는 藝術的 形像化라는 것이 事件 發展의 一面만을 平面的으로 捕捉하야 料理해 갓을 뿐이다. 그러므로 어떠한 所與된 契機에 어쩔 수 없이 끌려 들어가는 명례의 運命이 한個의 말할 수 잇는 고기 덩어리로 그야 말로 機械論的으로 쓰러저 갓을 뿐 명례가 屬하는 階級의 意欲의 불길이 對立되는 階級과의 關係에 잇어 生哲學의 思惟를 거친 認識과 藝術的 表現과의 內部的 關聯의 行程에서 미서 뚜렷한 線을 가지고 움직일 수가 없엇다. 作品의 構成은 그 作者의 人能하다는 初步的 命題가 容許될진댄 設或 作者에게 잇어 直觀的 印象으로 또는 感性的 認識으로 捕捉함즉 보히는 題材에 잇어서도 藝術的 表象에까지 이르기에는 統一된 人生觀의 觀照 過程을 밟지 안을 수 없다. 그러므로 統一된 人生觀의 把握이 없으면 捕捉된 映像을 그 本質에까지 升揚하야 다시

特殊的 具象化에 이르게 하는 過程에 잇서 觀照하므로 말미암아 對立된 兩側面의 全體的 關連을 把握할 수가 없고 現象 形態의 表面을 딸아서 一面的일 수밖에 없다. 一管見的으로 追跡하는 데에서 더 나갈 수가 없다. 이리하야 意識 問題의 重要性은 半十年 前에 잇어서나 于今에 잇어서나 우리에게 잇어 조곰도 달러질 것이 없다. 모름직이 이 方面에 對한 精進을 希望해 둔다.

(十) 玄民　金講師와 T敎授(新東亞誌 一月號)

東京帝大 時代에 文化批判會의 멤버로 잇으며 左翼思想에 硏究가 잇엇던 金萬弼은 朝鮮으로 나오자 一年半 동안의 辛酸한 失業者 生活을 하다가 S 專門學校 獨逸語 講師로 들어갓다.

그러나 朝鮮의 特性처럼 어느 部門에던지 붙여다니는 勢力 다툼과 派爭은 여기에서도 그의 구린내 나는 魔態를 들어내노코 도련님 文學士의 맹숭맹숭한 머리를 어즐피엇으며 드디여는 文化批判會 멤버이엇엇다는 事實을 축켜 들고 追擊하는 T敎授의 교활한 手段은 結局 萬弼 文學士로 하야금 S專門學校에서 나올 수밖에 없이 만들고 말엇다.

이러한 事實은 朝鮮專門學校에 잇어 가장 흔한 現象이매 朝鮮相의 한 가닥 貌樣을 보여준, 우선 그 題材에 잇어 容許할 만한 作品이엇다. 그러나 專門學校 敎員에 對한 또 金萬弼에 對한 또는 派爭에 對한 階級的 觀點에서의 觀照와 描寫가 없엇다. 그러므로 白手 文學士 金萬弼의 값싼 俗人性的 態度에 對해서도 別 好意를 가질 수 없는 것이오, 土俗學 硏究를 빙자하고 조치 못한 짓을 한다는 T敎授에 對해서도 교활한 世俗的인 人間 以上으로 別 惡意를 가질 수도 없게 하엿다. 또는 이 社會는 知識階級으로 하야금 二重三重 乃至 九重의 人格을 가질 수밖에 없이 强調한다는 點에 잇어서도 김만필을 빌려 註釋해 노앗을 뿐이요, 무엇 때문에의 이러케 强要될 수밖

에 없는 現象 形態가 依據하는 바 社會關係를 들추어내서 描寫해주지를 못
하엿다. 流暢한 筆致는 못 되나 起伏이 굵은 솜씨와 센티에서 完全히 벗어
남즉한 健實한 藝態는 將來 잇음을 보여주는 것이엇다.

(十一) 李學仁　　돈과 사람(新人文學誌 二月號)

이 作品은 小說로서 容許할 수가 없다. 小說로서 되지 못한 以上 內容을
들먹거릴 必要도 없을 것이다. 淺薄한 意識에 鈍感히 흐늑거린 事態를(東
京苦學生活) 描寫도, 藝術的 形象化에 對한 努力도 없이 말하자면 「古譚」하
듯 記錄하엿을 뿐. 이 作者는 모름직이 小說 構成에 對한 原理的 敎養의 第
一步에서부터, 그리고 階級的 觀照 過程의 第一階段으로부터 새 出發을 꾀
할 일이다. 이 作品으로서는 朝鮮의 作家로서 將來의 期待를 가지게 하는
아모 것도 發見할 수가 없엇다.

(十二) 崔貞姬　　洛東江(三千里誌)

이 作品은 「三千里」誌 十一, 十二, 一月에 亘하야 連載되엇다. 그러나 「三
千里」 十二月號를 가지지 못한 筆者는 完全한 評筆을 들 수가 없다. 다만
내가 본 것으로만 말한다면 題材 選擇과 整齊에 잇어 不滿을 느끼게 하는
點이 不無하엿지마는 新春文藝 作品中 第一流에 屬해서 마땅할 것이라 생
각하엿다. 特히 描寫 手法에 잇어 간간 보여준 巧妙한 筆致는 이 作者의
뛰어난 才質을 엿 볼 수가 잇엇다. 다만 「完製한 리아리즘」이라고 驚嘆한
張赫宙 氏의 紹介文은 좀 誇張한 點이 잇어 「賣藥廣告」같은 느낌을 가지게
하엿으나 如何間 나는 이 作品을 朝鮮에 잇어서 客觀的 리아리즘의 「出發」
로서 容許하고자 한다. 그리하야 客觀的 리아리즘의 完成은 今後 朝鮮文藝
의 生長에서 스스로 實現될 것으로 今後 우리 文人의 動向과 精進이야말로

注視의 관역이 아니면 아니 된다. 다 읽지 못한 터이라 더 論議하려고 안커니와 이 閨秀作家가 一家의 藝風을 가추기 爲해서는 慶賀할 第一步의 자욱「洛東江」으로 하야금 歷史的 重要性의 獲得에까지 이르게 하는 今後의 努力이 要求되어야 할 것이다.

× ×

以上의 諸篇 外에 朝鮮日報 懸賞作「소낙비」— 金裕貞 作,「魂을 일흔 사람들」— 崔述 作,「車에서 만난 女子」- 李順根 作 等이 잇섯다. 新人의 入選作인만큼 나는 꼭 보아야 할 責任을 느꼇으며 또 그만한 努力도 안 한 것이 아니다. 다만 朝鮮日報에서 發表가 늦은 것과 筆者의 客裝生活이 한갓 되지 못하엿든 까닭에 順序 잇이 읽을 機會를 얻지 못하엿다. 圖書館에도 가 보앗으나 散逸된 것이 만어서 뜻을 이루지 못하엿다. 그리 되여 할 수 없이 요 다음 번으로 넘겨 가는 수밖에 없이 된 것이다. 이것은 조치 못한 일로 筆者는 作者와 讀者에게 未安하다고 생각하고 잇다. (끝)

· · ·《東亞日報》(1935. 3. 1~3, 5), 4회 연재

부록 1

[번역시
  화답시]

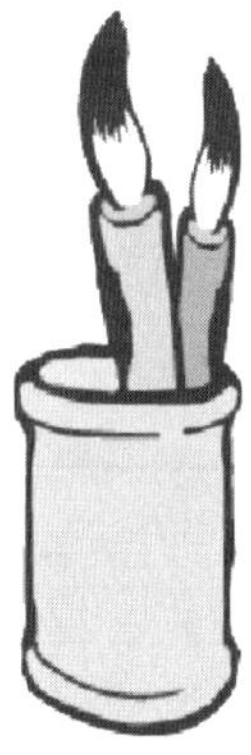

아덴의 隱者

셋스피어 作 / 蘆 風 譯

오오돈!
아가위밧가티 반작반작 반작이는돈!
아아한우님 나는게으른신자는안에요
한우님 당신의천국을 흠신흠신발켜주서요
돈만흐면 검은게희여지고
추한게 고와진다구요?
글은게 올케서고
나즌게 놉하진다구요?
늙은게젊어지고
비겁한게 용장해진다구요?
한우님어째서그럴까요어째서그러한말예요?
어째서돈은 재사와재자들을 당신에게서잡어갑니까
씩씩한사람들의베개를그들머리에서잡어쏩는
아아 아가위빗의노예 노예여
만흔종교속에 들어가선 그속을허물고
저주바든자를 축복하고
창백한문둥병자압헤 절하고
도적놈에게 그자리를 엇게하고
그들에게 도적질의직분을주고
쌍에업드려 무한칭찬하는 ― 줄느러안즌국회의원들함께
아아 그는돈예요 슬퍼하는과부를 다시시집보내는돈예요(끗)

· · · 《東亞日報》(1929. 11. 21)

滿 足

에드와드짜이아르 作 / 蘆 風 譯

흠신 가진이는 더갓지못해 애태운다
내가 집이적으나 오히려 더가거려안커늘
그들은 흠신가젓스나 아직도 가난하고
이내는 가짐은적으나 오히려 부잘런가?

그들은 가난방이 이내는 유족한부자
그들의원은 더가짐이거니 내들어주리라
그들의부족불만 쏘그러커니 내빌려주리라
그들은 인생을탄식하고 나는즐기며가진이
(아아흠신가진이는더갓지못해애태운다!)

・・・ ≪東亞日報≫(1929. 11. 22)

힘쓸 일

수수천명사람들이 얼마나 살지못해애쓰는가
아아저것을보라 죄악과비참 그리고 천대속에서
외여치는사람들 빈한에우는 저모양을,
아아친구야 조고만일이라도힘쓰소 저들을위하얀
미미하기 그지업는일이라도힘쓰소 저들을도읍기위하얀.

<Havergal>

・・・ ≪東亞日報≫(1929. 11. 23)

가엾슨 사람

병든 사람에겐 약을주고
근심하는이에겐 편안과위로를 주면서도
가난한이 절눅발이 눈멀은이에게는
가지마라 가만히걸으라 이러케외여친다
그러나그들에겐 결코조흔시긔란 오지안커늘

<Shakespeare>

···《東亞日報》(1929. 11. 23)

＊ 이상 '愛誦二篇'으로 발표함.

戀春曲
―蘆風에게―

權九玄

쏘얀비 봄비는 어릴째의 내꿈
이강상에오는비도 어릴째의 내꿈

쏘얀비 봄비는 이강산에 오는비
어릴째의 내꿈도 이강산의 이비
     ×   ×
가지마다맷는쏘츤 어릴째의 내꿈
내꿈에 맷는쏘츤 이강산의 이쏫

어릴째의 내쏘츤 쏘얀비의 쏫
이강산에맷는쏘츤 내쏫의 봄나비
     ×   ×
내쏘칙 봄비는 이강산에넘놀고
이강산의 봄나비 내쏘치방싯웃고

쏘얀비보슬보슬 내쏘치무르녹고
이강산도보슬보슬 송이송이쏫피고

       ···≪東亞日報≫(1930. 1. 25)

나와 주렴
—九玄과 蘆風에게—

李　鄕

그대는 南國의 사람이엇든가 어느새 봄이 왓다네?
움트는 봄이 시내물 기름지는 봄이
씨뿌리는 봄이 處女들 꼿노리다니는 봄이
이뜰 저뜰 가는곳마다 차저왓단말이 어쩐 소린고

그래 그곳엔 가지마다 봄비치 매치 엇드냐
봇도랑물이 마르지 안핫드냐 기름 젓드냐
씨뿌릴곳이 꼿노리터가 버러젓드란 말이냐
다사로움이 새로움이 그血管에 꿈틀 거리드냐
나는 의심하노니 보지 못하얏노니 이뜰의 봄을
그대는 五月의 바람짤하 나오려 하느뇨

이뜰에 싸힌 눈은 數十의 해를 두고도 녹지를안하서
이몸은 봄비치 그립어 속태운 단다
제 멋대로 오가는 세월이 쯧업거늘
千年을 산들 萬年을 산들
이뜰의 눈이 절로녹으랴
동무야 사람아 이뜰로 나와주렴 다름질 치렴

그대여 힘차게 굿세게 信號를 하렴으나
물결치는 밤마다 燈臺처럼 無音의 信號를—
이뜰에 싸늘히 잠드른 牧者를 깨우렴으나
太陽도 山넘어 쉬인단다
별도 비츨 일헛단다

그대는 南國의 사람이엇든가 어느새 봄이 왓다네!?
어인 말인고

一月二十二日 北國의 江西村에서

· · · ≪東亞日報≫(1930. 2. 1)

作詩法(押韻四首)
―蘆風에게―

金岸曙

부는바람 그대로 노래가되고
저녁구름 제빗을 이어감출고
山넘어 살구꽃이 냄새조타고
썩거선 안될것이 시두는 것을.

어이할는고 힘으로는 못할걸
못보앗나, 바람이 노래불으면
숩풀들은 춤추고 바다엔물결
서로얼려 얼키고 쮜노는것을.

어찌자고 그대는 줄을올렷노
싱동댕동 거문고 소리곱흔걸
놉흔曲調 힘베여 내일길업고
한갓되히 거문고 줄만튀는걸.

을에엔 山이을고 여울엔여울
物件마다 그림자 짤아도는걸
울림바든 그대로 그대을프라,
조든靈도 잠째여 귀기울일걸.

     ‧‧‧ 《東亞日報》(1930. 2. 2)

부록 2

시평
수필

女性解放運動의 史的 考察

▮ 一 ▮

　家庭 勞働職 門에, 幽閉된 女性은, 人格者엇다. 그러나 切實한 人格意識은, 蹂躪된 人格의 發見에서, 비롯된다. 卽 階級意識에 부닷친 째, 切實히 意識되고, 이어서 女性의 人權運動, 卽 女權運動 Faminism은, 비롯된다. 그러나, 史實에 徵하야 보난 바와 갓치, 時代와 環境은, 女性으로 하야금, 蹂躪된 人格을 意識식히지 안엇고, 或은 意識식히고도, 主張할 機會를 주지 안엇고, 或은 虛禮로 强縛하고, 慣習으로 隸屬하여, 自叫의 勇氣를, 주지 안엇다. 그리하야, 拘束, 虐待 忍念의, 험한 길을 거러, 女性은 十九世紀에 이르도록, 沈默할 쑨이엇다. 그러나 十九世紀에 들자, 權利思想의 發達과 自己批判의 省察은, 비로소, 女性에게 拘束에 對한, 解放의 힘을 주고, 現實의 行爲에 對한 反動, 卽 解放運動을, 이룩키게 했다. 溫隱하얏든, 긴 世紀 사이의 盲從에서, 突出한, 이 運動은, 男性의 눈엔 熱狂的 暴擧로 보엿고, 驚異的 反對보담은, 오히려 嘲弄的 反感을, 이르켓다. 짜라서, 女性의 人權宣言인, 이 絶叫가, 社會民心에, 眞實한 注意와, 刺戟을 주기에는, 性慢한 忍耐를, 要求하얏다. 果然, 페미니씀運動은, 本質上, 一種의 革命的 色彩를, 띠웟다. 弱한 女性에 對한, 先入觀念은, 이 革命的 色彩에, 反應할 價値를, 주지 못하얏고, 特히 現存한 社會秩序에, 挑戰하며, 威脅하는, 武裝한 勞働軍에 比하야, 男性은, 無力한 娘子軍을, 蔑視하고 마럿다. 그러나, 嚴然한 眞實에,

根源한 運動은, 언젠가 對手의 嘲笑을 蹂躪한다, 征服한다. 現代에 들어, 이 運動의 理論과, 實際는, 明瞭하게, 그를 活言하고, 目的을 貫徹한, 數만흔 史蹟은, 그를 證言한다. 더욱 깃븐 것은, 朝鮮社會에, 이 解放運動의 微光을, 보아낸 일이다. 그러나 微光에 끚칠 뿐이고, 解放運動의 方向과, 目的 遂達의 手段은, 가장 不明瞭하다. 이 點으로 보아, 筆者의 小論文은, 朝鮮 女性運動의, 前程을 祝福하는, 조고만 새찬 일다. 오직 遺憾인 것은, 制限된 紙面임으로 槪觀的 記述에 끚칠 수밧게 업다.

近代史論에 關한 議論이 紛紛하고, 歷史 哲學이, 急速히 進展하야 왓슴으로, 筆者는 이 글의 前提되는, 歷史的 認識에 關하야, 筆者의 態度를 먼저 表明하여야, 하겟다. 歷史의 認識 對象은, 人格者의 活動이요, 人格 活動은, 人類에게, 짐 지운, 文化的 使命을 爲하야, 精進, 努力하는 데 잇다. 그난 連鎖한, 價値 實現의 過程이요, 坙 絶對로 反覆하지 안는다. 卽 非反覆性은 人格 活動의 屬性이다. 價値 實現의 過程서 본, 人格 活動은, 갓흔 條件, 갓흔 原因에, 支配되며, 結果될 수 업다. 李成桂, 李舜臣이, 現代에 出生하야, 옛가튼 人格 活動을, 할 수 업고, 歷史 史蹟을, 反覆식힐 수 업다. 坙 歷史的 事件의, 이 一回 限性은, 價値的 認識을 잡아낸다. 數回에 反覆하는 現象은, 沒價値的 認識의 對象世界이다. 함으로 事件의 歷史的 認識과, 現象의 自然科學的 認識은, 對象의 一回性과, 反覆性에서, 價値世界와, 沒價値的 世界를, 展開한다. 이 一回性의 價値, 卽 決코 反覆할 수 업는 事件이, 價値를 보아가는 것이, 歷史的 認識이다. 함으로 單純한, 過去 事件의 蒐集이나, 沒價値的 記述의 慢圖는, 眞實한 歷史가 안이다. 그는 蒐集과, 慢圖 以上, 아모 것도 안인 點에, 古新聞紙的 價値 以上, 아모 것도 안이다. 歷史난 어대까지든지, 文化價値의 見地에서, 選擇할 것이며, 歷史 材料난 價値 體現의 立場에서, 選出할 것이다. 卽 事件이, 歷史的 意義를, 갓기 爲하얀, 直接 間接, 엇더한 形式으로던지, 事件의 特有한 意義가, 價値關係에 들어야 한다. 勿論, 價値關係는 主觀的 評價 下의 關係를 이르는 것이 안이고, 價値體現의 見地에서, 살핀다는 뜻이다. 上述한 바와 如이, 筆者는, 人格者의 活動,

卽 人間事象의 連鎖로써, 歷史的 認識의 對象이라 한다. 그러고, 그 連鎖는, 그 自身「個別性」과,「文化價値性」을, 體現한다. 함으로,「機械的 合法性」, 「沒價値性」을, 歷史에서, 追出해 버린다. 셸링의 말을 빌니면, 機械說의 잇는 곳에, 歷史는 업고, 歷史의 잇는 곳에, 機械說은 잇슬 수 업다. 自然現象은 그가 一回限的, 價値的, 人事現象과 交錯하게 될 째, 歷史에, 關係될 쑨이다. (例를 들면, 昨年의, 朝鮮의 大洪水라던가, 大正 十二年 九月의, 東京 震災라던가와 가튼) 함으로, 筆者가 先言한 槪觀的 記述은, 힘 밋치는대까지, 西南 獨逸學派의 새론 歷史觀에 影響 바든, 價値體現의 見地를, 일치 안허랴 한다. 粗管하나마, 歷史에 對한 筆者의 態度는, 上爲한 바와 갓다.

■二■

十九世紀 初頭에선, 婦人의 地位는, 過去 數世紀間의, 그것과, 別로, 差異가 업섯다. 一般 民心은, 女性으로 하야금 男性보담, 低劣하다 보앗고, 政治上으론, 男子와, 同等한 權利를 엇지 못햇다. 社會上으론, 同等의 機會를 엇지 못햇다. 女性의 唯一되는 職務는, 子女의 養育이엇고, 唯一한 事業은, 家政의 策立이엇다. 婦人은, 家庭에 簡閉되여, 家庭的 任務를, 다 할 쑨이엇고, 社會的 生活과는, 아모 因緣도 맺지 못햇다. 卽 어대까지던지, 私的 生活에, 幽閉된 囚人이엇고, 公的 生活과는 隔離되엇섯다. 政治上, 産業上, 敎育上, 宗敎上, 社會는, 所謂「男子의 世界」Man's world 이엇고, 嚴然히 占居한 男性은, 女性과 對立한 意味에서, 先占權을 가젓다 하기보담은, 오히려 獨裁的 君王이엇다. 萬一 婦人이, 公共에 關한 意見을, 陳述하면, 愚純한 兒孩갓치, 思慮 적은 便에 몰녀, 侮蔑의 눈살을 바닷다. 婦人의 天地는, 어대까지, 적은 家庭이엇다. 女性을 侮蔑한 先哲은, 쫴 만앗고, 特히, 東洋 哲人의 大部分은, 이 先哲 속에 危(*包)攝된다. 比較的 近代人의, 女性觀을 보기 爲하야, 나는 英國 政治家 체스타필-드 Ch'esterfield 卿을, 든다. 그는 말하얏다.

「女性은, 큰 젓먹이에 不過하다. 常識 잇는 사나히는, 꼭 快活하고, 思慮적은, 어린니 對하듯, 오직 婦人과, 戲弄 치고 놀고, 笑談을 주고 밧고, 쏘 난, 간 살필 다름이다.」

國家上으론, 財産資格選擧制의, 實施된 時代에, 婦人은 그 適用과, 아모 交涉도 업섯다. 卽 財産의 有無를 不問하고 選擧權을, 주지 안는다. 宗敎上으론, 敎會에서, 聖餐에 列伴할 수는 잇스나, 牧師될 수는 업다. 經濟界는, 婦人은 아모 關係도 업다. 婦人의 經濟的 活動은, 不生産的 消費經濟, 卽 家庭의 料理 政策에, 局限된다. 함으로 婦人은 不生産業者엇스며, 無收入者엇스며, 그의 生計는 配偶者나, 親權者나, 其他 親戚 等의, 扶助 下에 進行되는, 寄生虫的 生活이엇다. 結婚上으론, 婦人은 「사랑과 服從」을, 銘誓하면, 同時에, 相對되는 配偶者는, 婦人의 一身과 財産을, 占有한다. 卽 法律上 男性은, 單身으로, 兩人의 責任과 權利를, 獨負하며, 獨占하엿다. 夫婦間에, 出産된 兒孩는, 當然, 法律上 男性의 兒孩엇고, 婦人은 極히 局限된 權能 外에, 아모 權利도, 가지지 못한다. 이러한 境遇에서, 婦人은 베쓰트를 다 하야, 男性을 깃겁게 할, 最高義務를 김(*짐)진다. 敎育上으론, 婦人의 頭腦는, 男性의 「先入價値觀念」의, 劣等을 宣告하엿고, 짜라서 婦人의 敎育은, 不必要하다 하엿다. 理智的 婦人은, 恰如 怪物갓치, 取扱되고, 惡한 驚異는, 恒常, 그들을 平凡한 社會에서, 追放하엿다. 高等敎育에 對한, 機會는, 勿論 少數의, 婦人에게만 限하엿고, 그 敎育의 使命은, 婦人의 愛嬌와 魅力을, 增進식히는 대 잇다 하엿다. 그러나, 一般 民心은, 敎育 밧든 女性은, 男性을 嬴得하는, 魅嬌를 損傷한다 하야, 好感을, 갓지 안엇다. 쏘 男性에 比하야, 그 體格이 柔弱하고, 그 性質이 優雅 高尙함으로 男性은, 特히, 平凡 以上의 注意를 女性에게 가지게 되고, 이러한 義俠的 態度는 恒常 로맨쓰의 暈輪을, 그 周圍에 그의엿다. 眞實로, 婦人은 그 素質의 全體들 드러, 天才的(自稱)인, 男性에게, 高貴한 情緖와 美德의, 인스피래숀을 주어야 할, 한 奴隷엇든 것이다. 그러나, 이러한 婦人의 階級은, 有閑的 上層階級의, 흔한 生活이엇고, 下層階級의 多數한 婦人은, 家內工業에 몰여, 高貴한 情緖와, 高尙한

美德을, 保全하며, 保續하기에는, 넘어나 辛酸한 生活에, 얼매여 갓섯다. 以上, 余는, 十九世紀까지, 沈默한 女性의, 對男性的 地位를, 簡述하엿다. 이 狀態와, 現下 朝鮮社會의, 女性狀態와를, 比肩하면, 만흔 類似點을, 發見할 수 잇고, 二十世紀의 朝鮮 女性은, 十九世紀 以前의, 英國 女性이, 遭遇하엿든, 奴隷狀態에, 잇다 하겟다. 더욱이 女性은, 愛嬌와 性慾의 奴隷에까지, 墮落하게 한 것은, 누구의 責任이라 할가. 쏘 이러한 狀態에서, 男性과 女性이, 互相 要求하는, 生活 理想은, 무엇이라 할가. 이는 一般이, 깁히 省察할 問題이다.

▪ 三 ▪

上述한 바, 十九世紀에 이르기까지, 沈默한 女性을, 搖動식힌 것은, 佛蘭西革命이엇다. 날근 社會理論과, 날근 社會制度를, 轉覆식힌 佛蘭西革命은, 男性 對 女性의 關係, 즉 不平等한 關係를, 發見식혓고, 自由, 平等의 標語는, 女性의 抑鬱한 環境을, 省察하게 하야, 크게 權利思想을 刺戟햇다. 婦人의 一團은, 男性과 同等한, 權利를 要求하는, 女性의 人權宣言, 卽「婦人의 人權宣言」Declaration of the Right of women을 草案하여, 當時 成立한 國民議會 National Assembly에 提出하엿다. 그러나 國民議會는 男性의 舞臺엇다. 時代는 革命의 決算에, 奔走한 繁忙期엇다. 함으로, 男性은 이 宣言에 對하야, 注意하려고도 안 햇고, 쏘 影響을 밧지도 안 햇다. 뿐만 아니라, 낫팔륜 Napeleon은, 女性解放運動을 抑壓하엿다. 그의 經綸의 産物, 낫팔륜 法典 The Code of Napoleon은 自由와 平等의, 進步的 色彩를, 빗 깁히 씌웟섯스나, 그난, 男性의 法典에, 不過하엿다. 함으로, 人權 일흔, 女性의 地位는, 그대로 保守되얏슬 뿐 外라, 男性에게 謀返을 標榜하는 것이, 解放運動갓치 보혀, 法典上의 女性의 地位난, 어대까지던지, 男性의 支配下에, 服從할 것을, 制定하엿다. 페미니씀 運動이, 크게 發達한 것은, 上述한 啓蒙運動을, 이룩킨 佛蘭西보담은, 오히려, 英國에서 볼 수 잇다. 그의 先驅者, 메리 월쓰톤크랍트 Marry Wallestonecradt는 西曆 一七九二年에, 出版한 著書,「婦人

權利의 擁護」Vindication of the Right of women로, 하야금, 婦人을 「性的 奴隷」, 'Sex bondage'에서, 解放식히려 하얏다. 即 婦人을, 人生의 여러 方面에서 보아, 對 男性關係를 指摘하고, 完全한 男女平等을, 要求하엿다. 오히려, 要求라 하기보담, 雄辯的 哀願에 갓차윗고, 쓸아린 가슴, 그것의 熱奮的 表現이언던 것이다. 월쓰톤크랍트는, 이갓치 宣言한다.

「婦人은 獨立한 個人이다. 發展할 自己 自心의 힘을 가주고 잇다. 함으로, 發表식힐 充分한 機會를, 要求한다. 女性을 性을 것처서만 보자는 것은 女性을 侮辱하는 것일다. 婦人은, 사람의 妻요, 사람의 어미인 同時에, 그의 幸福을 爲하야, 人間으로의 人格을 要求한다. 웨 그런고 하니, 언재썻, 오직 婦人으로만 잇스라는 것은, 婦人을 墮落식히는 要求인 까닭이다. 婦人이, 理智上 劣等하다는 것은, 女性의 本質이 그런 것이 안니라, 敎育의 不完全이, 産出한 것이다. 萬一 充分히 敎育 바들, 機會를 주면, 그의 智的 能力은, 增進할 것이다. 婦人에게 選擧權을 주어라, 選擧權은, 男性과 갓치 女性의 自然權이다. 人類의 數에게나, 選擧權을 주지 안는 것은, 自由와 平等을, 弄絡하는 것이다. 데모크라시—를, 愚解하는 것이다. 經濟的으론, 女性은, 男性으로부터, 獨立해야 한다. 經濟的 獨立에서만이, 女性의 地位는, 確保할 수 잇다. 女性에게도, 工業 其他 專門職業에, 從事할 資格을 許해라. 女性은, 넘어나 長久한 동안, 愛嬌 "charm"에, 信賴하야 왓다. 그러나, 그는 男性이 그러케 하게 한 것이다.」

월스톤크랍트의 大膽한 이 宣言은, 當時의 人心에, 깁흔 感激을 주엇다. 그러나, 그의 先行者들이, 經歷한 바와 갓치 惡意的 感激에 지나지 안엇다. 即 「치마 둘는 갈기게」 「女裝한 鬣狗」 "Hyena in petticoat"라 불너, 그의 別名을 삼고, 排斥한 것이다. 그러고 善良한 婦人은, 이러한 갈기게의 感化를, 밧지 안토록, 親權者는 主意식혓다. (朝鮮에서도, 이러한 時代가 잇섯다. 現在 잇다. 그러나, 그보담 深刻한 迫害가, 올 날을 記憶할 것이엇다.)

透徹한 理論이, 아모리 矛盾업시, 主張된대도, 그난 論理上 妥當性, 眞實性을, 가즘에 不過하다. 個人의 絶叫가, 아모리 그의 全 精力을 消費한대도,

그난 一個人의 絕叫를 버서날 수 업다. 絕叫者에 뒤니어, 갓흔 階級 利益에, 意識한 만흔 鬪士, 만흔 民衆이, 時代精神을 呼吸하고, 潑起할 째, 透徹한 理論과, 先覺者의 絕叫난, 비로소 武器를 움지기난, 核心될 수 잇다. 그리하야, 宣戰하게 되며, 苦悶하게 되며, 貫徹하게 된다. 그러나, 先驅者로 하야금, 참으로 戰中의 力士가, 되게 하는 時代精神은, 반다시 環境의 反映이다. 實로 婦人이 環境에, 自覺하고, 男性에게 宣戰하게 된 것은, 勞働者가 資本家에게, 階級鬪爭의, 深刻한 첫 反抗을 이륵키게 된, 産業革命의 所産이엇다. 工場의 黑煙은, 男性을 家內工業에서 잡아냇고, 女性을, 家庭에서, 끌어내엿다. 街頭에 스게 하고, 엔진의, 奴隷되게 한 것이다. 이 時代의 變革은, 婦人의 손을 빌든, 紡績, 裁縫, 麵麭製造, 釀造 等, 家內工業을, 廢止식혓다. 男性보담, 갑싼 婦人의 勞働은, 工場의, 크게 歡迎하는 바 되엇다. 工場 그 自體는, 싼 삭전, 긴 勞働時間, 不健康한 設備 等, 만흔 惡弊를, 가젓섯스나, 婦人解放運動의 큰 刺戟을 준 點은 어길 수 업난, 眞實이다(勞働運動과 갓치). 이곳에서, 婦人은, 비로소, 싹품, "Wage Labour" 파는, 첫 機會를 어덧고, 經濟的 獨立의 첫 발길을 옴기게 되고, 드듸여, 만흔 婦人은 經濟界에, 活動하게 되엇다. 鳥籠 갓흔 家庭에, 갓치워 살다가, 넓은 世界에, 쒸워 나왓고, 男性과 등을 맛데히며, 일하엿다. 女性 스스로, 女性의 生計를, 自算하야 가며, 女性은 理論에서 버서나, 嚴然한 事實 우에 , 自己 自身을, 省察하게 되엿다. 건니는, 발, 노히는 곳에, 부딪치는 無力을, 切實이 늣겻고, 놀니난, 손, 가는 곳에, 묵난 쇠사슬을, 본 것일다. 이리하야 女性은, 近代 産業의 勃興 속에, 女性解放運動의 眞實한 意義를, 잡아냇다. 卽 切實한, 利害關係에서, 出發한, 具體的 運動의, 必要한 것을, 늣긴 것이엇다.

▌四▐

英國은, 環境上, 産業革命과, 政治的 自由主義의, 故鄕되게 하고, 또 實際的 婦人運動을, 籃出하게 되엇다. 婦人의 實際的 運動은, 政治的 自由, 卽 參

政權의 要求엇다. 實로, 實際的 女性의, 解放運動이, 參政權運動을 낫케 된 것은, 英國과 如히, 政治的 活動과, 國民生活이 重大한 交涉을 가진, 自治社會에서는, 必然的 要求에, 지나지 안엇다. 더욱, 잇째에는, 이 運動에, 共鳴하는 만흔 男性을 엇고, 特히 죤 스튜아-드 밀 John Stuard Mill(밀은, 十九世紀가, 産出한, 偉大한 學者의, 한 사람이다. 그는 經濟學上, 正統學派 經濟學을 大成하엿고, 또 哲學者엇섯스니, 特히, 論理學上, 確乎한 地盤을, 가젓섯다. 그의, 有名한, 로맨스의 한아는, 그가 友人의 妻에게, 二十五年間 戀愛하다가, 그 友人의 죽음을 바더, 結婚한 事件이다. 또 그의 著「婦人의 服從」 "Subjection of women"은, 女性解放運動者의 翫賞하는 바일다.)은, 힘 잇는 同志엇다. 밀은, 一八六七年, 改正法案의, 論議中, 婦人參政權에, 關한 改正案을, 提出하엿스나, 七三 對 一九六의 多數로, 否決되엇다. 그후, 婦人의 參政權을, 獲得할 目的 下에, 만흔 結社가 組織되고, 男女平等法案은, 屢次 議會에 提出되엿고, 提出될 째마다, 激烈한 論戰을 이르컷다. 婦人參政權 要求論者는, 다음과 갓치 主張한다.

「婦人은, 道德的 權利와, 實際的 希望에서, 選擧權을, 要求한다. 婦人의게, 參政權을 주기 前에는, 婦人은 參與하지 안한 法律 미테, 服從하게 된즉, 婦人은 英國 國民이 안이라, 他國 國民이다. 「代表 엄는 곳에, 稅金은 잇슬 수 업스니, "No taxation without representation" 만흔 義務만 짐 지히고, 權利를 주지 안는 것은, 큰 矛盾일다. 婦人은 반다시 社會改善 道德改善 等에, 參政權을, 善用할 것인즉, 그들은 社會에 對하야 새론 뜻을, 주게 될 것이다.」

이에 對抗하야, 婦人參政權 要求 反對論者는, 다음과 갓치 主張하야 反迫한다.

「婦人이 政治的 活動에, 闘入하자는 것은, 家庭의 責務를, 等閑히 본 까닭이다. 家庭生活을, 墜落식히자는 것이며, 兩性間의 反感을, 助長하자는 것이다. 婦人이 議會에, 參加하지 앗햇서도, 婦人에게 有利한 法律은, 議會에 提案되며, 通過되며, 制定되며, 實施되앗다. 반다시, 婦人이 投票하지 안

햇서도, 婦人의 利益은, 增進하야 왓스며, 또 增進하야 간다. 婦人參政權論者난, 흔히, 女性의 自然的 權利를, 主張하나, 政治가, 힘에 依存함을, 沒覺한 妄論이다. 卽 國家 危期에, 婦人은, 國家를 爲하야, 싸홀 能力을 갓지 못햇슨즉, 政治에, 參策하자는 野心은, 自己 自身의 能力을, 高價視한 慢論이다.」

이리하야, 婦人參政權運動은, 二三十年間이나, 繼續되엿스나, 其 效果의 實現은 遲遲하여, 到底히 成就하기 어렵게 되여갓다. 함으로, 熱烈한 婦人 參政權 志士난, 忍從할 수 업도록, 興奮하게 되고, 드디여, 反逆하게 되엿다. 一九〇三年, 판카스트婦人 母子 "Mrs. Emelin Pankgurst"는, 이러한 時代精神을, 象徵하여, 「社會的 政治的 婦人同盟」 "Women's Social and Political Union"을 組織하엿다. 이 團體는, 所爲 「戰鬪的 方法」 "Militant methods"을, 手段으로, 英國民에게 婦人參政權의 巨彈을 發射하려, 이러난 것이다. 最初, 이 「示威的 參政權運動者」 "Militant Suffragettos"은 有名한 論客(大槪난 參政權反對論者)에게 「詰問」 "Hockilng"을 發送하엿다. 政客, 評論家 等, 參政權에 反對하는 公人은, 이 「詰問」을 免할 수 업다십히, 猛烈한 反抗 氣分을 올녓다. 그러나, 이는 比較的 溫和한 手段이엇고, 다음은 男性의, 政治的 會合을, 妨害하기 始作햇다. 맛참은, 暴行政策을, 取하게 되고, 家屋破壞, 郵便破壞, 電線切斷, 火災 等, 直接 行動을 敢行하엿다. 議會의 開催期면, 傍聽席에서, 暴動的 示威運動을, 敢行하얏다. 實로, 十餘年 동안, 英國은, 求하지 안한 動亂 속에 잇섯고, 갈사록 亂暴하야갓다. 함으로, 英國 政府는, 公共 場所와, 集會所 等에, 特別한 警衛를 두엇섯스나, 警官 對 쌋푸라제트의 衝突은, 頻發할 다름이엇다. 그러나, 「男性과 女性은 同等」이라는, 眞理의 要求가, 피가 되고, 쎠가 된 그들은, 獄舍에 갓치우면, 絶食 스트라익 "Hunger Strike"으로써, 獄吏를 울닌 일도, 적지 안앗섯다. 이러한 暴行은, 盲目的 壓迫에 對한, 必然的 要求엇섯다. 不可抗의 事變을 끼고, 要求하는, 政治的 權利는 被求者의, 無理한 拒絶에 對하야, 唯一한 武器엇던(*던) 것이다. 一八三二年에, 成就한, 中産階級의 革命, 一八六七年에, 達成한, 勞働階級의 革

命과, 갓흔 刺戟을, 주기에는, 弱한 女性인 그들은, 倍나 三倍나, 暴行的 手段을, 高調하야, 男性을 戰慄식힐 수밧게, 업섯든 것이다. 그럼으로 必竟은, 이 暴行的 强請은, 婦人參政權 問題에 對하야, 英國 國民 全體의, 熟考와 靜察을, 주고 마럿다. 婦人參政權에, 關한 法案이, 屢次 議會에 提出되고, 自由黨 保守黨은, 援助하엿다. 世界大戰이 突發되자, 英國 婦人은, 婦人參政權論者(男性)의 指導 下에 叫(*糾)合되어, 政府를 按助하고, 或은 直接 戰線에서 活動하야, 或은 軍需品 製造工場에서, 勞働하야, 或은 病院에서, 勤務하야, 國民 全般의, 幸福을 爲하야, 偉大한 任務을 다 하얏다. 그리하야, 大戰이 긋나자, 功蹟 만흔 女性의 活動은, 英人으로 하야금 「女性의 힘」, 「女性의 價值」에, 對하야, 새론 觀念을, 가지게 하고, 드대여, 一九一八年, 婦人參政權法案은, 議會를 通過하얏다.

▌五▌

果然 페미니씀 運動의 만흔 烈士들이, 主張한 바와 갓치, 現代 英國婦人은, 參政權 獲得 後, 顯著히 發達햇다. 大學 專門學校 等, 高等敎育機關은, 女性을 爲하야, 門戶를 開放하얏고, 敎育上, 機會의 均等은, 男性과 달늠이 업다. 數만흔, 婦人이, 各 種門 職業에 就하여, 自立的 生涯를 싯고, 「結婚婦人財産法案」(一八八二)의, 議會 通過는, 婦人의 法律上 地位에, 큰 變化를 주어, 結婚 婦人은 自己名義 下에, 財産所有의 權利를 어덧다. 짜라서 經濟的 獨立에, 根據한 眞實한 自由와 平等은, 確保하게 되고, 法律上, 完全한 獨立 人格者가, 되엇다. 一八八六年에 議會를 通過한, 法律에 依하야, 母親인 女性은, 子息의 監督에 關하야까지, 父親인 男性과, 均等한 權利를 어덧다.

婦人이, 家庭에서 나와, 社會란, 새로운 世界를 맞는 것은, 人類生活 우에, 새로운 뜻을 세운다. 性別에 基準한, 業的 職分을, 理解하야, 協同한다는, 새론 뜻을 준다. 卽 男性은 長久한 동안, 女性의 分擔한, 貴重한 職務에 對하야, 無理解하얏슴으로, 義務的 理解를, 强請 밧게 되고, 女性은 長久한 동안, 男性의 覇行하던, 獨裁事業을, 點檢하며, 理解하며, 共働하기 爲하야,

參加할 權能을, 把握하게 되엇다. 이리하야, 性別 그 自身의, 盲目的 價値와, 盲目的 職分이 潛攝하는 것이 안이라, 兩性의 協議的 協働에서, 職務의 分化가, 發生된다. 實로, 價値判斷은, 人生 以後에 비롯되고, 劣等 高等의 差別은, 後天的 判斷價値 에 지나지 안난다. 함으로 人間의 自然性은, 意志 以前의 實在며, 平等差別, 劣等 高等은, 人間의, 自然性 以後의, 産物, 卽 意志의 産物이다. 意志의 深刻한 遊戲에, 弄絡되엇든 男性은, 嚴然한 眞實 압헤, 「긴-ㄴ」 동안의 慘虐한 專制性을, 織悔하고, 獨裁하엿던 偏狹的 文化는, 甦生하게 되어, 女性과 갓치 新生活의 첫거럼을, 옴기게 된 것이다. 不具한, 專制的 社會에는 婦人活動의 새론 世界가 展開되고 「男性의 社會」는 「男性과 女性의 社會」를 지어, 兩性의 協動은, 人類進步의 新過程을 劃한 것이다.

▌六▌

十九世紀의 初頭에 이러난, 페미니씀運動은, 上述한 바와 갓거니와, (英國의) 運動의 過程에서 보면, 産業革命 以前과 以後를 두고, 한 時期를 짓난다. 卽 階級意識의 自覺을, 理想에서 보아낸, 理想的 運動時代와, 階級意識을 行爲에서 보아낸, 實際的 運動時代이다. 前者는, 先覺한 先驅者의, 自己批判에서 出發되엇고, 後者는, 階級大衆의 階級 利害에서 出發되엇다. 前者난, 直接 目的 遂達보담도, 階級大衆의게, 階級意識을 注入하얏고, 注入된 階級大衆은, 産業革命을 것처, 階級理解에 團結하엿다. 哀訴 嘆願 宣言的이던, 理想運動時代에서, 主張, 團結, 示威, 暴行的인, 實際 運動時代에, 드러갓고, 確乎한 理論的 根據에서, 流出한 實際的 運動은, 徹底한 階級意識에서, 組織化하얏고, 實力化하야, 階級 利害에, 團結된 階級力의, 一際 射擊에서, 白熱化하얏다. 쏘 被求階級, 卽 男性側을 살피면, 最初는 濫腸한 첫 運動을, 戲弄하엿고, 嘲笑하얏고, 다음엔, 힘 적은 氣勢을, 悔蔑하얏고, 다음엔, 커가는 努力을 憂慮하엿고, 壓制하엿고, 다음엔 엄청나게, 커진 運勢를, 恐怖하얏다. 그러고, 憂慮에서, 비롯된, 自己批判은, 恐怖에 이르러, 自熱化하얏다. 史實的 社會는, 對立으로 成立되고, 社會 人心은 徹悟한 階級意識과, 俊

烈한 自己批判에 싸라, 或은 葛藤을 演하고, 或은, 協調에 도라갓나니, 男性과 女性의 對立은, 葛藤에서 協調로 도라가고 말며, 自熱化한 一際的 射擊과, 白熱化한 批判的 自己省察은, 階級對立한 時代精神, 卽 二十世紀를 아직도, 象徵하고 잇다

　　未完(但, 此稿 結)[1] 一九二五年. 一二.

　　(京都帝大, 圖書館에서)

··· ≪學潮≫ 창간호(京都學友會, 1926. 6. 27)

---

1) 此稿는 『學潮』 제2호에 게재되지 않았음.

生存의 低迷
-自暴와 自棄에서 넘는 길

공포 중에도 으뜸되는 공포는 자긔의 존재를 일케 된 째에 맛보는 공포외다. 자긔의 생명이 업서지게 된 째 자긔의 생존이 위협을 당한 째 더 - 강할 수 업는 강한 공포를 늣기게 됩니다. 절박해오는 가장 큰 위험에 휘몰린 그 째에 本能의 동작은 왼 충동과 性向을 꽉 비비고 自制니 體面이니 禮誼이니 월례니 관습이니 하는 삶의 裝飾을 다아 부서버리고 벌거숭이 알몸으로 하늘을 바라고 몸부림치게 되고 마는 것입니다. 이러케 째에 그 누가 생명을 살리고저 잔인한 행위를 아니 하리라고 단언하겟스며 卑怯한 짓을 아니 하리라고 장담하겟습니까. 火焰이 치밀어 올르는 삼층 우에 몸을 두엇슬 째에, 가란저가는 破船의 삼등실 손 되엇슬 째에 그 누가 겨테서 우는 부인이나 로인이나 아이이나를 돌이켜볼 마음의 여유를 가질 수 잇겟습니까. 오히려 자긔의 한 목숨을 구하려고 금수가튼 蠻力을 쏨내어서 아이가 발피거나 젓먹이가 날리거나 오즉 자긔만 살랴고 힘쓰지 안켓습니까. 아아 이 째에 사람에게서 무엇을 보아낼 수 잇스며 쏘 무엇을 구할 수 잇겟습니까. 정의이니 인도이니 문화이니 도덕이니 하는 것들이 이 사람에게 잇서서 무슨 힘이 되겠습니까. 포수에게 뒤몰린 野獸의 수단과도 족음 달름업시 오즉 살길을 보아내려고 왼 힘을 다아 들일 것입니다.

△

무산자가 육신의 량식을 엇지 못하야 나날이 생존의 공포를 늣기게 될 째에, 명일에 생존을 니을 길이 막힌 째에 수만흔 가족이 주림에 쓸알이는 창자를 호소하게 될 째에, 그의 마음속에는 이러한 음울한 본능이 엄돗지 안는다고서 그 누가 단언하겟습니짜. 나무ㅅ닙과 흙으로 명을 닛는 사람들에게서 이러한 쑤리 깁흔 본능이 아니 닐어나리라고 그 누가 감히 단언하겟습니짜. 생명의 귀여운 존재를 저주하고서 자살과 他殺을 하고 마는 그들의 가엽슨 행동이 무엇보담도 이것을 증거하지 안습니짜. 이러한 디경에서 自他를 부뎡하는 이 감정이야말로 강렬하외다. 자긔의 생명을 잘 살리려고 힘쓰다가 궁리하다가 생각하다가 못되어서 자긔를 스스로 찍고 남을 찍고자 하는 것만치 쑤리가 깁고 엄숙하고 심각하외다. 쌀하서 이러한 감정에 다달은 감정을 移入시키기는 불가능에 갓가울만치 어렵습니다. 조고마한 口論과 어쑵쟌흔 가뎡 일로 속상한다 하야 술을 마시는 짜위의 自暴와 自棄와는 하늘과 쌍인 만티 동이 씁니다. 그만치 감정은 殉情에 갓치웁고 거의 절대성을 가젓다 할 수 잇습니다.

이러한 공포에 쩌눌린 생활이 어찌 한두 사람에 쓰치겟습니짜. 조선 민중의 절대다수가 이러한 생활 속에서 울며 발버둥치고 잇습니다. 생존을 니으지 못하야서 강렬한 공포에 떨며 思慮 일흔 분별 업는 自制 일흔 自暴自棄의 인생을 것고 잇습니다. 그러면 이 수다한 민중의 가이 업는 생활을 이대로 放任하야 두어야 할 것일가. 나날이 캄캄한 죽음의 함정 속으로 쩔어저가는 인생을 그대로 쩔어털이고 말어야 할가. 이러한 경우에 자긔가 당면한 것을 늣기고 잇는 이여. 만흔 민중이 이러한 환경에서 신음하는 줄을 의식하고 있는 이여. 그대들은 반듯이 이 환경에 이대로 쩌눌려서 업서지기를 원치는 안흘 것이외다. 자포와 자긔의 마굴에서 벗어날 수만 잇스면 벗어나기를 원할 것이외다. 그러나 이 마굴에서 벗어나려면 어쩌케 해야 될 것입니짜. 순정에 갓가울 만티 쑤리 깁히 박힌 이

자포자기의 생존에서 벗어나려면 어쩌케 해야 쓸가.

勿論 그 環境에서 벗어나는 째에 그 暗窟에서도 벗어날 수 잇습니다. 그리 하자면 벗어나기를 힘써야 되겟습니다. 벗어나기를 힘쓰자면 벗어나려는 勞力을 빼앗는 自暴와 自棄에서 쩌나야 하지 안켓습니까. 그러나 이 自暴와 自棄는 生存의 威脅에 根據되어 잇슴만치 强烈하여서 個人의 힘으로는 벗어나기가 어렵습니다. 그러면 個人의 힘의 範圍를 넘는 힘은 무슨 힘일가요. 이것이 곳 團結의 힘이외다. 자긔의 生活을 혼자서 恐怖히 녀기며 悲痛히 녀기며 苦鬪하면서 드듸어는 自暴할 것이 아니라 가튼 境遇에서 잇는 가튼 利害의 同胞와 團結하야 議論하며 對策하며 相議하며 가가면 결코 生存의 威脅이 쓰으는 죽음의 陷井에 떨어질 念慮가 업습니다. 그만치 團體의 힘은 偉大하고 莊嚴합니다. 더욱 작은 團結이 모여서는 큰 團結을 일우고 그 힘으로써 그 團員의 生活을 保障하기 위하야 싸움뿐 아니라 이러한 自暴自棄를 退治하는 데에도 싸워간다 하면은 限업는 大衆의 前程에는 오즉 希望의 세상이 企待할 뿐일 것이외다. 肉身의 량식에 關聯하야서 모든 團體的 訓練에 나가도록 하면 억울한, 不遇한, 孤獨한 한 人生은 어느듯 업서지고 平等하고 莊嚴하고 公平한 團體의 힘에 能히 逆境을 짓밟고 나갈 수 잇슬 것이외다.

그럼으로 生存의 危機에 서서 눈물 먹음는 친구들이어. 가튼 處地에 한숨쉬는 벗과 團結하라. 團體를 쭈미라. 그리고 한 가지로 근심하라. 한 가지로 생각하라. 한 가지로 괴로워하라. 한 가지로 질거워 하라. 그리고 그대들에게 열리고자 하는 未來의 세상을 위하야 한 가지로 힘꼿 노력하라. 싸워라, 그리 하면 반듯이 自暴와 自棄의 죽음의 線을 能히 넘고 수만흔 고통과 悲哀에 갈리운 날카롭고 힘찬 그대들의 生命이 압흐로 압흐로 나가게 될 것이외다.

團體生活로 들어갑시다. 孤獨과 利己에 얽매어 드는 自暴自棄는 스스로 살아지고 말 것입니다. 團體의 힘은 언제든지 生存의 危機를 뚤코 나가는

性質을 가지고 잇습니다. 兵의 强弱은 싸움터에서 알 수 잇고, 勇敢 與否는 絶望된 째에 알 수 잇듯이, 그대가 남과 가티 살 수 잇는 民族이 되는지 못되는지는 이 生存의 危機에 선 째에 試驗할 수 잇스니, 이 째에 萬一 自暴自棄로 스스로를 친다 하면 그대는 한 民族으로 自己의 生存을 니을 價値 업는 民族이 될 것이오, 그러치 안코 그대들이 團結함으로 인하야 모든 逆境을 征服하고자 힘쓴다 하면 그대들의 民族은 기리 살아갈 價値 잇는 民族이 될 것이외다. 分離된 작은 힘을 한덩이 團體生活에 모웁시다. 逆境을 버리고 團一한 ××을 칩시다. 그리하면 各者의 生活은 團結의 힘이 解結하야 줄줄 밋습니다.

···《中外日報》(1927. 11. 5~6)

相互社會와 共同社會

이 小論은 經濟組織上으로 본 相互制 社會와 共同制 社會와의 對立的 意義를 明瞭히 하야 이 方面에 대한 極히 簡略한 說明을 엇는 대 잇다.

■ 一 ■

經濟組織에 잇서 相互制는 經濟組織體 ―共同生活體가 그 構成員의 物質的 生活에 對하야 責任을 擔當하지 안이 하고 成員의 自由로운 相互 交涉에 放任하야써 그 構成員인 各個 經濟로 하야금 스스로 그 責任을 擔當케 하는 組織이오, 共同制는 그 構成員의 物質的 生活에 對하야 經濟組織體 ―生活共同體가 그 責任을 擔當하고 遂達키 爲하야 意識的 統制를 加하는 組織이다. 딸하서 前者 卽 相互制에 잇서서는 社會의 團體的 共同生活 一般의 經濟에 中心을 置하는 것이 아니라, 寧히 그 構成員인 各個의 經濟에 中心을 置하는 故로 그 意味에 잇서서는 個人主義的 組織이라 稱할 수 잇고, 後者 卽 共同制에 잇서서는 經濟의 中心을 그 構成員인 各個의 經濟에 置하기 前에 寧히 團體的 共同生活 一般의 經濟에 置하는 故로 如斯한 意味에 잇서서 社會主義的 經濟組織이라 부를 수 잇다. 更히 此 兩制度의 對立되는 意味가 社會의 物質的 共同生活에 就하야 共同團體가 擔當하는 바 責任 有無 如何와 關聯됨으로 相互制 經濟組織을 稱하야 「無責任의 組織」이라 할 수 잇고, 共同體 經濟組織을 「有責任의 組織」이라 부를 수도 잇다.

쏘다시 個人 各個에 置重하는 相互制 經濟組織의 內包하는 바 特徵이 資本의 相續에 잇슴으로 그러한 意味로 資本主義 經濟組織이라 부를 수 잇고, 社會 一般에 置重하는 共同制 經濟組織의 內包하는 바 特徵이 個人의 勞動에 잇슴으로 그러한 意味로 勞動主義 經濟組織이라 일커를 수 잇다.

現代의 共同生活上에 잇서서 家庭과 如한 小團體生活에 잇서서는 大體로 共同主義制가 施行되어 잇다 볼 수가 잇스나 是等의 經濟單位 一家族團體 一를 包括하는 바 社會에 잇서서는 嚴然히 相互主義에 立脚하야 잇다. 帝國主義 段階에 든 現代의 後期 資本主義는「쑤르조아」革命 以後 相互制 經濟組織이 長足의 發展을 遂한 바 特殊한 歷史的 形態이요, 此 (*45자 정도 미확인) 相互制 經濟組織과 共同制 經濟組織과의 間에 根本的 差異는 大略 以上과 如하나 如斯한 根本的 差異에서 派生하는 바 特徵 卽 對立的 差異는 如何? 吾人은 그 主要한 特徵을 明瞭히 함으로 因하야 階級社會와 그를 放棄한 社會와의 對立的 意義를 말하고저 한다.

▌二▐

相互主義 社會에서나 共同主義 社會에서나 그 社會가 한 組織體인 以上 必히 그 社會의 構成員의 行動을 支配하는 바 一定한 法則이 運行된다. 그 點은 個人에 重點을 置하는 相互制 社會에 잇서서나 共同生活 團體 그 自體에 重點을 置하는 바 共同主義 社會에 잇서서나 變함이 업다. 오직 差異되는 바는 修行되는 法則의 責任 如何에 잇다. 卽 共同主義의 組織에 잇서서는 各個 經濟를 交通하는 法則은 社會 成員 全體의 立場에서 構成되는 意識的 法則이나, 相互主義의 組織에 잇서서는 그것이 社會 成員 各個의 經濟의 自由法則이 持來하는 바 自然法則으로 發現되는 것이다. 吾人은 이것으로 相互主義制 經濟組織과 共同主義制 經濟組織에 잇서서 作用되는 經濟法則의 差異라 본다.

共同生活 團體인 한 社會가 共同主義的 經濟組織으로 機構된다는 그 團體는 그 成員인 各個 經濟의 物質的 生活을 保傳할 責任을 擔當함으로 團體는

그 目的을 遂達하기 爲하야 共同生活 意識의 發現者로서 一定한 機關을 設置하고 그 機關으로 하야금 團體生活의 物質的 生産 及 그 分配作用을 經理하게 된다. 原始共同體의 民族社會에 잇서서는 共榮會의 機關, ××主義의 社會에 잇서서는 人民委員會의 機關과 如한 類가 卽 그것이다. 如斯한 共同機關의 밋테서 社會의 成員은 各自의 能力 及 必要에 可及的 接近된 勞動 及 生産團體의 分身임을 스스로 意識하며 一定한 分配制度에까지 一드러가게 된다. 是等의 生産關係 及 分配關係의 統制가 卽 社會의 經濟的 耕造 ─ 社會의 經濟組織이다. 그러나 此 組織이 各個 經濟의 私的 意思에 放任된 相互的 交通에 依하야 自然的으로 ─卽 意識的으로 成立되여 잇슴에 긋치는 境遇에는 그 團體生活에 意識된 共同의 目的이 잇슴으로 吾人은 그 社會로써 한 共同體를 組織한 것으로 認定할 수 업다. 그러나 社會가 共同主義的 原則에 依하야 組織된 時는 그 社會에는 意識된 共同의 目的이 存在하고 各 成員은 그 共同의 目的을 意識하고 一定한 社會關係에 (*10자 정도 미확인) 法學的으로 定義하여 보면 各個 經濟間의 經濟關係는 私法的 關係가 아니라 公法的 關係라고 부를 수 잇다.

相互主義 組織으로써 共同生活 團體 ─社會의 原則으로 하는 時는 그 團體는 그 成員인 各個 經濟의 物質的 生活을 保障할 責任을 擔當하지 아니함으로 此에 關한 經濟 管理 統制의 必要도 잇슬 理 없다. 如何한 組織 下에 잇서서는 各 成員이 如何한 種類의 生産物을 如何한 分量에 이르기까지 生産하여야 한다는 것은 全혀 各自의 自由意識에 放化되여 잇고 또 生産된 財貨가 社會 成員間에 分配되는 關係에 잇서서도 彼等 成員 □□□ 際에 營利를 爲하여 經營되는 交換 行爲와 如한 私的 行爲의 結果에 不過하다.

즉 營利的 交換 財貨라는 私的 行爲가 社會 所得의 分配와 如한 社會 效果를 나타내는 것이다. 共同主義 組織에 잇서서도 各自 經濟의 間에 分配바든 貨物의 質的 交換이 遂行될 것이나, 그러나 相互組織의 社會에서와 가티 營利的 交換에 依하야 비로소 社會的 生産的의 社會的 分配가 供給되는 것과는 그 性質에 잇서서 가틀 수 업다. 相互組織의 社會에 잇서서는

關係的 共同生活意識 —社會意識의 表現者로서의 一定한 機關이 잇서서 社會的 生産과 아울러 社會的 分配에 關한 一定한 企劃을 樹立하야 目標的 共同生活을 經理하는 것이 아니다. 各 個人은 各自 獨立的으로 一定한 貨物을 生産하고 그 生産物의 相互 交換을 것처서 無意識的 分策을 하게 되고 그럼으로 因하야 意識的이나마 社會的 聯絡을 이어간다. 故로 그 社會 內의 各 成員의 經濟的 活動은 意識的으로 社會의 一定한 計劃下에 統一되여 經理되는 것이 안니고 全혀 經濟的 「아나—키」의 狀態에 잇는 것이다. 그럼에도 不拘하고 混亂이 어느 程度까지 達하게 되고 一定의 秩序가 維持되는 것은 各 成員의 營利的 交換에 依하야 不斷의 聯絡이 自然的으로나마 保持되여 가는 까닭이다.

　그러나 彼等의 秩序는 共同主義의 社會에 잇서서 社會機關이 意識的으로 規定하는 바와는 가틀 수 업스니 오직 社會的 交涉을 것처서 各自의 經濟的 利益을 追求함으로 運營되는 바 經濟活動의 合成 結果로서 社會 全體 우에 表現되는 無意識的 産物임으로 그 意味로 一種의 自然的 秩序인 것이다. 要컨대 相互主義制 經濟組織에 잇서서는 그 構成員의 何者도 意識的으로 規定하지 안흔 一種의 自然法則 —아담 스미스의 말을 빌면 「보히지 안는 손」에 의하야 支配되는 것이다.

▮三▮

　相互制 經濟組織의 社會에 잇서서는 그 成員의 經濟的 生存에 對하야 各自가 그 責任을 擔當하는 故로 彼等의 成員은 社會에 向하야 生存의 權利를 主張할 수 업다. 그럼으로 現代의 社會에 잇서서도 凍死者 餓死者 自殺者 等을 것처서 生存의 方便을 일흔 即 生存權을 蹂躪當한 成員이 陷하게 되는 行路는 明瞭히 認識되어 잇다. 그럼에도 不拘하고 自己의 努力으로써 自己 及 自己 家族의 生存을 維持하기 不能한 社會 成員은 蹂躪當한 生存權을 主張할 方便도 機會도 어들 수 업다. 勿論 如斯한 主張이나 訴願을 受理하는 社會의 機關이 存在할 理가 업는 것이다. 即 現代 社會에 잇서서는

말사스의 말을 빌잔대 『食物의 僅少한 分量일지라도 社會에 向하야 請求할 何等의 機會가 업는 것이다』. 自立하야 生存을 維持할 能力을 가지지 못한 者는 生存에서 拒絶된 者 卽 生存의 必要를 일흔 生命으로 取扱하야 資本을 가지지 못한 生命은 生存에 줄에서 死의 刑臺에 올늘 수밧게 업다. 如斯한 意味에 잇서서 物質과 그를 獨占한 階級은 가장 慘酷히 人間의 生命을 蹂躪하게 되는 것이다.

然이나 物質과 資本은 어데까지던지 物質과 資本임에 긋진다. 卽 經濟의 客體임에 쯔친다. 經濟의 主體인 人間의 利用物에 쯔치는 것이니 生存間을 蹂躪하는 것은 物質이나 資本인 것이 아니라 人間의 社會的 産物인 可變性의 制度 ─相互制 産物인 可變性의 制度 ─相互制 經濟組織이오 그를 支持하는 ×××階級이다.

生存을 保障하지 안는 經濟社會에 잇서서는 이와 가티 自己의 能力으로 自己의 生命을 維持할 수 업는 多數한 成員이 發生하게 된다.

如此한 狀態에 잇는 成員은 生存이 權利의 蹂躪을 當하는 것이나 生存權의 被蹂躪者에 準하야 取扱될 者 卽 準被蹂躪者에는 他의 救助을(*를) 밧는 貧民, 他의 憐憫에 訴하야 어더 먹는 乞人 等이 잇다. 이 部類에 屬하는 一群은 相互制 經濟組織의 缺格 及 障碍에 對應하는 對應策으로 適設하는 國家의 所謂 社會政策의 惠澤과 他의 成員 特히 有資本階級의 慈善과 同情의 流富라 稱하는 所謂 社會事業의 德澤으로 生存의 拒絶 卽 死刑의 執行에서 猶豫의 特典을 甘受함으로 겨우 生命을 持續하는 一群 ─ 一種의 屈辱的 生存者 卽 被救□者이다. 그럼으로 如斯한 社會 成員에게는 公職을 與하지 안함은 勿論이고 旣히 獲得하야ㅅ든 公職까지도 奪却하는 것이 常例요 쏘 原則이니 日本에 잇서서는 選擧 及 被選擧 其他 此에 準할 만한 公職을 與하지 안함은 勿論 朝鮮에 잇서서 面協議員 府會議員 等의 選擧 及 被選擧權에 잇서서도 亦是 그러하다. 如此한 事實은 生存의 被□□者에게는 公民 쏘는 社會 成員으로서의 資格을 與하지 안할 쑨 아니라 結局 人間으로서의 條件을 具備하지 못한 者로 看做하는 까닭이다.

共同制 經濟組織의 社會에 잇서서는 무엇보다도 먼저 經濟的 基本權의 一로 生存權이 詳定된다. 現代의 相互制 經濟社會에 잇서서도 家庭內의 關係에 잇서서는 그 構成員 相互間에 扶養扶助의 義務를 擔當하는 것임으로 一種의 生存權이 認定되어 잇다고 보고 잇다. 共同制 組織임으로 生活資料가 萬一 全員의 生活을 支持하고도 오히려 餘裕가 在한다는 그 成員 各自는 必要에 應하야 消費할 (*28자 정도 미확인) 할 수 업슴에는 成員 各自의 消費 及 使用은 各自의 必要에 比例하야 制限될 수밧게 업다. 그러나 社會成員은 一樣히 그 生存과 繁榮과 缺乏을 共擔하게 됨으로 相互制 組織에 잇서서와 가티 資本에 依한 生存權의 差等이나 쏘는 그 拒絶과 如한 것은 存在할 수 업는 것이다.

一切의 人間이 엇더한 價値의 活動보다도 먼저 物質的 生活資料의 必要에 잇서서 平等인 以上 生活資料의 充足, 闊達을 두고 甲의 生活이 乙의 生活의 手段으로 犧牲될 理由도 업고 더욱 物質의 多寡 有無를 通하야 그러케 될 理由는 업다. 共同制 社會에 잇서서는 生存權의 是認은 寧히 그 成員 全體의 平等한 生存權을 認定하는 것이요, 單純히 그 成員의 生活을 保障하는 組織이라는니보담은 寧히 그 成員의 生活을 必要的 一樣으로 保障하는 組織이라고 할 수 잇다. 今日 우리의 家庭의 內部에 잇서서 共同制가 施行되는 結果에서 보면 食卓을 가티 한 家庭 成員의 數人이 飢餓에 몰닌 光景을 默殺하고도 平然히 食事에 就함과 如한 行動은 잇슬 수 업고 쏘한 手□ 奴隷視 手段視하야 苦役에 就케 하고 自己는 安逸 遊食에 耽溺함과 如한 非共同的 行動도 到底히 敢行할 수 업는 것이다. 果然 今日의 家庭에 잇서서 그 一員인 男便이 婦人을 奴隷視하며 쏘는 親父가 그 子息을 手段視함과 如한 境遇가 잇스나, 그러나 그는 共同組織으로 相續되지 못한 家庭이라고 볼 수밧게 업다.

▌四 ▌

相互制 經濟社會에 잇서서는 社會 그 成員에 行하야 彼等의 經濟的 生存

에 就한 責任을 各自에게 擔當식킴으로 社會가 各個 經濟의 經濟的 治動 並 經濟的 生活의 干涉하지 안히 함으로써 當然한 態度가 된다. 責任을 構成員 各自가 擔當하는 以上 如何한 活動, 如何한 生活을 營爲하든지 敢히 干涉할 必要가 업는 것이다. 故로 相互主義에 立脚한 現代의 社會에 잇서서 國歌가 國民의 生活에 對하야 自由放任의 態度 乃至 政策을 採用함으로써 國家의 立脚地에서 한 原則을 짓고 干涉과 束縛은 可及的 避하는 것이다. (*70자 정도 언론 검열로 삭제됨) 짜라서 如何한 物質을 如何한 方法으로 如何한 分量에까지 消費할지라도 亦是 各人의 自由에 屬하는 것이다. 그 意味에 잇서서 勞動 及 生産의 自由 並 消費의 自由는 近代 社會의 特徵이다. 然이나 이저서는 아니 될 것은 如斯한 自由는 勞動이 可能한 職門에 就한 以後의 自由이며, 生産을 經營할 만한 資本을 接한 以後의 自由이며, 쏘한 消費할 貨物을 所有한 以後의 自由라는 것이다. 勞動하고자 하나 그 雇傭하야 주는 곳이 업서 失職者로서 行路에서 헤매게 되며 生産事業에 從來하고자 하나 企業의 資本은 어들 수 업고 더욱 消費할 아모 것도 配當받지 못한 狀態에 쩌러진 「그룹」에 잇서서는 오직 抑壓된 不自由만 더 存在할 쑨이다. 이러한 意味에 잇서서 이곳에서 云謂하게 되는 自由는 有資産階級의 營利의 自由 ─剩餘價値 獲得의 自由 卽 搾取의 自由에 不過하다. 굿태여 無資産階級에게 容許되어 잇는 自由를 求한다 하면 엇더한 機關도 彼等의 生存을 保障하지 안는다는 意味의 「餓死의 自由」가 存在한다고 할 수 잇다.

然나나 共同制 經濟組織의 미테 잇서서는 社會가 그 構成員 全體의 生活을 保障하게 됨으로 社會의 意識的 變動에 잇서서 社會 全體의 生存을 保障할 貨物의 生産 分配 及 消費에 關하야 直接 間接으로 管理하여 統制하게 된다.

如斯한 社會的 經理의 作用을 共同生活의 安定의 立場에서 意識的으로 施行함으로 因하야 비로소 社會 全員의 生活을 保障하며 繁榮케 하는 責任을 다 한 것 잇다. 要컨대 相互制 經濟組織에 잇서는 各個 經濟의 自由活動에

依하야 一般 經濟의 無意識的 避陷(?)을 持保하게 되는 것이나, 共同制 經濟 組織에 잇서서는 一般 經濟의 意識的 經理 統制에 依하야 各個 經濟의 共同 生活을 保障하며 繁榮하게 되는 것이다.

▌五▌

共同制 社會에서는 社會가 그 成員의 經濟的 生存에 關하야 그 責任을 負擔하게 됨으로 共同社會는 그 目的을 達하기 爲하야 必히 그 自身이 社會的 生産을 營爲하게 된다. 좃차서 社會的 生産에 必要한 生産手段은 社會 共同의 所有에 歸할 것밧게 업다. 此에 反하야 相互制 社會에 잇서서는 社會的 生産에 共用되는 生産手段 及 生産物은 社會 成員 各自의 所有에 際하야 成員 各自의 自由 處分에 委屬되여 잇다. 그리고 社會의 意識的 撥揚의 任務는 오직 此等 私有財産의 安固를 保護함에 잇다. 私有財政權은 神聖한 權利 (*34자 정도 미확인) 發見할 수 잇다. 私有財政權의 所謂 神聖한 表現 (*5자 정도 확인 못함) 爲하야 功利主義者이면 함(*5자 정도 확인 못함)을 듯건대 私有財産의 安固와 平等이 衝突될 時는 오로지 平等을 버리고 安固를 取할 것이니, 私有財産의 安固는 生活의 礎石이오, 豊富의 基礎요, 幸福의 源泉임으로 一切의 作用이 그에 依存되어 갓다는 것이다. 資本主義 天下인 相互制 社會에 잇서서 果然 그럴 듯한 말이라 하겟다. 如斯한 相互經濟組織의 特徵은 現代의 法的 機構를 通하야 가장 明瞭히 觀取할 수가 잇다. 近代의 法律機構 卽 相互制 資本社會의 法的 統制의 根本을 貫流하는 經濟的 基礎의 特徵은 私有財産制度와 그 維持 及 그의 蓄積을 가능케 하는 搾取 自由의 制約 等이다. 此의 一例를 擧하면 日本 法制의 基本法이 憲法 第二十七條에 根據된 私有財産制와 保障은 日本 法律의 經濟的 基礎이니 雇傭契約自由의 條文과 아울너 日本 資本社會의 金科玉條인 것이다. 그리하야 民法 商法 等은 上記의 經濟關係를 一層 具體化시킨 것(*'이' 탈자)요, 刑法 其他 治安維持法, 保安法, 警察犯取調法 等의 制度 法規는 上記한 私有財産權이 蹂躪되거나 쏘는 蹂躪될 危險이 有한 時에 積極的 消極的 保護를 加하는 것요,

民事訴訟이나 刑事訴訟法과 如함은 私有財産權이 侵害를 遂한 境遇에 取할 手段이 規律되여 잇는 것이다. (*이 70여 자 언론검열로 삭제됨).

▌六▌

相互制 經濟組織의 밋헤에는 그 構成員의 經濟生存에 對하야 各自가 그 責任을 擔當하게 됨으로 經濟, 道德의 方面에 잇서서도 當然히 各個 經濟의 利己的 活動이 是認될 수밧게 업다. 딸하서 社會 全體의 繁榮과 共同生活의 調和는 그 構成員이 各自 自己의 私益을 圖謀하는 前提 下에서 비로소 成遂하게 된다. 何故요 하면 共同制 經濟組織에 잇서서는 原則으로 共同社會가 吾人의 經濟的 生存을 保障하게 됨으로 吾人은 自己 自身의 物質的 生存에 就하야 特別한 考慮, 心焦의 消耗할 必要가 업고, 共同生活의 利益을 圖謀하며 活動하야 社會人으로서의 生를(*을) 持續할 수가 잇스나, 그러나 經濟的 生存의 保障이 업는 相互制 經濟組織의 미테서는 吾人은 共同生活의 利益을 考慮하기 前에 먼저 自己의 利益을 保全하야써 自己의 生活의 安全에 向하는 活動을 試할 수밧게 업는 必要에 切迫될 수밧게 업다. 따러서 이 組織의 미테서는 他에 如何한 素質과 技術을 把持하얏슬지라도 自己의 利益을 保全하야 生存을 온전히 할 만한 思慮와 努力을 獲得하지 못한 者는 結局 道德上에 잇서서도 無力의 排斥을 甘受하게 되고 經濟的으로는 貧窮의 陷穽에 沒落될 수밧게 업다. (*이하 23자 정도 언론 검열로 삭제됨).

現代와 如한 相互制 經濟組織에 잇서서도 各個 經濟인 家庭의 範圍 內에서는 經濟的 利己主義가 道德的으로 排斥을 當할 쑨 外라. 家族 構成員 相互間에는 一定의 扶養 任務까지 强制되여 잇다. 그러나 家庭에서 一步를 나서 社會에 잇서서는 此와는 온전히 相容될 수 업는 個人의 利己的 活動이 是認되여 잇다. 따라서 家庭 內와 家庭 外 ―即 家庭의 內外를 두고 全然히 持續되는 二個의 經濟原理, 道德原理가 運行되는 것을 볼 수 잇는 것이다. 故로 널리 社會를 爲하야 共同生活에 闊達된 事業 乃至 運動에 從手하고자 하는 者는 必히 家庭 關係로 苦痛을 늣길 수밧게 업다. 即 如何히 妻子를

養育할가? 如何히 老境의 父母를 扶養할가? 等 生存權의 問題가 社會를 爲하야 活動하고자 하며 또 活動할 致賀을 가진 有爲한 靑年으로 하야금 苦痛을 感하게 하는 것이다. 此는 全然히 家庭 內部의 共同制의 組織과 家庭 外 社會의 利己制의 組織과의 原理 乃至 道德의 原理 卽 共同主義와 利己主義가 根本的으로 相容될 수 업는 矛盾을 包藏하고 잇는 까닭이다. 그럼으로 養育 扶養할 家族 —七八人의 生存問題를 一身에 負하고 相互制의 利己 社會에서 惡戰苦鬪하는 責任者 一人이 存在하는 것이다.

▌七▐

如何한 經濟組織의 미테서 營爲되는 生産일지라도 그가 全然히 經濟主體인 人間의 力 卽 勞動力으로만은 不可能한 것이고, 自然과의 關係에 드러감으로 可能한 限에 잇서서 必히 損失과 失敗의 危險에 伴하게 된다. 氣候不順 其他 天變地異의 原因에 依하야 從來되는 農作物의 凶作과 如함은 技術的 原因이 作用한 것이라 볼 수 잇스나, 産出된 生産物이 豫期의 需要를 得하지 못함으로 起因되는 경우도 잇슬 것이다. 그런데 相互制 經濟組織의 미테서는 此에 關한 損失의 危險은 그 生産을 經營하는 個人 單獨의 擔當에 歸하게 되고 또 그에 關한 利益의 獲得에 잇서서도 亦是 生産者의 收得에 歸하게 된다. 共同制 經濟組織의 미테서는 生産이 個人에 依하야 營利的으로 經營되는 것이 안니라 共同社會에 依하야 必要的으로 또는 自足的으로 經營된다. 짜라서 利益을 收得키 爲하야 營爲되는 個人的 生産이 안님으로 그의 生産에 伴하는 危險과 利益은 社會를 構成한 成員의 全體에 依하야 擔當하게 된다.

卽 共同社會 自體가 모든 成員의 需要를 充足하기 爲하야 總體的 危險과 力量을 것처서 스스로 生産을 經營하는 것이다. 또 그 生産物은 相互制의 資本蓄積의 社會에서와 가티 放任함으로 因하야 利益을 獲得하기 爲하는 것이 아니라, 共同社會의 成員이 直接 消費하기 爲하야 必要的으로 生産된다. 卽 生産 外 目的이 利益의 獲得이나 私有財産의 蓄積에 잇는 것이 아니

라 共同社會 成員의 欲求의 充足-生活의 安定에 잇는 것이다.

▌八▐

原始共同社會가 崩壞한 後로 古代의 希臘 羅馬의 社會, 中世의 封建社會를 지나서 近代의 資本主義에 이르기까지 完全히 相互制 社會이엇고 階級對立의 社會이엇섯다. 現代의 後期 資本主義는 相互制 經濟組織이 最高의 發展을 遂하야(*21자 정도 언론 검열로 삭제됨).

數千年來 種種 樣相의 (*4자 언론 검열로 삭제) ―貴族과 平民, 自由民과 ××××와 農奴, 資本家와 貨銀 ×× ―은 資本의 蓄積을 中軸으로 하는 個人主義의 相互制 社會에 이르러 ―(*16자 정도 언론 검열로 삭제) 卽 階級 內部의 相互扶助 ―利害關係의 一致가 誘致하는 ―와 (*30자 정도 언론 검열로 삭제).

이상 簡略하나마 相互社會와 共同制 社會 ―經濟組織上의 ―의 對立的 意義를 明瞭히 하얏다. 相互制 經濟組織이나 共同制 組織이나 그것이 永世에 亘하야 不變할 自然法則이 아니라 可變的 制度이다. 그럼으로 歷史的 存在性을 일케 되면 卽 進化한 人間生活과 調和할 수 업게 되면 必然히 變道할 수밧게 업다. 一時的 歷史的 性質의 社會法則인 以上 ―人間의 産物인 以上 永遠히 存續될 수 업다.

· · · ≪中外日報≫(1928. 4. 13~17), 5회 연재

朝鮮의 經濟와 經濟運動
— 過去·朝鮮 經濟運動의 批判·展開 —

▌一▐

사람은 『衣食』이라는 原始的 目的 —本能的 欲求를 充足시키지 못하고 서는 一秒의 生命일지라도 能히 維持할 수 없는 動物이다. 그럼으로 이러 한 必需的 欲求를 充足시키지 못하고 飢餓의 威脅에 戰慄하는 사람들에게 잇서서는 이르는 바 價値 잇는 活動도 文化的 生活도 藝術的 表現도 잇슬 수 업는 것이다.

卽 經濟生活의 安定을 엇지 못할 것 가트면 範迫寒塞의 慘澹한 場面에 서서 切迫한 生活을 爲하야 奮鬪할 수밧게 업고, 도모지 이러한 問題가 부 를 餘地가 업는 것이다.

現在의 朝鮮 사람은 이와 가튼 情勢에 處하야 잇다. 大部分의 民衆이 飢 餓의 陷穽에서 버서나고자 實로 形容하기 어려운 奮鬪를 격고 잇다. 그럼 에도 不拘하고 現刻혜(*에) 迫頭한 衣食苦에 시달니는 數多한 失業群과 乞 人이 餓死凍死의 地境에서 헤매며 쏘는 敗家亡身한 버려진 몸을 잇끌어 南 으로 日本, 北으로 西北間島를 向하며 요지음 와서는 쑤라질에까지 移住의 機運이 보히게 되엇다.

그러나 이러한 現象이 出現하는 것은 決코 朝鮮의 産業이 發達되지 못하야서 그런 것이 아니라, 事實은 그 正反對로 朝鮮의 資本主義는 크게 發展되여서 各項 産業部門은 實로 黃金時代를 이루어서 三角山 下의 宏大한 大理石 建物 —所謂 二十世紀의 新阿房宮을 비롯하야 京都 大小都市에 煉瓦洋館이 느러섯고 銀行, 會社, 鐵道, 水利組合, 開墾事業, 産業政策, 貿易 等等 朝鮮産業을 支配 ××하는 大小赤白의 血脈血管이 縱橫左右로 버더저 나간 것을 볼 수가 잇다.

그러나 朝鮮人 大衆은 住宅을 放賣하고 土地를 抵當에 늣고 依支할 곳 업서 彷徨하게 되며 朝夕免佛의 生存問題에 低迷하고 잇다. 이와 갓튼 現象은 實로 놀나운 『콘트러스트』의 一이라 아니 할 수 업다.

이러한 生存難에 휘몰닌 朝鮮人에게 悲嘆과 絶望 飢餓와 苦痛이 잇고 아울너 여러 가지 「타입」의 朝鮮人의 生活이 잇다, 엇던 一部의 「그룹」은 抑壓된 衝情을 풀기 爲하야 酒와 性의 愉樂에 도라가서 蕩子酒豪 노릇을 하며 엇던 「그룹」은 努力 잇는 支配階級에게 變節하야 良心을 파는 것으로 生活의 『방패』를 잡는다. 그러나 朝鮮 사람은 이 經濟的 破滅의 慘澹한 境遇에서 버서나서 사람다운 生活을 管爲하기 爲하야 모든 絶望을 勇敢히 넘어가며 堅實 且 建全한 運動을 實踐하는 同時에 大衆으로 하야금 그러하게 하야야 한다. 勿論 今日에 잇서 朝鮮의 諸 産業部門을 亘하야 보게 되는 生産力의 發展이 朝鮮人의 그것이 아닌 以上 朝鮮人 大衆이 經濟生活의 安定을 엇기는 極히 容易한 事가 아니요, 資本主義 經濟組織을 肯定하고서는 더욱 容易치 못한 일이다. 그럼으로 左翼의 積極的 運動이 必然的으로 膨脹하게 되며, 쏘 決局은 全世界의 이러한 運動潮流에 順應하야만 ××× ×經濟問題도 ×決될 것이다.

그러나 쏘 一面으로 現在의 朝鮮人은 決코 眞空 中에서 生活하는 것이 아니라 資本主義 社會에서 生活하야 갈 수밧게 업다. 그럼으로 如何히 資本主義 經濟組織에 對하야 不平不滿을 품고 잇는 階級일지라도 多少間 資本主義 社會에 適應하야 生活하지 아니하면 저의 生存을 온전히 할수 업고 짜라서 生存의 維持가 不可能한 限에 잇서서 積極消極의 運動問題도 發

生할 수가 업다. 무엇보담도 現實의 生活을 維持하기 爲하야서는 먼저 그 環境에 適應하야 一定한 物質的「에넬기」— 一定한 生活 資料를 攝取함으로 生存할 수가 잇서야 한다.

그러나 人類의 그 環境에 對한 適應은 다른 動物의 오직 受動 쏘는 所與에 쯔치는 適應과는 갓지 안니 하야 受動的 適應인 同時에 能動的 適應이다. 生存에 要한 一定의 物質的「에넬기」를 攝取하는 同時에 人類는 그 環境인 自然 及 社會로 하야금 人類의 生活에 適應식히도록 努力한다. 그리하야 資本主義社會에 對한 어느 程度의 適應이 要求되는 同時에 更히 資本主義社會로 하야금 民衆의 生活에 適應식히기 爲하야 不斷히 變遷하는 客觀的 情勢에 照應하야 努力하여야 할 積極的 實踐이 要求된다.

그럼으로 全世界의 運動 潮流에 順應하야 그 戰線의 一分營으로써 規定된 朝鮮 資本主義에 對한 ××한 ××이 必要한 同時에 朝鮮人의 現實生活에 基礎된 運動 —朝鮮人의 現實生活과 不斷히 交涉 接觸하게 되는 資本主義에 對한 受動的 適應에서 能動的 適應 —日常生活과 交涉할 수밧게 업는 資本主義의 作用으로 하야금 民衆의 生活에 適應식히도록 그리하야 資本主義에 對한 ××을 日常生活의 適應關係에까지 實踐하야 本質的 ××의 一翼에까지 미치게 하는 運動이 必要하게 된다. 勿論 前者의 運動 及 鬪爭은 資本主義의「코스모포리한」的 性質에 照應하야 先進 資本主義國의 帝國主義的 準帝國主義的 自衛 國際戰線에 照應하야 要求되는 國際的 經濟鬪爭 及 政治鬪爭의 一分野로써 本質的으로 努力하는 資本主義의 ××의 正面攻擊이라 할 수 잇다. 資本主義의 揚棄가 決코 一部 局部的 經濟鬪爭 及 政治鬪爭으로 不可能한 만티 現段階에 잇서서 이 國際的 積極的 左翼運動이 極히 重要한 主動的 位置에 處하는 것은 喋言할 必要가 업슬 것이다. 그러나 朝鮮人의 現實的 存在가 現在 資本主義에 對한 適應이 업시는 存續할 수 업슬 쑨 아니라, 우에서도 말한 바 잇섯거니와 更히 人類는 다른 動物과 갓지 안니 하야 受動的 適應에서 自滅 又는 隱遁할 수 업고, 資本主義로 하야금 人類의 生活에 適應식히기 爲하야 積極的으로 作用하며 適應하는 動物임으

로 必然的으로 後者의 運動이 亦是 要求된다. 朝鮮에 잇서 前者의 運動은 左翼의 諸 勞動運動 及 社會運動, 近者에 와서 政治鬪爭에까지 그 運動方向을 轉換한 者가 그것이요, 後者의 運動은 固陋한 民族主義에 理論的 根據를 둔 物産獎勵運動 及 近者에 와서 擡頭하는 協同組合運動 그것이라 볼 수가 잇다.

朝鮮에 잇서서 左翼運動은 그 理論鬪爭과 아울러 어느 程度의 發展을 보앗다 할 수가 잇다. 그러니 後者의 運動 —이 運動을 右翼運動이라 물르자—은 그 實踐에 잇서서는 그의 指導理論인 民族主義가 적어도 經濟運動의 範圍 內에 잇서 非組織的 無體系한 理論일 뿐 아니라 發展된 時代事實을 包攝하야 그 理論의 展開에 努力하는 者도 업서 今日에 잇서는 明白히 時代遲한 理論에 墜落된 만티 物産獎勵運動의 所謂 「朝鮮 사람 朝鮮 것」의 精神도 極히 朦朧하야 全혀 보잘 것 업는 一時의 氣分運動에 그치고 마럿다. 失敗는 必然的으로 批判에 引導하야 새로운 方向을 與할 것이어늘 이러한 時代遲한 運動을 全面的으로 批判하야 그 새로운 發展을 꾀하는 指導理論은 도모지 볼 수가 업다. 또 消費組合이나 協作運動을 論議하며 協同組合을 提唱하는 분이 업는 것이 아니로데, 오즉 랏쉬넬의 開拓者들의 消費組合이나 其後 各國에서 發展된 協同組合運動을 紹分하거나 丁抹의 農村情勢와 協同運動의 威力을 憧憬하는데 그치고, 決局 結論에는 民族主義的 情熱을 煽動하얏슬 뿐이요, 朝鮮의 現實의 經濟情勢에 對한 批判으로부터 朝鮮의 經濟運動의 分析 批判에까지 밋처서 朝鮮의 現實의 情勢가 要求하는 運動理論을 樹立하고자 努力하는 者는 업다. 勿論 임이 우에서 말한 바와 如히 朝鮮人의 今日에 處한 深刻한 經濟的 破滅의 情勢에서 能히 甦生 回復하야 經濟生活의 安定을 엇기는 資本主義의 ××가 업시는 極히 困難한 일이라 아니 할 수 업다. 迫頭한 經濟生活의 不安, 數學的 知識의 缺乏, 團體的 訓練의 薄弱은 飢寒苦役에 몰닌 朝鮮人으로 하야금 더욱 慘極通極한 情勢에 쩌러지게 하니 朝鮮人의 經濟生活의 安定과 如한 問題는 決코 容易한 事가 아닐 것이다.

그러나 이러한 情勢에 立한 朝鮮人은 生活의 低迷的 傾向을 克服하야 決코 自暴와 自棄에 墜落하지 말며 더 一層 客觀的 情勢의 正確한 把握을 힘써 國際的 連關을 것처서 資本主義의 ××를 爲한 運動에 合하는 同時에 日常의 現實生活을 것처서 資本主義로 하야금 民衆의 生活에 適應식히는 大衆的 運動을 이르켜야 한다. 寸時도 게으름 업시 꾸준히 努力함으로 因하야 萬人의 要求하는 合理的 生活을 實現키 爲하야 熱 잇게 實踐하여야 한다. 그럼으로 朝鮮人의 經濟生活의 安定 繁榮을 짜라서 文化藝術 其他 生活內容을 豊富하기 爲한 生活香料의 民衆 一般에게의 普通的 受客이 可能하게 될 것이다.

以上에 畧述한 바 朝鮮의 現實 情勢에 照應하야 筆者는 朝鮮의 經濟狀態에 對한 全面的 認識 —朝鮮産業의 發展 大勢와 朝鮮人 生活의 低落 情勢를 究明하고 그에 照應하야 提起된 經濟運動을 分析 批判하야 在來의 右翼運動의 方向轉換과 아울러 消費者 協同組合運動을 提唱하게 된 것이 이 小論 卽 「朝鮮의 經濟와 經濟運動」이다. 朝鮮의 經濟運動을 論議하는 以上 그 主流인 左翼運動을 取扱하야야 할 것이로대 이 小論을 草하게 된 筆者의 動機가 주로 朝鮮의 經濟運動의 一翼으로서의 右翼運動의 理論體系를 樹立함에 잇슴으로 左翼運動의 理論은 그에 必要한 限度에 끚칠 수밧게 업다. 그리고 後期를 타서 更히 取扱하기로 한다.

消費者 協同組合에 對한 運動 氣分은 朝鮮에 잇서 豫感된 지가 相當히 오랜 듯 십다. 그러나 實踐되여서 成功한 例는 勿論 업거니와 쏘 그 理論에 잇서서도 別로 보잘 것이 업다. 昨年 十一月 末頃에 在上海 申某氏의 東亞日報 紙上에 「協作運動을 提唱」이라는 論文이 發表된 것을 본 일이 잇고, 六月號 『新民』誌에 惹(*匿)名氏의 「協同의 精神과 協同組合의 運動을 提唱」(?)이라는 論文을 보앗슬 뿐이다. 이리도 쓸쓸한 此種의 二論文 中 前者는 經濟論文의 面目을 具備하얏다 보기에는 좀더 經濟的 考察을 加味할 必要가 잇는 論文이엇고, 後者는 아즉 完結되지 못한 것이엇스나 다만 紹介의 程度를 버서나지 못하는 論文이엇다. 뿐만 아니라 兩 論文이 朝鮮 經濟情

勢와 朝鮮人의 生活程度에 對한 究明이 殆無하거나 또는 極히 抽象的이고 兼하야 朝鮮運動線上에 立據 提起하게 되는 運動理論의 究明이 全혀 脫落되고 말엇다. 實로 朝鮮이 要求하는 一運動으로써 提唱하는 것일진대 消費組合의 起源과 그의 發展大勢를 紹介하는데 끚칠 것이 아니라 嚴然히 朝鮮의 現實에 비추어 立論하여야 할 것이다.

이 方面에 關하야 研究나 또는 實踐하자는 讀者의 使宜를 爲하야 左에 參考書 數種을 紹介하야 둔다.

■ 朝鮮經濟에 關한 것

朝鮮經濟論	裵成龍
土地兼倂과 그 對策	鮮于全
農村振興策 (東亞日報 所載)	盧東奎
朝鮮은 어듸로 가나? (朝鮮時論)	津田 勇三
階級的 貧困과 産業의 開發 (朝鮮時論)	津田 勇三
生産力의 發展과 所有權 (朝鮮時論)	津田 勇三
在滿朝鮮人의 現狀과 그 救濟策	末廣 重雄
朝鮮의 農業金融組織 (經濟論叢)	河田 踞郎
朝鮮의 雜種農業 (經濟論叢)	河田 踞郎
小作問題와 朝鮮의 小作制 (經濟論叢)	河田 踞郎
食糧問題와 朝鮮의 米作 (經濟論叢)	河田 踞郎
朝鮮産米增殖計劃과 世論 (經濟論叢)	山本美越乃
其他 朝鮮總督府 統計 及 論文	

■ 消費協同組合에 關한 것

消費組合論	「토토먀ㄴ츠(Totominnz)」
消費組合運動	웹쯰 夫妻 (S. Webb) (B. Webb)
消費組合의 將來	웹쯰 夫妻
大英社會主義國의 構成	웹쯰 夫妻
露西亞의 消費組合運動	쌀엥크(Blanc)
레닌協同組合論	N. L 메슈쩌리쏩
道德의 經濟的 基礎	슈터. 찐커

消費組合論	쏜 닉 쎕
英國消費組合發達史論	풋트. 웻쓰
消費組合運動	本位田祥男
消費組合巡禮	本位田祥男
産業組合源論	토토먀ㄴ츠
消費組合과 勞動運動	카우츠키-
레닌과 消費組合	山田浩
利用組合에 關한. 調査	産業組合中央會
産業組合記念日指針	産業組合中央會
露西亞의 産業組合運動 (經濟論叢)	八目芳之助
婦人과 消費組合運動	本位田祥男
購買組合과 貯蓄	高野岩三郎
消費組合論	샬. 찌-드
國民銀行論	엘. 울프

(以下 略)

▌二▐

이미 말한 바와 가티 今日의 朝鮮의 産業이 決코 發展하지 아니 한 것이 안니다. 最近 二十年來 資本主義의 長足한 發展에 짜라 各項 産業에 數倍 乃至 十數倍의 生産力이 發展하얏다.

明治 四十四年에 朝鮮의 農産物 總額은 不過 三億五千百萬圓이든 것이 大正 十二年에는 十一億六千六百萬圓에 達하야 十三年間에 約 三倍半의 增加를 보게 되엇다. 昭和 元年度의 統計에는 이에 對한 明瞭한 數字를 發見할 수가 업스나 朝鮮産米增殖計劃, 産業第一政策 其他로 미루어 類推하건대 期必코 加速度的 發展을 보앗스리라고 생각된다. 工産物은 明治 四十四年에 約 三千萬圓에 不過하든 것이 大正 十二年度에는 二億九千萬圓, 昭和 元年度에는 三億三千三百萬圓을 算하야 十六年間에 十一倍 以上의 長足 發展을 보게 되얏다. 鑛産物은 明治 四十四年에 六百二十萬에 未滿되든 것이 大正 十二年에 一千三百三十餘萬圓에 達하야 三倍餘의 增進을 보히더니 昭和 元年度에 至하야서는 三千四百餘萬圓을 算하야 近 六倍餘의 發展을 보히며, 水

産業에 잇서서는 明治 四十四年에 魚獲高 不過 六百七十萬餘圓이든 것이 五千三百七十餘圓을 算하야 約 八倍의 發展을 보게 되엇다.

(統計 一) 統計表 畧 (記者)

貿易上으로 보건대 四十四年度에 七千二百萬圓에 不過하든 貿易額이 昭和 元年度에는 七億三千四百餘萬圓에 達하야 十六年間의 十倍餘의 發展을 보게 되엿다. 四十四年에 잇서서는 朝鮮貿易의 約 六割五分이 對日本 貿易이고 對外國 輸出入 價格은 三割五分에 끚치든 것이 大正 九年의 日韓關稅 徹廢 以後 一層 張躍的 發展度을 보게 되여 昭和 元年度에는 全 貿易額의 約 八割餘가 對日本 貿易이 되고 僅僅 二割이 對外貿易인 形便에 이르럿다. 그 結果로 從前 卽 四十四年度에는 輸移出額의 七割에 쓰치든 對日本 移出品의 價格이 二躍九割三分餘를 占領하게 되고 移入品의 總額은 依然히 輸移入品 總額의 六割六分 可量에 머물너 잇다. 이 貿易統計을 것처서 우리가 主意해야 할 것은 貿易額과 移出入額의 關係, 特히 原料品의 移出과 工場生産品의 移入 等의 關係를 것처서 先進 資本國과 後進 資本國과의 關係이다. 朝鮮에서 日本으로 移出되는 物品은 米, 鮮魚, 大豆, 木材, 生牛, 金鑛, 蠶絲, 繰綿, 乾魚, 蘭 其他 組製原料品이요, 移入品의 大部分은 生金巾, 生씨링, 綿絲, 紬緞物, 綾金巾, 雲齋布, 小麥粉, 哂金巾, 哂씨링 等 半製 又는 精製한 工場生産品이다. 明治 四十四年에 輸移入 總額에 對한 輸移出 總額의 比는 五千四百餘萬圓에 對한 不過 一千八百八十餘萬圓으로 二八, 七%에 그치든 것이 昭和 元年度에는 三億七千二百餘萬圓에 對하야 三億六千二百九十餘萬圓으로 九七, 五%에까지 進展하야 朝鮮産業의 加速度的 發展을 說明하고 잇다. 玆에 重要 輸移出品의 發展 大勢를 比較하야 아울너 移出入과의 關係를 살피면 如左하다.

(統計 二三) 統計表 畧 (記者)

資本主義의 ××의 條件은 低廉한 勞銀으로 長時間의 驅使가 可能한, 그

리하야 剩餘價値의 ××가 可能한 大衆과 近代産業이 要求하는 富源 ―原料와 工場生産品의 販路를 確保하는 市場獨占 等이다. 이러한 條件 下에서 여러 樣式의 企業形態를 타고 剩餘價値의 獨占이 形成된다. 大概 自由競爭時代에는 社會形態를 獨占時代에 變遷할사록 「트러스트」, 「칼델」 等의 合同形態를 取하야 剩餘價値의 獲取를 實踐하야 간다. 그러면 朝鮮에 잇서서 이러한 企業形態와 ××樣狀의 分野와 勢力은 如何한가? 朝鮮의 社會企業은 明治 四十四年에 一五二個에 지나지 못하던 것이 大正 十二年度에 이으러서는 一〇〇一個(昭和 元年度에는 更히 一二七六個)로 增加하고 拂込資本金 僅僅 一千六百萬圓에 긋치든 것이 十三年間에 十三倍 以上을 增加하야 二億五千八百餘萬圓에 達하얏다. 此外에 本店을 日本에 두고 朝鮮에 支店을 두는 會社의 數爻가 約 壹百四十個所가 잇다.

更히 金融方面을 보건댄 本支店 銀行의 數는 約 二倍가 增加하고, 農村都市의 小金融資本으로의 機關인 金融組合은 約 四倍를 增加하고, 그 預金額에 잇서 約 十四倍半, 農工拓殖資金 貸付 卽 長期貸付는 九十五倍, 拂込資本金은 約 九倍半, 銀行券 發行高는 約 六倍의 增加를 보힌다. 朝鮮에서 된 資本 及 生産力의 勢力을 比較하면 如左,

(統計表 其四 略 記者)

今後의 朝鮮의 資本主義는 從來 以上의 速度를 加하야 發展 할 것이다. 資本의 蓄積과 集中이 漸次 激烈하야짐에 짜라 資本主義는 競爭段階를 버서나서 獨占段階에 드러갈 것이다. 現在에 잇서서도 朝鮮에 이러한 傾向을 볼 수가 잇다.

例컨대 褐炭의 供給이 三井, 鈴木, 安田 等 三資本閥의 거의 獨占的으로 支配하는 대로 도라가 잇고, 鴨綠江畔의 鬱蒼한 大森林의 木材는 三井, 鈴木 두 會社가 均一하게 拂下를 바드며, 좀 色彩가 달는 것으로 石油는 朝鮮內地 需要額의 九十五%가 스탠다-드, 오일컴퍼니의 供給하는 바이다. 其他棉花 及 蘭 等의 共同 販賣, 主要 代用食料 卽 栗, 小米, 安南米, 豆相 其他

肥料의 輸入에 三井, 三菱鈴木과 如한 資本閥, 大企業者의 獨占的 支配, 鮮內 市場의 ××는 極히 明瞭한 일이다.

▌三▌

以下에서 우리는 産業第一을 表榜하는 朝鮮이 그 表榜에 어그러짐이 업시 極히 富裕한 經濟狀態에 處하야 잇슴을 보앗다. 世界的으로 보와서 朝鮮 半島가 비록 支郡나 米國과 가튼 世界屈指의 富源國은 되지 못한다 하야도 그 地域의 그리 넓지 못하는 點에 比하야 能히 世界 富源의 一分脈을 차지하얏다고 볼 수가 잇다. 그럼으로 朝鮮에서 임이 述한 바와 如한 産業上의 發展을 보게 되는 것은 極히 當然하니 조곰도 놀나울 것이 업고, 오히려 今後 더욱 더욱 發展할 줄을 굿게 밋게 된다. 그러나 朝鮮의 産業이 크게 發展하야 貿易額이 몃 倍가 되고 銀行預金이 十四倍, 會社 工場 田畓 이 그 規模와 生産額을 더하고 鐵道網에 짜라 物貸의 集散이 從前의 數十倍에 이르고, 會社企業의 拂込金 十六倍 增加, 水産工産物의 價額이 八倍 乃至 十倍나 늘고, 朝鮮의 人口를 길느는 農業 生産物이 그의 三倍 以上이나 發展 되어서 黃金時代의 朝鮮의 出現하얏다 하는 今日, 朝鮮民衆은 果然 이러한 産業發達의 惠澤을 누리며 黃金時代의 푹신푹신한 生活을 享樂하고 잇는가? 朝鮮의 宏大 建物, 三角山 下의 新阿房宮, 七百萬圓의 資와 十年의 時로써 竣成한 壯麗한 大理石의 建物을 비롯하야 大小의 高樓巨閣이 叢立한 이즈음에 資本網을 타고 ××한 ××××를 獨占하야 輕井澤溫泉이나 熱海江邊에서 平安히 누워서 궁구는 資本家의 存在를 잘 아는 同時에 우리는 一年을 勤動勞動하야 쏘듯이 좀 쌀밥 천신밧게는 할 수 업는 朝鮮人 無産階級의 存在를 亦是 니즐 수 업다.

實로 朝鮮人 大衆은 黃金時代의 푹신푹신한 生活의 享樂은 姑捨하고, 오히려 三重四重의 債務에 뒤몰려 飢餓의 威脅 압헤서 戰慄하고 잇는 것이다. 그리하야 ××하는 階級이 맛는 黃金時代는 ×××階級에게 아모런 惠澤도 주지 못한다. 그럼으로 朝鮮産業의 發展, 朝鮮經濟界의 黃金時代는

×××의 地位에 處한 朝鮮人 大衆에게는 오즉 慘極悲極한 生活苦를 與할 짜름이다. 그러면 朝鮮民衆의 生活 程度는 如可한 情勢에 處하야 잇느냐? 아울러 朝鮮의 産業 發展과 朝鮮人 生活의 萎凋悽慘한 情勢와의 相容하기 어려운 矛盾의 本質은 如何?

　記者 附記 ― 編輯上 形便으로 統計表 全部를 省略하얏사오니 筆者와 讀者 諸氏는 諒解하야 주십시오.

· · · ≪中外日報≫(1928. 8. 3~7)

文字普及

　朝鮮의 勤勞階級 卽 貧賤에 몰리는 小作農民 及 勞働者의 階級은 그 大部分이 資本主義文化의 要粹도 把握하지 못하고 封建的 主從意識 及 其他의 迷信에서 헤매고 잇다. 이러한 傾向은 階級社會에서 보게 되는 한 普遍的 特徵이라 할 수 잇스려니와 就中에도 特히 資本主義의 發達이 幼稚한 後進國에 잇서 一層 顯著한 事實이라 할 수 잇다. 勤勞民衆의 大部分이 文盲임으로 쏘는 文盲을 버서나서 겨우 諺文깨나 볼 수 잇서 古代小說가튼 種類의 이야기冊을 能히 讀通할 수 잇는 階級에 잇서서도 그 意識에 잇서서는 極히 單純하다. 日常의 生活環境이 決定하는 意識 ―地主 及 資本家에게 奉仕하게 되는 封建的 主從意識이 組織되지 못한 筋肉勤勞階級의 意識 全般이라 할 수 잇다. 뿐만 아니라 이 階級의 意識 內容이 ―그들의 生活內容에 反映된 ―儒敎의 阿片, 極히 卑劣하고 淫蕩하고 頹廢的 氣分이 濃厚한 雜歌俗謠, 封建的 英雄崇拜와 荒唐한 迷信에 이끌리는 古代小說 等의 素材의 産物임으로 그 質에 잇서서도 極히 低劣하다 아니 할 수 업다.

　쌀하서 이 階級의 子弟 ―普通學校 程度의 敎養이나 簡易實業學校나 補習學校 程度의 敎養을 修得한 部類의 兒童들도 ―亦是 이와 가튼 生活環境 속에서 植民地的 資本主義 敎化에 馴致되어 猛進하는 힘과 自己의 處한 環境을 克服 貫徹하야 가자는 希望을 죽이고 그 ××의 生活에 決定된 無活氣한 生活, 그저 僅僅 支保하야 가며 寸命이나 이어가자는 姑息生活에 墮落

하야 結局은 그의 父母와 비슷한 生活 及 生活意識을 가지게 된다.

그 中에서 좀 쏙쏙하다는 젊은이들은 官僚思想의 末流에 醉하야 面書記나 其他 그 비슷한 職務깨나 하게 되면, 苦痛 만코 閑散하고 또 極히 未明한 村里에서 큰기침하기와 弱한 者 업수히 녀기기와 行悖하기와 酒色에 沒頭하는 곳에 썰허지고 만다. 그리하야 ×××의 生活環境에서 呻吟하는 階級으로써 自階級의 意識에 反省할 機會를 어들 길이 업고, 딸하서 人生과 社會에 對한 體系的 意識과 科學的 知識과 自階級을 發見하고 그를 爲하야 努力하는 活動 等이 도모지 잇슬 수 업고 姑息的 自滅에 써러지거나 ××階級에게 奉仕하는 犬馬의 位에 墮落하게 된다.

이와 가티 朝鮮의 勞役大衆 即 小作農民 及 都市의 筋肉勞動者의 大部分은 文化 方面에 잇서서도 버젓한 無産者이다. 딸하서 彼等의 抑壓된 意欲을 풀어볼 길을 發見하지 못한다. 元來 彼等은 直接 生産勞動의 苦役에 隷屬되어 支配階級에게 生活資料와 享樂 素材와 아울러 文化 創造의 餘裕를 提供하얏슬 짜름이요, 科學的 文明의 惠澤에 均浴할 수 업슴은 勿論의 事이엇거니와 免無識의 敎養을 어들 方途도 彼等 自身에게는 잇지 안핫다.

그리하야 朝鮮人 勞役大衆의 大部分이 文盲이라는 形便에 썰어지게 되엇다. 即 朝鮮의 文盲의 大部는 封建的 族閥時代와 資本主義 ××時代의 經濟關係의 産物이다.

文盲임으로 時運의 趨移와 世界의 情勢와 當面한 段階와 突進할 向路에 對한 認識이 極히 困難할 뿐 아니라 新聞 한 장도 能讀할 수 업는 彼等의 新聞에는 奇怪한 封建意識의 觀念 부스러기가 언제까지 가도 그대로 깃들여 잇슬 수밧게 업다. 小學敎育機關이 不足한 境遇에는 私立學校, 書堂 其他의 機關이 잇고, 小學 出身者로서 上級學校에 갈 수 업는 境遇에는 實業補習 其他 講習 等 彼等을 受容할 만한 機關이 잇슬 뿐 아니라 初步의 知識은 獲得한 形便에 잇슴으로 講義錄 及 其他 書籍 等을 거처서 相當한 敎養을 어들 수가 잇스나, 小作農民 及 筋肉勞動者의 文盲打破機關으로는 도모지 들 것이 업고, 彼等의 文盲大衆에게 잇서 敎養 어들 길은 아조 막혓다 아니 할 수 업다. 實로 朝鮮에 잇서 『맑키스트』이니 『아나키스트』이니 方向轉換이니 理論鬪爭이니 하야 指導衆의 自意識 淸算에는 �꽤 熱心인 모양이나, 그러나 彼等이 불러 『物質的 武器』라 하는 筋肉勞動者와 小作農民의 大衆 속으로 들어가서 彼等과 가티 彼等을 爲하야 貴重한 先驅的 事業을 擔當하야 나가겟다는 堅實한 社會運動者는 도모지 업다 하야도 過言이 아니겟다.

이러한 形便에 잇서 無産階級 大衆을 覺醒케 하야 彼等의 封建的 意識을 止揚케 하는 第一步로서 『文盲 업새는 運動』을 高調하여야 한다. 傳來한 特權文化 支配階級의 文化를 揚棄하야 大衆文化를 建設할 첫 걸음은 반듯이 이 곳에서부터 始作되어야 할 것이다. 勿論 近者에 와서 左翼理論으로써 鬪爭하되 諸君에게 잇서서도 讀者의 힘써야 할 任務의 一翼은 亦是 『文盲 업새는 運動』—主體階級의 意識 淸算의 前提로서 —이 안닐 수 업다. 何故오 하면 自意識의 淸算이 이곳 主體階級에 對한 能動的 活動이 될랴 할 것 가트면 淸算된 自意識의 實踐에까지 具象化하야 主體階級의 意識에까지 變動을 與하는 武器가 되어야 하고, 그리 하자면 必然的으로 主體階級의 意識 淸算에 向할 수밧게 업는 까닭이다. 그러나 『文盲 업새는 運動』은 自意識의 淸算이 아니요, 無産階級의 그것인 만치 理論鬪爭의 問題取扱과 如히 그리 明徹하고 遺(*愉)快하게 實踐될 性質의 것이 아니다. 이 點은 文化 方面에 잇서 新『루레산쓰』의 黎明期에 處한 우리의 當面한 가장 큰 難關이라 하겟다.

實로 『文盲 업새는 運動』은 姑息的인 農民 酩酊軍인 筋肉勞動者의 脾胃를 마추어 가며 꾸준한 勞力으로써 奮鬪하여서만이 成功을 可期할 수 잇다. 何如間 事業의 成敗는 對象의 情勢와 奮鬪 如何에 關連되려니와 朝鮮의 知識階級은 總히 出動하야 이 緊要하고 意味深長한 事業 『文盲 업새는 運動』의 陳營 미테서 크게 活動함이 잇서야 할 것이다.

知識階級의 知識을 朝鮮 大衆에게 開放하라! 우리는 이러케 부르짓고 싶다. 文盲 大衆에게 『가갸거겨』를 익히게 하며 科學的 知識을 受容케 하야

『곰팡이』 난 封建意識과 資本主義化에 誤謬된 意識을 排擊하며 淸算하게 하자. 그리하야 新文化의 主人公은 大衆인 것을 明瞭히 認識시키자. (中略)

文化는 오로지 大衆的일 것이며 公平한 協同生活의 物質的 基礎 우에 建設될 것이며 짤하서 普遍的이어야 할 것이다. 實로 文化는 大衆의 生長과 한 가지로 그 水準을 놉혀야 할 것이다. 그럼으로 因하야 文化의 全面貌가 變遷되어야 할 것이다. 要컨대 經濟生活 及 文化는 大衆의 創造的 協同性 及 自立性 우에 建設되어야 할 것이다.

知識階級에게 잇서서 自己의 屬한 階級을 揚棄하는대 必要한 武器 精神的 武器를 鍊磨하며 淸算하며 展開하여야 하며 同時에 精神的 武器의 依據하는 바 物質的 或 武器로 하야금 또한 그리하게 하여야 한다. 知識階級이 참으로 自記의 生命의 쌍이 되는 知識을 鍊磨 淸算 展開한다는 것은 新文化의 抽象的 槪念을 獲得하며 또는 씽씽하면서 그것을 消化시키는 곳에서 그치는 것이 아니다. 그 物質的 基礎에까지 透入하야 現象 形態의 本質을 認識하여야 한다. 自意識의 生命이 될 必需文化를 要領잇게 不斷히 把握하는 同時에 이미 存在하는 文化의 必需的 要件을 批判的으로 實質的으로 計劃的으로 大衆에게 受容시켜야 한다.

그러면 이 種類의 事業은 그 누가 擔當할 것인가? 이와 가튼 具體的 敎化事業 大衆的 事業임에 朝鮮의 全有識階級이 擔當할 性質의 것이다. 一 部類의 活動이나 幾 個人의 熱誠으로서는 到底히 『文盲 업새는』의 巨大한 運動을 貫徹할 수 업다. 오즉 朝鮮 全知識階級이 總出動하야 만히 目的을 達할 수 잇다. 萬一 朝鮮의 知識層이 이 運動을 向하야 突進할 수 잇슬진대 十年 以內에 能히 朝鮮 天地에서 『文盲者』를 拒絶할 수 잇슬 것이다. 朝鮮의 知識階級의 諸君은 諸君의 知識을 民衆에게 開放하야 보담 뒤쩔어 처진 民衆 特히 文盲者를 指導하자. 『우리의 知識을 大衆에게로』 이러한 實踐을 爲하야 機關을 꾸미라. 그리하야 우리 文化의 水準을 놉힌 基礎를 닥자.

· · · ≪東亞日報≫(1929. 2. 26~27)

연구편

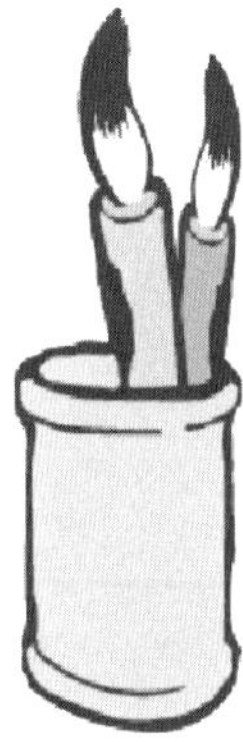

계급적 민족의식의 시, 鄭蘆風[*]

金載弘[**]

머리말

시인이면서 평론가로 더욱 알려졌던 鄭蘆風. 그는 1920년대 후반에 계급문학과 민족문학의 중간 입장에서 <계급적 민족의식>이라는 독자적인 문학론을 주장하면서 그에 걸맞는 시를 창작해온 개성파 시인의 한 사람이다.

그는 梁柱東, 廉尙燮, 金永鎭 등과 함께 이른바 절충파로 불리우면서 문학활동을 전개하였다. 이들의 주장은 대략 민족주의와 계급주의문학의 제휴를 주장하면서 크게 보아 민족주의문학 안에 계급주의문학을 포괄시키는 논리라고 할 수 있다. 어느 면에서 이러한 논리는 반외세 민족해방운동과 반봉건 계급해방운동을 동시에 추진해 나아가지 않으면 안 되었던 당대의 민족운동과 문학운동에 있어서 하나의 이상적인 측면을 제시한 것이라고 평가할 수 있다. 그렇지만 이러한 주장은 체계적이고 심도 있는 논리전개가 부족하였고, 그 논리에 부합하는 작품상의 실천이 뒤따르지 못했기 때문에 뚜렷한 문학운동으로 뿌리내리는 데는 실패한 것으

---

* 이 글은 『한국문학』 통권 185호(1989. 3)에 발표된 글을 필자의 승낙을 받아 전재한 것이다.
** 경희대학교 국어국문학과 교수.

로 판단된다.

그러나 좀더 면밀하게 살펴보면 양주동의 경우에 비해서 정노풍의 경우에는 그 이론과 실제에 있어서 보다 실속 있는 성과를 거둔 것으로 받아들여진다. 그는 실상 시집 한 권 남기지 못했고, 그간 시사에서나 비평사에 있어서 양주동에 가려 제대로 주목받지 못했던 게[1] 사실이다. 그렇지만 그의 시와 시론을 자세히 검토해보면, 그의 시와 시론은 당대 우리 문학이 나아가야 할 바람직한 한 방향을 감지하고 있었으며, 나름대로 작품상에 성과를 거두고 있는 것으로 판단된다는 점에서 앞으로 본격적인 연구가 진행될 필요가 있다고 할 것이다. 본고에서는 시를 중점적으로 살펴보기로 한다.[2]

1. 실향의식과 비관적 현실인식

정노풍의 시는 고향상실에서 오는 비관적인 현실인식에 그 기초를 두고 있는 것으로 보인다. 그의 시는 <신이 숨은 시대> 또는 <님이 침묵하는 시대>로서의 일제 강점하에서 많은 시들이 그러했던 것처럼 실향의식과 비관적 현실인식을 바탕으로 하고있는것이다.

---

1) 정노풍의 비평에 관해서 언급한 것으로는, 林和의 「蘆風詩評에 抗議함」(『조선일보』, 1930. 5. 15)을 비롯하여, 白鐵의 『國文學全史』, 金允殖의 『韓國近代文藝批評史研究』 및 趙東一의 『한국문학통사·5』 등이 있으며, 민요시에 관서 朴庚守의 「韓國近代民謠詩研究」(부산대 박사논문, 1988)에서 일부가 발견된다.
2) 기타 그의 주요 평론에는 다음과 같은 것들이 있다.
   「辨證의 世界와 情感 및 想像의 世界」(『조선일보』, 1928. 1. 27~2. 1), 「藝術의 時代相과 傳統相」(『白雉』 2호, 1928. 7), 「朝鮮文學 建設의 理論的 基礎」(『조선일보』, 1929. 10. 23~11. 10), 「己巳論壇槪觀」(『조선일보』, 1929. 12. 21~27), 「己巳詩壇展望」(『동아일보』, 1929. 12 .7~22), 「現代詩의 彈力的 要求」(『조선일보』, 1930. 1. 4~18), 「新春創作槪評」(『조선일보』 1930. 2. 11~19), 「全體性과 特殊性의 展望」(『조선일보』, 1930. 3. 11~22), 「新進文人發堀難」(『每日新報』, 1930. 4. 14~17).

① 뜨거운 여름낮엔 음달에앉아
　불끈쥔 주먹으로 섬짝을치며
　이결에(겨레: 필자 주)의 시름을 오가는열애
　고이고이 토정튼 그리운 옛날
　아아 맑은 그자취야 어대가찾아오리

　달밝은 밤에는 무리지어
　냇돌 귀퉁이에 둘러앉으면
　험악한 세상일에 가슴저리고
　여윈두볼을 강개에 태우든
　아아 한밤중오막집의 잊지못할꿈자리

　새ㅅ닭은 울고또울고
　흐르는 눈물방울 멎을줄 모르고
　새날이 밝아와도 열정은 안깔앉아
　주먹으로 책상을 꽝꽝치면서
　끙끙흐늑이든 아아그리운 옛보금자리

　가슴에 손얹고 눈감으니
　옛시절은 눈앞에 고이삼삼
　아아 그리울손 옛날이여 잃어진꿈일런가
　꿈에라도 그옛동무들 다시금맞나
　옛군호 소리치고싶건만 소리치고싶건만

▸ ▸ ▸ 「哀懷」³⁾

② 내고향차저 그리든이내 예도라왓건만
　옛내고향어디로가고 날몰라보나
　영산재고개고개 푸른송림잔디마당
　볏센여름날 정자밋차저 고히안즈면
　오가는흰옷자락 살살바람에 날렷건만

---

3) 1927. 12. 30 작, 『新生』 3권 5호(1930. 5).
　이하 시 인용은 원문대로 표기한다.

        갈래갈래찌저진 그네얼골여 이웬일인가
        ……<중략>……
        널따란큰길 전차달리고 자동차간다
        바다우큰륜선은 짐풀고짐실고 오고가고
        아아외말소리 외노래가락 게다소리 이고장에찻건만
        아아녯고장산우에서 떨고 날몰라보고
        아아 지금은 문허진꿈인가
        다사로운 내품은 어디로갓나

▸ ▸ ▸ 「녯내고향」4)

 정노풍 시의 중요한 한 모티프는 실향의식이라 할 수 있다. 그만큼 여러 시편에서 고향을 잃고 비탄과 실의에 잠긴 모습이 드러나 있기 때문이다. 실상 이러한 실향 모티프는 정지용의 시 「鄕愁」5)에서처럼 일제 강점 하 조국상실의 상황인식이 적절히 표상되어 있다고 하겠다.

 먼저 시 ①에는 고향에서의 추억과 현실 사이에 가로놓여진 단절감이 드러나 있다. 그것은 인간답게 살 수 있던 보금자리로서의 고향에 대한 안타까운 그리움이며 동시에 그렇지 못한 현실에 대한 비탄이다. 고향은 이미 그리운 그 자취조차 찾을 수 없는 부재의 공간이자 상실의 터전인 것이다. 그것은 한낱 <잊지못할 꿈자리 / 그리운 옛보금자리 / 잃어진 꿈>으로 남아 있을 뿐이다. 따라서 이 시에는 깊은 상실감과 함께 과거지향적인 애상이 짙게 깔려있다고 하겠다.

 시 ②의 경우에도 마찬가지이다. 여기에도 고향상실에 따른 깊은 좌절감과 애상이 깃들어 있다. 고향은 친근한 대상이 아니라 낯설고 허망한 곳으로 다가온다. 그것은 지난날 <푸른 송림>이나 <볏센 여름날> 등과 같이 건강하고 신선한 모습이었지만 오늘에 이르러서는 <갈래갈래

---

4) 『朝鮮日報』(1929. 11. 17).
5) 1923. 3 작, 『朝鮮之光』 65호(1927. 3).
  고향상실의식은 일제강점 하에서 쓰여진 많은 시에서 한 원형질을 이루고 있는 것으로 이해된다.

찌저진 얼골>일 뿐이다. 그런데 이 시에는 일제강점의 당대 현실에 대한 울분과 적개심이 담겨져 있어 특히 관심을 끈다. <아아 외말소리 외노래가락 게다소리 이 고장에 찻건만>이라는 구절이 그것이다. 이 땅을 강점·지배하고 있는 일본제국주의자들과 그 범람하는 일본문화 및 생활방식의 침투에 대한 분노가 짙게 깔려 있는 것이다.

그러기에 고향상실과 그에 따른 좌절 및 비탄이 심화될 수밖에 없다고 하겠다. 따라서 고향상실은 단지 개인사적인 비탄이나 과거지향성에서 유발된 것이 아니라 현실의 비극성에 더큰 원인을 두고 있음이 분명하다. 고향상실의식은 바로 조국상실의식과 그대로 연결되는 것으로 풀이되기 때문이다.

바로 여기에서 고향에 대한 상실의식6)은 비관적인 현실인식으로 심화되어 나타난다. 일제강점 하의 처참한 현실과 그 속에서의 비극적인 삶에 대한 관심이 드러나는 것이다. 그것은 고향으로서의 과거에 대한 단절감의 제시이면서 동시에 비관적인 현실에 대한 절망과 비탄이라고 할 수 있다.

> 친구야!
> 바람도업는 가람물우에 人肉덩이를 툼부덩던저 말도업시떠나가는 얼빠진목숨은 누구의 목숨?
>
> 친구야!
> 날바람에 물려가는 梧桐닙처럼 터질 듯이 원통한가슴을안고 豆滿江 넘는 친구는 누구의 친구?
>
> 친구야!
> 횟가루 투성이속 쌀방아간에 가지가지시름의 쌀알골르는 파리한 어머니는 누구어머니?

---

6) 이밖에도 정노풍의 시에는 「집 일흔 아희」(『조선일보』, 1929. 11. 15) 등 시에서 보듯이 상실의식과 함께 특유의 <고아의식>이 드러나기도 한다.

친구야!
벌레먹은 靑春을 人肉저자에 眞珠가튼눈물을 혼자씻으며 썩어가는 눈
님은 누구의눈님?

친구야!
떨리는 창자줄이 찌저지도록 원통한 가슴이 터져나도록 애원애원하
다가 슬어저가는 송장은 누구의 송장?

친구야!
향기리운 生命의놀애는 끈인 이 어둔世紀에 멋업시서서 하마들릴 첫
닭의 울음을 고대하는 님의가슴은 누구의가슴?

▸ ▸ ▸ 「친구야」[7]

모두 여섯 연으로 짜여진 이 시는 <친구야! ~는 ~의 ~?>라는 구문
을 반복하여 리듬을 형성하고 있다. 그러면서도 각 연은 각기 하나씩의
얘기를 담고 있다. 그것은 일제의 수탈로 인해 극도로 궁핍해진 현실상
을 반영한다. 첫 연에는 강물에 몸을 던져 자살하는 비참한 죽음을 다루
고 있다. 둘째 연에는 원통한 가슴으로 두만강 넘어 북간도로 쫓겨가는
유이민을 제시한다. 셋째 연은 방앗간에서 시름 속에 근로하는 어머니의
모습을 담고 있다. 넷째 연은 생존을 위해 몸을 팔 수밖에 없는 이 땅의
비참한 누이를 다룬다. 다섯째 연에는 온갖 악형과 고문 끝에 처참하게
죽어 가는 동포들의 모습을 묘사하고 있다. 마지막 여섯째 연에는 이러
한 죽음의 땅으로서의 당대 상황을 <生命의놀애는 끈인 이 어둔 世紀>
로 파악하면서 <첫닭의 울음>으로서의 새로운 시대에 대한 갈망과 기
다림을 형상화하고 있는 것이다. 이렇게 본다면 이 시에서 앞의 다섯 연
은 일제의 강점과 수탈로 인해서 불모화한 당대의 현실상황을 다면적으
로 묘사한 것이며, 마지막 연은 앞의 내용을 압축 요약하면서 미래에 대
한 소망을 상징화하였다고 볼 수 있다. 여기에서 <누구>란 바로 민족을

---

7) 『東亞日報』(1928. 7. 22).

지칭하는 미지칭이며, 동시에 결구의 <님>과 같이 민족의 대명사인 것이다. 이렇게 본다면 이시는 일제강점 하 민족의 수난과 비참상을 고발하는 가운데 광복의 그날을 소망하고 고대하는 안타까운 심정을 노래한 것이라 할 수 있다. 구체적인 현장감각에 기초를 두고 있으면서도 적절하게 상징성을 부가함으로써 시의 시다움을 확보하는데 어느 정도 성공한 것으로 판단되는 것이다. 바로 여기에서 정노풍의 창작방법 내지 세계관의 한 특징이 선명히 드러난다고 할 수 있다. 일정한 사회적인 계급적 경향의식 속에서, 현실을 가공하는 매개적 과정을 거쳐서 그의 시가 창작되고 있긴 하지만, 그것이 실천적인 운동성 내지 이데올로기의 프리즘을 통과한 것8)은 아니라는 점에서 프로시로서는 한계를 지닐 수밖에 없다고 하겠다. 그의 시는 비관적인 현실인식 속에 리얼리즘적인 비판의식을 담고 있으면서도 그것이 실천적 운동성을 지니지 않고 상징화함으로써 문학주의를 지향하게 된 것으로 보인다는 말이다. 바로 이 점에서 정노풍의 문학경향이 <절충적 계급협조주의>9)로 규정될 수밖에 없었던 요인이 있었다고 할 것이다. 실상 이 「친구야」의 경우 <~는 ~의 ~?>이라는 은유적 반복형식이나 님 상징성이 만해(萬海)의 「알 수 없어요」와 암묵적인 유사성을 지니고 있다는 사실만 보더라도 정노풍이 만해처럼10) 계급주의와 민족주의의 통합이라는 정신적 지향성을 지니고 있었음을 암시해줄 수 있으리라 생각된다.

---

8) 로젠타리, 「創作方法과 世界觀의 問題」, 『創作方法論』(文耕社, 1949), p.24.

9) 金八峯, 「朝鮮文壇 現在와 水準」, 『新東亞』 27호(1934. 1).

10) 萬海는 사회운동(계급운동)과 민족운동(독립운동)이 그 애로점이나 과정이 비슷하기 때문에 이 두 가지는 서로 부합해야 한다고 주장한다. 그러나 민족·국가가 있어야 사회혁명이 가능하기 때문에 나라찾기로서 독립운동이 우선해야 한다는 입장이다. 『東亞日報』, 1925. 1. 2. 설문 응답.

2. 민중의 참상과 계급적 민족의식

정노풍의 시는 상실의식과 비관적인 현실인식을 기저로 하여 형성된 다는 점을 알수 있었다. 그런데 그의 시는 여기에서 한 걸음 더 나아가 민중의 참담한 삶에 관심을 기울이면서 차츰 계급의식에의 경사를 드러 내게 된다.

    ① 이 사람들은 성한몸으로는 살아갈길이끈처서
       성성한 팔을 뒤로자처 곰배팔이가되었다네
       성성한 다리를 동이고동혀 안즌뱅이가되엇다네

       그리고도 살아갈길이 끈처서 이사람들은
       성성한 혀ㅅ바닥을 물어끈고 벙어리가되엇다네
       새맑은 두눈을 손ㅅ가락으로 찔러 쇠경이되엇다네

       아아그리고도 먹을것이업고 잠잘곳이업서서
       멀쩡한 정신을버리고 미친놈행세를한다네
       그리고도그리고도 이사람들은
       이망할천지에 몸담을곳이업서서
       멀쩡한 창자를 울리면서 거리거리를헤메다가
       짓밟힌 가슴을 그대로안고 거리귀신으로 박퀸다.

▸ ▸ ▸ 「거랑이」[11]

    ② 품팔이 안하고는 살수업는 이세상인것을, 줄인창자로는 견딜 수
       업는 이ㅅ生인것을, 두팔이성하오나 일할자리는 어들길업네 이거
       리저거리를 돌아다녀봐야 호소할곳도업네

       병든몸이라면 자리에누워죽어나가잘것을, 홀몸이랄시면 사나운이
       사리를휘젓기나하잘것을, 일자리도살거리도어들길업는이세상 망할

---

11) 『東亞日報』(1928. 11. 30).

이세상
줄인창자로는결딜수업는이人生, 억울한이人生 성성한몸이 품팔곳
업서 거리를헤매네

> ▸ ▸ ▸ 「품팔이」[12]

　이 두 편의 시는 정노풍 시의 민중적 세계관을 선명히 보여준다. 그것은 최소한도의 인간적 대접은 물론 생존권마저도 위협받은 현실에 대한 울분과 적개심을 내포하고 있다고 할 것이다.

　먼저 시 ①에는 궁핍과 기아에 시달린 나머지 점차 황폐화해 가는 당대 현실의 불구화된 모습이 선명히 드러나 있다. 이 시를 관류하는 것은 일종의 아이러니라 할 수 있는데, 그것은 성한 사람들이 자신을 자해해서 <곰배팔이>나 <안즌뱅이> 노릇을 할 수밖에 없는 처참한 현실상황에 기인한다. 그러고도 살 길이 막연하여 <성성한 혀人바닥을 물이끈고 벙어리가되엇다네 / 새맑은 두눈을손人가락으로 찔러 쇠경이되엇다네>라는 구절에서처럼, 살아있으면서도 죽은 것이나 진배없는 모습으로 전락하고 만다. 특히 마지막 연에는 현실의 궁핍한 참상이 더욱 선명히 제시된다. 그것은 <아아그리고도 먹을것이업고 잠잘곳이업서서 / 멀쩡한 정신을버리고 미친놈행세를한다네 / 이망할천지에 몸담을곳이업서서 / 짓밟힌가슴을 그대로안고 거리귀신으로 박귄다>라는 결구에서 첨예하게 드러나는 바, 생존권을 박탈당하고 <미친놈> <거리귀신>으로 세상을 떠도는 민중들의 참상에 해당한다. 즉 당대 일제의 강점과 수탈에 의해서 거지로 전락한 조선 민중의 비참한 모습이 「거랑이」라는 제목의 시로 형상화된 것이다. 이렇게 볼 때, 이 시는 아이러니와 시니시즘을 바탕으로 해서 황폐화한 당대 현실의 궁핍상과 민중의 헐벗은 모습을 고발하는 동시에 일제에 대한 적개심과 항거의지를 드러낸 것이라고 하겠다.

　시 ②는 창자를 주린 채 품팔이를 하지 않으면 안 되는 기층민중의 척

---

12)『東亞日報』(1928. 10. 28).

박한 삶, 그런데도 품팔이 자리는커녕 호소할 곳조차 하나 없는 민중들의 덧없는 삶에 대한 탄식과 울분을 묘파하고 있다. 특히 둘째 연에는 이러한 민중들이 겪을 수밖에 없는 궁핍과 기아의 혹심함이 <병든몸이라면 자리에 누워죽어나가잘것을>과 같이 죽음의 상태와 대조되어 그 심각성을 리얼하게 환기해준다. <줄인창자로는 견딜수업는이人生, 억울한 이人生 성성한몸이 품팔곳업서 거리를 헤메네>라는 결구에서처럼 최소한의 생존권마저도 박탈당한 채 기아에 허덕이는 당대 조선 민중의 처참한 모습이 각인돼 있는 것이다. 실상 이러한 당대 민중의 궁핍상에 대한 고발 속에는 그 구조적 원인으로서의 일제 침탈과 억압상에 대한 분노와 적개심이 아로새겨져 있음이 물론이다. 이 두 편의 시에는 당대 현실의 궁핍상에 대한 고발을 통해서 그 지배자로서의 일제와 그 식민통치에 항거하는 항일저항의식이 표출돼 있다고 할 것이다. 마치 이 시들은 李相和가 그의 연작시 「街相」13)에서 「거러지」·「구루마꾼」·「엿장수」등 최하층 민중들에 집중적인 관심을 기울인 것과 무관하지 않다고 하겠다. <웃통도버슨구루마꾼이 / 눈붉혀뜬얼골에 땀을흘리며 / 안악네의압흠도 가리지안코 / 네거리우에서소흥내를낸다>라는 이상화의 시 「구루마꾼」에서의 민중옹호정신과 서로 연결되는 것이다. 실상 여기에서 계급의식의 발현을 찾아볼 수 있음은 물론이다.

> 한해는 또넘어갈 한고개를 넘어갈려니
> 쌀쌀한겨울의 눈보라치는 응달밋헤선
> 애끗는 慟哭聲이 또 들린다
> 아아 한해의 비탈을 넘는 푸로레타리아의
> 견디기어려운 苦役! 참기에긔찬饑餓 !
> 凌辱 憤怒 悲哀 苦痛 ○○ ××
> 쇠달구지의 감탕길에서 허덕이는괴롬과도가치

---

13) 『개벽』 60호(1925. 6).
　　이 점에서 정노풍의 시는 이상화 시의 영향을 받고 있는 것으로 보인다.

牛車牛의수레박휘에 삐걱이는生命의 痛哭聲은
가슴을절이누나! 骨髓를에이누나!
그는 苦役과 飢餓와 壓迫에 입발깨무는痛哭聲
「따비잇」과 「쏠로몬」이죽고 「리코라이」가生埋葬당해도
오오 머물줄모르는
그는 苦役과 飢餓와 壓迫에 입발깨무는痛哭聲!
그러나 또 그는
「必然의約束」의 홰ㅅ불에터치는 肉彈의爆聲
××과 投獄 威脅과 恐怖의 ×××가번득여도
오오 머즐줄모르고
××壓迫, ○○, ○○의 「뿌르○○」에불을 질르는
푸로레타리아의 肉彈의爆聲!

▸ ▸ ▸ 「痛哭聲」14)

이 시는 일제의 무자비한 수탈로 인해 날로 심중해 가는 이 땅 민중들의 열악한 삶의 모습을 적나라하게 드러내주고 있다. 그것은 온갖 능욕과 분노, 고통과 기아, 고역과 압박에 시달릴 대로 시달려서 절망하는 이땅 민중들의 참혹한 통곡소리로서 제시된다. 그런데 관심을 끄는 것은 이 시에 <프로레타리아트의 肉彈>과 같이 계급의식이 선명히 분출된다는 점이다. 그렇지만 여기에서의 계급의식은 그것이 부르주아계급에 대한 능동적인 투쟁이나 실천적인 혁명의지의 분출로 나아가지 않는 특징을 지니는 것으로 보인다. 이것은 실상 정노풍의 문학적 특징과 문학의식을 선명하게 드러내줄 수 있는 한 예로서 받아들여진다.

民族的 ××意識은 階級的 民族意識일 수밧게 업다. 그럼으로 그 民族에게 必要한 또는要求되는 ××는 階級的 民族感情에서 솟는 그것이요, 民族이 한 덩어리 된 紐帶는 階級的 民族感情에서 흘르는 階級的 民族愛다. 따라서 民族運動은 世界運動의 一環으로서의 階級運動이 아니라 民族

---

14) 『中外日報』(1928. 1. 14).
　　이 시에서 ○○표는 확인할 수 없는 글자이고 ××는 원래 복자 그대로이다.

的 ××을 ××로 하는 階級的 民族意識에 確立한 運動이다. 그리고 그 目的은 民族的 ××事業에 世界運動과의 關連을 要求하는 限에 잇서서만 世界運動이 民族的 動에 重要한 意義를 가질 뿐이다.[15]

이 평론의 요지는 <계급적 민족의식>을 기반으로 한 민족운동이며 독립운동에 대한 강조라 할 수 있다. 이러한 입장은 계급운동의 세계화를 강조함으로써 민족적 특수성을 무시하고 있는 프로문학파들이나 피압박민족으로서의 조선민족의 계급적 위치를 몰각하고 있는 국민문학파 양쪽 모두에 대한 비판에 해당된다. <계급적 민족의식>에 기초를 둔 문학의식이란 곧 반봉건 인간해방으로서의 계급해방의식과 반외세 독립운동으로서의 민족해방의식이 함께 상승적으로 결합됨으로써 진정한 민족해방과 인간해방을 지향하는 민족문학의 올바른 방향을 제시한 것으로 이해된다. 실상 이 점에서 정노풍의 <계급적 민족의식>에 근거한 문학관이 당대문학의 바람직한 한 지평을 제시한 것으로 판단됨은 물론이다. 그럼에도 불구하고 당대의 문단조직의 경색성과 그 대항이론적 속성으로 말미암아 정노풍의 이론은 온당한 평가를 받지 못한 데서 그 아쉬움이 있다고 할 것이다. 민중적 세계관에 근거하면서도 계급투쟁으로 나아가지 못한 정노풍의 시들은 프로문학 측의 입장에 따르면 명백히 한계를 지닌 것이며 기회주의적인 색채를 띤 것이라 비판할 수 있다. 그렇지만 프로시의 전투성이라고 하는 것이 많은 경우 오히려 획일화와 허황성 또는 도식주의에 치달음으로써 설득력을 잃어갔으며, 실제상에 있어 작품 창작 자체가 그다지 풍부하지 못했던 사실을 감안해본다면 정노풍의 시가 지닌 의미가 상대적으로 드러날 수 있을 것이다.

---

15) 鄭盧風, 「朝鮮文學 建設의 理論的 基礎(8)」, 『朝鮮日報』(1929. 10. 31).

3. 流移民시와 민요시운동의 의미

정노풍의 시에는 당대에 이 땅에서 삶의 기반을 잃고 만주로, 시베리
아로 떠나가는 유이민에 대한 관심이 지속적으로 드러난다. 그런데 이들
유이민시는 주로 민요시의 형식을 취하고 있는데, 그 까닭은 아마도 민
요조가 그들 유이민의 서글픈 심정과 공감대를 지니고 있기에 그 표현양
식으로 적합했기 때문인 것으로 풀이된다.

   ① 가도가도 끗업는 험한묏길을
      집업는 늙은길손 짐진나그네
      살길이라 떠가는 이몸이어니
      豆萬江 건너서는 누굴차즐가

      가자가자 훨훨가자 눈물을슷자
      푸른물결 힌물결 뛰노는물결
      가벼운 네발자취 내게주렴마

      밤깁흔 산중에 버레가울제
      버서진 머리에선 구슬땀이라
      뼈만부튼 학다리 껑중중몰고
      떠가는 저곳이란 그어디멘가

      가자가자 훨훨가자 눈물을슷자
      밤바람 새벽바람 산치는바람
      가비야운 네발자취 내게주렴마

               ▸ ▸ ▸ 「나그네」[16]

   ② 의주라 압록강 푸른물우에
      나날이 흘러가는 떼목우에다

---

16) 『東亞日報』(1928. 11. 1).

헤매는 몸을 실코 바다로가면

일본이라 만주라 도라단닌들
무를곳 일흔살림 뒤쪼긴인생
어느곳 차저간들 학대밧는몸

저갈대로 출넝넝 흘러가련만
그래도 기를쓰고 살고보자는
제마음 제가본들 모즐다인생

▸ ▸ ▸ 「鴨綠江가에 서서」 중에서[17]

③ 님가시는 고장이
  예서 百里면
  등넘어로 가시는
  나룻길이면
  벌이따라 가신다구
  이리 설으랴
  千里도 千里도
  머나면 千里
  깃들일곳 땅업는
  타국땅이라
  또다시 맛나볼걸
  감감하구려

▸ ▸ ▸ 「哀別」에서[18]

정노풍의 시에서 특히 관심을 끄는 것은 그의 시가 당대 민중이 처한 처참한 현실생활에 깊은 관심을 가지고 있다는 사실이다. 그러기에 그의 시는 1920년대 이 땅의 곤궁한 삶을 견디지 못해 북만주로 일본으로 떠나가는 유이민의 비극적 삶을 민요적인 가락으로 형상화하여 관심을 고

---

17) 『朝鮮日報』(1929. 10. 15).
18) 『중앙일보』(1927. 12. 4).

조시킨다. 즉 정노풍은 이들 유이민의 정처 없는 삶을 민요시로서 노래함으로써 <민중적 내용의 민족적 형식화>라고 하는 민중문학의 한 전형을 이루어내고자 시도한 것이다.

먼저 시 ①에는 이러한 유이민의 고달프고 정처 없는 인생행로가 <가도가도 끗업는 험한 묏길>로 비유되어 있다. 오라는 이도 갈곳도 정히 없이, 살길을 찾아 떠나가는 유이민의 처량한 모습이 제시된 것이다. 그러기에 그러한 고달픈 모습은 <밤깁흔 산중>또는 <구슬땀>이라는 상관물로서 제시된다. 실상 <豆滿江 건너서는 누굴차즐가/ 떠가는 저곳이란 그어디멘가>라는 두 구절 속에는 고국 땅에서 쫓겨나 북만주로 향해 흘러가는 이 땅 유이민의 서글픈 모습이 제시되어 있으며, 동시에 불안의식과 공포심리가 담겨져 있다고 해도 과언이 아닐 것이다. <가자가자 훨훨가자 눈물을 숫자 / 밤바람 새벽바람 산치는바람>에 나타나 있는 비장한 슬픔과 처연한 각오가 이러한 심리를 반영하는 것임은 물론이다. 여기에는 비관적인 마음을 극복의지로써 이겨 나아가고자 하는 안간힘이 담겨져 있다고 볼 수 있기 때문이다.

시 ②와 ③에서도 마찬가지이다. ②에서는 <일본이라 만주라 도라단닌들 / 부를곳 일흔 살림 뒤쪼긴인생 / 어느곳 처저간들 학대밧는몸>과 같이 모든 것을 잃은 채 쫓기는 마음으로, 희망도 없이 학대받으며 살아갈 수밖에 없는 이 땅 유이민의 처참한 삶이 제시돼 있다. 그러면서도 <기를 쓰고 살고보자>는 끈질긴 삶의 의지가 작용하고 있다는 점은 주목할 만한 일이 아닐 수 없다. 시 ③에서 <벌이따라 가신다구 / 이리 설으랴 // 깃들일곳 땅없는 / 타국땅이라>의 경우에도 이 땅 유이민의 곤궁하면서도 덧없는 삶의 모습이 첨예하게 드러나 있다고 하겠다. 따라서 이들 시에는 황폐해 가는 고국에서의 삶에 견디다 못해 타국 땅으로 떠나가는 이 땅 유이민의 정처 없는 삶의 모습이 안타깝게 형상화되었다고 할 것이다.

그런데 여기에서 주목할 것은 이들 시가 모두 민요시형으로 구성돼 있다는 사실이다. 민요시란 무엇인가? 특히 1920년대의 민요시란 어떤 의미를 지니는가? 민요시란 한 마디로 민요를 지향하면서 쓰여진 개인창작시를 말한다. 따라서 민요시는 여타의 현대시에 비해서 민중의식·집단이념을 강하게 드러내면서 동시에 민요에 비해 개인적·주관적 성격을 짙게 노출시킨다고 할 수 있다.[19] 말하자면 민요의 형태나 율격 등 형식적인 측면과 내용이나 주제 또는 기법 등을 수용하여 현대시화한 개인 창작시라고 규정할 수 있는 것이다. 특히 민요시는 민요와 달리 창작자가 일반 민중이 아니라 지식인 계층이라는 점이 특이하다고 하겠다. 그러나 이들 민요시인들은 그들이 비록 지식인계층이라고 하더라도 그 시의 내용이 민중적 삶과 현실에 대한 자각을 보여주기 때문에 계층적 한계를 벗어날 수 있음은 물론이다.[20] 민요시가 그 내용에 있어 낭만적 경향뿐만 아니라 민중의식과 현실의식을 담고 있다는 사실[21] 자체가 이에 대한 방증이 될 수 있을 것이다. 실상 앞의 인용시가 1920년대 이 땅 민중이 처한 고된 현실로서의 유이민 문제를 다룬 점으로서도 쉽게 확인할 수 있는 문제이다. 더구나 정노풍은 이 밖에도 여러 편의 시에서 이런 유이민 문제와 함께 기층민중들의 열악한 삶을 다루면서 그것이 일제의 강점과 수탈에 구조적으로 기인하는 것이라는 점을 제시하여 관심을 끈다.

> 열매일흔 볏닙은 바람에 울고
> 댕그렁 집푸레긴 외로히떠나
> 볏머리에 다북히 열린나락은
> 임자차저 외고장 간지오래라
> ⋯⋯<중략>⋯⋯
> 명년봄철 갓난아기 첫돌이오면
> 먹을것 입을것이 걱정이로세

---

19) 吳世榮, 『韓國 浪漫主義詩 硏究』(一志社, 1980), p.38.
20) 朴庚守, 「韓國 近代 民謠詩 硏究」(부산대 박사논문, 1988), p.27.
21) 이러한 비판적인 민요시인으로는 梁雨庭, 許三峯, 南宮琅 등을 더 꼽을 수 있다. 위 논문. pp.180~190 참조.

> 느진봄 긴긴해를 무엇에 산담
> 풀닙인가 풀뿌린가 나무껍진가
>
> ▸ ▸ ▸ 「열매 일흔 볏닙」[22]

이 시가 직접적으로 다루고 있는 것은 당대 민족이 처한 궁핍상이며, 그 구조적 원인으로서의 일제의 수탈이라 할 수 있다. 이 땅의 농민들이 피땀 흘려 거둬들인 벼는 그 알곡을 왜인들이 빼앗아 가버렸기 때문에 이 땅 농민들은 생산주체이면서도 껍질로서 <집푸레기>만 갖게 되고, 아기의 돌날마저도 풀뿌리나 나무껍질로 연명해야 하는 비참하면서도 황폐화한 농촌현실이 제시돼 있는 것이다. 따라서 1920년대 민요시의 의미가 선명히 드러난다고 하겠다. 그것은 민중현실을 반영하는 민중적 내용을 기반으로 하여 민족적 양식을 되찾아보고자 한, 하나의 민중문학으로서의 민족문학의 실험적 양식이라고 할 것이다. 그러기에 처음에 프로문학의 입장에서 민요시운동을 배격했던[23] 金八峯이 1929년에 이르러서는 민요시의 중요성을 재인식하게 된 것으로 풀이된다.

① 우리들의 農民文藝 는 農民으로 하야금 封建的또는 小市民的 意識과 趣味로부터 떠나서 서로 단결하고 나아가게 하는 器具가 되어야 한다. 이것이 우리의 農民文藝의 全精神이다. ……<중략>…… 詩에 있어서는 그 意圖와 內容을 小說에 對하야 말한 바와 갓흐며 그 樣式마은 在來의 民謠調를 取하야 그들의 입에 친한 맛을 주고 쉽게 정들게 하여야 한다. 敍事詩의 形式도 좋다.[24]

② 우리의 詩歌는 그 形式上에 잇서서 노래로 불려질 만큼 되지 아니하고서는 大衆에게 고루고루 퍼질 수 없다. 웨 그러냐 하면 大衆은 勞動者나 農民은 或 일을 할 때에 或 놀고 잇슬 때에 노래를 要求하며 그러한 때에는 雜誌구석에 發表된 自由詩型으로 된 우리의

---

22) 『東亞日報』(1929. 11. 2).
23) 金八峯, 「文藝時評」, 『朝鮮之光』 64호(1927. 2).
24) 金八峯, 「農民文藝에 對한 草案」, 『朝鮮農民』, 32호(1929.3)

> 詩를 찻지 안코 傳해 내려오는 또는 流行하는 歌曲을 들은대로 외
> 운다. 그럼으로 우리는 이러한 機會를 붓잡아야 하며 그러케 하기
> 위하야는 먼저 우리의 詩歌를 歌曲의 形式으로 作하는 準備가 필
> 요하다.[25]

이 두 편의 글은 1920년대의 민요시운동의 의미를 구명하는데 좋은 단서를 제공한다. 기본적으로 민요는 민중들의 삶에 기반을 두고 있으며, 그 유동성으로 인해서 시대에 따라 변모하면서 그 시대의 가치관이나 감수성 또는 시대의식을 담기에 적절한 그릇으로서의 역할을 지녀왔던 것이 사실이다. 또 민요는 우리말이 지닌 자연스러운 호흡과 가락을 담고 있기 때문에 <일제 강점기의 항일문학으로서 다른 무엇보다도 적극성을 띠며 민족의 지하방송 같은 구실>[26]을 할 수 있었던 것도 사실이다. 따라서 1920년대의 민요시운동은 처음에 민족주의 진영에서 민족주의 문학관을 뒷받침하기 위한 일련의 노력으로서 제시되기 시작하였다. 李光洙[27]나 崔南善[28]의 주장이 그 대표적인 것인 바, 그 내용은 민요가 민족의 공동적 작품이며 조선심 내지 조선정조를 가장 잘 표현한 것이기 때문에 민요를 기초로 해서 민족문학론이 전개돼야 한다는 요지이다. 이들은 민요를 복고주의 입장에서 파악하여 그 현실적 응전력을 인식하지 못한 데서 그 한 한계점이 드러난다. 또한 프로문학 진영에서도 민요가 봉건시대의 낡은 양식을 기반으로 하는 것인 데다가 특히 주로 그것을 민족주의 진영에서 들고 나왔다는 데서 거부감을 갖지 않을 수 없었다고 하겠다. 그러던 차 형식논쟁에서 회월에게 기권패한 팔봉의 입장에서 민요가 지닌 민중적 형식이야말로 프로문학을 대중화하는 데 있어서 필요적절한 양식으로 받아들여질 수밖에 없었던 것이다. 실상 팔봉의 대중화

---

25) 金八峯, 「]藝術의 大衆化에 對하여」, 『朝鮮日報』(1930.1.1~ 14)
26) 趙東一, 「민요시운동과 시조부흥운동」, 『한국문학통사』(지식산업사, 1988), p.251.
27) 李光洙, 「民謠小考」, 『朝鮮文壇』 3호(1924. 12).
28) 崔南善, 「朝鮮 民謠의 硏究」, 『眞人』 제5호 부록(1927. 1).

론이 프로문학 창작의 위축과 검열문제와 연관되어 제기되었다고 하는 한 주장29)도 이에 한 밑받침이 될 것이다. 이 점에서 인용한 평문 ①, ②의 의미가 드러난다. 그것은 민요시 양식이 당대의 프로시, 또는 나아가서 이 땅 근대시에 하나의 활로를 열어줄 수 있는 바람직한 장르로서 인식되었다는 점이다. 김팔봉이 프로시의 경색된 정론성을 극복하고 민중에로 향할 수 있는 장르로서 민요시를 자신이 규정했던 바 <단편서사시> 이상으로 비중을 둔 사실에서 선명히 드러난다. 팔봉은 자신이 이 땅 프롤레타리아 주제시의 높은 전범이자 나아가야 할 길로 평가했던 林和의 「우리 옵바와 火爐」 등과 같은 단편서사시30) 이상으로 민요시의 의미와 가능성을 주장한 데서 민요시를 재발견하고 있는 것이다.

이렇게 볼 때 정노풍의 민요시 지향은 1920년대 시사에 있어서 뚜렷한 의미를 차지한다고 할 수 있다. 그것은 민족주의 진영의 진부하면서도 고식적인 민족문학이론에 현실적인 응전력을 제고하는 것이면서 동시에 프로시의 경색된 정론성 일변도와 실제 창작방법론상의 혼미를 극복하고 진정한 민중문학에의 길로 나아가게 할 수 있는 한 효율적인 방향도 될 수 있었기 때문이다. 이들 프로시들이 원론적인 창작방법론에 휩쓸린 나머지 구체적인 창작방법과 실제적인 적용성을 경시한 사실은 분명히 당대 프로문학의 취약성 또는 한계성을 반영한 것일 수밖에 없다. 프로시가 그 실질적 기반이라 할 민중들에게 실제로 알맞은 형식이 무엇이며, 또 어떠해야 하는가에 대한 체계 있는 논의와 구체적인 실천의 노력을 보여주지 못한 것은 커다란 아쉬움이 아닐 수 없으리라. 굳이 이러한 민요시뿐만 아니라 판소리·서사무가·사설시조·잡가·탈춤 등의 민중·민족적 양식의 현대시적 수용에 대한 논의와 성찰이 있었다면, 당대 프로시는 물론 민족문학 전반에 뚜렷한 활로가 열렸을 것이 분명하기 때문이

---

29) 金允埴, 『韓國 近代 文藝批評史 硏究』(일지사, 1976), p.76.
30) 金八峯, 「短篇 敍事詩의 길로 – 우리의 시의 양식문제에 대하여」, 『朝鮮文藝』 창간호(1929. 5).

다. 일본 측의 프로문학이 계급만의 일원적 저항이었던 데 비해서 당대 한국문학은 계급적 저항과 함께 민족적 저항이 융합된 이원적 저항성을 지닐 수밖에 없었다는 지적[31]도 이러한 사실과 무관하지 않음이 분명하다.

4. <님>, 조국사상과 미래지향성

정노풍 시에 핵심이 되는 것은 결국 <계급적 민족주의>로서 조국사상과 민족애라고 할 수 있다. 그의 시는 이 땅 민중의 곤궁한 삶에 관심을 기울이면서도 계급투쟁보다는 피압박민족해방운동으로서의 독립운동의 길이 우선해야 한다는 입장을 보여준 것으로 이해된다.

    .

① 눈바람치는 일은새벽 험한산ㅅ등오르기 그누구 좋아라하오랴만
   단한뜻 잊으려도 잊을길없는 그님위해 눈물흘리고 옳아가옵네.

   눈첩첩 쌓인산ㅅ등 님가신발길인들 또렷하리있소랴만
   녯앞잡이 피얼인발자욱 고이찾아 걸음걸음 옳아가옵네.

   세상사람 그님 곁에있어도 제님위해 저마다 오르려하옵거든
   님잃은지 손꼽으니 하마스물헨져 님못뵙고 외로이 들판에 헤매는
   신세, 저 봉오리 안오르고 어찌하오리

   괴로운살림 하룻날이 천년임즉만년임즉 그짓그짓 내님생각 버린
   일없삽거니
   님찾는길 험하다서 마달손가 오르다 솔방울같이 떨어진들 그무엇
   이 한이라서.

---

31) 金允殖, 앞책, p.79.

올해도 가옵네. 그몹쓸뱀꼬리에 기구한살림살이 할결더 버글어졋
사와도
님잃은 스물고개는 덧없이저물고 아아님생각 절절골속에 타오릅
네.

스물말고 한백년가온들 님찾아오르는 우리앞잡이네 목숨잇고야
끊일리있소랴만
아아저귀한목숨 루명쓰고 피흘립거니 고대하는 우리님 오실수없
사올까.

언젠가 꼭오시리 꼭오실그기약 믿음에야 흠인들 잇소리까만
이겨레 서겂은살림 더애닯을까 두려워하옵거니 아아오서지다 하
로밥비 고대하는 우리님.

땅인들뒤집을 세찬바람 부옵네. 숨ㅅ결인들 안갓블리잇소리까만
잡바지고 업플어지고 미끌어지면서두 끝의끝까지 옳아가옵나니
아아오셔지다 우리님 하로밥비 이겨레 살아나지다.
▸ ▸ ▸ 「우리님」[32]

② 제한몸만 위할지면 진세영화가 그의 것이언만
그는그는 제한몸 버리기를 초개같이 하엿네

제한몸만 때았으면 금의옥식이 평생련했으련만
그는그는 제한몸 떨치기를 바람같이 하엿네
진세영화와 금의옥식을 업수이야 여겻으랴만
그는그는 남향한 一片丹心을 깨뜨릴수 없었다네.
▸ ▸ ▸ 「제 한몸 위할시면[33]

정노풍의 시에서 간과할 수 없는 것은 조국사상과 민족애라고 하겠다.
그의 시에는 <우리 님>으로 표상되는 조국 또는 민족에 대한 숭모심이

---

32) 『新生』 2권 12호(1929. 12).
33) 『新生』 2권 12호(1929. 12).

곡진하게 피력돼 있는 것이다. 그런데 그의 시에서 <님>은 현존하는 대상이 아니다. 그것은 상실되어 없는 모습으로서 새로운 현존이 고대되는 갈망의 대상이다. 실상 1929년 작품인 앞 시에 <님잃은지 손꼽으니 하마 스물헨저>라는 구절이 등장한다는 점에 비추어서 님은 상실된 조국이며 빼앗긴 국권임을 지칭하는 것이 확실하다.

먼저 시 ①에는 상실된 조국에 대한 비탄 속에 국권회복을 갈망하고 고대하는 심사가 뚜렷이 제시되어 있다. 이 시에서 조국상실의 아픔과 슬픔은 <눈바람치는 / 눈첩첩 쌓인/ 님잃은 스물고개 / 서겊은살림 / 땅인 들뒤집을 세찬바람>등의 이미지로 표상되어 있다. 또한 국권회복에 대한 회복의 노력은 <험한산ㅅ등오르기 / 님가신 발길/ 피얼인 발자욱/ 님 찾는길 / 잡바지고 업풀어지고 미끌어지면서두 끝까지 옳아가옵나니>등과 같이 역경과 시련의 과정으로서 형상화된다. 말하자면 국권상실에서 오는 시련과 고난을 헤쳐가면서 나라찾기로서의 조선사상 내지는 민족애를 노래한 것이라고 할 것이다. 일제 강점 하에서 <외로이 들판에 헤매는 신세>이면서도 빼앗긴 나라를 찾고자 하는 강한 열망과 함께 그에 대한 확신을 드러냈다고 하겠다. 이 시가 당대의 참담한 수난과 역경을 이겨나가려는 끈질긴 의지 속에 상실된 조국에 대한 광복의 갈망과 기다림을 담고 있는 것은 소중한 일이 아닐 수 없다.[34) 무엇보다도 이 시가 비유적 형상성과 현실적 응전력을 함께 갖추는 데 어느 정도 성공한 점은 당대 프로시들이 지녔던 일반적인 결점을 뛰어넘으려는 노력을 반영한 것이라는 점에서 의미있는 일이라고 하겠다.

시 ②의 경우에도 <님>사상으로서의 조국사상과 민족애 및 그것을 향한 갈망과 기다림이 형상화되어 있다. 2행 댓구가 한 연을 이루고 이것이 세 번 중첩된 점에서 이 시는 시조형식을 원용한 것으로 받아들여

---

34) 이 점에서 이 시는 萬海 「님의 沈默」의 영향을 많이 받은 것으로 거듭 확인된다. 님의 부재와 그에 따른 고통과 슬픔 및 희망으로서의 전이가 드러나고 님에 대한 갈망과 회복의 확신이 제시되어 있기 때문이다.

진다. 또한 한 연이 <~건마는 / 그는그는 ~하엿네>를 일정하게 반복하여 음악적 율감을 형성하고, 의미를 강조하고자 한 시도 특이하다고 할 것이다. 이런 형식을 취한 것은 실상 이 시의 주체가 공동체의식으로서의 민족의식 또는 조국사상을 효율적으로 제시하고자 한 것과 무관하지 않은 것으로 이해된다. <님향한 一片丹心>으로서의 조국사상과 민족애가 이 시의 핵심으로 작용하고 있음이 분명하기 때문이다.

이렇게 본다면 정노풍의 시세계는 다분히 조선주의 또는 조선심 사상을 핵심으로 한 민족주의노선과 연결되어 있음이 자명해진다. 실상 그가 민족소생의 지표가 되는 민족의식을 가지고 피압박민족으로서의 계급의식을 받아들여서 <계급적 민족의식>의 문학을 수립할 것을 주장한 사실[35] 자체가 이러한 정노풍의 문학관을 웅변해준다고 할 것이다. 당대 식민지 치하 조선이 처한 피압박민족으로서의 처지를 계급의식에서 파악하여 보다 큰 차원의 민족의식으로 통합하고 고양하려고 시도한 것은 당대 프로문학과 민족주의문학이 대결하던 상황에서 뜻깊은 일이 아닐 수 없다. 바로 이 점에서 정노풍의 시는 항상 현실을 응시하면서도 낙관적인 미래지향성을 간직하게 된 것으로 이해된다.

① 지금은 봄, 봄에도보리입이파라케 머리드는첫봄
　悲嘆에어스러지든 凶厄의시절이 어제갓건만 荒漠한논펄에
　눈포레자취도 어느듯사라저갓네
　지금은봄, 봄에도보리입이파라케 머리드는첫봄
　그파란엄우에주린農軍의알틀한　보람의눈이그윽히반짝이네그윽히
　반짝이네

　둥실둥실 둥둥실
　텅텅문어진얼음장이 겨울을실고 둥실둥실
　웃강이터젓네 웃강이터젓네

---

35) 鄭蘆風, 「朝鮮 文學建設의 理論的 基礎」, 『조선일보』(1929. 10. 24〜11. 10 연재).

　　　강언덕우에한척두척 삿일헛든배들이
　　　겨울바람에 헛돗대끗덕이든어양배들이
　　　한만리줄곳달려갈듯이 흰돗대줄줄이달고
　　　어여듸여달아나네 어여듸여달아나네

　　　밝은해볏이 반짝반짝
　　　애만흔겨흔 괴로운농군의근심찬집웅우에
　　　몇겹이나싸혓든눈얼음도 어데론지사라저갓네
　　　발근햇볏이 반짝반짝
　　　그러고졸졸졸 떨어지는 기스랑물소리
　　　아아봄은왓네왓데마는 농군의찬가슴엔 햇볏인들흘를야

▸ ▸ ▸ 「早春低唱」³⁶⁾

　② 칠산바다 먼하늘 툭터진 물ㅅ길
　　　흰구름 뭉게뭉게 떠도는 바다
　　　고기물은 갈매가 은날애 칠제
　　　푸르른 물녕울은 햇볏을 타고
　　　금빛녕울 반짝반짝 웃음에 찼오.

　　　검은연기 한줄두줄 또한줄두줄
　　　먼바다 험한물ㅅ길 곱게도 저어
　　　항구바라 들어오는 저배ㅅ연기
　　　어머니품 못잊어 집찾아오는
　　　옛날우리 고향동무 저우에 탔오

　　　비아니면 검은구름 억세인 바람
　　　칠산바다 그 험한길 어데로갔오
　　　오늘은 오실까보 꼭오실까보
　　　어제ㅅ밤 꿈속에 왔든 옛동무
　　　고요한 물ㅅ길저어 꼭오실까보

▸ ▸ ▸ 「바다ㅅ가에서」³⁷⁾

---

36) 『東亞日報』(1929. 4. 5).

정노풍의 시에는 이처럼 어둠과 밝음이 교차하되 그것이 봄과 빛지향성, 즉 낙관적인 미래지향성으로 열려 있는 것이 특징이라 하겠다. 어둠과 추위로 가득 찬 현실이지만 희망을 잃지 않고 꿈과 생명력을 길러가는 데서 언젠가 밝은 세계가 도래하리라는 확신과 기다림을 담고 있는 것이다.

시 ①의 경우에 겨울과 봄, 눈과 햇볕이 선명히 대조되면서 생명감각을 일깨워준다. 육지에선 눈보라 자취가 사라지고 보리잎이 파랗게 살아나듯이 바다에선 얼었던 강물이 풀리고 어양배들이 힘차게 달려감으로써 생명력이 제고된다. 비록 주림과 괴로움의 나날이지만 농군의 가슴에는 새로운 생명의지가 싹터 오르는 것이다. 파랗게 살아나는 보리잎과 새롭게 반짝이기 시작하는 농군의 눈빛 속에는 겨울로서의 일제 식민통치 하에서도 끝내 굴하지 않는 민중적·민족적 생명력과 부활의지가 담겨 있다고 하겠다. 시 ②에서도 <검은연기 / 검은구름 / 억세인 바람 / 험한길>이 <툭터진 물길 / 흰구름 / 푸르른 물녕울 / 반짝반짝 웃음 / 고요한 물길>과 대조된다. 즉 온바다에 가득 찼던 검은 구름이 걷히고 푸르른 여울에 배가 곱게 밀려오듯이 소망하는 바 광복이 다가오리라는 꿈이 아로새겨져 있는 것이다. <오늘은 오실까보 꼭오실까보 / 어젯밤 꿈속에 왔든 옛동무 / 고요한 물길 저어 꼭 오실까보>라는 결구 속에는 상실된 조국과 함께 바라는 모든 것들이 돌아올 것이고, 또 와야만 한다는 갈망과 기다림이 안타깝게 투영돼 있음이 확실하다.

朝鮮文學의 建設! 우리는 비록 한篇 小曲의 詩를 쓰고 '녹녹지 못한 한篇 小說을 草하나마 우리의 念願를 떠나지 안는 것은 朝鮮이요 朝鮮意識이다. ……<중략>…… 우리가 朝鮮의 現實에서 쓰러져 가는 民族意識을 한결 더 힘 잇게 把握하며 階級意識을 힘써 戰取하여 오늘날 時代에서우리民族의 生命과 힘이 될 朝鮮意識을 굿건히 쥐고 文藝創作에 努力하는 것은 오로지 朝鮮文學을 制作하기 위함이다. 그러므로 나는 우리

---

37) 『新生』 2권 11호(1929. 9).

文人들이 朝鮮意識을 것쳐서 朝鮮文學의 建設을 위하야 만흔 制作을 生産
하기를 願하는 同時에 文藝創作을 거처서 朝鮮民族에게 希望과 努力과
힘 그리고 鬪爭과 生命을 주어 즐겨 朝鮮意識을 찾고 길르고 그를 위하
여 꾸준히 힘쓰며 한 덩어리가 되어나가는 效果를 얻기를 누구보다도
바라는 사람이다.[38]

이러한 논문의 <前言>에서도 볼 수 있듯이 정노풍 문학의 핵심은 朝
鮮意識으로서의 조국사상과 민족애라고 할 수 있는 것이다.

맺음말

지금까지 살펴본 것처럼 정노풍의 시는 당대 민족이 처한 비참한 현실
에 관심을 기울이면서도 프로문학의 도식주의에 함몰되지 않고 어느 정
도 예술적인 형상성을 획득하고 있다는 점에서 의미를 지닌다. 1920년대
후반 계급주의문학의 거센 압력과 민족주의문학 진영의 자기폐쇄 현상에
도 불구하고 독자적인 입장을 견지하면서 고독하게 창작을 계속한 것은
뜻 있는 일이 아닐 수 없다. 민족의식과 계급의식을 발전적으로 통합하
여 <계급적 민족의식>에 바탕을 둔 문학을 창작해야 한다는 논리와 그
실천은 당대의 경색된 문단풍토에 비춰볼 때 이채로운 것이 아닐 수 없
기 때문이다. 실상 이러한 정노풍의 문학론은 1927년 2월 좌우합작론을
주장하며 범민족적 사회운동단체로 출범한 신간회의 노선과 활동에 직접
적으로 고무된 것이 사실이다. 그렇지만 신간회 자체가 좌·우의 합작방
식이나 투쟁노선에 있어서 진정한 결속과 실천 노력이 담보되지 않은 상

---

38) 鄭蘆風, 「朝鮮文學建設의 理論的 基礎」, 『朝鮮日報』(1929. 10. 24)

태에서 전개됐기 때문에 1931년 5월 해체되지 않을 수 없었던 것처럼 이들 중도절충론자의 논리 또한 체계적인 조직논리와 작품상의 실천을 확보하지 못한 탓으로 차츰 소멸해갈 수밖에 없었다고 하겠다.

이러한 제반 상황에 비추어 프로문학의 민족배제론이나 민족문학 측의 계급무시론의 결함을 비판하면서 독자적인 <계급적 민족의식> 문학론을 논리적으로 주장하고, 비록 비판적인 면도 없지는 않지만 작품상의 성과를 어느 정도 보여준 정노풍의 작업은 의의 있는 일이 분명하다. 그의 시는 비판적인 각도에서 볼 때, 목적의식이 모호할 뿐더러 시적 치열성이 부족한 것이 사실이다. 또한 예술적인 세련이나 성숙도에 있어서 아쉬운 점 또한 적지 않다고 할 것이다.

<계급적 민족의식>의 시인 정노풍, 그의 선명한 투쟁논리와 큰 목소리가 주도해가던 1920년대 문단에서 실종될 수밖에 없었던 인물임에 분명하다. 그렇지만 그의 득의와 좌절의 족적에서 우리가 60년이 지난 오늘의 우리 문학의 한 지평을 새삼 눈여겨볼 수 있다는 것은 역사의 아이러니가 아니고 그 무엇이겠는가?

정노풍 : 계급적 민족시의 대중화 실천[*]

조두섭^{**}

Ⅰ. 문제 제기

노풍(蘆風) 정철(鄭哲)은 시인이자 문학평론가로서 1920년대 후반 왕성한 활동을 한 절충주의 문학론자이지만 시인으로서는 아직도 우리에게 낯설다. 정노풍은 절충주의 문학론을 정리하는 과정에서 단편적으로 논의되어 오다가 1980년대에 들어서 그에 대한 본격적인 연구가 시도되었다.[1] 이것은 선행 연구의 부분적 수정의 반복적 관행에서 벗어나 우리 시문학사를 총체적으로 재구하려는 노력의 소산으로 볼 수 있다. 이러한 연구는 민요시만을 대상으로 하였거나, 아니면 그의 시를 전반적으로 검토하였다 하더라도 문학 일반론과 함께 총체적으로 아우르지 못한 아쉬움이 있다. 본 논문을 전개하는 가운데 앞으로 밝혀지겠지만 그의 시는 계급문학론자들과 국민문학파들의 동일자 담론, 즉 그들 담론 구성체에

---

* 이 글은 처음 「정노풍시 연구」로 『대구어문논총』 제8집(대구어문학회, 1990. 5)에 발표되었다. 이 이후 다시 박사학위논문(「1920년대 한국 민족주의시 연구」, 대구대 대학원 박사학위논문, 1991)과 저서 『한국 근대시의 이념과 형식』(도서출판 다운샘, 1999)에서 거듭 보완되고 다듬어졌다. 이 책에 실린 글은 『한국 근대시의 이념과 형식』에 실린 것이다.

** 대구대학교 국어국문학과 교수.

1) 박경수는 「한국 근대 민요시 연구」(부산대학교 대학원 박사학위논문, 1989)에서 정노풍의 민요시를 개괄적으로 정리했으며, 김재홍은 「계급적 민족의식의 시」(『한국문학』, 1989. 3)에서 정노풍의 시 전반에 대해 치밀하게 분석하고 있다.

이질적인 계급적 민족주의자였다는 점에서 문제적이다.

그가 주목받지 못한 이유는 두 가지로 요약된다. 그는 1920년대 시와 평론을 활발하게 발표하다가 1930년 이후부터 문학 활동을 거의 중단하였기 때문에 문학사 속에서 잊혀진 시인이다.[2] 그러나 보다 근본적인 원인은 1920년대 계급주의 문인들과의 비판적 논쟁에 있다. 김기진이 「조선문학의 현재의 수준」에서 정노풍을 '절충적 계급 협조주의'로 분류하고, 박영희가 「초창기 문단 측면사」에서 그를 계급적 민족주의자로 평가하였듯이 그는 당대 계급 문인들로부터 민족주의자로 비판받았다. 이 점은 그가 한설야와의 논쟁 과정을 거쳐 임화가 그를 혹독하게 비판하는 과정[3]에서 알 수 있다. 이러한 관계로 인하여 계급주의자들은 그를 회고적 문학사에서 언급을 회피하거나 폄하(貶下)하였다.[4]

민족주의 문학론자들도 이와 동일하다. 양주동은 당시 문단을 순수 문학파·순수 프로파·중간파로 삼분하고, 다시 중간파를 좌익 중간파와 우익 중간파로 나누는 과정에서[5] 그를 좌익 중간파로 평가하면서 그의 문학적 의미를 축소하였다. 그러나 정노풍이 연구자들의 관심을 끌지 못한 원인은 계급주의자들의 회고적인 자료를 텍스트로 삼아 연구하던 초기 연구가들의 추수적인 연구에 있다고 할 수 있다. 그러나 그는 계급주의자들이 동일화한 타자를 비판적으로 발견하였다는 점에서 문제적 시인이다.

그는 일본 경도에서 진보적 문학을 연구하였을 뿐 아니라 귀국 후 '노풍 필화사건'에 관련된 사실에서 드러나듯이 분명하게 계급문학론자였

---

2) 그의 작품 활동은 카프 조직기에서 1930년까지로 한정된다. 1930년 이후에는 두 편의 평론을 『동아일보』에 발표하는 것에 그친다.

3) 임화, 「노풍 시평에 항의함」, 『조선일보』, 1930. 5. 15.~19.

4) 정노풍과 동시대에 함께 활동한 사람으로 그에 대하여 언급한 것은, 김기진이 「조선문학의 현재의 수준」(『신동아』, 1934. 1.)에서 정노풍을 '절충적 계급협조주의'로 분류하였을 뿐 더 이상의 언급은 없으며, 박영희는 「초창기 문단 측면사」(『현대문학』 56호, 1959. 8.)에서 정노풍을 계급적 민족주의자로 보고 그를 비판하였다.

5) 양주동, 「문예 삼분야」, 『신민』, 1927. 5., p.106.

다. 그는 초기 한설야와의 논쟁을 거치면서 관념론을 정리하고 「조선문학 건설의 이론적 기초」에서 현실적 계급적 민족문학을 주장하며 일본으로부터 수입된 계급주의 담론의 재생산을 비판하면서 계급적 민족문학을 주장한다. 지금까지 이 평문을 절충주의 문학론으로 규정하지만 그렇다고 꼭 절충 문학론만은 아니다. 그가 이 평문에서 조선문학의 기능을 '문예의 대중에게 침윤을 힘쓰는 것'을 강조하고 있는 점, 그리고 민족적 계급문학론을 주장한다는 점에서 당시 계급문학의 대중화론에 연결된 것이다. 이것은 이 평문의 핵심이라 할 수 있는 양주동과 한설야의 내용 결정론 비판과 김기진의 내용형식 상호 규정론에 대한 비판에 있다. 그가 주장하는 핵심은 내용 형식의 상호 일체론이다. 내용과 형식의 상호 일체론은 방향 전환 후기의 프롤레타리아 문학 작품의 실패를 극복하기 위한[6] 계급적 민족주의시의 대중화론으로 볼 수 있다.

정노풍의 시는 수입된 계급문학의 담론을 주체가 환원시킬 수 없는 이질적 담론이다. 정노풍 시를 정리함으로써 계급담론과 민족 담론을 결합한 '조선문학 건설'의 논리가 구체적으로 드러날 것이다. 또 카프 측에서 주장한 계급 논리와 그가 내세운 계급 논리의 변별점이 무엇인가를 확인해 낼 수도 있을 것이다. 마지막으로 이제까지 정리되지 않은 정노풍의 생애를 일부나마 밝힘으로써 그의 계급 담론에 호출과 주체형성의 기제가 드러날 것이다. 이것은 정노풍 계급적 민족주의 시의 정체를 밝히는 것으로, 나아가 카프의 계급문학 대중화와 국민문학파의 고전문학 탐구가 서로 어떻게 관계하느냐 하는 내포적 관계가 밝혀질 것이다.

---

6) 정노풍, 「변증의 세계와 정감 及 상상의 세계」, 『조선일보』, 1928. 1. 27.~2. 1.

Ⅱ. 경도 체험의 내면화와 객관화

본명인 정철(鄭哲)보다 정노풍(鄭蘆風)이란 필명으로 더 잘 알려진 시인이자 평론가인 그의 생애나 문단 활동에 대하여는 이제까지 정리된 바가 없으며 인명사전이나 문학관계 사전에도 찾아볼 수 없다. 사정이 이러한 가운데 그의 생애를 탐색한다는 것은 지난한 일이며, 또 그의 문학의 출발점과 그의 의식 세계를 떠받치고 있던 '조선문학 건설'이라는 논리의 축을 살피기도 어렵다. 그러나 필자가 찾아낸 자료 가운데, 정노풍의 단편적인 수필 「시단 회상(詩壇回想)」[7]에서 그의 생애와 정신 세계의 일단을 읽어낼 수 있지만 이 자료 역시 한계가 있다.

이 자료는 개인적 취향과 감정을 중심으로 정지용의 문단 활동의 활성을 촉구하는 글이기 때문에 정노풍의 정신과 생애에 대한 총체적인 접근이 불가능하고 수필적인 정감에 흘러 객관성이 결여되어 있다. 하지만 현재로서는 이 이상의 정노풍에 관계되는 자료를 찾기 어렵고, 다행히 정지용과 관계되는 부분 이외에는 사적 감정으로부터 비켜서서 기술하고 있기 때문에 그의 개인사적 부분만은 객관성을 지니고 있다. 무엇보다 이 자료는 정노풍의 생애와 그의 담론을 구성하는 내면 풍경을 읽어낼 수 있다는데 의미가 있다.

정노풍의 내면 풍경 중심에 자리잡고 있는 것이 경도(京都)이다. 그가 경도제대에 유학간 지점은 그의 시 「고향에 찾어오며」에 의한다면 1920년경이다. 경도는 역사의 도시·고적의 도시요, 그리고 세계에서 가장 잘 보존된 아름다운 도시이자 교육의 도시[8]로, 김말봉·정지용·이양하·김환태·이장희[9] 등이 이곳에서 공부하며 문학에 눈을 뜬 곳이기에 우리

---

7) 정노풍, 『조선일보』, 1930. 1. 16.~18. 연재.
8) 김윤식, 『한국근대문학사상사』, 한길사, 1984.
9) 김말봉은 1923년부터 1927년까지 同志社大 영문과에서, 정지용은 1923년부터 1929

문학사에서 낯설지 않은 곳이다. 이들 모두 정노풍과 얼마간의 시간적 간격을 두고 앞서거나 혹은 뒤에 서있지만 이장희를 제외하고는 모두 정노풍과 경도 생활이 마주치는 부분이 있다. 이 가운데 정노풍과 문학적 인연을 맺은 이는 정지용이다.

당시 정지용은 날카로움과 감정의 불순물이 제거된 감정의 순수성을 지닌 동지사대의[10] 모던 보이였고, 정노풍은 경도제대의 질박한 담론의 실천자였는데도 그들은 문학에 서로 뜻이 맞았다.[11] 이들 사이의 이질성을 매개하여 소통하게 한 것이 경도의 분위기다. 경도는 진보적 문화 도시였으며 경도제대 및 동지사대의 자유로운 학문적 환경의 도시다. 정지용의 모던한 감각과 정노풍의 진보적 감각의 양면은 이러한 분위기를 나타내는 것이다.

> 그때부터(연구자 주, 京都 시절) 지용의 시는 나의 것과는 傾向이 갓지 안핫다. 그의 詩는 「모던 걸」·「모던 보이」가 「레스트란」 椅子에 걸터안저 노오란 「레몬」을 쪽쪽 빨아 드리는 現代味의 淸新한 感覺의 그러한 타입의 것이엇다. 그 시절 나의 詩는 마티 닥치는 대로 입고 닥치는 대로 신고 거리를 싸단녀도 조금도 外貌에 對한 붓그러움 늣기지 안는 그러한 赤裸裸한 밝은 기운을 가즌 드을나무군의 노래엇섯다. 그럼으로 芝鎔의 詩에는 조흔 모양 곱은 말 흐르는 리듬이 읽는 사람으로 하야금 빙그레 웃게 한다. 그러나 이 시대의 나의 詩는 이러한 양식은 아모 것도 업섯다. 그러타고 어댄지 버릴 수 업는 곳을 가졋섯고 또 그

년까지 同志社大 영문과에서 수학하였으며, 이양하는 1927년 京都제3고보를 졸업했다. 김환태는 1928년 同志社大에 입학하였고, 이장희는 1917년 京都중학을 졸업했다.

10) 김윤식, 앞의 책, p.423.

11) 정노풍과 정지용의 경도에서의 관계는 다음과 같다. "芝鎔君을(연구자 주, 芝溶을 芝鎔이라고 정노풍은 表示함) 讀者中에는 짐작하는 분이 잇을 줄 아나 朝鮮이 가즌 귀한 素質의 한줄기 차지한 詩人이다. 그와 나(연구자 주, 정노풍)는 學校가 달은 만티 다정하도록 交遊할 因緣을 가지지 못하얘스나 그러나 종종 차저오고 차저가는 사희엇다. 내가 京都帝大에 잇슬 때에 그는 同志社大 豫科에 다녓스나 詩를 거처서 하게 된 우리의 交遊는 이러한 형식은 아모도 아니엇섯다" 정노풍, 「시단회상」, 『조선일보』, 1930. 1. 17.

以上 나는 나의 詩에 對하야 바라지도 안핫다. 버릴 수 업는 것 그것은
나의 잡은 詩想이엇다.12)

정노풍은 경도제대 재학 시절부터 시를 쓰기 시작하면서 동지사대생
정지용과 문학적 교우가 이루어진다. 그 관계는 정노풍이 자신의 시와
정지용의 시를 대비하는 인용의 문맥에서 읽어 낼 수 있다. 그런데 정지
용의 세련된 모습에 비쳐진 나무꾼과 같은 모습은 정노풍의 내면 풍경이
다. 정지용이 레스토랑 의자에 앉아 있는 모던 보이였다면 정노풍은 닥
치는 대로 입고 닥치는 대로 신고 거리를 다니는 나무꾼이었다는 두 유
학생 모습의 의미이다. 이 점은 정노풍과 정지용이 경도를 바라본 시각
과 문화를 수용하는 태도의 차이고 기질상의 차이다. 또 이것은 식민지
지식인으로 지배국의 도시를 바라보는 감각의 차이기도 하다. 그러나 중
요한 것은 정지용이 정노풍의 거울이었다는 점이다.

정지용이 경도 체험을 바탕으로 하여 쓴 수필 「다방 Robin 안에 연지
찍은 색씨들」13)에서 스스로 경도의 문화적 세련성14)에 취해 감미로움에
젖어 있었다고 밝히고 있다. 정지용의 세련된 감각이란 지배국 문화의
감각이다. 이것을 다르게 말하면 정지용은 지배문화가 그의 주체를 구성
하였다는 의미다. 정노풍이 정지용을 거울로 바라본 것은 대주체에 대한
주체의 구성방식이다.

> 부모님 슬하를 떠나 외고장 간지 아마 십년
> 나 어리고 복스럽든 두 볼을 까웃예고
> 자란 키 채린 품이 큰 사람이 되엿건만
> 집 차저 온 이내 가슴 엇지 이리 타드는가
> 물결은 출넝출넝 푸른 바다 이 누리는
> 내 떠나든 여듸해 전 출넝이든 그 바다라

---

12) 위의 글.
13) 정지용, 『지용문학 독본』, 박문출판사, 1948, p.46.
14) 김윤식, 앞의 책, p.421.

> 이내 고향 뜨기 실허 어린 가슴 울넝이고
> 눈물 짓든 그 날의 이내 모습 너 보앗지
> 내 오늘날 고향 바라 십년 그리 가슴 안코
> 떠나오는 뱃전 우에 지는 눈물 웬 일고
> 한 뜻 위해 갓든 아이 그 뜻 일워 예 오건만
> 뜻 펴고 살아갈 길 아득하니 눈물인가
> 어린애때 흘린 눈물 또 흘리는 오늘 눈물
> 눈물엔들 달흠이야 한 가슴에 잇스랴만
> 넷 가슴엔 큰 희망이 구름인들 니든 것을
> 아아 실망 내 고향의 큰 사람된 눈물이여[15]

이 작품은 그가 부모님 슬하를 떠나 경도로 갈 때 '복스러운 두 볼의 소년으로', '고향을 떠나기 싫어 가슴을 울렁이고 눈물지'었지만 귀국하여 조국의 현실을 바라보니 '뜻 펴고 살아갈 길 아득(한)' 것을 걱정하는 내용이다. 그가 경도에서 주체를 구성한 모습이 이 작품에는 분명하게 드러나지 있지 않다. 이 작품을 발표한 1929년을 '내 떠나든 여듸해전'이라는 정확한 시적 진술에서 거슬러 올라간다면, 정노풍이 경도에 유학간 1920년경의 내면 풍경에 의하여 어느 정도 드러난다. 이 시에서 주목할 것은 정노풍의 내면 풍경의 변화인데, 일본으로 향할 때와 돌아올 때의 '눈물'은 같은 '눈물'이지만 결코 같지 않다는, '뜻'이 상징하는 바다. 이는 정노풍의 경도 감각은 정지용과 비교함으로써 더 분명하게 된다. 그는, "우리는 恒常 氣分에 사는 詩人! 이러케 芝鎔君을 불럿(고)", 정지용에게 "새 意識을 가지게 할 냥으로 꿰 힘들을 썻다."[16]고 했다. 그를 호출한 새 의식은 계급담론이다.

> 내가 京都에 잇을 때에 가장 친근한 벗으로는 아무래도 사회과학을 연구하든 그룹을 들수 밧게 업다. (……) 그 그룹의 동모들은 현재 그야

---

15) 정노풍, 「고향에 차져오며」, 『조선일보』, 1929. 11. 14.
16) 위의 글.

말로 까시의 길을 것고 잇스니 각금 생각키는 때마다 참으로 애달븐 생각을 참을 수 업다. 그럼으로 내가 이 붓대를 들고 京都學窓時代의 벗 한 사람을 懷想할 때 먼저 내 가슴을 울리어 오는 것은 여기에 쓰게 된 芝鎔君보다도 오히려 이 그룹 동모들의 파리한 얼굴과 괴로워하는 그 모섭들이다. 더욱 새해를 마지한 우리에게 잇서 고요히 지난 날을 回顧할 때에 이러한 悲感을 늣기지 안코는 견딜 수 업는 것이다.[17]

정노풍이 경도제대 재학 시절 사회주의 운동 그룹에 참여하였음은 위의 인용에서 알 수 있다. 정노풍이 계급주의 담론에 호출된 원인은 진보적 사상의 온상이었던 경도의 분위기에서다.[18] 그러나 그가 중심에 놓은 문학론이 '계급적 민족문학'이라는 점에서 본다면 단순하게 일방적 재생산으로 설명할 수 없다. 여기서 정지용이 다시 정노풍의 거울이 되는데, 그것은 지배국 문화에 동일화한 모던 보이의 경박성이다. 경박성이란 그를 뜨겁게 추동하던 계급 담론의 뜨거움과 다르지 않은, 동일화이다. 그가 말하는 계급적 민족문학이란 정지용의 모던보이를 넘어서서 지배국 계급 담론을 넘어서는 자리에 있는 것이다. 여기서 계급적 민족문학이라는 그만의 독창적인 계급문학 담론이 구성되는 것이다.

이 그룹의 동모들은 朝鮮의 運動이란 것이 猛烈한 宗派的 色彩를 띄이

---

17) 위의 글.
18) 검사국 측의 관찰에 의하면, 이와 같이 공산주의 운동 내지 프롤레타리아 문학운동에 다수의 학생, 인텔리겐챠가 참여하고 있었음을 京都라는 도시가 정치나 산업을 중심으로 하지 않고, 문화 학예를 중심으로 하는 도시이며, 그 때문에 전체적으로 자유주의적인 분위기가 강하게 뿌리를 내리고 있으며, 또한 진보적 좌익 분자가 자라기 쉽기 때문이라고 보고 있다. (……) 이런점에서 京都는 흡사 공산주의자의 온상, 배양지와 같다는 느낌이었다고 검찰측은 제법 과장하여 기술해 놓고 있다. 이러한 좌경학생을 배출하는 온상으로서, 특히 경도대와 동지사대의 학문적 환경에 주의를 기울여, 이러한 대학이 일찍부터 독자적인 자유주의 전통을 갖고 있으며, 비교적 많은 진보적 교수라든가 인도주의를 감싸고 있어서, 이번에 이런 동향을 충분히 경계할 필요가 있으리라 보아 경고하고 있는 것이다.
同志社大 인문과학연구소 편, 『戰時下抵抗의 연구①』, 1968, pp.278~279.
김윤식, 앞의 책에서 재인용.

> 고 가튼 뜻을 품은 자 서로 제 그룹을 짓고 제 그룹의 발전을 위하는
> 남어지에 남의 그룹을 미워하고 시긔하야 실로 말하기 어려운 陰謀와
> 복수로서 貴한 우리의 일을 그리치는 것을 퍽 애닯어 하얏다. 더욱 福本
> 主義의 中毒에 빠져 그릇된 現論으로서 甲論乙駁하는 현상을 작히 증오
> 하야 마지안핫다.[19]

또 그는 경도에서 함께 이론을 공부하던 그룹에 의하여 카프에 대한 거리감이 조절되는데, 그것은 계급문학에 대한 균형감각이다. 계급문학에 대한 균형감각이란 카프 자체 내부의 형식과 내용의 논쟁, 아나키스트와 계급문학자들과 논쟁, 그리고 1920년대 중반 福本和夫의 담론을 복제한 목적의식기의 경직성에 대한 유연성이라 할 수 있다. 그 유연성은 민족적 계급의식이며 계급적 민족의식이다. 강조점이 민족이든 계급이든 간에 그가 계급적 담론의 일방적 주체구성이 아니라는, 그는 타자의 정체성을 알고 있었다는 점에서 당시 계급주의자들과 변별된다. 김창술이 러시아를 향하여 "노래하자 기쁨의 노래 인터나소날의 노래"라고 외치고 있을 때, 정노풍은 "민족운동은 세계운동의 일환으로서 계급운동이 아니라"[20]는 계급적 민족운동을 주장한다. 이것은 조선 문학에서 중요한, 동일자의 계급 담론을 복제하는 동일화가 아니라 역동적인 비동일화이다.

정노풍의 비동일화 담론은 「예술의 시대상과 전통상」[21]에서도 나타난다. 이 글은 "예술은 현실생활의 산물이다"라는 유물론의 관점과, 또 "예술은 이러한 현실경험이 정감, 상상, 직관적 충동을 거처서 발현하다"라는 주관적 관념론이 함께 하는 예술론이다. 유물론과 관념론이 함께 하는 이러한 논조는 아나키스트 권구현의 문학론에서 볼 수 있는 것이다. 이러한 주장은 카프의 방향전환기에 그 반대편에서 카프의 경직성을 비판하는 분위기에서 가능한 것이다. 정노풍이 말하는 요지는 현실생활과

---

19) 정노풍, 「시단회상」.
20) 정노풍, 「조선문학 건설의 이론적 기초」, 『조선일보』, 1929. 10. 31.
21) 정노풍, 「예술의 시대상과 전통상」, 『백치』2, 1927. 6.

주관적 정서의 통일의 비동일화이다. 이 논리를 확대하면 계급적 민족문학론의 계급운동과 민족운동의 일원화가 되는 것이다. 문제는 일원화 자체에 있는 것이 아니라, 현실생활에 대한 그의 통찰력이다.

> 民族的 ××意識은 階級的 民族意識일 수 밧게 업다. 그럼으로 그 民族에게 必要한 또는 要求되는 ××는 階級的 民族感情에서 솟는 그것이요, 民族이 한덩어리 된 紐帶는 階級的 民族感情에서 흘르는 階級的 民族愛다. 따라서 民族運動은 世界運動의 一環으로서의 階級運動이 아니라 民族的 ××을 ××로 하는 階級的 民族意識에 確立한 運動이다. 그리고 그 目的은 民族的 ××事業에 世界運動과의 關連을 要求하는 限에 있어서만 世界運動이 民族的 運動에 重要한 意識을 가질 뿐이다.[22]

정노풍은 경도에서 계급이론을 공부하고[23] 또 국내 계급운동을 비판하였다는 사실을 통해서 전자에 의하여 계급의식이, 후자에 의하여 식민지 지식인으로서 민족의식이 형성되어 마침내 이 둘을 통합한 계급적 민족의식으로 나아가게 된다. 이러한 상황에서 경도 유학을 마치고 귀국한 정노풍이 온전하게 교편생활[24]을 지속해 나가기는 어려웠을 것이다. 그가 "경제적 ××慾에 依하야 식민지화한 고심하는 피지배민족의 가련한 정황을 본 동시에 민족적 요구를 발견했(기)"[25] 때문이다.

정노풍의 이러한 식민지 지식인으로서의 태도는 식민지 현실 자체를 감옥으로 인식하고 그것으로부터 탈출하려는 의지라 할 수 있다. 감옥은 세계와 단절된 닫힌 사회이다. 이 닫힌 감옥과 같은 식민지 체제에 대하여 밝은 미래를 지향하려는 의식이 정노풍 시에 내포되어 있다.

---

22) 정노풍, 「조선문학 건설의 이론적 기초」, 『조선일보』, 1929. 10. 31.
23) "원래 필자는(연구자 주, 정노풍) 재경도 학창시대에 거의 전공적으로 사회과학 연구에 몰두한 과거를……" 가졌던 것으로 정노풍은 밝히고 있다.
24) 「시단 회상」에 나타난 바에 의하면 정노풍은 한때 교직 생활을 하였는데, '정노풍 필화사건'으로 교직을 떠났다.
25) 정노풍, 「조선문학 건설의 이론적 기초」.

갈바람이 우수수 옥창을 칠 째
옥마당 줄에 널린 獄衣가 운다.

푸르고 붉은 獄衣 날근 그 자취
갈바람에 우수수 소리쳐 운다.

기름땀 가득 찬 번호 등거리
그 임자 압흔 가슴 눈물 흘르고

기름째 한숨되여 쏘 눈물 되어
구곡 간장 다 썩힌 獄衣가 운다.

가슴에 손을 언고 생각해 보소
그 누군들 죄 안 지흔 사람 잇스리.

아아 음모 국사범 강도 살인범
살길 ×는 이×× 獄衣가 운다.26)

이 시는 6연에 나타난 여러 유형의 범죄 가운데 정노풍이 어떤 사건에 연루되어 있었는지는 확실하지 않으나 마지막 행의 복자된 것을 보면 나타나 있지 않은 화자의 의식이 민족주의와 연결되었음은 확실하다. 이 시의 배경인 바람 부는 가을 형무소 내부의 쓸쓸한 풍경은 당대 조선의 스산한 분위기를 암시한다. '옥의(獄衣)가 운다'라는 의인화된 시적 진술은 중의로 '옥의(獄衣)'는 ㉠ 문자상의 의미대로 감옥에서 입는 옷, ㉡ 당시 조선 전체를 식민지라는 지배의 감옥으로 볼 때 조선인 모두는 감옥 생활을 하는 사람일 수 있으므로 '조선인들의 옷'이라는 두 가지 의미를 가진다. 이러한 의미는 마지막 행 '살길 ×는 이 ×× 獄衣가 운다'와 연결시키면 더욱 분명하게 나타난다. '아아 음모 국사범 강도 살인범'이라는 범죄 종류를 나열한 것은 발표의 검열을 통과하기 위한 것이지, 단순

---

26) 정노풍, 「獄衣가 운다」, 『조선일보』, 1929. 10. 31.

한 이러한 범죄가 아니다. 당시의 조선인이 조선을 상실케 한 죄인으로 본다면 '가슴에 손을 얹고 생각해 보라'는 민족의 반성으로 볼 수 있으며, 또한 식민지하의 민족 해방을 위한 각성을 촉구하는 구절로 볼 수 있다. 이런 것들이 정노풍 시의 계급적 감각이다.

Ⅲ. 계급적 민족시 생산 구조

1. 민족 와해의 위기 의식

흔히 정노풍을 양주동·염상섭 등과 함께 절충주의 문학론자로 거론한다.[27] 정노풍에 대한 이러한 평가는 현상적 고찰, 즉 절충주의 논의에 관여한 그의 논점만 살핀 것으로, 사실 그가 도달하려고 한 조선문학 건설의 계급적 입장을 간과한 것이다. 그는 경도제대에서 사회주의 연구 그룹에 참여하여 진보적 문학을 학습한 계급주의자다. 그가 계급주의 담론에 호출을 당하였다 하더라도, 일본 계급주의 담론을 그대로 복제하는 동일자도 아니었으며 그렇다고 민족주의에 거리를 두는 반동일자도 아니었다. 이점은 카프 내의 계급주의자들과 차별성을 갖고 있는 균형감이다.

그가 계급주의자로서 타자의 정체성을 분명히 인식할 수 있었던 요인은, 경도제대에서 소그룹의 진보적 학습에 의하여 카프를 객관화할 수 있는 거리감에 의해서다. 이 거리감은, 그의 말로 한다면 "이 그룹의 동모들은(연구자 주, 일본 사회주의운동가) 조선의 운동이란 것이 맹렬한 종

---

27) 이러한 원인은 당시 카프에서 활동한 사람들의 회고에서 연유된다.
　① 김기진, 「조선문학의 현재의 수준」, 『신동아』 제 27호, 1934. 1.
　② 박영희, 「현대한국문학사」, 『사상계』 67호, 1959. 2.

파적 색채를 띄이고 가튼 뜻을 품은 자 서로 제 그룹을 짓고 제 그룹의 발전을 위하는 남어지에 남의 그룹을 미워하고 시긔하야 실로 말하기 어려운 음모와 복수로서 귀한 우리의 일을 그리치는 것을 퍽 애닯어 하얏다"[28]고 하는 일본의 계급주의자에 의한 카프의 객관화이다. 이러한 종파주의를 넘어섰을 때 식민지 계급주의자로서, 즉 계급적 민족주의자가 되는 것이다. 여기서 그는 계급적 담론이 구성하는 동일자가 아니라, 조국이 상실되고 민족이 와해되어 가는 실상의 본질을 바르게 인식하는 계급적 민족주의자로 문학론을 전개한다. 이것이 그의 조선문학 건설이다.

> 혈연, 지연에 기초하여 엄연히 실재하고 있는 조선인은 자국(정치 형태)의 유실로 말미암아, 민족(공동 생활체)의 가속도적 와해과정을 경험하고 있습니다. 동시에 경제적 ××로 말미암아 빈천계급으로의 몰락과정을 밟고 있는 실정입니다.[29]

정노풍이 조선문학을 건설하여야 한다는 주장의 진단은 민족이 와해되어 가는 절박한 위기감에서 출발된다. 이 위기감은 계급문학과 민족문학의 절충에 의하여 그는 극복될 것이 아니라, 식민지 민족 현실을 계급적 관점에서 새롭게 정립하자는 것이다. 이 출발점에서 그가 비추어보는 거울은 관념적인 국민문학파나 당파적 카프의 한계다. 그는 당시 계급문학론자들은 민족의 당면한 식민지 현실을 총체적으로 정시하지 못하고 민족 내의 소계급관계로 파악하는, 마르크스 담론의 동일자라고 생각하였다. 그러므로 계급은 지배민족과 피지배민족이라는 관계에서 비롯되는 빈천계급으로 몰락하는 우리 민족 전체가 프롤레타리아라는 것이다. 또한 그는 국민문학파에 대하여 민족 현실을 직시하지 못하고 현재와 미래를 과거에다 귀속시키는 잘못을 비판하였다. 그의 이러한 계급의식은 경도제대에서 학습한 진보적 사상에 의하여 제국주의의 정체를 바르게 파

---

28) 정노풍, 「시단 회상」.
29) 정노풍, 「文壇의 回顧 展望」(8), 『동아일보』, 1930. 1. 10.

악한 것으로, 여기서 민족 와해의 위기감이 있게 된다. 이러한 민족 와해의 위기 의식이 형상화된 작품은 「내 고향」·「哀懷」·「친구야」·「哀別」·「나그네」·「압록강가에 서서」 등이다.

친구야!
바람도 업는 가람 물우에 人肉 덩이를 툼부덩 던저 말도 업시 떠나가는 얼?진 목숨은 누구의 목숨?

친구야!
날바람에 몰려가는 梧桐닙처럼 터질듯이 원통한 가슴을 안고 豆滿江 넘는 친구는 누구의 친구?

친구야!
횟가루 투성이 속 쌀방아간에 가지가지 시름의 쌀알 골르는 파리한 어머니는 누구의 어머니?

친구야!
벌레 먹은 청춘을 인육의 저자에 眞珠가튼 눈물을 혼자 씻으며 썩어가는 눈님은 누구의 눈님?

친구야!
떨리는 창자줄이 찌저지지도록 원통한 가슴이 터져나도록 애원 애원하다가 슬어져가는 송장은 누구의 송장?

친구야!
향기로운 生命의 놀애는 끈인 이 어둔 世紀에 멋업시 서서 하마들린 첫 달의 울음을 고대하는 님의 가슴은 누구의 가슴?[30]

이 작품은 조선인의 정치 형태가 유실되고 민족이 와해되어 가는 참담한 내용을 친구에게 하소연하는 서간체 형식의 시다. 각 연이 동일한 형

___

30) 정노풍, 「친구야」, 『동아일보』, 1928. 7. 22.

식이 반복됨으로 단순한 형식으로 생각되지만, 이 단순한 형식이 오히려 민족이 허물어지는 모습을 절실하게 드러낸다. 첫머리의 돈호법은 측은지심이나 연민의 정을 유발하는 데서 나아가 부름이 반복되면서 민족이 황폐화되어 가는 실상은 독자들의 가슴에 각인된다. 민족의 비참한 현실이 1연에서 5연까지 파노라마처럼 펼쳐지다가 6연에서 '생명의 놀애는 끈인' 죽음 같은 상황과 '첫닭의 울음을 고대하는' 새로운 생명의 탄생을 기대하는 내용을 대응시켜 놓음으로써 구체적으로 생명체의 모든 것이 찌그러지고 부서지고 사라져 가는 비참한 모습은 '얼빠진 목숨'·'두만강 넘는 친구'·'쓸어져 가는 송장'으로 나타나 있다. 이것은 식민지 조선민족이 와해되어 가는 실상이면서 '생명의 놀애'가 끊어진 상황에서 자살, 유이민, 고달픈 노동, 창녀, 죽어가는 독립운동가 등으로 전락하는 개체성의 몰각을 의미하는 것이다. 그러나 정노풍은 민족 와해의 비극을 느끼면서도 '첫닭의 울음'을 기대하고 있다. 이러한 민족 와해의 위기의식은 먼저 과거와 현재의 대비를 통하여 그리움과 분노와 현실 고발로 나아간다.

> 내 고향 차저 그리든 이내 예 도라왔건만
> 옛 내 고향 어디로 가고 날 몰라보나
> 영산재 고개고개 푸른 송림 잔디 마당
> 볏센 여름날 정자 밋 처저 고히 안즈면
> 오가는 흰 옷자락 살살 바람에 날렸건만
> 갈래갈래 찌저진 그네 얼골여 이 웬 일인가
> (…생략…)
> 넓다란 큰길 전차달리고 자동차 간다
> 바다 우 큰륜은 짐풀고 짐실고 오고 가고
> 아아 외말 소리 외노래 가락 게다소리 이 고장에 찻건만
> 아아 녯고장 산우에서 떨고 날 몰라보고
> 아아 지금은 헛된 꿈인가
> 다시로운 내 품은 어디로 갓나.[31]

이 시는 시간적 배경이 과거와 현재, 공간적 배경이 낯익음과 낯섦, 건강성과 황폐화, 존재함과 상실, 그리고 내면 세계의 따사로움과 떨림 등이 대칭적 구조로 짜여져 있다. 이러한 목록을 정노풍이 제시한 것은 전자에 대한 그리움인 동시에 후자에 대한 비판이다. 화자의 목소리는 과거 지향적인 '따사로운 품을' 찾는 연약함으로 볼 수 있지만 '갈래갈래 찌저진 얼골'과 '외말'·'외노래'·'게다 소리'를 고발하기 위한 부드러움 속에 날카로움을 숨겨 놓은 장치이다. 이 시에 나타난 '전차'·'자동차'·'큰배'는 '외말'·'외노래'·'게다 소리'를 실어오고 전파시키는 매체의 상징물인 동시에 '그네 얼굴을 갈래갈래 찢어 놓고', '푸른 송림 마당'을 황폐화시키어 마침내 '다사로운 내 품을' 앗아가는 매체물이다. 이 상징물들의 제시는 지배민족 문화에 침윤되어 가는 피지배민족 문화에 대한 비판이며 위기 의식의 결과이다.

다음으로 정노풍 시에 있어서 민족 와해의 위기 의식은 삶의 뿌리를 내린 조선을 떠나 만주와 시베리아로 삶을 이식하는 유이민 시에도 나타난다.

> ① 의주라 압록강 푸른 물 우에
> 나날이 흘러가는 떼목 우에다
> 헤매는 몸을 실코 바다로 가면
>
> 일본이나 만주로 도라다닌들
> 부를 곳 일흔 살림 뒤쪼긴 인생
> 어느 곳 차저가든 학대 받는 몸
>
> 제갈대로 출렁넝 흘러가련만
> 그래도 기를 쓰고 살고보자는
> 제 마음 제가 본들 모즐다 인생

---

31) 정노풍, 「고향에 차져오며」, 『조선일보』, 1929. 11. 14.

2

끈켯든 첨다리는 빙 한 번 돌면
강 우엔 새 다리라 길이 뜨건만
다리 끈긴 우리 목슴 갈 길 어딘가

언덕 위엔 툭툭 터진 넓고 넓은 길
길이라니 四方八路 쏠렸스런만
조선놈에 향할 길은 어뒤란 말인가

큰 길 겻헨 우득 소슨 高樓巨閣들
집이라니 사람사는 고장이련만
조선 놈에 몸 담아줄 집잇단 말가[32]

② 玄海灘 넓은 바다 큰 배를 타고
크고도 조그만 배 헤매는 아희
센 바람에 이저리 휘몰려 가는
압흔 가슴 이내 가슴 이 결애 가슴
○
미친 듯 슬어질 듯 업뚜려 질 듯
물결따라 지향 업시 쩌도는 아희
젓먹든 힘 다쏘다 쌍고동 쎗쎗
트는 비명 이내 비명 이 결애 비명
○
지향 일흔 이 배마져 조와라 할 이
이 천지 넓다한들 그 누굴런가
외고장 떠나본들 북간도 간들
천대박대 눈물이저 집 일흔 아희
○
이 누리에 삶 바든 이십억 권속
결애마다 제집 위해 칼들고 섯네
너을 짜라 출넝출넝 쩌도는 아희

---

32) 정노풍, 「압록강에 서서」, 『조선일보』, 1929. 10. 15.

> 칼 잇스랴 집 잇스랴 살길 업서도
>   ○
> 풍랑 비고 외엇치는 저 고동소리
> 쒯쒯쒯 그 소리 쌘 우리 군호가
> 눈물 짓는 동포네야 손 마조 잡고
> 슬어진들 살아난들 한 목숨인 것[33]

위의 작품과 같은 계열의 유이민 시로는 「애별」·「나그네」등이 있으며, 이러한 유이민 시는 민족이 와해되어 가는 비극적인 실상을 ①의 시에서 '흘러가는 뗏목에다 헤매는 몸을 실코', '부를 곳'도 없는 '학대받는 몸'이 되어 버린 것은 뿌리뽑힌 조선민족의 비참한 모습이다. 이런 모습은 화자의 탄식으로 나타나 있지만 그 스스로 '모즌 인생'이라고 하면서 '기를 쓰고 살아보자'는 의지도 나타나 있다. '조선놈에 몸 담어줄 집'없음을 슬퍼하는 화자의 '집'은 형식적인 집이 아니라 민족 생존의 테두리 터전을 말하는 것으로 이 자체의 상실이 '조선놈에 향할 길'까지 지워버리게 된다.

②의 시도 앞의 것과 같이 혈연과 지연에 의해 맺어진 민족이 허물어져 민족이 살 터전을 등지고 이리저리 유랑하는 유이민의 절망을 노래한 것이다. 이 절망은 아픔·비명·눈물 등의 어휘가 나타내는 바와 같이 모든 것이 다 상실된 '고아'와 같은 민족 전체는 '집 일흔 아희'일 뿐이다. '결애마다 제집 위에 칼 들고 섯'지만 우리 민족에겐 '칼'이 없으므로 자연 '집'도 없고 '살길'도 없게 된다. 이런 모습 모두는 민족 와해의 실상이면서 당대의 비참한 모습이다.

마지막으로 정노풍의 민족 와해에 대한 위기 의식은 민족 전체를 불구자로 인식하는 데까지 나아간다.

> 이 사람들은 성한 몸으로 살아갈 길이 쓴쳐서

---

33) 정노풍, 「집 일흔 아희」, 『조선일보』, 1929. 11. 15.

성성한 팔을 뒤로 자처 곰배팔이가 되었다네
성성한 다리를 동이고 동혀 안즌뱅이가 되엇다네.

그러고도 살아갈 길이 끈처서 이 사람들은
성성한 혀싸닥을 물어끈고 벙어리가 되었다네
새맑은 두 눈을 손싸락으로 찔러 쇠경이 되었다네.

아아 그리고도 먹을 것이 업고 잠 잘 곳이 업서서
멀쩡한 정신을 버리고 미친놈 행세를 한다네
그리고도 그리고도 이 사람들은
이 망할 천지에 몸 담을 곳이 업서서
멀쩡한 창자를 울리면서 거리거리를 헤매다가
짓밟힌 가슴을 그대로 안고 거리귀신으로 박귄다.[34]

'곰배팔이'·'안즌뱅이'·'벙어리'·'쇠경'·'미친놈'·'거리귀신', 이들 모두는 조선민족이 식민지하에서 불구화된 것을 비유적으로 표현한 것이다. 정상인으로 생활을 못하고 스스로 '불구자'라고 자처하는 것은 아이러니다. 일제의 식민지 하에 의하여 일상의 삶 자체마저 앗아갔을 때, 우리 민족은 '소경'이 되고 '벙어리' 이상이 될 수 없다. 앞의 두 항목, 즉 과거와 현재의 대비를 통한 것이나, 유이민 시에서 보인 민족 와해의 위기의식과는 다르게 이런 시에서는 적개심이 밑바탕에 깔린 민중적 의식이 드러난다. 당대 우리 민족의 삶은 '짓밟힌 가슴을 그대로 안은 거리귀신'과 같으며, 제목이 말하는 '거랑이'는 일본에게 생존을 구걸하는 구걸자인 것이다. 이 구걸자로 전락되어 가는 민족 와해의 위기 상황을 타개하는 길은 스스로 '미친 놈 행세'를 하는 심리적 방어 기제를 보여 주고 있다. 그러나 이러한 '거랑이'의 소극적 자세는 정상인이 불구자의 모습으로 탈을 쓴 퍼소나의 위장일 뿐이지, 반대로 생각한다면 '성한 몸으로 살아갈 길'이 없는 현실에서의 적극적 항거의 몸짓으로 볼 수 있다. 만해

---

34) 정노풍, 「거랑이」, 『동아일보』, 1928. 11. 30.

한용운이 당대의 상황을 '님의 침묵'의 시대로 인식하고 그 님이 돌아올 것을 믿고 굳게 기다리는 자세였다면, 정노풍은 당대를 '장님과 벙어리'의 시대로 표현하고 있다. 이러한 사실은 같은 사실에 대해서 한용운이 낙관주의와 긍정적 태도로 일관했다면, 정노풍은 위기 의식을 느끼고 불안한 태도를 보이고 있다는 차이도 있다.

2. 계급적 담론 구성체의 역동성

정노풍의 시가 민족 와해의 위기 의식에서 출발된다는 것은 앞에서 살핀 바와 같다. 이러한 위기 의식은 당대 식민지 현실의 모순이나 부조리를 비판하고 극복하려는 태도에까지 나아간다. 이러한 태도는 계급적 민족의식을 바탕으로 하고 있다. 정노풍이 말하는 계급적 민족의식이란 아래와 같다.

> 朝鮮民族은 以上에서 論한 바 民族의 하나로서 그×× 그×× 속에서 呻吟하는 民族이다.(中略: 연구자 주, 신문 게재시에 생략된 것임) 이미 우리가 이 民族의 當面한 現實을 正視해야 省察되는 바와 가티 階級的 民族意識일 수 밧게 업다. 엇재서 그러하냐 하면 이 民族이 오늘날 民族的 存滅의 교차점에서 (中略)그럼으로 오늘날 當面한 朝鮮民族을 살릴 수 있는 意識—이것은 오늘에 朝鮮意識이라 부른다면 오늘 朝鮮意識은 階級的 民族意識일 수 밧게 업다. 즉 單純한 盲目的 民族意識도 아니요, 階級意識도 아니요, 世界情勢만 뒤살펴 보는 國際意識도 아니다.[35]

정노풍은 조선민족을 살릴 수 있는 의식을 조선의식으로 정의하면서 이 의식은 계급적 민족의식일 수밖에 없다고 했다. 이 계급적 민족의식은 자국의 정치 형태를 소유하고 있어 민족 와해의 위협에 처해 있지 않

---

[35] 정노풍, 「조선문학 건설의 이론적 기초」.

은 민족과는 그 직면하고 있는 현실이 상이하기 때문에 민족 내에 단순한 계급운동이 아닌 민족 와해의 위기를 극복하기 위한 계급적 민족투쟁의식36)이다. 정노풍이 일컫는 계급적 민족의식은 일제의 경제적 수탈로 조선민족이 빈천계급으로 몰락해 가는 현실을 직시한 총체성의 결과다. 이런 상황에서 계급의식은 지배민족과 피지배민족과의 관계로 파악되고, 계급운동은 자연 민족해방운동이 된다. 정노풍은 계급운동을 민족 내의 소계급운동의 관계로 설정하지 않고 일본 전체를 자본계급으로, 식민지 조선민족을 무산계급으로 규정한다.

정노풍은 계급과 민족을 별개의 분리된 것으로 보지 않았으며 또 그 중의 어느 하나를 부정하는 것도 아니다. 이런 논리를 전개하는 정노풍은 민족의식을 부정하고 계급의식만을 주장하는 팔봉·회월 등의 카프파들이 자연히 조선민족이 당면한 현실을 파악하지 못한 것으로 인식하고 그들이 식민지 조선 내의 소계급관계로 파악한 것을 비판할 수밖에 없다. 즉 이러한 논리에서 본다면 카프파들은 식민지 조선의 현실을 저버리고, 지배민족과 피지배민족과의 계급적 대립 관계를 파악하지 못하고 있는 것으로 볼 수 있다. 그러므로 조선민족이 당면한 현실에서의 계급운동이어야지 세계운동의 일환으로서의 계급운동이라는 것은 공식주의가 될 수밖에 없다는 것이 정노풍의 주장이다.37)

한편 계급의식을 거부하는 국민문학파의 민족주의자들은 조선민족의식을 역사적 산물 그대로 받아들였기 때문에 현실성이 부족하고 과거지향적이라고 정노풍은 비판한다. 그러면서도 절충론을 전개한 양주동에 대해서도 계급의식을 다 승인하고 양자가 조화할 것이라는 것은 기계적으로 양측이 분리되어 대립 상태에 있는 상황에서 의식만을 조화할 수 있을 것으로 보기는 어렵다는 견해다. 정노풍은 민족의식과 계급의식이 본질에 있어서는 분리될 것이 아니라고 했다.

---

36) 정노풍, 「문단 회고 전망」(8), 『동아일보』. 1930. 1. 10.
37) 정노풍, 「조선문학 건설의 이론적 기초」.

이런 정노풍의 주장은 외래의 계급의식과 조선 재래의 민족의식에 모두 비판을 가함으로써 두 가지 의식을 파악하지 못했던—민족 현실에 바탕을 두지 않은—양측의 한계를 지적한 것이다. 이것은 사회주의에 대한 반성인 동시에 민족주의가 민중성을 발견하지 못한 것에 대한 비판이다.

정노풍의 이러한 의식은 현실의 발견에서부터 시작되고 지배민족와 피지배민족과의 관계 속에서의 계급의식인 계급적 민족의식으로 나타난다. 앞 항에서 살핀 민족 와해의 위기 의식은 바로 정노풍의 조선 현실에 대한 예리한 판단에서 나온 것이다. 정노풍이 궁극적으로 도달하려고 한 것은 민족이 갱생할 수 있는 문학 건설이다.

> 한 해는 또 넘어 갈 한 고개를 넘어 갈려니
> 쌀쌀한 겨울의 눈보라 치는 응달 밋헤선
> 애끗는 痛哭聲이 쏘 들린다.
> 아아 한해의 비탈을 넘는 푸로레타리아의
> 견디기 어려운 苦役! 참기에 긔찬 饑餓!
> 凌辱 憤怒 悲哀 苦痛 □□ ××
> 쇠달구지의 감탕길에서 허덕이는 괴롬과도 가치
> 牛馬車의 수레박휘에 삐걱이는 生命의 痛哭聲은
> 가슴을 절이구나! 骨髓를 에이누나!
> 그는 苦役과 饑餓와 壓迫에 입발 깨무는 痛哭聲
> 「짜비잇」과 「솔로몬」이 죽고 「리모라이」가 生埋葬당해도
> 오오 머즐 줄 모르는
> 그는 苦役과 饑餓와 壓迫에 입발 깨무는 痛哭聲!
> 그러나 또 그는
> 「必然의 約束」의 홰쌀에 터지는 肉彈의 □□
> ××과 投獄 威脅과 恐怖의 ×××가 번득여도
> 오오 머즐 줄 모르고
> ××壓迫, □□, □□의 「뿌르□□」에 불을 질르는
> 푸로레타리아의 肉彈의 □□!38)

---

38) 정노풍, 「痛哭聲」, 『중앙일보』, 1928. 1. 14.(□는 읽을 수 없는 글자이며 ×는 복

위의 시는 '겨울'·'응달'·'비탈'·'눈보라' 등의 어휘가 나타내 주는 분위기처럼 생명체가 생존하기 힘든 상황, 즉 식민지 조선민족의 비참한 삶의 현장을 드러낸 것이다. 그들의 고통은 "쇠달구지 감탕길에서 허덕이는 괴로움"이며, "가슴을 절이고", "골수를 에이는" 통곡의 소리로 울린다. "고역과 기아와 압박에 입발 깨무는 통곡성"의 행을 반복한 것은 강조이면서 더 이상 참을 수 없는 극한 상황을 말하기 위해서라 볼 수 있다. 이 때 나오는 것은 '육탄'이며 '불을 지르는' 혁명적 열정밖에 없다. 전항의 시들과 다르게 매우 열정적이며 호흡이 빠르고 시어들이 관념적인 것이 특징이다. 이 시에서 말하는 '프롤레타리아'는 계급적 민족주의자이다. 왜냐하면 그가 바탕으로 삼고 있는 것은 민족과 민족과의 대립된 의식 사이에서 피폐한 조선민족의 민중의식이기 때문이다. 다음으로 정노풍의 계급의식은 미래에 대한 강한 열정으로 나아간다.

맛치 火山을 ?코 터지는 地球의 氣魄가티도 대담하게 再現하며 創造하야 受難의 이 民族이 마즌바 그 苦心, 哀想, 艱難을 ?코 經論, 希望, 省察, 鬪爭, 想愛에 얼켜서 씩씩히 突進하는 한덩어리의 힘이 되고 생명이 되는 文學일 수 밧게 업다.[39]

이것은 조선문학 건설을 위하여 정노풍이 제시한 우리 문학이 지녀야 할 5가지 사항 중의 하나이다. '화산을 뚫고 터지는 기백'은 열정이며 이 열정만이 민족 갱생운동의 하나가 될 수 있다는 생각이다. 정노풍은 조선민족 저류에 흐르는 민족의식을 드러내 문학, 정열적인 문학, 민족과 민족과의 계급적 대립관계에서 나오는 계급의식, 대중에게 침윤되는 문학만이 진정으로 민족을 살릴 수 있다고 했다.

씩씩한 두 발로 거리에 내밀고

자이다.)
39) 정노풍, 「조선문학 건설의 이론적 기초」.

> 젊은 熱情을 蒼空에 날리며
> 힘찬 발길을 몰아 그터로 나가는
> 靑春, 靑春 오오 그 血氣뿐인 우리의 生命
> 依支할 길 끈인 沙漠 뜨거운 뜨거운 햇볕아래
> 無力한 生命에 歸路를 일코
> 갈증에 겨워 업프러지며 쓰러질제
> 번개가튼 솜씨로 구름과 비를 몰고
> 소리치는 靑春 오오 그 勇敢뿐이 우리의 生命
> 아아 偉大한 生의 拘負에 타는 靑春에
> 울분의 구름 자욱히 싸인 창을 열고
> 이 現實의 험난한 관역을 쑤어 쏠을
> 熱情을 화살을 팅기고 팅기며
> 突進하는 靑春 오오 그 氣魄만이 우리의 生命[40]

이 시는 제목이 지시하는 바대로 젊은 청춘의 감정이 낭만적으로 분출되어 형상화가 부족하지만 정노풍이 지향하는 '씩씩히 돌진하는 한 덩어리 힘'이 나타나 있다. '의지할 길 끊인 사막의 뜨거운 햇볕 아래 무력한 생명이 귀로를 잃고 갈증에 겨워 스러지는' 고통의 현실, 막힌 현실에서 열린 세계로 나아가는 힘은 '청춘'이라는 것이다. 이 열정에 휩싸일 때 정노풍은 그가 애써 강조한 식민지 조선 현실을 직시하지 못하는 과오를 범하게 된다. 그러나 정노풍은 수난의 민족이 갱생하려면 힘의 문학뿐이라는 생각이다.

> 朝鮮文人은 朝鮮文學의 建設을 바라고 나아간다. ××民族의 對立的 社
> 會關係에서 오늘날의 朝鮮意識인 階級的 民族意識을 戰取하고서 作家活動
> 過程으로 드러가는 目標는 朝鮮文學 建設 以外에는 잇슬 수 없다. 따라서
> 朝鮮民族의 當面한 임무, 目標苦心, 哀想, 鬪爭, 歡喜 이와 가튼 것을 再現
> 하며 創造하야써 이 民族의 生命이 되고 힘이 되면서 展開되어 나감에
> 따라 朝鮮文學은 그의 生成過程을 밟아나갈 수 밧게 업다.[41]

---

40) 정노풍, 「突進하는 靑春」, 『조선일보』, 1929. 5. 22.

이것이 정노풍 문학의 핵심이다. 조선문학 건설은 계급의식, 즉 지배민족과 피지배민족의 대립관계에서 파악한 것으로 이 의식은 민족 현실에서 전취하여야 민족 해방을 이룰 수 있다는 것이다.

3. 장르 선택의 상보성

정노풍에 있어서 특기할 사실은 자유시와 민요시라는 두 개의 장르 사이를 넘나들고 있다는 것이다. 이것을 단순히 1920년대 민요시 운동의 일환과 새로운 자유시에 대한 시도로만 정리한다면 정노풍 시의 본질을 저버릴 위험이 있다. 왜냐하면 그의 문학론의 핵은 '조선문학의 건설', 곧 민족 와해의 비참한 현실을 타개하는 계급적 민족의식이었기 때문이다. 그가 자유시와 민요시를 선택한 것은 그가 말한 바대로 "한 편의 소곡의 시를 쓰고 녹녹치 못한 한 편 소설을 초하나마 우리의 염두를 떠나지 않는 것은 조선이고 조선의식"이었기에, "민족의 생명과 힘이 될 조선의식"을 나타내기 위한 것으로 생각된다. 그러나 그는 같은 전통장르인 시조는 거의 발표하지 않고, 「압록강가에 서서」・「애별」・「열매 잃은 볏잎」・「나그네」 등과 같은 민요시를 『조선일보』와 『동아일보』에 왕성하게 발표한다. 이 점은 단순히 개인적 취향과 기질만으로 보기 어렵고, 정노풍이 강조하는 '우리 민족에 저류하는 조선의식'을 發現하려는 의도와 관계가 깊다고 하겠다. 정노풍의 전통지향의식이 배태된 시기는 경도제대 시절이었던 것으로 보인다. 그것은 당시에 『근대풍경』(北原白秋 編輯)에 발표된 정지용의 일본어시를 읽고 다른 유학생들이 모두 탄복하였지만, 정노풍만은 '조선시만 못하다'고 비판한 것에서 나타난다. 그러나 본격적인 논리를 개발한 것은 역시 「조선문학 건설의 이론적 기초」에서다.

---

41) 정노풍, 「조선문학 건설의 이론적 기초」.

정노풍은 식민체제로부터 벗어나 자민족 공동체로 돌아가려는 원인을 "자민족사회의 구성분자로 하여금 가장 의연하고 자유로운 친화 감정에 얼켜서 생활하려는 것"에서 찾고 있다. 그가 말하는 '친화 감정'은 곧 전통적인 장르인 민요시에서 찾아볼 수 있다. 이러한 관점의 연속선상에서 생각한다면 정노풍이 민요시 장르를 선택한 원인은, 첫째로 민족과의 동일성 문제를 지적할 수 있다. 민요는 향가·고려가요·시조 등의 우리 시가에 관류하는 지속성의 원형이므로 그 형식에 자신을 동일화함으로써 민족적 동일성을 회복할 수 있다고 믿었기[42] 때문이다. 정노풍이 조선문학의 기초의식을 "투철한 의지, 열렬한 정서, 끝없는 상상력으로서 우리 민족에 저류하는 수천년 혈통이 생활에 부딪혀서 조선민족의 ××的 ××을 용감히 발현하는 문학"[43]이라고 하였을 때, 그 원형을 그는 민요에서 찾은 셈이다. 정노풍의 민족적 동일성 문제를 확인하게 해 주는 것은 앞 항에서 지적한 바대로 민족 와해의 위기의식과도 연결되어 있다. "민족 존멸의 교차점"·"조선의 현실이 쓰러져 감"·"그×× 그××속에서 신음하는 민족"[44] 등으로 민족 와해의 위기 의식에서 '조선민족의 갱생'의 문학적 바탕을 민족적 동일성에서 찾고자 한 것이다. 정노풍의 궁핍한 모습과 이 땅에서 뿌리뽑힌 자들이 만주·시베리아 등지로 떠나는 유이민에 대하여 관심이 집중되어 있다는 것은 민족 와해의 위기를 극복하려는, 곧 민족의 발견인 동시에 민족의 일체성을 확인하려는 의식의 소산으로 생각할 수 있다.

① 열매 일흔 벼닙은 바람에 울고
　　댕그렁 집프레긴 외로히 쩌나
　　볏머리에 다북히 열린 나락은
　　임자 차저 외고장 간지 오래라

---

42) 박철희, 「최남선 시조의 정체」, 『최남선과 이광수의 문학』, 새문사, 1982, p.37.
43) 정노풍, 「조선문학 건설의 이론적 기초」.
44) 위의 글.

　　　팔아온 청좁쌀은 독아지에 가득
　　　언젠간 나무껍질 풀뿌리 캐러
　　　십리십리 머나먼길 예고 갓거나
　　　수남아가 오늘은 쩍해서 주마[45]

　②　님 가시는 고장이
　　　예서 百里면
　　　등 넘어로 가시는
　　　나룻길이면
　　　벌이 짜라 가신다구
　　　이리 설으랴
　　　千里도 千里도
　　　머나먼 千里
　　　깃들일 곳 쌍 없는
　　　타국 쌍이라
　　　쏘 다시 만나볼 길
　　　감감하구려[46]

　①은 식민지 조선인의 궁핍한 모습을 '열매'와 '집푸레기'로 대응시켜 생산자의 내용을 지배자인 일본이 수탈해 가는 조선민중의 현실을 고발하는 작품이다. 바로 조선민족은 '집푸레기'의 생활, 알맹이가 없는 '나무껍질'과 같다는 것이다. 이러한 민중 현실을 민족적 양식인 민요시에서 찾아보려고 한 것은[47] '집푸레기'와 같이 내용물이 없는 어떤 외적 힘에 의하여 쉽게 사그라질 수 있는 조선민족 정신을 민요시에 관류하는 힘과 동일성을 이루어 그 정신을 회복하려는 의도라 할 수 있다.

　②는 유이민의 처량한 모습이 "깃들일 곳 땅 없는 타국 땅으로" 제시되었으며 삶의 터전이 없음을 직설적으로 노래하고 있다. 얼마나 비참했

---

45) 정노풍, 「열매 일흔 볏님」, 『동아일보』, 1929. 11. 2.
46) 「哀別」의 일부분, 『중외일보』, 1927. 12. 4.
47) 김재홍, 앞의 글, p.379.

으면 '벌(죄)'보다도 더 섧다고 유이민의 심정을 나타내었을까. 이러한 뿌리뽑힌 유이민의 정착지 없는 유랑생활을 민요라는 정신적 시 장르에 동일화시킴으로써 정신적 뿌리 내림을 통하여 민족 와해의 위기 의식을 극복하려는 의지의 소산에서 나온 것이다.

둘째로 정노풍의 민요시 창작은 "문예의 대중에게 침윤"하기 위해 힘쓰려는 기능적인 문제로 볼 수 있다. 그는 당대 조선 현실에서 전취, 파악한 조선의식이 '민중 대중에게 침윤되는' 길을 민요가 가진 형식적 낯익음과 생리적 리듬에서 찾아낸 것이다. 그는 유이민의 처량한 모습과 토지 수탈로 피폐한 민중의 한맺힌 내용을 민요시에 의탁함으로써 민중의 의식화까지 시도하였다.

위의 정노풍의 민요시의 두 가지 문제는 민요시 자체가 갖고 있는 성격, 민중의식의 집단 이념과 개인적 주관성[48]이라는 이중 구조와도 결부되어 있다. 정노풍은 민요시의 집단성이라는 성격을 민족과의 동일성과, 민요시가 시로서 갖는 개인적 주관성에다 메시지를 전달하려는 뜻에서 민요시의 이중적 성격을 잘 이용하여 민족 와해의 위기를 극복하려 하였다.

이렇게 볼 때 정노풍의 민요시 지향은 1920년대 시사에 있어서 뚜렷한 의미를 차지한다고 할 수 있다. 그것은 민족주의 진영의 진부하면서도 고식적인 민족문학 이론에 현실적인 응전력을 제고하는 것이면서 동시에 프로시의 경색된 정론성 일변도와 실제 창작방법론상의 혼미를 극복하려고 진정한 민중문학에의 길로 나아가게 할 수 있는 한 효율적인 방향도 될 수 있는 것이다.[49] 이것은 당시 카프의 대중화론과 국민문학파의 고전 탐구와 무관한 것은 아니다.

정노풍이 강조한 계급의식과 민족의식은 기계적으로 분리된 별개의 것이 아니라 민족적으로 지배민족과 계급적 대립 관계에서 조선민족의

---

48) 오세영, 『한국낭만주의시 연구』, 일지사, 1980, p.38.
49) 김재홍, 앞의 글, p.381.

당대적 현실 파악에서 확고하게 출발되었기에 위와 같은 현실적 응전력과 목적의식의 세계주의의 계급론을 탈피할 수 있었다. 이것은 민족 와해의 위기를 극복하고자 하는 강한 의식의 소산이면서 동시에 정노풍 시의 한 특징이다.

한편 정노풍의 민요시 장르에 대응되는 것이 자유시이다. 그가 민요시를 쓰면서 자유시를 창작한 원인은 여러 측면에서 해명이 될 수 있으나 무엇보다도 그가 '조선문학 건설'을 강조한 것에 연결의 고리가 맺어져 있다.

첫째로 정노풍은 조선문예 창작을 "조선민족에게 희망과 노력과 힘, 그리고 투쟁하는 생명을 주어 한 덩어리가 되기 위한 것"[50]으로 규정하고 있으며 자유시도 이 범주를 벗어나지 못하고 있다. 그러므로 자유시는 조선민족을 살리는 도구이며, 그 힘은 "화산을 뚫고 터지는 지구의 기백"같이 대담하면서[51], 동시에 '생명'이 되어야 한다. 이러한 사실은 정노풍이 조선문학의 특수한 목표로 내세운 여섯 가지 가운데 제2항에도 나타나 있다. 자유시의 힘은 "신음하는 민족을 살리는 것"이며[52], 동시에 "민족적으로 지배민족과의 계급적 대립관계에서 오는 문제를 타파"할 수 있다는 것이다. 이제까지 정노풍에 대한 연구는 실향 의식과 같은 소극적인 면만을 밝혔으나 실은 그의 자유시의 예를 들면 '돌진의 청춘'·'통곡성' 등에는 파토스적인 감정이 드러나 있다. 정노풍 시는 이러한 민족주의적 목표를 이루려는 마음이 앞섰기 때문에 형상화 측면에서는 부족한 점이 지적될 수 있다. 그러므로 그가 찾는 시의 아름다움은 단지 민족해방, 즉 계급적 민족의식만 이루면 되는 것이다. 그러나 '조춘 저창' 등의 서정시에서는 이를 극복한 시들도 있음을 생각할 때 결코 관념적인 시만을 쓴 것은 아니다.

---

50) 정노풍, 「조선문학 건설의 이론적 기초」.
51) 위의 글.
52) 위의 글.

둘째로 정노풍에 있어서 자유시는 보편 지향성, 곧 세계성이라는 것과 관계가 있다. 그는 조선문학은 "세계민족문학의 발전된 최고봉을 답습"하여53) "계급적 민족생활의 사회적 문화적 내용을 가장 힘있고 문예적으로 발휘할 수 있는"54) 것이 되어야 한다고 했다. 이런 의미에서 정노풍이 민요시를 선택한 것이 민족적 형식을 지속시키려는 축이었다면, 자유시는 보편성 지향의 변화의 축으로, 이 양축의 상호 관련성 속에서 그의 시의 특징이 드러나는 것이다. 그러나 이 둘은 별개의 것이 아니라 서로 상보적 관계에 있는 것으로 민요시의 민족과 동일성을 이루려는 태도와 자유시의 세계성이라는 확산적 태도가 맞물려 있는 것이 정노풍 시이다. 이러한 예는 시 「옛 내 고향」·「품팔이」·「거랑이」 등에 잘 나타나 있다. 이들 시는 민중의 참담한 삶의 모습을 드러내고 있지만 산문시에 가까운 호흡과 민요시가 갖지 못한 시적 형상화와 단순성의 한계를 극복하고 있다.

> 新形式은 生成될 것이지 '案出'될 것도 아니려니와 新形式은 案出이란 것이 우리의 當面한 문제도 아니다. 우리에게 잇서서는 우리의 意識把握과 必要한 敎養을 獲得하고서 創作力量을 기우려 創作生産에 努力할 것이 要求될 뿐이니 이 要求의 實踐으로 만이 新形式이 生成될 것이다.55)

이것은 정노풍이 김기진의 '내용과 형식의 상호 규정론'에 대한 비판을 가한 부분이다. 정노풍은 형식 결정론, 내용 결정론, 그리고 상호 규정론 모두에 대하여 부정적인 견해를 가지며, 이들은 형식과 내용이라는 이원론에서 출발된 것이니, 이 이원론에서 벗어날 수 있는 길은 창작 역량 뿐이라는 포괄적인 입장이다. 그렇다면 정노풍은 문학의 형상화에 대하여 또 기교적 측면에 관심을 갖고 있었음을 알 수 있다. 구체적으로 창

---

53) 위의 글.
54) 위의 글.
55) 위의 글.

작 역량에 대하여 논급할 것이 없으나 그것은 "통일적 정제화에 실패한 생경한 나열식 작품, 설교식 이론 진열의 작품"56)이 아닌 것을 만들어 내는 것이라는 문맥에서 본다면 정노풍의 자유시는 밖에서 '안출'된 것이 아니라 내부에서 '생성'된 것으로 내용의 편향성을 극복한 것이다. 셋째로 식민지 지식인의 자유로움 자체가 자유시이며 식민지사회의 구속화에서 자유로움을 획득하는 의미에서의 자유시이다. 이런 태도는 개인 차원의 자유와 국가적 차원의 자유로 1920년 초반의 시의 물길을 양 갈래로 흐르게 하였다. 전자의 대표적인 예가 주요한의 「불놀이」이고, 후자의 예가 이상화의 「빼앗긴 들에도 봄은 오는가」이다.57) 이 두 태도 가운데 정노풍의 시는 후자에 편향되어 있다. 이것은 정노풍이 주장한 계급적 민족의식과 연결되는 것으로 오직 자유시는 민족 해방·민족 갱생에서의 자유로움이면 된다는 뜻이다. 그러므로 자유시는 정노풍에 있어서 식민지 삶의 극복 태도이면서 그 삶의 구체적 내용이 되는 것이다.

> 친구야!
> 향그런 생명의 놀애는 끈인 이 어둔 世紀에 멋업시 서서 하마 들릴
> 첫닭의 울음을 고대하는 님의 가슴은 누구의 가슴?58)

정노풍의 자유시는 "생명의 노래가 끈인 이 어둔 세기"에 "첫닭과 같은 울음 소리"를 내는 것이다. 그러므로 정노풍을 사로잡은 것은 자유시 자체가 아니라 자유시적인 식민지 지식인의 삶이다.

정노풍이 지향한 민요시가 계급적 민족의식을 지식이 저미한 민중에게 침윤시키기 위한 방법적 모색과 민족과 자기동일성을 이루려는 것이었다면, 자유시는 민요시가 갖는 단순성의 극복과 시 속에 강한 메시지를 전달하려는 의도를 가진 것으로, 이 두 장르는 상보적 관계에 놓여 있

---

56) 정노풍, 「문단의 회고 전망」, 『동아일보』, 1930. 1. 8.
57) 김현, 「여성주의의 승리」, 『현대 한국문학의 이론』, p.134.
58) 정노풍, 「친구야」, 『동아일보』, 1928. 7. 22.

다. 여기서 간과할 수 없는 점은 정노풍의 민요시는 국민문학파와, 자유시는 카프와 맥락이 닿고 있다는 점이다. 이것은 결국 김기진의 대중화론과 무관하지 않은 것이다.

Ⅳ. 결 론

정노풍은 시인이자 문학평론가로서 왕성한 활동을 하였지만 그에 대한 연구는 절충주의 문학론을 정리하는 과정에서 단편적으로만 언급되어 왔다. 그러나 지금까지 이 논문을 전개하는 가운데 밝혀졌지만, 그의 시는 계급문학론자들과 국민문학파들이 동일화한, 즉 그들을 호출한 담론구성체의 정체를 분명하게 의식하고 있었다는 점에서 문제적이다. 나아가 중요한 점은 국민문학파의 전통시 운동과 카프의 대중화론의 실천자였다는 데 있다. 그러나 그는 1920년대 계급주의자들로부터 비판받았으며 민족주의자로부터도 비판받았다. 이 점은 그가 한설야와의 논쟁을 거쳐 임화가 그를 혹독하게 비판한 것이나 양주동이 그를 좌익 중간파로 자리매김한 것에서도 알 수 있다. 이러한 관계로 인하여 계급주의자들은 그를 회고적 문학사에서 언급을 회피하거나 폄하(貶下)하였고 또 국민문학파에서도 그를 문제삼지 않았다.

그러나 그는 초기 한설야와의 논쟁을 거치면서 관념론을 정리하고 「조선문학 건설의 이론적 기초」에서 현실적 계급적 민족문학을 주장하며 일본으로부터 수입된 계급주의 이데올로기 재생산을 거부하였다. 그러면서 그는 국민문학파들이 간과한 민족 현실을 구체적으로 형상화하였다. 지금까지 이 연구자들은 그를 절충주의자로 규정하고 있지만 앞에서 밝힌 바처럼 그는 국민문학파와 프로시를 함께 아우른 대중화론의 실천자다.

이것은 조선문학의 기능으로 "문예의 대중에게 침윤을 힘쓰는 것"을 강조하고 그 실천을 위하여 민요시를 선택하였으며, 민족 해방의 실천적 방법을 모색하기 위하여 계급적 자유시를 선택한 점에 있다. 그가 주장하는 핵심은 내용 형식의 상호 일체론이다. 내용과 형식의 상호 일체론은 김기진과 박영희의 내용 형식 논쟁의 연장선상에 있는 것이지만 그는 거기서 나아가 계급시와 국민문학파의 민요시를 함께하는 일체론의 입장을 취한 것으로 볼 수 있었다.

그러므로 정노풍의 시는 당대 민족이 처한 비참한 현실에 관심을 가지면서도 수입된 프로문학의 담론 구성체와의 비동일화라는 점에서 의미를 갖게 된다. 이것은 곧 정노풍 시는 당대의 식민지 현실에 뿌리를 내리고 있으면서도 그것을 바로 보고 비판하는 과정을 통해 시적 형상화에까지 이르렀다는 것이 된다. 우리는 정노풍 시를 정리함으로써 거대 담론이 무너진 오늘날 그의 시적 전략은 결코 가벼운 것이 아님을 알 수 있다. 그 전략은 최근 떠오르고 있는 일체평등주의 사상과 일치하는 것이다.

정노풍의 계급적 민족의식의 문학론*

박경수

I. 서 론

정노풍(鄭蘆風: 1903~?)은 1920~30년대에 괄목할 만한 문학업적을 남긴 시인이며 문학평론가이다. 그렇지만 그는 문학사에서 아직도 생소한 편에 속하는 문학인이다. 지금까지 몇몇 문단측면사[1]나 문학사[2]에서 양주동과 함께 절충문학론을 펼친 한 사람으로 정노풍이 거론되긴 했으나, 그것들은 정노풍의 문학을 단편적이면서 피상적으로 언급한 것에 불과했다. 이런 사정이 오랫동안 지속되면서 정노풍은 문학사에서 거의 실종되다시피 되었다. 그러다 정노풍의 시를 처음으로 조명하는 연구성과[3]가 나옴으로써 그의 문학을 본격적으로 논의하기 위한 초석이 마련되었다.

그러나 여전히 정노풍은 실종 상태에서 크게 벗어나지 못했다. 그와 관련된 전기적 사실들이 밝혀지지 못하고 있을 뿐만 아니라 그가 전개했

---

* 이 글은 『한국문학논총』 제11집(한국문학회, 1990. 10)에 발표된 것을 부분적으로 수정, 보완한 것이다.
1) 박영희, 「초창기의 문단측면사(6)」, 『현대문학』 제62호(1960. 2).
   홍효민, 「문단측면사」, 『현대문학』 제48호(1958. 12).
2) 백철・이병기, 『국문학전사』(신구문화사, 1972. 3), pp.365~367.
   김윤식, 『한국근대문예비평사연구』(일지사, 1976. 12), pp.115~116, p.128.
3) 김재홍, 「계급적 민족의식의 시, 정노풍」, 『현대문학』제 185호 (1989. 3).

던 문학활동의 전체상이 드러나지 않는 상태에 있기 때문이다. 이런 점을 고려하여 이 글은 우선 정노풍의 문학을 본격 논의하기에 앞서 그의 전기적 사실을 가능한 대로 파악하는 작업을 한 다음, 그의 문학을 받치고 있는 문학론의 성격과 문학사적 의의를 분석, 검토하고자 한다. 잘 알다시피, 한 작가의 전기적 사실은 그의 문학 편력을 살피는데 큰 도움을 줄 뿐만 아니라 그의 문학작품이 갖는 성격을 해명하는 데에도 많은 도움을 준다.

이런 취지에서 이 글은 정노풍의 전기적 사실을 가능한 대로 밝히면서 이른바 '절충문학론'의 한 가지로만 단순하게 파악했던 그의 문학론의 실체와 성격을 비로소 본격 구명하게 되는 성과가 있기를 기대한다.

특히 이 글에서 그의 문학론을 주목하는 까닭은 다음 몇 가지 사항 때문이다.

첫째, 정노풍은 당시 '계급적 민족의식'에 입각한 문학론의 개진을 통해 민주주의문학과 계급주의문학의 허점을 비판하고, 그 절충적 방향을 상당히 설득력 있는 논리로 제시하고자 했다. 구체적인 논의는 뒤에서 하겠지만, 정노풍의 이러한 절충문학론은 양주동의 절충문학론과도 상이점을 보이는 것이다.

둘째, 정노풍의 문학론이 이론적 측면에서 논리의 독자성을 보여주는 한편, 그 실천적 측면에서 이론에 부합하는 작품성과를 거두고 있다는 점이다. 그의 시가 당대 민중적 삶의 현실을 구체적으로 반영함과 동시에 민족해방의 적극적 의지를 표상하고 있는 것이 그의 이른바 '계급적 민족의식'의 주장에 상응하는 것이다.

결국 정노풍의 문학은 이념적 대립이 심각했던 당시의 문학풍토에서 이를 극복하기 위한 합리적 절충방향을 모색하고, 자신의 작품을 통해 나름대로 실천하고자 했다. 그의 이러한 문학적 노력은 당대 문학의 또 다른 추구방향을 감지하는데 기여할 뿐 아니라, 오늘날 문학의 바람직한 방향 정립에도 얼마간 시사점을 주리라 본다. 그렇다고 그의 문학이 긍정적 측면만 지닌다고 보지 않는다. 문학론에서의 일부 편파성도 발견되고, 작품의 형상화 면에서 만족할 만한 수준에 이르지 못한 한계도 한편으로 인정해야 할 사항이다.

Ⅱ. 정노풍의 생애와 문학편력

정노풍의 생애와 관련한 사실을 구체적으로 밝히는 일은 쉽지 않다. 그것은 그가 문학활동을 일정 기간에만 한 다음 중단함으로써 문단에서 잊혀지는 인물이 되었다는 점, 그가 북한 땅에서 태어났기 때문에 그의 유족이나 지인 등을 알아보기가 현실적으로 매우 어렵다는 점 등 여러 가지 장애 요인이 있기 때문이다. 따라서 상당히 제한된 조건 아래에서 정노풍의 전기적 사실을 알 수 있는 자료를 가능한 대로 찾아보는 수밖에 없다. 앞으로도 정노풍의 생애와 문학편력을 파악하기 위한 일을 계속해야 하겠지만, 우선 가능한 대로 조사한 자료들을 토대로 정노풍의 전기적 사실을 밝히고자 한다.

우선 정노풍의 본명은 정철(鄭哲)[4]이며, 문학작품을 발표할 때 주로 필명인 노풍(蘆風)을 사용했다. 대체로 본명인 정철은 문학활동의 초기에 주로 사용했는데, 문학 관련 글이 아닌 논문 등에 사용한 것으로 나타난다.

다음으로 밝혀야 할 사항이 정노풍의 생몰년대에 관한 것이다. 정노풍

---

4) 정노풍의 본명이 정철(鄭哲)임을 『문예공론』제2호(1929, 6)의 '본지집필제가(本誌執筆諸家)'에서 처음 확인된다. 그런데, 광복기에 발간된 『예술문화』(1945. 12~)에 <용(龍)> 등 수편의 소설과 「계몽운동(啓蒙運動)과 작가적(作家的) 임무(任務)」의 문학론을 발표한 정철(鄭哲)은 정노풍과 다른 인물로 생각된다. 정노풍은 1920~30년대에 소설을 발표한 바가 없으며, 문학론의 취지도 광복 후 정철의 경우와 크게 다르다.

의 이력을 미흡하게나마 알 수 있는 글로 시인 정지용(鄭芝溶: 1903~?)과
의 일본 유학시절을 회상한 「시단회상(詩壇懷想)」(『동아일보』, 1930. 1. 16~
18)이 있고, 이밖에 몇 가지 글이 더 있다. 이들 글 중에서 김기진과 비평
논쟁을 하면서 쓴 글의 한 대목에서 "八峯이나 無涯나 蘆風이나 年齡 아
즉 三十 未滿의 癸卯生으로서"5)라는 구절이 나온다. 여기서 계묘생(癸卯生)
이면 1903년생이다. 실제로 팔봉 김기진(金基鎭: 1903~1985)과 무애 양주
동(梁柱東: 1903~1977)도 정노풍이 말한 것처럼 계묘생으로 같은 나이였
다는 점이 확인된다.

　그리고 다음의 글들에서 정노풍의 이력 사항을 몇 가지 더 확인할 수
있다.

　　① 내가 京都帝大에 잇슬 때에 그(필자 주: 鄭芝溶)는 同志社大學 豫科
　　　에 다녓스나……6)
　　② 元來 筆者는 在京都學窓時代에 거의 專功的으로 社會科學 硏究에 沒
　　　頭한 過去를 가진 만치……7)

　①, ②의 글에서, 정노풍은 1923년을 전후한 시기에 일본 경도제대(京
都帝大)에 유학하여 사회과학(社會科學)을 전공했음을 알 수 있다. 그가 경
도제대를 다녔다는 자취는 이 외에도 경도유학생학우회(京都留學生學友會)
에서 발간한 잡지『학우(學友)』 창간호(1926. 6)에 <대동강(大洞江)의 겨울>
등 시와 함께 「여성해방운동(女性解放運動)의 사적(史的) 고찰(考察)」을 발표
했는데, 이 시론(時論)의 끝에 글을 쓴 때를 1925년 12월이라고 한 다음
'경도제대(京都帝大) 도서관(圖書館)에서'라고 기록한 데서도 드러난다. 그
러니까 1925년 12월 당시 정노풍은 경도제대에 재학하고 있었던 셈이다.
그리고 ①의 글에서 정지용이 동지사대학(同志社大學) 예과에 입학한 시기

---

5) 정노풍, 「전체성과 특수성의 전망·4」, 『조선일보』(1930. 3. 14).
6) 정노풍, 「시단회상 -새해에 이치지 안는 동모들」, 『동아일보』(1930. 1. 17).
7) 정노풍, 「문단의 회고 전망·8」, 『동아일보』(1930. 1. 11).

가 1923년 5월[8])이었던 점을 고려하면, 정노풍도 정지용이 일본에 유학했던 1923년경에 경도제대에 유학했던 것으로 보이며, 1926년 당시에도 경도제대에 재학하고 있었던 것으로 파악된다.

또한 그의 시 「고향 차저 오며」(『조선일보』, 1929. 11. 4)에서 "부모님 슬하떠나 외고장간지 아마십년"이란 구절을 보아 1920년대 초반에 정노풍이 일본에 유학했다는 점을 간접적으로 방증할 수 있다. 아울러 그가 1927년 초에 경도제대를 수료하고 귀국한 시기는 1927년 중반기 이후로 보인다. 이는 정노풍이 경도유학생학우회에서 발간한 잡지인 『학조』창간호(1926. 6)와 제2호(1927. 6)에 글을 계속 발표하고 있다는 점과 국내에서 본격 작품활동을 한 시기가 1927년 11월 이후인 점을 고려하면 1927년 6월에서 11월 사이에 정노풍이 귀국했다고 볼 수 있기 때문이다.

정노풍은 귀국 후 평양에 있는 기독교 계통의 종교학교에서 교편생활을 하다 이른바 '노풍필화사건(蘆風筆禍事件)'으로 교직을 그만두게 된 것으로 파악된다.[9]) 여기서 '노풍필화사건'의 진상을 정확히 알 수 없지만, 『조선일보』지상에 1929년 12월 22일부터 12월 31일까지 7회 연재한 「기사논단개관(己巳論壇槪觀)」에서 당시의 기독교 종교론들을 마르크시즘을 긍정하는 입장에서 비판한 내용이 문제가 되었으리라 짐작된다.[10]) 만일

---

8) 김윤식, 『한국근대문학사상연구』(한길사, 1984), p.47에 의하면, 정지용은 1923년 5월 3일에 동지사대학 예과에 입학했고, 대학부 영문과를 1929년 6월 30일자로 수료했다.

9) 『문단의 회고 전망·8』, 『동아일보』(1930. 1. 11)에서 종교학교에서 교편을 잡았다는 기록이 있고, 「시단회상·3」, 『동아일보』(1930. 1. 18)에서 정지용이 카톨릭으로 개종한 사실을 정노풍이 몹시 못마땅한 논조로 쓰고 있는 점으로 보아, 기독교계통의 종교학교에서 정노풍이 교직생활을 한 것으로 파악된다. 학교 이름은 알 수 없다.

10) '노풍필화사건'은 종교 문제와 관련된 글과 관련된 일로 보이지만, 그의 시나 글이 여러 차례 언론검열로 삭제당하는 일을 겪은 것과 관련을 지어볼 수도 있다. 즉, 『중외일보』 1928년 3월 25일자에 발표된 <오오 새로운 민중(民衆)의 애인(愛人)아>란 시가 전문 삭제된 점, 같은 신문 1928년 4월 16일자에 발표된 「상호사회와 공동사회·4」이 3곳이나 언론검열로 글이 삭제되고 있는 점, 역시 같은 신문에 1928년 8월 3일부터 연재되고 있었던 「조선의 경제와 경제운동」이 언론검열에 의해 다 마무리되지 못하고 8월 7일자로 중단되고 말았던 점 등도 '노풍필화

그렇다면, 정노풍이 '노풍필화사건'을 겪고 교직을 그만둔 때는 1930년 1월 초로 보이며, 이후 일본으로 건너가서 잠시 머무른 다음 다시 귀국했던 것으로 파악된다.

정노풍의 고향은 평양이나 평양 근교라고 생각된다. 그것은 우선 그의 시작품 중에서 고향의식이 반영되어 있는 작품에서 대동강, 모란봉, 영산재 고개, 절영섬 등의 지명이 나타나는 것으로 짐작되는 일이다. 그리고 정노풍이 귀국 후 1928년 당시 잡지로는 유일하게 평양에서 발간된 『백치(白痴)』에 문학론과 시를 발표하고, 당시 신문지상에 발표된 시작품의 끝에 '어서경(於西京)'이라 한 점으로 보아, 정노풍은 일본유학을 마치고 고향인 평양(또는 근교)에 와서 교단생활을 하면서 문학활동을 편 것으로 보인다.

정노풍은 1927년 11월 이후 이른바 '계급적 민족의식'이란 독자적 문학관을 피력하면서 당시 문학평단에 뛰어드는 한편 활발한 시작활동을 전개했다. 필자가 조사한 바에 의하면, 정노풍이 발표한 글 중에서 가장 빠른 시기의 글은 일본 경도 유학시절에 『학조』 창간호(1926. 6)에 발표한 시 5편과 시론 1편이다. 그리고 그가 발표한 글의 대부분이 1926년 6월부터 1930년 7월까지 4년 남짓한 기간에 집중되어 있는 것으로 나타나는데, 이 기간 동안 시 98편, 문학론 24편, 시론·수필 4편 등으로 조사되었다.[11] 이는 정노풍이 그만큼 짧은 기간 동안 시인이며 문학평론가로 매우 의욕적인 문학활동을 했음을 보여주는 것이다.

그런데 1930년 7월 이후에는 고작 2편의 문학평론을, 그것도 1934년과 1935년에 각 1편씩을 발표하고는 끝내 문단에서 종적을 감추고 있다는 사실이다. 그렇게 된 저간의 사정이 분명히 있었다고 생각되지만, 이를 확인할 만한 자료를 현재까지 찾지 못하고 있다.[12] 여하튼 정노풍의 문

사건'과 관련이 있을 개연성은 있다.
11) 자세한 사항은 이 책의 끝에 붙은 「정노풍 문학작품 목록」에 나와 있다.
12) 1970년에 일본 동경에서 『民團 —在日韓國人の民族運動』(洋洋社)을 발간한 정철(鄭哲)이 있다. 이 정철이 문학가 정노풍이 아닌가 하는 생각을 할 수 있다.

학활동이 일정한 시기에 한정되어 있고, 실상 시집 한 권 남기지 못했던 사정에서, 정노풍은 점차 문학사에서 잊혀지는 인물이 되고, 그의 문학 또한 관심권 밖으로 밀려나지 않았나 생각된다. 더구나 정노풍은 당시 카프(KAPE)나 민족주의 문학파 중 어느 쪽에도 소속되지 않았던 까닭으로 그의 행적을 추적하기가 매우 어렵게 된 것으로 생각된다. 그러나 그의 전기적 사실이 충분히 파악되지 않았다고 해서 그의 문학업적까지 실종된 채로 내버려 둘 수는 없다. 이제부터라도 그의 시와 문학론 등에 대해 마땅히 관심을 베풀어야 하고, 이를 바탕으로 그의 문학이 갖는 성격과 의의를 구체적으로 드러내는 작업이 진행되어야 하는 것은 두말할 나위가 없다.

Ⅲ. 문학론의 전개와 그 특징

1. 예술의 이원적 측면과 그 합치점

정노풍이 문학평단에 뛰어든 것은 『중외일보』에 발표한 「평자(評者)의

그런데 이 책의 판권 부분에 정철의 이력사항이 나와 있는데, 이 이력사항과 『근대일본사회운동사인물대사전(近代日本社會運動史人物大事典)·3』(日外アソシエーツ株式會社, 1997), p.495의 '鄭哲' 항목을 참고하여 그의 이력을 밝히면 다음과 같다. 그는 1909년 평안남도 강서군 수산면 운북리에서 태어나 미션 스쿨을 졸업했다. 1931년 일본 동경으로 건너간 다음, 1933년에 법정대학(法政大學) 전문학부 정경과(政經科) 2년을 중퇴하고, 아나키즘운동단체인 '조선동흥노동동맹(朝鮮東興勞動同盟)'에 가입하여 활동하다 10여 회 구속되기도 했다. 광복 후에는 월간잡지 『민주조선(民主朝鮮)』을 발행하고, 한일타임스 주간도 맡았다. 또한 대한민국거류민단(이하 민단)의 결성에 참여했으며, 민단에서 활동하다 민단 간부의 부패 타락을 비판하고는 탈퇴했다. 그런데 문학가 정노풍과는 출생년도, 일본 졸업대학 등에서 많은 차이가 있는 것으로 보아, 동명이인(同名異人)인 인물로 생각된다.

태도(態度)」(1927. 11. 2~4)란 글을 통해서이다. 이 글은 한설야(韓雪野: 1900~1963)가 김억(金億: 1893~?)의 수필 「여름밤은 아직 어둡다」(『동아일보』, 1927. 8. 24~29)에 대해 「속학자(俗學者)의 구문(口吻)」(『중외일보』, 1927. 8. 24~29)이란 글을 통해 비판한 것에 대해 정노풍이 한설야의 비평적 태도와 관점을 문제 삼고 있는 글이다. 말하자면 한설야와 김억 사이에 정노풍이 김억의 편을 들면서 비평적 글쓰기에 대한 시비를 걸었던 셈이다. 물론 이 글로 말미암아 정노풍은 한설야와 한 차례 더 논전을 펼치게 되었다.13) 그런데 중요한 점은 비평적 글쓰기에 대한 논쟁의 과정에서, 정노풍은 자신의 문학관을 점차 구체화하는 단계로 나아갔다는 것이다.

한설야는 마르크스 엥겔스의 변증법적 유물사관에 입각하여 김억의 수필 내용을 부르주아적 발상에 의한 것이라 비판하자, 정노풍은 예술이란 기본적으로 '정감(情感)과 이상(理想)의 세계'를 구현한다고 하면서 유물사관의 이론을 직역하듯이 적용한 관념론으로 예술작품을 재단하는 것을 비판했다.

勿論 藝術의 內容 卽 情感的 想像的 表現의 內容은 社會가 複合的이요 統一的이요 進化的이요 또 存在가 相互的이요 關係的임에 固定하야 잇슬 수 업고, 時代에 딸아 사람에 딸아 地域에 딸아 달를 수밧게 업다. 딸아서 藝術의 本質도 時代와 場所 及 新事實의 發生에 딸아 달녀질 수밧게 업다. […] 그러나 同時에 우리는 各時代를 通하야 共通되는 藝術의 本質의 一面이 存在하는 것을 不定할 수는 업다. […]

그러나 우리는 이미 때와 곳과 사람과 새로운 事實의 發生으로 因하야 必然的으로 變改될 수밧게 업는 藝術의 本質의 一面이 잇음을 보앗다. 例컨대 새로히 푸로藝術의 出現은 必然的으로 藝術의 具體的 內容을 變動케 하야 드듸어는 傳統的 藝術의 內容은 變改될 수밧게 업다. 그러나 그러타구 藝術이 一種의 科學인 것은 아니다. 藝術의 世界는 어대까지던지

---

13) 한설야의 「문예비평의 과학적 태도」, 『조선일보』(1927. 11. 22~12. 2)와 정노풍의 「변증의 세계와 정감 급 상상의 세계」, 『조선일보』(1928. 1. 27~2. 1)가 서로 논쟁한 글이다.

情感 想像의 世界요 辨證의 世界는 아니다.14)

　위의 글에 의하면, 예술은 두 가지 측면의 본질적 특성을 지니는 것으로 나타난다. 예술은 시대를 관통하는 '전통적 본질'과 시대, 장소 및 새로운 사실의 발생에 따른 '변화적 측면'을 동시에 갖는다는 것이다. 그리고 예술에서 이 두 측면은 상호 작용하는 관계를 가지며, 고정된 것이 아니라 변화의 실체를 갖는다고 했다. 정노풍의 예술관이 이로써 어느 정도 드러난 셈이다. 예술의 표현론적 관점과 반영론적 관점이 혼재하는 가운데 어느 일방적 관점 즉 현실반영론의 유물변증법적 입장만으로 예술의 본질적 두 측면을 분석, 평가할 수 없다고 정노풍은 보았다. 그런데 예술의 본질에 대한 논리적 설명이 아직 부족한 까닭에 당대 프로예술의 출현이 필연적이라 하면서도 정감 및 상상의 표현물로 예술을 옹호하고 있는 점 또한 분명하지 않다. 전통적 예술의 내용은 무엇이며, 변화될 수밖에 없다는 예술의 일면이 무엇인지도 모호하기만 하다. 정노풍의 이러한 예술인식이 한층 구체적으로 밝혀진 글이 「예술의 시대상과 전통상」이다. 이 글의 다음 몇 대목을 보자.

① 藝術은 現實生活의 産物이다. [……] 따라서 現實生活의 産物인 藝術은 現實生活, 社會關係, 階級鬪爭, 歷史的 進展에서 乖離될 수 업다.

② 藝術은 이러한 現實經驗이 情感, 想像, 直觀的 運動(感激)을 것처서 發現한다. [……] 따라서 이 藝術 內容의 時代相은 藝術形態, 技巧, 其他에까지 必然的으로 變革을 일으키고 藝術의 本質에까지 決定을 與하게 된다.

③ 藝術의 傳統相은 經驗에 先行하는 것이 안이라 亦是 經驗의 産物이다. [……] 그러나 그 實은 어대까지든지 情感, 想像, 直觀的 衝動의 反射作用의 結果의 産物이다.

④ 藝術의 傳統相은 時代相의 土臺가 되면서도 恒常 可變性의 時代相을

14) 정노풍, 「변증의 세계와 정감 급 상상의 세계」, 『조선일보』(1928. 2. 1).

> 束縛하는 傾向을 갓는다. [……] 藝術의 可變性인 時代相은 恒常 藝
> 術의 傳統相을 變革하야 새로운 藝術內容으로 하여곰 새로운 藝術
> 形態, 藝術技巧를 生産하고 새로운 藝術內容과 藝術形態, 藝術技巧로
> 하여곰 藝術의 本質에까지 變動을 일으키게 하얏다. 그리하여 藝術
> 의 時代相과 傳統相은 變革的 交瓦作用을 것처서 不斷히 進展하야
> 왓다. 이 變遷展開의 趨動力은 勿論 社會的 現實生活이다.15)

①에서 정노풍은 "예술은 현실생활의 사물이다"라고 해서 예술의 현실
반영론적 관점을 보인다. 그런데 ②에서 예술은 "현실경험이 정감, 상상,
직관적 변동을 것처서 발현한다"고 해서 다시 예술의 표현론적 관점을
강조한다. 이렇게 상호 모순됨직한 예술의 관점은 ③, ④의 예술의 '전통
상'과 '시대상'의 관계 설명에 의해 합치점을 찾는다. 여기서 예술의 '전
통상'이란 후자의 문학관점에 의한 예술의 정감, 상상의 측면을 본질로
하고, 예술의 '시대상'은 전자의 현실생활의 가변적 속성을 본질로 하는
것이다. 다시 말해, 예술은 정감, 상상에 의한 주관적, 초월적 성격을 지
니는 전통상과 현실반영에 의한 역사적, 이념적인 것이 환원체로 객관성
을 지니는 시대상의 이원적 측면을 지닌다는 것이 정노풍의 주장이다.
전통상과 시대상이란 용어 설정이 다소 부적절하다 하겠으나, 예술의 이
원적 측면을 함께 긍정하면서, 다시 이 두 측면의 상호 변증법적 교호관
계를 중시하여 일원론적 통합의 관점을 정립하고자 한 것은 주목할 필요
가 있다. 그것은 1920년 후반 내용/형식 또는 민족주의/계급주의의 대립
적 문단풍토를 극복하는데 상당히 유용한 논리의 확보로 생각되기 때문
이다. 전통상과 시대상의 상호 변증법적 관계에 의한 합치점의 모색은
당대 어느 일방의 일원론적 관점의 고수와 극단적 지향에 대하여 비판적
대안을 찾고자 고민한 결과일 수 있다. 따라서 이러한 문학관을 견지하
는 정노풍의 입장에서 보면, 당대의 문학경향은 마땅히 부정적으로 진단
될 수밖에 없다.

---

15) 이상 정노풍, 「예술의 시대상과 전통상」, 『백치』 제2호(1927 .6).

　　巨槪가 藝術의 時代相과 傳統相을 遊離하야 그의 一部를 高調하고 他
를 沒捨함으로 或은 時代相을 無視하고 傳統相의 內包하는 變革性을 認識
하지 못하는 所謂 藝術의 指標만 高調하는 超階級主義者, 藝術至上主義者
及 그 末流인 折裏派가 發生되며 或은 藝術의 地標, 藝術의 特殊性을 無視
하야 藝術로 하여금 階級文化의 一分野로서의 自立性을 容許하지 못하고
오직 階級運動보다 特의히 政治運動의 一宣傳用紙로 化하랴는 似而非 無
産階級藝術 主張者가 橫行하게 되는 것이다.16)

　　이처럼 예술지상주의자는 예술의 시대상을 무시하고, 무산계급예술론
자는 예술의 전통상을 몰각하고 정치운동의 선전 수단으로 예술을 이용
할 따름이라고 비판하고 있다. 정노풍은 이렇게 당대 문단의 경향을 크
게 이원대립적으로 파악하는 한편 양비론(兩非論)의 입장에 서면서도, 역
사적 필연성에 의해 무산계급예술이 출현되는 것은 당연하다고 보았다.
그런데 정노풍이 말하는 무산계급예술은 단순히 초계급적 예술의 안티테
제가 아니다. 그것은 예술의 전통상과 시대상의 상호 교호관계에 의한
변증법적 발전과정에서 출현되는 역사적 당위로서의 무산계급예술이다.
이런 관점에서 마르크스의 유물사관과 일본의 복본주의(福本主義)를 맹목
적, 관념적으로 추종한 '직역적, 공식주의적 예술'인 당시 무산계급예술
은 사이비 무산계급예술이라고 파악했다. 그렇다면 당시의 역사현실에서
필연적으로 도래되는 무산계급예술의 구체적 형식과 내용은 어떻게 되어
야 하는가? 정노풍은 이러한 의문에 대한 보다 분명한 답을 「예술의 시
대상과 전통상」에서는 하지 않았다. 이 글은 단지 예술일반론을 펴면서,
예술의 이원적 측면에 대한 바람직한 이해의 방향을 제시하는 데 목적이
있었다. 정노풍의 무산계급예술에 대한 구체적인 설명은 다음 단계인 「조
선문학 건설의 이론적 기초」에서 찾아진다.

---

16) 정노풍, 같은 글.

2. 계급적 민족의식의 문학

정노풍은 「조선문학 건설의 이론적 기초」(『조선일보』, 1927. 10. 23~11. 10)에서 이른바 '계급적 민족의식'의 전취(戰取)를 내건 독자적 문학론을 제창했다. 그러면 계급적 민족의식이란 구체적으로 어떠한 것인가. 이에 대해 정노풍은 우선 계급적 민족의식이란 식민지의 민족현실을 정확히 파악한 바탕 위에서 성립되는 '조선의식'이라고 말했다. 이때 정노풍이 말한 '조선의식'은 물론 민족주의문학파에서 주장한 '조선심' '조선얼'을 표방한 조선주의와는 구별된다. 정노풍이 조선의식의 역사적 기초로 민족의식을 말할 때, 이 민족의식이 조선주의와 일면 상통하는 바가 있다고 하겠으나, 그 입각점에서 차이가 있는 데다가 조선의식의 현실적 기초로 계급의식을 포용시키고 있는 점에서 조선주의와 근본적으로 다르다. 따라서 조선의식의 역사저 기초인 민족의식과 현실적 기초인 계급의식은 양립하는 별개일 수 없으며, 두 의식의 변증법적 합일에 의한 '계급적 민족의식'의 파악이야말로 당면한 조선문학의 과제라고 보았다.

정노풍은 우선 조선의식의 역사적 기초인 민족의식이 민족의 유전적 혈연관계와 지리적 환경, 그리고 언어, 문화, 풍습 등 역사적 전통에 의해 장구한 기간 동안 생성되는 것이라 했다. 이러한 민족의식의 파악은 테느(H. Taine)의 인종, 환경, 시대의 세 요소에 의한 결정론에 상응하는 것으로 볼 수 있다. 이점 당시 최남선이나 이광수 등의 민족주의문학파나 양주동이 민족의식을 파악하는 방법과 별로 다르지 않다. 그럼에도 정노풍의 민족의식 파악 관점이 이들과 근본적인 차이점을 갖는 것은 복고적 역사주의나 현실적 민족패배를 보상받고자 하는 조선정신의 신비화나 그 맹목적 추종의 관점이 아닌 데 있다. 그는 민족의식이 비록 역사적 과정에 의해 생성되는 것이지만, 그것이 진정한 의미를 갖기 위해서는 민족의 현실적 삶의 조건에 결부되어야 한다고 보았다. 즉 그는 민족의식이 현실적 지표를 얻기 위해서 "現實의 朝鮮民族의 當面한 立場에 서서

追進의 態度로서 科學的 認識"17)에서 파악되어야 한다는 것이다. 정노풍의 이러한 민족의식의 파악은 분명 관념론적·과거추수주의적 민족의식의 이해를 극복할 수 있는 논리적 진전과 함께 현실적 타당성을 보여주는 것이다.

정노풍은 이어서 민족의식이 일본 제국주의에 의한 피압박민족으로서의 민족현실과 결부될 때, 그것은 필연적으로 '계급적 민족의식'이 될 수밖에 없다고 했다. 식민지 상황에서 조선 민족은 일제에 의해 사회적·정치적·문화적 기초를 수탈당함으로서 피지배계층인 빈천계급으로 전락, 신음하고 있다는 것이다. 따라서 조선 민족은 이러한 현실적 삶의 조건에서 일제와 계급관계에 의한 대립이 불가피하고, 민족해방의 당면한 목표를 위해 계급적 민족의식을 고취해야 한다는 것이 그의 주장이다. 그는 당대 조선의 현실에서 계급의식은 지배민족대 피지배민족의 관계에서 파악하는 것이 정당하며, 민족 내부의 계급관계로 파악하거나, 민족과 계급을 대립(혹은 제휴) 관계로 보거나, 세계운동의 일환으로 계급의식을 문제삼는 것은 모두 본말이 전도된, 주체가 객체가 뒤바뀐 주장에 지나지 않는다고 비판했다.

먼저 정노풍은 팔봉 김기진의 계급관계 인식에 대하여 다음과 같이 반박했다.

八峯은 朝鮮民族이 當面한 現實을 正視하지 못하고 그 所謂 階級關係란 것을 被支配民族內의 小階級關係로서 把握하얏을 뿐이요, 民族的으로 支配民族과의 階級的 對立關係에서 把握하지 못함으로 이러한 認識 不足으로부터 犯한 誤謬일 뿐만 아니라 [……] 民族과 階級을 對立한 兩個로서 理個로서 理解함으로 밧게 된 混亂이 伏存하야 잇다. [……] 主體와 客體, 自的과 協力性을 混同하야 「世界運動의 一環으로서의 朝鮮運動」 云云함은 ○○(필자 주: '일본'인 듯함)民族 內의 運動과 이 民族의 運動과의 特殊性을 沒刻한 것으로 公式主義의 犯한 過誤라 안이 할 수 업다.18)

---

17) 정노풍, 「조선문학 건설의 이론적 기초·11」, 『조선일보』(1929. 11. 3).

정노풍은 김기진이 계급관계의 인식을 첫째, 민족 내부의 소계급관계로 파악하고, 둘째 민족과 계급을 별개의 대립적 관계로 이해하여, 셋째 계급운동을 민족의 현실을 직시한 계급운동이 아닌 세계무산계급운동의 일환으로 제기하여 복본주의의 공식을 무비판적으로 수용한 과오를 저질렀다고 보았다. 정노풍의 이러한 지적은 당시 카프파의 이념적 경직성과 무비판적 맑시즘의 수용 경향에 대해서는 정곡을 찌른 것이다. 그러나 이에 김기진은 물론 송영(宋影), 박영희(朴英熙), 홍효민(洪曉民)까지 가세하여 정노풍의 주장을 반박하기에 이른다.[19] 특히 김기진은 정노풍의 소론이 관념적·독단적·비현실적 주장이라고 강하게 비판했다.

김기진은 민족의식이란 봉건시대의 잔존물이며, 현 자본주의사회에서 문제되는 것은 계급모순이라는 종래의 주장을 되풀이하면서, 이 계급모순은 민족 대 민족의 관계뿐 아니라 민족 내부의 자본계급과 무산계급의 관계에서도 존재하는 것이 엄연한 현실이라 했다. 따라서 정노풍의 주장은 뜻이 모호하기만 하고 현실을 무시한 관념적·독단적 주장에 불과하다는 것이다. 김기진은 정노풍의 주장을 양주동의 경우와 별개로 보지 않고, 정노풍을 양주동과 함께 민족주의 문학파를 옹호하는 소부르주아지 내지 기회주의자로 싸잡아서 비판했다.

정노풍이 다시 반박의 글을 쓰게 된 것은 바로 이 때문이다.[20] 그가 주장한 요지는 다음과 같다. 관념론적 계급문학의 주장은 식민지 상황에서 조선 민족이 처한 현실의 긴급하고도 중대한 문제를 몰각하고 부분적인 문제에만 관심을 지나치게 확대하는 오류를 보이는 것이다. 따라서 계급문학파의 주장은 '소계급주의', '단순한 계급주의', 또는 '직역적 공

---

18) 정노풍, 「조선문학 건설의 이론적 기초·7」, 『조선일보』(1929. 10. 30).
19) 김팔봉, 「1929년 문예계 총관」, 『중외일보』(1930. 1. 1~20).
　박영희, 「1929년 예술론전의 귀결로 보아」, 『조선일보』(1930. 1. 1~7).
　홍효민, 「변증적 사실주의와 변증적 표상주의의 차이」,『신민』제 4권 제7호 (1930. 7).
20) 정노풍, 「문예이론의 청산기」, 『중외일보』(1930. 1 .10~2. 8)와 「전체성과 특수성의 전망」,『조선일보』(1930. 3. 11~22).

식주의’에 지나지 않는다. 이러한 오류를 안고 있는 계급주의의 문예이론은 진정한 조선문학의 건설에 도움이 되지 않기에 마땅히 청산되어야 한다. 이와 같은 정노풍의 주장은 나름대로 논리적 정당성과 설득력을 갖춘 것으로 판단된다.21) 그런데 김기진, 박영희, 송영 등 당시 카프의 입장은 정노풍의 계급적 민족의식론이 민족주의문학 주장의 한 발달된 전략에 불과하다고 과소평가하고자 했다. 이런 평가는 물론 양주동의 경우에도 그대로 적용되었다. 그런데 양주동조차 정노풍의 소론을 자신의 한 아류적 주장으로만 생각했다.22) 그렇지만 정노풍의 계급적 민족의식론은 양주동이 취한 민족문학과 계급문학의 절충 내지 제휴의 입장과는 다른 시각을 보이고 있다.

> 無涯는 民族意識과 階級意識을 다 承認하고 合力 握手할 者라 한다.
> [……] 그러나 朝鮮民族 現實에서 認識 把握하야 體系的 設定을 나리지
> 못하고 結局 機械的으로 兩個를 分離하야 對立的으로 理解하고 意識 달은
> 兩個가 合力 握手하자는 것이다.23)

양주동은 정노풍이 지적한 바처럼 민족의식과 계급의식을 이원론적 입장에서 파악했다. 민족의 존재가 인정되는 한 민족의식은 원칙적으로 존재하는 것이며, 계급의식 또한 민족 내부의 모순에 의해 경제적 이해 관계에서 한 방면으로 존재하는 것으로 양주동은 보았다. 물론 그는 민족의식과 계급의식을 대립적 관계로만 이해하지 않았다. 서로 상반되는 면이 없지 않으나, 합치될 수 있는 현실적 근거를 충분히 가지고 있다고 생각했다. 그 현실적 근거란 조선 민족의 대다수가 무산계급이라는 사실에 있다. 따라서 “民族을 超越한 階級精神도 업고 階級에서 分離한 民族觀

---

21) 박영희(朴英熙)는 문단의 회고 내용에서 “兩氏(필자 주: 양주동, 정노풍)의 論이 當時의 情熱에 있어서 매우 많이 安當性까지도 가질 수 있는 主張이었다.”고 술회한 바 있다. 박영희, 「초창기의 문단측면사 · 6」, 『현대문학』 제62호(1960. 2).
22) 양주동, 「민족문학의 현단계적 의의 · 7」, 『동아일보』(1931. 1. 8).
23) 정노풍, 「조선문학 건설의 이론적 기초 · 7」, 『조선일보』(1929. 10. 30).

숲도 잇슬 수 업다."24)고 하여, 조선의 문학은 민족적인 동시에 무산계급적이어야 한다고 본 것이 양주동의 절충문학론의 핵심이다. 이점 정노풍의 계급적 민족의식의 문학론에 나타난 입장과 일맥상통한다고 볼 수 있다.

그러나 민족의식과 계급의식을 파악하는 기본 관점이 양주동의 경우 이원론적 입장에서의 합치점에 근거한 제휴 또는 절충을 추구한 데 반해, 정노풍은 민족의식과 계급의식은 한 가지일 뿐 새삼스럽게 제휴니 절충이니 할 필요가 없다는 것이다. 다시 말해 양주동은 양시론(兩是論)에 의해 각각의 존재를 인정하면서 상통한 부분의 공통인식을 꾀하고자 했으며, 정노풍은 양비론(兩非論)에 의한 개별적 존재를 부정하고 일원론에 입각한 새로운 문학 관점을 제시한 것이다. 즉 양주동은 이념 대립의 객관적 문단상황을 인정하는 바탕에서 절충문학론을 폈다면, 정노풍은 그러한 문단상황 자체를 비판, 극복하자는 취지에서 이론적 정당성을 추구한 것으로 이해된다. 정노풍의 계급적 민족의식론이 갖는 한계가 바로 여기에 있다. 그의 주장이 이론적 측면에서 논리적 독자성과 설득력을 가진 것으로 생각되지만, 현실적 구체성을 획득하지 못하고 관념적 추상성을 다분히 내포하고 있다는 점 또한 인정된다. 앞서 언급했듯이, 정노풍의 문학론을 비판하는 카프파의 문제제기가 특히 이 점에 집중된 것은 매우 자연스런 일이다. 그러나 정노풍의 계급적 민족의식론이 복고적 민족추수주의나 세계적 정세를 고려한다는 맹목적 계급추수주의의 경직성을 극복하는데 유용한 논리적 정당성과 진전을 보여주었다고 평가된다.

정노풍은 민족운동의 궁극적 목표가 민족해방과 민족갱생에 있는 만큼 그 기초의식은 계급적 민족의식일 수밖에 없다고 단언하고, 조선문학의 바람직한 건설 방향을 6개항에 걸쳐 비교적 장황하게 제시했다. 각 사항의 요점을 찾아 다시 정리하면 다음과 같다.

---

24) 양주동, 「문예공론」, 『문예공론』제 1호(1929. 5), p. 44.

① 투철한 의지, 정서, 상상력으로서 민족의 오랜 생활에 부딪쳐 이루어진 민족의 투쟁의식을 발현하는 문학이어야 한다.

② 패배의식을 극복한 희망, 성찰, 투쟁, 상애(相愛)를 바탕으로 한 생명있는 문학이어야 한다.

③ 민족과 민족의 계급적 대립관계로부터 민족의 해방의식을 고양시키는 동시에 문화적 선양을 달성하는 문학이어야 한다.

④ 세계 민족문학의 발전된 최고봉을 답사 소화하여 내 것이 된 형식과 수법으로, 표현내용에 따라 상징적, 낭만적, 자연주의적, 표현파적, 또는 사실주의적 문학의 수법으로 계급적 민족생활의 사회적, 문화적 내용을 힘있게 발휘할 수 있는 문학이어야 한다.

⑤ 우리 말, 우리 글에 의해 문예의 대중적 침윤에 힘써서 민족갱생의 선구가 되는 문학이어야 한다.

⑥ 단체 구성을 통한 집단적 운동노력보다 작가 개인의 역량 발휘가 더욱 중요하다.

①~⑥의 사항에서 보듯, 정노풍은 민족의 패배의식을 극복하는 투쟁의 문학, 생명 있는 문학, 민족의 해방과 갱생을 위한 문학이 진정한 '조선문학' 즉 민족문학일 수 있다고 주장했다. 그런데 그는 ④에서 그러한 문학이 특정의 사조나 형식에 의해 한정될 수 없다는 점을 분명히 했다.[25] 정노풍은 조선문학이 기본적으로 우리 말, 우리 글을 바탕으로 대중에게 전달될 수 있도록 되어야 하나, 특정의 이념이나 사조에 압도된 형식 미달의 작품을 경계하고 있다. 따라서 ⑥에서처럼 특정의 단체구성을 통한 운동적 차원에서의 문학활동을 달갑게 보지 않고, 오로지 문학인의 창작역량을 중시하고 있는 것이다. 이 점에서 정노풍의 주장은 논점 자체의 애매함 때문에 카프파로부터 예술지상주의자나 소부르조아의 주장에 다름 아닌 것으로 비판받았던 것이다. 사실 정노풍의 계급적 민족의식의 문학 주장에는 카프파의 지적처럼 당대 이분화된 문학풍토에서

---

25) 홍효민은 특히 이 점에서 김기진이 「변증적 사실주의」(『동아일보』, 1929. 2. 25~3. 7)에서 주장한 바를 옹호하면서 정노풍의 논지를 비판했다. 홍효민, 앞의 글.

이쪽도 저쪽도 아닌 중도적 입장이 나타나 있다. 여기서 그의 문학론이 독자적 논리로 구축되기는 했지만, 크게 보아 양주동과 같은 중도적 또는 절충적 문학론과 별로 다를 바 없지 않느냐는 의심을 받게 되는 것이다.

그런데 양주동의 경우 민족주의 문학의 편에 서서 카프 쪽과 타협하자는 절충논리를 펴서 나름대로 지지기반을 확보한 셈이었지만, 정노풍은 당시 어느 쪽의 주장에도 동조하지 않았기에 주위로부터 동조를 받지 못하고 외롭게 자신의 주장을 거듭 강조하는 방식으로 전개했다. 정노풍의 문학론이 오늘날까지 주목받지 못했던 까닭도 당시 이러한 문학론 전개의 사장에도 있다고 생각된다.

정노풍은 「조선문학 건설의 이론적 기초」에서 정립한 자신의 문학론을 여러 실천비평과 논쟁 등을 통해 거듭 개진했지만, 문학론 자체의 거부는 물론 실천비평의 태도까지도 의심과 항의를 받았다. 김억은 정노풍이 계급적 민족의식의 도식성으로 자신의 시를 비평한 데 대해, 작품의 감상 안목이 편파적이고 치밀하지 못함을 반박하면서, 자신의 감상적 센티멘탈리즘을 옹호했다.[26] 그리고 임화는 그의 작품 <양말(洋襪) 속의 편지(便紙)>를 정노풍이 평면적인 단조로움과 표현상의 긴장이 부족하다고 평가한 점에 대해, 볼세비즘의 강경한 입장에서 정치투쟁 선상에 있는 민중의 투쟁 실상을 정확히 파악하지 못한 정노풍의 의식 부족을 들어 통박했다.[27] 이렇게 정노풍은 거듭된 비판과 항의 속에 다른 누구의 지지도 받지 못하고 실로 외롭게 자신의 계급적 민족의식의 문학론을 견지하고자 했던 것이다. 정노풍의 문학론이 당대에 상당한 관심과 주의를 끌었던 것은 사실이나, 이념 대립과 당파성이 점차 심각하게 전개되었던 1920년대 후반 문단에서 독자적인 문학론으로 주위의 지지를 받으며 뿌리내리지 못했던 점은 아쉬운 일이면서 동시에 그것 자체가 중요한 한계

---

26) 김안서, 「감상안 상실된 시평에 대하야」, 『대조』 제3호(1930. 5).
27) 임화, 「노풍 시평에 항의함」, 『조선일보』(1930. 5. 15~19).

라는 점도 지적되어야 하겠다.

3. 내용과 형식문제

문예상의 내용과 형식문제는 1920년대 후반 문단의 중요한 쟁점 중의 한 가지였다. 그것은 먼저 카프 내부의 창작방법과 관련하여 제기된 것인데, 이른바 '소설건축논쟁'이라고 불리우는 김기진 대 박영희 사이에 논쟁이 그것이다.[28] 이 논쟁은 표면적으로 운동과 문학의 상대적 인식에 관련된 것이나, 이면적으로 의식과 표현, 내용과 형식 문제에 관한 것이었다. 김기진은 카프문학도 문학인 이상 최소한의 요건인 표현의 '실재감'을 가져야 한다고 보았고, 박영희는 무엇보다 프롤레타리아운동 선상에서 이를 투철히 인식하는 작가의식에 더욱 중점을 두었다. 그런데 이 논쟁은 김기진의 타당한 견해에도 불구하고, 카프 내부의 압력에 의해 김기진이 자설철회(自說撤回)하는 형식으로 일단락을 맺게 되었다. 그러나 이 논쟁의 어설픈 매듭은 김기진으로 하여금 속으로 불만을 감추게 하는 계기가 되고, 그 이후 독자적인 문제 해결의 방안을 모색하는 과정을 밟게 되었다.[29]

내용과 형식 문제가 다시 문단의 쟁점으로 부각된 것은 1929년 김기진이 「변증적 사실주의」(「동아일보」, 1929. 2. 25~3. 7)에서 양식 문제를 거론하자 양주동과 염상섭 등이 이 문제에 가세하여 논전을 펼쳤기 때문이다.[30] 정노풍 역시 이 논전의 와중에서 내용과 형식 문제를 거론한 것이

---

28) 김기진이 「문예시평」(『조선지광』, 1926. 12)에서 박영희의 소설 <철야>와 <지옥순례> 등에 대해 비판적인 의견을 개진한 것이 발단이 되어, 박영희가 「투쟁기에 있는 문예비평가의 태도」(『조선지광』, 1927. 1)에서 김기진의 주장을 반박함으로써 논쟁이 본격화되었다.
29) 역사 문제연구소 편, 『카프문학운동연구』(역사비평사, 1989), p.31.
30) 당시 내용과 형식 논쟁의 전개과정과 그 쟁점에 대해서는 김윤식, 『한국근대문예비평사연구』(일지사, 1976. 12), pp.48~68에서 자세히 거론한 바 있다.

다.

정노풍은 우선 이 내용과 형식 문제가 당대 문예창작의 방법론적 고민의 과정에서 제기된 점을 주목했다. 그런데 정작 정노풍은 내용과 형식의 본질적 특성을 구명한 토대 위에서 실제 창작과 관련한 접근을 하지 못하고, 이미 제기된 김기진, 양주동, 한설야 등의 견해에 대한 오류를 찾는데 열중했다. 그는 내용과 형식에 관한 김기진의 견해를 상호규범론(相互規範論), 그리고 양주동과 한설야의 견해를 내용결정론(內容決定論)이라 규정하고, 모두 내용과 형식을 분리된 것으로 보는 '기계적 이원론'의 오류를 범하고 있다고 주장했다.

정노풍은 먼저 김기진의 견해가 상호규범론인 근거로 김기진이 "내용이 형식을 규범하고 형식이 내용을 규범한다."31)라고 주장한 대목을 들고 있다. 정노풍이 예로 든 문제의 대목만 보면, 김기진은 분명 내용과 형식의 상호규범론을 주장한 것이라 인정할 수 있다. 그렇다면 정노풍의 지적처럼, 김기진은 내용과 형식을 이원론의 입장에서 파악하고, 그 상호 관계를 결정론적 관점에서 규정하려고 했던 셈이다. 문제는 김기진의 내용과 형식에 관한 견해를 상호규범론으로만 재단하기에는 사례가 빈약하고, 논의의 수준도 얕다는 점이다. 사실 여부를 확인하기 위한 천착이 필요하다.

> ① 우리들은 內容과 表現은 密接한 關係에 잇스며 同時에 藝術의 全體인 것을 알엇다. 그러면 內容과 表現이 얼마나한 密接한 關係에 잇는가?
> 그러나 우리는 內容과 表現은 分立, 對立하야 가지고 생각할 수 업다. [……] 結論으로 말하면 內容이 卽 表現이 卽 內容이니 이것은 둘이 아니요 하나다.32)

---

31) 정노풍은 이 대목에 관한 출처를 밝혀 놓지 않고 있다. 김기진의 평문을 두루 검토했으나, 문제의 대목을 아직 찾지 못했다.
32) 김기진, 「문예시평-내용과 표현」, 『조선문단』제4권 제 3호(1927. 3)

　② 存在를 最後로 決定하는 것은 形式이다. 무엇이 存在할려면 그 무
　　엇이 發生하면서 同時에 必要한 形式을 同伴하고 그 무엇의 性質에
　　딸하서 그 形式은 만튼지 적든지 間에 變更하여야 한다. 그럼으로
　　形式이라는 것은 언제든지 內容에 딸하 다니는 것이다.33)

　　①의 글은 김기진이 박영희와의 이른바 소설건축논쟁을 1차 치른 다음 자신의 견해를 재차 밝힌 글의 한 부분이다. 그러나 ②의 글은 카프의 제2차 방향전환의 시기를 즈음하여 김기진이 카프문예의 새로운 창작방법과 형식을 모색한 입론의 한 대목이다. 그런데 ①, ②에 나타난 형식과 내용의 상호관계에 대한 인식은 이원론이 아닌 일원론에 기초하고 있다. ①에서 내용과 표현이 둘이 아니라 하나라고 본 점은 내용과 형식은 일체라는 견해가 내포되어 있다. 표현이란 내용과 대비적 관계를 가진 용어는 아니지만. 표현이란 말뜻 속에 형식 문제가 내재되어 있는 것이 분명하다. ②에서 김기진은 존재, 형식, 내용의 삼자관계를 말했다. 여기서 존재를 사물의 본질이라 한다면, 이를 문학에 관련시킬 때 작품의 본질적 성격이 된다. 그렇다면 작품의 본질적 성격을 최후로 결정하는 것은 형식이고, 이 형식은 항상 내용에 따라 다닌다고 했는데, 이를 달리 이해하면, 형식과 내용이 일체가 되어 작품의 본질적 성격을 최종적으로 드러낸다는 것이다. ②의 글에 논리적 비약이 있기는 하나, 한 가지 중요한 사실은 "그 무엇의 性質"에 따라서 존재는 그 형식을 변경하여야 한다는 것이다. 김기진의 내용·형식론이 곧 대중화론에 연결되어 있다고 볼 때, "그 무엇의 性質"은 다름 아닌 작품의 대중적 접근을 고려한 문학 외적 변수일 수 있다. 다시 말하면 김기진은 당시 "지극히 재미없는 정세"에 있어서 카프문학의 대중적 접근을 위한 창작방법의 실천적 문제를 고려할 때, 새로운 형식 탐구가 불가피함을 인식했다. 그러나 이러한 인식은 정노풍이 파악한대로 내용과 형식의 상호규범론에 근거한 것일 수 있으

---

33) 김기진, 「변증적 사실주의(2)」, 『동아일보』(1929. 3. 1).

나, 내용과 형식을 분리한 이원론은 아니다.

정노풍이 김기진의 내용·형식론을 비판한 이유는 달리 있었다. 이미 언급한 바 있지만, 정노풍은 표현 내용에 따라 "세계 민족문학의 발전된 최고봉을 답사소화하야 적절히 내 것이 된" 다양한 형식과 수법으로 형상화하면 그만이라고 했다. 문학형식의 문제는 오로지 작가의 창조적 역량에 달린 문제일 뿐이며, 특정 내용에 따라 규범화된 특정 형식이 존재할 수 없다는 것이다. 내용과 형식이 따로 구분될 수 없고 언제나 일체로 존재한다고 본 것이 정노풍의 관점이다. 정노풍은 이렇게 내용, 형식의 일원론적 관점에서 양주동과 한설야의 견해를 계속 비판했다. 양주동은 정노풍에 앞서 「문예상의 내용과 형식문제」(『문예공론』제 2호, 1929. 6)에서 내용과 형식의 본질을 규정하고, 결론적으로 10개 항에 걸친 자신의 견해를 정리한 바 있다. 정노풍은 양주동이 제시한 10가지 사항 중에서 3번 항과 7번 항을 특별히 문제삼아, 양주동이 내용과 형식을 별개로 파악하는 이원론의 모순을 범하고 있다고 보았다. 문제의 대목은 "內容은 形式을 決定한다"와 "形式도 或은 內容을 決定하는 수가 잇다"[34]고 한 구절이다. 이 구절만 보면, 양주동은 정노풍이 지적한 바처럼 결정론에 입각한 오류를 보이고 있으며, 그 점은 김기진의 경우와도 대동소이하다. 그러나 양주동이 같은 글의 10번 항에서 "完全한 藝術은 오즉 兩者의 一致調和로서만 可能하다"고 했을 때, 그는 분명 내용과 형식의 일원론을 지지하는 쪽이다. 물론 양주동의 내용 형식 논의는 일관된 관점을 보이지 못하고 있다. "藝術上 原則으로 보아서는 그 第一義的 要件이 毋論 形式"이라 하여 형식 우선의 입장을 보이기도 하고, 다른 경우 이원론적 또는 일원론적 관점을 동시에 내포하고 있다. 이런 까닭에 정노풍이 논의의 편의상 특정의 대목을 들어 비판한 점이 인정된다. 이는 양주동 자신이 일관된 관점을 견지하지 못했던 한계로부 말미암은 것이다.

정노풍이 한설야의 견해를 비판한 경우도 양주동의 경우와 유사하다.

---

34) 양주동, 「문예상의 내용과 형식문제」, 『문예공론』 제2호(1929. 6), pp.103~104.

　　內容決定論者 韓雪野는 「生産力이 生産關係를 決定하듯이 藝術에 잇섯
서도 形式을 決定하여야 한다」고 規定하얏다. 그러나 果然 內容이란 것
이 藝術에 잇서서 生産力이며 또 形式이란 것이 藝術에 잇서서 生産關係
라 할 수가 잇슬가. 이에는 亦是 機械的 分離論者의 過誤가 伏在하야 잇
다. [……]
　　藝術의 生産科程에 잇서서 그 生産關係를 決定하는 것은 藝術의 生産
力 卽 創作力量이다.35)

정노풍은 한설야가 유물사관에 의한 공식주의를 예술의 규정에 적용
시켜 근본적인 오류를 범하고 있다고 지적했다. 즉, 생산력과 생산관계의
문제는 예술의 내용과 형식의 문제와는 전혀 별개의 것인데, 이를 상관
적 관계로 본 것은 크게 잘못되었다는 것이다. 정노풍은 사실 한설야의
오류를 바르게 지적했다. 마르크스주의적 사고에 입각한 문학상의 내용
과 형식의 관계 기술의 한 예를 보자.

　　形式과 內容의 二元論的 對立을 排斥하고 그 間에 統一을 設定하면서,
맑스주의적 文藝家는 同時에 이 統一의 主要한 根源이 內容이라는 점을
强調한다. [……] 文學의 內容은 모든 階級的 存在, 모든 階級的 實踐에서
비쳐지는 現實에 대한 階級의 關係이며, 바꿔 말하면 階級의 世界觀과 別
個의 것일 수 없다.36)

마르크스주의 문예에서 문예의 내용은 곧 계급적 세계관에 다름 아닌
것이지만, 내용과 형식의 이원론이 아닌 변증법적 통일의 세계관에 의한
인식을 강조한다. 한설야의 견해를 이러한 사실에 비추어 보았을 때, 그
는 분명 문학의 내용과 형식의 관계 구명을 위한 입론을 잘못 세웠다. 정
노풍이 이 점을 들어 논리의 오용이라 했고, 그 결과는 예술의 본질에 대

---

35) 정노풍, 「조선문학 건설의 이론적 기초·6」, 『조선일보』(1929. 11. 9).
36) 누시노브 쎄이트린, 白孝元 역, 『문학원론』(문예사, 1949. 6), pp.62~66.

한 몰이해를 노정하는 것이라고 보았다.

이상과 같이 정노풍은 김기진, 양주동, 한설야의 내용, 형식론에 대한 비판에서 내용과 형식의 일체론을 견지하고 있음을 알 수 있다. 이는 조선문학 건설의 당면과제로서 계급의식과 민족의식을 일체로 본 논리와 같은 것이다. 그러나 내용과 형식에 관한 본질적 성격의 구명 없이, 비판적 의견에 시종함으로써 뚜렷한 대안 없는 논리의 취약성을 보여주고 있다. 따라서 형식의 문제는 오로지 작가의 창조적 역량에 맡길 사항일 뿐이라는 정노풍의 견해는 형식에 대한 새로운 제안이기보다 형식 문제에 관한 심도 있는 성찰을 포기하는 것으로 이해할 수도 있다. 정노풍이 제시한 계급적 민족의식의 주장이 나름대로 논리적 정당성을 가진 것으로 파악되지만, 그것은 현실을 대하는 작가의식이나 작품의 표현내용에 한정된 것이다. 정노풍의 내용, 형식에 관한 논의가 계급적 민족의식의 주장과 연결되지 못하고 각각의 문제제기로만 끝난 점도 그의 문학론이 갖는 한계이다.

Ⅳ. 결 론

본고는 지금까지 문학사에서 제대로 파악되지 못했던 정노풍의 문학론을 재조명하자는 목적에서 진행되었다. 이를 위해 우선 정노풍의 이력을 가능한 대로 밝히는 작업을 하여 보조적 이해를 돕고자 했으며, 다음으로 그의 이른바 계급적 민족의식의 문학론이 전개된 과정과 그 특징을 면밀히 고찰하고자 했다. 논의된 사항을 정리하면 다음과 같다.

첫째, 정노풍은 본명이 정철(鄭哲)이며, 계묘생(癸卯生) 즉 1903년생으로 평양 또는 평양 근교에서 태어난 것으로 파악되었다. 그는 또한 1923년경에 도일하여 1927년 초까지 경도제대(京都帝大)에 유학하며 사회과학을 전공했으며, 일본유학시 경도유학생 학우회 잡지인 『학조』에 시와 평론을 발표하면서 문학활동을 시작했다. 이어서 정노풍은 1927년 후기에 귀국하여 평양에 있는 기독교 학교에서 교사로 재직하다가 이른바 '노풍필화사건'으로 교직을 그만둔 뒤, 1928년 초 다시 잠시 일본에 갔다 와서 본격 비평 및 시 창작 활동을 했다.

둘째, 정노풍의 비평활동은 당시 한설야와의 논쟁에서부터 시작되었다. 그는 이 논쟁의 과정에서 예술에 관한 인식을 다지게 되었다. 「예술의 시대상과 전통상」은 이런 의미에서 주목할 문학론이었다. 그는 이 글에서 예술은 본질적으로 정감과 상상의 세계라 규정하고 시대를 거쳐 불변하는 '전통적 본질'과 현실적 경험의 과정에서 변화하는 시대상의 두 측면을 가진다고 했다. 예술은 이 두 측면의 상호 변증법적 교호작용에 의한 변화의 실체로 존재하며, 당대의 현실생활, 사회관계, 계급투쟁, 역사적 진전 등의 상황을 고려할 때 계급문예의 출현은 마땅하고도 불가피한 것이라 보았다. 그러나 정노풍이 언급한 계급문예란 문예를 정치운동의 도구로 생각하는 카프 쪽의 무산계급 예술과 구분된다고 했다. 즉, 그가 제시한 계급문예는 예술의 특수성을 무시하지 않으면서, 민족 대 민족의 계급적 대립현실을 정확히 파악하고, 이를 반영한 작품일 때 진정한 의미를 갖는다는 것이다.

셋째, 정노풍은 일제 식민지 상황에서 진정한 민족문학을 수립하는 일은 '계급적 민족의식'을 정확히 파악할 때 가능하다고 주장했다. 그는 이 계급적 민족의식이 식민지 상황의 민족현실을 정확히 파악한 바탕에서 성립하는 '조선의식'이며, 이 조선의식은 국민문학파에서 주장하는 것처럼 복고적 관념적 조선주의와 근본적으로 다르다고 했다. 조선의식은 역사적 기초인 민족의식과 현실적 기초인 계급의식의 변증법적 합일에 의해 성립되는 것이라고 보았다. 이에 따라 정노풍은 당대 민족의식은 곧 계급의식이란 등식을 제안했다. 그 이유는 식민지 상황에서 일제가 경제기반과 자본을 독점, 수탈함으로써 민족 전체가 무산계급으로 전락되었다는 상황 인식에 있었다. 그는 민족 대 민족의 계급적 대립관계에서 계급의식을 파악했으며, 그 계급의식은 당대의 민족의식에 다름 아니라는 것이다. 그는 이러한 일원론적 논리에서 민족의식만 복고적, 관념적으로 주장하는 국민문학파와 계급의식을 민족 내부의 계급갈등 관계로 파악하는 카프문학파를 동시에 비판했던 것이다. 그의 계급적 민족의식의 문학론이 논리적 정당성과 설득력을 얻을 수 있는 까닭은 바로 여기에 있다. 그러나 민족과 계급을 상호 배타적 관점에서 보았던 문학운동이 엄연히 실재했던 사정에서, 정노풍의 문학론이 현실적으로 수용될 가능성은 희박했다. 양주동의 경우, 나름의 지지기반을 갖추고 민족의식과 계급의식의 이원적 실재를 인정하면서, 상호 공통의식을 강조하며 절충론을 개진한 것과는 달리, 정노풍은 민족의식과 계급의식의 일원론적 인식에서 자신의 독자적 문학론을 외롭게 개진했던 것이다. 그러나 1920년대 후반 이념적 대립이 점차 심각하게 전개되었던 문단상황에서 이를 극복하려는 또 다른 고민이 문단의 한편에 자리잡고 있었다는 사실은 문학사의 논의에서 주목될 필요가 있다.

　넷째, 정노풍은 민족의식과 계급의식을 일원론적 관점에서 파악한 것처럼, 문학의 내용과 형식의 관계도 일원론적 관점에서 파악하고자 했다. 물론 그의 내용, 형식론이 내용과 형식에 관한 본질적 성격의 구명으로부터 천착된 것은 아니었지만, 내용과 형식을 상호 배타적인 것으로 보거나 기계적 이분법으로 파악했던 관점에 비해 진전된 생각을 보여주는 것은 틀림없었다. 그러나 그의 내용, 형식을 상호 배타적인 것으로 보거나 기계적 이분법으로 파악했던 관점에 비해 진전된 생각을 보여주는 것이었다. 그러나 그의 내용, 형식 논의가 갖는 한계는 김기진, 양주동 등의 제설을 선택적으로 파악하여, 뚜렷한 대안 없이 비판에만 시종했고, 그의 계급적 민족의식의 문학론과 긴밀히 연계되지 못했다는 사실에 있다. 그리고 그는 문학의 형식문제란 오직 작가의 창조적 역량에만 달린 문제일 뿐이라고 하여, 내용, 형식에 관한 본격적인 논의를 포기하는 태도를 보여 주었다.

이상과 같이 정노풍의 문학론은 1920년대 중반 이후의 문단 구도에서 문학적 실천이 가능한 중요한 입각점을 제공하는 이론적 모색을 보여주는 것이면서, 그의 독특한 계급적 민족의식의 주장은 당대 문학의 편파성을 극복할 수 있는 중요한 인식 기반을 제공하는 것이었다. 다만 그것이 현실적으로 당대 문단에 뿌리내릴 수 없었던 점이 아쉽게 생각되나, 자신의 시 창작 활동을 통해 실천적인 모습을 보였다는 점을 특별히 고려할 필요가 있다. 이 점에서 앞으로 정노풍의 문학은 이론과 실천의 양면을 종합적으로 살피면서 그의 문학이 갖는 문학사적 의미를 좀더 포괄적이고 깊이 있게 논의될 필요가 있다.

정노풍(鄭蘆風) 문학작품 목록

I. 시

순 서	작품명	게재지(발행년월일)	비 고
01	大同江의 겨울	學潮 1호(1926.6.27)	* 短詩五章
02	菜園	上同	* 短詩五章
03	동지달의 앗참	上同	* 短詩五章
04	봄날	上同	* 短詩五章
05	서럼	上同	* 短詩五章
06	哀唱	學潮 2호(1927.6.15)	
07	煩熱	上同	
08	죽음	中外日報(1927.11.16)	
09	哀別	中外日報(1927.12.4)	
10	늙은이	中外日報(1927.12.5)	
11	긔차깐에서	上同	
12	自煙	上同	
13	웃는 낫이 그리워	中外日報(1927.12.6)	
14	水彩畵	中外日報(1927.12.7)	
15	복송아꼿	上同	
16	님	上同	
17	어느 밤	上同	
18	熱望	上同	
19	울고울고 또 울고	中外日報(1927.12.8)	
20	憧憬 외 1편	白雉 1호(1928.1)	* 원본 미확인.
21	痛哭聲	中外日報(1928.1.14)	
22	오오 새로운 民衆의 愛人아	中外日報(1928.3.25)	* 원문 삭제됨.
23	哀唱	朝鮮之光 75호(1928.1)	* 06과 동일 작품.
24	친구야	東亞日報(1928.7.22)	
25	民衆의 正月	中外日報(1928.7.25)	
26	그네를 위하야	上同	
27	친구야	中外日報(1928.8.26)	
28	어듸로 갈냐?	上同	
29	嚮路	中外日報(1928.10.3)	
30	새엄	中外日報(1928.10.5)	
31	오날	朝鮮日報(1928.10.12)	
32	築港의 한낫	中外日報(1928.10.19)	
33	우리님	中外日報(1928.10.20)	

순 서	작품명	게재지(발행년월일)	비 고
34	픔팔이	東亞日報(1928.10.28)	
35	旱魃 (上)	中外日報(1928.10.29)	
36	旱魃 (下)	中外日報(1928.10.30)	
37	바다가에서	東亞日報(1928.10.30)	
38	나그네 -늙은 길손의 놀애	東亞日報(1928.11.1)	
39	거랑이	東亞日報(1928.11.30)	
40	쓰러저가는 거리 數章	中外日報(1928.12.4)	
41	近泳二曲	東亞日報(1929.2.25)	
42	新春三章	東亞日報(1929.3.4)	
43	早春低唱	東亞日報(1929.4.5)	
44	싀골狂進曲	中外日報(1929.5.13)	
45	찬달 그림자를 밟으며	東亞日報(1929.5.22)	
46	突進의 靑春	朝鮮日報(1929.5.22)	
47	가엽슨生命	文藝公論 2호(1929.6.10)	
48	東方所觀	文藝公論 3호(1929.7)	
49	八月太陽	東亞日報(1929.7.31)	
50	잔듸밧	東亞日報(1929.8.4)	
51	松濤園에서	朝鮮日報(1929.8.8)	
52	洪水	東亞日報(1929.8.12)	
53	세때의 걸음	東亞日報(1929.8.16)	
54	닛치지 안는 사람	東亞日報(1929.8.28)	
55	바닷가에서	新生 2:9 제11호(1929.9)	
56	明暗의 기슴에 서서	新生 2:10 제13호(1929.10)	
57	鴨綠江가에 서서	朝鮮日報(1929.10.15)	
58	울지마라 아기야	東亞日報(1929.10.29)	
59	獄衣가 운다	朝鮮日報(1929.10.31)	
60	구름	朝鮮日報(1929.11.1)	
61	열매 일흔 벗닙	東亞日報(1929.11.2)	* 農村의 가을
62	님생각	上同	* 農村의 가을
63	고향 그립어	東亞日報(1929.11.5)	* 連絡船레뷰
64	돈 못벌엇네	上同	* 連絡船레뷰
65	녯 친구에게	朝鮮日報(1929.11.9)	
66	一片丹心	東亞日報(1929.11.12)	* 近詠二章
67	어느 벗에게	上同	* 近詠二章
68	꿈속에 본 집	東亞日報(1929.11.13)	* 民謠二篇
69	둥실 뜬 달님	上同	* 民謠二篇
70	고향 차저 오며	朝鮮日報(1929.11.14)	
71	집 일흔 아희	朝鮮日報(1929.11.15)	

순 서	작품명	게재지(발행년월일)	비 고
72	녯 내고향	朝鮮日報(1929.11.17)	
73	短章數篇	新生 2:11 제14호(1929.11)	
74	고덜음	東亞日報(1929.12.1)	
75	殉情의 불길	朝鮮日報(1929.12.1, 3, 4)	
76	白晝의 날애	東亞日報(1929.12.3)	
77	생명	東亞日報(1929.12.4)	
78	크리스마쓰의 밤	東亞日報(1929.12.5)	
79	法書	朝鮮日報(1929.12.7)	
80	늙은 해	朝鮮日報(1929.12.17)	
81	低唱	朝鮮日報(1929.12.18)	
82	겨울달	朝鮮日報(1929.12.19)	
83	送年賦	東亞日報(1929.12.25)	
84	벗생각	東亞日報(1929.12.26)	
85	우리임	新生 2:12 제15호(1929.12)	
86	제 한몸 위할지면	上同	
87	해마중 가자	東亞日報(1930.1.1)	
88	꼿다발	東亞日報(1930.1.2)	
89	겨울비 – 岸曙에게	東亞日報(1930.1.20)	
90	오렴 오렴 – 九玄에게	東亞日報(1930.1.21)	
91	賀壽	東亞日報(1930.4.2)	
92	凝視	東亞日報(1930.4.11)	
93	哀懷	新生 3:5 제20호(1930.5)	
94	嘆息	大潮 3호(1930.5)	
95	웃는 낫이 그리워	三千里 2:2(1930.5)	
96	落葉集	大衆公論 7호(2:5)(1930.6)	
97	望鄕曲	女性之友 2:3(1930.6.5)	
98	哀唱	新人文學 2:1(1935.1)	

Ⅱ. 번역시

순 서	작품명	게재지(발행년월일)	비 고
01	아테의 隱者(섹스피어)	東亞日報(1929.11.21)	
02	滿足(에드와드 따이아르)	東亞日報(1929.11.22)	
03	힘쓸 일(Havergal)	東亞日報(1929.11.23)	* 愛誦二篇
04	가엽슨 사람(Shakespeare)	東亞日報(1929.11.23)	* 愛誦二篇

III. 문학평론

순 서	제 목	게재지(발행년월일)	비 고
01	評者의 態度	中外日報(1927.11.2~11.4)	
02	맑스 世界文學論	白雉 1호(1928.1)	*원문 미확인
03	辨證의 世界와 情感 及 想像의 世界-直譯式 觀念論者의 排擊	朝鮮日報(1928.1.27~2.1)	
04	藝術의 時代相과 傳統相	白雉 2호(1928.7)	
05	朝鮮文學 建設의 理論的 基礎	朝鮮日報(1929.10.23~11.10)	
06	歷史小說에 關하여	朝鮮日報(1929.11.12~11.14)	
07	己巳詩壇展望	東亞日報(1929.12.8~12.22)	
08	己巳論壇槪觀	朝鮮日報(1929.12.21,24~27,30~31)	
09	文壇의 回顧 展望	東亞日報(1930.1.1,4~8,10~11)	
10	現代詩의 彈力的 要求-女性的 官能藝術에서 男性的 血躍詩篇으로	朝鮮日報(1930.1.4,6,8~9,12,14~18)	
11	文藝理論의 淸算期-直譯的 公式主義者에게	中外日報(1930.1.10,15,24,26,2.7~8,11)	
12	詩壇回想-새해에 이치지 안는 동모들	東亞日報(1930.1.16~18)	
13	新春詩壇槪評	東亞日報(1930.2.9~10,13~16,18~23)	
14	新春創作槪評	朝鮮日報(1930.2.11~12,15~16,18~20,22)	
15	全體性과 特殊性의 展望-金八峰에게	朝鮮日報(1930.3.11~14,20~22)	
16	三月文藝詩評	東亞日報(1930.3.26~4.1)	
17	三月詩壇槪評	大潮 2호(1930.4)	
18	朝鮮文壇-浪漫傾向이 科學的으로	東亞日報(1930.4.4)	
19	日本評壇의 傾向	東亞日報 (1930.4.13,15~16)	
20	新進文人發掘難-文學靑年에 對한 希望	每日申報(1930.4.15~18)	
21	友誼와 評論	每日申報(1930.4.19)	
22	朝鮮의 文藝理論의 歸結은 必要한가(特輯)-實踐性 있는 文藝理論	大潮 3호(1930.5)	
23	目標를 둘 것(文壇意見:現下 朝鮮文壇에 잇서서 初學者의게 讀書方法을 엇더케 指導하겟슴니까)	大衆公論 2:6(1930.7)	
24	數年內 展開된 朝鮮의 點點相 - 論壇, 評壇에 보내는 感想 二三	東亞日報 (1934.12.27~28)	
25	最近文藝論評	東亞日報 (1935.3.1~5)	

IV. 시평, 수필

순 서	제 목	게재지(발행년월일)	비 고
01	女性解放運動의 史的 考察	學潮 1호(1926.6)	鄭哲
02	生存의 低迷	中外日報(1927.11.5~6)	〃
03	相互社會와 共同社會	中外日報(1928.4.13~17)	〃
04	文字普及	東亞日報(1929.2.26~27)	〃
05	朝鮮의 經濟와 經濟運動	中外日報(1928.8.3~7)	〃